LE BONHEUR D'UNE MANIÈRE OU D'UNE AUTRE

Née à Budapest (Hongrie), Christine Arnothy, tout en faisant de solides études classiques, se passionne dès l'enfance pour la littérature et la langue françaises. C'est ainsi qu'elle vient tout naturellement se fixer en France quand, avec ses parents, passant la frontière à pied, elle quitte la Hongrie. Les seuls biens qu'elle emporte avec elle sont, cousus dans son manteau, les feuillets qu'elle a écrits tandis qu'elle vivait la guerre à Budapest. Ces feuillets du temps du siège seront publiés sous le titre : J'ai quinze ans et je ne veux pas mourir. *Le Grand Prix Vérité a couronné ce récit unanimement célébré par la critique, traduit dans le monde entier et devenu livre scolaire dans plusieurs pays. En 1957, paraîtra une suite autobiographique :* Il n'est pas si facile de vivre.
Christine Arnothy commence alors une brillante carrière d'écrivain français, notamment avec ses romans : Le Cardinal prisonnier, La Saison des Américains; Le Jardin noir *(Prix des Quatre Jurys),* Aviva, Chiche !, Un type merveilleux, J'aime la vie, Le Bonheur d'une manière ou d'une autre *et avec un recueil de nouvelles :* Le Cavalier mongol *(Grand Prix de la Nouvelle de l'Académie française).*
Christine Arnothy a également écrit pour le théâtre, ainsi que des œuvres pour la radio et la télévision. Elle a publié un pamphlet sous le titre : Lettre ouverte aux rois nus. *Son nouveau roman :* Toutes les chances plus une *est paru en septembre 1980.*

ŒUVRES DE CHRISTINE ARNOTHY

Dans Le Livre de Poche :

J'AI QUINZE ANS ET JE NE VEUX PAS MOURIR *suivi de*
IL N'EST PAS SI FACILE DE VIVRE.
LA SAISON DES AMÉRICAINS.
CHICHE !
LE CAVALIER MONGOL.
J'AIME LA VIE.
LE CARDINAL PRISONNIER.
UN TYPE MERVEILLEUX.
LE JARDIN NOIR.
TOUTES LES CHANCES PLUS UNE.
JOUER À L'ÉTÉ.
JEUX DE MÉMOIRE.

CHRISTINE ARNOTHY

Le Bonheur d'une manière ou d'une autre

GRASSET

Les personnages de ce roman, comme leur nom ou leur caractère, sont purement imaginaires et leur identité ou leur ressemblance avec tout être réel, vivant ou mort, ne pourrait être qu'une coïncidence insoupçonnée de l'auteur.

Pour Claude
avec autant d'admiration que d'amour.

A Jean Commère
dont l'une des prodigieuses Madones m'a accompagnée dans le long trajet de ce roman

THOMAS s'arrêta devant l'immeuble du centre de vacances. Le visage offert à la pluie, il contempla la façade en verre, les lettres au néon, imitant une sage écriture d'antan, l'enseigne du club en bleu pâle : *Le bonheur d'une manière ou d'une autre.*

Avec les neuf kilos d'explosif dans le sac qu'il portait à la main, Thomas s'enivrait de l'asphyxie parisienne au goût d'essence. Son aspect jeune camouflait ses quarante-huit ans. Les cheveux châtains, les yeux verts ou dorés, un sourire désarmant, lui prêtaient un charme dont il usait parfois, juste pour s'amuser. Il pénétra dans le hall, et il se trouva au milieu d'une vraie foire. Hommes et femmes, ou couples traînant des enfants, s'attardaient et discutaient devant les stands qui vantaient les mérites des endroits de vacances. D'un haut-parleur suintait une délicieuse voix de femme : « Bornéo... Connaissez-vous Bornéo ? Oiseaux de paradis, fleuves paresseux et orchidées vous y attendent. Le stand Bornéo est au fond du hall à gauche. N'hésitez pas à vous y rendre. Bornéo... » Tel un souffle amoureux, ce « Bornéo » mourait comme sur les lèvres d'une femme épuisée de plaisir...

Thomas se frayait un passage ; il répétait, poli : « Pardon, pardon. » Le sac de voyage rempli d'explosif heurtait parfois les gens.

Il l'avait payé, cet explosif, ce matin même, huit cent mille Deutsche Mark à un Japonais. Il avait porté le sac jusqu'ici comme un défi.

Une femme lui demanda un renseignement.

« Pardon, monsieur, avez-vous vu quelque part l'Eldorado ?

— Quoi, madame ?

— Le stand Eldorado ; nous voulons remonter l'Orénoque... avec mon mari... Je cherche partout...

— Adressez-vous à une hôtesse. »

Une jeune femme dans l'uniforme du centre passa à côté d'eux. Thomas l'interpella :

« Mademoiselle ?

— Monsieur ?

— Cette dame cherche l'Eldorado et moi, l'Égypte. Juste pour retirer mes papiers, les documents de voyage.

— L'Eldorado est au fond et à droite, madame... Et, je vous conduis vers l'Égypte, monsieur. Avez-vous déjà payé ?

— Il y a deux mois.

— Parfait, dit-elle. Voulez-vous me suivre. »

Elle aurait pu donner l'indication, tout simplement, mais l'homme lui plaisait ; ce genre de type était en voie de disparition, comme certains grands fauves qu'on allait enfin protéger. Un autre client aborda l'hôtesse.

« Mademoiselle, il y avait avant-hier une publicité pour un voyage — destiné aux jeunes —, l'Himalaya... Je ne trouve pas l'Himalaya.

— Bureau numéro dix-sept. Suivez-moi. »

Et puis, elle dit à Thomas :

« Nous avons un vestiaire à la disposition de nos clients ; votre sac semble lourd. Vous ne voulez pas le déposer ?

— Non, merci. »

Ils allaient être liés, lui et le sac, pendant neuf jours, le temps d'arriver jusqu'à Assouan et de faire sauter le Haut-Barrage.

Un somptueux ruissellement d'images bleue et or, par là, sur une affiche. Tahiti ou Haïti ? Vahinées ou vaudous ? Colliers de fleurs ou sorcelleries ? Les Antilles flottant sur la mer céleste perlée d'étoiles ou brodée de méduses. Le plongeon dans le ciel liquide ; l'excursion au milieu des nuages. A pied au Groenland, à cheval au Yémen. Ou renaître dans la mer Morte. « Ne ratez pas le rendez-vous avec vos vingt ans manqués », appelle une autre affiche. Le paradis sur mesure. Et de nouveau la voix de femme d'une douceur extrême ; le son diffusé par le haut-parleur caresse le cerveau :

« Chez nous, vous trouverez le bonheur d'une manière ou d'une autre. »

Thomas pénétra dans un petit bureau tapissé de photos concernant le voyage en Égypte : le Ramasseum, le temple de Louxor. Et une princesse peut-être, la silhouette fine. L'arrondi du ventre s'évanouit vers les hanches. La tête haute, les yeux en amande étirés sur ses tempes en albâtre.

De l'autre côté, une fabuleuse vue du Nil égayée de bateaux à voiles.

Une autre hôtesse l'accueillait :

« C'est beau, n'est-ce pas ?

— Un rêve.

— C'est une partie de votre trajet, monsieur. »

Délicatement, Thomas déposa son sac.

« Votre nom ?

— Thomas Koenig.

— K... comme Kleber.

— Oui.

— Votre adresse ?

— 127, rue des Briques.

— Une seconde. »

De ses doigts habiles, elle parcourut le fichier au niveau des lettres I, J, K...

« Voilà », dit-elle.

Elle se leva, et prit un dossier correspondant au chiffre que portait la fiche.

« Vous avez téléphoné hier, monsieur Koenig.
— Exactement.
— Vous n'étiez pas sûr de votre départ...
— En effet.
— En y renonçant, vous auriez fait un heureux. Notre liste d'attente est considérable. »

La jeune femme trouva Thomas sympathique.

« Pour l'excursion facultative d'Abou-Simbel, vous pouvez prendre votre billet à Assouan. Abou-Simbel, le temple sauvé des eaux grâce à une action d'entraide internationale.

— Vous êtes gentille, mais je suis au courant. Ne perdez pas votre temps. Dites-moi l'heure de notre départ de Paris.

— Vous devez être lundi prochain à douze heures au rassemblement. A Orly. Quant à l'heure du départ, elle est fluctuante ; les charters attendent toujours. »

C'était grâce à ce charter qu'il pouvait amener son explosif ; les contrôles semblaient y être plus superficiels que sur les lignes habituelles.

« Vous avez droit à une valise de vingt kilos environ... Et un bagage à main. Pas très grand. Vous avez votre visa égyptien ?

— Je l'ai.

— Un renseignement supplémentaire ?

— Je paierais n'importe quelle somme pour avoir une chambre individuelle. La jeune femme qui a pris ma première inscription me l'a refusée. »

L'hôtesse fut désolée de dire non.

« Ce n'est pas une question d'argent... Notre principe essentiel est le brassage humain. Chez nous, les plus hostiles à la vie communautaire reviennent convaincus. Bien entendu, parce que les incompatibilités existent, si vous ne supportez pas votre compagnon de chambre, on vous change. Mais forcément, vous serez avec quelqu'un. D'ailleurs tout est complet. »

Thomas se mit à sourire et dit :

« Voilà qui est clair.

— Ne partez pas avec réticence. Si vous pensez ne pas supporter la présence de quelqu'un, nous reprenons votre inscription. »

Thomas se leva.

« Je m'y habituerai. »

Il ajouta :

« Les bagages à main sont pesés aussi ?

— Rarement.

— Mon sac ? »

L'hôtesse le jaugea. C'était vraiment un gros sac, cossu, une parfaite imitation de cuir, avec une fermeture Éclair large et solide.

« Un peu encombrant, mais ça devrait aller. N'oubliez pas que la cabine sur le bateau qui remonte le Nil est assez exiguë... Bon voyage, monsieur Koenig ! Et, revenez nous voir. Peut-être pour un autre voyage. »

Muni de ses papiers et de sa carte de membre du « Centre Amusements et Loisirs », Thomas se retrouva dans le hall.

Le haut-parleur diffusait un appel :

« Notre cadeau du jour, c'est l'Inde. L'Inde pour l'hiver ! Bénarès à des prix sacrifiés... »

Une voix de femme intervint :

« Nous prenons jusqu'à ce soir les inscriptions pour le rio Negro. Noël en Amazonie. Vous ferez votre shopping à Manaos. En zone franche. »

Dans une ambiance sonore composée de cris de singes et de piaillements d'oiseaux, Thomas atteignit la sortie. Il reprit sa voiture au parking et démarra.

Au bout d'un trajet assez long, il retrouva sa rue. C'était une journée crépusculaire. La pluie rabattait la fumée, et le trottoir brillait comme une poêle à frire huilée. Cette banlieue habitée de gens de couleur, il l'avait choisie par nostalgie de la 8e Avenue à New York, le lieu des bonheurs et des misères de ses vingt ans. Thomas entra chez lui. Il arrêta à temps le système de sécurité qui aurait déclenché les sirènes et il appela par téléphone Mme Hrazek, une veuve d'une cinquantaine d'années, échouée dans l'immeuble croulant où le propriétaire lui laissait un logement au rez-de-chaussée contre le gardiennage occasionnel. Elle avait la clef et la confiance de Thomas.

Mme Hrazek arriva. L'homme qu'elle admirait allait lui demander de préparer un de ces petits repas frugaux et coûteux composés d'une viande et de quelques fruits qu'il fallait acheter ailleurs, car ce quartier-ci n'était guère pourvu de ces mets de luxe. La présence de Thomas Koenig était providentielle pour elle. Pourquoi cet homme, certainement riche, habitait là, elle n'en savait rien.

Les clefs à la main, elle sonna. Thomas Koenig n'aurait pas aimé être surpris.

« Entrez donc, madame. »

Le mur de l'entrée recouvert d'un tissu beige mettait en valeur deux gravures. La première représentait un homme seul au milieu des loups ; l'un d'eux, accroché à son épaule, le mordait ; l'autre s'acharnait contre le bras droit ; le troisième, la gueule crémeuse d'écume, allait bondir. Sur l'autre gravure, c'était un corps à corps ; l'homme allait briser les vertèbres cervicales d'un loup dressé sur ses pattes. Basculé déjà en arrière le fauve perdait sa couronne.

« Un souvenir de Hongrie, rappela Thomas.

— Vous en avez beaucoup », dit Mme Hrazek.

Dans cette timide lumière de novembre, le salon ressemblait à un petit musée.

« J'ai pensé vous faire plaisir avec cette Madone... »

Il avait pris le tableau préparé sur son bureau. Une admirable peinture, authentique. Elle datait du XVIIe siècle. Sur le fond ambre doré s'épanouissait dans un sourire timide une madone ocre, illuminée ici et là d'une lumière orangée. L'âme ensoleillée, dans un geste de quête paisible, elle tendait les mains. Un chef-d'œuvre, comme l'autre Madone, avec l'enfant Jésus dans les bras, qu'il avait vendue pour huit cent mille Deutsche Mark. Le prix de l'explosif.

« Je ne suis guère pieuse », prononça Mme Hrazek.

Veuve d'un artisan tchèque, habituée aux fantaisies des gens de l'Europe centrale, elle ne cherchait pas la raison de ce cadeau. Elle en aurait préféré un autre. Comme la peinture délicate d'une femme nue, vue de dos, dans une coulée de soleil. Ou le Bouddha en porcelaine de Chine. L'appartement de M. Koenig était bourré de trésors comme la caverne d'Ali Baba.

Thomas se mit à sourire. Ignorant la fortune qu'elle valait, Mme Hrazek boudait la Madone.

« Les objets religieux me plongent dans le cafard », expliqua-t-elle.

Thomas voulait qu'après l'éclatement du barrage, la presse internationale découvre la Madone chez la concierge.

« Prenez-la... vous ne le regretterez pas... »

Que pouvait-on lui refuser, à cet homme d'allure romantique et dont l'âge était effacé par l'intimité opaque de cet après-midi ?

« Si vous y tenez, je peux l'accrocher au-dessus de la télévision.

— Bonne idée ! prononça-t-il, et il ferma les yeux lorsqu'elle saisit le tableau comme un paquet de lessive.

— J'ai quelque chose à vous dire, madame. Si vous avez une seconde.

— Toujours à votre disposition.

— Je vais m'absenter pendant quelque temps.

— Pour vous reposer ?

— Exactement. Je pars en vacances.

— Enfin ! s'exclama-t-elle. Il y a trois mois, New York vous a épuisé. Vous êtes revenu si pâle. »

« Elle va être remarquable en donnant sa première conférence de presse, constata Thomas. Elle allait être tour à tour indignée, peinée, sensible, apeurée même, explicite, sans oublier un parti pris de tendresse, un perpétuel « croyez-vous que c'est vraiment lui qui a fait ça ? » Elle agacera, révoltera, et enchantera. »

« Vous avez besoin de compagnie aussi. Ceci ne me

regarde pas, mais je suis peinée par votre solitude. Même pas un chien. Seulement le travail. »

Elle ajouta :

« Vous serez absent pendant combien de temps ?

— Je prends de larges vacances, dit-il. Pour une fois, je vais me laisser vivre. »

« Il m'a dit : « Je vais me laisser vivre. » C'est une preuve qu'il n'est pour rien dans la catastrophe ! » expliquera-t-elle. « L'affaire Koenig. Quatrième prise. La concierge », dira l'assistant.

« Je ne voudrais pas qu'au cours de vos nettoyages, vous déplaciez des objets. Rien ne doit changer de place.

— C'est promis, monsieur.

— Si jamais j'ai un accident...

— N'évoquez pas le malheur.

— Personne n'est éternel, madame.

— Votre Madone me rend superstitieuse. »

Elle aurait aimé s'en débarrasser.

« L'affaire Koenig. La concierge. Cinquième prise. »

« Et je lui ai dit : « Reprenez-la. Elle me fait peur. » Quand on n'est pas religieux... »

« Au contraire, considérez la madone comme un porte-bonheur, dit Thomas. Si vous voulez me faire plaisir. »

Il la regardait avec intérêt, peut-être pour la première fois.

Les cheveux tirés en arrière, le visage pointu, et l'ombre d'un rouge désuet sur les pommettes, faisaient de Mme Hrazek un personnage brechtien titubant entre la révolution et la soumission.

« Elle va gagner une fortune avec ses mémoires dictés à un journaliste rapide : ce qu'il mangeait, Thomas Koenig, ce qu'il lisait, ses livres sur l'écologie... (sait-elle ce que c'est ?), Marx (en avait-elle entendu parler ?)... »

« Vous avez de la famille ? demanda-t-elle, les yeux embués d'émotion et le cerveau empli de chiffres.

— Personne. »

Elle eut un moment d'angoisse. Si ce Hongrois mourait, elle serait, elle, une si parfaite héritière. Il y a tant de gens qui, par ignorance de la loi, faute de testament, laissent leur argent à l'État. Elle s'enveloppa dans une phrase prudente :

« La vie moderne représente des dangers... les avions... et surtout la route... »

Thomas interrompit la conversation.

« Pour vos menus frais, voilà deux mille francs...

— C'est beaucoup trop, dit-elle sans conviction. Vous partez où ?

— A la recherche du soleil. »

Elle prit la Madone.

« Il me faudrait une attestation.

— De quoi ?

— Que la Madone est un cadeau. N'importe qui pourrait croire que je l'ai volée. Même si elle ne vaut pas cher. »

Il se mit à sourire.

« Rien de plus facile. »

Et aussitôt, il fit le certificat.

« Voilà.

— Merci. Est-ce que je vous apporte demain des steaks et de la salade ? Les premières mandarines sont apparues aussi.

— Bonne idée, madame. A demain, donc. »

Aussitôt revenue dans sa loge, elle accrocha la Madone au-dessus de la télévision. Quand Thomas Koenig passerait, il verrait que son cadeau était apprécié. Il était si riche, ce Hongrois, et si solitaire.

Quant à Thomas, il allait prendre son appartement à bras-le-corps et le modeler à l'image qu'il aurait voulu qu'on garde de lui. Le fragment d'une phrase de Hegel lui traversa l'esprit : « La folie n'est rien d'autre que la séparation achevée de l'individu par rapport à son espèce... » Il lui plut de contredire Hegel : « La folie n'est rien d'autre que le culte de l'espèce groupée pour achever l'individu réduit à une impossibilité de réagir. »

Il se mit au travail. Il lui semblait être devenu un outil, l'élément fonctionnel d'un engrenage, la partie intégrante d'une machine. Son appartement, un vrai labyrinthe, allait refléter son image au moment où le monde entier s'interrogerait sur l'attentat.

Il ouvrit une commode remplie d'armoiries encadrées ; son arbre généalogique était là, ordonné, coloré, spectaculaire même ; il pouvait, lui, justifier dix générations. Ce mur ici, dans ce couloir, allait servir à démontrer ses origines. Son vrai nom rétabli, ce « Koenig » dont on l'avait affligé au camp, allait disparaître. Il accrocha les vingt reproductions d'armoiries représentant sa noblesse. Là, un pélican se penche sur ses petits, dans un nid porté, comme une couronne, à l'aide de deux épées croisées. Ici, un daim muni d'armes. Des lions couronnés ; des oiseaux-rois ; un cerf majestueux transpercé par un flèche. Les symboles défilent. En bas de cette pyramide, comme un digne épilogue : dans un petit cadre, un lambeau de tissu provenant de ses haillons de déporté d'Auschwitz.

Il songea à son voyage. Il aurait mieux valu prendre l'avion, aller directement à Assouan. Mais, avec son chargement, il n'aurait pu franchir les étapes sans être protégé par l'entreprise de loisirs. L'épreuve la plus cruelle allait être la chambre partagée avec un joyeux vacancier.

Il ouvrit un meuble et prit l'unique photo qu'il possédait de ses parents. Une toute petite partie du parc du château y était visible. La photo avait été surtout faite pour le gros plan de sa jeune mère, et même son père y était un peu flou.

Thomas accrocha la photo au-dessus du lambeau de vêtement de déporté. La lignée fabuleuse, les armoiries aboutissaient à cette photo du couple. Et se terminait avec le lambeau sinistre. Il avait suffi de prendre la veste flanquée de l'étoile jaune d'un camarade de lycée pour devenir ce lambeau de tissu.

En même temps que la sonnette retentit, la clef tourna dans la serrure de l'appartement.

« Êtes-vous là, monsieur ? demanda Sylvie Hrazek.

— Entrez, madame.

— J'ai trouvé des coquelets, dit-elle. Tout petits. J'en ai acheté deux. J'ai pensé vous les préparer. Avec une belle salade. J'ai aussi un fromage de chèvre. Frais. Si vous n'en voulez pas, je le garde pour moi.

— Merci », dit-il.

Il lança :

« Voulez-vous partager mon déjeuner ? »

Quelle rédemption, cette invitation ! L'entrée triomphante dans l'univers d'un homme qu'elle connaissait depuis cinq ans et qui avait pu toujours garder vis-à-vis d'elle son mystère. Plus qu'un mystère. Une absence d'indications ou de renseignements.

Elle mit la table pendant que Thomas classait ses disques.

Mme Hrazek s'affairait dans la cuisine-laboratoire. Elle revint avec un plateau.

« Voilà, monsieur.

— J'ai du vin, madame. Si vous en voulez. Un bordeaux léger ?

— Pour vous accompagner... »

Elle s'en souviendrait qu'il n'avait même pas touché à son verre.

« Je vais paraître curieuse, dit-elle, mais comme je déjeune avec vous, j'ose...

— Allez-y, madame.

— Vous partez seul ?

— On n'est pas seul dans un groupe de vacances.

— Vous ! s'exclama-t-elle. Vous, dans un groupe... Ne me dites pas que vous partez avec un voyage organisé ?

— Mais si. »

Elle fut à la fois ravie et décontenancée. Thomas Koenig en groupe !

« Vous y serez bien, dit-elle, déçue et jalouse.

— Je suis comme tout le monde», dit-il.

«Et il m'a dit: je suis comme tout le monde. J'ai besoin de repos.» «Coupez!» crierait un type près d'une caméra. «Madame, pourriez-vous redire cette phrase, pour la télévision allemande. Merci, madame.» Et elle demanderait: «C'était pour qui, la deuxième déclaration.» «C'était pour une des chaînes de télévision américaine. Voilà, allons-y, mes enfants! L'affaire Koenig numéro vingt-sept. A vous, madame!»

«J'ai déballé les fromages aussi, dit-elle. J'ai tout mis sur le plateau.»

Elle réfléchissait, elle sentait qu'il y avait quelque chose à faire. Un intérêt matériel à tirer de cette journée. Elle se hasarda sur un terrain qu'elle présumait neutre.

«Dans la vie, tout dépend des rencontres.

— En effet, madame.

— J'ai épousé mon artisan de mari, tout en étant la secrétaire d'un homme d'affaires. En devenant sa maîtresse.

— Et le mari? demanda-t-il.

— Il s'en doutait. J'avais un salaire anormalement élevé. Ça l'arrangeait.

— Pas très élégant comme procédé, dit Koenig.

— Qu'est-ce qui est élégant dans la vie? L'homme d'affaires devenu veuf, je me voyais déjà, moi-même, à la tête de son entreprise. Et, clac, il meurt aussi! Vous trouvez ça élégant, vous? Je suis redevenue dactylo. Ailleurs. Après, j'ai ouvert une boutique. De souvenirs artisanaux d'Europe centrale. Ça marchait un peu. Jusqu'au moment où les gens sont allés acheter, eux-mêmes, tout sur place.»

Elle était émue de sa propre confession, et regrettait ses vingt ans, le chemisier entrouvert, le corps à offrir. L'embarquer, Thomas Koenig aussi, comme elle avait pris son Tchèque naïf, et les autres!

«Votre arrivée était une vraie bénédiction», continua-t-elle.

« Son arrivée était une vraie bénédiction pour moi. Lui, un monstre ? Mon Dieu, comment pouvez-vous dire cela !... »

« Comme un ange descendu du ciel. »

« Comme un ange descendu du ciel. » « Coupez! L'affaire Koenig, numéro vingt-neuf. Pouvez-vous redire cela, madame, pour la T.V. scandinave? Merci. »

« Votre aide m'est précieuse, aussi, dit-il.

— Évidemment, dit-elle. Vous ne pourriez pas laisser entrer n'importe qui... Avec un peu d'efforts, je pourrais recommencer à taper à la machine. Avez-vous une secrétaire ? »

« Attention, pensa Koenig ; elle va dévier ici. »

« Et, messieurs, il m'a demandé d'être sa secrétaire. »

« Non, madame. En aucun cas. Je fais tout moi-même.

— Ah ! bon, dit-elle, assez triste. Voulez-vous des fruits ? J'ai vu qu'il y avait encore des poires...

— Plutôt un café. »

Elle prépara le café avec un de ces appareils qui font rêver.

« Votre cafetière, un rêve.

— Prenez-la, dit-il. Si cela vous fait plaisir. »

Heureuse et frustrée, elle aurait aimé recevoir plus. Pourquoi se contenter d'une Madone un peu noircie, et d'une cafetière à la mode ?

« En tout cas, avec moi, vous pouvez être assuré que personne n'entrera ici. Le Japonais, le dernier des cinq, est parti, aussi, ce matin.

— Tiens donc...

— Quand je suis montée, j'ai vu la fille. Très triste. Avec ces Orientaux, on ne sait jamais, mais je vous assure qu'elle avait une tête dramatique. Dites, monsieur Koenig, avec tout l'argent que vous avez, pourquoi habitez-vous ici ?

— Ce serait compliqué de vous expliquer.

— Vous avez dû en voir, vous aussi, des vertes et des pas mûres ! » dit-elle.

Il supportait même cette familiarité avec patience.
« Merci d'avoir partagé mon repas. »

Elle était presque congédiée. Elle jeta un coup d'œil sur ce Thomas Koenig. Interrompre ainsi une conversation, il fallait savoir le faire. Ce n'était pas une habitude, mais un instinct. Héréditaire, comme une maladie. Froissée, elle constata que la grâce du repas s'évaporait.

« Je ne vous laisse quand même pas la vaisselle ? »

Il dit avec un sourire désarmant :

« Je vous serai reconnaissant si vous la faites. »

Il ne fallait surtout pas indisposer l'une de ses interprètes principales. Cette « fin d'audience », après ce repas-félicité, attrista Sylvie Hrazek. Elle en aurait voulu davantage.

Enfin, Thomas se retrouva seul. Il tentait de regarder son appartement avec les yeux d'un étranger. L'entrée assez étroite peuplée des images des loups s'ouvrait sur une grande pièce, claire, qui s'accoudait sur une rue paisible le jour et peuplée d'ombres la nuit. Ici, viendra juste dans l'angle un portrait réussi de Joanna. Et voilà Joanna, en noir et blanc, dans l'extrême fluidité de sa beauté de vingt ans ; le visage ovale semble être en opaline ; et ses yeux sont noirs. Ainsi, elle se pencherait du passé jusque dans le présent, en franchissant la frontière intervenue entre leur divorce et cette réapparition dans la future vie « posthume » de Thomas.

« Ma femme bien-aimée », voilà la phrase qui toucherait le grand public.

Qui pourrait imaginer la somme de souffrances, d'abnégation qui s'accumulaient derrière cette photo, grande vedette de l'ultime mise en scène ?

Joanna avait toujours rêvé d'une vie paisible. Elle et son mari allaient être harcelés par les journalistes. « Vos impressions, Herr Werner ? Le premier mari de votre femme est responsable de la plus grande catastrophe que le monde ait connue. Votre vie de famille doit en être ébranlée, n'est-ce pas ? Votre femme n'est pour rien dans l'horreur, c'est évident, mais elle a vécu avec lui pendant quelques années. » Ils allaient insister sur la notion d'« avoir vécu » avec lui. « Si vous nous parliez de souvenirs, de ses souvenirs à elle ? »

Paniqués par tant d'intérêt qui allait leur être porté, ils enverraient leurs enfants, deux fillettes, paraît-il, chez les grands-parents, dans une petite ville voisine. Un service de police les protégerait contre les curieux.

En dessous du portrait, il plaça leur photo de mariage. Un couple harmonieux, presque beau dans l'émotion. A moitié assis sur le voile de la mariée, à leurs pieds, Happy, le berger allemand, fixait l'appareil du photographe. Une autre image suivait : le vent s'engouffrait dans le voile de Joanna ; transparent, le voile dansait. Légère, Joanna résistait à peine.

Thomas retrouva l'entrée, il se retourna et contempla la mise en scène minutieuse de ce grand jeu sentimental. Il effleura du regard la photo de Happy, surtout à ne pas oublier. Sur la photo, l'indication voulue : « Élevage de Wurzenbad. »

L'élevage allait bourdonner comme une ruche. Les envoyés spéciaux des grands journaux se précipiteraient sur les employés de ce chenil. « Qui se souvient du monstre qui, sous l'apparence d'un être paisible, est venu ici pour chercher un compagnon ? Son comportement à l'époque ? » Le moindre élément concernant Koenig vaudrait de l'argent. Il ne dirait jamais combien il avait adoré ce chien, capricieux, intelligent, sensible, accaparant.

Joanna avait eu le malheur de dire : « Parce qu'il est vieux, il n'a plus la force de protester contre moi. Quand nous prendrons un jeune chien... »

Elle avait ainsi enterré Happy.

Par là, un morceau de bonheur en noir et blanc, encadré de cuir : une journée de pêche. Mal lancée, la ligne de Joanna s'était accrochée dans un buisson.

Thomas ouvrit, comme un jeu de cartes, un paquet de photos et éparpilla les images. Il descend dans un torrent avec un kayak. Une autre : une profonde plongée dans l'eau. Joanna avait pu le photographier, un régal pour les psychiatres. Immersion. L'empoignade délicieuse avec l'eau. L'appréciation du contact. L'absorption par la matière bleue. La tête dans l'écume. « Thomas Koenig et l'eau. »

« On voudrait faire un film de sa vie, madame, dirait un agent hollywoodien à Joanna. Pourriez-vous être notre conseillère ? Vous seriez admirablement rémunérée, logée, nourrie, blanchie, vidée, stérilisée, utilisée à l'extrême, chère madame. » Pluie de dollars. Avec la technique actuelle, adoucissement des traits, faux flous. Il n'y a plus de vrais flous. Vous pourriez peut-être, vous même... Un flash-back avec vous. Oh ! ne soyez pas si effrayée. Juste quelques instants. En déterrant vos souvenirs, vous enterrez vos soucis. Vous n'en avez pas ? Vous n'en aviez pas. Être, avoir été la femme de cet homme... ça vaut une fortune. »

Dans un testament déposé chez un notaire parisien, Thomas avait fait de Joanna sa légataire universelle, y compris les droits de films et de productions de télévision relatant sa vie. Il n'avait aucune envie de faire faire des économies aux mass media !

Il alla à la cuisine pour se faire un café. Il découvrit que Mme Hrazek avait déjà emporté l'appareil. Il hocha la tête. L'avidité de l'être humain allait donc le surprendre jusqu'à son dernier souffle. Il composa le numéro de téléphone de Sylvie Hrazek.

« Bonjour, madame.

— Bonjour, monsieur... J'allais sortir... Qu'est-ce que je peux faire pour vous ?

— Me ramener ma cafetière. Je ne pars qu'après-demain matin.

— Oh ! pardonnez-moi ! s'exclama-t-elle. Je suis tellement étourdie. J'étais trop heureuse de l'avoir. Je l'amène. Je cours. J'arrive. »

« N'empêche, se dit-elle en raccrochant, c'est une occasion de plus d'aller le voir. »

Thomas prit l'appareil dans l'embrasure de la porte.

« Merci, madame. Vous pourrez la prendre après-demain, dans la matinée.

— Après votre départ », dit-elle.

Et, avec un faux air de petite fille :

« Vous me manquerez, vous savez...

— Vous êtes bien aimable. Je suis très touché. »

La porte se referma sur elle qui restait à l'extérieur, de nouveau, de ce paradis interdit.

« Voilà, se dit Thomas, allons-y ! »

Le côté professionnel allait être rapidement réglé. Les économies en provenance de son salaire de chercheur et de chimiste appointé au plus haut niveau iront aussi bien à Joanna qu'à des associations écologistes. Y compris les revenus considérables de ses brevets.

Il vida deux tasses de café. Il fallait reprendre des forces pour s'attaquer au côté « écrit » de cet appartement-testament. Il se dirigea vers sa chambre à coucher, une pièce meublée en Louis XIII comme ce meuble sculpté qui abritait sa correspondance.

Des lettres, d'abord. Des tentatives pour retrouver son camarade Goldstein, dont il avait pris la veste flanquée d'une étoile jaune, à Budapest, au début de novembre 1944. Il avait pris sa veste, mais pas son identité. En clamant la sienne, dans la veste d'un autre, il était sorti de sa propre vie, comme s'il avait cherché une troisième dimension, comme s'il était devenu un troisième personnage. C'était fait. Thomas Koenig était là. Mais avec le passé de ses parents, non identifiable à son être actuel, et avec les souffrances infligées par l'Histoire à Goldstein.

La liasse de papiers divers fut remise dans l'armoire.

La deuxième étagère était réservée aux souvenirs concernant ses parents. Ici, les liens jadis charnels avaient un parfum de poussière. Que restait-il d'eux ? Des papiers.

Troisième étagère : la correspondance avec Joanna, pendant l'année de séparation qu'ils s'étaient imposée avant le divorce. Les lettres de Joanna seulement. Raisonnées, appliquées, très sages. Les devoirs d'une lycéenne qui aurait choisi comme sujet pour toute l'année : la vie conjugale et ses traquenards. Sublimer quelqu'un qui semble avoir écrit des choses si simples : « Mon cher Thomas, tu me manques (évidemment) » — c'était gentil d'avoir mis « évidemment » —, « mais c'est mieux ainsi ». On dit aussi des morts : « Pour eux, c'est mieux ; ils ne souffrent plus. »

« Mon cher Thomas, Heinrich est revenu d'Assouan, où il a été expert, envoyé par l'État, faisant partie d'une délégation. Comme je te l'ai dit... »

Il avait entendu parler de ce Heinrich apaisant. Et aussi de ce barrage. « Des hommes, des vrais, ceux qui bâtissent une si gigantesque entreprise. Comme les Pyramides... »

D'autres lettres. Des piles de lettres. En dessous, une forêt de dossiers, des offres, des propositions de situations nouvelles.

Il alla vers son bureau, et il écrivit une phrase bien lisiblement sur un papier rectangulaire qu'il alla coller à l'intérieur de la porte de l'armoire.

« La première détermination est l'unité essentielle avec soi. L'Identité. — Hegel. »

Un vrai régal pour les enquêteurs. Le monstre était donc hégélien. Et l'autre phrase pour alimenter leur angoisse élégante :

« Le premier moment dans l'amour, c'est que je ne veux plus être pour moi une personne indépendante et que, si je l'étais (il hésita et souligna « si je l'étais »), je me sentirais déficient et incomplet. »

« Madame, dirait-on à Joanna, il s'est identifié à une phrase de Hegel : Se sentir *déficient* et *incomplet*. Au fond, sans vous, n'est-ce pas ? A l'extrême, pourrait-on imaginer que vous êtes un élément déterminant dans cette catastrophe ? »

Et la limpide beauté répondrait avec aise :

« Messieurs, les faits sont déjà assez intenables, n'essayez pas d'incriminer en plus une paisible mère de famille. »

Thomas referma l'armoire. Il regarda le tableau abstrait en face de son canapé, recouvert d'une fourrure. Un canapé étroit pour un homme qui affiche sa solitude. Qui la clame. Qui se vante de n'avoir besoin de personne.

Il se mit alors au travail avec l'explosif. Pour caser les neuf kilos, il lui fallait l'assistance de six livres. Il choisit plusieurs des dieux de sa « littérature-religion ». Avec une lame, il découpa les pages de deux volumes qui contenaient les œuvres de Lermontov et de Pouchkine. Et voilà le petit pain d'explosif placé à l'intérieur du livre relié. Il fallait espérer qu'aucun douanier ne voudrait feuilleter ces livres qu'il allait emporter. Il prit *Le Rouge et le Noir,* calfeutré dans un cuir bleu nuit, et emboîté dans un étui épais. Il lui fallait encore trois volumes assez gros. Un qui relatait l'histoire millénaire de sa Hongrie natale. « Noble hongrois de 1620 », avait lu Koenig sous une des gravures qui ornaient l'ouvrage. Noble hongrois. Il avait bu une gorgée d'eau pour s'apaiser. Un autre fut l'*Encyclopédie des oiseaux en péril;* une espèce rare, un des derniers de sa race, bombait sa frêle poitrine sur la couverture. Et, en dernier, il prit comme abri à son explosif : *Crime et Châtiment.*

Cet après-midi de novembre était sombre. Il éclaira l'appartement. Calme, il travaillait avec le soin d'un horloger.

Plus tard, fatigué, il s'allongea sur son canapé. L'extrême tension qu'il vivait l'avait épuisé et faisait apparaître son âme déjà morte.

« L'horreur d'un monstre persiste environ trente ans dans l'Histoire. Au bout de ce délai, commence la réhabilitation. » On l'explique, on le justifie. Ça allait être son destin.

Il imaginait la horde des officiels, des journalistes. Les professionnels surexcités de l'information pénétreraient ici. Il allait leur laisser un labyrinthe. D'innombrables traces à découvrir, à interpréter, des maillons à ajuster, des signes à expliquer. C'est à Auschwitz qu'on lui avait fait comprendre que l'être humain, la vie n'avaient aucune valeur. Il pouvait donc massacrer, anéantir ; un jour, il deviendrait Thomas Koenig Super Star.

Si les chapardeurs avertis, les voleurs à la petite semaine, les pilleurs occasionnels entraient ici avant ceux pour qui la mise en scène avait été préparée, si des maraudeurs aux mains avides se faufilaient dans son testament en relief avant les professionnels des déchiffrages intellectuels, l'image mûrie et préparée pourrait être troublée sinon faussée. Si un barbare ôtait l'une des deux gravures qui représentait le combat avec le loup, l'interprétation d'une de ses lettres, adressée à un ami, serait forcément inexacte. Sa vitrine chargée de souvenirs issus d'un passé glorieux, devait être répertoriée par des professionnels. Comme ces gobelets en argent lourd, qui portaient gravés les noms et les blasons de ses ancêtres. Sa collection de sceaux armoriés aurait pu aussi faire pâlir d'envie des amateurs d'objets rares où des initiales étaient parfois à peine déchiffrables parce que entre-nouées, devenues fioritures.

Une partie de ces tableaux inestimables, légués au Musée national de Budapest, retrouveraient, eux, la Hongrie. Comme cette esquisse admirable, ce profil de jeune femme un peu étourdie, ou rêveuse, qui avait servi comme étude à Corot, pour un de ses personnages féminins les plus célèbres.

Il avait passé deux jours à la préparation des lieux. Parfois, il sortait pour prendre un peu d'air. Le matin du départ, il avait rencontré l'Eurasienne. Celle qui habitait avec les Japonais. Au début, il y en avait cinq. Ils disparaissaient les uns après les autres.

«Mon ami m'a quittée à cause de vous, avait-elle dit.

— Je n'y peux rien.

— Si », avait dit l'Eurasienne.

La cage d'escalier sonore grouillait de gens. Deux Nord-Africains rentraient ; ils avaient salué, avec un petit geste amical, Thomas ; celui-ci avait répondu d'un mouvement fraternel, et l'Eurasienne s'était légèrement inclinée à leur passage. L'absence de tout racisme dans l'immeuble rendait Thomas heureux. Misères, mystères, indifférences et amitiés communes le liaient aux autres.

« Vous allez rentrer à Hong Kong ?

— Il ne m'a pas acheté mon billet. »

Ç'aurait été simple de lui donner l'argent à cette fille et de s'en débarrasser. Thomas n'aimait pas qu'on le prenne pour un riche inconscient, ni pour un original au passé douteux, devenu objet de chantage.

« J'ai donné une fortune à votre ami, avait-il dit, comme s'il parlait de récompense à un enfant.

— Je n'en ai jamais eu de profit, avait-elle dit. On ne me donne rien. Ou peu de choses. »

Elle ajouta :

« Je suis triste.

— Et moi, navré », dit-il en prenant congé d'elle.

Pour lui, l'affaire était terminée. Il l'avait quittée devant sa porte.

En continuant ses préparations, il avait placé le détonateur-joyau, une merveille électronique, dans un appareil pour sourd, une coquille qu'il porterait collée sur l'os derrière l'oreille.

Les livres bourrés d'explosif étaient peu à peu recouverts d'objets hétéroclites et inspirant confiance : une trousse de toilette, un léger pull-over, et même une chemise de rechange. Grâce au voyage en charter, le douanier effleurerait du regard, sans y toucher, le contenu du sac.

Thomas prit le téléphone :

« Je voudrais un taxi, madame, 127, rue des Briques. C'est pour aller à Orly.

— Dans dix minutes. »

Intolérables dix minutes ! S'il s'attardait dehors, Mme Hrazek l'inviterait à contempler la Madone accrochée au-dessus de la télévision. Dans son appartement, ses yeux n'arrêteront pas d'errer, de jauger, rectifier, souffrir, hésiter, contempler, critiquer son œuvre. Lui, jadis victime de l'Histoire, il avait tout fait pour changer le monde, en vain. Il allait donc entrer dans la galerie des monstres qui s'y attaquent, périodiquement, pour le démolir.

Il boutonna son imperméable, s'assura de la présence de la convocation du Club dans une poche, et porta un dernier regard sur la photo de Joanna. Dieu sait qu'il l'avait aimée, adorée ! Il mit le système d'alarme en marche, sortit de chez lui, et referma la porte sur son passé. L'intrus éventuel qui effleurerait sa porte serait empoigné de terreur par le son aigu des sirènes. Il passa devant la loge ; Mme Hrazek lui fit un signe ; il répondit d'un petit geste. Thomas resta quelques secondes sous la pluie torrentielle ; enfin le taxi arriva.

« C'est vous qui m'avez appelé pour Orly ?

— Oui.

— Ça va être le pied pour y aller. »

Mouillé de la tête aux pieds, poussé par un coup de vent glacé, Thomas ouvrit la portière du taxi, posa sa valise sur le siège, et la suivit avec son sac de voyage qu'il prit sur ses genoux.

« C'est une vraie foire aujourd'hui, dit le chauffeur en démarrant. On ne circule pas du tout.

— J'ai tout mon temps. »

Le chauffeur fut presque déçu de ne pas maudire la circulation en duo. Il entama donc un monologue solitaire ; nerveux, il klaxonnait souvent.

Noyé dans la marée montante des voitures, Orly agonisait. Un agent, au bord de l'asphyxie, canalisait le flot des véhicules qui déversaient leurs voyageurs et les valises pêle-mêle sur le trottoir.

Encombrée de bagages, en quête de porteurs, la foule hagarde se déplaçait. Ceux qui poussaient leur chariot chargé de bagages se voyaient solliciter pour qu'ils cèdent, après usage, leur précieux petit quatre-roues. Thomas avançait dans ce tourbillon maussade qui lui rappelait la guerre.

Dans le hall de l'arrivée, les voyageurs jouaient des coudes pour se tailler une place à côté des tapis roulants qui amenaient les bagages éjectés des trappes. Ici, les costauds régnaient ; les grandes carrures et les grands pieds piétinaient, poussaient.

Dans un coin assez éloigné, Thomas aperçut des gens groupés autour d'une jeune femme vêtue d'un uniforme beige élégant. Avec sa petite casquette, elle avait une allure de majorette. Elle tenait un panneau bien visible : « Centre Amusements et Loisirs. »

« Peu de monde pour un départ aussi proche », pensa Thomas. Le poids de sa valise et, de l'autre côté, les neuf kilos d'explosif s'équilibraient. Non repéré par le groupe, il observait à sa guise. Une femme assez jeune encore et mince, affublée de lunettes de myope, bavardait avec un homme d'une trentaine d'années accompagné d'une belle fille blonde. Un couple aux alentours de la cinquantaine attendait paisiblement, muet aussi, comme souvent les gens qui n'ont plus rien à se dire tant la vie commune les a épuisés. Une jeune fille aux cheveux platine, naturels comme ceux de certaines Suédoises, se tenait à l'écart ; elle semblait dormir debout.

Il s'approcha d'eux ; son arrivée ne fit aucune sensation ; il répondit à des signes de tête, à des « bonjour » esquissés par un petit sourire, et il interpella l'hôtesse.

« Amusements et Loisirs » ?

— C'est ça, monsieur.

— C'est bien ici le rassemblement pour l'Égypte ?

— Oui, monsieur. Vous avez votre convocation ?

— La voilà. »

Il lui tendit l'enveloppe ; elle en sortit elle-même les papiers nécessaires.

« C'est en ordre. Nous avons quelques petits problèmes. Nous attendons. »

Une charmante myope lui dit :

« Vous savez, ça risque d'être long ; déposez vos bagages... »

Et elle désigna le sac à main.

« C'est gros. Vous voulez l'emmener dans l'avion ?

— Oui, dit-il.

— En tout cas, vous n'avez droit qu'à une valise.

— Je le sais.

— Je m'appelle Yolande, dit la femme. Yolande Cloutier.

— Koenig. Thomas Koenig.

— C'est votre premier voyage avec le Club ?

— Je donne cette impression ?

— Et comment ! Un sac pareil dans un charter !

— On verra bien », dit-il, irrité, mais souriant.

Il se garda bien de manifester son impatience. Il eût aimé ne pas parler, ne pas répondre. Yolande décida de s'occuper de Thomas.

« Au Club, on n'a pas besoin de tant de choses, vous savez... C'est très décontracté. Je n'ai que ça... »

Et elle désigna de son pied une valise souple de taille moyenne.

« Et il y a encore de la place pour les cadeaux. »

L'autre dame se détacha du cercle muet qu'elle formait avec son mari et vint près d'eux.

« Bonjour, je m'appelle Solange Van den Ip.

— Yolande Cloutier.

— Thomas Koenig.

— C'est votre premier voyage avec le Club ? » demanda Solange.

Yolande se mit à sourire.

« Vous voyez comme c'est visible !

— Il y a un début pour tout, dit Solange. On a du retard. Quant à nous, nous avons failli renoncer, il y a quelques jours, à l'Égypte.

— Pourquoi ? demanda Yolande.

— On est rentrés d'Indonésie un peu secoués. »

Thomas la regardait. Plaisantait-elle ? Ç'avait été une des plus grandes catastrophes causées par un séisme.

« Secoués ? » dit-il.

Solange — une grande poupée qui marche et qui parle — répondit :

« On était assez loin de l'épicentre... Nous nous sommes retrouvés projetés, juste sur une plage... Il faut dire que notre chambre donnait sur elle. Mais il n'y avait plus d'hôtel. Que des décombres... Vous savez, si on avait peur de tout, il faudrait rester chez soi ! »

Un homme en uniforme vint rejoindre l'hôtesse, lui parla en hochant la tête, et aussitôt après, l'hôtesse renseigna les voyageurs en attente, y compris deux Japonais, muets et gais comme des pinsons, qui venaient de les rejoindre.

« Le personnel au sol vient de se mettre en grève pour une durée indéterminée.

— Entre une heure et dix jours, n'est-ce pas ? dit l'homme d'une trentaine d'années qui s'approcha du groupe. Je me présente : Bruno Desjardins. »

Il fit un geste en direction de la blonde :

« Ma femme, Marthe. »

Celle-ci le regarda, interloquée, et lui dit, en s'éloignant des autres :

« Pourquoi dire que je suis ta femme ?

— Parce que je prends mes rêves pour des réalités, dit Bruno. Et vis-à-vis des autres...

— Je m'en moque de ce que les autres pensent, dit Marthe. Je n'ai aucune intention de me marier.

— Je ne suis pas assez représentatif pour être ton mari ? Trente ans, un bureau de publicité qui marche comme le tonnerre, un passé tumultueux quant aux femmes et le désir de me ranger...

— Si tu es pressé, alors pas avec moi ! dit Marthe. Je t'aime vraiment beaucoup...

— Mais pour quinze jours... dit-il.

— Ce n'est pas tout à fait ça. »

Un employé du Club arriva avec un chariot.
« Vos bagages, s'il vous plaît. »
La petite blonde vint vers Bruno et Marthe.
« Bonjour. On s'en va ? Je n'ai pas dormi de la nuit.
— Je jurerai que vous êtes américaine, dit Bruno.
— C'est vrai, dit Liz. Et plus j'ai sommeil, plus mon accent est fort.
— Pourquoi n'avez-vous pas dormi ? »
Liz le regarda avec un peu de désolation. Tous ces Français qui ne pensent qu'au sexe.
« Parce qu'il n'y a pas de lit dans l'avion. Je suis arrivée ce matin de New York. »
Bruno empoigna la valise de Liz.
« Allons, je vais vous aider... Faut aimer les ruines pour voyager d'une manière aussi fatigante.
— Quelles ruines ? demanda Liz.
— Mais en Égypte, ma pauvre chérie. »
Marthe le reprit :
« Ne lui dis pas « pauvre chérie ».
Les bagages se trouvaient sur le chariot. Thomas gardait son sac à main.
« Pourquoi vous me parlez de ruines... Il n'y a pas de guerre là-bas ? »
Bruno jubilait.
« Vous confondez avec le Viêtnam. Mais les pharaons... ça ne vous dit rien, les pharaons ? »
Et en suivant le chariot, Liz répondit :
« Je n'ai pas eu beaucoup de temps, avant mon départ, pour savoir ce que c'est que l'Égypte.
— Ne te moque pas d'elle, lui dit Marthe à l'oreille.
— Mais je ne suis pas sérieux comme un Suisse, moi ! Elle me fait rigoler, la gentille petite Amerloque.
— Bruno !
— Oui. »
Elle se mit à sourire.
« Sois plus sérieux. »
Bruno l'embrassa sur les lèvres.
« Je t'ai fait rire à Genève ; je te ferai rire partout.

— Ne te moque pas d'elle.

— Monsieur, dit l'hôtesse à Koenig. Vous ne voulez pas mettre votre sac ? » Elle montre les bagages entassés sur le chariot. « Il y a encore de la place en haut de la pyramide.

— Non, merci. »

Elle s'adressa aussitôt aux Japonais ; les deux hommes l'écoutaient avec attention.

« Votre convocation, s'il vous plaît. »

Gênés, ils souriaient. Elle haussa le ton, comme si elle avait parlé à des durs d'oreilles :

« Vos convocations ! »

Les Japonais hochaient la tête. Alors, elle montra un des documents qu'elle avait en main, et, aussitôt, les Japonais donnèrent les leurs.

« On est peu nombreux, dit Yolande ; je suis sûre que de l'autre côté de l'enregistrement, la vraie foule nous attend.

— Un guichet de la compagnie qui nous transporte est ouvert, dit l'hôtesse. Allons-y, mesdames, messieurs. »

Elle présenta les billets au guichet ; chacun mettait sa valise sur la balance, et, aussitôt l'étiquette « Le Caire » agrafée, le bagage disparaissait dans la trappe.

L'hôtesse conversa avec l'employé assis derrière le guichet et se retourna vers le groupe :

« Il y a un petit changement. Agréable. A cause de quelques incidents de transit. Votre groupe est loin d'être complet. Vous partirez donc avec une ligne régulière de Gamma Airlines. »

La nouvelle fut accueillie par les autres avec enthousiasme.

Thomas eut un mouvement de recul. Tout son projet était basé sur le charter. Il pensa reprendre sa valise déjà happée par la trappe et rentrer chez lui. Remettre le voyage pour un autre moment.

« Tenez, c'est pour vous ! lui dit l'hôtesse. Pour votre sac. Il vaut mieux y mettre l'étiquette. »

Il noua la ficelle de l'étiquette « Paris-Le Caire » autour de la poignée de son sac.

« Ça va nous arranger après la fatigue indonésienne, dit Roland Van den Ip.

— Fatigue ? dit sa femme. Moi, je ne suis pas fatiguée. Du tout. Évidemment, je mène une autre vie que toi... qui...

— Ça suffit, Solange. »

Yolande Cloutier mit amicalement la main sur le bras de Thomas.

« Vous avez de la chance pour votre premier voyage avec le Centre. Les avions réguliers sont plus confortables, on a plus de place pour les jambes, et surtout, on n'attend pas des heures sur la piste pour pouvoir partir. »

Sous la conduite de l'hôtesse, ils traversèrent le hall, noir d'une foule mouillée, trempée parfois jusqu'à l'os.

« C'est fou ce qu'il peut pleuvoir aujourd'hui, dit Yolande.

— Vos passeports ! »

Koenig sortit de sa poche son passeport allemand ; il était suivi aussitôt par le passeport français de Bruno et par le document suisse de Marthe.

De l'autre côté du contrôle, l'hôtesse, ayant parlé avec un émissaire qui les attendait, s'adressa au groupe :

« La grève a chamboulé les prévisions. Ceux de Londres vont directement au Caire. Et nos amis allemands aussi. Sans transit. »

Thomas fut angoissé. Il allait peut-être être découvert au moment du contrôle. L'explosif ne contenait pas d'éléments métalliques, et, selon les renseignements reçus, il n'était pas détectable, sinon par sa masse, mais il aurait mieux eu sa chance sur un charter. Absorbé par ses pensées, il se sentit devenu invisible parce qu'intégré dans un groupe. Le panneau toujours présent d'« Amusements et Loisirs » l'encourageait.

Si les douaniers faisaient sortir ses livres, si quelqu'un en ouvrait un, l'explosif était découvert. L'échec probable, aussi près du point de départ, l'enrageait ; il songeait même à simuler un malaise, à quitter la petite caravane. Il pourrait rentrer chez lui, et recommencer l'opération plus tard. Avec un charter. Mais la précipitation des autres le poussait vers la salle d'embarquement. Encore quelques minutes, et son sac allait être ouvert ; parce qu'en métal, son appareil pour sourd déclencherait l'alarme.

« N'attendez pas vos cartes d'embarquement, j'ai ici une carte collective », dit l'hôtesse, qui ajouta : « Monsieur, monsieur... je crois... Koenig, si vous voulez bien ne pas vous éloigner, nous devons passer le contrôle tous ensemble. Par ici, je vous prie. »

« Tout terroriste est un produit du tsarisme occidental ! » se dit Thomas.

Les passagers attendaient paisiblement ; les sacs à main s'ouvraient et se refermaient, dans un ennui morne. A son tour, il déposa son sac, et il fit jouer légèrement la fermeture métallique.

« Ouvrez tout à fait », dit le contrôleur.

Apparurent le pull-over, la chemise. La main du douanier travailla à mi-niveau du sac ; la chemise séparée de l'explosif par un autre pull-over léger fut soulevée à moitié. La trousse de toilette fut ouverte aussi. Une seconde le douanier contempla le rasoir, et aussitôt, il ferma le sac lui-même.

« Voilà, dit-il, aimable. Vous me le laissez. Vous, vous passez dans la cabine ! »

Thomas y entra, ressortit de l'autre côté en silence et reprit son sac. Sortie de la cabine où passaient les femmes, Mme Van den Ip apparut.

« Incroyable ! s'écria-t-elle. Les appareils sont en panne ! Mon collier... »

Son mari la prit par le bras.

« Solange, si tu voulais laisser les gens faire leur travail.

— Mon collier n'a pas fait déclencher l'alarme ! » s'exclama Solange.

Tout le groupe se retrouva dans la petite salle. Les prévoyants, qu'ils fussent des vacanciers ou d'autres voyageurs, faisaient déjà la queue devant le portillon métallique pour arriver en premier dans l'avion et occuper les meilleures places. Les Belges faisaient partie de ces prudents. Koenig les rejoignit. Il posa son sac pratiquement aux pieds de Solange Van den Ip.

« Monsieur ! dit celle-ci, au moins vous m'écouterez. C'est un scandale. Leurs appareils sont en panne. »

Elle fit courir ses doigts sur le collier de fantaisie composé de plusieurs rangs et agrémenté de breloques.

« Où que j'aille avec ça, je sème la panique.

— Tu as de ces expressions, dit son mari. Panique !

— Aujourd'hui, rien. J'aurais pu avoir sur moi un arsenal. »

Thomas devint gai.

« C'est curieux, dit-il.

— J'ai dit au type que ça n'avait pas sonné. Il m'a répondu que le temps humide déglingue les appareils. N'importe quel terroriste pourrait monter à bord. La ceinture truffée d'armes.

— Ma femme a beaucoup d'imagination, dit Van den Ip.

— Roland, dit-elle. Tu ne vis pas dans ton époque. Le monde te laisse indifférent. Le train avec les Moluquois, les avions détournés... tu t'en moques. »

Une hôtesse vint ouvrir le portillon. Solange, suivie de son mari, s'élança.

Parce qu'il avait précipité le pas, lui aussi, Thomas put se placer sur le siège au bord du couloir, juste au premier rang de la classe économique.

« Je range votre sac, monsieur ? s'enquit l'hôtesse.

— Ne vous dérangez pas. Merci.

— Il ne faut pas qu'il glisse au décollage.

— Je ferai attention. »

Yolande Cloutier, myope, donc reconnaissable par

Koenig, et l'Américaine, qui, même ensommeillée, était belle, s'assirent à côté de Thomas.

« Au début d'un voyage, dit Yolande, je redis souvent mon nom. Après, c'est fini. Je vais m'attaquer à mes mots croisés : quand vous ne voudrez plus de vos journaux...

— Je vous les donne.

— Parfait », acquiesça Yolande.

Après avoir salué les voyageurs, le commandant leur demanda de garder les ceintures attachées.

Dans le remue-ménage du départ, Thomas, d'une main habile, ôta l'appareil de surdité. Il glissa dans la poche intérieure de sa veste la coquille en métal qui abritait l'élément essentiel du détonateur.

Aussitôt après le décollage, les hôtesses allaient leur servir une collation, un déjeuner tardif. Les gens bavardaient.

Marthe était intarissable.

« Au Tibet, je t'assure. Au Tibet. Ils sont partis de Katmandou, et puis après, ils ont continué à dos de mulet. »

Bruno pensa qu'il avait encore de la chance d'être assis dans un avion.

« A dos de mulet ! » répéta-t-il, avec une fausse admiration.

Il aurait dit n'importe quoi pour plaire à Marthe, sa conquête toute fraîche. Six mois de travail acharné pour mettre sur pied ce voyage. Lui qui détestait les clubs et les ruines avaient accepté les deux pour Marthe.

Les Van den Ip, placés au milieu de l'avion, inondaient de paroles leur voisin français qui allait pour affaires au Caire.

« Connaissez-vous l'île de Pâques ? » lui demanda Van den Ip, à propos d'une remarque du genre : « Les gens voyagent de plus en plus et vont de plus en plus loin. »

« Des photos.

— Nous, on l'a faite, raconta Van den Ip avec

fierté. Les grandes statues s'effritent. Surtout leur nez. »

Solange ajouta :

« Il fallait s'inscrire un an à l'avance. Un an ! Vous comprenez, on dose la masse de touristes, pour ne pas abîmer l'île davantage. Il faut voir les curiosités aussitôt que possible. Sinon, on risque la fermeture ! Le Parthénon bientôt sous une cloche de verre, les touristes seront comme des souris autour d'un immense fromage. »

Van den Ip renchérit :

« L'Égypte devrait faire attention à ses tombes. Trop de gens y pénètrent ; les flashes abîment les fresques. J'ai lu ça. Nous sommes peut-être les avant-derniers à les visiter. »

L'homme d'affaires aurait aimé se consacrer à ses dossiers, mais les plateaux de déjeuner portés par les hôtesses les occupaient déjà.

Solange lui expliqua :

« Mon mari s'est retiré des affaires depuis deux ans pour pouvoir voyager. C'est son frère qui s'occupe maintenant de l'usine.

— Ça nous permet de voir le monde, enchaîna Van den Ip. Avant, je vivais comme un abruti. En mettant de l'argent de côté. Pour des neveux et des nièces. Nous n'avons pas d'enfants. »

Les plateaux modestement chargés nourrissaient peu ; ils servaient plutôt à distraire les passagers et à leur faire passer le temps.

Yolande engagea la conversation avec Liz :

« Seule, pour un si grand voyage ?

— Pas seule, je suis en groupe.

— D'accord, c'est vrai. Mais une amie n'est jamais de trop dans ces cas-là. Qu'est-ce qui vous attire en Égypte ?

— Un salaud qui s'est payé ma tête.

— Vous parlez vraiment bien le français, répliqua Yolande. Vous avez un joli accent. »

Elle haussa les épaules.

« Je ne sais pas s'il est joli, mais il existe.
— Comment peut-on apprendre si bien le français, aux U.S.A. ?
— En travaillant. Ça dépend du collège. Mais je n'en aurai plus besoin après. Ça va être fini avec le français et les Français. Et vous ? Vous êtes seule aussi ?
— Oui.
— Il y a un film ? demanda Liz. C'est ce qui me fait dormir le mieux dans un avion. Et surtout, pendant la projection, on vous fiche la paix.
— Ah ! non, dit Yolande, un moyen-courrier n'a jamais de cinéma.
— Que personne ne bouge ! » cria un jeune homme qui venait de bondir du troisième rang, en se plantant devant la séparation entre la première classe et la classe touriste. Il avait une mitraillette accrochée sur l'épaule, un colt au poing, et, dans l'autre main, le bras écarté, il tenait une grenade.
« Je ne suis pas seul ! » hurla le type.
Il empoigna le rideau et fit reculer l'hôtesse.
« Qu'on m'attaque par-derrière, et l'avion saute ! »
Lors de l'apparition du terroriste, Thomas penché distraitement sur son plateau fut violemment bousculé. Son plateau partit comme un obus ; il eut une poussée de violente colère contre ce type qui allait déranger ses plans.
« Qu'est-ce que j'ai dit ! s'exclama Solange. Leur absence de contrôle était insensée.
— Taisez-vous ! » cria l'homme.
Il avait peut-être vingt-cinq ans ; il portait en dehors de ses armes un blue-jean et une veste de même acabit.
« Vous réclamiez du cinéma, le voilà ! » dit Yolande à Liz.
L'homme tourna sa mitraillette dans leur direction.
« Encore un mot et je tire. Vous êtes tous des porcs. Vous allez vous amuser, vous empiffrer pendant que le monde crève. Vous crèverez avec lui. Changement

de programme ! Les mains sur la tête... Tout le monde, vite... vite... »

La mitraillette se promenait dans la direction de Koenig, Yolande et Liz.

« Plus vite que ça ! »

D'abord, il n'y eut qu'une partie des passagers qui obéit ; les autres suivirent peu à peu par contagion de gestes et de peur. C'était comme un jeu de miroirs. Les uns après les autres les voyageurs posèrent leurs mains sur la tête.

« Un détournement, dit Yolande sans bouger les lèvres. J'aurais voulu voir l'Égypte. Depuis trente ans j'en rêve... »

Liz, très pâle, fixait l'homme et dit aussi avec l'habileté d'un ventriloque :

« Il a l'air beau !

— Les hôtesses, au fond ! cria le jeune homme. Ne bougez plus. Immobilisez vos chariots. J'ai deux camarades dans l'avion. Vous êtes visés de trois côtés. Pas de mouvement. »

Solange Van den Ip chuchota :

« La grenade ressemble à un ananas noir.

— C'est pour la deuxième fois qu'on va être otages, dit son mari. En Argentine, au moins, on pouvait s'allonger sous la tente. Ici, on sera obligés de rester assis des heures. Ma colonne vertébrale...

— Toujours ton dos ! répéta Solange. Tes vertèbres... »

Leur voisin s'exclama :

« Taisez-vous, bon Dieu !

— On ne détourne jamais pour aller au bord de la mer, marmonna Bruno. Jamais sur une plage. On va suer quelque part dans le désert.

— Taisez-vous ! hurla le jeune homme. Je suis votre nouveau commandant. Un mouvement et vous vous retrouverez à votre place méritée, en enfer ! »

Les hôtesses, coincées dans le fond avec leurs chariots, guettaient les passagers ; chacune cherchait à déceler les complices.

Replongés dans l'actualité truffée d'attentats, d'enlèvements et de détournements, les passagers étaient perplexes. Ils venaient de quitter Paris. L'homme qui s'agitait était si proche des images souvent vues au cinéma, leur état d'otages futurs leur était à ce point connu d'avance par la télévision, que, citoyens d'un monde harcelé, eux-mêmes sursaturés d'événements visuels, ils n'avaient pas vraiment peur.

« C'est le film, maman ? demanda une voix d'enfant. C'est le film ? »

Le type aux cheveux lourds de sueur gesticulait avec sa mitraillette ; parfois, il se tournait en arrière, et menaçait le personnel de la première classe. Et, hurlant de nouveau pour traverser le bruit des réacteurs, il lança :

« Bougez pas !... ou tout saute ! Mes camarades sont aussi armés de grenades. Finis la bouffe, le fric ; vous n'avez plus d'âme, vous êtes des usines de merde. »

Une des hôtesses s'énervait et fit avancer son chariot.

« Je tire ! » hurla le type.

L'hôtesse s'immobilisa. Le rideau qui séparait la première classe des touristes retomba. Le type harponna presque le rideau avec sa mitraillette.

« Ne bougez plus ! »

Thomas ne quittait pas du regard le jeune agresseur ; les vingt ans désespérés de celui-ci lui rappelaient les siens. Changer le monde, ç'avait été son rêve à lui aussi. Un rêve impossible. D'où ce dernier voyage.

« Tu me gênes, dit-il au pirate.

— Ne parlez pas ! » intervint Yolande Cloutier.

Thomas, d'un mouvement de tête, fit taire Yolande. Il répéta :

« Camarade, je te comprends. Je suis avec toi. Mais range ton arme. Laisse-moi faire. »

Le regard du pirate se fixa sur Thomas.

« Laisse-moi faire, dit Koenig.

— Le premier qui bouge va être abattu », cria l'agresseur.

Thomas baissa lentement les bras.

« Vous êtes fou », marmonna Yolande.

Les yeux troublés de sueur qui mouillait ses paupières, avec la grenade dans sa paume gauche, le type toucha la poitrine de Thomas avec son arme.

« Tu ne peux pas réussir, lui dit Thomas. Et tu es seul, camarade ! J'ai tout ce qu'il faut, moi, et pour le même but. Laisse-moi faire. »

Le jeune homme appuya sa mitraillette sur la poitrine de Thomas.

« Tes mains sur la tête, dit-il, à moitié aveuglé et fasciné.

— On plaidera le dérangement mental, lui dit Thomas. Combattre seul le tsarisme de l'argent ne peut être à leurs yeux que du délire révolutionnaire. Il ne suffit pas d'une grenade pour faire sauter l'Occident ! Mais... derrière toi... vite... »

L'agresseur pivota. Thomas bondit et, en l'empoignant par-derrière, il immobilisa l'homme. Le steward de la première classe vint à l'aide ; deux passagers arrivèrent au secours. Koenig tenait dans sa main droite la grenade.

« Puissante et déjà dégoupillée », dit-il.

Il fit le nécessaire pour la rendre inoffensive. Le « pirate », les mains ligotées derrière le dos, fut immobilisé et attaché à un des fauteuils de la première classe. Les passagers soulagés grouillaient autour de Koenig.

Thomas se défendait contre les félicitations volubiles. Le commandant vint aussi, et Thomas fut encore fêté.

« J'étais persuadé qu'il agissait seul. J'étais assis au bon endroit, c'est tout. »

Dans son microphone, le commandant remercia encore une fois, sous les salves d'applaudissements des passagers, le « courageux touriste », et annonça à la fois un atterrissage imprévu à Nice

pour livrer le pirate à la police et du champagne.
« Veuillez regagner vos places et attacher vos ceintures », demanda-t-il aussi.

La distribution de champagne fut accueillie avec joie. Marthe remarqua :

« Le « courageux passager » est séduisant. Très. Tu sais de quelle nationalité il est ?

— Je n'en ai aucune idée, dit Bruno. Sans le steward, il se serait cassé la figure. Et la nôtre aussi.

— Serais-tu jaloux ? » demanda Marthe un peu en plaisantant.

Elle était belle avec ses cheveux blonds coupés au carré, avec son visage intelligent et son regard lumineux. Bruno la regardait, éperdu d'amour de l'avoir enfin à lui ; il aurait adoré se trouver avec elle sur une plage, devant une mer limpide ; il avait aussi peu envie de l'Égypte que d'une jambe cassée. Mais c'était le seul voyage qu'elle avait voulu faire.

« Vous avez eu un culot monstre, dit Yolande Cloutier. Avec votre petit monologue pour le distraire. Pour le désorienter. Je n'ai compris qu'à la fin... Que lui disiez-vous exactement ?

— Des mots, juste des mots. Pour le distraire. »

Liz se pencha vers lui.

« N'avez-vous pas eu peur ?

— Je l'ai surpris. C'est une méthode vieille comme le monde.

— Il fallait y penser, conclut Yolande. Et vous avez su désamorcer la grenade. Vous faites quoi dans la vie ?

— Je suis ingénieur chimiste. »

Yolande, apaisée par le champagne, dit :

« Je travaille dans un laboratoire ; je cherche le cholestérol, à longueur de journée, dans le sang des gens qui bouffent trop. Il nous prenait tous pour des capitalistes. Pourtant, je vote socialiste depuis que j'ai le droit de voter. Vous n'êtes pas français ?

— Quelle importance ?

— Au Centre, on rencontre toujours des gens intéressants. »

Yolande, contente de cette conclusion, se cala bien dans son siège.

« M'engueuler comme « surargentée », ça m'a fait quelque chose. Tellement injuste.

— Vous êtes dans le lot, dit Thomas. Si un révolutionnaire voulait trier, il n'y aurait pas de révolution.

— C'est vrai, dit-elle. Mais quand même, depuis le temps que je rêve de l'Égypte !

— Il faut que j'aille voir le commandant, insistait Mme Van den Ip auprès d'une hôtesse.

— Si vous voulez, à Nice, madame. Dites-moi pourquoi ?

— Pour lui signaler le scandale ! L'absence d'un vrai contrôle. J'en ai la preuve avec mon collier. Il n'a rien déclenché. Rien.

— Si vous avez des remarques à faire, écrivez aussi à Gamma Airlines », dit l'hôtesse.

Les verres de champagne à peine vidés, dans la lumière rose de l'après-midi, l'avion atterrit à Nice comme au milieu d'une fourmilière. Tous les mouvements convergeaient vers l'appareil. Des employés de l'aéroport arrivaient en courant. La voiture de pompiers venait de s'immobiliser et la fourgonnette de la police ouvrait ses portes arrière.

La carlingue fut envahie de policiers, de journalistes ; deux gendarmes dégageaient de son siège le jeune homme.

« Tous des porcs, cria-t-il. Vivre pour manger ! Pour aller en vacances ! Le monde agonise pendant que vous vous empiffrez ! Pollués, vous étoufferez dans votre graisse ! »

Ses cris retentirent jusqu'au moment où les portes de la fourgonnette se refermèrent sur lui.

Incommodé par l'intérêt qu'on lui portait, Thomas demanda qu'on s'occupe le moins possible de lui.

« Je vous demande expressément de ne pas mentionner mon nom. »

Pour taire son identité, il eut comme complices le personnel de l'avion. Le commandant et les hôtesses firent ainsi eux-mêmes le récit aux journalistes. Les flashes crépitaient. Thomas, de plus en plus mal à l'aise dans cette atmosphère de foire, se réfugia derrière des « oui » et des « non » décourageants.

Deux policiers vérifiaient l'identité des voyageurs, et Solange Van den Ip protestait :

« Aujourd'hui, le contrôle au sol était inefficace. Regardez mon collier, regardez. Au moins deux cents grammes de ferraille. Aucun appareil ne l'a signalé. Nous avons parcouru le monde en avion. C'est pratiquement pour la première fois... »

Derrière ses lunettes foncées, Thomas songeait à s'enfermer dans un des cabinets de toilette de l'avion, mais il craignait d'attirer d'avantage l'intérêt sur lui, en restant caché. Il dut dicter une déposition. Il fut très bref. On lui promit le silence quant à son identité.

« J'aurais voulu les affamer ! dit le jeune garçon à un policier dans la fourgonnette. Et les rendre, après un jeûne mondial. Je voulais faire connaître la faim aux surnourris. »

Émū, bavard, il pleurait presque pendant le trajet vers l'hôpital.

« Un type beau, commentait Liz à un journaliste. Malgré ses armes, sympathique ! »

Le journaliste nota : « Une jeune Américaine éperdue d'admiration pour l'agresseur semble regretter l'échec de celui-ci. »

« Vous auriez aimé être son otage, si je comprends bien. »

Liz haussa les épaules.

« Pourquoi exagérer ? Je vous ai dit juste qu'il était beau. »

L'effervescence calmée, les passagers regagnèrent leurs places.

« Attachez vos ceintures. » Et ce fut à nouveau le départ. L'avion prit de la hauteur. Nice apparaissait mauve et à demi verticale.

Le choc dû à la tentative de détournement fut ressenti un peu plus tard. Les hôtesses luttaient contre la fatigue. Épuisés d'émotions et grisés de champagne, les passagers somnolaient.

Le trajet jusqu'au Caire semblait long. Thomas sentait son sac de voyage, tapi sous ses mollets, calé par ses pieds, comme une présence.

A l'arrivée à l'aéroport du Caire, d'un geste aussi machinal qu'aimable, l'hôtesse tendit à Koenig l'imperméable qu'il allait oublier. Celui-ci était encore humide de la pluie parisienne.

« Nous espérons que vous ne garderez pas de mauvais souvenirs de votre voyage », répétaient les hôtesses en aidant à récupérer les vêtements rangés dans les porte-bagages. L'une d'elles habillait un enfant encore endormi.

« Avançons, s'il vous plaît, avançons... » répéta le steward.

Il venait d'ouvrir la porte avant de la carlingue. Ils passèrent tous par la première classe et, arrivés un par un sur la plate-forme de l'échelle, ils se remplirent les poumons de l'air africain. A quelques mètres du bas de l'échelle, entouré de policiers égyptiens, un autocar les attendait. Un représentant d'Amusements et Loisirs attirait l'attention des adhérents à l'aide de son panneau mobile.

Thomas Koenig tentait de jauger la situation. L'incident avec le pirate aurait pu provoquer un contrôle plus serré de la police égyptienne. Il fut réconforté lorsqu'il aperçut à son tour le panneau d'accueil du Centre.

« Il y a un goût d'aventure dans l'air, dit Marthe arrivée sur la plate-forme. Une odeur de jasmin...

— De jasmin ! dit Bruno. De kérozène.

— Par ici, mes amis, par ici », appela l'employé du Centre.

Dans la foulée des voyageurs, avec Liz en tête, suivie par les Van den Ip, le groupe Amusements et Loisirs s'agglutinait dans le vieux bus. Serrés les uns contre les autres, excités, de nouveau bavards, ils entamèrent avec courage le trajet à parcourir.

« Avec le Club, c'est l'aventure en sécurité, dit Yolande Cloutier. L'absence de contrôle, ou sa défaillance, ce n'est pas leur faute. »

Collée contre Thomas, elle lui dit aussi avec gratitude :

« Sans vous, nous serions ailleurs. Et moins gais. »

Thomas ne pensait qu'au passage à la douane et aussi à son espoir de ne plus intéresser Yolande Cloutier.

« Vous êtes bien aimable, dit-il. Mais à quoi bon en parler ? »

Cahin-caha, de secousses en secousses, le car arriva devant le bâtiment principal de l'aéroport, et s'y arrêta. A cause des passagers qui déferlaient des avions arrivés et de la foule de ceux qui partaient, l'aéroport était livré à des flots ininterrompus. L'intérieur de la salle de la douane, dans la même surcharge humaine, voyait se confondre Européens blêmes et Égyptiens vêtus de burnous, le visage souvent à moitié caché.

Le très long comptoir de contrôle égyptien, installé au long d'un mur, juste devant la porte de sortie, était encombré de valises ouvertes. Thomas Koenig observait, soucieux, le travail minutieux de la fouille. Les bagages étaient passés au peigne fin ; les agiles doigts des contrôleurs atteignaient jusqu'aux derniers replis. L'accumulation des gens qui se bousculaient devant les douaniers, créait un semblant de pagaille, mais personne ne pouvait franchir la porte de sortie sans son certificat de contrôle. « S'ils continuent à ce rythme-là, pensa Thomas, on va attendre pendant des heures. »

Était-ce un contrôle trop poussé à cause de l'alerte dans l'avion, ou bien était-ce tous les jours ainsi ? Ceci n'avait plus d'importance pour Thomas. L'incident avec le pirate de l'air ne pouvait qu'accroître le contrôle des passagers de l'avion incriminé.

En se frayant difficilement un passage dans la foule dense, un autre groupe vint se joindre à eux.

« Nous venons de Londres, expliquait un Anglais. Je m'appelle Brown, et voici Miss Burns. Et un monsieur... sud-coréen, n'est-ce pas ? »

Il y avait aussi deux Hollandais avec eux.

« Je m'appelle Yan Hook », dit celui qui parlait le français.

Solange Van den Ip racontait leur mésaventure entre Paris et Nice ; encore une fois l'histoire du collier.

Thomas surveillait la ténacité désespérante du contrôle. Mélangés et souffrant de la même attente, les voyageurs égyptiens et européens piétinaient, jouaient des coudes, ou, parfois, s'injuriaient. Certains portaient leur enfant en bas âge, somnolent, sur le dos.

Les deux employés du centre Amusements et Loisirs assiégeaient un officier égyptien qui fit plusieurs fois « non » de la tête. L'autre semblait plus compréhensif ; il tendit un questionnaire à remplir.

« Ils sont morts de fatigue, disaient les employés à l'Égyptien. Certains voyagent depuis deux jours. Ce sont des touristes... Laissez-les passer. D'habitude, il n'y a pas de problème ! »

L'Égyptien fit allusion dans son français rocailleux au détournement raté.

Énervé à l'extrême, Koenig cherchait l'issue du piège. En théorie, il aurait dû soudoyer quelqu'un pour sortir de ce guet-apens imprévu. Il voyait déjà dans les mains d'un douanier le premier livre bourré d'explosif. Au lieu d'Assouan, il arriverait dans une prison. Les contrôleurs surmenés, harcelés par la foule, accentuaient leur zèle. C'était une vraie démonstration de force.

Les membres d'Amusements et Loisirs résistaient à l'attente avec courage. Certains plaisantaient même ; personne n'aurait avoué son épuisement ; blême, chacun évoquait d'autres épreuves, ailleurs.

Poussant un chariot chargé d'une montagne de valises en équilibre, un employé du Club, aidé par deux porteurs, arriva. Des applaudissements reconnaissants l'accueillirent. La valise qui couronnait la pyramide était celle de Mme Van den Ip.

« Je m'appelle Hubert, dit l'employé. Mon copain a travaillé pour vous. Nous allons essayer de franchir le barrage. L'avenir sourit aux téméraires. »

Encadrant le chariot, le cortège s'èbranlait. La caravane précédée de l'écriteau « Amusements et Loisirs », avançait vers le comptoir. Un enfant à peine réveillé venait de vomir sur l'épaule de son père et un peu dans une valise ouverte.

« Votre sac, dit Hubert à Koenig. Mettez-le sur le tas.

— Je préfère le porter. Merci. Vous croyez que...

— Ils sont mauvais aujourd'hui. Rien ne leur échappe. »

Des deux bras Hubert faisait des signes pour demander l'accélération des mouvements.

« Allons, allons, mesdames et messieurs, vous bavarderez après. Dans le car. »

Un officier égyptien leur fit signe de venir vers le comptoir ; ils continuaient à s'entasser l'un sur l'autre.

« Présentez vos valises », dit l'Égyptien.

Sans aucun doute, ils allaient être obligés de prendre leurs bagages et de les hisser sur le comptoir. Tout le monde parlait. Les mots arabes fusaient.

« Par ici, par ici », criait quelqu'un en anglais.

Thomas eut un spasme ; c'était de la nausée ; rien n'était conforme aux prévisions. Il allait rester accroché déjà dans le premier filet protecteur qui entoure l'Égypte. Il laissa passer devant lui Mme Van den Ip.

« Avec la pharmacie que je transporte, ils me prendront pour un trafiquant de drogues, dit-elle.

— Tu n'en as pas l'aspect, répondit son mari, et il prépara leurs passeports belges.

— Une raison de plus pour être suspect !

— Vous êtes gentils de me laisser passer, dit Brown à Koenig. Êtes-vous seul ?

— Oui, dit Thomas.

— C'est pour la chambre. Les solitaires se mettent ensemble. Je ne fume pas. Vous fumez ?

— Non », dit Thomas, crispé d'énervement.

Il se retourna et prit la valise de Liz.

« Je vais vous aider.

— Je n'en peux plus, merci », dit-elle.

Solange Van den Ip et Brown arrivèrent à poser leur valise sur le comptoir. Koenig se tenait derrière eux, tout en essayant de faire passer Liz d'abord.

Rien n'arrêterait les inspecteurs de la douane. C'était vraiment le mauvais jour. Brown, en attendant son tour, insista encore :

« Voulez-vous partager une chambre avec moi ? »

« Je serai seul dans une prison », pensa Thomas.

« Pourquoi pas ? s'entendit-il répondre.

— Votre bagage sur le comptoir ! » lui dit un Égyptien qui avait repéré le sac.

Il allait être arrêté.

Hubert s'était précipité vers un douanier de plus haut grade qui venait d'apparaître. Tous deux s'étaient engagés dans une conversation animée. Liz regardait, effrayée, le contenu de sa valise qui s'éparpillait : de minuscules slips et des soutiens-gorge pêle-mêle, des chaussures, des sandales, des chemisiers ; sa valise qu'elle avait bourrée n'importe comment à New York, avait déversé son contenu ; un vrai cauchemar !

L'autre employé du Centre venait d'arriver en courant et en brandissant l'autorisation :

« Ça y est ! Je l'ai !

— Remballez ! Remballez ! On passe ! cria tout à coup Hubert. Remballez ! Allons-y ! Avant qu'ils ne changent d'avis. »

Koenig aida Liz à fourrer ses affaires dans sa valise. Mr. Brown referma la sienne, un douanier eut un mouvement de colère. Solange Van den Ip enleva son sac à main du comptoir.

« Vous avez entendu ? On passe. »

Encadré par les deux émissaires du Club, le groupe reconstitua la pyramide des valises, et s'évertua, dans un désordre joyeux, à la fois à soutenir le chariot et à le pousser.

« Ce n'est pas toujours aussi chiant, dit Hubert. Mais ils ont appris la tentative de détournement. D'où le mouvement de zèle. »

Le conducteur de l'autocar, descendu de son haut siège, et les employés du Club entassèrent les valises dans le car.

« Bouclez-la bien, la porte, dit Solange. Au Maroc, un jour, il n'y avait plus une valise à l'arrivée. Tout était parti sur la route. L'autre car qui nous suivait, en avait ramené une partie.

— Ne vous en faites pas. Tout marche », dit Hubert. Et il s'adressa à Koenig : « Vous gardez votre sac avec vous ?

— Je préfère.

— Allez-y, montez dans le car. Dépêchons-nous. Il y a du chemin à faire jusqu'à l'hôtel. »

Au bout de quelques kilomètres sur une route encombrée, l'autocar arriva à Héliopolis, banlieue jadis élégante de la capitale ; il y longeait de grandes avenues désertes, pour entrer enfin au Caire.

Hubert s'assit à côté de Koenig.

« Racontez-moi ce détournement. »

L'affaire ne l'intéressait que pour pouvoir rester éveillé.

« Peu de chose, dit Koenig. Un jeune type. Seul. Voué à l'échec.

— Vous l'avez désarmé, me dit-on.

— A ma place, n'importe qui l'aurait fait », répondit Thomas.

Épuisé, il rêvait de solitude. Être condamné à la présence de l'Anglais le faisait frémir.

Roland Van den Ip, lorsqu'il aperçut le Nil chevauché de ponts éclairés, poussa un soupir. Il était lancé sur l'orbite d'un nouveau voyage, d'une nouvelle fuite. Mais, toujours avec la même femme que tout le monde trouvait si charmante.

Solange eut l'impression de sentir les pensées de son mari ; à la fois jalouse et énervée par les fantasmes de celui-ci — son mari lui en avait parlé un jour, il le regrettait depuis —, elle se considérait encore heureuse parce qu'en voyage.

Thomas interrogea Hubert :

« Je suis très fatigué. Il y a une possibilité d'avoir une chambre individuelle ? Je paierai ce qu'on voudra.

— L'affluence bat tous les records, répondit Hubert. Tout est complet, partout. L'Égypte est devenu un des premiers pays touristiques au monde. Si vous n'avez pas retenu six mois à l'avance, pas l'ombre d'un lit. Et surtout chez nous, ce n'est pas un endroit pour les privilèges. Tout le monde paie la même chose. Mais vous dormirez. Vous verrez. Justement parce que vous êtes fatigué. Choisissez bien votre compagnon. » Il s'exclama : « Nous voilà. Tout le monde descend ! »

L'hôtel des Clubs, arborant ce nom en lettres au néon, agrémenté d'un parc chétif, se trouvait dans une rue assez large. A l'arrivée du car plusieurs porteurs sortirent et commencèrent à prendre les bagages du car.

« Par ici, mesdames et messieurs, venez donc, suivez-moi ! »

Dans le grand hall décoré avec des plantes vertes, meublé de vieux fauteuils en cuir usé, un guichet marqué : « Amusements et Loisirs » attendait les arrivants. Une file d'attente s'y formait.

« Passeports, s'il vous plaît. Présentez vos passeports ! » demanda l'employé. Et il ajouta : « Bienvenue, les amis. On vous apporte tout de suite à boire. »

Comme surgie d'un film de cinémathèque, une jolie fille déguisée en héroïne rétro, le regard ensommeillé, se promenait devant eux avec un plateau lourd de verres remplis de jus de fruits.

« Choisissez vos partenaires, s'il vous plaît », dit-elle.

Miss Burns et Liz ayant décidé de rester ensemble, Yolande Cloutier se présenta au guichet.

« Ne me donnez pas une teigne, je suis une habituée.

— Cloutier ? Chambre 73. Quelqu'un y dort déjà.

— Parfait », dit Yolande.

C'était le tour de Thomas.

« Votre passeport, monsieur.

— Voilà. »

Brown s'était précipité pour y ajouter le sien.

« Nous sommes ensemble.

— Monsieur Koenig, Thomas. Monsieur Brown, Alex Brown. Chambre numéro 9.

— Mon passeport ? dit Koenig, irrité.

— Vous le récupérerez à la fin du voyage.

— A la fin du voyage ?

— Au retour. Nous gardons les passeports. C'est l'habitude.

— Et si je voulais partir demain ? dit Thomas. Si je changeais d'avis ?

— En tout cas, monsieur, les avions sont complets, et vous faites partie d'un voyage organisé, votre billet est collectif. Il est pratiquement impossible d'improviser un départ. Sauf en cas de maladie. Le suivant, s'il vous plaît. »

Yolande qui surveillait l'approche de Koenig et son intégration dans le système, intervint :

« Laissez-vous faire. On nous a pris en charge.

— Pourquoi pas mes lacets de chaussures, ma ceinture et l'inventaire de mes poches ? lança Thomas.

— Pourquoi être si hostile ? demanda Alex.

— Calmez-vous, ajouta Yolande.

— Chère madame, répondit Thomas, glacial, si vous pouviez trouver quelqu'un d'autre à protéger que moi, vous seriez infiniment aimable. »

Thomas s'écarta du guichet ; aussitôt Bruno et Marthe se présentèrent.
« Nous sommes ensemble, dit Bruno.
— Numéro 12. Voici la clef, monsieur. »
Bruno empoigna les deux valises.
« On est bien loin de la plage déserte, ma belle. Appeler ça des vacances quand on arrive dans une ville aussi grande et aussi sale...
— Nous en avons beaucoup parlé déjà, dit Marthe. C'est la meilleure période ici. »
Il avança vers l'ascenseur.
« Si j'étais moins amoureux de toi, je ne serais pas là. »
Thomas, deux Japonais et trois Hollandais s'engouffrèrent dans l'ascenseur.
« Vous êtes fâché, constata l'Anglais. Vous n'avez jamais été avec un club ? »
Koenig hocha la tête :
« N'en parlons plus. Un petit mouvement d'humeur dû à la fatigue. Je supporte mal les tutelles même si c'est pour mes « amusements et loisirs ».
Il prit sur lui pour ne rien dire de plus. Il fallait supporter jusqu'au bout la vie « communautaire », s'intégrer. Devenir anodin.
« Ça va aller mieux demain. Vous pouvez m'appeler Alex. »
Deux lits, séparés par une table de chevet, occupaient la moitié de la chambre. Une table-coiffeuse offrait ses services. La penderie se trouvait dans la petite entrée. Ils contemplèrent quelques secondes le nouveau décor de leur vie.
« Vous avez une préférence ? demanda Thomas en désignant d'un mouvement de tête les lits. Si cela vous est égal... » et il posa son sac sur le lit proche de la porte.
Alex s'assit sur l'autre lit.
« J'aurais dû faire ce voyage avec ma femme. Je l'ai perdue il y a six mois dans un accident de voiture. Prenez la salle de bain. Si vous voulez, je peux attendre. »

Thomas cacha l'explosif dans la penderie, et recouvrit le sac de son imperméable. Il ouvrit sa valise et prit un pyjama. Pour s'enfermer quelques minutes plus tard dans la salle de bain qui devait dater de l'époque coloniale. Le lavabo, grand comme un berceau de porcelaine, était vieux comme Hérode et tacheté de vert-de-gris ; un vieux bouchon rétréci pendait sur une chaînette usée.

Alex frappa et entrouvrit la porte.

« Je vais aller chercher de l'eau minérale. Vous me rembourserez demain. »

Koenig n'écouta pas les protestations d'Alex ; il ressortit de la salle de bain, prit l'argent de sa veste et le lui tendit.

« Cinq dollars ? s'écria Alex.

— Il est deux heures, dit Thomas. Il faut réveiller les gens. Ça se paie.

— Vous ne faites pas confiance à nos livres anglaises », dit-il.

Thomas hocha la tête.

« J'ai soif. Mettons toutes les chances de notre côté. »

La porte refermée derrière Alex, Thomas se laissa avec volupté envelopper par l'eau chaude de la douche.

Yolande Cloutier déposa sa valise devant la chambre numéro 73. Elle frappa d'une manière sèche ; la chambre était pour deux, il fallait donc réveiller la compagne inconnue. Sans avoir eu de réponse, elle attendait encore ; elle aperçut Miss Burns qui déambulait et dit :

« J'ai oublié mon savon. La jeune fille américaine n'en a pas non plus.

— Moi, je n'ai même pas de lit, commenta Yolande.

— I am so sorry », répondit Miss Burns.

Yolande appuya sur la poignée. La porte n'était pas fermée. Elle pénétra dans l'univers noir et elle aperçut la lueur rouge d'une cigarette.

« Bonjour, dit-elle à la compagne invisible. Vous auriez pu dire « entrez ». Vous ne dormez pas. »

La lueur rouge de la cigarette émettait des signaux. Yolande hocha la tête.

« Pas très polie. Une raison de plus de ne pas me gêner. »

Elle trouva l'interrupteur. La lumière jaune fit découvrir l'occupante de l'autre lit : une jeune femme entortillée dans une robe de chambre mal boutonnée. Une montagne de mégots grandissait à côté d'elle dans un cendrier qui allait déborder.

« Bonjour encore ! Je m'appelle Cloutier. Yolande. »

L'autre détourna la tête. Yolande déposa sa valise.

« Comme une cheminée ! Je vais ouvrir la fenêtre. »

En écrasant sa cigarette, la femme fit déborder le cendrier.

Yolande fit une autre tentative :

« Do you speak english ?

— Merde ! dit l'autre.

— Ça alors ! s'exclama Yolande, choquée. Je n'accepte pas la grossièreté. Je suis en voyage d'agrément et pas pour écouter des gens mal élevés.

— Vous en entendrez d'autres, dit la femme, et elle se mit à sangloter.

— Je serais compatissante si vous aviez été aimable.

— Je ne peux pas être gentille, hoqueta la jeune femme. Je suis trop malheureuse. »

Yolande tentait d'arranger son lit et découvrit que l'oreiller était très dur. Elle ouvrit sa valise et, avec le geste d'une habituée qui trouve tout, elle en tira, sans même regarder, sa chemise de nuit.

« On ne voyage pas déprimée comme vous l'êtes.

— Je ne suis pas déprimée ; on m'a plaquée c'est tout », dit l'autre.

Yolande se glissa dans son vêtement de nuit. Habituée aux voyages peuplés de rencontres forcées, elle avait acquis une certaine philosophie. Avant qu'elle fût mariée, elle avait déjà expérimenté ces compagnes de chambre. Elle se mit enfin dans son lit, et tira sur elle la pellicule marron doublée d'un drap, une couverture usée comme une vieille pile. Elle éteignit la lampe de chevet.

« C'est du gaspillage de vouloir faire un si beau voyage en colère », dit-elle plutôt conciliante.

L'autre sanglotait.

« C'était mon deuxième ami marié. Nous aurions dû visiter l'Égypte ensemble. Il n'est pas venu au rassemblement. J'ai compris à l'aéroport de Marseille que j'étais plaquée. J'ai dû partir sans lui. Il aurait pu me prévenir la veille !

— Ça aurait servi à quoi ? demanda Yolande. Vous seriez restée à Marseille ayant perdu l'argent du voyage ? J'imagine qu'il n'a rien payé pour vous.

— Rien. Il a des enfants.

— Gentil père. J'espère que vous n'avez pas payé pour lui !

— Quand même pas.

— C'est encore heureux. Dormez maintenant.

— Mais pourquoi, répétait-elle, pourquoi me faire croire, jusqu'à la dernière minute, à notre départ ? »

Yolande poussa un soupir.

« Vous étiez l'idée de sa liberté. Sa femme légitime représentait la vie pratique. Mariés ou non, souvent ils sont lâches.

— J'ai été moche à votre arrivée, dit la jeune femme. Je vous demande pardon. Je m'appelle Margot.

— Si vous aviez un peu d'eau minérale, ça m'arrangerait, dit Yolande.

— Je vous passe ma bouteille, répondit Margot. Avec plaisir. »

Yolande but comme on fume un calumet de la paix. Elle entendait Margot se débattre contre ses larmes. Elle déposa son verre et lui dit :

« Quel âge avez-vous ?

— Vingt-six ans.

— Vous travaillez ?

— J'ai un assez bon boulot. J'ai bossé tout l'été pour pouvoir venir ici en novembre. »

Yolande eut une franche envie de dormir.

« Vous n'avez qu'à draguer un type, vous amuser, vous consoler. Avoir du bon temps.

— Je n'attire que les hommes mariés, dit-elle, désespérée.

— Dans mon groupe, il y a une flopée d'hommes seuls, marmonna Yolande. Mais cessez de pleurer, vous ne ferez aucune conquête avec le nez rouge. »

Pour Bruno, embarqué dans une histoire d'amour avec sa Suissesse, l'attente pour l'avoir à lui enfin semblait interminable. Depuis six mois, il passait son temps entre Paris et Genève ; cette fois-ci, Marthe allait être à lui, pendant la durée du voyage. Peut-être après aussi. A trente ans, il découvrait avec un frisson agréable qu'il avait envie de se marier. Avec elle, uniquement. Comme dans un conte de fées vicieux, depuis le départ de Paris, il fallait sauter des obstacles pour mériter la main, sinon le corps de la princesse convoitée. A peine montée à l'étage et entrée dans leur chambre, Marthe découvrit que les oreillers avaient la douceur des pierres de taille.

« Je ne dormirai pas, dit-elle. Je suis triste, triste, triste. Pour moi, un oreiller c'est la nuit. Je préfère plutôt coucher par terre avec un oreiller doux qu'être au lit avec une horreur pareille.

— Tu mettras ta tête sur mon épaule, dit-il.

— Je n'ai pas encore l'habitude », ajouta-t-elle, polie, « de dormir à deux dans le même lit. »

Ça promettait pour une nuit de volupté !

Bruno sortit dans le couloir de l'hôtel, décidé à trouver un oreiller mou à n'importe quel prix. Au bout d'une longue pérégrination dans le dédale des couloirs, il rencontra un jeune Égyptien somnolent.

« L'oreiller, lui dit Bruno, en mimant un carré sous la tête. Dur ! » Il tapa avec le pied pour se faire comprendre.

L'Égyptien répondit :

« Je parle le français. Il y en a du monde à vouloir changer les oreillers. J'en avais un, que j'ai donné à une Suédoise... »

Bruno fit miroiter dix francs suisses devant les yeux du garçon, soudain plus alerte.

« C'est le seul mou de l'hôtel, dit le type. Le seul. »

Bruno prit un autre billet de dix francs suisses.

« Attendez-moi là, dit l'Égyptien. Si elle dort, si la porte n'est pas fermée, je vais essayer de le reprendre. »

L'exploit était digne d'un acte de guerre ; mais aussi, il y avait du fabuleux, du magique, de l'oriental dans cette aventure nocturne. Le jeune homme revint avec l'oreiller volé encore tiède, empocha l'argent et disparut.

Heureux et fier de son butin, Bruno acheta aussi par l'intermédiaire d'un autre garçon d'étage deux bouteilles d'eau minérale. L'oreiller doux, l'eau fraîche, il avait maintenant apparemment tout pour avoir sa nuit cairote. Il entra, effervescent d'enthousiasme, dans la chambre qu'il trouva plongée dans le noir ; il y avança en tâtonnant.

« Je ne dors pas, dit Marthe à mi-voix, aussi polie qu'ensommeillée. je t'attends. »

La fin du verbe prometteur fut absorbé par un bâillement discret.

« Ne t'endors pas ! J'ai ton oreiller. Tout beau, tout mou.

— Merci. »

Il le glissa délicatement sous la tête de Marthe.

« Alors ?

— Oh ! quelle merveille. »

Elle allait sombrer aussitôt dans le sommeil.

« Ah ! non, alors. »

Bruno reprit l'oreiller.

« C'est la récompense. Sois gentille, mon amour. Ne dors pas. Je t'ai fait voler l'oreiller, mais j'aimerais qu'il me reste la nuit. Ce qui reste de la nuit.

— Tu dis : voler ? »

Bruno se déshabilla.

« Oui. J'ai fait voler l'oreiller. Et nous allons l'emporter. Dans un sac. Il est trop précieux.

— D'où on l'a volé ? demanda Marthe.

— Il était sous la tête d'un autre, dit Bruno.

— Sous la tête d'un autre ? »

Elle s'assit, secouée par une grande hilarité.

« Je change la taie, dit-elle dans un début de fou rire.

— Je prends vite une douche », répondit Bruno.

Et il pensa que dans quelques minutes il aurait sa belle blonde sportive dans les bras.

Sous le double poids, le lit poussa un soupir.

« Ça ne fait rien », dit Bruno.

Le lit émit un « crac » puissant.

« Il est cassé, dit Marthe, secouée de rire, il est cassé. »

Sous les secousses, le lit s'affaissait par saccades.

« On va se retrouver par terre. »

Leur rire faisait trembler, peut-être plus puissant encore parce qu'à moitié étouffé, le sommier. Quelqu'un frappa à la porte.

« On vient chercher l'oreiller », prononça Marthe. Et tous les deux se tordaient de rire.

Bruno s'extirpa du lit affaissé, se traîna vers la porte et l'ouvrit, le visage humide de larmes. Il se trouva en face de Miss Burns dont la tête recouverte de bigoudis multicolores et posés sous le casque d'une voilette rose évoquait un extra-terrestre.

« Je suis si triste de vous déranger. Vous n'auriez pas un petit savon à me prêter ? »

Le souffle court, au bord de l'étranglement, Bruno plié en deux, se soutenait à peine dans l'embrasure de la porte. En prenant sur lui, il fit un geste d'invite muette à Miss Burns.

« Merci », prononça celle-ci avec un sang-froid tout britannique.

Elle pénétra dans la salle de bain et dit :

« On le coupe en deux, ou je vous le rapporte entier demain ? »

Bruno la fixait le visage couvert de larmes.

« Je crois qu'il y a un médecin dans l'hôtel, dit Miss Burns. J'espère que vous irez mieux demain. Je vous rapporterai le savon, très tôt. Meilleure santé. »

Bruno referma la porte derrière l'Anglaise. Il s'y appuya, asphyxié. Plié en deux par des spasmes d'hilarité, il réussit à bégayer :

« Elle nous croit malades... elle avait... elle avait... »

Il vint près de Marthe étranglée de rire aussi.

« Qu'est-ce qu'elle avait ? dit-elle dans un éclat de rire irrésistible.

— Elle avait... »

On tapait sur le mur et on les injuriait, peut-être dans une langue scandinave.

« Elle avait quoi ? »

Leurs larmes se mélangeaient, leurs têtes, cachées sous l'oreiller mou, s'entrechoquaient.

« Elle avait quoi ?

— Des bigoudis ! hurla Bruno dans un rire gargantuesque. Des bigoudis ? »

Des deux côtés on les menaçait dans des langues différentes.

« Des bigoudis ! s'exclama-t-elle dans un autre rire tonitruant... Des bigoudis ? »

Leur matelas, comme un vieux boxeur qui ne s'en remettrait jamais, toucha le sol. Ils se relevèrent titubants et firent l'amour dans une gaieté délirante, sur l'autre lit, plus résistant.

Rose, impeccable et souriante, Miss Burns était revenue vers sa chambre en brandissant le savon.

« Maniaque comme je suis, je n'aurais pas pu me coucher sans m'être lavée avec du savon.

— Depuis que je suis partie de New York, j'utilise les petits savons que je trouve dans les toilettes des avions, dit Liz.

— Les Français sont malades, dit Miss Burns de la salle de bain.

— Lesquels ?

— Le couple. Avec la femme blonde.

— Malade ? Malade de quoi ?

— Allez savoir ! Il m'a accueillie, plié en deux, le visage tout rouge ; comme une crise d'asthme. Il ne pouvait même pas parler. Il faisait des gestes.

— Sa femme aussi ? demanda Liz.

— La pauvre. Je l'entendais gémir. Ça m'étonnerait que ce soit déjà les intestins. »

Vêtue d'une chemise de nuit élégante, elle revint en se massant le visage avec une crème grasse.

« Vous êtes courageuse, dit Liz.

— Où qu'on soit, dit-elle. Toujours. »

Assise sur le lit, elle examinait ses pieds, l'un après l'autre.

« Encore en bon état... On verra dans huit jours. Vous avez une vingtaine d'années, non ?

— Oui.

— Et moi, quel âge vous me donnez ?

— Je ne sais pas l'âge des gens, dit-elle. Aucune idée.

— J'ai cinquante ans.

— On ne le dirait pas.

— Je dors bien, dit Miss Burns. J'écarte les soucis en me couchant. Ça compte.

— Moi, je m'en fais pour tout. Je tourne comme une toupie quand quelque chose ne va pas... Et je n'aime pas quand on me prend pour une idiote.

— Vous n'en avez pas l'air, répondit Miss Burns, polie.

— J'ai quitté New York sur un coup de tête. Je ne commence ma carrière à Radio City Music Hall que dans deux mois.

— Coup de tête ?

— Oui. Un employé du Club à la Jamaïque m'a promis le mariage. Un Français baratineur. J'étais vierge. Enfin, j'ai couché avec lui, parce que j'ai bien voulu ! Mais j'ai marché un peu dans les « Mon amour, mon amour ».

— Oh ! les Français, dit Miss Burns. Les Français.

— Bref, dit Liz. Il a disparu sans laisser de traces. Et au centre Amusements et Loisirs on ne dit jamais où on peut retrouver quelqu'un. J'ai réussi. Par une copine. J'ai appris qu'il travaillait ici ; il fait voyager les groupes. Un guide, quoi !

— Ne me dites pas que vous voulez vous marier à vingt ans ? s'exclama Miss Burns. Ce serait un crime. Et votre carrière ? »

Liz répliqua :

« C'est mon amour-propre qui a besoin de le retrouver. Il m'a raconté des bobards. Et après, ni vu, ni connu. J'étais quand même un peu amoureuse. Mais c'est fini.

— En êtes-vous sûre ? » demanda l'Anglaise. Et elle remontait la crème jusqu'aux coudes tout en se massant les bras. « C'est dégoûtant quand ça râpe.

— Je crois que oui.

— Il n'a fait que son métier d'homme, commenta Miss Burns. Ils mentent souvent et les femmes les croient presque toujours.

— Il va être sidéré, quand il me verra » dit Liz. Elle s'accouda sur le lit : « Je n'ai aucune idée de ce qu'est ce pays. Je m'en fous d'ailleurs. Le Français m'a parlé de ruines...

— Vous verrez, ma petite, dit Miss Burns. Il est tard pour vous expliquer l'Égypte. »

Elles éteignirent les lampes de chevet. Un silence apaisant s'établit. Miss Burns allait dormir.

« Il s'appelle Raphaël, dit Liz.

— C'est un nom de coiffeur », conclut l'Anglaise.

Liz hésitait dans le noir. Allait-elle haïr ou adorer Miss Burns ?

Alex Brown écoutait la respiration de Thomas ; celui-ci le savait et fit un effort pour faire croire à un sommeil paisible.

« Vous ne dormez pas, lui dit Alex plus tard. Je suis peut-être indiscret, mais je connais le tourment des nuits blanches. Si vous vouliez que je vous aide ?

— Non », dit Thomas dans un grand découragement.

Il allait détester son compagnon, uniquement parce qu'il existait, parce qu'il était là.

« J'ai un somnifère radical, expliqua Brown. Vous l'avalez et au bout de dix minutes, vous êtes hors de combat, comme avec un coup de poing.

— Comme une mort violente, prononça Thomas.

— A peu près. Mais tout est mieux qu'agoniser en tournant et en se retournant.

— Alors, vous-même ? Pourquoi vous n'en prenez pas ?

— Je n'en prends que trop. A longueur d'année. Je voudrais me désintoxiquer avec ce voyage et dormir d'épuisement physique.

— Vous ne trouvez pas que vous avez eu une journée assez mouvementée ?

— Si, répondit Alex. Mais le détournement raté, la douane, la précipitation et les attentats créent une fatigue irritante. J'aimerais m'écrouler d'épuisement. Après une journée d'excursion, par exemple.

— Ça va venir, dit Thomas, paisible.

— Ma femme et moi, dit Alex, nous n'étions pas très sociables. Un mélange de timidité et de peur. Malheureux, on se sent inférieur aux autres. Veuillez m'excuser. Je vous dérange. »

Thomas jeta un coup d'œil sur son réveil. Il était deux heures et demie.

« Vous ne me dérangez pas, dit-il.

— Il faut que je m'habitue au bonheur des autres, dit Alex. Que je n'aie pas de remords lorsque je me sentirai détendu. Ce voyage pour moi est une opération de survie. »

Thomas réfléchit et s'absorba dans ses réflexions. Dans neuf jours, le barrage sautera. Alex Brown n'aura plus de problèmes à résoudre.

« Il faut reconnaître que nous avons le génie, nous autres juifs, de nous trouver au cœur du conflit. »

Saul BELLOW.

SAMUEL s'étira. Il prenait son temps. Retraité depuis quelques mois, il n'allait plus jamais être pressé. Son chien sauta sur le lit et fêta les premiers mouvements de son maître. Samuel se leva, s'approcha de la fenêtre, ouvrit les volets et parcourut du regard le jardin pataugeant dans une fraîche rosée. Le ciel un peu gris se colorait déjà de bleu, le soleil allait resurgir, souriant. Le chien sautillait avec une énergie inépuisable pour attirer l'attention de Samuel.

« Tu vas avoir tes gâteaux. Patience, d'abord le journal ! »

Son *Nice-Matin* attendait dans la boîte aux lettres accrochée sur la petite grille d'entrée du jardin. En rajustant son peignoir, il traversa son jardin touffu ; il aimait trop les oiseaux pour faire taillader, ici et là, les arbres et les buissons. Il songeait avec nostalgie à ses laitues et à ses tomates. La vieillesse pouvait avoir certains agréments. L'âge lui réservait des avantages : la paix qu'il n'avait jamais connue et les légumes qu'il avait toujours chéris.

Après avoir jeté un coup d'œil furtif sur la zone des

poireaux, il continua son chemin. Il marchait avec plaisir dans l'allée où arbres et rosiers se mélangeaient dans une fraternité sauvage. Ici tout poussait librement et le sécateur était banni.

Ce petit matin représentait le meilleur moment de la journée. Entendre siffloter la bouilloire et prendre son *Nice-Matin*.

Il ôta la bande-adresse ; et voilà parcourue d'un coup d'œil la première page.

« Détournement raté, grâce au sang-froid d'un voyageur. » Le regard de Samuel s'attardait sur une photo. L'homme dans la porte de la carlingue, le « voyageur courageux », éveillait vaguement son intérêt pour l'affaire.

Samuel piétina la queue de Puzzle. Dans un saut indigné, le chien s'écarta. Arrivé à la cuisine, Samuel fit taire la bouilloire et versa l'eau sur son café en poudre. Assis, le journal devant lui, la tasse serrée dans les mains, il prit encore une fois le visage du « courageux voyageur » en considération.

Ce n'était pas l'allure de l'homme, ni sa carrure, ni son attitude générale qui l'intéressaient, mais son regard. Le haut front semblait familier aussi, le nez, l'expression de ce visage. Avec une nervosité proche de la joie, Samuel tentait de définir ses relations avec l'image.

La main gauche collée sur la bouche — un tic qui avait agacé si souvent son entourage —, avec sa paume soudée sur les lèvres dans l'attitude d'un homme qui se ferait taire lui-même, il ferma les yeux une seconde. Un sifflement lointain heurtait son tympan. Était-ce le sifflement interminable d'un employé des chemins de fer qui, ainsi, allait faire partir un train rempli à craquer et purulent comme un abcès d'êtres humains en décomposition ? Il prit la bouilloire de la plaque chauffante et le sifflement se tut.

Peu à peu, se prêtant à la progression lente de son analyse, il accepta l'idée d'avoir connu cet homme. Perdu dans ses pensées, il grignota par erreur le biscuit du chien. Puzzle, sautillant sur ses pattes arrière, réclamait.

Samuel avait presque peur de sortir de son hibernation mentale et d'affronter de nouveau une excitation intellectuelle. Comme un vieux radiateur réhabilité à cause d'une vague de froid, le mécanisme intérieur de son psychisme se brancha sur la prise de l'actualité. Il y a deux ans, on l'avait mis hors circuit, presque au rebut, pour cause d'âge et de réorganisation. Déclaré et défini comme un vrai génie d'après-guerre, trente ans plus tard il avait été déclaré trop vieux pour le service. Jadis atout fabuleux des services secrets israéliens, on l'avait remercié.

Depuis 1945, Samuel avait rendu d'incomparables services. Doté d'une prodigieuse mémoire des visages, il était un ordinateur vivant. Sa mémoire eût pu être le sujet de thèses médicales. Il saisissait et enregistrait les traits ; il les classait dans ses archives mentales, dans ses tiroirs-souvenirs. Les opérations de chirurgie esthétique, les verres de contact colorés, ou un climat éprouvant, l'âge déformant ne changeaient rien à la valeur de son jugement. Dans son cerveau-ruche, les souvenirs bourdonnaient, virulents et intacts. A l'époque où il allait à la poursuite des criminels de guerre et des tortionnaires divers, il était imbattable dans le combat. Ce matin, le détournement raté ne l'intéressait que modérément. Par contre, la photo du « héros » anonyme l'excitait. Arrivé au bout du contenu de sa cafetière il réussit à situer la rencontre qu'il aurait eue avec l'individu, à l'époque d'Auschwitz.

Les coudes sur la table, les deux mains serrées autour du bol vide, le cou tassé entre les épaules, il réfléchissait. La photo le défiait presque. L'homme était à classer dans la catégorie des anciennes victimes.

Il hésitait, surtendu. Fallait-il résister à la tentation de se prouver à lui-même qu'il avait conservé son cerveau de jadis ? Se laisser mordiller les pantoufles par le chien, et se consumer dans de petites tâches quotidiennes ? « Un petit vieux, tout propre, disaient les voisins. Peut-être d'origine étrangère, mais, à son âge, quelle importance ? »

Le nez encore dans le bol, un battement de cœur violent le secoua. C'était à la fois l'alerte, l'appel et la panique. S'il se trompait, il abîmerait ses propres lauriers sur lesquels il devait se reposer. Selon Tel-Aviv.

Il se leva ; il allait et venait ; pour s'apaiser, il rangeait ; cette manie de ranger, lorsqu'il était préoccupé, avait des avantages. Plus il avait de problèmes, plus sa maison était impeccable. Soudain, il s'exclama :

« C'est Koenig ! » Il fut tellement ému qu'il dut s'asseoir. « C'est Koenig. » L'adolescent hongrois, déporté avec les juifs de Budapest dans un wagon à bestiaux. Le troisième jour encore, la bouche gonflée et desséchée, il tentait de répéter : « Je ne suis pas juif. Il faut me laisser partir ! »

Koenig qui était devenu l'homme à martyriser par les autorités nazies du camp. Un martyr bien seul. Il avait donc survécu. Tant mieux. Est-ce qu'il était retourné en Hongrie ? Dans le journal, on parlait d'un voyageur de nationalité allemande. « Le hasard fait bien les choses, pensa Samuel. Si j'ai raison, c'est que je n'ai rien perdu de mes possibilités. Et puis, revoir Koenig, ç'aurait été presque émouvant. Koenig en Égypte ! S'il retraversait Nice à son retour, il pourrait faire une escale. Mais non, se répondit-il. Je ne pourrais pas le prévenir en Égypte. Je lui écrirai un mot à son domicile en Allemagne. Si c'était bien lui, si le voyageur était Koenig, ce serait vraiment formidable de le rencontrer. »

Samuel décida de rendre visite à un photographe de *Nice-Matin*. Il connaissait bien le journal où il avait travaillé quelques années auparavant en qualité de comptable occasionnel. Ce n'était d'ailleurs qu'une occupation de « couverture » à la demande des Services.

Enfermé dans sa salle de bain, énervé, il s'égratigna le visage avec son rasoir.

Il arrangea son lit. Le chien resterait au jardin. Ce chien gentil et encombrant qu'on lui avait vendu pratiquement avec le pavillon. Puzzle était aussi affectueux qu'envahissant. L'idée d'aller jusqu'au bureau de *Nice-Matin*, pour voir la série des photos qui avaient été prises à l'aéroport, le fit jubiler. Il allait de nouveau être occupé. La journée avait un but.

Il se sentit revivre. Les pas alertes, la silhouette jeune, parce que très mince, Samuel prit un bus qui descendait vers le centre de la ville. Avec ses cheveux presque blancs et ses yeux gris clairs, il ressemblait à un vaillant grand-père : il avait le style physique de ceux qui, à soixante-dix ans, gagnent encore les courses à vélo seniors.

Une demi-heure plus tard, il retrouva une relation amicale, le photographe de *Nice-Matin*. Il raconta à Marc qu'il aurait aimé voir les photos prises la veille à l'aéroport. Celui-ci pressé lui lança :

« J'ai très peu de temps. Venez au labo. »

Les photos du fait divers, accrochées sur un fil avec des pinces à linge, recourbées ici et là, reconstituaient l'événement. L'avion vu du sol, l'atterrissage, l'arrivée de l'échelle, la porte de la carlingue entrouverte, le personnel de l'avion dans l'embrasure, le débarquement du « terroriste ».

Samuel s'enivrait de sa propre passion d'un début d'enquête. Il se pencha sur un agrandissement de celui qu'il présumait être Koenig.

« Quel est son nom ?

— Il a insisté pour l'anonymat. Pourquoi ?

— Une lubie de vieillard. »

Il détesta avoir prononcé cette phrase.

« Je peux avoir cette photo ?

— Prenez-la. Pour nous, l'affaire est terminée.

— Gamma Airlines, c'est quoi ? demanda Samuel.

— Je n'en sais rien », fit Marc.

Confondu dans ses remerciements, Samuel prit

congé. Il demanda à consulter l'annuaire auprès de l'huissier de l'immeuble.

Il n'y avait aucune trace de Gamma Airlines dans la liste des compagnies aériennes. Avec les photos sous le bras protégées par un journal plié en deux, Samuel hésita sur le trottoir. Nice, belle et bruyante, se préparait pour sa journée de travail. Samuel ressentait un vertige de tristesse. A quoi bon insister ? Supposer reconnaître quelqu'un connu il y a trente-quatre ans, n'était-ce pas un orgueil démesuré ?

Samuel se dirigeait vers le centre. Il se renseigna auprès d'une agence d'Air-France.

« Une petite compagnie, greffée sur une grande », répondit une employée, et elle lui donna l'adresse de Gamma Airlines à Paris.

Il allait sortir de l'agence, tourneboulé par ses sentiments contradictoires, incertain de lui-même, quand il revint vers l'employée et lui demanda, mais vraiment pour s'amuser :

« Quel est le prochain vol pour Paris ?

— Vers midi, monsieur.

— Vous auriez une place ?

— Je regarde. En économique ?

— Oui.

— C'est possible. »

Il ajouta, gêné, parce que embarqué dans une affaire qui le plongeait dans une série de dépenses inutiles :

« J'ai un chien.

— Quelle taille ?

— Petit.

— Il entre dans un sac ?

— Sans plaisir, mais il entre.

— Vous voulez le prendre avec vous ?

— C'est-à-dire... Mais oui. Si je ne peux pas prendre le chien, je devrai voyager par le train. »

L'employée prit quelques renseignements. « Non, il n'y a pas d'autre chien annoncé à bord... Oui, vous pouvez.

— Un aller-retour, monsieur ?

— Un aller simplement. »

Il allait revenir par le train. En deuxième. Assis. Pour faire des économies.

« Il est déjà dix heures trente, dit la jeune femme derrière le guichet. Il faut que vous soyez à l'enregistrement, quarante-cinq minutes avant le décollage. »

Il fut heureux qu'on le presse. Il prit un taxi, et il donna des ordres, comme jadis :

« Je passe à la banque. Vous m'attendrez. »

Il donna l'adresse.

« Si je trouve une place...

— Vous en trouverez. Après, je vais à mon domicile et à l'aéroport. »

Il revint vers le taxi, la poche intérieure de sa veste doublée d'une liasse de billets. Il avait perdu son air de « petit vieux » ; il était devenu un homme d'un âge certain, souple, rapide, le visage tendu et le regard perçant. Samuel claqua si fort la portière que le chauffeur s'exclama :

« Hé... Vous avez de la poigne.

— Allons-y, dit Samuel. On n'a pas de temps à perdre. »

Rentré dans sa maison, il repoussa Puzzle et sa fête délirante. Rapide et précis, Samuel se préparait. Quelques minutes pour un minimum de bagages. Le reste du temps pour la maison. Il ferma les volets, le compteur à gaz. Il rangea le manuscrit qui traînait sur une table. Le début de ses mémoires. Il sifflait faux et gai.

A l'aéroport de Nice, les hôtesses attendries par la frêle silhouette du monsieur plutôt âgé et de son chien dans le cabas, avaient fermé les yeux sur le paquet poilu. Le petit vieux ne paierait rien pour son animal.

« Gardez-le bien dans le sac ! Comment il s'appelle, le petit toutou ?

— Puzzle », avait répondu Samuel. Et il ajouta, pour mieux finir son numéro : « Je l'ai hérité d'un Anglais. D'où son nom étranger ! »

Puzzle réussit à émerger du sac ; moitié caniche,

moitié ténériffe ; rusé et désabusé, il surveillait Samuel.

« Ce petit bonhomme doit retourner à sa place », dit une hôtesse.

Et, la fermeture métallique remontée, Puzzle dut sombrer dans les ténèbres du cabas.

Confortablement installé sur son siège, sirotant le café que l'hôtesse offrait aux passagers, Samuel se préparait à sa rencontre avec une parcelle de son passé. Il reviendrait ce soir à Nice, apaisé, et rassuré quant à ses capacités intactes.

Une hôtesse susurra :

« Monsieur, voulez-vous prendre le petit chien sur les genoux ? Nous atterrissons dans quelques minutes. »

DEPUIS six heures du matin, l'hôtel des Clubs bourdonnait comme une ruche. Les groupes divers s'évertuaient à se lever et à se laver à la même heure, ou bien ils tentaient, la couverture tirée sur la tête, de dormir encore. Mais le bruit des lève-tôt excitait. L'idée d'un petit déjeuner copieux chassait les derniers lambeaux de sommeil. Il ne fallait pas perdre une seconde de la manne. Ce matin, c'était le club « L'Égypte pédestre » qui se présentait le premier dans la salle à manger. Quel beau moment que de franchir le seuil de la fête du petit matin ! Le buffet semblait prêt à s'écrouler sous le poids des mets d'une diversité fastueuse. L'œil aux aguets, la petite assiette en main, les adeptes de la nouvelle religion, les croyants des vacances, les pèlerins du Club, avançaient vers les splendeurs culinaires. Entamer, comme un pionnier la terre vierge, un plat frémissant de fraîcheur, se combler de pain blanc, s'emparer des croissants chauds présentés dans des corbeilles en osier, goûter la saveur incomparable des premières bouchées !

On reconnaissait les pédestres à leurs chaussures larges et confortables, et parfois à leurs bas épais qui emboîtaient leurs tibias et s'arrêtaient aux genoux. Ils mangeaient lentement, en mâchant bien. En prenant leur temps. Le club « l'Égypte pédestre » investit cinq tables rondes. Quelques Suédois, une majorité d'Allemands, un couple suisse s'adonnaient ainsi à la joie du petit déjeuner.

Secoué de mouvements, l'hôtel des Clubs vibrait. Dans ses couloirs-artères coulait le sang-touristes. Pour ouater l'atmosphère, on avait tapissé d'une musique de fond cet univers livré à la migration perpétuelle. Dans la masse onctueuse d'une valse s'incrustaient des claquements de portes, des cris, des interpellations.

Marthe s'assit sur son lit ; elle bâilla. La chambre dans la pénombre, une vraie caisse de résonance, n'incitait plus au sommeil et n'encourageait guère à se lever.

« Tout le monde court... » dit-elle.

Bruno dormait encore. Elle constata qu'il n'était que sept heures.

Après sa douche, le corps humide encore, elle se dirigea vers les volets pour les ouvrir. Le Caire frémissait de bruits, comme une usine en plein rendement. Elle espéra que le bruit allait réveiller Bruno. Il continuait à dormir comme un bienheureux. Elle s'habilla et descendit à la salle à manger.

« Ai-je ronflé ? » demanda Alex Brown réveillé en sursaut.

Thomas fit non de la tête. Il tenta de s'abstraire de toute conversation.

« Dites-moi la vérité. Non ? Alors tant mieux ! La salle de bain... Je peux y aller ?

— J'irai après vous. »

Les bruits d'Alex exaspéraient Thomas. Le délai pour arriver à Assouan lui paraissait interminable et, ce matin-là, difficile à supporter.

Plus tard en se rasant, il découvrit avec une certaine humilité que Joanna avait raison. « Est-ce une maladie spécialement hongroise que de se préoccuper tout le temps du destin du monde ? », lui demandait-elle souvent.

Il crut apercevoir le visage de Joanna sur la glace embuée.

Il descendit vers la salle à manger. A la sortie de l'ascenseur, cette fois-ci bourré de Japonais qui ne pouvaient même plus s'incliner faute d'espace, il se laissa emporter par le flot oriental. Des « pardon », des « merci », des « comment allez-vous » fusaient en plusieurs langues. Il entra dans la salle à manger, et, avant qu'il eût à chercher du regard une place, l'hôtesse l'interpella :

« Quel club, s'il vous plaît ? Quel club ? »

Les Japonais étaient avec une organisation qui s'appelait « Tour d'Europe ». Thomas prononça à son tour :

« Amusements et Loisirs. »

— A droite, monsieur. A droite. »

Il s'approcha de la première table où il y avait des places libres.

« Bonjour, dit-il à tout le monde.

— Le héros de la veille, prononça Bruno.

— Je vous en prie.

— Le café est brûlant, dit Marthe. On vient de l'apporter. »

Yolande Cloutier vint vers eux.

« Vous me gardez une place... S'il vous plaît... Je vais chercher les croissants.

— Vous venez ? » lança-t-elle à Thomas.

Il la rejoignit pour faire comme les autres. Et aussi parce qu'il avait faim, comme un vulgaire touriste. Les gens, pour s'approcher du buffet, attendaient ; ils avançaient, le regard vagabond sur les plats chargés de mets, et les mains occupées d'assiettes, qu'ils prenaient eux-mêmes sur des piles où elles étaient entassées, encore tièdes.

A un autre buffet, certains faisaient leur *ham and eggs* ; de grandes plaques chauffantes et des poêles étaient à la disposition de chacun.

C'était la fête, la belle fête goulue. Les croissants arrivaient sur la table ; leur bâtisse fragile dégringolait au premier geste. Des petits gâteaux chauds faisaient leur joyeuse entrée. Le soleil brûlant chauffait les vitres. C'était le début de onze jours de félicité. L'abondance du buffet, comme un sacrifice sauvage, grisait. Les garçons égyptiens ramenaient sans cesse des pots de café et de thé tout frais. Thomas aperçut Alex Brown qui se préparait une omelette considérable à en juger par le nombre d'œufs qu'il cassait. Koenig revint à la table avec les croissants.

Marthe leva la tête avec un petit sourire poli. Elle le trouvait vraiment agréable.

Bruno était en conversation animée avec Liz dont l'intérêt se concentrait sur un demi-ananas, et Miss Burns entamait les uns après les autres des petits gâteaux qu'elle déclarait mieux faits qu'en Angleterre.

Bruno racontait des histoires drôles à Liz. Il était fier de son anglais et surtout des petits rires de Liz, qu'il considérait comme un succès vis-à-vis de Marthe, absorbée dans ses pensées.

Voulant préparer un armistice avec Yolande Cloutier, Thomas demanda :

« Puis-je vous verser encore du café ? »

Yolande le regarda, hésitante. Elle eût voulu dire qu'on ne faisait pas ce genre de politesse inutile au Club, qu'ici on vivait différemment, dans une camaraderie brusque et chaleureuse. Pourtant flattée, elle répondit :

« Si vous voulez. »

« Ce Koenig n'était certainement pas un mauvais bougre, pensa-t-elle. Snob peut-être. Ou suscitant des sentiments proches d'un snobisme assez désagréable. Enfin, ça lui passera, cette attitude légèrement guindée, irritante parfois. »

Un guide les interpella dans un micro.

« Je demande l'attention du groupe Amusements et Loisirs. Attention, s'il vous plaît. Dans quelques minutes nous partons pour le Musée. Rassemblement devant l'hôtel. Après déjeuner, les Pyramides vous accueillent. Ce soir, un « Son et Lumière » va avoir lieu au même endroit. Ensuite, grand spectacle d'accueil et d'adieu. Notre fameux *Rétro Show* vous enchantera. Merci pour votre attention. Dans cinq minutes donc à l'autocar. Nous vous prions de ne pas oublier de déposer vos clefs chez le portier. Merci. »

Thomas décida de ne pas donner la clef ; il désirait qu'on oublie leur chambre. Il ferait lui-même les deux lits pour éviter de fournir une explication à Alex.

L'appel du guide suscita un remue-ménage immédiat. Les tasses se vidèrent ; les derniers croissants furent happés, les cigarettes s'écrasèrent, certains coururent vers les toilettes.

Devant l'hôtel des Clubs, une file d'attente se forma et la petite foule se rangea bien en ordre pour entrer dans le car. Personne ne poussait. On s'appuyait tout juste ; on signalait sa présence par une proximité un peu exagérée. On se hissait en haut des marches avec allégresse. On voltigeait, on riait, on bavardait, on s'amusait, on apprenait, on vivait. L'autocar était rempli de gens, de petits cris, d'interpellations en plusieurs langues.

« Beaucoup de nouveaux ! constata Yolande, en s'adressant à Alex.

— Ça va être fabuleux, le Musée...

— J'ai le guide, dit Yolande. Une amie qui a été déjà au Caire, me l'a prêté. J'ai pu préparer ma visite.

— Bravo », dit Brown.

Une femme, un micro à la main, se racla la gorge pour signaler sa présence et elle les surprit avec une franche attaque :

« Mesdames et messieurs, ne cherchez pas trop les explications dans vos guides. Vous n'y comprendrez rien. C'est trop compliqué pour vous. »

Bruno et Marthe se regardèrent, chacun avec une grimace d'étonnement.

« Elle nous prend pour des débiles », dit Bruno.
La femme continua :
« Au lieu de lire, prière de m'écouter. On me paie pour vous instruire. Laissez-moi gagner ma vie. »
Quelqu'un siffla avec violence.
« On n'est pas à l'école, cria un Français du fond du car. Vous vous êtes trompée d'établissement ! »
La femme répondit, suave :
« Je ne veux pas vous offenser... Mais feuilletez-moi, au lieu de vous charger la tête d'explications difficiles. »
Thomas se trouva à côté de Margot. Un rapide bonjour entre eux deux. C'est tout.
Yolande dit en hochant la tête :
« Elle insiste encore. »
Le guide comptait ses ouailles ; elle pointa son index :
« Un, deux trois, quatre... »
Au vingt et unième, elle insista :
« Vous vous cachez, monsieur. Auriez-vous peur de moi ? »
La plaisanterie obligatoire. Vieille méthode. Jeter quelqu'un en pâture, pour amuser les autres.
« J'ai laissé tomber quelque chose. Je cherche...
— Votre billet de retour ? »
La femme se crut drôle. Elle attendait un mouvement d'hilarité. Qu'on l'applaudisse. En vain.
« Insupportable, dit Marthe. Si on visitait le Musée tous les deux... »
Bruno haussa les épaules et répondit :
« Laisse. Quel intérêt ? N'écoute pas... »
Bruno se montrait conciliant, facile à vivre ; au lieu d'attiser, il apaisait ; un type formidable ; Marthe lui en était reconnaissante. Dans ces moments-là, elle était presque persuadée qu'elle l'aimait vraiment.
« Tu es gentil, dit-elle. Tu n'aimes pas tellement les visites, et tu es plus conciliant que moi. »
Thomas était assis au premier rang. Le véhicule aux portières déjà bloquées tremblait. Un index

pointé sur eux, et les fixant dans le temps, les épinglait, cloués sur la surface de l'infini. Papillons humains sous verre. Un officier S.S. dans son uniforme impeccable compte : « Un, deux, trois, à droite, quatre, cinq, six, à gauche. Sept, huit, neuf, à droite, dix, à gauche. »

« Vous n'avez pas le sourire facile, lança le guide à Thomas.

— Peut-être n'êtes-vous pas drôle, madame. »

Une phrase pour replacer l'événement vécu dans le contexte du moment. S'arracher de toutes sortes de réminiscences, d'associations d'idées.

Le guide se tourna vers le conducteur.

« Allez-y. »

Et voilà, baignée dans la lumière nacrée du matin, Le Caire voluptueusement étiré sur les deux rives du Nil. Selon les quartiers qu'on traverse, s'alignent des palais rongés par les intempéries et laissés à l'abandon dans un grand mouvement de haine libératrice ; ou on regarde des gratte-ciel munis d'un superconfort. Dans des images presque volontairement schématisées pour qu'elles saisissent, vieilles traditions moisies et nouvelle vague en béton se contredisent. Il n'est que huit heures trente, et le Nil aux éclats métalliques est parfois presque blanc, ici et là comme brodé des taches claires des voiles de bateaux légers, frissonnant sous la brise. Des autobus rouges, entamés par la rouille, chargés d'hommes parfois jusqu'au toit et alourdis par les masses accrochées des deux côtés, traversent la ville à une allure folle. La foule se déverse. Dense, souple, envahissante.

La station des cars se trouvait à l'angle de l'hôtel Hilton. Face au Musée.

Bruno dit à Marthe :

« Si tu veux, j'essaie de nous trouver une chambre

au Hilton. Nous pourrions nous dégager du groupe. Tant pis pour l'argent.

— Pourquoi ? dit Marthe, étonnée. On est très bien avec eux. Quelle idée ! »

Tout en descendant déjà, Bruno expliqua :

« Je ne sais pas bien. Je crois que nous serons beaucoup mieux en tête-à-tête. Je visiterai tout ce que tu veux, avec toi. Nous prendrons un guide pour nous seuls. »

Il aurait aimé dire : « Je descendrais les étoiles pour te contenter. »

« Mais non, dit Marthe, tout en avançant dans le car. Mais non. Moi je suis très bien avec les autres. Et de toute façon, tu ne trouveras de chambre nulle part. »

Ils descendirent du car ; il faisait déjà très chaud ; le Musée était tout beau, tout blanc, au milieu d'un espace clos, décoré de verdure pour mieux le mettre en valeur.

Bruno aurait aimé enlever Marthe d'ici, se trouver seul avec elle, la conquérir dans un duel doux ; et ne pas imaginer le regard de la jeune femme à la recherche du type qui avait aidé à désarmer le « pirate ». Cet homme, comment il s'appelle déjà ? Koenig. Thomas Koenig.

Ils franchirent le contrôle du Musée un par un. Margot, les yeux encore boursouflés de larmes, dut jeter sa cigarette, Alex Brown déposa en échange d'un numéro son appareil de photo et les Van den Ip, leur caméra. « Pas de photos à l'intérieur du Musée. Pour les souvenirs, voyez les cartes postales. »

« Si tu as l'impression que tu vas souffrir, dit Marthe à Bruno, va prendre un café au Hilton, et je t'y retrouverai après la visite.

— Tu veux te débarrasser de moi !

— T'épargner seulement.

— Mets ta charité dans ta poche. Nous sommes unis pour le meilleur et le pire. Je te laisserai juste une seconde. Le temps de faire un Nefer-pipi. »

Marthe devint pâle d'agacement.

« Tes plaisanteries débiles, raconte-les à notre guide. Vous vous amuserez bien ensemble. »

Bruno regretta aussitôt sa plaisanterie.

« C'était idiot, c'était crétin, c'était sacrilège. Je vais être respectueux, sérieux, savant même s'il le faut, mais aime-moi, tolère-moi.

— Allons, dit Marthe, avec un sourire poli. Nous gênons le passage. »

Au premier étage, le groupe Amusements et Loisirs rencontra une foule de Japonais. D'un autre côté arrivait un groupe d'Américains.

Éloignée des autres pendant quelques secondes, Marthe s'arrêta devant une vitrine abritant un masque en or.

« Je suis une sale brute, lui dit Bruno. Tu me pardonnes ?

— Encore plus, si tu me permets de visiter. »

« C'est une étrangère, se dit Bruno. Aucune Française ne donnerait une priorité à des œuvres d'art lors d'un voyage d'amoureux. Ou présumé tel. » Il pensa à Caroline, qui lui aurait dit : « C'est toi qu'il faudrait exposer ; te montrer et dire : voilà l'amant unique. Le champion des champions. »

Marthe immobile fixait le masque en or.

Détaché du groupe depuis le début, Thomas Koenig se trouvait dans la salle des momies. A côté d'un cercueil ouvert, contemplant une momie exposée, il réfléchissait. Les dépouilles mortelles cachées par les Égyptiens de jadis, plus tard arrachées des tombes cessant d'être secrètes, violées, saccagées, volées, dévastées de leurs trésors et brutalisées dans leur pudeur n'étaient plus que des sujets d'anatomie. Exposées à mi-hauteur des visiteurs, les lèvres retroussées, les fosses nasales réduites à de lugubres cavités, et la peau devenue tout juste une pellicule noire, les yeux culbutés dans le néant des orbites desséchées, les momies subissaient une curiosité sacrilège.

Les plaques de verre qui couvraient des cercueils

portaient des traces de doigts ; certains touristes auraient voulu toucher « l'objet » exposé. Dépouillées même de leurs bandelettes, dans l'extrême impudeur qu'on leur avait imposée vis-à-vis de la mort, les momies arrachées à un au-delà paisible avaient perdu tout leur rayonnement mystique.

Lorsque les murs du Musée friables et poreux éclateront comme des meringues, les momies se disloqueront, le masque en or s'incrustera dans une couche épaisse de boue, et le trône de Toutankhamon s'engloutira dans l'obscurité éternelle, il offrira son siège doré au dieu des Ténèbres, au dieu Cataclysme. Les cercueils retrouveront leur paix secrète, assistés par tout un pays transformé en cimetière sous l'eau, et les pieds des lits funéraires s'accrocheront au fond du Nil. Quand le retour apocalyptique vers les profondeurs secrètes s'effectuera, chacun trouvera une paix, sa paix, comme c'était raconté par les scribes à la naissance des temps.

Thomas quitta la salle des momies et enjamba deux à deux les marches en marbre pour rejoindre le groupe.

Une grisante vivacité régnait au premier étage. Sous l'égide des guides, des groupes se déplaçaient. Serrés les uns derrière les autres, la masse humaine fragmentée par les langues différentes se déplaçait.

« Fils d'Akhenaton, claironna leur guide.

— Akke-Ki ? demanda M. Van den Ip.

— Akhenaton, le mari de Nefertiti. »

Et, en quelques mots, suivit la description des désirs sociaux d'Akhenaton et l'évocation de sa ville lumière.

Marthe dit à Bruno, peut-être pour l'agacer, ou pour rien :

« Il faudrait passer une vie ici. »

Près du trône fastueux de Toutankhamon, elle répéta :

« Toute une vie. »

Bruno répliqua :

« Une vie devant une vitrine ! Si on ne se contentait pas d'impressions, d'un tout petit savoir, de notions, on ne pourrait plus voyager ! A Jérusalem aussi, il faut une vie ; à New York ; à Tokyo. Autant rester sur une plage, les pieds dans l'eau. Ignare. »

Elle s'enferma dans un mutisme sans hostilité. Elle contemplait la statue d'un scribe accroupi tenant un papyrus déroulé sur les genoux. Et puis, elle s'écarta pour revoir un sarcophage en albâtre.

Bruno observait Marthe, si aimable, si parfaite, tellement indépendante qu'il lui attribuait une nature d'homme, des qualités d'homme.

« J'ai l'impression de voyager avec un camarade d'études, lui dit-il.

— Comment ? » fit-elle.

Il haussa les épaules.

« Tu n'as pas le comportement normal d'une femme », ajouta-t-il.

Elle lui fit un petit sourire et elle termina la conversation :

« Comportement de femme ? Ça veut dire quoi ?

— Tu m'oublies... »

Ils se trouvaient devant un cercueil en bois aux panneaux assemblés par des bandes de cuivre.

« Je ne t'oublie pas, répondit-elle.

— Tu préfères ce voyage à moi.

— Les deux, dit-elle. Les deux... J'ai voulu les deux. »

Mme Van den Ip vint vers eux.

« Superbe ! Il faudrait passer ici plus qu'une matinée. »

Le guide tentait de les garder groupés.

« Et voilà un superbe lit funéraire en bois sculpté, recouvert de stuc doré. Regardez, s'il vous plaît, les deux animaux en ivoire qui étaient censés garder le lit du roi défunt dans l'autre monde. Mesdames et messieurs, on sera obligé de se presser un peu ; vous avez le goût des belles choses, c'est bien, mais l'Égypte est grande, et Le Caire vous réserve d'autres merveilles. Si vous voulez bien vous diriger à votre gauche. Voilà. Nous entrerons dans la petite salle... Veuillez me suivre. »

Thomas s'était joint à eux depuis quelques minutes, et il franchit à son tour le seuil de la chambre réservée à une partie des trésors de Toutankhamon, à son masque funéraire et aux bijoux trouvés dans sa tombe.

Marthe ressentit la présence de Thomas. « Il m'intéresse », se dit-elle, envahie par une angoisse diffuse, envoûtante comme l'atmosphère de cette pièce imprégnée d'une fine poussière aux reflets nacrés. Chacun s'attardait, quelques secondes, devant le masque de Toutankhamon.

« Il est fait d'or massif, incrusté de pierres semi-précieuses et de pâtes de verre polychromes, dit le guide. La coiffure royale striée de bandes incrustées de pâte de verre s'appelle « nemes ». Ne touchez pas à la vitrine, merci... Remarquons le tour des yeux et les sourcils en lapis-lazuli. »

Ils formaient un cercle autour du masque fabuleux. Les rayons de soleil arrivés par les vitres embuées de poussière s'égaraient, se reflétaient, rebondissaient. Marthe espérait la présence de Thomas ; elle n'eut pas le courage de lever la tête. Le cercle humain, ce collier vivant, tournait autour du masque, se mouvait avec délicatesse, il exécutait les rites exigés par la nouvelle religion, le voyage ! Partout, des miroitements, des reflets d'or, étincelles et lueurs teintées de jaune. Marthe s'arracha du masque. De l'autre côté de la vitrine, des Japonais se plongeaient dans une admiration religieuse.

Les membres d'Amusements et Loisirs continuaient encore leur pérégrination dans le Musée, et, répondant à l'appel du guide, surexcités, ravis, chauffés dans des surenchères verbales, se promettaient de revenir.

« Les souks, on peut laisser tomber les souks ; répétait Margot. Pour trouver les objets *made in*

Japan, quel intérêt !... Il vaut mieux revenir ici.
— Un voyage collectif ne s'improvise pas, dit Alex Brown à Thomas. Il faut respecter leur rythme. »

Thomas l'écoutait, distrait :

« J'ai oublié la clef de notre chambre dans ma poche, dit-il.
— Aucune importance », répondit Alex.

Tout en descendant les marches en marbre, Liz se renseigna sur le nombre de tentatives de hold-up au Caire.

« Ce n'est pas un supermarket, dit Miss Burns. C'est un musée. Et à qui voudriez-vous vendre le masque de Toutankhamon ? A qui ?
— On fait les Pyramides cet après-midi ? se renseigna Solange Van den Ip. J'ai cru que treize jours c'était de trop ; mais ici, même au bout de trois semaines, on restera sur notre faim ! »

Comme un sac de billes, les gens se déversaient sur les marches de marbre.

Le guide les attendait devant la porte principale du Musée. Elle s'abstint de commentaires. Environnée de marchands de souvenirs, Solange Van den Ip acheta des têtes de Nefertiti. « J'ai des amies qui en seront heureuses. »

Une luminosité difficile à soutenir sans lunettes foncées les éblouissait. Le Nil tout proche, le Hilton qui se dressait sur la place même de l'arrêt des autocars, se recouvraient de scintillements.

Dans l'autocar bondé, le groupe Amusements et Loisirs se retrouva avec plaisir tant l'univers galopait, courait, criait, se précipitait ; les bus vétustes s'enferraient dans des courses entre eux. La lumière à la fois opaque et dorée, particulière à l'Égypte, recouvrait Le Caire comme une cape splendide.

« C'était une belle ville avant ! dit Alex Brown.
— Phrase de colonialiste, lui répondit Thomas. Vous, Alex, qu'aimeriez-vous être ? Un prisonnier logé, nourri, blanchi, ou un homme débraillé, sale aussi, pauvre, mais libre ? »

Alex se tut. Il ne fallait pas altérer leurs relations fragiles. Pourtant, il ne put s'empêcher de dire encore :

« Libres ? »

L'autobus qui avançait à côté d'eux semblait traîner sur le sol une partie de son corps rouillé, ployait sous la masse d'êtres humains.

« Exactement, répondit Thomas. Et heureux. Aussi. Nous n'aurons jamais le même avis sur vos chères colonies. »

Margot fit la connaissance de Yan Hook, l'un des Hollandais du groupe.

« Je m'appelle Yan Hook, dit celui-ci. Et je suis seul.

— Margot Marten », dit-elle.

« Son français est plus que correct, dira Margot à Yolande l'après-midi même. Et il n'est pas mal. »

Thomas vit son image du cataclysme. Une lame de fond, haute de douze étages, s'élève. Un mur d'eau incrusté de membres humains, d'yeux, de têtes. Un immense manège qui tourne dans un miroir d'eau. Des animaux aux mouvements ralentis, aux pattes désarticulées, tournent. Des fragments de bateaux, d'autocars transformés en métal tordu, des murs, des meubles, des parties d'escaliers, des moitiés de maisons se confondent dans un gigantesque tourbillon. Dans une profondeur d'eau écœurante d'épaisseur sombrent ces ponts, ces palais, ces taudis...

Ils arrivèrent devant l'hôtel des Clubs. Tous, de retour pour le déjeuner, se heurtaient, se cognaient, se précipitaient, parlaient.

Le buffet chargé de mets chauds et froids favorisait un service rapide et, surtout, assurait une grande indépendance aux adhérents. Le groupe du Musée se dispersait ; peut-être que chacun d'eux voulait découvrir d'autres horizons. Contemplant le buffet, Yolande Cloutier dispensait ses conseils.

« A votre place, je ne toucherais pas aux crudités. Les intestins, après... »

Solange Van den Ip harponna cinq ou six tranches de tomates.

« Si on a peur de tout, fit-elle — et elle prit aussi des carottes râpées et du céleri — on ne peut plus vivre ! »

Yolande Cloutier voulut expliquer tout ce qu'elle savait du danger des crudités dans un pays comme l'Égypte, mais Solange Van den Ip l'interrompit :

« Vous êtes très aimable. Mais mon mari et moi, nous ne craignons plus rien. Lorsque nous avons fait l'Indonésie, nous avons même goûté des boulettes de viande vendues dans la rue. A Djakarta. Avec un bol de légumes inconnus.

— Et vous n'avez rien eu ? s'enquit Yolande.

— Si. Un dérangement intestinal. Mémorable. Après, on a été comme vaccinés.

— Faites ce que vous voulez, dit Yolande. Je travaille dans un laboratoire d'analyses, je sais de quoi je parle. Vous êtes certainement infestée d'amibes.

— Quand on a peur des amibes, on n'a qu'à rester chez soi », dit Solange.

Yolande s'éloigna avec une assiette de ragoût.

Solange revint vers la table où son mari mangeait déjà et lui raconta les désagréables prophéties de Yolande.

Roland Van den Ip écoutait sa femme avec l'infinie patience de ceux qui se sentent coupables. Depuis le moment où Solange avait refusé le divorce, il espérait que celle-ci disparaîtrait à la suite d'un voyage, ou au cours d'un déplacement. Il ne pouvait pas admettre que Solange pût lui refuser sa liberté ; il avait l'impression d'être marié avec un geôlier et de passer sa vie le regard fixé sur un trousseau de clefs qui auraient pu ouvrir la porte de sa cellule conjugale.

Pour les autres, Solange était une femme plaisante, la jolie cinquantaine, la ligne sauvegardée, au courant de tout et le sourire aux lèvres. Que souhaiter de plus ? Pour lui, elle avait pris l'allure d'une bête tentaculaire, et son affection celle d'un poulpe qui étrangle.

« Je sais à qui tu penses, dit Solange. Ose le dire ! »

Il n'y avait que des Suédois à leur table, elle pouvait parler.

« Quand on a des idées fixes, continua-t-elle, il faut les assumer. Les exprimer. A notre époque on ne fuit plus les fantasmes. On les affiche. Et on s'en débarrasse.

— Qu'en sais-tu ? demanda-t-il, fébrile, en se servant un peu de vin égyptien.

— Tu t'intéresses si peu à moi, dit Solange, que tu ne sais même pas, tu ne connais même pas les cours que j'ai suivis. »

Il haussa les épaules.

« Les cours ! Enfantillages. Tu n'as jamais rien fait de ta vie.

— Qu'en sais-tu ? »

Solange regardait, dégoûtée, le troisième verre de vin qui se vidait.

« Tu bois trop. »

« Ce n'est pas d'un fantasme que je voudrais être débarrassé mais de toi », aurait voulu dire Roland, mais il se tut. Il n'y avait que le hasard qui pourrait le libérer de Solange. Mais le hasard devait être un chef-d'œuvre de hasard, pour qu'il ne reste pas culpabilisé pour le restant de ses jours.

A une autre table, Marthe, Thomas, Bruno et Yolande bavardaient. Celle-ci s'intéressa au métier de Bruno.

« Je vends des slogans, répondit celui-ci. Je lance des produits.

— Quels produits ?

— Tout peut être un « produit ». Un film, une firme, un soutien-gorge, une nourriture pour chiens. Tout. »

Marthe se tourna vers Thomas.

« N'est-ce pas ? Quel pays magnifique ! »

Thomas se mit à sourire. Il n'avait rien à dire à cette gentille femme qui venait de prononcer une gentille phrase.

Un groupe de quatre personnes arrivait à leur table.

« Vous permettez ? demanda l'un d'eux en allemand.

— Tout est libre ! dit Thomas.

— Vous êtes allemand ? demanda une femme parmi les nouveaux venus.

— Presque ! » répondit Thomas.

Marthe intervint aussi :

« Je parle allemand aussi. »

Un agréable remue-ménage les bouleversa. Bruno salua une dame allemande assise à côté de lui, et Thomas se vit verser le café à sa voisine qui expliqua qu'ils faisaient partie d'un club, « l'Égypte pédestre ».

Bruno jouait l'ahurissement.

« A pied ? Vous arriverez en combien de semaines à Louxor ? »

Un des Allemands lui répondit en français :

« Cher monsieur, les « pédestres » se départagent souvent entre les trains et les autocars. Nous visiterons Louxor et ses environs en marchant. Pédestre ne veut pas dire fou mais amateurs de certains plaisirs contemplatifs. »

Yolande trouva que c'était une perte de temps considérable.

L'autre Allemand tenta d'expliquer le contraire.

« C'est peut-être une manifestation contre l'époque trop mécanisée. Pendant que la plupart courent, nous marchons.

— Il n'y a que les riches qui peuvent se permettre de marcher. Les pauvres prennent l'avion... » ajouta-t-elle.

Une femme se pencha vers Koenig.

« Vous alliez dire quelque chose ? »

Thomas, surpris, répondit :

« J'ai failli être curieux. Vous n'êtes pas proche d'un métier médical ? »

Elle fut étonnée :

« Deux ans de médecine. J'ai abandonné pour le mariage et les enfants. »

Marthe ressentit une cuisante jalousie de l'intérêt que Thomas portait à cette Allemande.

« Comment avez-vous pu deviner ?

— Une intuition. »

Le mari se tourna vers eux, pendant que le garçon leur apportait encore une bouteille de vin.

« Monsieur, si vous saviez ce que c'est, le petit matin au bord du Nil. Le paradis. »

Thomas ferma une seconde les paupières. Ils seront emportés par l'eau comme des fétus de paille.

« Et vous allez où, vous tous ?

— A Assouan, dit Marthe. Peut-être nous nous retrouverons là-bas, si vous décidez de prendre le train à un moment donné.

— Ce serait un grand agrément, madame, de vous retrouver. »

Bruno s'impatienta :

« On s'en va, non ?

— Je voudrais encore un café », dit Marthe. Elle avait une grande envie de rester dans cette ambiance amicale, et d'en savoir peut-être plus sur Thomas Koenig.

Un des Allemands ramena une pleine cafetière brûlante à leur table ; il avait trouvé un sucrier aussi. On s'attablait. C'était la *Gemütlichkeit* allemande, une joyeuse atmosphère de fraternité.

Marthe intervint, de crainte que Thomas ne l'oublie.

« J'ai participé moi aussi à une randonnée pédestre. Au Groenland. Dix jours de marche. J'étais avec maman.

— *Sehr schön,* le Groenland ! » dit le mari allemand.

Et un autre, assez corpulent, fit une allusion à l'habitude des Esquimaux de prêter leur femme à l'invité d'honneur.

Bruno susurra dans l'oreille de Marthe :

« Tout à fait un endroit pour moi. Viens. On s'en va...

— Non, protesta Marthe. Où veux-tu courir ? »

Et puis, la tablée se défit, comme un tricot dont les mailles filent de tous les côtés. Les au revoir et les *auf wiedersehen* pleuvaient.

Dans un coin éloigné de la salle à manger, Liz racontait, assez excitée, à Miss Burns qu'elle avait pu retrouver les traces de Raphaël.

« Il va revenir cet après-midi d'Assouan, dit-elle. C'est un accompagnateur de groupe. Lorsque je l'ai connu, il était professeur de tennis. Il va avoir une drôle de surprise ce soir ! »

Alex se joignit à elles. Liz interrompit ses explications et partit. Alex était plutôt content d'être avec Miss Burns. Plaisante, distinguée, toujours impeccable, elle semblait être une femme aussi attirante que dénuée de complications. Malgré la nuit pénible, pour l'Anglais, le voyage s'annonçait bien.

Thomas Koenig entra dans la chambre. Il se dirigea vers l'armoire ; couché sous l'imperméable plié, le sac se terrait dans un coin. Parfait. Au lieu de se laisser aller dans les flux et reflux de sentiments, fuyant aussi bien, à ce moment-là, tourments et analyses, il se mit à ranger la chambre. Il fit les deux lits, il aéra et mit de l'ordre même dans la salle de bain.

Le café avec les Allemands avait réveillé en lui une multitude de souvenirs. La première rencontre avec Joanna... De passage à Munich, invité chez une relation d'affaires, il l'avait aperçue et l'avait aimée aussitôt. Cette jeune femme aux cheveux et aux yeux noirs, à la peau de porcelaine, l'avait attiré d'une manière instantanée.

« Qui est-ce ? » avait-il demandé à quelqu'un.

On lui avait dit que Joanna était la fille d'un acteur très célèbre. « Hans Hart, vous le connaissez, n'est-ce pas ? Tout le monde le connaît... »

Il avait demandé à être présenté à Joanna ; il avait fait les quelques pas qui les séparaient d'un cœur allègre. Elle l'avait regardé avec un certain intérêt, et lui, il n'avait plus eu envie de bouger ; il était resté à côté d'elle. C'était une réception debout, un cocktail où les petits groupes se font et se défont. Lors d'un moment de très fugitif tête-à-tête, il lui avait dit qu'il aimerait la revoir. Elle l'avait regardé longuement. Cet homme lui avait plu.

« Si vous voulez... avait-elle répondu. Mais j'ai cru comprendre que vous n'habitez pas Munich...

— Je serai très souvent là », avait-il dit, avec l'impression que la vie allait lui offrir son premier cadeau. Il avait envie de s'engager ainsi dans un coup de foudre raisonné ; il avait obéi à un empressement intérieur ; il avait su qu'il allait aimer Joanna, qu'il aimait Joanna.

Parce qu'il était un chimiste de grand avenir, la firme pour laquelle il travaillait avait accepté sa demande de mutation à Munich où il s'était installé. En dehors de son travail, sa vie battait comme un cœur au rythme de ses rencontres avec Joanna. Ils sortaient ensemble, d'abord et surtout entourés d'amis ; la présence des autres aidait ; tout en étant attiré vers l'autre chacun avait une sorte d'angoisse de connaître, sinon d'entamer ses mystères présumés. Lors d'une excursion de printemps, dans leur premier tête-à-tête, le regard de Joanna s'était fixé sur le numéro de déporté, tatoué sur le bras de Thomas. Elle avait détourné les yeux.

« Si ! l'avait interpellée Thomas, posez donc votre question. Des questions.

— Et si je ne voulais rien savoir ?

— Me vouloir transparent c'est me refuser.

— Je ne sais pas ce que je veux, avait-elle dit. J'aimerais me laisser vivre un peu. »

Elle avait pris la main de Thomas. Le geste était délicat, agréable.

« C'est horrible, ce tatouage. L'époque que nous avons vécue a été horrible.

— Vous étiez enfant, avait dit Thomas.

— Mais vous aussi, presque. Vous êtes juif ?
— Non, avait-il dit. J'ai pris la veste d'un camarade juif ; je suis sorti du lycée ; on m'a pris dans une rafle à cause de l'étoile jaune.
— Où ?
— A Budapest.
— Vous êtes hongrois donc, avait-elle dit, songeuse et puis elle avait ajouté : j'ai tellement peur de ce que vous pourriez me dire, me raconter.
— Je ne parlerai jamais du camp, avait-il dit, devenu sévère. Je ne pourrais même pas. Les mêmes mots qu'on utilise dans la vie « normale », ne pourraient guère servir à décrire certains enfers.
— Et vos parents ?
— De quoi avez-vous peur ? » avait-il demandé.
Elle avait parlé alors très vite, gênée par sa pudeur.
« J'ai eu une enfance très pénible ; mon père, comme vous le savez, est Hans Hart, le grand acteur. Il était un Hamlet incomparable. « *Sein oder nicht sein* », dire cela sur une scène de théâtre qui tremble sous les bombardements ! J'ai vécu dans des drames littéraires, dans une grandiloquence pesante. Il était aussi lourd à supporter que la guerre elle-même.
— Pourquoi m'en parler ?
— Parce que j'ai juré de vivre un jour avec un homme serein, équilibré, sans problèmes, sans spectres. Combien de fois il revenait du théâtre encore maquillé. Il m'a réveillée une fois, j'avais peut-être huit ans, pour m'embrasser, la tête entourée d'une couronne de lauriers. Jules César. Il devait faire ceci exprès : jouer sa comédie familiale devant la petite fille qu'on adorait et qu'on faisait grelotter d'émotion tout le temps. Je voulais et je voudrais sortir de tout. De la guerre, des souvenirs, du théâtre... du sublime et de l'atroce. » Frêle et obstinée, elle ajouta : « J'aimerais être heureuse avec un homme ensoleillé. »
Il aurait dû rompre et fuir. Il avait regardé Joanna ; elle avait la grâce des gravures anciennes ; sereine, secrète, dévouée.

« Quel âge avez-vous, Joanna ?

— Dix-neuf ans, avait-elle dit. Et je ne connais rien du monde. Que la guerre et le théâtre... »

Il avait regardé le ciel qui les recouvrait d'une cloche d'un bleu opaque ; l'herbe avait l'odeur du printemps ; un bourdon audacieux tournait autour d'eux, son corps recouvert de velours noir.

Au lieu de rompre, il avait pris dans ses bras cette fille gracile détachée d'une image mentale. Elle s'était abandonnée à cette étreinte dans un vertige de bonheur. Ce Hongrois, devenu silencieux, avait un parfum de soleil. Il était beau.

« Un tatouage, ça s'enlève », avait-elle prononcée lorsqu'elle avait repris son souffle.

Hypnotisé par cette plongée dans le passé, Thomas ne pouvait plus détacher le regard des zébrures dessinées sur le vieux plancher par le soleil qui s'attaquait aux persiennes de cette chambre d'hôtel du Caire.

APRÈS un voyage paisible, ayant profité des soins attentifs des hôtesses de l'air, Samuel, arrivé à Paris, prit un taxi et, le chien camouflé dans le sac, se trouva bientôt à l'adresse de Gamma Airlines situé dans un vieil immeuble de Clichy. Un écriteau qui se balançait encore sur la porte vitrée, annonçait le retour immédiat de l'employé. A la fois impatient et amusé, Samuel se mit à contempler les affiches dans la vitrine qui vantaient, en couleurs, les mérites de quelques pays exotiques.

« Tu attends quelqu'un, trésor ? »

Il fut ainsi interpellé par une fille aux cuissardes noires.

Samuel fit un petit geste de refus.

« Ne perdez pas votre temps, mademoiselle ; je suis un vieil homme.

— Tout âge a ses plaisirs », répondit la femme.

Samuel s'éloigna. Heureusement, l'employé de Gamma Airlines vint à son secours, la bouche pleine d'un quart de sandwich, dont il tenait le reste à la main.

« Entrez donc au bureau, dit-il. Je suis juste parti chez le charcutier.

— Je vous suis », dit Samuel soulagé ; et il entra à son tour dans la boutique.

« C'est plein de filles, ici, dit l'employé... Tout le

temps. Elles gagnent un fric fou. Qu'est-ce que vous désirez ?

— Un renseignement. »

Il chercha une chaise du regard.

« Vous voulez vous asseoir ? Une seconde. »

L'employé quitta le bureau et revint avec une chaise.

« Tenez. »

Samuel s'assit et Puzzle se recroquevilla à côté de lui.

« C'est au sujet du détournement d'hier.

— Encore ? s'exclama l'employé. Tout a été dit hier. Si vous voulez davantage de détails, adressez-vous au bureau central. »

Samuel l'observait.

« Vous pourriez m'aider plutôt plus que votre bureau central », dit-il. Et il sortit de sa poche de manteau l'exemplaire de *Nice-Matin* : « Regardez cette photo.

— Ça vous avance à quoi si je la regarde ?

— L'homme sur la photo, je le cherche depuis des années. C'est mon bienfaiteur.

— Vous m'attendiez pour me dire ça ? »

Puzzle déployait un vif intérêt pour le sandwich de l'homme.

« Il en mange, du pain ?

— Ne vous en occupez pas. Merci. Je dois à cet homme autant de reconnaissance que d'argent.

— Et alors ? »

Camouflé derrière sa façade de petit vieux inoffensif, Samuel guettait l'autre.

« Je l'ai perdu de vue, ce monsieur. Grâce au hasard miraculeux de cette photo, je le retrouve. Mais je n'ai pas son adresse.

— C'est lui qui devrait vous courir après, si vous lui devez de l'argent.

— C'est exact, dit Samuel. Mais parfois la vie joue de ces tours !

— Nous ne communiquons jamais une adresse.

— La récompense est forte.
— Quelle récompense ?
— Ce que j'offre pour l'adresse. »
L'employé le dévisageait. Samuel hocha la tête. « J'ai de l'argent. » Et il continua : « Ruiné, au bord du suicide, j'ai demandé son aide. Il m'a prêté il y a longtemps cinquante mille dollars. Sans intérêts. Je vous en donnerai cinq mille pour le renseignement. Il lui en restera toujours quarante-cinq.
— Son nom ? demanda l'employé.
— Un nom étranger. » Il ajouta, en hésitant : « Un nom hongrois...
— Quel nom ? »
Samuel fut perplexe. Il n'avait jamais su le nom hongrois de Thomas Koenig.
L'employé s'impatientait.
« Vous cherchez le nom ou l'adresse ?
— Je suppose le nom et je ne sais pas l'adresse.
— Au moment où il vous a prêté l'argent quel était son nom ?
Samuel battait en retraite.
« Il n'est pas exclu qu'il ait changé de nom, dit-il pour gagner du temps.
— Pourquoi ?
— Une histoire de guerre, monsieur. Cinq mille dollars pour une adresse. Vous n'aurez plus jamais une offre pareille. »
L'employé l'observait en réfléchissant.
« Affublé d'héritiers avides, malade aussi comme je suis, je préférerais rendre l'argent à celui qui m'a sauvé la vie.
— Votre histoire ne tient pas debout.
— Jeune homme, dit-il, que savez-vous de la guerre ? Tout était possible, pendant et après. Tout.
— J'ai une copine au bureau central, dit le type de Gamma Airlines.
— Vous pourriez lui donner un peu d'argent aussi ?
— Pas la peine, répondit l'employé, nous sortons ensemble. Elle peut bien me rendre un petit service. »

Samuel constatait que presque sans exception les soudoyés détestaient payer les intermédiaires.

« Elle mériterait au moins une boîte de chocolats ?

— Les chocolats ? dit l'employé. Elle voudrait se marier. Les chocolats !...

— Vous la verrez quand ?

— Peut-être à sa sortie du bureau. »

Suave, Samuel le pressa :

« Appelez-la. Prenez un café avec elle.

— Elle quitte son bureau à dix-huit heures.

— Je crains que ce ne soit trop tard, répliqua Samuel.

— Depuis le temps que vous attendez... Un après-midi de plus...

— Il faut aller vite », dit Samuel. Il était sincère.

« Vous avez vraiment l'argent ? »

Samuel tira de sa poche intérieure l'enveloppe marron de sa banque niçoise. Les petites coupures en faisaient un paquet volumineux.

« Pourquoi pas dix mille ? » demanda l'employé.

Samuel fut consterné par l'avidité de l'employé et aussi par sa perspicacité. Les films d'aventures, de guerre et d'espionnage, le cinéma en général, avaient transformé les gens. Il était de plus en plus difficile de raconter des bobards et de trouver des pigeons.

Réfugié sous la chaise, le chien poussa un bruyant soupir.

Samuel fit semblant de se lever.

« C'est à prendre ou à laisser.

— Asseyez-vous », dit l'homme et il décrocha le combiné du téléphone.

Il appela son amie au bureau central de Gamma Airlines et lui fixa rendez-vous dans une heure.

« Voilà. Vous pourriez me donner un acompte.

— Le tout ou rien, dit Samuel.

— Revenez vers quatre heures », lui dit l'employé.

Samuel sortit de la boutique, alla à la recherche d'une chambre d'hôtel. Dégoûté de la saleté du trottoir, il finit par prendre le ténériffe sous le bras. Après plusieurs essais infructueux — on le refusait à cause du chien — Samuel trouva un logis dans un hôtel de passe où clients pressés et touristes économes se côtoyaient. Il monta lui-même sa petite valise dans le réduit avec lucarne qu'on lui avait loué. « Pour une nuit, pensa-t-il, j'ai connu pire. »

Il trouva un bistrot. Il camoufla Puzzle sous la table et partagea avec lui la moitié d'un steak. Plongé dans ses réflexions, se moquant un peu de lui-même et de son enquête improvisée, il paya et revint au bureau de Gamma Airlines. L'employé avait dû arriver quelques secondes avant lui. La clef était encore à l'extérieur.

« Vous avez oublié ça ! » lui dit Samuel en guise de bonjour.

Il jeta le trousseau sur le bureau et il s'assit.

« Ce café ? A-t-il été instructif ?

— J'ai tous les renseignements, dit l'employé ; j'aimerais voir le fric maintenant. »

Samuel sortit de sa veste l'enveloppe marron.

« Pas un sou avant l'essentiel. Le nom et l'adresse.

— Et si je ne dis rien ? »

Samuel se leva. Il en avait assez de ce type un peu trop coriace. Il tira sur la laisse, le chien le suivit. Il arriva jusqu'à la porte.

« Où allez-vous ? s'exclama l'employé.

— Vous êtes trop méfiant. Et ma garantie, à moi, que l'adresse est exacte ? Je n'ai aucune garantie. J'abandonne.

— Revenez donc, monsieur, lui dit l'employé aimable. Je suis juste un peu énervé. Il est toujours délicat d'aller contre les règlements. »

Samuel s'assit, muet et rancunier.

« L'homme s'appelle Koenig. Thomas Koenig. »

Sans broncher Samuel accusa le choc. L'adolescent de jadis resurgissait dans son esprit. Quelles étaient ses raisons, ayant survécu à l'horreur, de garder ce nom dont on l'avait affublé au camp ? Pourquoi traîner ainsi son passé de supplicié ?

« Il habite 27, rue des Briques. » Il annonça le nom de la banlieue aussi. « Actuellement, il est avec un groupe d'un club de vacances « Amusements et Loisirs ». Leur charter ayant eu des problèmes, notre compagnie avait pris en charge une partie des voyageurs. Dont lui aussi. L'argent maintenant. »

Samuel fronça les sourcils.

« D'abord il faut que je vérifie l'exactitude de vos renseignements. Même si j'avais voulu vous donner vraiment l'argent, j'aurais vérifié avant.

— Vous allez me payer ou non ?

— Ce n'est pas évident », dit Samuel.

L'employé s'excita :

« Qu'est-ce qui n'est pas évident ?

— Que je paie... Vous manquez de psychologie. Un minimum de connaissance de l'être humain. Ai-je l'air d'avoir cinquante mille dollars ?

— Vous m'avez montré l'enveloppe ! Et l'aspect ne veut plus rien dire. Howard Hugues n'était pas plus flambant que vous. »

« Décidément, pensa Samuel, le métier devient difficile. Tout le monde sait tout. »

L'homme se mettait à crier :

« Vous n'allez pas m'escroquer comme ça ! Je lâche la police sur vous.

— Calmez-vous, dit Samuel. La police peut s'intéresser à vous. Pas à moi.

— A moi ? hurla l'employé.

— Qui m'a donné un renseignement d'une manière illégale ? »

Le type de Gamma Airlines allait s'effondrer.

« Vous m'avez soudoyé !

— Moi ? Soudoyer ? Justement, je ne vous donne pas un centime.

— Je raconterai tout à la police », dit l'employé.

Samuel continua :

« Vous leur direz : un petit vieux est venu me voir. Un petit vieux avec son chien. Il m'a demandé l'adresse d'un homme à qui il devait de l'argent et qu'il avait cru reconnaître sur une photo. Ça vous fait une belle jambe pour raconter ça. En revanche, — continua-t-il, pour la leçon que je vous ai donnée, c'est vous qui devriez me payer.

— Quelle leçon ? »

Samuel continua :

« Dorénavant, vous respecterez les règlements. Les importuns suspects, vous ne les écouterez pas. Vous n'allez plus vous fier à l'aspect extérieur des gens ni aux détails pittoresques. Ce qui compte, c'est le regard. Vous lisez tout dans un regard. »

L'employé vit un homme âgé, au visage frêle, au regard dur.

« Grâce à moi, dit Samuel, vous n'oserez plus jamais vouloir être malhonnête.

— Vous ne me donnez rien ?

— Il vaut mieux être floué que d'accepter un pourboire », conclut Samuel.

Il hocha la tête, tira sur la laisse et sortit de la boutique.

Le départ pour la visite des Pyramides fut mouvementé. Le bus avançait cahin-caha. Secoués, heureux, les bavards vantaient les qualités du voyage organisé, Les pensées de Marthe tournaient autour de Thomas Koenig.

« Regarde à droite, dit Bruno. J'aurais aimé passer mon permis ici. »

Leur car et un autobus rouge engagés dans une course, tout en serrant entre leurs masses un taxi, avançaient à une vitesse extrême. D'autres véhicules se joignaient à ce jeu ; c'était à qui passerait le premier.

Le Nil s'enorgueillissait d'un jet d'eau gigantesque. Les flopées d'eau retombaient colorées comme un arc-en-ciel dans la lumière.

Le taxi réussit à échapper à l'étreinte des deux molosses. Il s'éloignait, chacune de ses roues branlantes tirait vers une autre direction. Arrivés dans une banlieue, les touristes, presque aussitôt, derrière des maisons décrépies affublées de linge à sécher, découvrirent les Pyramides. Une foule d'enfants arrivaient les mains tendues vers le car. Dans une atmosphère de foire empoussiérée, apparurent aussi des camelots, les bras chargés de colliers de pacotille.

« En 1868, l'impératrice Eugénie est arrivée en calèche jusqu'aux Pyramides, annonça Yolande Cloutier.

— Restez tranquilles, mesdames, messieurs. Encore cinq minutes. »

Le car arriva sur un grand espace recouvert de sable jaune, pierreux, et s'arrêta à cinquante mètres devant la première Pyramide.

« Vous voyez juste à droite la Pyramide de Chéops, dit leur guide en tapotant le micro. Ceux qui veulent visiter l'intérieur le peuvent. Je vous préviens : il y a beaucoup de marches. L'entrée est un couloir creusé par les voleurs de tombes ; il est étroit ; l'air y est pénible à respirer ; ceux qui auraient des problèmes cardiaques feraient mieux de s'abstenir de la visite. »

Liz observait, perplexe, la première Pyramide derrière laquelle se dessinaient, aussi immenses, les deux autres.

« C'était pour quoi ? demanda Liz à Koenig.

— Pour s'enterrer. Pour mieux se cacher.

— C'est raté », dit Liz.

Sur les contours de la première Pyramide, dans les créneaux naturels des bords, des touristes escaladaient ; ils étaient petits, maladroits ; des fourmis en rééducation musculaire.

Le car repéré fut soudain entouré. Un Égyptien au visage ensoleillé, hissé sur un cheval blanc décoré comme pour une représentation de cirque, arriva jusqu'au véhicule. Deux autres Égyptiens à dos de chameaux le rejoignirent. Liz se trouva face à face avec un chameau qui regardait par une vitre, les lèvres retroussées, les yeux larmoyants cerclés de mouches. Une ribambelle d'enfants et d'adolescents, les plus légers hissés sur les épaules des costauds, formant ainsi des échelles humaines, plaquaient leur nez contre les vitres.

Sortis du car, les voyageurs furent sollicités de toutes parts ; en les retenant par leurs vêtements, on leur proposait de tout : des têtes de Nefertiti en plastique, des bagues de bazar et même des photos d'Égyptiens en tenue de fête.

Chacun chassait son assiégeur personnel et s'engageait vers la Pyramide : l'entrée était une fente de la taille d'un homme creusée dans la masse. Munis d'appareils de photos, ils longèrent à la queue leu leu le passage. Ils avançaient d'un bon pas ; le sentier étroit ne permettait ni attente ni attroupement. Un par un, ils pénétrèrent par un couloir qui s'enfonçait dans la masse de pierre.

« Ceux qui risquent de souffrir de claustrophobie, rappela leur guide, sont invités à retourner à l'autocar. »

La rareté de l'air dans les profondeurs intimes de la mort les fit taire. Ils avançaient, essoufflés, dans le couloir rétréci en goulot.

Ils arrivèrent sur une plate-forme, palier de départ d'une autre montée étroite bordée d'une main courante en fer.

« On va arriver vers la chambre mortuaire, annonça Yolande Cloutier, les lunettes embuées.

— A ton avis, dit Bruno à Marthe, il y a combien de crises cardiaques par an dans ce trou ?

— Je n'en sais rien.

— C'est l'alpinisme à l'intérieur », commenta le Français, et il se tut, asphyxié.

Ils arrivèrent à une montée plus large.

« On vient d'arriver à la grande galerie, expliqua leur guide. C'est par ici qu'on avait monté le sarcophage de Chéops dans la chambre du roi. La largeur du couloir ne dépasse pas un mètre trente-trois, ajouta-t-elle en toussant. Regardez les voûtes, une merveille architecturale... la perfection du jointement de ces blocs énormes... »

« Les morts seront rendus à leur mort », pensa Thomas.

« Pardon. »

C'était Marthe derrière lui. Thomas lui fit un petit signe amical.

Ils aboutirent à un vestibule de granit étroit.

« Le plafond est formé de neuf poutres de granit », dit leur guide dans la chambre du roi.

Elle ajouta :

« D'un poids total de quatre cents tonnes. C'est dans cette chambre qu'était déposée la momie du roi. Le sarcophage, plus large que le couloir, a dû être mis en place lors de la construction de la chambre.

Dans le huis clos de la chambre du roi, leur guide avait allumé une bougie ; elle l'avait plongée dans l'ouverture d'un soupirail à peine visible. Aussitôt la flamme s'étirait, semblait emportée vers l'intérieur du bloc de pierre.

« Nous avons dans cette pièce deux prises d'air aboutissant à l'extérieur après un trajet de soixante et onze, et cinquante-sept mètres, creusées dans la pierre. »

Elle prit la bougie et l'exposa aussitôt à l'autre soupirail.

Yolande s'exclama quelque part :

« On a volé le couvercle du sarcophage. J'ai lu ça dans le Guide Bleu.

— Voilà ce qui reste du sarcophage en granit », commenta le guide.

Le bruit sourd d'une chute, plutôt un effondrement, les fit sursauter.

« J'ai failli m'évanouir », dit Solange Van den Ip, effondrée dans un coin.

L'idée, l'espoir même d'une crise cardiaque effleura l'esprit de son mari. Aidé par le guide, il ramena sa femme vers le monde extérieur. Solange haletait délicatement. Les autres suivaient.

Ils retrouvèrent le car. Avec des égards un peu trop soulignés — « Ça va mieux, ma chérie ? J'ai eu peur, ma chérie » — Roland Van den Ip installa Solange puis redescendit pour photographier.

Harcelés de quémandeurs professionnels, d'autres groupes s'éparpillaient et les autobus démarraient.

Margot fut contente ; Van Hook, un des Hollandais, venait de s'asseoir à côté d'elle.

Le guide les interpella :

« Nous retournons à l'hôtel des Clubs. Vous aurez

une heure pour vous reposer, et dès que la nuit tombera, vous reviendrez avec un de mes collègues pour le Son et Lumière. Après ce spectacle, et après le dîner, vers dix heures du soir, nous vous présenterons notre show habituel de bienvenue à ceux qui arrivent, et d'adieu à ceux qui partent. »

Ils acceptèrent sans broncher le trajet aller et retour ; personne ne se plaignait de n'avoir qu'une heure à l'hôtel pour se reposer. Ils se laissaient porter par le programme. Thomas eut ainsi le temps de vérifier l'état de son sac. Personne n'y avait touché ; l'explosif au fond de l'armoire respirait presque.

Revenant vers les Pyramides, Yolande dit :

« J'aime ça, un voyage culturel.

— Vous avez de la chance, fit Bruno.

— Et vous aimez quoi alors ?

— La plage, la mer chaude, un bungalow calme, des fleurs tropicales.

— Et vous êtes venu en Égypte ? s'exclama Yolande. Vous ne trouverez pas ici votre plage.

— Ça sera pour une autre fois. »

Il valait mieux sourire, prendre Marthe telle qu'elle était, l'aimer quand elle le voudrait, accepter ses goûts. Bruno tenta de se consoler. Mais le cœur n'y était pas.

Yan Hook mordillait un cigare éteint.

« Nerveux ? interrogea Margot, et elle alluma une cigarette.

— Nerveux ? Pourquoi ?

— Mordiller comme ça...

— Et vous, avec votre cigarette ? »

Leur flirt tabagique s'entamait.

« Je fumais moins, dit Margot. Mais dès que j'ai un problème, alors une cigarette sur l'autre. »

Yan Hook intervint assez vivement.

« On veut tout expliquer, tout motiver. On vit comme des armoires ouvertes où chaque vêtement est passé au peigne fin.

— Vous êtes venu sans votre femme ? enchaîna Margot.

— Je n'ai pas de femme, répondit le Hollandais. Et vous, vous êtes mariée ?

— Oh ! non, dit-elle. J'aime bien ma liberté. Enfin. Disons... En tout cas, je suis libre. »

La banlieue qui précède les Pyramides était éclairée par les lampes à huile des marchands qui étalaient, à même la chaussée, sur de grandes tables de bois, des légumes, des épices et des tissus. Vieillards, femmes voilées, enfants aux yeux éclatants se déplaçaient, bavardaient, quémandaient, se disputaient, s'interpellaient. Au milieu de la rue, une chèvre récalcitrante plantait ses sabots ; plus loin, avançait une femme à califourchon sur un âne. Lorsque le car ralentissait, les essaims d'enfants bourdonnants volaient autour d'eux. Ils tentaient de forcer les portes du car, et presque toujours hissés les pieds des uns sur les épaules des autres, ils contemplaient les touristes. Les paumes collées et le nez aplati sur les vitres, acrobates nés, ces échafaudages humains quêtaient l'aumône. L'un des enfants, un vrai comédien, fit apparaître, pour Thomas, un éventail d'expressions sur son visage. Le regard, les mains, le frottement des doigts près de la joue — demande d'argent —, l'impatience d'abord feinte, qui devenait vraie, le désespoir mimé qui se transformait en un cri sauvage. Thomas lâcha par la fenêtre entrouverte une poignée de monnaie.

« Vous avez tort, dit Solange Van den Ip, réprobatrice. Vous donnez le petit doigt, ils réclameront le bras. Avez-vous fait les Indes ? Là-bas, c'est pire. La chaleur est accablante et les mains des gosses glacées ; leur sang, on dirait, est froid. Ils ont si faim. Ils sont refroidis par la famine. »

Yolande intervint :

« Oh ! les principes. Donner ou ne pas donner. A Marrakech, j'ai été dévalisée. J'ai donné tout ce que j'avais sur moi. Je n'ai pas pu résister. »

Thomas eut des extraits de son film d'épouvante personnel. Une lame de fond déferlait ; le mur d'eau, incrusté de pièces de mobilier disloquées et de morceaux de murs s'abattait avec fracas ; un piano, comme un fruit confit dans une pâte mouvante, le clavier transformé en une mâchoire sonore, voltigeait dans l'univers liquéfié. Derrière, se formait un tourbillon au noyau truffé de membres humains. Les bras collés contre le tronc, les cheveux flottants, tournait, comme une toupie, un corps. Dans une vision méchamment féerique, une chèvre voltigeait au ralenti. La crinière traînée dans l'eau noire, la chèvre poursuivait son galop de cauchemar.

L'autocar démarra.

Liz se tourna vers Miss Burns.

« On aura le temps de prendre un bain avant la soirée ?

— Un bain de culture, ma petite. »

Yan Hook venait de dire à Margot :

« Je suis imprimeur. J'ai une bonne affaire à Rotterdam. »

La femme-guide s'extirpa de son cocon de silence. Elle frappa avec un ongle pointu sur le micro. Le silence se fit.

« Mesdames et messieurs, nous arrivons à destination. A l'entrée principale du Son et Lumière, vous pouvez louer des couvertures. Le spectacle dure quarante-cinq minutes environ ; aussitôt après, c'est le rassemblement ici, à notre car. Sur cette petite place. N'achetez rien avant le spectacle, nous sommes plutôt en retard. Vous aurez cinq minutes pour le shopping. Après. Pas plus. A l'hôtel, le « buffet royal » nous attend avec le plus grand spectacle de cette semaine, notre fameux rétro-show.

— Rétro quoi ? fit Miss Burns.

— Show, dit Alex.

— Raphaël sera peut-être là, dit Liz.

— Laissez tomber votre amour d'été, dit Miss Burns en se levant. On est en novembre.

— Elle est romantique, dit Alex.

— Comme les hommes sont candides ! répliqua Miss Burns. Liz, êtes-vous romantique ?

— Ma dernière crise de romantisme remonte à l'âge de douze ans, dit Liz. Depuis, c'est bien fini ! »

Leur guide tapait des mains pour attirer l'attention.

« Ne nous perdons pas. Ceux qui ratent le retour devront rentrer en taxi à l'hôtel. »

Parce qu'elle le cherchait du regard, Marthe aperçut Thomas traversant une auréole de lumière. Il se retourna et tendit la main à Yolande Cloutier pour l'aider à descendre.

« Merci », dit celle-ci, un peu sur la défensive.

Son regard, agrandi par les verres épais, effleura Thomas.

« Un peu snob, pensa-t-elle. Mais pas mal. »

Malgré les recommandations, dans un mouvement de curiosité, le groupe se dirigeait vers les bazars.

Leur guide les interpella, désespérée :

« Non, mesdames et messieurs, non. Après le Son et Lumière. Seulement après ! »

Solange Van den Ip saisit le bras de son mari.

« J'ai vu une extraordinaire tête de Nefertiti. »

Roland pensa aux objets, aux souvenirs de voyage qui les envahissaient.

« Tu l'achèteras après le spectacle. »

Dans le hall, le groupe se munit de couvertures et se retrouva, plus loin, dans un espace en plein air. La scène naturelle plongée dans l'encre nocturne fut soudain contournée de très loin par les zigzags des phares d'une voiture.

Bruno et Marthe prirent place au premier rang où gigotait déjà sur une chaise proche une fillette.

« *Daddy, daddy...Look. I am here,* cria la gosse à ses parents dirigés vers une autre rangée.

— Je mords », lui dit Bruno en anglais. Il émit un grondement. « Je suis un loup. Et je te mangerai. »

Terrorisée, la petite fille partit comme une flèche ;

atterrie auprès de ses parents, elle montra du doigt Bruno. Celui-ci afficha un jovial sourire.

« Qu'as-tu dit ? s'enquit Marthe.

— Que j'étais un loup, répondit-il avec douceur. Ce soir, je boufferai n'importe qui

— Qu'est-ce qui se passe ?

— Rien », dit-il.

Il manquait soudain d'air comme un plongeur en rupture d'oxygène. Ses regrets, quant à ce voyage, s'accentuaient. Marthe se comportait davantage en camarade qu'en femme amoureuse. Ce départ en novembre l'agaçait et l'inquiétait. Il avait quitté son bureau, son entreprise de publicité, en pleine saison. Coupé de Paris — le téléphone ne marchait entre l'Égypte et la France qu'au prix d'une interminable attente — il avait l'impression que tout pouvait arriver pendant son absence. S'il avait pu, il aurait repris un avion le soir même pour rentrer à Paris.

Thomas apporta une couverture supplémentaire à Solange Van den Ip, reconnaissante.

« Je n'ai pas très bien saisi votre nom, monsieur...

— Thomas Koenig. »

Van den Ip dut fermer les yeux. Il vit Solange conduire comme une voiture un cercueil ouvert. « Sa vie ou sa mort, tout me crève », pensa-t-il, douloureux.

Les Japonais du dernier rang devenaient peu à peu hilares tant ils avaient froid.

« Vous auriez dû louer une couverture, dit Bruno à Liz grelottante. Je vous prête la moitié de la mienne.

— Formidable », dit-elle.

Bruno ressentit agréablement les jambes de Liz contre les siennes.

Pour se réchauffer, certains plaisantaient, d'autres gloussaient.

Bruno fit une monstrueuse grimace à la petite fille qui hurla, affolée : « Il veut me manger. » Aussitôt, Bruno esquissa un geste d'impuissance.

« Qu'a-t-elle donc, cette enfant, à avoir si peur de moi ? »

Enfin, le spectacle commença. La première Pyramide apparut dans la lumière blanche ; plus tard, se dessinèrent, derrière, les deux autres. L'air veiné d'ondes mystiques s'attiédit. Les étoiles filantes ponctuaient le velours noir de l'horizon. Le son évoquait l'histoire des princesses volages et des reines au sang de feu.

« Que c'est beau ! » dit Mme Van den Ip.

Thomas acquiesça.

« J'ai cru que c'était un pays chaud, chuchota Liz.

— Le jour », répliqua Bruno.

« ... Le jeune prince s'était endormi, confiant et en s'abandonnant entre les bras du Sphinx... »

Le Sphinx à son tour émergea. Cette image de choc — comme une arme blanche — les traversa.

« Il ressemble à Belmondo », remarqua Bruno.

Marthe sursauta.

« Tu fais ça exprès, de m'agacer.

— Ou de te rappeler ma présence, répondit-il.

— Belmondo ? répéta Liz, amusée.

— On ne sait pas encore si c'était un homme ou une femme », susurra Margot au Hollandais.

Alex glissa à Miss Burns :

« Je songe à la pierre de Rosette au British Museum.

— Nous l'avons volée, je crois ? » répliqua Miss Burns.

Roland Van den Ip songeait à une éventuelle pneumonie de Solange.

A la fin, unanimes, ils acclamèrent le spectacle ; ils rendirent les couvertures et, retrouvant la place de l'arrêt des cars, ils envahirent les boutiques. Les marchands environnés de « trésors de fouille », de « pièces uniques », les attendaient, plutôt amusés. Solange Van den Ip acheta une tête de Nefertiti.

« Voilà, dit-elle. C'est une femme qui savait ce qu'elle voulait.

— Le car part », cria un Anglais.

L'alerte fut reprise en français :

« Hé ! On part ! »

Ils se retrouvèrent tous dans l'autocar vrombissant.

Yolande Cloutier, assise près de Margot, lui demanda :

« Où est votre conquête ?

— Il discute le prix d'un morceau de bas-relief, répondit Margot.

— Je vous l'ai dit. Il faut guérir le mal avec le mal. Vous souffrez d'un homme, vous en prenez un autre. La théorie de l'homéopathie. »

Le Hollandais arrivait en dernier ; il courait ; le car allait partir.

« Qu'il vous montre n'importe quel objet hideux, dites que c'est formidable, conseilla Yolande.

— Pourquoi ?

— Parce que, sinon, il vous prendra en grippe, vous, et pas le marchand ! »

Yan Hook les rejoignit.

« C'est du vrai ! »

Et il montra fièrement l'objet. Il l'avait trouvé dans l'arrière-boutique.

« Vous êtes connaisseur ! » dit Margot.

Yan Hook se gonfla d'air.

« On le devient peu à peu. Il faut s'y connaître en bas-reliefs.

— Vous pourriez m'apprendre quelques détails.

— De quoi ?

— Des bas-reliefs, dit Margot à tout hasard.

— Volontiers. Pendant le dîner. »

Cette Française était sympathique.

« On va passer une bonne soirée », ajouta-t-il.

Les boutons de commande des portes se présentaient à Thomas comme prévu. L'ouverture se faisait très rapidement. Sortir du car, enjamber le parapet du barrage, le détonateur réglé à la seconde près. Il ne fallait évidemment pas de retard dans le déroulement de l'action. L'explosion devait avoir lieu au moment même où lui, il s'écraserait sur la surface de l'eau.

« Un... deux... trois... quatre... »
Leur guide les recomptait.
« Cinq... six... sept... huit... neuf... je n'ai pas de dixième. »
Un Japonais, masqué par un Européen plus grand, leva le bras.
« Merci. »
Et elle continua :
« Onze, douze, treize...
— C'était bête, mais pas criminel. dit Bruno. Ça ne mérite pas une indignation pareille.
Marthe afficha un petit sourire.
« Ce n'est pas grave. Il se trouve que, pour moi, le moment était précieux.
— Oublie-le !
— N'en parlons plus.
— Quatorze, quinze, seize... »
Miss Burns se retourna vers Alex.
« Le premier arrivé à la salle à manger réserve, dit Alex.
— Dix-sept, dix-huit... vingt, vingt et un, vingt-deux... »
Pour ouvrir la porte, c'était le deuxième bouton, se dit Thomas.
Comme un attouchement il sentit un regard posé sur lui comme le faisceau d'une lampe de poche. Il se retourna. Marthe soutint ce regard.
« Une belle fille », se dit Thomas. Loin de l'aspect lymphatique d'une catégorie de blondes, aux émotions à fleur de peau. Une fille loin des rêves et proche de la vie quotidienne. En survêtement de sport, les bras levés vers un filet, le regard suivant le ballon et s'exclamant de joie le but atteint. Une championne de volley-ball. L'image de Joanna revint. Elle était si différente. Transparente et fluide, Joanna, gracile : on avait envie de la porter dans les bras comme certaines héroïnes sauvées des périls dans les films de cape et d'épée.

« J'ai besoin de toi », lui avait-il dit. Elle avait échappé à leur étreinte. Brutalement.

« Pardonne-moi, avait-elle dit. Je ne vivrai jamais avec un homme faible.

— Faible ? Qu'appelles-tu faible ? Le mot « besoin » couvrait chez moi l'idée d'une fraternité. »

Elle était devenue distante.

« Enfant, j'étais le banc d'essai des drames et des émotions, j'ai subi les scènes fantastiques de l'éclatement intérieur, des larmes. Je ne savais jamais où était la vérité. J'en ai assez du cinéma. Humain et historique. Quitte-moi. Je t'aime, mais quitte-moi. Je n'ai pas la carrure pour une vie dramatique. »

Ils s'étaient mariés, fous d'amour et d'angoisses.

Arrivé à l'hôtel, le car se vida ; les compagnons de voyage se précipitaient pour obtenir une clef, attraper l'ascenseur, se catapulter dans les couloirs. La gloire revenait au plus rapide. Au rez-de-chaussée, l'orchestre jouait la chanson fétiche du club Amusements et Loisirs : « Le bonheur, le bonheur, d'une manière ou d'une autre, le bonheur, le bonheur, en tout cas : le vôtre. »

« Courons, invita Yolande. Margot, vite ! Il faut vite vous laver les cheveux ! Tout le monde va tirer sur l'eau. »

Dans leur chambre, l'effervescence s'installa.

Devenue personnage de science-fiction sous un casque-séchoir en plastique gonflable, Margot observait Yolande. Après sa douche, celle-ci s'habilla. Habituée d'être vue, lors de ses voyages, par des compagnes de chambre, elle circulait nue, et affichait un corps parfait. Elle se maquilla plus tard, le visage près de la glace à cause de sa myopie. Elle se glissa dans une robe rouge qui la moulait et se donna l'ultime coup de peigne.

« Vous avez de la chance ! Boucler naturellement ! constata Margot.

— Il faut que j'aie quelque chose, répliqua Yolande.

Myope aux cheveux raides, vous voyez ça d'ici ? La fête ! »

Margot sortit du séchoir.

« Ça va, c'est pratiquement sec.

— Rejetez-les en arrière. Ils vous arrivent juste à l'épaule. Quel âge avez-vous ?

— Vingt-six ans. » Elle enfila une robe blanche. « Ça va, ça ? Je n'en ai pas d'autre.

— Ça va », dit Yolande. Ayant remis ses lunettes, elle les ôta aussitôt. « Je cours. Je réserve. N'oubliez pas votre rouge à lèvres. »

Dehors, Yolande se plongea avec délices dans son univers de myope sans lunettes. C'en était fini avec l'aspect sévère de laborantine consciencieuse. Papillon ivre de liberté, elle avançait dans un monde flou et s'immergeait dans une vie proche de rêves au bord de gouffres vaporeux.

Elle sentait sur sa peau la robe chère mais, une fois par an, elle s'offrait ce qu'elle appelait « ses luxes ». Avant de se marier, elle avait eu une conversation décisive avec son futur compagnon de vie :

« Nous ne sommes pas exceptionnellement beaux, n'est-ce pas ?

— Certes non.

— Ni riches !

— Encore moins.

— Juste suffisamment intelligents pour assurer notre survie.

— C'est exact.

— Mais alors, avait-elle dit à l'époque, et ses lunettes de myope brillaient, mais alors pourquoi vouloir coûte que coûte se perpétuer ? Avoir des enfants qui seront encore moins beaux, qui, coûteux, nous feront plus pauvres encore... Ils nous empêcheront de nous consacrer à nos voyages... Nous deviendrons les esclaves des biberons, des écoles, des maladies d'enfants. Et nous nous mettrons à nous inquiéter, lorsque, eux, ils commenceront à voyager. »

On avait donc écarté Bébé d'emblée. Joyeux et

indépendants, ils grimpaient les échelons ensemble. Ils avaient acheté d'abord un appartement confortable dans un quartier encore possible pour les gens aux budgets normaux ; le crédit était sur quinze ans. Meublés et apaisés, ils avaient pu enfin se livrer aux voyages. Exempte de toute émotion devant un landau, elle pouvait avoir les yeux embués de tension et d'envie à la vue d'une affiche touristique vantant mer chaude, minaret, chameau ou monastère à explorer.

Son mari lui manquait. Ils vivaient davantage en amants qu'en couple légitime. Ils faisaient l'amour avec appétit et une science certaine. « L'amour n'est pas une question de beauté ou d'argent. L'argent est nécessaire, l'argent est agréable. Il fait vivre, mais il ne faut pas se faire crever pour en avoir. » Le mari de Yolande connaissait bien les aspects différents de son épouse, épuisée par une journée de travail, retrouvée plus détendue pour leur dîner frugal, en détente progressive au fur et à mesure qu'elle racontait sa journée ; et, avec un peu de chance et l'aide d'une bonne atmosphère, les retrouvailles avec une myope délicieuse, le corps juvénile à quarante ans. Le mari un peu râblé, un peu carré, en lutte acharnée pour sa ligne, un chevalier avec un bouclier de régime : viande-légumes. Il était l'amant que Yolande souhaitait. Les femmes, il en connaissait ! Les pays et les mœurs aussi. Il avait bien réfléchi avant de se décider à se marier. Bien réfléchi et bien vécu avant. Yolande avait eu aussi des amants. Ils se retrouvaient au lit comme deux futurs champions sélectionnés pour la victoire finale. Ils donnaient le meilleur d'eux-mêmes.

Yolande se heurta à un serveur dont le plateau dégringola et qui dut se mettre à genoux pour ramasser les débris.

Dans un tumulte chaleureux, la salle à manger vibrait de musique. Tous y semblaient contents d'avoir faim et de profiter ainsi encore mieux des abondances de leurs clubs respectifs.

Parmi les tables rondes pour huit personnes,

Yolande eut la chance d'en découvrir une encore libre près de la scène. Solange et Roland Van den Ip la rejoignirent.

« Madame Cloutier ? s'exclama Solange Van den Ip. J'ai hésité un peu à vous reconnaître. Vous êtes toute belle ! »

Roland la salua aussi avec sa méfiance habituelle à l'égard des femmes capables de tout.

« Effrayant, pensa-t-il. Cette femme à l'aspect austère le jour vient en papillon coloré la nuit. Comment se défendre contre les femmes ? »

Yolande fit basculer deux chaises contre la table.

« Pour ma compagne de chambre et son flirt. »

Ils s'assirent. Solange Van den Ip maquillée assez fort, vêtue d'une robe en mousseline bleue, invita par gestes :

« Monsieur, monsieur Koenig, venez avec nous. »

Thomas arriva vers la table et s'inclina légèrement.

« Bonsoir à tout le monde.

— Si vous avez promis à une autre table votre présence, ils seront tristes. Tant pis.

— C'est très bien ici, madame. »

Solange défia Roland d'un regard. L'éternel absent pouvait constater qu'elle, Solange, plaisait. Yolande fit un geste amical vers Thomas Koenig, flou.

Miss Burns, accompagné de Liz et d'Alex Brown, passait.

« Qu'est-ce qui est libre ? On voudrait rester ensemble, nous trois.

— On n'a plus que deux places.

— Merci. On va voir ailleurs. Bonne soirée ! »

Marthe apparut dans une robe aux manches bouffantes, la jupe large, la taille serrée. Parce qu'elle l'avait cherché dès son arrivée dans la salle à manger, elle avait aperçu Thomas, distrait, encore debout, auprès d'une table où il y avait encore des places.

« Je voudrais être près de la scène », dit-elle à Bruno.

Elle avançait. Qu'importaient les heurts. Elle arriva peu avant le couple d'Allemands pédestres ; ceux-ci auraient aimé aussi se retrouver avec Thomas.

« C'est libre ? dit Marthe en saisissant une chaise.

— Oui », dit Yolande.

Bruno intervint.

« On est trop près de la scène. Les Anglais et Liz ont encore des places là-bas. »

Les Allemands attendaient derrière eux un éventuel changement.

« Je reste là », dit Marthe.

Elle posa son sac près de l'assiette. Les Allemands firent un geste de regret amical en direction de Koenig et partirent chercher des places ailleurs.

Bruno salua les autres.

« Nous aurons une belle soirée, dit Marthe. Je crois... »

Ses cheveux coupés au carré lui allaient admirablement ; la frange coupait son front, comme un casque de soie. Elle se trouvait en face de Thomas. « Que Dieu me garde de tomber amoureuse de ce type », se dit Marthe.

« A quoi penses-tu ? demanda Bruno.

— Au Sphinx. Et toi ?

— A l'agneau rôti. J'ai une overdose de culture.

— Nous nous connaissons à peine, dit-elle. En fait, tu n'as jamais eu envie d'aller en Égypte.

— Je suis là uniquement pour toi.

— Mais qu'aimes-tu ?

— Quand ?

— En vacances !

— Me baigner, me bronzer, faire l'amour et imaginer que la plage où je suis est détachée du continent. Elle navigue sur une mer toujours bleue.

— Une âme de Robinson, dit-elle.

— Tout simplement d'homme normal.

— Le normal de l'un n'est pas celui de l'autre, fit-elle. Je pense peut-être plus aux Pyramides qu'au rôti.

— Hypocrite, lui dit-il à l'oreille. Depuis quand appelles-tu un homme qui te plaît « pyramide » ?

— Tais-toi », fit-elle.

Les garçons égyptiens arrivaient avec le premier plat. Yolande Cloutier remit ses lunettes. Margot, florissante, arriva avec Yan Hook. La table était complète. A peine assis, Yan Hook accepta d'entamer le poisson géant recouvert d'une cape de gélatine décorée, la tête affublée d'une couronne de légumes à la mayonnaise et la queue redressée et piquée de crevettes roses.

Un serveur mit sur la table des bouteilles de vin blanc et rouge, et pendant que Bruno remplissait les verres, Yan Hook distribua le poisson sur les assiettes qu'on lui tendait.

Ils s'entendaient à peine, baignés dans des mélodies rétro : *Bel-Ami, Lili Marlène, Parlez-moi d'amour.* Ils subissaient le plus délicieux des lavages de cerveau. Les « autour de vingt ans » appréciaient cette « musique de cinémathèque » ; les autres songeaient à leur vingt ans à eux. Des agneaux rôtis, couronnés de persil, arrivèrent accompagnés de *La Vie en rose.*

Le vin coulait à flots ; après les plateaux de fromages, ce fut le tour de somptueux gâteaux avec des inscriptions d'« Adieu » ou de « Bienvenue ».

Leur gâteau, un tremblant monument de fromage blanc battu avec de la crème fraîche, surgissant d'un lit de meringues, entouré de fruits confits, portait l'inscription « Adieu » en filets de crème au chocolat. Éméchés par le vin, ils accueillirent le gâteau que Margot départagea. Solange remarqua qu'ils auraient dû avoir un gâteau avec l'inscription « Bienvenue ». Elle eut la première tranche avec un A sur la crête. Roland fut saisi par une terreur au goût de bonheur. « Si c'était un présage... Si Solange pouvait disparaître... »

« Changeons de tranche, dit-il à Solange.

— Pourquoi ?

— Pour rien. »

Un peu grise, elle obéit.

Bruno remplit le verre de Marthe.

« Ce qui t'intéresserait, c'est de parler de ce type, en face.

— Plus tu en parles, plus je le regarderai, dit-elle. C'est un jeu.

— Je ne crois pas que ce soit un jeu, dit-il. Nous sommes en train de faire deux voyages. Moi, en jurant ; toi en espérant ceci ou cela. »

La musique les fit taire ; il était difficile de hurler des choses secrètes. Peu après la salle fut plongée dans l'obscurité. Yolande Cloutier, ayant repêché ses lunettes dans son sac, retrouva un monde palpable.

Dans un cercle de lumière d'une blancheur crue, apparut une somptueuse Lili Marlène. Les yeux bleus voilés, bordés de faux cils allongés d'un rimmel épais, le visage entouré de boucles blondes flanquées d'un chapeau haut de forme, la chanteuse se livrait à un excellent play-back.

« Hé ! » s'exclama Alex Brown.

Miss Burns se tourna vers lui.

« Regarde », dit Alex, affolé, en lui désignant de la tête Liz qui avait un malaise.

Soutenue par Miss Burns et Alex, Liz réussit à se maintenir sur sa chaise.

« Liz, Liz... »

Miss Burns lui tapotait les joues.

Grâce à un verre d'eau, l'Américaine se remettait.

« La femme qui chante, c'est lui, dit-elle, les yeux en larmes.

— Qui ? Lui ?

— C'est Raphaël. C'est lui qui m'a promis le mariage ! »

Le micro près des lèvres, le travesti somptueux occupait la scène. Liz cherchait les images qui la concernaient, elle : amant bronzé, perlé d'eau, en mêlée voluptueuse, fille ourlée d'écume et de frayeur opaque dans les bras d'un Tarzan d'occasion. Adieu, délices de pacotille. Fausses promesses et lyrisme d'une foire d'empoigne. Sur cette scène expirait le dernier rêve romantique de Liz.

« Il est déguisé en femme. C'est pour le spectacle, dit Miss Burns.

— Il me dégoûte », répliqua Liz.

Sanglé dans son vêtement brillant, les jambes parcourues de spasmes, ce corps, robuste et fragile à la fois, envoûtait. Raphaël imitait les demi-râles diétrichiens :

« Lili Marlène...
Lili Marlène... »

Alex Brown tendit un mouchoir à Liz.

Thomas luttait contre un sentiment de malaise. Comme ligoté devant un immense miroir qui s'ouvrait sur le passé, il s'aperçut, adolescent affamé, vêtu de loques. Dans sa baraque chauffée, le S.S. le dévisageait.

« Tu sais jouer du piano ?

— Oui.

— Et tu sais parler l'allemand aussi ?

— Oui.

— Pourquoi tu sais tout ça ?

— J'ai appris l'allemand.

— Il n'y a que les juifs qui savent toutes les langues ; c'est pour ça que vous êtes tous des espions, des cochons d'espions. Des ennemis ! hurla le S.S. Au piano, cochon. Joue ! »

S'asseoir sur la chaise, devant le clavier, poser ses doigts noirs de crasse sur les touches.

« Joue, cochon ! »

Jardin sous la pluie. Debussy. Une pluie torrentielle se déversait sur la baraque.

« Je veux *Lili Marlène,* cochon. Joue sans t'interrompre. Joue *Lili Marlène.* »

Calé dans un fauteuil en cuir délabré, les jambes

allongées, un verre d'alcool en main, le S.S. goûtait son propre chagrin. « Nous allons crever, tous, crever, tous, tous, tous. »

« Joue, cochon ! »

Solange se pencha vers Thomas.

« C'est beau, n'est-ce pas ? »

Thomas acquiesça :

« Oui. C'est joli. »

A l'autre table, Miss Burns consola Liz.

« Il s'est déguisé en chanteuse ; ce n'est pas un drame.

— Et ses seins ?

— Avait-il des seins quand vous avez couché avec lui ?

— Non.

— Alors. C'est du rembourrage.

— Épouvantable ! dit Liz.

— Êtes-vous sûre que c'est lui ? l'interrogea Alex.

— Tout à fait sûre. »

Les Allemands se consacraient de nouveau au programme. Déguisé en Ginger Rogers et sur un rythme endiablé, un autre travesti faisait des claquettes. La salle se mettait à l'accompagner avec des applaudissements rythmés. Aussitôt après, c'était le tour d'une chanteuse égyptienne.

« Une belle poupée aussi gonflée que sonore, dit Bruno en bâillant. On dort aussi dans ton Club, parfois ? A ce régime-là je vais tout avouer au bout de trois jours.

— Avouer quoi ? dit Marthe.

— Adorable Genevoise, dit-il. C'est une plaisanterie au deuxième degré... »

Elle se rétracta.

« Deuxième degré ou non, mais éculée, ta plaisanterie. » Et elle ajouta : « Va dormir mon chéri, si c'est si ennuyeux que ça...

— Je t'attends, dit-il. Et je m'amuse comme un petit fou. »

Marthe s'énervait ; l'absence d'intérêt de Thomas à son égard la désorientait. A part des sourires polis, l'attention de Thomas Koenig se portait ailleurs. Et parce qu'elle eut peu à peu l'impression d'être transparente, elle décida de se consacrer à Bruno pour se réconforter, pour se venger de l'autre.

« Je suis toute à toi, dit-elle à Bruno. Je suis un peu énervée, moi aussi ; un trop-plein d'impressions. Mais nous sommes ensemble.

— Hé, dit Bruno. Tu ne te trompes pas de personne ? Je ne suis pas la tête de bois d'en face...

— Chut ! dit-elle. Il pourrait nous entendre.

— Entendre ? Ici ? »

L'installation de la sonorisation de la chanteuse égyptienne crevait les tympans.

« Elle n'aurait pas besoin de micro, dit Bruno. Elle a une très belle voix. »

Elle fut suivie par une danseuse aux seins domptés par un soutien-gorge en strass, une jupe transparente attachée aux hanches et le nombril serti de pierres multicolores. Ce fut un premier délire. Les hanches en transe de la danseuse, et son ventre, bête soyeuse, fascinaient. Le regard du public restait attaché à son corps perlé de sueur. La danseuse s'absorbait dans le rythme. La jupe était devenue une illusion optique et le nombril, un œil magique au confluent des chairs roses. Les Allemands se mettaient à battre le rythme. Les autres les suivaient. Bruno décida de profiter du changement d'humeur de Marthe. Celle-ci leva les mains : un appel délibéré ; elle espérait battre le rythme avec Thomas. L'autre ne s'était retourné que pour boire un verre d'eau. Lune mate, le ventre de la danseuse recouvrait l'univers. Le numéro terminé, tous applaudirent à se rompre les poignets.

« Avant de présenter notre dernier numéro de ce soir, nous vous signalons tout juste... si vous voulez m'écouter... Mesdames, messieurs... »

Le directeur de l'hôtel des Clubs put imposer enfin le silence.

« La direction collective de cet hôtel-loisirs souhaite la bienvenue à ceux qui sont arrivés hier dans la nuit, et dit au revoir à ceux qui partent tôt demain. Une seconde, s'il vous plaît. Le groupe de Louxor prendra le train demain soir. Les programmes sont affichés à la réception. Et maintenant, mesdames et messieurs, voilà celle que le monde entier adore, celle qui est toujours présente, celle qui restera l'idole des idoles. »

Il tendit la main vers les coulisses pour mieux accueillir la grande vedette de la soirée.

« Voici, elle est là, elle arrive... »

Personne ne vint.

« Ce n'est rien, mesdames et messieurs. Un petit incident de parcours. Si je répète mes compliments, peut-être se décidera-t-elle à venir. La voilà, celle qui est le rêve impossible de tous les hommes... »

Marilyn Monroe fit une entrée éblouissante et suscita un cri d'admiration. Les Américains sifflaient pour manifester leur satisfaction ; les autres applaudissaient et poussaient des bravos. Ondulante, offrant son corps comme un cadeau, le travesti-Marilyn s'assit en serrant sa guitare contre elle.

Délicatement penchée, le cou épanoui, les yeux à demi fermés, elle se mit à chanter en s'abandonnant à une exquise émotion *La Rivière sans retour*.

Solange Van den Ip souffrait. Il y a quelques années, lors de la grande crise de leur mariage, elle avait découvert la passion de son mari pour la vedette américaine. Elle aurait préféré, comme adversaire à vaincre, une femme vivante. La lutte contre un fantôme était désespérée. Il avait demandé ce divorce pour vivre avec la mort à idolâtrer : Marilyn. Il avait liquidé une partie de son usine. Peut-être pour décourager Solange. Souvent elle avait eu envie de lui parler. Il avait refusé de l'écouter. Elle avait préféré garder son état civil. Après une bataille silencieuse, et des périodes de guérilla, Roland avait paru résigné. Solange ne demandait pas mieux que de choisir la fuite : le voyage. Pour les amis, ils présentèrent la version : « Nous voyageons parce que le voyage, c'est la vie. » Personne ne savait, en dehors d'eux, que la raison de leur voyage était l'impossibilité de rester en tête-à-tête. Les prix des circuits en groupe leur permettaient beaucoup d'audaces ; dans certaines organisations, ils étaient connus pour leur assiduité. Le tourisme devint leur guérisseur. La découverte du monde un anesthésiant.

Avant que l'île fût un centre touristique, ils avaient exploré Bali. Se croyant intouchables parce que touristes, ils avaient été, avant l'arrivée des Khmers rouges, parmi les derniers évacués de Phnom Penh. Ils avaient connu Saigon sous un bombardement. Et lorsque, dans une situation délicate, les guerres côtoyées les faisaient frémir, unis dans une peur soudaine, ils s'épanouissaient parce que, dépassés par les événements, ils ne pensaient plus à eux-mêmes.

Lors de la guerre chypriote, terrés dans les sous-sols d'un hôtel, à moitié ensevelis sous les décombres, Roland avait même encouragé Solange. Évacués par la marine américaine, à peine arrivés sur un bateau de guerre des U.S.A. ils étaient redevenus ennemis. Ils avaient échappé à un massacre en Turquie, et ils avaient vécu l'assaut d'une peuplade montagnarde contre un établissement de vacances considéré par les indigènes comme une violation de leur territoire... Ils avaient été otages en Argentine. Devenus presque copains avec les Tupamaros. Ils allaient se reposer près de Knokke-le-Zoute, dans leur maison entourée de dunes. Isolés du monde par des tempêtes, les fenêtres opaques d'une poussière de sable, ils se remettaient de leurs aventures. Grâce à eux, le médecin casanier du village voisin avait pu prendre connaissance des symptômes effectifs de certaines maladies exotiques qu'il n'avait appris jadis qu'en théorie. Dévorés d'allergies, les intestins bourrés d'amibes, les doigts de pieds fleuris de mycoses diverses, le couple se calfeutrait pour se guérir. Les maladies subies ensemble les réconciliaient, chacun s'intéressant aux phénomènes dont souffrait l'autre. Ils consommaient en silence, en le mâchant longuement, le riz qu'elle préparait à la perfection. Soudés par les désagréments acceptés comme indispensables conséquences de leurs tours du monde, s'évertuant à préparer les bouillottes dont l'un et l'autre faisaient une grande consommation, au cours de leur armistice en pantoufles, ils se toléraient.

Marilyn déposa sa guitare et quitta la scène au milieu d'applaudissements frénétiques. Le public, titubant de fatigue, la fêtait. Les yeux humides de bâillements, les jambes raidies par la fatigue, ils auraient continué encore ! Qu'importait le repos ! Au moins, ils en avaient pour leur argent. Les serveurs ne cessaient de changer les verres et apportaient d'autres bouteilles.

« Je dors debout », dit Margot.

Yan Hook lui proposa de l'accompagner jusqu'à sa chambre.

« Je vais aller chercher votre clef », dit-il.

Thomas dit bonsoir à ses compagnons de table. Il serra juste la main de Solange Van den Ip.

« Allons-y ! dit Bruno. Demain, nous avons une dure journée. »

Yolande Cloutier dont les yeux à l'abri des lunettes retrouvaient leur sécurité habituelle, lui dit :

« Dure journée ? Ce voyage n'est pas une punition !

— Question de point de vue, chère madame... »

Solange partait accompagné de Roland. Ils se dirigeaient tous vers la réception pour prendre leur clef. Sans hâte. La précipitation aurait été aveu de fatigue.

Chargé de bouteilles d'eau minérale, Alex fit irruption dans la chambre.

« Tenez. J'ai pensé à vous. »

Il tendit une bouteille à Thomas.
« Vous avez votre verre encore ?
— Merci, dit Thomas.
— Quelle belle soirée ! répétait Alex. La douche... J'y vais ou vous y allez ?
— Allez-y. »
Il revint de la salle de bain en s'épongeant.
« J'ai trop bu. »
Il enfila son pantalon de pyjama qu'il attacha avec un cordonnet. Puis il s'assit au bord de son lit.
« Vous aimez les autres, vous ?
— Je suis assez insociable », fit Thomas.
Son sourire atténua l'effet de sa phrase.
« Sans blague ! s'exclama Alex. Vous êtes très agréable, je trouve. »
Il tira sa couverture jusqu'au menton.
« Bonsoir. »
Thomas se retira daans la salle de bain avec l'espoir qu'à son retour Alex dormirait. L'Anglais le regardait avec les yeux à la fois ensommeillés et excités d'un enfant.
« Je n'ai pas le cœur de terminer la journée. Pas envie de décrocher. »
Koenig s'allongea sur son lit.
« J'étais en congé de chagrin, dit l'Anglais. Je n'ai pas pleuré ma femme aujourd'hui. Je me porte encore bien, mais dans une heure je commencerai à souffrir. »
Thomas se tourna de l'autre côté.
« Si on dormait. »

« En fait, demanda Margot à Yolande qui glissait vers le sommeil, pourquoi êtes-vous venue seule ?
— J'ai hérité. Une petite somme. Ce qui m'en restait, après avoir payé les droits, je l'ai consacré à l'installation d'une autre salle de bain dans l'appartement et à l'Égypte. Mon mari n'aurait pas pu quitter Paris. Ça marche avec le Hollandais ?

— Il n'est pas mon type d'homme. »
Yolande se prit d'agacement.
« Ne faites pas la difficile ; hier, vous pleuriez encore.
— Vous avez raison, dit Margot. Et au moins, il n'est pas marié. »
Elles s'endormirent presque en même temps.

« Vous pouvez dormir avec des bigoudis ? demanda Liz, les yeux gonflés d'énervement, à Miss Burns.
— Mes bigoudis sont moins durs que vous ! Mes bigoudis ne pleurent pas. Ils ne parlent pas. Ils me fichent la paix, mes bigoudis. »
Liz repartait dans ses tourments.
« Qu'est-ce que je lui dis demain ?
— A votre travelo ? A votre place, je ne dirais rien. Rien.
— Il m'a tellement baratinée que j'ai cru à son amour. Pourtant, je suis allée à la Jamaïque exprès pour perdre ma virginité. »
Miss Burns empoigna son oreiller.
« Vous connaîtrez l'Égypte aussi. De pays en pays vous ferez votre vie sentimentale. C'est déjà ça. Bonne nuit. »

« Tu penses à Marilyn ? » demanda Solange Van den Ip lorsque son mari fit dissoudre dans un verre d'eau une aspirine effervescente. Il but et déposa le verre.
« Tu vas avoir des brûlures d'estomac », continua Solange.
Elle ajouta :
« Je pourrais t'aider à te guérir.
— Pas besoin d'aide. »
Affolé, Roland s'assit. Dans la pénombre, le lit-cercueil de Solange flottait dans l'air ; c'était donc la misérable bande dessinée macabre qui revenait. Elle

avait un bonnet, Solange, de jolies boucles, un joli sourire ; le cercueil allait disparaître dans une trappe. Il s'exclama :

« Solange ?

— Oui... dit-elle, ensommeillée.

— Tu vas bien, Solange ?

— Oui. Très bien. Pourquoi ?

— Pour rien. Bonne nuit.

— Bonne nuit. »

En faisant l'amour avec Bruno, Marthe pensait à Thomas Koenig. Ce n'était pas du tout une substitution des personnages, mais une évasion de l'acte d'amour. Elle pensait à Thomas comme on songe à un voyage dont on rêve depuis longtemps. Thomas, une terre à conquérir. Thomas, pays étranger.

« Quand tu seras de retour, fais-le savoir, dit Bruno en se dégageant assez brutalement des bras de Marthe.

— J'étais heureuse d'être avec toi, dit-elle.

— As-tu lu le manuel de la parfaite maîtresse ? Page 27 ... « ah, ah » ... « oh, oh », page 29 « rideau ».

Il quitta le lit et se calfeutra chez lui, dans son silence.

« Dis...

— Oui, fit Marthe.

— C'est une drôle de farce, notre voyage. Depuis notre départ, nous nous éloignons. Encore un peu et on s'enverra des télégrammes... »

Elle fut gênée. Elle aimait bien Bruno ; avoir une voiture allemande et un amant français, ça allait de soi, dans sa vie de femme indépendante. Depuis qu'elle l'avait aperçu, elle avait eu envie de Thomas à la manière d'un homme qui désire une femme.

« Dès que j'ai une place d'avion, ou n'importe quelle possibilité de me sauver d'ici, je m'en vais, lui dit Bruno. On est piégé. Tous les deux.

— Si tu étais mon frère... dit Marthe.

— Je ne suis pas ton frère...

— Supposons que tu deviennes un ami intime à qui on raconte ses secrets...

— Peu pour moi... répondit-il. J'ai trente ans, et tu es la première femme que j'aie voulu épouser. Tant pis pour moi ! J'ai eu une belle leçon.

— Comme si j'étais tombée amoureuse du Sphinx, expliqua Marthe. Comme si je l'aimais d'amour. J'aimerais me trouver entre ses grosses pattes de pierre, froides la nuit et brûlantes le jour.

— Et m'utiliser pour te réchauffer après, n'est-ce pas ? dit Bruno. Tu vas te casser le nez avec ton Allemand si absent, si distingué, si dénué d'intérêt...

— Il est passionnant, fit-elle. Il est d'origine hongroise, quelqu'un me l'a dit.

— A la bonne heure, un peu de pittoresque ! Hongrois. Qu'est-ce que ça veut dire ?

— Charme, fit-elle. Tout simplement, il a un charme qui me séduit. Je n'y peux rien. Je ne sais pas ce qui m'arrive, j'ai envie d'être avec lui. Le regarder, l'écouter. C'est un accident de voyage, fit-elle. Je te promets que je vais essayer d'oublier tout cela, et te persuader, te convaincre que je t'aime. Me faire pardonner. Tout ce que tu veux comme amende honorable. Je t'assure, c'est un accident, stupide. Comme se casser une jambe sans avoir fait de ski.

— Je ne veux pas d'un amour emplâtré, dit-il. Je rentrerai à Paris. »

SAMUEL héla un taxi. Juste pour voir le domicile de l'homme surgi de son passé. Il lui laisserait un message. De retour, Thomas le lirait et viendrait peut-être un jour à Nice pour rendre visite à son compagnon de jadis. Un troisième taxi passa en refusant le trajet. Il fallait prendre Puzzle dans ses bras. Le chien craignait la rue ; il vivait pratiquement dans un jardin à Nice.

Un taxi ralentit.

« Où allez-vous ? » demanda le chauffeur par la vitre baissée.

Samuel lui indiqua l'adresse.

Le chauffeur débloqua la portière arrière.

« Allez-y. »

« Ce n'est qu'un jeu », se rassura Samuel en caressant machinalement le chien. Un jeu. L'éclaircissement de quelques petits mystères. Il avait tellement protesté contre sa déportation qu'on l'avait enfin écouté.

« Alors, tu n'es pas juif ? lui avait dit l'officier. On va voir si t'es juif ou non. »

Déculotté, on l'avait exposé sur une estrade, et un grand nombre de déportés avaient dû l'arroser d'eau glacée.

« C'est ton baptême officiel, lui avait crié le S.S. Tu te dis de la grande noblesse. On va t'appeler : le roi. Koenig. »

Glacé, épuisé, Thomas avait reçu les seaux d'eau. Il avait dû rester dehors, toute la nuit. Il avait survécu à ce « baptême ».

A l'arrivée des forces américaines, il n'était plus qu'un squelette recueilli par des médecins sceptiques quant à sa survie. Lui, Samuel, l'autre squelette, se cramponnait à sa volonté d'aider ceux qui allaient les venger. Ses forces récupérées, il s'imposa comme une des forces incomparables des Services secrets israéliens. Samuel, dont la mémoire avait enregistré le visage de tant de criminels, n'avait plus eu le temps de s'occuper du destin de Thomas Koenig. Un martyr marginal.

« Ça va faire vingt-sept cinquante », annonça le chauffeur.

Samuel le paya et se retrouva avec le chien grelottant, sous la pluie. Il aurait dû garder le taxi le temps de laisser son message pour Thomas Koenig et revenir à son hôtel. Il se consola à l'idée que le chauffeur aurait refusé la course ; il avait terminé sa journée.

Le numéro 27 de la rue des Briques était un immeuble lépreux.

« Ma famille est l'une des plus riches de l'Europe centrale, lui avait dit à l'époque Koenig adolescent. — Si tu étais si riche, lui avait-il répondu, vous auriez dû aller à temps aux États-Unis. — N'étant pas juifs, nous n'avions pas de raison de partir », lui avait dit Thomas.

Si Koenig habitait là, c'est qu'il n'avait pas beaucoup d'argent. Les trésors de la Hongrie n'avaient été que des racontars. Ou, à son retour dans son pays, il n'aurait plus rien retrouvé ? L'air mouillé de suie était épais par ici. La fumée recouvrait les murs d'une couche épaisse de crasse.

Il entra dans l'immeuble ; sur une porte, à droite, un écriteau : Concierge. Il frappa plusieurs fois à la porte suscitant ainsi le crescendo d'aboiement d'un petit chien.

« Je voudrais juste un renseignement », lança-t-il à

l'ombre qui se dessinait derrière le voile du rideau.
Une grosse femme entrouvrit :
« Quoi ?
— M. Koenig, quel étage ?
— Qui ?
— Koenig. M. Koenig.
— Connais pas. »
Elle allait refermer la porte.
« Madame, pardon, madame, je viens de loin.
— Il est de couleur ?
— Je ne vous comprends pas.
— C'est un homme de couleur ou un Blanc ?
— Un Blanc.
— Alors, non. Je le saurais s'il était logé clandestinement. Non. »

Puzzle, d'un coup de tête violent, protesta contre le chien qui vociférait ; tordu dans des râles furibards, le pincher de la gardienne frôlait la crise cardiaque.

« Merci, madame. »

Il se retrouva sur le trottoir faiblement éclairé. Parce que la pluie cessait, quelques gosses y jouaient au ballon.

Samuel fut envahi d'une tristesse mêlée de colère. Quelle belle farce que de faire courir ce vieux type, au fin fond d'une banlieue. Gêné par les enfants — il risquait de recevoir le ballon dans le dos — il s'éloignait. Le ténériffe, les pattes trempées de boue, se laissait traîner.

Tout en marchant dans les flaques d'eau, Samuel se convainquait de la véracité des renseignements de Gamma Airlines. Lorsque la distance entre lui et le ballon l'eut rassuré enfin, il contempla à son aise les gens du quartier. Une foule fatiguée se déplaçait, se confondait dans l'univers mouillé à l'odeur de fumée.

Le maudit ballon frôla Samuel. Il avait de nouveau les gosses dans le dos. Il précipita le pas pour fuir. Pourquoi Koenig aurait-il donné une fausse adresse ? Le ballon atterrit près de Samuel ; le chien fut éclaboussé d'eau.

En ayant assez du ballon menaçant, Samuel entra dans une maison, la plus proche, pour attendre le déplacement des enfants. Il aperçut, assis sur la première marche dans la cage d'escalier, un petit garçon africain.

« Bonjour. »

Samuel sortit une pièce de cinq francs de sa poche.

« Tu habites ici ? »

L'enfant fit oui de la tête.

« Tiens. »

L'enfant prit la pièce.

« Je cherche un nommé M. Koenig. En as-tu entendu parler ? »

L'enfant se gratta le cuir chevelu, et fit non de la tête.

Samuel jeta un coup d'œil sur la rue. Il ressortit de l'immeuble. Les joueurs de ballon avaient gagné une solide avance.

Pourquoi Thomas Koenig avait-il donné une fausse adresse à Gamma Airlines ? Samuel tenta de se convaincre d'une erreur d'enregistrement : quelqu'un, quelque part, avait compris ou amputé un numéro ; il avait envie de chercher encore et de broder des variantes autour des deux et des sept. Peut-être 272, 727... la rue n'était pas assez longue pour soutenir ses hypothèses. Pourtant, c'était presque une avenue ; Samuel hocha la tête ; il songeait à une perte de temps, mais la notion le fit sourire ; depuis qu'on l'avait écarté de la vie active, le temps était devenu un immense fromage et lui, la souris qui le grignotait. Peut-être, s'il avait trouvé un taxi, aurait-il rebroussé chemin, mais, dans cette rue surpeuplée, bruyante, où les gens et la misère s'entrechoquaient, il n'y avait que des véhicules branlants, des camionnettes ; ce n'était plus par ici un terrain de chasse pour un taxi.

Il avançait, perplexe, à la vague recherche d'une bouche de métro. Il se plongea dans ses souvenirs, songeant à ses explorations des bas-fonds de l'Amérique du Sud, à ses enquêtes tenaces, à sa démarche prudente. Lorsqu'il avait été sur la trace d'un criminel recherché, il devenait à la fois le chasseur et le gibier. Il suivait les traces presque jusque dans l'éternité, sans jamais être pressé.

Thomas Koenig, Samuel avait l'impression de le voir. De le revoir. Pendant le voyage d'enfer entre Budapest et Auschwitz, lui, Samuel, et le jeune garçon s'étaient soudés à la porte de fer du wagon à la recherche d'oxygène. Les lèvres ou le nez collés aux fentes. Dans les bouffées de prières, de pleurs et de gémissements, il ne cessait d'affirmer : « Je ne suis pas juif. » Trois jours plus tard, assoiffé, affamé, la langue gonflée, toujours dans le wagon, il s'était tu, les yeux secs. Il n'avait plus de larmes.

Pour Samuel, tiré par le chien, l'avenue encombrée devenait attirante. Il avait de l'intuition plus que n'importe qui et ses instincts étaient en alerte, il n'aurait pas pu justifier pourquoi. Il décida de continuer. Pourtant Koenig aurait pu habiter ailleurs, à l'autre bout de Paris.

Pendant une heure et demie, Samuel allait entrer dans chaque maison dont le numéro comportait le chiffre sept ou le deux. Il luttait contre la fatigue. Il constata avec dégoût les ravages de l'âge. Son esprit brûlant, son énergie légendaire se trouvaient prisonniers de son corps vieilli. Le chien se traînait aussi. Las, Samuel dépassa le numéro 107. Furieux contre lui-même, il revint sur ses pas, mais personne n'y connaissait un nommé Koenig. Ayant visité environ quarante-neuf maisons, épuisé, il allait renoncer à ses investigations. Rempli d'amertume, il reconnut que Tel-Aviv avait peut-être raison. Sa force physique diminuée, il n'était plus à la hauteur d'une poursuite. Ému de son échec, il marmonna des petits mots désespérés, pour se réconforter avec l'idée d'avoir identifié un visage à trente-quatre ans de distance. Il jeta un coup d'œil au numéro 127. D'une allure légèrement différente des autres maisons, peut-être parce qu'elle faisait le coin, bordée d'une petite rue transversale. Par acquit de conscience, avant l'abandon définitif, Samuel entra, s'approcha de la loge de la gardienne encore éclairée. Il frappa à la porte vitrée. Personne ne répondit, peut-être à cause de la télévision bruyante. Pour parer aux attaques éventuelles d'un autre chien, Samuel prit Puzzle sous le bras et tenta d'entrer dans la loge. La poignée de la porte céda. Une chaude et intime odeur de café l'accueillit, une autre porte encore entrebâillée signalait la présence immédiate de quelqu'un. Sur la table traînait un tricot et sa pelote de laine. Sur le buffet s'éparpillaient de vieux magazines et des journaux.

Puzzle eut un peu mal tant Samuel le serra sous son bras. Fiévreux, fasciné, n'en croyant pas ses yeux, Samuel observait un tableau accroché au-dessus de la télévision. Une reproduction fabuleuse d'une peinture très ancienne. Reproduction ? se demanda-t-il en s'approchant du tableau. La Madone, dont les mains s'ouvraient dans un geste de tendresse, semblait accueillir Samuel avec douceur.

La porte du fond s'ouvrit ; une femme aux cheveux châtain foncé, ramassés en chignon, entra. Elle s'exclama :

« Qui vous a dit d'entrer ? Pour une fois que je ne ferme pas ma porte ! »

Elle observait avec méfiance cet homme sans âge, plutôt minable, avec son chien sous le bras. Colporteur, mendiant ? Il était tard.

Samuel se méfia d'elle. Il fallait gagner la confiance de cette femme, et à la seconde ; sinon, aussitôt viré, il se retrouverait dehors.

La tête penchée, le visage adouci par un sourire vulnérable, il prononça :

« Je suis veuf.

— En quoi ça me regarde ? dit-elle. Je ne suis pas une caisse de retraite. Ni une dame d'œuvres.

— Mais en tout cas : dame, dit Samuel. Et ça se voit. Chez vous on respire la propreté, la paix. Vous avez de la classe, madame ! »

Elle faiblit légèrement. Elle eût aimé protester et dire que ce genre de compliment ne la touchait pas, qu'elle n'était pas gardienne de vocation. Qu'elle se trouvait bien en dessous de ses ambitions d'antan.

« Vous êtes venu pour me dire ça ?

— Un renseignement. Je voudrais juste un renseignement. Pardonnez-moi de vous déranger si tard. La vie est compliquée.

— Si le chien est trop lourd, vous pouvez le mettre par terre.

— Merci », dit Samuel soulagé. Il allait donc rester.

« Quel renseignement ?

— Je suis à la recherche d'un ami. M. Koenig. »

Sylvie Hrazek le dévisagea. Quelle relation ce minable pouvait-il avoir avec Thomas Koenig ?

Elle sortit du buffet une seconde tasse. Elle allait avoir peut-être des détails sur Koenig.

« Si le café ne vous empêche pas de dormir, dit-elle, je vous offrirai une petite tasse.

— Avec plaisir, madame. »

Samuel jubilait. Confondu dans des remerciements, il tenta de nettoyer les pattes de Puzzle avec son mouchoir.

« Je ne veux surtout pas salir chez vous. Ma pauvre femme n'aurait pas aimé ça. Elle soignait son carrelage comme vous. »

« Un paumé, avec l'accent de l'Europe centrale, pensa Sylvie. Décidément, je les attire. »

« Prenez place. »

Samuel s'assit. Sylvie posa sa tasse devant lui.

Puzzle reniflait sous la table. Samuel lui donna un léger coup de pied.

« C'est énervant, un chien, dit-elle. Je n'en ai pas. Combien de sucres ?

— Je n'en prends pas. Merci.

— Que voulez-vous de M. Koenig ?

— Le revoir.

— Pourquoi ?

— Pour affaire.

— Quelle affaire ?
— C'est personnel.
— A neuf heures et demie du soir ?
— Je sais que c'est impardonnable de vous déranger, mais lui, il était plutôt nocturne. »

Des habitudes de Thomas, il ne savait rien. Il avançait en tâtonnant.

« C'est vrai. Un couche-tard et un lève-tôt. Il dort si peu. Inhumain, son rythme de travail. Vous le connaissez donc bien ?

— Le connaître ? L'être humain est si compliqué, madame. — Quel bon café savoureux, heureusement pas très fort. — J'ai pu enfin réunir les éléments nécessaires, et lui rendre cette visite. Je suis venu ce matin de Nice.

— Vous habitez la Côte ?
— Comme beaucoup de retraités.
— C'est plus cher qu'ici, non ?
— En été... »

Elle revint vers l'essentiel.

« Vous vous êtes déplacé pour rien. Il est en voyage.

— C'est vrai, acquiesça Samuel. J'aurais dû le prévenir. Mais j'étais si heureux d'avoir la somme enfin complète, l'argent que je lui devais, que j'ai foncé.

— De l'argent ? »

Ce paumé devait de l'argent à Thomas Koenig ? Au contraire peut-être était-il venu pour mendier de son ancien ami. Ami ? Si c'est vrai...

« Combien vous lui devez ? demanda-t-elle.

— Dix mille dollars. »

Stupéfaite, elle poussa un petit cri.

« Dix mille dollars ? Vous pouvez me les laisser. Je les lui donnerai. A son retour.

— Je les ai là... »

« L'enveloppe marron va resservir », pensa Samuel.

« Je ne suis pas à ce point pressé, dit-il... Je repasserai... Je le verrai, mon ami, à son retour.

— Vous êtes étranger ?
— D'origine, madame.

— On reste toujours étranger quand on n'est pas né ici. Mon mari, mort, était tchèque. Je reconnais les « r » de l'Europe centrale. »

Samuel se rétracta. Il fallait se méfier. La femme était hostile.

« Beau tableau, dit-il, en désignant la Madone.

— Vous trouvez ?

— Pour les gens pieux ! ajouta Samuel.

— Je suis laïque, dit Sylvie. Mais à cheval donné on ne regarde pas les dents.

— Donné ?

— M. Koenig me l'a offert », dit Sylvie.

Samuel réfléchit. La donner ? La Madone chez la gardienne l'alertait davantage. Faire échouer la Madone dans cette cuisine !

« Vous permettez que je la regarde de près ?

— Allez-y. »

Samuel s'approcha du tableau ; il le toucha, il le décrocha même, le retourna ; il fut certain, comme on peut être certain dans ces cas-là, que la peinture était un authentique chef-d'œuvre.

« Jolie copie ! dit-il, et son cœur battait fort. Et vous ne l'aimez donc pas...

— Non. Elle me donne le cafard. Comme l'odeur de l'encens.

— Si jamais vous voulez la vendre, un jour...

— Pourquoi pas ? Il m'a dit d'en faire ce que je voulais. Et ce n'est pas un homme qui demande des comptes... D'aucune sorte.

— Je serais preneur...

— Vous êtes juif ? »

Il se raidit.

« Comment l'avez-vous deviné ?

— L'accent de l'Europe centrale, votre aspect aussi... et puis, il n'y a que les juifs qui veuillent acheter. Tout acheter. »

Il s'épanouit dans une fausse amabilité.

« Tout le monde n'est pas juif en Europe centrale, chère madame. Moi, si. Vous êtes vraiment intelligente. Je vous enverrai des œillets de Nice. »

Il considérait cette fleur comme un porte-malheur.

« Ça m'est égal que vous soyez juif. Je ne suis pas raciste. Pour moi arabe, juif ou Noir, ça revient au même. »

« Son âme est une chambre à gaz », pensa Samuel.

« Et l'argent de M. Koenig ? dit-elle.

— J'attendrai son retour. Je reviendrai.

— Il vaudrait mieux me la laisser, votre dette, que de revenir de Nice. »

Samuel but une gorgée de café :

« Ça fait passer le temps, le voyage. »

Sylvie attaqua de nouveau :

« Vous êtes juif. Et vous voulez accrocher chez vous une Madone ?

— Elle fait partie de la même famille, dit Samuel, et je l'aime bien. Le Christ était juif.

— Vous, vous les juifs, vous retombez toujours sur vos pieds. La même famille ! Enfin. Je vous ferai un prix, dit Mme Hrazek, parce qu'elle m'énerve ; elle me suit du regard. L'appartement de M. Koenig est un musée. Un vrai fouillis aussi. Quand il se met à travailler, il marche dans les livres, dans les papiers. Riche, il habite ce taudis, mais chez lui, c'est royal. »

Elle se tut.

« Vous ne lui aviez pas écrit. Je n'ai pas vu de lettre venant de Nice.

— On se téléphonait.

— Vous connaissez le numéro de M. Koenig ? C'est un numéro qui n'est pas dans l'annuaire.

— Je ne vous le répéterai pas, dit Samuel.

— Moi, je le connais, dit-elle.

— Alors, pourquoi le répéter ? »

C'était match nul.

« Ça me ferait plaisir de voir son appartement.

— Personne n'entrera chez lui en son absence. Sauf en cas d'incident majeur... m'a-t-il dit.

— Un « incident majeur » ?

— La mort. L'accident. Vous voyez un incident plus important ?

— Penser à mourir quand on s'en va en vacances...

— Il n'est pas comme tout le monde. Pourquoi vous avait-il prêté de l'argent ?

— Pour acheter ma maison.

— Ah ! bon.

— Curieux, dit-elle encore, vous ne lui avez jamais écrit.

— Votre attention était certainement plus attirée par les lettres venant de l'étranger.

— L'étranger est l'habitude. L'Allemagne, l'Amérique et d'autres pays. Il me garde les timbres. Combien vous donneriez pour la Madone ?

— Quel est votre prix ?

— Les sujets religieux embêtent les gens, je le sais. Je l'ai lu quelque part. Si je peux racheter un autre poêle à mazout...

— Combien ?

— Mille six cents à peu près...

— Je peux vous offrir mille cinq cents, pour votre Madone. Vous ajouterez les cent qui manquent.

— Vous la voulez vraiment ? demanda Sylvie.

— Et si j'étais un juif converti au catholicisme ? »

Elle fit une moue.

« Pour moi, un juif, catholique ou non, c'est un juif.

— C'est que vous avez de la suite dans les idées, madame.

— Je me méfie des échanges... Ne le prenez pas mal. J'ai un franc parler. Vous avez l'argent sur vous ? L'argent que vous devez à M. Koenig ?

— Je ne me promène pas avec une somme pareille. Je lui laisserai un chèque. »

Sylvie se rétracta.

« Un chèque ? Il serait plus content, si vous lui donniez l'argent en espèces.

— Croyez-vous ça ? dit-il.

— Certainement. Et je vous ferai un prix pour la Madone.

— Il ne faudrait pas lier les deux affaires, rectifia Samuel.

— Vous avez acheté votre maison quand ? demanda Sylvie.

— Il y a cinq ans.

— Elle a dû gagner en valeur.

— Sans aucun doute... Si le cœur vous en dit, un jour, de passer les vacances dans ma maison... Elle est assez grande. Avec un jardin... Où on peut mettre les chaises longues, et bronzer. Les hôtels sont très chers.

— Bonne idée, dit Sylvie.

— En venant chez moi, comme invitée, en tout bien tout honneur, évidemment, vous reverrez la Madone.

— C'est le cadet de mes soucis, dit-elle. Vous me laisserez votre adresse.

— Avec le plus grand plaisir. Quand voulez-vous que je revienne ?

— N'importe quel jour, sauf le vendredi. Le vendredi, je vais chez ma sœur. »

Samuel se leva :

« J'étais heureux de vous connaître. »

Et il ajouta :

« Juif ou pas juif, vous venez me voir sur la Côte ?

— Je vous ai froissé. Je n'ai vraiment pas voulu... »

Samuel hocha la tête :

« Vous m'avez ébloui ! Une femme de tête. Une femme d'affaires, je dirais. Vous mériteriez mieux que de vivre ici. »

Sylvie eut un moment de faiblesse :

« N'est-ce pas ? Je ne suis pas à ma place. Le destin m'a blousée. Je devrais être à la tête d'une petite entreprise. Et diriger, et commander... »

Samuel surenchérit.

« Il n'est pas trop tard, madame, pour utiliser vos qualités, que je présume exceptionnelles. Nous pourrions peut-être faire des choses ensemble.

— Vous avez un petit capital ? » demanda Sylvie.

Samuel effleura du regard la Madone.

« En effet, madame. »

Elle lui tendit la main.

« Merci de votre visite.

— Je reviens, dit-il, aussitôt que possible, et je vous paierai les mille six cents francs pour la Madone. Je ne mégote pas avec une dame comme vous. »

Le chien s'étira en bâillant.

« Mon seul compagnon, dit Samuel. Pourrais-je avoir votre numéro de téléphone ?

— Bien sûr. Je vous le marque. »

Il glissa le papier dans sa poche. Il prit le chien sous le bras.

« Votre nom ? Vous ne l'avez pas dit, l'interrogea Sylvie.

— Samuel. Samuel Stein. »

La haine poussait en lui comme une plante exotique. A vue d'œil.

« Vous comprenez, monsieur Stein. Nous sommes envahis d'étrangers. Surtout ce quartier ici. Vous avez quelle nationalité ?

— Française, madame. Française. Pour vous remercier de votre café, je vous apporterai un petit bouquet de fleurs aussi, quand je prendrai la Madone.

— Il ne faut pas, protesta-t-elle sans conviction. Vous étiez dans quelle branche, avant la retraite ?

— Comptable. Chef comptable.

— C'est rassurant, dit-elle, contente, un homme qui sait manipuler l'argent.

— Pourrais-je savoir votre prénom ? dit Samuel pour peaufiner son affaire.

— Sylvie, prononça-t-elle. Sylvie Hrazek. »

SAMUEL quitta l'immeuble assez victorieux. Le jeu en valait la chandelle. Il ne reviendrait plus bredouille à Nice. Il aurait à son crédit une réussite, une mission accomplie. Si la Madone était authentique, elle vaudrait une fortune. Mais dans ce cas-là, pourquoi Thomas Koenig l'aurait-il donnée à la gardienne ? Était-ce une copie admirablement exécutée ? Il n'en croyait rien. Autour de Koenig, l'ombre surgie du passé, et la Madone, il y avait un mystère qu'il avait envie de résoudre, sinon de comprendre.

Après une nuit agitée, car le poids du chien sur ses pieds l'énervait, Samuel se réveilla fatigué. Il fit sa toilette ; il quitta l'hôtel ensommeillé pour s'engouffrer dans le premier bistrot venu et y consommer plusieurs cafés. La veste recouverte de miettes de croissants, le regard perdu, il décida de ne pas lâcher Thomas Koenig. Déjà, à l'époque de leur martyre commun, Koenig l'avait intrigué, fasciné. Trente-quatre ans plus tard, l'adolescent devenu homme mûr paraissait trouble.

Le chien dans le sac, passant d'un taxi à l'autre, Samuel se dirigea vers l'immeuble où se trouvait le bureau principal du centre Amusements et Loisirs. Dans le hall, les femmes de ménage traînaient encore des serpillières humides. Samuel fut dirigé par l'hôtesse vers le bureau des renseignements et des inscriptions concernant l'Égypte.

« Vous désirez partir pour l'Égypte à quelle époque ? » lui demanda une autre jeune femme assise derrière son bureau encombré de papiers.

L'esprit vagabond, les traits empreints des souvenirs de la nuit, les yeux embués d'un bâillement étranglé, elle remarqua le chien.

« Vous ne pouvez pas partir avec le chien. »

Samuel attaqua.

« Mon neveu était dans l'avion qu'on a failli détourner avant-hier.

— Une vieille histoire, dit-elle. Qui a mal tourné. Je veux dire pour le pirate. »

Samuel continua :

« Je dois envoyer un message à mon neveu.

— Je regrette. C'est impossible. Nous avons des dizaines de milliers de membres et si chacun recevait un message...

— Je me chargerai du message, l'interrompit Samuel. Je désire l'adresse où ce groupe se trouve aujourd'hui et les jours à venir.

— Ce n'est pas possible. Fidèles à notre devise : « Le bonheur, d'une manière ou d'une autre », nous préservons nos adhérents. Nous ne prévenons qu'en cas de deuil.

— Mademoiselle, il s'agit d'argent. De beaucoup d'argent. »

Ce mot, il en connaissait l'effet. Ce mot harpon ne manquait jamais le gros poisson : le renseignement désiré. Il se cramponnait dans l'esprit. Il allumait un feu follet, des feux de joie, des feux de révolte, des braises de convoitise dans les pupilles.

Samuel décida d'exciter l'imagination de la jeune femme.

« Sa mère — qui était ma sœur — est morte hier soir. A cause de la présence d'une fille adoptive avide, une accapareuse d'héritage, il faudrait faire ouvrir son coffre. Avec certaines complicités c'est faisable. Mais la présence de mon neveu est indispensable. »

La fille fut émoustillée.

Samuel hésita, et ajouta :

« Il y a de l'or dans le coffre.

— On veut voler l'or ? »

Samuel fit oui de la tête.

« N'est-ce pas ? C'est triste. Le voler. De sang-froid. »

Elle réfléchit et se moucha. Comme si elle entamait un morceau de musique sur un piano rétréci, elle interrogea l'ordinateur.

« Le groupe parti lundi de Paris se trouve à l'hôtel des Clubs au Caire.

— Le nom de l'hôtel ?

— L'hôtel des Clubs, avenue Kheops. Hier, ils ont vu le Musée, les Pyramides ; aujourd'hui, ils visitent Le Caire, les souks, et ce soir, ils partiront par le train du Caire pour arriver demain matin à Louxor.

— Dans quel hôtel ?

— La Perle du Nil. Je vais vous donner les numéros d'appel correspondant aux adresses. Mais je vous préviens, il est assez difficile d'entrer en communication téléphonique avec l'Égypte.

— Que font-ils après Louxor ?

— Ça va être trop tard pour vous. Si la dame est morte hier...

— Je préfère connaître l'itinéraire, mademoiselle.

— Ils passent deux jours à Louxor ; le deuxième soir, ils s'embarqueront sur le *Nefertiti* et remonteront le Nil jusqu'à Assouan.

— Quel hôtel ?

— L'Auberge de Toutankhamon. Ils passeront deux jours à Assouan et après, il y a des excursions facultatives. Certains rentreront au Caire, certains visiteront le canal de Suez, Alexandrie. Il y a tant de choses à voir dans ce pays. »

Samuel se leva.

« Vous êtes très aimable, mademoiselle.

— J'espère que ça s'arrangera pour votre neveu. Le retour va être difficile. Les avions sont presque toujours complets, l'Égypte est très recherchée. Si, un jour, vous voulez faire le même voyage, venez nous voir. »

Samuel traversa lentement le hall du Club. La voix féminine, vedette invisible du Centre, parlait d'une mer bleue qui « Vous attend dans un pays chaud, chaud, chaud ».

Peu après, Samuel se traitait de vieux fou, de malade d'orgueil. Ce matin, le voyage de Thomas n'était pas inquiétant ni suspect. Quelle idée de courir après un type qui ne demande pas mieux que d'écarter les souvenirs de son passé ! Il a donné, comme cadeau, une fausse Madone à une vraie concierge. Il n'y a pas de quoi fouetter un chat, ni fatiguer un chien de plus en plus résigné. Il y avait un train du soir pour rentrer à Nice. Pour se punir, il prendrait, décida-t-il, une deuxième classe assise. Il fallait bien compenser avec une économie forcée la dépense du billet d'avion. Ce matin, le groupe de Thomas visitait Le Caire. Qu'ils aillent donc tous à Louxor ! Pour Samuel, l'aventure était finie. Les gens bousculaient ce vieux en pardessus mouillé. Il en était malade de tourments ; sans en avoir la certitude, il était persuadé qu'il y avait une affaire Thomas Koenig. Il en aurait pleuré de fureur. La Madone, selon la logique, était une copie et selon ses instincts, authentique. Un vieux tic le reprit ; il se mit à chantonner, à fredonner, vieille et mauvaise habitude, qui avait failli déjà le trahir à Buenos Aires..

Dans le camp, il avait connu un juif expert en tableaux. Celui-ci avait encore maintenant une boutique dans un des marchés d'antiquités et de brocante. Samuel savait le numéro de téléphone de cet ancien compagnon de malheur. S'il l'appelait... Ils avaient été ensemble pendant quelques mois en « récupération ». Le brocanteur, marchand de tableaux, lui avait appris la reconnaissance des tableaux anciens. Il éprouvait aussi l'absolu besoin de parler avec un ami. De parler de Koenig. Samuel s'arrêta devant un bureau de poste. Il s'enferma dans l'une des cabines téléphoniques, composa le numéro et entendit la sonnerie retentir. Au bout d'une longue série d'appels, on répondit enfin.

Samuel enfonça le bouton.

« Ignace ?

— Qui est à l'appareil ?

— Je cherche Ignace.

— De la part de qui ?

— Samuel. »

Il y avait eu un petit silence. Il répéta :

« Samuel Stein.

— Tu parles de ton potager ? » demanda l'autre.

Samuel aurait eu facilement un petit mouvement d'humeur. Une colère passagère. Il se domina.

« Je dois te voir. Je suis à Paris pour quelques heures.

— Me voir ? Pourquoi ?

— Je ne peux pas le dire au téléphone.

— Mais si. Je ne suis plus sur table d'écoute. Je serai content de te voir, mais je veux savoir pourquoi ?

— Pour le plaisir.

— Je suis plus moche que jamais. Ce n'est pas un plaisir de me voir.

— Ignace, je suis sur une affaire. »

Ignace répondit en yiddish :

« Nous sommes en crise. Je me fais plus de bile que de recettes.

— Ignace, écoute-moi. J'ai vu quelque chose... d'extraordinaire, je crois. Il faut que je t'en parle. Je viens chez toi. Tout de suite. Si tu veux.

— Pas à la maison. Au marché. Cet après-midi. Le marché Sévigné. La boutique vingt-trois. Dans l'allée des marchands de croûtes. »

Samuel l'interrompit :

« Vers quelle heure ? J'ai mon train qui part de la gare de Lyon vers vingt heures.

— A partir de cinq heures, je suis là-bas... »

Samuel enchaîna :

« Ignace, est-ce que tu te souviens de...
— Finis les souvenirs. Je vis dans le présent. A tout à l'heure. Shalom ! »

On traînait même les enfants au marché Sévigné. Ce mercredi après-midi humide brillait d'eau, et résonnait de gazouillis. La tête hors du sac, les touffes mouillées et les oreilles plaquées sur le crâne, le chien observait. Impatient, Samuel tentait d'avancer. Harcelé par l'univers clos, par le babillage et l'atmosphère sonore, fatigué par le transport du chien — corvée épuisante —, Samuel progressait. Une marchande novice voulut le happer au passage pour lui vendre un vase. Il se sauva et continua dans les dédales des boutiques. Il s'aperçut dans un miroir ancien au cadre sculpté. Frêle silhouette d'un vieux, angoissé. Affolé, parce que, sans raison logique, il courait vers un but indéfini. Clinquant, baroque, respirant d'anciennes richesses et un présent de pacotille, le marché racolait les clients. Parce que le crépuscule arrivait, des marchands de lustres allumèrent les cristaux vénitiens roses et bleus aux tiges entortillées, des suspensions en grosse faïence, des lampes hollandaises, des lustres en cuivre jaune. Des meubles parfois anciens, des copies se mélangeaient.

« Que veux-tu ? demanda Ignace en laissant pénétrer Samuel dans l'arrière-boutique douillette, chauffée à l'infrarouge.
— J'ai mal aux pieds.
— Prends le fauteuil, là. »

Samuel s'allongea, les pieds vers le chauffage électrique.

Le rideau légèrement écarté, Ignace jeta un coup d'œil sur la boutique.

« C'est calme. Les Français n'achètent plus rien. Ou peu de chose. Pourtant, j'ai du choix. Croûtes et bonnes choses. Les deux.
— J'ai vraiment froid », dit Samuel.

Le chien s'extirpa du cabas et se coucha près du chauffage en poussant un gros soupir.

« Je te fais un café. »
Après une petite préparation, il lui tendit la tasse.
« Combien de sucres ?
— Non, diabète. Depuis la déportation.
— Rien, alors ?
— J'ai mon faux sucre. »
Ils parlaient yiddish.
« Que veux-tu, Samuel ? »
Celui-ci fit une grimace.
« Je ne sais pas très bien. Je suis troublé. Est-ce que tu te souviens bien de Koenig ?
— Non. Je ne me souviens pas du tout. »
La réponse était trop rapide.
« Réfléchis un peu.
— Je n'ai pas à réfléchir. Je ne sais pas de qui tu parles. »
Samuel insista :
« Le gosse hongrois. « Baptisé » par les S.S. »
Ignace haussa les épaules et dit :
« Ressasser sans cesse le passé, c'est une maladie. J'en suis guéri. »
Samuel continua :
« Koenig, debout, les bras levés, toute une nuit, face aux barbelés électrifiés. Les quatre compagnons de cette « punition » sont morts électrocutés. Lui, il a survécu.
— Les histoires de ce genre, il y en a à la pelle, répliqua Ignace. On en a écrit des livres depuis trente-quatre ans ! L'Allemagne de cette époque n'a rien à voir avec l'Allemagne actuelle. Mes meilleurs clients sont des Allemands.
— Il jouait du piano, Koenig. Il faisait partie de l'orchestre. La musique de chambre des squelettes.
— Va-t'en, Samuel, lui dit Ignace, pâle.
— Tu as le syndrome des menteurs, dit Samuel. Tu viens de renverser le café en poudre ; tu me chasses d'ici ; tu deviens même désagréable.
— Que veux-tu de moi ?

— Une Madone, fin du XVIe, début du XVIIe, combien ça vaut ? »

Ignace ne détachait pas son regard de la tasse qu'il allait remplir et offrir à Samuel.

« Tu t'occupes de tableaux maintenant ?

— Si l'occasion se présente, répliqua Samuel. Lors de nos expéditions en Amérique du Sud, tu m'en as appris des choses.

— Quelle Madone ?

— J'en ai vu une superbe.

— Au musée », fit Ignace pour clore la conversation.

Une odeur de roussi les alerta. Trop près du chauffage électrique, le chien faisait griller le bout de ses poils. Samuel le prit sur ses genoux.

« Toi, avec un chien, dit Ignace. C'est un premier signe de gâtisme, comme tes préoccupations concernant une Madone !

— J'ai vu une Madone hier. Selon moi, authentique. Dans une loge de concierge.

— Tu es malade », commenta Ignace.

Il écarta le rideau. Un curieux déambulait dans la boutique, visiblement pour tuer le temps.

Ignace ramassa les tasses vides.

« Chez la concierge de Koenig. De Thomas Koenig, dit Samuel avec douceur.

— Impossible ! s'exclama Ignace. Il n'en avait qu'une seule. »

Et Ignace, à la fois furieux et soulagé de s'être trahi de cette manière, s'assit.

« C'est vrai. J'ai vu Koenig. Avec sa Madone. Qu'il n'a plus.

— Si, dit Samuel. Il l'a. Et si je savais pourquoi il l'a donnée à sa gardienne, je ne serais pas là. »

Ignace le fit taire.

« Résumons. Tu es allé chez Thomas Koenig. Tu l'as vu ?

— Non.

— Qu'as-tu vu ?

— Un tableau, inestimable, donné par lui à la concierge. Et toi, tu l'as vu quand, Koenig ?
— Il y a quelques jours.
— Pourquoi ?
— Parce qu'il avait une Madone à vendre.
— Et tu l'as vendue ?
— Justement, elle n'est plus en France.
— Alors, il a donné la copie à la concierge.
— C'est possible.
— Pourquoi me cacher que tu l'as vu ?
— Secret professionnel.
— Tu parles! Entre nous! Tu vois souvent Koenig?
— Mais non, dit Ignace. Il savait que je m'occupais de tableaux ; il m'a retrouvé pour me proposer une affaire. Il voulait vendre la Madone. Je l'ai aidé.
— Et pourquoi avoir fait faire une copie ?
— Ça se comprend encore, dit Ignace. Mais pourquoi la donner à la concierge ? N'empêche, pour les catholiques, copie ou pas, une Madone avec l'Enfant Jésus sur le bras, c'est...
— Arrête ! s'écria Samuel. Une seconde ! Tu parles de l'Enfant Jésus.
— Mais oui... »
Samuel se leva dans un grand énervement.
« La Madone que j'ai vue hier n'a pas d'Enfant Jésus dans les bras ! Mais les deux mains ouvertes, comme si elle voulait bénir quelqu'un.
— Il en aurait eu deux, chuchota Ignace. Deux ? Il ne m'a rien dit. J'aurais pu obtenir une somme encore plus colossale pour les deux. Si la deuxième est authentique. Quelle est l'adresse de Koenig ? »
Samuel se fit prudent.
« La Madone, moi, je peux l'acheter. Et te la revendre.
— A moi, certainement pas, dit Ignace. Je ne veux être qu'un intermédiaire. Et l'abruti qui te la vendrait demande combien ?
— La valeur d'un poêle à mazout. »
Ignace, atterré à son tour, souffla :

« Veux-tu savoir pour combien l'autre a été vendue ?

— Évidemment.

— Huit cent mille Deutsche Mark. »

Samuel fut ébranlé.

« Huit cent mille Deutsche Mark ? Donne-moi un autre café. »

Tout en s'affairant autour du réchaud électrique, Ignace racontait la visite de Koenig.

« Il est venu. Comme ça. D'une manière très naturelle. Aimable et distant. Il m'a montré la Madone. Il m'a demandé de trouver un acheteur qui, tout en étant d'accord, attendrait le moment où il se déciderait à s'en séparer. J'ai mis l'opération difficile sur pied. C'est toujours lui qui me contactait. Il est revenu au début de ce mois. Il m'a proposé la réalisation de la vente pour le samedi 18 novembre. J'ai préféré le 16. Je respecte le Sabbat.

— Continue !

— Le 16 novembre, il y a exactement une semaine, Koenig s'est présenté avec la Madone. Mon client, un Allemand richissime, était accompagné d'un expert de Cologne, et d'un autre, un Anglais venu de Londres. Les deux spécialistes ont assuré au client l'authenticité de la Madone, Koenig a compté soigneusement l'argent. J'ai eu mon bénéfice, les experts leurs honoraires et l'Allemand, sa Madone. C'était fini.

— Tout commence, dit Samuel. L'avion qui le menait en Égypte...

— En Égypte ?

— Oui. Le 20 novembre, il est parti avec un club de vacances. L'avion a failli être détourné. J'ai vu la photo de Koenig, j'ai cru le reconnaître. J'ai commencé une enquête pour passer mon temps. J'ai retrouvé la maison où il habite. J'ai vu hier la Madone chez la concierge. Je n'ai pas dormi.

— Alors, tu sais son adresse. Allons-y, pour voir l'autre tableau.

— Non, dit Samuel. Le problème n'est pas là.
— Quel problème ?
— Pourquoi aurait-il eu besoin de tant d'argent avant d'aller en Égypte ?
— Ça n'a rien à voir, dit Ignace. Il a vendu son tableau et est parti en vacances.
— Et qu'a-t-il fait de l'argent ?
— Il l'a mis à la banque, dit Ignace. Mais, continua-t-il, pourquoi donner la Madone à la concierge ? Si elle est authentique, elle vaut encore plus que l'autre. C'est-à-dire, l'une avec l'autre, les deux ensemble, valent plus. »
Samuel réfléchit.
« Comment était-il ?
— Je ne l'ai pas reconnu, dit Ignace. Moi, je n'ai pas ta mémoire des visages. Lorsqu'il a dit son nom, oui. C'était plausible. Il est mince, élégant de corps. Aimable. Mais distant. C'est toujours lui qui met fin à une conversation. Je l'ai vu trois fois, sans savoir même s'il habitait en France ou ailleurs. Il a gardé un aspect jeune. Il est impatient, il vous regarde en se dominant. Pour lui tout semble clair, il voudrait que tout le monde comprenne tout. A la seconde. Il va peut-être revenir et m'offrir l'autre Madone, après son voyage.
— Certainement pas. Il l'a donnée.
— Alors, elle est fausse.
— Ou il est fou.
— Lui ? C'est la lucidité même. Une cruelle lucidité. Et une logique imbattable.
— Tu sembles être séduit par Koenig adulte ?
— Tu le serais aussi, dit Ignace. Il y a quelque chose en lui qui incite à le haïr, et à l'aimer aussi. Sinon à l'aimer, à l'admirer. Ou plutôt à être attiré par lui.
— Est-il marié ? Je n'ai pas osé poser la question à la concierge. J'étais censé savoir beaucoup de choses sur lui.
— Marié ? Lui ? Enfin, tout est possible. Il n'a pas

la tête d'un homme marié. C'est-à-dire, je ne l'imagine pas marié.

— Que faire avec huit cent mille Deutsche Mark en Égypte ?

— Il ne les a pas emmenés !

— Pourquoi faire cette transaction juste avant son départ ? Et donner l'autre tableau à la gardienne ?

— Demande à Wildenstoff. C'est Wildenstoff qui me l'a envoyé. Un ancien du métier. Encadreur. 122, boulevard de Clichy. Il avait, avant sa déportation, une boutique sur la place Clichy. Je l'ai connu au camp. Il ne te sera pas inconnu, je crois.

— Nous y étions plutôt nombreux ! prononça Samuel. Très nombreux... 122, boulevard de Clichy. »

Ignace se fit plus clair.

« Il en sait peut-être davantage sur Koenig. Mais, je te préviens, le collectionneur allemand, je suis le seul à le connaître. Pour vendre la deuxième Madone, il faut passer par moi. »

Samuel se leva.

« J'achèterai la Madone. Si elle ne vaut que son prix, pour lequel on me l'offre, je la garderai pour moi. Si elle est authentique, c'est toi qui la vends.

— Et que ferais-tu avec autant d'argent ? demanda Ignace.

— J'achèterai une maison à Jérusalem, dit Samuel. Et j'irai prier deux fois par semaine au Mur.

— Téléphone-moi pour me tenir au courant, dit Ignace. Avant de prévenir mon acheteur, il faut que j'examine la Madone. »

Samuel réfléchissait à haute voix :

« Serait-il l'amant de la concierge ?

— Est-elle une agrégée de philosophie ou une reine de beauté ?

— Non.

— Alors, renonce à ta théorie. C'est un drôle de type, Koenig. »

Il était sept heures lorsque Samuel arriva devant le 122, boulevard de Clichy. Le café Chez Assad occupait presque toute la largeur du rez-de-chaussée. L'étroite entrée de l'immeuble et l'obscur couloir s'ouvraient sur une cage d'escalier où s'entassaient de vieux landaus, des poussettes d'enfant et un vélomoteur croulant sous les chaînes antivol. La loge de la concierge se trouvait sur le palier du premier étage.

« M. Wildenstoff ?

— Cinquième. Première porte à gauche. »

Il fallait grimper jusqu'en haut. Samuel posa le chien par terre. Quelques enfants, revenant des courses du soir, galopaient, poussant des cris aigus.

Samuel arriva essoufflé au cinquième étage. Il alluma plusieurs fois la minuterie. Il sonna alors à la porte de Wildenstoff.

Mais c'est la porte d'en face qui s'ouvrit. Une fillette apparut.

« M. Wilden n'est pas là. »

En habituée, elle enfonça son index dans sa narine droite.

« Où il est ?

— Parti.

— Parti de la maison ? Déménagé ?

— Non. Son chat est là. Il est parti quelque part.

— Alors, il va revenir ?

— Oui.

— Quel âge as-tu ?

— Sept ans.

— Gentille petite fille. Intelligente. Alors, tu connais M. Wildenstoff.

— Il empêche de dormir mes parents. Maman a dit qu'à force de tousser, il va cracher sur nous à travers le mur.

— Il est parti à quelle heure ? »

Le morceau convoité dans la narine résistait. La petite fille insistait ; ses mouvements étaient précis.

« Tu me dis l'heure ?

— Avant d'aller au cinéma, il est venu pour du lait.

— Du lait ?

— Pour son chat. Il a un chat. Gros. Couché sur le

lit. Il fait à côté de la sciure. Alors, il dit : Merde... On l'entend de sa cuisine.

— Qui dit merde ?

— Le monsieur. Il est toujours furieux quand le chat fait à côté. Si vous voulez entrer. Il va étrangler la femme... »

Samuel se méfiait, comme de la peste, de la petite fille.

« Qui va étrangler qui ?

— Le gangster va étrangler la dame. A la télé. Elle sait où est l'argent caché. Elle ne veut pas le dire.

— Je préfère attendre dehors. Veux-tu me prêter une chaise ?

— Vous la rendrez ?

— Oui. C'est sûr !

— Sûr ?

— C'est sûr. »

La fillette apporta la chaise.

« Je peux caresser votre chien ?

— Si tu y tiens... »

Puzzle, avachi de fatigue, se recroquevilla.

« Et tes parents ? Où sont-ils ?

— Papa à l'usine ; maman chez son frère. »

Figé dans une longue attente, Samuel vit avancer l'heure. A neuf heures quarante-cinq, au-delà même des bruits de la maison, il entendit que quelqu'un montait en toussant. La toux progressait d'un étage à l'autre. Peu à peu, l'individu à court d'oxygène arrivait. Essoufflé et crachotant, Wildenstoff recula lorsqu'il aperçut Samuel.

« C'est Ignace qui m'envoie. Je désire vous parler.

— Ignace ? Pourquoi ? Me parler ?

— Entrons chez vous, si vous voulez bien. »

Wildenstoff jeta sur Puzzle un coup d'œil hostile.

« J'ai un chat.

— Mon chien ne va pas bouger.

— Prenez-le. Il ne faut pas énerver le chat. »

Samuel rendit la chaise à la petite fille, et il pénétra

dans l'appartement de Wildenstoff. Il aperçut une grande pièce assez triste. Sur le couvre-lit, un gros chat, les yeux verts, se gonflait de fureur comme un ballon poilu.

« Tranquille, Cécile !

— Elle s'appelle Cécile ?

— Ouais... et votre chien ?

— Puzzle.

— Quoi ? Puzzle ? L'animal est une personne, il faut lui donner un nom de personne. Asseyez-vous. »

Il ramassa avec lenteur la tasse et les miettes éparpillées sur la table.

« Que voulez-vous ?

— Des détails sur Koenig.

— Sur Koenig ? Il n'y a pas de détails sur Koenig. Il est venu me voir pour l'adresse d'Ignace. C'est tout. Pourquoi ? »

Puzzle remuait. Le chat se hissa sur ses pattes, le dos arc-bouté.

Samuel enchaîna en yiddish.

« Il faut m'aider. Il y a quelque chose dans l'affaire Koenig qui m'échappe.

— Il n'y a pas d'« affaire Koenig », dit Wildenstoff.

La chatte descendit du lit. Puzzle se retira sous une chaise.

Wildenstoff calma la chatte guerrière.

« Calme, Cécile ! Allez, calme. »

Et puis il dit :

« Il faut me laisser en paix. Je ne veux pas d'ennuis. J'en ai eu suffisamment. Avant la guerre, j'étais encadreur, j'avais un magasin, j'avais une femme et une fille. J'avais même deux poumons. On nous a déportés. Je suis revenu seul. Veuf, sans fille. Et un poumon pourri. Je suis infirme à cent pour cent. L'État m'entretient. Il faut en terminer avec le passé ; les victimes sont épuisées. Même pour en parler. Je vais me retirer dans une maison de santé. En Savoie. J'en ai fait des démarches pour y arriver ! J'ai une place qu'on m'a promise pour après Noël. »

Chaque fois il devait s'interrompre pour tousser. Samuel se domina mal :

« Prends quelque chose, tu vas t'étrangler !

— Inutile. Je ne veux pas parler.

— Mais si. Tu es malade, d'accord. Mais tu es juif. Moi aussi. J'ai besoin d'aide. »

Caché derrière le mouchoir, Wildenstoff souffrait de quintes répétées.

« On ne t'a pas chassé du cinéma ? Les autres deviennent dingues, non ?

— J'ai pris un calmant avant d'y aller.

— Fais de même. »

En se traînant, Wildenstoff alla vers sa cuisine. Samuel entendit le robinet s'ouvrir, l'eau coula ; le bruit de tuyaux se répercutait.

« J'ai vu *Exodus* pour la cinquième fois, dit Wildenstoff en revenant de la cuisine. J'y vais chaque fois qu'on le rejoue. J'y vais et je pleure. »

Samuel se fit très doux.

« Je te comprends. Tu as raison. Mais il faut m'aider. Il y a quelque chose de trouble autour de Koenig. » Samuel piaffait. « Tu l'as connu dans quelles conditions ?

— Au camp. Lorsqu'il a su que j'étais encadreur, il a sympathisé avec moi. Il m'a parlé de la collection de peintures de son père, un richissime propriétaire terrien.

— Collection ?

— Oui.

— Il t'a relancé à quel moment ?

— Lors de son installation à Paris.

— A quelle époque ?

— Après son divorce.

— Il a été marié ?

— En Allemagne.

— Avec qui ?

— Avec une Allemande.

— De quelle ville ?

— Munich.

— Pourquoi a-t-il divorcé ?
— Je ne suis pas son avocat.
— Par quel truchement il t'a retrouvé ?
— J'ai le même logement qu'avant la guerre. C'est tellement minable que j'ai pu le récupérer. Ma boutique n'était pas loin d'ici.
— Pourquoi il t'a relancé ?
— J'ai dû encadrer ses deux Madones.
— Deux ? »
C'était un cri de victoire !
« Tu les as donc vues ! Les deux sont authentiques ?
— Je ne suis pas expert, dit Wildenstoff. Mais ce n'est pas un type à vivre avec une camelote. »
Samuel s'exclama de plaisir.
Le chat venait de s'asseoir sur les genoux de Wildenstoff.
« Pourquoi Paris ? Pourquoi toi ?
— Pourquoi, pourquoi, pourquoi ? Un vrai flic. »
Samuel se pencha en avant.
« Continue !
— Elle s'appelait Joanna, sa femme.
— Il te l'a dit ?
— Il a parlé de Joanna. Joanna-ci, Joanna-là. Joanna.
— Et les Madones ?
— Je lui ai dit que je n'avais plus d'outils, rien pour faire un travail d'encadreur. « As-tu perdu la main ? a-t-il demandé. — Certainement pas. »
— Alors ?
— Il m'a acheté tout le matériel. J'étais heureux.
— Pourquoi toi ?
— Il ne voulait peut-être pas divulguer l'existence des deux Madones. Les musées nationaux auraient été à ses trousses.
— Comment il a pu les avoir de la Hongrie ?
— Il m'a dit qu'un diplomate étranger, jadis ami de ses parents, à Budapest, pendant le siège de la ville, l'hiver 1944-1945, avait gardé quelques objets d'une valeur inestimable. Ayant retrouvé les traces

de Koenig, il les lui avait donnés. J'ai mis des baguettes dorées. De l'or pur, légèrement patiné. L'une d'elles tenait son Enfant Jésus. Et l'autre...

— Un geste de bénédiction. Continue.

— C'est exact. Il s'est renseigné au sujet d'Ignace. S'il était marchand encore.

— Pourquoi se séparer de la Madone ? D'une des Madones ?

— Il n'a pas beaucoup parlé. Mais il m'a énormément payé. Je lui ai demandé s'il était devenu pianiste. Il m'a dit que c'était trop tard. Il a ajouté qu'il avait « les mains et l'âme mortes ».

— Il t'a dit Munich, continua Samuel. Peut-être a-t-il menti.

— Pourquoi mentir quand on parle sans qu'on vous pose de question ? J'ai un peu de fromage blanc, des œufs et des concombres à la russe. Et du raifort aussi. Tu casses la croûte avec moi ?

— Mon chien doit avoir faim aussi, dit Samuel.

— J'ai du Ronron.

— On lui dira que c'est du Waou-Waou... »

Wildenstoff se leva pour s'occuper du dîner.

« Ici, ça a l'air sale, parce que c'est pauvre. Mais tout est propre. La voisine vient une fois par semaine faire un nettoyage complet.

— Celle qui a une fille ? Juste en face.

— Oui. J'ai aussi deux harengs fumés. »

Et plus tard, lorsque Puzzle absorba, sa réticence vaincue par la faim, l'aliment à base de poisson, Samuel dit à Wildenstoff :

« Il y a quelque chose d'incompréhensible dans cette affaire.

— Quoi donc ?

— La deuxième Madone. Pourquoi aurait-il donné un chef-d'œuvre pareil à sa concierge ?

— Il la reprendra.

— Est-ce que tu l'aurais donnée, prêtée, la Madone ?

— Moi ? Si je l'avais, je dormirais les yeux ouverts

pour la regarder même la nuit. Mais je ne suis pas Koenig.

— Il a vendu la première. Pour une fortune à faire rêver n'importe qui. Pourquoi n'a-t-il pas vendu alors l'autre aussi ?

— Parce qu'il voulait la garder.

— Mais il ne l'a pas gardée. »

Samuel décortiquait le hareng. Il revenait à la charge.

« Si la deuxième n'était qu'une copie tout s'expliquerait. Presque tout. »

Wildenstoff changea les assiettes et dit :

« Il a commandé le même encadrement et l'utilisation de l'or fin, pour les deux. Peut-être il ne veut plus revenir en France.

— Pourquoi resterait-il en Égypte ? demanda Samuel.

— C'est un pays chaud et beau. Peut-être il aime ça. Une retraite ?

— A quarante-huit ans ? Il avait la tête de quelqu'un qui veut s'installer au bord du Nil ?

— Les gens n'ont plus la tête de leurs intentions, dit Wildenstoff. Combien de jeunes s'en vont et se font paysans ! Un retour à la nature.

— Avec huit cent mille Deutsche Mark.

— Hé ! dit Wildenstoff. Ça fait mal d'entendre parler d'une somme pareille ! »

Ils se penchèrent sur une infusion à la menthe.

« Il ne s'est pas remarié ? demanda Samuel.

— Il ne m'en a pas parlé.

— Il t'a parlé de son adresse à Munich ?

— Non.

— Sa femme — l'ex-femme — est restée là-bas ?

— Je crois. Dis donc, ça ne te fatigue pas de te casser la tête comme ça ? Quel intérêt de savoir ce qu'il a fait avec tant d'argent ? Ce n'est pas ton argent. Tu n'auras rien de cet argent. »

Wildenstoff partit dans une quinte de toux.

« Que d'énergie dépensée pour rien !

— Pour rien ! s'exclama Samuel. Il n'est pas normal qu'il ait voulu vendre ce tableau quatre jours avant son départ pour l'Égypte.

— A son retour, il te l'expliquera. »

Samuel poussa un soupir.

« Je devrais t'aider à ranger.

— Non, dit Wildenstoff. J'ai l'habitude de le faire seul, mon petit ménage quotidien. En revanche, si tu pouvais revenir me voir. Et me parler de tout cela. Peut-être même avec Koenig. Une petite visite me ferait du bien. Et lui, il n'est pas fier. C'est un des hommes les plus prévenants que j'aie vu dans la vie. D'une douceur et d'une patience sans égales. Il m'a fait plusieurs fois les courses. Il m'a acheté des fraises, hors de prix, et d'autres mets de luxe. Il m'a regardé avec la tendresse d'un fils. »

Samuel le quitta et, hélant un taxi de passage, il retourna à son hôtel. Aussitôt arrivé, il demanda au portier s'il pouvait téléphoner à Munich.

« Vous avez le numéro ? »

Samuel le lui dicta. Il était dix heures.

« Allez dans la cabine et décrochez quand ça sonne », dit le portier.

Enfermé dans la cabine, le chien à ses pieds, Samuel contempla par la vitre sale le hall agrémenté d'un caoutchouc gris de poussière. L'appareil vieux comme Hérode se mit à sonner. Le correspondant de Munich décrocha.

« Shabtay ?

— Qui m'appelle ?

— Samuel. »

Le vieux bijoutier munichois, réveillé en sursaut, n'eut guère besoin d'autres explications.

« Tu as besoin de quoi ?

— Pourrais-tu trouver des annuaires de téléphone qui datent d'entre 1958 et 1962 ?

— Tu cherches qui ?

— Est-ce que tu te souviens de Koenig ?

— C'est loin tout cela, dit Shabtay. Je ne vois pas. Du tout.

— Ça ne fait rien, dit Samuel. Tu t'en souviendras peut-être. Plus tard. Il faudrait trouver son adresse à Munich.

— Il n'est plus là ?

— Non. Il y a une ex-femme qui se promène dans la nature. Si elle a gardé le nom de Koenig, Mme Koenig, peut-être tu la trouveras facilement. »

Shabtay l'interrompit.

« Tu as pris ta retraite ?

— Oui, mais je suis ressorti de mon trou. Il faut que tu m'aides.

— Pas ce soir.

— Demain.

— Et comment te prévenir ?

— J'arrive.

— Où ?

— A Munich. »

Samuel, étonné de sa décision, s'entendit dire ainsi qu'il prenait l'avion, et qu'il allait débarquer dans la journée.

« Tu peux me loger ?

— Ce n'est pas un quatre étoiles, chez moi.

— Écoute-moi. Il faut que j'aie des traces de ce Thomas Koenig. Tu entends : le prénom est Thomas. Regarde entre 1958 et 1962.

— D'accord, dit Shabtay. Tu arrives à quelle heure ?

— Je n'en sais rien encore.

— Si je ne suis pas là, la clef sera sous le paillasson.

— Merci, dit Samuel, et Shalom !

— Shalom !

— Vingt-sept cinquante », dit le portier.

Plus tard, à la frontière du sommeil, Samuel pensa avec une sorte de tendresse à ses vieux compagnons.

— Aucun de nous n'a perdu la main, se dit-il, et il s'endormit rapidement.

LA résistance à la fatigue du groupe étonnait Thomas. Ils étaient en route depuis ce matin. Ils avaient visité deux mosquées et la vieille ville ; revenus à l'hôtel, ils avaient déjeuné, et aussitôt après, ils étaient partis à l'attaque des souks.

Au moment où Samuel arrivait chez Wildenstoff, le car du Club s'ébranlait et s'engageait dans un embouteillage pharamineux en direction de la gare centrale du Caire.

Miss Burns glissait des conseils à Liz.

« Il ne vous a même pas reconnue ? Ce n'est pas un chagrin, mais un apprentissage. A votre place, à votre âge, jolie comme vous êtes, moi, j'attacherais moins d'importance à un homme... »

Liz observait Raphaël. Sanglé dans un ensemble de blue-jeans déteint, celui-ci leur lançait de temps à autre une explication. Une indication.

« Je devrais quand même lui dire...

— Lui dire quoi ? Qu'il s'envoie tant de filles qu'il n'est même pas capable de les reconnaître, c'est un peu désolant pour vous. Désolant et déshonorant aussi. Chaque femme a comme ambition d'être inoubliable. Et, d'une saison à l'autre, d'un club à l'autre, il vous a oubliée. Il ne va pas s'exclamer : « Ah ! ah ! mon amour, quelle chance que tu sois là. » On ne fait plus « Ah ! ah ! », ma petite. A votre place...

— Vous n'êtes pas à ma place, dit Liz.

— Heureusement, les bonshommes et moi... enfin... Vous avez couché avec un demi-type. Vous avez un demi-échec. Encaissez un demi-chagrin. »

Assis près du conducteur du car, Raphaël se retourna vers le groupe ; il secouait le micro. L'appareil résonnait.

« Je vous demande de faire très attention à la gare. Restons groupés. Ne me perdez pas. J'ai une canne de pèlerin, La voilà — il la montra, — je vais brandir cette canne, vous me verrez donc de partout. Dès que nous sommes descendus, le car repart ; il ne peut s'attarder à cause de l'interdiction de stationner devant la gare. Celui qui serait perdu devrait rentrer à l'hôtel en taxi. Et nous rejoindre demain ou après-demain. »

Quelques Japonais s'interrogeaient à l'arrière du car ; ils ne comprenaient pas le discours de Raphaël. Celui-ci le répéta en anglais. Il continua en alternant les deux langues.

Yan Hook intervint.

« Dites, monsieur, monsieur comment ?

— Appelez-moi Raphaël.

— Pourquoi ce changement ? Nous aurions dû aller à Louxor en avion.

— C'est trop tard pour une réclamation, lui rétorqua Raphaël. Quand nous aurons un avion uniquement à notre service pour les clubs, comme l'hôtel, nous l'utiliserons pour ce trajet. Et il partira à des heures fixes. Actuellement, le train est plus sûr, parce que plus exact.

— Et moins cher, intervint Alex Brown ; on fait des économies sur notre dos.

— Réclamez à Paris, dit Raphaël. C'est Paris qui est responsable, pas nous. »

La nuit tombait ; les lumières du Caire maquillaient la ville, en camouflaient les misères. L'autocar se débattait dans le fleuve désordonné des véhicules. Au bout d'un trajet pénible de trente minutes, il arriva à la gare engluée dans une pâte humaine.

« Vous trouverez vos valises dans vos compartiments, cria Raphaël. Ne vous inquiétez pas. Suivez-moi. »

Ils descendirent du car. Ce début de soirée avait une couleur indigo. Thomas serré au milieu des corps environnants s'intégrait dans la foule presque immobile. Inerte, il se détachait de son présent ; cette agitation, l'oscillation de la foule ne le concernait plus ; son seul souci était la sauvegarde de son sac. L'explosif.

Les habitués des clubs et des voyages organisés, Solange Van den Ip et son mari, Miss Burns, accompagnée de Liz effrayée par la foule, Yolande Cloutier, se groupaient derrière Raphaël ; ils le suivaient de très près ; dans son sillage, ils fendaient la foule, les yeux fixés sur la canne brandie ; les autres suivaient comme ils le pouvaient. Une Égyptienne au visage voilé passait comme un arbre fruitier, un enfant dans les bras et d'autres accrochés sur elle.

Alex avançait, près de Thomas.

« La foule me rend malade. Si vous pouviez m'aider à traverser ici. »

Paniqué par le tourbillon humain, nauséeux, il saisit le bras de Thomas. Raphaël s'effaçait dans l'obscurité. La soirée couleur taupe le gommait.

« On va le perdre », dit Alex.

Flottant dans l'eau de la nuit comme des nénuphars, certains visages séduisirent Thomas. Des Nubiens d'une remarquable beauté passaient ; des hommes d'autres régions, le profil comme taillé en bois d'ébène, en or foncé, en nacre obscure, s'inscrivaient dans sa mémoire ; des vieillards à la peau de parchemin et aux yeux éteints se laissaient traîner par le courant humain. Selon le tangage des arrivées et des départs, la masse oscillait.

Une nouvelle arrivée déversait un magma virulent de l'autre côté des portes ; les contrôleurs laissaient entrer un par un les partants dans l'enceinte de la gare.

Bruno avançait comme un bulldozer. Il labourait la foule, pieds et bras aidant, et protégeait ainsi Marthe.

« Ça me semble impossible d'y arriver », cria-t-elle.

Le courant changea. Poussée par l'énergie née de sa propre masse, la matière humaine se pressait vers les portes.

Solange Van den Ip tenait le bout de la veste de Raphaël. Marthe s'agrippait à Bruno.

« On arrive ! Ne t'en fais pas », dit celui-ci.

Ils étaient tous serrés dans l'étau vivant. Marthe tremblait. A la vue du billet collectif que Raphaël présenta, un des contrôleurs leur ouvrit une porte vers l'intérieur.

Raphaël franchit le seuil du salut. Il attendit que tout le groupe arrive. Il les comptait, et, les ayant retrouvés, les guida vers le quai du train pour Louxor et Assouan. Un vieux monstre de ferraille. Un reptile de tôle et d'acier à moitié dévoré par la rouille. En queue du train, par les fenêtres des troisième classe dont il ne restait que la monture de fer, des paysans égyptiens tentaient de s'incruster et échouaient sur ceux qui étaient déjà assis. Repoussés, les corps sortaient parfois de l'autre côté comme une gigantesque bulle de chewing-gum.

Le groupe fut arrêté. Une fenêtre accouchait d'un couple d'Égyptiens, de gosses et de paniers. Ils sortaient de l'ouverture lentement comme de gros morceaux de viande d'un hachoir gargantuesque.

« Ici, il faut réserver ses places, madame, lança Bruno à la femme voilée qui échoua à ses pieds. Et éviter le côté fenêtre ! »

Bientôt ils arrivèrent à un wagon de première classe.

« On se croirait dans un roman de Jules Verne, dit Marthe.

— J'aurais préféré *Le Voyage en ballon,* dit Bruno.

— Je suis furieux ! répétait Yan Hook. On nous parle d'avion et on se retrouve dans ce débris.

— Débris, débris... il ne faut pas exagérer. Il

marche très bien, ce train », expliqua Raphaël.
Margot calmait le Hollandais.
« Ça va être très amusant... On va bien dormir... Vous n'avez pas sommeil, vous ? »
Les deux wagons qui leur étaient réservés comportaient des compartiments avec deux couchettes.
Liz et Miss Burns catapultées par d'autres occupèrent le compartiment suivant celui de Thomas et d'Alex. Solange Van den Ip, très à son aise, évoquait leur voyage dans le Transsibérien Express, et ses expériences diverses concernant les trains en général.
En passant d'un compartiment à l'autre, Raphaël les prévint :
« Environ quinze minutes après le départ, nous allons dîner au wagon-restaurant. »
A huit heures, comme sous l'effet d'un coup de pied titanesque, le train s'ébranla. Les voyageurs s'entrechoquèrent comme des billes. Le sac de Thomas posé sur la couchette supérieure glissa vers le bord. Thomas l'immobilisa.
Ce n'était pas le moment de mourir dans une explosion, de s'envoler en morceaux de chair accrochés sur des débris. En théorie, l'explosif ne « servait » à rien sans le détonateur. Mais les allusions du Japonais quant au seuil de sensibilité l'incitaient à la prudence.
La clochette de Raphaël signala le début du premier service au wagon-restaurant.
Alex se leva en se cramponnant à l'échelle de fer qui reliait les couchettes.
« Vous venez ?
— Je vais rester, dit Thomas. Je n'ai pas faim. Merci. »
Alex sortit en titubant. Le train paraissait avancer sur un sol caillouteux.
Thomas appréciait infiniment sa solitude. Il ôta sa veste et tenta de caler le sac ; ses affaires, déposées sur la couchette, avançaient vers le bord de celle-ci comme pour se suicider sur le sol. Thomas arrêta difficilement la progression du sac ; il se hissa sur la

couchette supérieure, et il fit une barrière de son propre corps.

Les autres se dirigeaient vers le wagon-restaurant. Le groupe initial d'Amusements et Loisirs se reconstituait comme un kaléidoscope qui reviendrait toujours vers le même dessin. Les Japonais, les Hollandais — excepté Yan Hook promu chevalier servant de Margot — et les Anglais les suivaient de près.

Raphaël en tête de groupe, ils allaient dîner : Miss Burns, Alex et Liz, ensemble escortés par Solange et Roland Van den Ip, talonnés par Bruno, Marthe et Yolande Cloutier.

Parce que le compartiment tanguait et les secouait, ils s'entrecognaient dans l'étroit couloir. Des balancements imprévisibles les lançaient contre le mur des wagons ; parfois une collision brutale entre eux leur coupait le souffle. Une odeur de vieille ferraille, de suie et d'ail les baignait dans une atmosphère de cantine au rabais. La fumée du wagon-restaurant rejetait sur eux l'effluve gras du repas du soir... Il fallait traverser les plates-formes branlantes qui reliaient les wagons. Les soufflets en lambeaux flottaient autour des montures en acier. En dessous de chaque plateforme, les heurtoirs se rapprochaient, pour s'écarter aussitôt brutalement.

Raphaël, avec l'adresse d'un habitué — il faisait ce voyage une fois par semaine — enjambait le vide. Il tendit la main à Liz.

« Saute ! »

Assourdie par un bruit d'enfer, Liz franchit le vide et elle atterrit dans les bras de Raphaël. Celui-ci l'aperçut vraiment pour la première fois.

« On se connaît ? »

A cause des autres, il ne put avoir une réponse ; il expédia Liz vers le couloir du wagon-restaurant, et tendit la main aux suivants.

Miss Burns se retrouva à son tour dans les bras de l'employé d'Amusements et Loisirs.

Van den Ip fut saisi par l'image de sa femme tombée entre les deux wagons. Il voulut aider Solange apeurée par la passerelle qui se déboîtait avec fracas.

« Avançons », insista Raphaël.

La vision de Solange déchiquetée par une chute, ôta toute force à Van den Ip. Il fut soulagé lorsque sa femme, avec l'aide de Raphaël, atterrit du bon côté.

Alex Brown sauta ; dans son bond mal calculé, il se cogna contre la paroi rouillée.

Bruno s'évertuait à se montrer habile. Il songeait aux héros souples des films d'aventures, aux mâles robustes dont les muscles soyeux enrobés de peau bronzée faisaient gonfler parfois des biceps en or massif, des mollets à ressorts. Il fallait démontrer qu'il appartenait à cette race d'hommes volants, à ceux qui enjambent dans un saut élégant une décapotable et qui démarrent en trombe. Arrivé le premier, il accueillerait Marthe avec l'assurance sportive d'un Redford ou avec la force parfumée de soleil d'un Newman, tout en murmurant, le visage caché dans les cheveux de Marthe, un mot d'amour.

« Merde ! »

Le cri de fureur le soulagea ; il avait enjambé la passerelle juste dans un tournant. Sans le secours de Raphaël, il aurait atterri sur l'accueillant sol égyptien.

« On n'est pas sportif... lui dit Raphaël, railleur. A nous, la belle ! »

Bruno reprenait son souffle et Raphaël cueillit Yolande Cloutier. Arrivés au wagon-restaurant, ils s'assirent et contemplèrent, bientôt hilares, un monde en mouvement. Les verres se déplaçaient, sautillaient sur les nappes ; les salières les suivaient dans une course effrénée ; les couverts accompagnaient les assiettes attirées, elles aussi, par le bord des tables. Deux géants à la peau foncée et à la veste jadis blanche, des serveurs soudanais, apparurent avec des plateaux chargés de bols de soupe.

A la suite d'une secousse, dans un grand bruit de

ferraille, Alex reçut l'équivalent d'une bonne louche de potage gras. Le visage aspergé du liquide épais, lunettes tachetées, il eut la force de dire : *I am sorry.* Liz recueillit la deuxième dose de potage sur le dos. Prise par un fou rire, Miss Burns leur distribuait des mouchoirs en papier, à peine efficaces tant l'épaisse soupe était grasse et puante d'ail.

« Vous en avez encore sur les sourcils, dit Miss Burns. Je ne peux pas m'empêcher de rire. Pardonnez-moi.

— Riez donc, l'encouragea Alex. A votre place, je rirais aussi.

— Ça m'a coulé jusqu'à la taille, dit Liz. C'est ignoble. Je vais sentir la soupe. Je suis une vraie soupière.

— Vous vous baignerez à Louxor », lui dit Miss Burns ; elle riait aux larmes.

Bruno allait commenter l'incident lorsque, à cause d'un tournant violent, il reçut de la soupe sur le front. Aveuglé, dégoûté, Bruno cherchait à tâtons sur la table sa serviette que Marthe, foudroyée de rire, lui mit dans la main. Bruno fit un effort considérable ; il s'essuya et dit avec une féroce gentillesse :

« Comme c'est amusant !

— Le Transsibérien secoue moins », commenta Solange Van den Ip, et elle rattrapa son bol vagabond.

Le train accéléra. Les serveurs apportaient des bouteilles de vin. Bientôt le liquide rouge sautait à son tour des verres, pour dessiner des motifs abstraits sur ce qui restait d'espaces secs.

« Ils sont fous, constata Bruno. Fous, de faire partir les gens avec ce train dingue.

— Tu me fais des clins d'œil, dit Marthe.

— Des clins d'œil ?

— Malgré toi ! »

Dans un spasme de rire, elle vit partir le bol. Son verre crachait du vin périodiquement sur la table.

« Tu as des tics », balbutia Bruno.

Leurs mentons bougeaient ; leurs paupières se

refermaient, Solange Van den Ip semait des épingles ; ses sages boucles se défaisaient.

« C'est le train à découdre ! » hurla Bruno.

Solange buvait son potage, mais elle l'abandonna lorsque des ruisseaux de soupe échappés arrosèrent son décolleté.

Les serveurs, imperturbables, ramassèrent les bols et posèrent devant eux des plats de pâtes gratinées.

Roland Van den Ip se soûlait. Les secousses, la chaleur du vin et le désespoir aidant, il apercevait deux Solange en face de lui ! Le destin aurait donc dû le débarrasser de deux femmes, des jumelles, double meurtre mental et, en cas de réussite, remords multipliés aussi.

Raphaël se pencha sur Liz.

« Est-ce que je t'ai vue quelque part ? »

Furieuse, mais placide, Liz l'éconduisit :

« Je ressemble à quelqu'un, peut-être... Et vous ? Vous travaillez toujours ici, en Égypte ?

— La saison passée, j'étais à la Jamaïque. Mais nous changeons de poste à la demande. J'ai toujours rêvé de l'Égypte. Je me suis retrouvé ici comme guide. Ce voyage, je le fais tous les quatre jours ; j'amène les gens du Caire à Louxor...

— Vous nous quittez à Louxor ?

— Non, dit Raphaël. Je dois participer à la croisière. On se verra, si tu veux. »

Il lui disait ceci déjà de la même manière que l'année d'avant. Évidemment, il s'était alors renseigné sur son âge. « Dix-huit ans et des poussières », avait-elle répondu. Il l'avait pénétré, hâtif et peu soucieux de douleur ou de plaisir. Il l'avait prise comme on dévore un gâteau clandestinement.

Miss Burns trouvait inutile l'intervention de Raphaël. D'un regard, elle rappela Liz à l'ordre : « Ne vous emballez pas, ma petite. »

Solange Van den Ip s'exclama ; elle allait pleurer de dégoût.

« Une mouche ! cria-t-elle. Dans ma gorge... »

Elle salivait dans sa serviette ; elle hoquetait. Van den Ip considérait avec respect la mort de l'insecte. Dans cet univers de désordre fou où tout bougeait, sautait, se percutait, se pourchassait, s'arrosait, se déplaçait, une mouche s'était suicidée dans la bouche de Solange. La mouche avait grandi, pensionnaire des excréments, convive des détritus, gourmande cliente des pourritures, promeneuse tenace dans les sillons tracés de pus des blessures infectées ; elle avait traversé les dédales d'une humanité sans cesse défécante, elle avait trouvé le chemin vers ce train et la direction du wagon-restaurant, elle s'était dirigée vers cette table et elle s'était engagée dans la grotte rouge, dans la cavité cramoisie abritant une glotte vibrante. Elle s'était jetée sur la surface râpeuse de la langue rouge de Mme Van den Ip, pour mourir asphyxiée, sur les parois de ses amygdales.

Prise par une véritable crise d'hystérie, Solange allait être ramenée par Raphaël à leur compartiment.

« J'ai trop bu, dit Van den Ip, si je l'amène, moi, il arrivera un accident.

— C'est dégoûtant, c'est horrible, pleurait Solange. Le pire c'est que je l'ai vue, cette mouche. Je l'ai vue ! »

A moitié asphyxiée par sa violente répugnance, elle perdait le souffle.

« Buvez, dit Raphaël, en prenant un verre au hasard. Buvez... Buvez beaucoup d'eau. »

Van den Ip, gagné par une franche hilarité, imagina la mouche avec une expression de panique dans ses yeux globuleux, gesticulant et implorant avec ses fines pattes, accroupie sur un radeau soumis aux houles d'eau qui déferlaient dans l'estomac de Solange. Il fit une rapide association d'idées.

« Jonas fut avalé par une baleine, dit-il ; tu es la baleine d'une mouche. »

Raphaël se fraya un passage pour raccompagner Solange. Les serveurs, insensibles au petit drame, continuaient leur service que rien ne devait arrêter.

« Vous avez trop bu, dit Marthe à Roland Van

den Ip. Il vaudrait mieux la rejoindre, votre femme.

— Vous avez vu déjà quelqu'un courir après son enfer ? Je serais bien le premier. Elle me fait des vacheries, ma femme. » Il se pencha vers eux. « Elle ne veut pas divorcer...

— Vous aimez quelqu'un d'autre ? demanda Marthe, compatissante.

— Du tout. Même pas.

— Alors ?

— Je voudrais être libre. Vivre seul. »

Le plat de pâtes gratinées abandonné par Solange gisait entre eux.

« Ça se conçoit, dit Bruno. Au fond, on ne divorce pas obligatoirement pour quelqu'un... mais aussi pour soi-même. C'est du luxe, mais ça se fait. »

Van den Ip, heureux parce qu'il avait enfin la vedette, aidé par le vin, les interpella sur un ton familier :

« Vous, vous vous supportez depuis longtemps ?

— Vous n'êtes pas conseiller conjugal, répliqua Bruno. Occupez-vous de vos malheurs.

— Malheurs ! C'est bien dit. Je suis un condamné à perpétuité sans le droit de grâce qui me laisserait partir au bout de quinze ans. Je suis enchaîné par des liens conjugaux. J'ai même quitté mon entreprise pour voyager à mon aise avec l'espoir de... »

Ici, il sut, même dans son ivresse, qu'il ne fallait pas continuer.

« Que feriez-vous sans elle ? »

Marthe se renseignait comme s'il s'était agi d'une recette de cuisine : « Comment prépareriez-vous un lapin chasseur, sans ceci ou cela. »

Bruno donna un petit coup avec son pied droit à Marthe.

« Il s'agit d'un ménage.

— Mais ça m'intéresse, s'exclama Marthe. Ça m'intéresse. Libre, comment serait votre vie ? »

Van den Ip la regardait avec la gravité des ivrognes.

« Si elle disparaissait, j'aviserais ; je ferais d'abord une grande fête, j'accrocherais des lampions dans notre jardin ; je me commanderais un buffet, et même de la musique.

— Avec beaucoup d'invités », surenchérit Bruno.

La réponse vint d'une source profonde ; cent mille fois il avait dû imaginer sa fête.

« Seul. Je serai seul. »

Les Nubiens enlevaient les assiettes ; ils allaient en distribuer d'autres.

Marthe l'incita à parler :

« Il faudrait nous inviter. En souvenir de ce voyage.

— Vous ? demanda Van den Ip, vous deux, vous ne souffrez pas le martyre d'être ensemble ?

— Ça dépend, dit Bruno, ironique. Nos souffrances viennent par crises. »

Marthe haussa les épaules comme pour lui dire : « Tu racontes n'importe quoi. »

« Par crises ? »

La prononciation de Van den Ip se fit vaseuse. Il s'accouda et mit sa main dans une nouvelle assiette, toute chaude.

« Vous êtes si jeunes tous les deux, beaux aussi ; Madame est très belle ; vous, vous êtes vraiment bien. Quel est votre intérêt d'être mariés ? Dites-le... C'est comme si un être sain choisissait délibérémént la maladie qui le tuerait, lentement.

— Vous n'êtes pas encourageant », dit Bruno. Il n'était plus du tout amusé. « Tu veux vraiment des desserts encore, ou on peut rentrer à notre compartiment ?

— Je ne suis pas pressée, répliqua Marthe. Monsieur Van den Ip, il y a même des mariages réussis.

— C'est sûr, dit celui-ci, ayant sombré dans un romantisme éthylique. C'est sûr. Mais le pourcentage de réussite est si faible, qu'il vaut mieux s'abstenir de la dame, de ses fleurs d'oranger, de ses voiles...

— Il existe aussi des hommes insupportables, s'exclama Marthe.

— Ma femme est féministe, dit Bruno de plus en plus agacé.

— Je ne suis pas ta femme », répondit Marthe vivement.

Van den Ip hocha la tête.

« Vous voyez, elle se désavoue déjà ; elle nie votre mariage ; c'est qu'elle en a assez.

— Cher monsieur, lui dit Bruno, aérez votre cerveau, et comprenez-nous. Nous ne sommes pas mariés. Nous sommes ensemble pour ce voyage... Peut-être après aussi. Mais ce n'est pas sûr.

— Enfin, tu oses le dire, dit Marthe.

— Oser ? A qui ? Regarde ça... »

Van den Ip laissait tomber le haut de son corps sur la table, son visage sur ses mains jointes.

Les Nubiens vinrent présenter les desserts, de petits gâteaux succulents, imbibés de miel et de toutes sortes d'autres sucreries, d'amandes et de noix, des morceaux de félicités gluants. Marthe se servit, Bruno aussi.

Un choc envoya Margot contre Yan.

« Ce train facilite le contact, dit Yan Hook. Si je réussis à vous verser un peu de vin, qu'est-ce que j'ai comme récompense ?

— Versez d'abord, répliqua Margot.

— Non, d'abord je voudrais être sûr de ma récompense. Une bise.

— Une bise, accepta Margot. Sur la joue. »

Yan réussit à remplir leurs verres à eux quatre. Leurs compagnons de table étaient aussi des Hollandais.

« La bise », dit-il à Margot.

Celle-ci tenta d'embrasser Yan sur la joue. L'ébranlement du train fit atterrir le baiser sur le nez de Yan Hook.

Les serveurs revinrent avec leurs plateaux de pâtisseries.

En savourant un croissant hérissé d'amandes, Margot fit l'inventaire du visage de Yan. Un peu roux, c'est vrai, les sourcils clairs ; en hiver, ils foncent peut-être. Un visage grand, éventé comme celui des pionniers de jadis. Un visage de Western. Il manque les Indiens. Et les diligences. Et un grand chapeau. Elle tentait d'évoquer l'histoire des Boers. Elle se voyait avec une ribambelle d'enfants accrochés à elle, aller vers une rivière où elle laverait le linge de cette grande famille.

« Les petites femmes de Pigalle, dit l'un des Hollandais.

— Quoi « les petites femmes de Pigalle » ? » se rebiffa Margot.

Yan intervint :

« Il veut parler de la petite Française qui rend les étrangers heureux. »

Margot, glacée, s'exclama :

« Dites à votre ami qu'en France, nous n'avons pas le privilège des putes. Il en existe ailleurs. Faut pas oublier Amsterdam ! »

Yan Hook remit au pas son compatriote éméché et la conversation redevint mesurée.

« Vous savez, expliqua-t-il à Margot, chaque pays se promène avec ses images clichés qu'il faut supporter.

— Chez vous, les tulipes et le vélo, répliqua-t-elle. Il y a plus exaltant que ça ! »

Et puis, voulant se venger des « petites femmes de Pigalle », elle lança :

« Venise est tellement plus beau qu'Amsterdam. Venise est la reine...

— La Reine morte », dit Yan Hook.

Margot sentit la main du Hollandais sur son genou droit. C'était une si grande main que tout son genou y disparaissait ; ce n'était même plus un genou, mais un caillou fait d'os pour un géant. Elle vida son verre. Le voyage s'annonçait bien. C'était comme une renaissance, comme une revanche à prendre de la vie. Le Hollandais, en face, dit quelque chose.

Margot se tourna vers Yan Hook :

« Qu'est-ce qu'il dit ?

— Que vous ressemblez à la Française type.

— Pourtant, je ne suis pas rousse », dit-elle sans rancune.

La main droite de Yan Hook la réchauffait.

Les serveurs distribuaient les tasses pour le café.

Le sol, jonché de nourriture et de liquide déversé, glissait sous les pieds des serveurs.

Bruno regardait Marthe manger ; depuis le début, il l'enviait. Déjà légèrement plus lourd qu'il ne le fallait, il devait expier après chaque bon repas arrosé de vin.

« Une vraie force de la nature, toi ! remarqua-t-il. Tu manges de tout, tu ris, tu n'es jamais fatiguée.

— J'ai toujours eu une vie sportive, répondit Marthe. A l'âge de quatre ans déjà, je marchais des heures avec mes parents.

— Et maintenant tu « fais marcher ». Tu me fais marcher.

— Mais non, dit-elle. Je voudrais juste que tu sois plus moderne.

— Merci, dit-il. Un voyage éducatif. Tu m'éduques. Tu comprends, dit-il, je m'habitue difficilement aux rôles renversés. Et puis, regarde-moi... As-tu envie d'un type qui pue l'ail, à cause du potage renversé, qui est couvert de miettes, légèrement éméché et avec ça, rétrograde ?

— Je t'aime bien, dit-elle. Si tu pouvais ne pas faire le procès de notre liaison à chaque instant.

— Qu'est-ce qui te plaît en lui ? » demanda soudain Bruno.

L'allusion à Koenig était flagrante.

« Il suscite la tendresse, répondit Marthe.

— Tendresse ?

— Oui. Une sorte de tendresse. »

Bruno se pencha vers Marthe et lui dit d'un ton confidentiel.

« Si tu t'intéresses encore à mon humble personne, tu sais où j'ai envie de m'asseoir ?

— Non, dit-elle.

— Dans un avion, qui me ramène à Paris. »

Le repas prit fin ; Raphaël passait avec sa sonnette pour signaler le moment du retour aux compartiments ; les serveurs commençaient à débarrasser les tables en faisant des balluchons avec les nappes.

Cette fois-ci la traversée des plates-formes était plus aisée. Chacun s'imaginait être le héros d'une aventure, un pionnier, un explorateur ; les récits qu'ils allaient narrer à leurs amis se formaient déjà. « Et tu comprends, entre les deux wagons, c'était le vide, il fallait sauter ; si tu rates, c'est fini ; écrabouillé par le train, tu meurs ! »

Ravivés par le danger, rajeunis par l'insolite, ils se sentaient exister. Vivre. Bruno se déshabilla, maussade. Il ôta une chaussure. Celle-ci, à peine posée sur la couverture, sauta par terre.

Marthe la ramassa et la lui tendit.

« Merci. »

Comme un obus, l'autre chaussure partit à son tour.

« Heureusement que tu n'es pas un mille-pattes », lui lança Marthe.

Il se mit à rire.

« Si tu veux des chaussettes, dit-il, j'en ai aussi. A ta disposition.

— Et si je voulais l'homme aussi ? »

Elle voulait lui faire plaisir.

« Ah ! non, dit-il. On ne me siffle pas, ma belle.

— Je ne te siffle pas... »

Il perçut son accent légèrement traînant. Il imagina leur ménage à trois, elle, lui et l'accent.

« Bonne nuit, dit Bruno. Bonne nuit.

— Adieu, fit-elle. Adieu. »

Il ne manquait que ça. Adieu, comme une bénédiction.

Il se recroquevilla sur sa couchette, secoué comme sur un tamis. Il songeait à Catherine, toujours disponible, délicieusement paresseuse. Caroline aussi, elle n'attendait qu'un appel. Caroline et Catherine ne font aucune marche ; elles se déplacent, ou se traînent, entre le lit et la plage. Et se meuvent avec lenteur, pour rejoindre un buffet. Bruno songeait à ses affaires, à son contrat obtenu à l'arraché, une campagne d'affichage pour un film américain à gros budget. Il imaginait pour l'affiche une belle fille, le bras tendu et la main ouverte. Sur sa paume se débat l'homme insecte. Une histoire de science-fiction où un méchant produit réduit les hommes à la taille d'un insecte. Il aurait aimé s'arracher de la paume rose. il resurgit de son demi-sommeil, les intestins en loques. Il descendit de sa couchette, ouvrit la porte du compartiment pour se retrouver dans le couloir, au milieu des visages connus. La plupart des voyageurs étaient malades. En attendant le salut, blêmes, ils se cognaient les uns contre les autres. Alex Brown et Margot, Liz ahurie, et quelques Japonais qui ne savaient plus comment sourire mieux, tant ils étaient gênés.

Sur sa couchette supérieure, Thomas serrait les neuf kilos d'explosif au creux de son corps. Cramponné au bord de la couchette, il tentait d'équilibrer le tangage.

Bourré de sa cargaison humaine, le train avançait dans la nuit sans étoiles. Des fellahs sur les toits s'empêchaient de dormir pour ne pas tomber ; ceux qui étaient accrochés aux marches, parlaient ou priaient. A l'intérieur des wagons, menacée d'asphyxie, la masse humaine dormait.

Réveillé par le bruit du couloir, constatant le désarroi général, Yolande Cloutier enfila une robe de chambre et se mit à soigner les souffrants. Elle distribua des médicaments et des conseils.

« Voilà, ça va atténuer vos malheurs. Il ne faut pas manger des crudités... n'est-ce pas ? Avalez ça. » Elle tendait des pilules. « Vous irez mieux dans trois quarts d'heure. J'ai toujours tout ce qu'il faut pour dépanner ! »

Le grand remue-ménage nocturne ne prit fin qu'au bout d'une heure de palabres, d'expériences racontées, de cas de maladies cités.

Yolande, très à son aise dans son rôle de femme providentielle, raconta plus tard à Margot ses histoires de voyage.

« Une de mes collègues est partie pour le Tibet. Elle est arrivée en pays sherpa...

— Les porteurs de bagages ?

— Mais non, il y a une population qui s'appelle : sherpa.

— Et alors ?

— Mon amie a perdu ses lunettes de soleil. Et les autres étaient restées dans une valise laissée dans une auberge, beaucoup plus loin en arrière. Elle a eu une ophtalmie. Elle a été pratiquement aveugle pendant quinze jours. Il vaut mieux avoir un problème d'intestins que d'yeux.

— C'est loin le Tibet ! marmonna la jeune femme.

— Les distances, c'est devenu très relatif. L'année prochaine, nous allons faire le Yémen. Avec mon mari. On a aussi un autre projet : passer onze jours avec les Esquimaux. En habitant dans un igloo.

— Et si l'Esquimau prête sa femme à votre mari ?

— J'essaierai le prêteur.

— Vous n'avez pas de complexes, dit Margot. Vous me faites du bien.

— J'en avais des complexes, dit Yolande. Mon mari m'a guérie. Presque tout à fait.

— Il est médecin ?

— Mais non. Tout simplement intelligent. Et il m'aime. Il m'a guérie des complexes causés par ma myopie. Avec mon mari, tout devient naturel. »

« Vous dormez, monsieur Koenig ? »

Enroulé autour de l'explosif, vulnérable parce que guetté par le sommeil, Thomas répondit.

« Je ne dors pas. »

Le poids du sac le faisait avancer vers le bord de la couchette. Il s'y cramponnait au montant en fer. Il résistait mieux ainsi aux secousses.

« Je suis un peu angoissé, avoua Alex. La nuit fait souffrir parfois.

— Qui peut dormir bien, dans ce train ? dit Thomas.

— Vous avez raison, dit Alex. J'ai du whisky. Vous en voulez ?

— Non. Merci.

— Il est bon.

— Vraiment pas.

— Des principes ?

— Même pas. Manque d'envie. »

Alex hésita et dit :

« Je suis vraiment navré.

— Pourquoi ?

— J'ai envie d'être indiscret.

— Soyez.

— Êtes-vous marié ?

— Non.

— Ne l'avez-vous jamais été ?

— Si.

— Deuil ?

— Non.

— Divorce alors ?

— Quel intérêt ?

— Je cherche des exemples, dit Alex. Il faudrait que je puisse vivre seul. J'aimerais apprendre la méthode de la solitude. Je voudrais un mode d'emploi du veuvage.

— Je ne peux guère vous servir d'exemple, dit Thomas.

— Mais si. Vous ne semblez pas souffrir d'un mal intérieur. Vous apparaissez fort, avec une bonne moitié de vie devant vous. Vous n'avez même pas besoin de boire. Ni l'envie. L'absence de désir pour l'alcool est une preuve de liberté individuelle. Moi, vous voyez, cette nuit, je suis obligé de noyer mon chagrin.

— L'alcool n'est pas la solution, répliqua Thomas.

— Qu'en savez-vous, homme sobre ? » dit-il pour plaisanter. Et il ajouta : « Et quel est donc votre solution ?

— En terminer.

— En terminer ? répéta Alex. Ce n'est pas facile de rayer les chagrins, les problèmes, et de dire : c'est fini !

— En terminer avec la vie, expliqua Thomas.

— Facile à dire, lors d'un voyage d'agrément en Égypte », lui lança Alex irrité.

Il sortit à moitié de son lit, avec le buste redressé et, le cou tordu par l'effort, il voulut expliquer à Thomas son point de vue.

« Vous savez ce qui m'est arrivé, à moi ? J'ai perdu ma femme dans un accident. Je conduisais, moi. Je suis resté vivant. Elle est morte. Et je suis content de vivre. C'est monstrueux, n'est-ce pas ? »

Le train avançait dans une course éperdue où tout se cognait, se heurtait, s'égratignait, se cabossait.

Alex se tut. Thomas cala, avec deux couvertures enroulées, le sac au pied de sa couchette et descendit sur l'échelle. Il alluma le plafonnier et, sous cette lumière hépathique, il découvrit l'Anglais qui pleurait. Le visage baigné de larmes, renonçant à sa pudeur habituelle, il ne cachait plus sa détresse.

Le chagrin de son compagnon dérangeait Thomas.

« Je suis navré, prononça-t-il. Essayez de dormir. Je me sens presque coupable de vous avoir écouté. »

Alex continua :

« J'ai un fils. Un débris, un mendiant, un squelette vivant, nous a-t-on dit. Il survit aux Indes. Un consul anglais qui s'occupe des drogués, nous a prévenus. Nous sommes devenus, avec ma femme, de vrais infirmes. D'une fébrilité qui nous rendait vulnérables. L'accident de voiture est survenu il y a sept mois. Ma femme est sortie ainsi de la vie. Elle aurait voulu que je fasse ce voyage. Je n'en pouvais plus de ma solitude. J'ai décidé de lutter contre mes malheurs. Et d'exister. Ici, on peut parler aux autres. On n'est pas emmuré dans l'indifférence du monde qui vous entoure. »

L'Anglais s'essuya le visage.

« Le gros problème que j'ai, dit-il — et peut-être vous pouvez m'aider à le résoudre — c'est que j'ai un plaisir certain ici, à chaque moment. Les paysages sont merveilleux et les gens, je dirais presque fraternels. Je me sens culpabilisé.

— Cette fraternité est aussi une question de loisirs, expliqua Thomas. Qui a le temps d'écouter l'autre, ailleurs qu'en autocar, ou en train, sur un bateau ou dans un confessionnal ? Buvez maintenant un peu d'eau. Vous serez malade demain, de tant d'alcool. »

Il prit sa bouteille d'eau minérale et versa l'eau dans un gobelet en carton qu'il tendit à Alex.

Thomas regagna sa place sur la couchette supérieure, et il reprit son sac de voyage au creux de son corps. Il redevint l'homme explosif, l'homme qui allait mourir dans le cataclysme. Et parce qu'on réhabilite toujours ceux qui sont hors mesure, tels Néron et Hitler, bientôt considérés comme des êtres ambitieux de grande envergure, presque nécessaires à « leur époque », on réhabiliterait Thomas Koenig aussi un jour. Quelle abominable victoire !

Thomas luttait contre le sommeil. Cette lutte contre l'inconscience évoquait les incertitudes quant à ses relations avec Joanna. N'avait-il pas vécu ainsi avec elle, la serrant dans ses bras, faisant semblant de la protéger et se contentant d'un obscur sentiment de bonheur ? C'était l'éternelle lutte entre eux deux, et lui, il cédait, pour la garder. D'où venait cette faiblesse de vouloir rester avec elle à n'importe quel prix, d'accepter les barrages q'elle laissait se construire dans leur vie ? Était-ce simplement une question d'épiderme, la soif de l'autre, ou simplement un amour infini ?

Le jour où il s'était rendu, pour la première fois, chez Joanna, l'employée l'avait fait entrer dans une pièce qui, avec des fauteuils un peu décrépits et des revues mille fois lues donc écornées, ressemblait à une salle d'attente de médecin.

Installé avec une revue technique en main — « comment ne pas se tromper en commandant une maison préfabriquée ? » —, il assistait à une scène d'agonie qui se déroulait dans la pièce voisine. Il entendait, gêné, les appels au secours d'un homme. Le moribond appelait un nommé Herbert ; ce Herbert avait dû être sourd, ou absent, ou tout simplement c'était un ignoble individu qui n'avait aucune envie d'assister quelqu'un en danger de mort. Les râles s'accentuaient ; le type mourait pour de bon. Thomas s'était levé et avait ouvert la porte pour venir en aide à celui qui expirait. Il s'était trouvé en face de deux hommes qui fumaient et, confortablement assis dans leurs fauteuils, suivaient le texte d'une pièce de théâtre dans une brochure qu'ils tenaient à la main.

Il avait aperçu ainsi pour la première fois Hans Hart, l'acteur, le père de Joanna.

« Foutez-le dehors, ce type ! » avait hurlé Hans Hart.

« Mon père ne supporte pas qu'on interrompe une répétition, lui avait dit Joanna. Ne vous en faites pas, il va s'excuser ; il est toujours comme ça. Violent, odieux, et délicieux lorsqu'il s'agit de se faire pardonner. » « J'ai cru que quelqu'un mourait », avait dit Thomas. Joanna avait haussé les épaules.

« Je l'ai vu mourir, mon père, à la maison, au théâtre, partout. Un acteur shakespearien meurt beaucoup. Avoir Hans Hart comme père, ça vaut une guerre. J'ai eu une enfance abominable, continua-t-elle en souriant. Mon père et la guerre. Ils faisaient bon ménage. Ils étaient bien assortis. Le drame en carton-pâte et le vrai drame. Hitler au foyer, notre dictateur personnel, et l'autre. Celui de l'extérieur. »

« C'est un peu exagéré comme définition », lui avait dit à l'époque Thomas.

« J'ai vécu dans l'exagération, dit Joanna. Mon sens de la mesure est détraqué. C'est pour cela que je désirerais vivre avec un homme limpide et sans problèmes. »

Sonore comme une usine aux enfers, tapissé de suie, dans un crépitement de cliquetis, le train arriva à la gare de Louxor. L'aube naissait rose et or.

Les fellahs se laissaient glisser des toits et sortaient des compartiments ; les fenêtres béantes des troisième classe déversaient leur glu humaine. Tous se hâtaient vers la sortie.

Emmitouflé et engourdi, le groupe Amusements et Loisirs toucha terre lui aussi. Bruno cueillit Marthe dans ses bras, Raphaël fut là pour aider Liz.

Miss Burns, les bigoudis cachés sous un foulard de soie fleuri, réprouva l'insistance de Raphaël.

« Vous conquérir et vous rejeter ! Du beau travail en perspective ! »

Liz protestait.

« Je suis bête, mais pas trop, répliqua-t-elle. J'attends l'heure de ma petite vengeance. »

Pour l'aider à descendre, Thomas tendit un bras secourable à Alex.

« J'ai raconté beaucoup de bêtises, n'est-ce pas ? »

Thomas le tranquillisa.

« Je n'en garde pas de souvenir...

— C'est vrai ? insista Alex. C'est vrai ?

— Venez, dit Thomas... A quoi bon en parler ? »

Yolande Cloutier descendait en bavardant avec Margot. Celle-ci fit un signe d'amitié à Yan Hook, entouré de ses amis hollandais. D'autres membres du centre Amusements et Loisirs se mêlaient à eux. Les Japonais débitaient leur opinion sur un ton agressif.

Les Van den Ip, pleins de rancune l'un pour l'autre,

se joignirent au groupe. Yolande Cloutier fut presque acclamée. Comblée de remerciements, elle distribuait encore quelques pastilles.

Ils traversèrent sous la conduite de Raphaël le petit hall de la gare. L'unique guichet était fermé. Assise par terre, installée dans l'attente, une vieille femme les regardait passer.

Devant la gare, ils s'exclamèrent d'admiration. La réception de Louxor débutait d'une manière royale. Sur la place de la gare, opaque comme une demi-lune à l'aube, des calèches multicolores les attendaient. Les cochers en burnous les saluèrent d'un geste amical. Vêtus de rosée, la peau parcourue de frissons, les têtes enrubannées de galons couleur arc-en-ciel, les chevaux hennissaient. Brides et harnachements ciselés et gravés de fleurs peintes de couleurs vives éblouissaient. Deux à deux, ils prirent place dans ces calèches féeriques.

Nacrée, auréolée de lumières, la caravane avançait. Hercule, luttant seul contre la nuit, tentait de hisser sur l'horizon le soleil. Les sabots des chevaux martelaient le pavé pourpre dans les rayons roses. Repliées sur elles-mêmes les maisons aux façades multicolores dormaient encore. Assis à côté d'un cocher, libéré de ses obligations le temps du trajet, Raphaël s'imaginait Égyptien, traversant ce pays comme un pèlerin, à pied, ivre de beauté.

Émus, et transportés à la fois par la pulsation du rythme des chevaux et de leur imagination, ils admiraient tous la ville ensommeillée. Les maisons étaient bleu pâle, rose tendre, mauve enfantin, écarlates et jaunes. Joanna aurait dit que c'était un décor de théâtre.

La ruade inattendue d'un cheval arracha certains à leurs songes.

Thomas se revit, un matin, en Hongrie. Le réveil d'un adolescent. Longer les couloirs de la grande maison blanche, telle une forteresse surgie de la plaine enceinte de blés. En route vers l'écurie. L'odeur âcre des chevaux sur le palais ; ce n'est plus une odeur, mais une saveur. Nouer les bras autour de l'encolure de son cheval. L'exhalaison du cheval, le fumet de la sueur, l'émanation de la paille mouillée. Le galop vers la ligne de partage de l'horizon. La course éperdue vers ce ciel qui accouchera d'un soleil rubicond. Une halte auprès d'une rivière. S'allonger dans de hautes herbes inondées de rosée. L'écoute du chant des oiseaux. le bavardage céleste du merle d'eau surgi de son nid camouflé dans un abri naturel de la berge. L'envol. L'éclat d'un plastron blanc. Et son cortège composé d'oiseaux jaunes à très longues queues, aux ailes marron. Les hochequeues.

Les sabots martelaient le pavé de Louxor. Les calèches enrubannées évoquaient une noce hongroise née à l'église, épanouie dans la fête et plongée dans le sang. D'abord la fiancée, oiseau aux ailes de voiles blancs, vole d'un bras à l'autre. Rubans multicolores, gorge déployée, poitrine bleuie de veines palpitantes sous le chemisier brodé. Éclats de passions. Tziganes aux yeux collés de sueur, le violon soudé à la joue. Poignardé, un homme meurt. C'est la fin de la fête. « Une impardonnable scène de jalousie », avait dit le précepteur, un jeune prêtre au service de Thomas.

Les ruines du temple de Louxor apparurent et les cochers arrêtèrent les chevaux. Spectacle enchanteur, la vision céleste imprégna de beauté les rétines infectées d'images d'affiches pornos, d'inscriptions politiques vomies sur les murs. La fantastique beauté d'une civilisation antérieure à toute autre. Fabuleux, rose bonbon, le temple de Louxor surgit, au bord du Nil bleu.

Après un temps d'admiration, les cochers firent partir les calèches, et bientôt, le groupe, déversé dans un hôtel qui surplombait le Nil, découvrit les fastes du petit déjeuner. L'équipe du Club les servit, les entoura ; apparurent alors les cafetières remplies et des montagnes de pâtisseries chaudes, de pain frais, de croissants à la pâte feuilletée gorgée de beurre.

Récompensés ainsi pour la dure nuit, chacun assurait l'autre qu'il avait bien dormi et qu'il était prêt à recommencer la randonnée. On évoqua les mérites de Yolande Cloutier et de ses médicaments. D'autres se renseignèrent quant à une éventuelle infirmerie.

Raphaël les interpella dans un micro :

« Dans une heure et demie, nous partons pour Karnac. En calèche. Nous visiterons Karnac jusqu'à l'heure du déjeuner, et aussitôt après le repas prévu pour treize heures, nous nous attaquerons au temple de Louxor. Le soir, les calèches nous ramèneront au Son et Lumière de Karnac, et demain, nous passerons la journée dans la Vallée des Rois, sans oublier la Vallée des Reines. Le soir, nous embarquerons sur le *Nefertiti*.

— La visite à Sainte-Anne, c'est pour quand ? » intervint Bruno, trouble-fête.

Il osait être fatigué, et en parler. Le monde se partageait en deux : les aptes, les vaillants, les inépuisables, et les mauviettes qui réclamaient relâche.

« Il y a, paraît-il, une piscine à l'hôtel, continua Bruno.

— Tu peux aussi te raser... dit Marthe, aimable.

— Je suis un miracle biologique, dit Bruno. Avoir de la barbe avec tout ce qui rase ici ! »

Marthe sourit poliment et monta dans leur chambre. Elle prit un bain et elle s'habilla. Jupe-culotte en tissu blue-jean. Chemisier en coton, chapeau de cowboy. Un coup d'œil par la fenêtre. Les gens se groupaient déjà sur le trottoir. Elle vit apparaître Thomas Koenig. Elle l'observa et éprouva une profonde envie de le rejoindre. Thomas Koenig se penchait vers Liz. L'image de Thomas et de Liz devint une image lointaine. Abstraite. Un homme parlait avec une femme. D'autres gens les retrouvaient. Les chevaux piaffaient.

Liz interrogea Thomas :

« Vous êtes de quelle nationalité ?

— Hongrois de naissance et Allemand de nationalité.

— Et que faites-vous dans la vie ?

— Je suis ingénieur chimiste.

— Moi, dit-elle, je vais commencer à travailler à Radio City Music Hall. Venez me voir un jour.

— Pourquoi pas ? fit-il.

— Vous connaissez Radio City Music Hall ?

— Comme tous les étrangers qui visitent New York.

— Vous aimez New York ?

— Aimer ? J'ai un amour fou pour New York.

— Pourquoi ne pas y vivre alors ? » dit-elle.

Il dévisagea cette fille superbe, au corps hollywoodien, fabuleuse affiche en relief.

« Un jour, je vous le raconterai.

— Vous êtes sympathique, conclut Liz. Si vous saviez comme j'en ai marre des Français. Des hommes français. C'est comment, un Hongrois... avec une femme ? »

La calèche s'ébranla.

Il hocha la tête.

« Peut-on généraliser ? »

Liz s'exclama :

« Ah ! oui. On peut.

— Faites votre opinion vous-même », dit Thomas.

Au long de la route somptueuse tracée au bord du Nil entre Louxor et Karnac, Margot racontait les détails concernant Yan Hook. Yolande Cloutier écoutait, commentait, rectifiait, conseillait.

« Il m'a dit que ses amis iront au Son et Lumière, continua Margot. Je crois que vous y allez aussi.

— Vous voulez la chambre ? Dites-le clairement.

— Si c'était possible, répliqua Margot. Je peux vous appeler Yolande ?

— Évidemment.

— Vous ne trouvez pas ça un peu rapide ?
— Rapide ? Quoi ? Coucher avec lui si vite ? Le voyage dure treize jours, dit Yolande, ce n'est pas l'éternité... Est-ce qu'il vous plaît ?
— Je crois qu'il est plus une revanche qu'un amour, dit Margot.
— Revanche, revanche... Avez-vous envie de lui, oui ou non ?
— Je suis plutôt curieuse de coucher avec un Hollandais. Le premier étranger dans ma vie.
— Il faut pourtant un début, conclut Yolande. Vous prenez la pilule ?
— Heureusement. »
Le fouet du cocher s'abattit sur les chevaux. Le rythme s'accéléra.
Sur le Nil bleu, papillons géants, les voiles des felouques se déployaient.
« Dites, Yolande, est-ce qu'il ne va pas me considérer comme une femme facile ? Coucher avec lui au bout de trois jours ?
— Je crois, fit Yolande, que la sérénade sous la fenêtre et la visite dominicale avec le bouquet de fleurs à sa bien-aimée sont dépassées.
— Ce qui m'excite, continua Margot, c'est le fait qu'il soit étranger.
— Qu'est-ce que vous êtes raciste ! Regardez donc l'homme et pas sa nationalité.
— Je le regarde ; il ne ressemble pas à un Français.
— Mais si. Nu. Vous verrez bien qu'il n'y a pas de différence.
— Et puis, aussi, j'ai un défaut. Je suis un peu romantique, continua Margot.
— Romantique ? Vous serez toujours exploitée par les hommes. La romantique est la proie idéale. Elle avale n'importe quel bobard. A une romantique, on offre une bague en clair de lune. Le matin, il n'y a plus rien au doigt.
— Que feriez-vous à ma place ?
— Il vaut mieux avoir une liaison de vacances, que

des regrets éternels. Qu'est-ce que ça peut faire : un homme de plus ?

— Je comprends, dit Margot. Je le prendrai comme un remède.

— C'est ça.

— Votre mari n'est pas jaloux ? demanda Margot.

— De quoi ?

— De votre expérience quant aux hommes.

— Il en profite.

— Il vous laisse voyager seule ?

— Je suis fidèle, parce que je veux l'être. Il le sait bien. Nous sommes un très bon couple. Pendant ce voyage en Égypte, nous comptons les jours qui nous séparent. Quant à notre chambre, je vous la laisse, mais faites-le partir aussitôt après, votre Hollandais. S'il s'endort, c'est fichu. Mettez-le à la porte ! »

Vin fort, le soleil coulait à flots. Grâce à un jeu d'ombres et de lumière, deux cortèges parallèles avançaient vers Karnac. Celui des touristes et l'autre, le cortège des ombres, coquilles noires tirées par des centaures.

Raphaël poussa un grand cri : « Hourra ! Que c'est beau !

— Qu'est-ce qu'il a ? demanda Van den Ip.

— Il est jeune, répondit Solange. Comme moi. Toi, tu te contentes de fantômes, moi pas ! Je t'ai trompé. Plusieurs fois. »

Les colonnes roses de Karnac se dressaient à l'horizon.

« Me tromper ? Mais j'ai cru que tu n'aimais que moi, dit Van den Ip, désorienté.

— Il y a trente ans, je t'ai aimé, parce que j'avais besoin d'aimer. N'importe qui... »

Van den Ip hocha la tête.

« Avec qui tu m'aurais trompé ? »

Il était froissé, et terriblement surpris.

« Au retour de Bali, avec le docteur Volker.

— Le docteur Volker ? C'est un scandale !

— Scandale ?

— Il est notre médecin de famille.

— Famille ? Nous ne sommes pas une famille. Nous sommes un couple sans enfants.

— Qu'importe ! De quel droit ? »

Solange répliqua vivement :

« De quel droit ? Le docteur Volker est divorcé. Il a eu envie de moi. Moi de lui. C'est tout.

— C'est immoral, dit-il.

— Ah ! non, s'exclama-t-elle. Pas de vieux disque. Moral ? Les petites secrétaires qui passent et le fantôme de Marylin qui reste, c'est moral ? »

Un sursaut de la calèche les secoua.

« Je suis bouleversé, dit Van den Ip. Tu me réservais une surprise pareille. Mais alors pourquoi diable tu n'as jamais voulu divorcer ?

— Pour t'embêter, je crois, dit Solange. Tu as refusé ma parfumerie. Je me venge. »

La parfumerie ! Van den Ip se souvint de l'idée fixe de Solange. La parfumerie.

« Tu aurais dû m'en reparler, dit-il.

— Je n'ai fait que ça. Tu ne m'as jamais écoutée vraiment. »

Il la regardait, paniqué ; jolie sous son grand chapeau, rose du plaisir de sa revanche, elle souriait.

A l'entrée de Karnac, les chevaux s'ébrouèrent. Le cortège s'arrêta. L'allée principale aboutissant au temple, bordée de béliers gigantesques en pierres roses, s'étendait devant eux.

Vissés derrière leurs caméras, les Japonais se délectaient d'images. Quatre veuves américaines participant à l'excursion, chacune retenant d'une main son chapeau fleuri, poussaient des petits cris d'admiration. Alex Brown, tourmenté, interrogea Miss Burns :

« Avez-vous parfois le regret d'un aveu, d'une confession ? »

L'Anglaise acquiesça et dit :

« Même le plus dur des durs peut s'effondrer, cher monsieur. La faiblesse humaine, qu'en faites-vous ? Nous sommes tous vulnérables. »

Peut-être à cause de la beauté de Karnac, de la nuit cahotée, plus d'un, la sensibilité à fleur de peau, éprouvait l'envie de se dévoiler. Une atmosphère de confession planait dans ce temple qui recueillait pour un moment des croyants passagers. Chacun aurait aimé avoir un morceau de l'absolu. L'amitié éventuelle de l'un n'avait plus de prix ; l'envie amoureuse de l'autre ne connaissait plus de mesure ; une soif de fraternité les incitait à chercher des sources de camaraderie même auprès d'inconnus. L'âme s'habillait de neuf. L'instant grandiose effaçait le souvenir de l'éprouvante vie quotidienne, les soucis des fins de mois, les hargnes de toutes sortes.

Descendu de la calèche, Thomas prit Liz dans ses bras. Il l'avait gardée une seconde contre lui ; c'était une belle fille, avec une peau de porcelaine. Dans une autre vie, il aurait passé avec elle, heureux, quarante-huit heures.

« A quoi pensez-vous ? dit Liz.

— A la 5e Avenue.

— Est-ce un compliment ?

— Si j'avais dit Central Park, ç'aurait été un aveu.

— De quoi ? »

Son visage était près des lèvres de Thomas.

« D'amour.

— Pour ?

— Pour New York. Vous me rappelez New York, donc je vous aime. Je vous aime New York... » Il se mit à sourire. « Pardonnez ma plaisanterie.

— Et si vous vouliez parler sérieusement ?

— Non, dit Thomas. Trop tard. Le temple nous attend. »

Marthe aperçut la scène, elle en fut presque jalouse.

« Ton type fait la cour à l'Américaine, dit Bruno.

— Je n'ai pas fait attention à eux.

— Tant mieux, dit Bruno. J'ai un espoir donc de remplir un peu ta vie et de ne pas te considérer comme un rêve raté. Toi à Genève, c'était fantastique !

— Et toi, pour les week-ends, merveilleux », dit Marthe.

Accompagné de Liz, Thomas traversait le temple. Sa mort proche jouait le rôle de révélateur. Sa mémoire s'était mise à se comporter comme celle d'un vieillard lucide, l'ordinateur de son cerveau sélectionnait les ordres. Il suffisait de n'importe quel appel indirect, et l'image mentale surgissait avec précision.

Après la rupture du barrage, des mois, des années plus tard, le monde compatissant sortirait colonne par colonne, pierre à pierre, Karnac des eaux. La riche décadence occidentale allait s'en donner à cœur joie. Les chevaliers internationaux de l'Absurde feraient des collectes, et les chefs d'États des appels ; un certain équilibre s'établirait sans doute, un mouvement de gigantesque balançoire. L'Occidental, l'âme blindée d'atroces images, ne manquerait pas le spectacle du sauvetage. Il découvrirait, en dînant devant sa télévision, les premières tentatives pour faire émerger Karnac des eaux du Nil. Après une première vague de cris d'horreur, naîtrait celles des explications et l'exploration de la vie de Thomas. Une délégation de cinéastes irait dans son pays d'origine « pour essayer de comprendre ». La Hongrie mettrait la responsabilité de l'acte sur le compte d'une classe sociale disparue. Les Allemands insisteraient sur le fait qu'il n'était pas né en Allemagne. Les groupuscules marginaux se déclareraient d'accord avec le défunt Koenig, considérant que son acte était le dernier recours pour arrêter le monde occidental dans sa course folle. Plusieurs hebdomadaires américains publieraient sa photo sur leur couverture.
« L'homme du barrage. A qui la faute ? »

Et en sous-titre : « Qui est coupable ? L'homme explosif ou l'époque qui l'a créé ? L'homme neutron, est-il coupable ? Oui ou non ? »

Hofner, le bijoutier munichois, posa peu de questions à Samuel.

« Les voilà, dit-il en posant les annuaires sur la table de la salle à manger de son appartement. Je ne les ai que pour vingt-quatre heures. Alors, ta retraite forcée ?

— J'en suis sorti, de ma retraite. La preuve, il y a une grosse affaire en vue.

— Et tu voyages avec un chien ? » constata Hofner.

Puzzle, désolé des changements, des nouvelles odeurs, les poils aplatis de tristesse, se cacha sous la chaise de Samuel.

« Je n'ai personne à qui le laisser.

— Pourquoi l'avoir ?

— J'ai dû l'acheter avec le pavillon où j'habite. A un Anglais.

— Qui est Koenig ?

— Un ancien déporté. Non juif. D'origine hongroise. Marié pendant quelques années avec une Allemande. Divorcé, ici, à Munich.

— Quel est son prénom ?

— Thomas. »

Dans l'annuaire de 1958, aucun Koenig ne portait ce prénom.

« Son métier ?

— Ingénieur chimiste. Chercheur aussi. Un as dans son métier », paraît-il.

Hofner prépara un café à Samuel et donna à Puzzle quelques petits morceaux de viande.

« Que veux-tu de ce Koenig ? Pourquoi cette enquête ?

— Si je le savais. Une question de flair. De malaise intérieur. Je tâtonne. Il y a des faits troublants. Koenig est susceptible de voyager actuellement avec huit cent mille Deutsche Mark en Égypte.

— Pourquoi en Égypte ? Et pourquoi huit cent mille Deutsche Mark ?

— Justement. Je n'ai que des petits bouts de renseignements à ajuster.

— Et comment tu es tombé, toi, sur cette affaire ? demanda Hofner.

— Le hasard, fit Samuel. Le hasard prodigieux. »

Au bout d'une heure de recherches, ils découvrirent trois Koenig précédés de la lettre T.

Samuel marqua les adresses et demanda à Hofner si celui-ci pouvait garder le chien ! Hofner se plaignit de son asthme et s'indigna même de l'idée d'avoir Puzzle plus longtemps chez lui.

— Je veux bien être dérangé, réveillé, bousculé, mais pas de chien ! Il faut que tu trouves un hôtel. Je tousserais toute la nuit si tu restais là... »

Samuel arpenta les rues de Munich ; la ville lui apparut insondable. Il arriva, assez désespéré, à la troisième adresse et contempla un immeuble à la fois sévère et cossu, avec quelques empreintes du passé. Samuel entra ; dans la cage d'escalier, il rencontra une vieille dame.

« Bonjour madame, lui dit-il en allemand ; je cherche la concierge...

— Son appartement du rez-de-chaussée est fermé ; elle est à la campagne, malade. Si je peux vous aider moi-même, c'est avec plaisir. J'habite la maison. Quel joli petit chien !... »

Samuel se racla la gorge.
« C'est pour une histoire ancienne. Avez-vous entendu parler de M. et Mme Koenig ?
— Koenig ? Ah ! les Koenig ! »
Le visage de la dame s'éclaira.
« Vous avez de la chance. J'habite depuis si longtemps dans la maison que je les ai bien connus. J'étais même employée chez leurs voisins de palier. M. et Mme Koenig, c'était un beau couple. Bien assorti. Ils sont partis de la maison en 1964. Hélas ! Des gens bien comme eux, on n'en trouve plus.
— Savez-vous où habite Mme Koenig ?
— L'ex-Mme Koenig ? Ils ont divorcé, vous savez... Personne n'aurait cru qu'ils allaient divorcer. C'était d'une tristesse... Mais un couple, c'est toujours un mystère. »
Samuel tenta de maîtriser son impatience.
« Vous avez une excellente mémoire, madame. Si vous me parliez d'elle...
— Une belle femme. Généreuse. Timide même. Elle rougissait pour un rien. Après le divorce, elle est repartie chez son père. Un très célèbre acteur, Hans Hart. Il était beau, quand il était jeune, Hans Hart. Il a fait un film musical aussi : *Culbutes dans les nuages*. Je l'ai adoré dans *Culbutes dans les nuages*. Autrement, il jouait plutôt des choses dramatiques. Pourquoi les recherchez-vous ?
— Une petite visite de la part d'amis lointains, dit Samuel.
— Si on sortait, dit la dame. Il y a un tel courant d'air, ici. »
Ils se retrouvèrent dans la rue. Devant l'immeuble, Samuel prit son aspect de grand-père bienveillant.
« On est souvent en difficulté quand on veut rendre service à quelqu'un. Comme moi, avec ce message. Il faut encore les trouver... Vous les avez vraiment bien connus ?

— J'allais repasser chez eux, de temps à autre. Il m'a toujours très aimablement saluée ; Madame aussi.

— Quel genre d'homme c'était ?

— Vous ne le connaissez pas ?

— Par ouï-dire. Si vous m'en parliez, je saurais à qui je m'adresse, si je les retrouve !

— M. Koenig ? Un homme en or. Toujours dans ses travaux. Même la nuit. Il inventait, m'a-t-on dit. Son bureau était plein de papiers. Même par terre. Et avec ça, il était délicat, poli. Il me traitait comme une dame de son milieu.

— Son milieu ?

— C'était un aristocrate hongrois. De la grande noblesse.

— Koenig n'est pas un nom hongrois.

— La femme qui travaillait chez eux, m'avait dit que c'était un nom de guerre. Et que M. Koenig était modeste, pas fier du tout ; et qu'il avait gardé son nom de guerre. En souvenir, je crois. Mais, comme je vous le dis, vous ne les trouverez pas ensemble. C'est fini. Il est parti.

— Avez-vous une idée où je pourrais trouver Mme Koenig ?

— Elle s'est remariée. Mais je ne sais pas avec qui. Et je ne sais pas où elle habite. Est-ce qu'elle habite encore Munich ? Vous voyez un immeuble comme celui-ci ressemble à un village. On sait tout de tout le monde. Mais lorsque les gens s'en vont, c'est comme la mort. Fini. »

Samuel tira la laisse du chien.

« Donnez-moi un conseil. Si vous cherchiez à rencontrer Mme Koenig, je veux dire l'ex-Mme Koenig, que feriez-vous ? »

La dame plissa les yeux.

« Comment j'aurais son adresse ? J'irais voir — je crois — son papa. Hans Hart. Il a dans les quatre-vingt-deux ans. Peut-être même plus. Lui, il doit savoir où habite sa fille. Qu'est-ce qu'il était beau !

Mme Joanna lui ressemblait. Les mêmes yeux, surtout le même regard. Une belle jeune femme. »

Ravie de son importance, la dame fit un effort pour mieux renseigner Samuel.

« Attendez, j'ai lu quelque part, dans un journal où on raconte les potins sur les acteurs, que M. Hans Hart s'était retiré dans une maison pour vieillards. Vieillards riches, évidemment. Il paraît qu'il y a un grand parc, et un service extraordinaire. Dans un immeuble luxueux. Peut-être Heiliggasse. Un chauffeur de taxi vous renseignera. Mais vous devriez trouver l'immeuble facilement, unique dans son genre. Très, très cher... »

En avançant lentement, en compagnie de la dame, Samuel scrutait la rue. Un taxi s'arrêta le long du trottoir. Samuel glissa un billet de cinquante Mark dans la main de la petite vieille. Pendant que celle-ci protestait, il plongea presque dans le taxi.

« Il ne faut pas me donner d'argent. Je n'en ai pas besoin.

— Offrez-vous un plaisir, ou donnez-le à votre église, lui dit Samuel. Et encore merci, madame. Merci infiniment.

— Avez-vous entendu parler d'une maison de retraite pour vieillards, une maison qui serait située à Heiliggasse ?

— Je crois bien, dit le chauffeur. Ils ont même une piscine d'eau chaude pour la rééducation. C'est assez loin.

— Allons-y. »

La Heiliggasse se trouvait presque en dehors de Munich, au milieu d'un parc déplumé par l'hiver. Une barrière interdisait l'entrée des voitures, des colporteurs et des gêneurs de toutes sortes. Dans son petit pavillon, le portier écoutait la radio et fumait.

Samuel frappa à la porte, l'entrouvrit et dit :

« Je cherche M. Hans Hart.

— Il vous attend ?
— Bien sûr.
— Allez-y, alors.
— Rappelez-moi le numéro de sa chambre.
— De son appartement... Deuxième étage, numéro 23. Vous traversez le parc ; vous longez les pavillons qui sont à droite et, au bout, vous tournez à gauche. C'est l'immeuble avec les balcons. Il y a un ascenseur. »
Et il ajouta :
« L'entrée des chiens est interdite. »
Samuel lui offrit un billet de cinq Mark.
« Si vous voulez me le garder, mon chien.
— Pas besoin de pourboire, monsieur. Attachez le chien au portail de fer. »
Samuel obéit et repartit. Sans cabas, et sans laisse à tirailler, il se surprit à fredonner.
Une brise glacée traînait des feuilles mortes à l'odeur de formol. Dans un halo de brume, un jardinier ratissait. Son râteau dans un va-et-vient mécanique, ramassant déchets de feuillage et graviers mouillés, crissait. En le saluant, Samuel passa à côté de l'homme ; plus loin, il tourna à gauche et pénétra bientôt dans l'entrée de l'immeuble indiqué. Aussitôt enveloppé par une chaleur un peu moite, d'odeurs composées de médicaments, de fumée de cigarettes et de fleurs expirantes, il s'engouffra dans l'ascenseur en même temps qu'une infirmière à l'aspect austère, un bonnet blanc planté sur la tête. Elle portait sur son plateau une seringue et une ampoule. Samuel détourna la tête. Sorti de l'ascenseur, il se retrouva dans le couloir au sol encore mouillé et sillonné de traînées d'eau brillantes laissées par quelque serpillière nonchalante. Murs et sols recouverts d'une matière lavable se confondaient dans un univers inquiétant, où tout glissait, patinait, roulait, dérapait.
Samuel frappa à la porte numéro 23. Le silence qui l'accueillit lui fit craindre une erreur. Il frappa encore une fois.

« Entrez », dit enfin une voix maussade.

Samuel entrouvrit la porte et, ayant franc… petite entrée, se trouva dans une grande pièce co… table, aux murs recouverts de photos encadrées. U… vieillard assis dans une chaise roulante qu'il allait manipuler avec une extrême dextérité, l'accueillit avec un tonitruant :

« Que voulez-vous ? »

Sans attendre la réponse, Hans Hart se dirigea vers Samuel et s'exclama :

« Je savais que vous alliez venir un jour, me sortir de mon néant, de ma plongée suicidaire dans le monde de la solitude ; vous voilà, porteur de message d'un autre univers : celui des vivants, des gens, des heureux. Ami, qui que vous soyez, sauvez-moi de cet enfer charitable ! »

Décontenancé, Samuel se tut et l'autre enchaîna :

« Ça vous épate ? Hein ? J'ai toujours été un farceur. Au détriment des autres. C'est ce qui est le plus amusant. Que pensez-vous de mon numéro ? On parle de mon âge, de mes infirmités de toutes sortes, mais qui d'autre que moi pourrait vous déployer l'éventail des sentiments : cette surprise, la félicité, l'emportement joyeux, mon ton quémandeur, le goût de désespoir ?

— Admirable ! dit Samuel. Je vous admire depuis toujours. Permettez-vous que je m'assoie ?

— Si vous trouvez une chaise. Là. Bien. Est-ce que je vous connais ?

— Non.

— Qui êtes-vous ?

— En tout cas votre contemporain. Nous devons avoir le même âge, monsieur Hart, fit Samuel.

— Flatteur ! Je navigue autour de mes quatre-vingt-deux ans.

— Je n'en ai que soixante-dix, reconnut Samuel. Mais vous êtes très vert.

— Ça ne vaut pas la peine d'en remettre avec vos compliments. Qui êtes-vous ? Et d'où sortez-vous ?

— Je m'appelle Samuel Stein et je ne suis pas allemand.

— Vous avez tort, répliqua Hans Hart. Nous sommes une grande nation. Vous parlez parfaitement l'allemand d'ailleurs. Alors que voulez-vous ? »

Pour s'amuser, Hans Hart repartait en marche arrière ; il manipulait les boutons de commande de son fauteuil roulant avec un plaisir visible.

Samuel parcourait du regard les murs de la chambre où chaque parcelle porteuse de photos évoquait un succès de théâtre ou de cinéma. Le mobilier même de la pièce en acajou massif chargé de bronzes suggérait l'atmosphère du théâtre ; seul le sol rappelait la maison de santé.

« J'aimerais rencontrer votre fille.

— Vous me dérangez à cause d'elle ?

— Je ne sais pas où la trouver. »

Hans Hart s'assombrit.

« J'ai cru que vous étiez agent de théâtre, ou auteur méconnu qui me proposait la création d'une pièce dont le héros est cloué à une chaise roulante. J'ai cru que vous m'amèneriez la vie, et vous ne cherchez que ma fille ? Et pourquoi ? »

Samuel tâtait le terrain.

« J'ai bien connu son ex-mari, Thomas Koenig.

— Bien le connaître ? Thomas Koenig ? Le bien connaître ? Quelle prétention ! C'était un type insupportable. D'un orgueil à vous donner la nausée. Avec des origines, semble-t-il, fastueuses et une attitude hautaine. Il me mettait en boule. Et avec ça, Monsieur avait des relations socialisantes. L'aristocrate qui aurait bien partagé ses terres si on lui en avait seulement donné l'occasion. Parbleu ! C'était facile à dire rétrospectivement. Quand déjà tout a été partagé. Renoncer à un pays lorsque celui-ci renonce à vous.

— On l'avait déporté à quatorze ans.

— Il vous l'a dit ?

— Nous étions ensemble à Auschwitz.

— Vous êtes juif, vous ?
— Exactement.
— Je suis heureux que vous en soyez sorti, monsieur. C'était une guerre horrible. Avec une large part de souffrance pour tout le monde. J'ai été bloqué pendant dix-sept heures sous les décombres d'un théâtre. La pièce n'avait pas été enterrée par les critiques, mais par les bombes. Qu'avez-vous à demander à ma fille ? Pourquoi me parler de Thomas Koenig ?
— Nous devrions nous associer dans une affaire où je m'engagerai avec mes économies. Je prends mes précautions.
— Tenez-vous à l'écart. Koenig, c'est la peste et le choléra réunis.
— Allons donc ! dit Samuel. Tant que ça ?
— Il flanquera vos économies en l'air. Il distribuait son argent ; il donne comme par défi. On en devient prisonnier, de Thomas Koenig. Tout en le haïssant, on l'admire. Parfois on croit même l'aimer. Il agit comme une drogue. On peut être en « manque » de Thomas Koenig. Sous son emprise, fasciné, vous lui donnez raison ; vous l'écoutez ; vous écoutez même ses silences ; vous vous sentez novice, un pauvre paumé qui ne sait rien de rien sans ce prophète qu'est Thomas Koenig ; vous le suivez ; vous êtes capable de reconnaître qu'être acteur, même le plus important d'un siècle pourri, n'est qu'une chose secondaire, lorsqu'il s'agit des grandes choses du monde...
— Du monde ?
— Ah ! oui, avec lui, le monde, il faut le faire, le défaire et le refaire ! Qu'importe le beau-père glorieux que j'étais, la femme ravissante, ma fille, il nous aurait vus périr tranquillement pour une grande idée. Et avec ça, il est d'une cruauté ! D'une cruauté qui ne touche qu'aux humains.
— Cruauté ?
— Abominable. Il avait découvert que, dans certaines régions d'Italie, les gens pauvres mangeaient les oiseaux. Ils tendent de grands filets, et les

oiseaux, accrochés dans les mailles, sont capturés et consommés. Pour ces petits oiseaux, il aurait gommé une partie de l'Italie de la carte. Son mépris pour l'être humain dépassait les bornes. J'ai été heureux quand Joanna s'est séparée de lui.

— Quelle était la raison précise ?

— Peut-on vivre avec un apôtre, avec un prédicateur qui vous sacrifierait, un homme qui vous donne mauvaise conscience, uniquement parce que vous existez. Et aussi, comme souvent paraît-il, les Hongrois, une absence de constance, de fidélité.

— Il a trompé votre fille ?

— Ça n'a pas été si simple. Il ne s'était pas agi d'adultère. Non. Mais le refus total de l'idée même de la fidélité. « C'est quoi, avait-il répété, qu'est-ce que cette notion périmée de fidélité ? Si Joanna a envie de quelqu'un, qu'elle n'hésite pas, comme je n'hésiterais pas. » Dites ça à une femme amoureuse, elle en deviendra folle. Il y a eu aussi entre eux le désaccord au sujet des enfants. Joanna en voulait et lui, il s'y refusait. « Un enfant ? Pour en faire un adulte qui dévorerait les oiseaux, qui fabriquerait des armes, qui entrerait dans la catégorie des futurs tyrans, ou des victimes destinées à périr dans de nouveaux camps de concentration ? » Quelle affaire vous devriez monter avec Thomas Koenig ?

— J'exploiterai une de ses inventions. Dans le domaine de la chimie.

— Il vous exploitera, lui.

— Comment ?

— Un jour, avant que vous puissiez dire ouf, il donnera tout à une association, de préférence écologique. La générosité à la mode. Le geste... Thomas Koenig restera grand seigneur, même si, ruiné par lui, vous terminez dans un ruisseau.

— Nous aurons un contrat...

— Un contrat ! Vous connaissez mal votre futur associé ! Il trouvera toujours une issue, pour que vous en restiez pour vos frais, et lui, avec la gloire. Dès qu'il a de l'argent, et Dieu sait qu'il peut en gagner, il se sent coupable. Il donne. Il donne tout.

— Même des objets ? Un tableau ?

— N'importe quoi. Même sa femme. Pour démontrer sa liberté d'action. Tout cela n'est que la démonstration de son orgueil. Nous nous entendions très mal. Il m'a demandé de ne pas assister à leur mariage ; il avait une sacrée peur de la foule qui aurait, à cause de moi, envahi les lieux. J'ai vivement déconseillé à ma fille ce mariage. Les félicités que Thomas Koenig procurait, revenaient cher. Très cher. Après leur divorce, ma fille a été infiniment vulnérable. Il faut ficher la paix à Joanna. Il ne faut pas qu'elle entende parler de Koenig. »

Samuel se fit prudent.

« Selon vous, monsieur Hart, que ferait Thomas Koenig, s'il avait une très grande somme d'argent en sa possession ?

— Des réserves pour les petits oiseaux. Ou il le flanquerait par la fenêtre. Il offrirait une prime à ceux qui renonceraient à la chasse. Un Christ au rabais... Et pourquoi vous dans sa vie ? Il n'a jamais eu besoin de personne. Comme homme d'affaires, il est redoutable. Il se fait payer et il donne ce qu'il a obtenu. Ces fantaisies d'enfant gâté, il les considère comme « justice sociale ». Fatigué de la conversation, envahi d'une soudaine colère, l'acteur s'écria : « Tant pis ! Je dis l'adresse de Joanna : Wertherstrasse 9. Joanna n'est pas venue me voir depuis une semaine, alors, je me venge. Allez la voir et dites que je me suis vengé parce qu'elle ne m'a pas fait mon gâteau. Elle s'appelle maintenant Joanna Werner. »

Samuel se leva ; il allait prendre congé.

Hans Hart continua :

« Ma fille est incompréhensible. Troquer mon nom célèbre d'abord pour Koenig et après, pour un Werner ! Désolant ! Nous aurions pu vivre ensemble ; ma fille aurait pu devenir en quelque sorte ma veuve. Veuve par procuration. » Il se fit confidentiel : « Elle m'en a toujours voulu parce que, le soir où ma femme est morte, je n'ai pas renoncé à jouer Othello. J'étais fantastique, d'ailleurs. Étranglé d'émotion. Selon Joanna, j'aurais dû rester avec ma femme. »

Il dirigea la chaise roulante vers la porte-fenêtre entourée d'un balcon hivernal.

« J'étais si célèbre. Et robuste. Mon corps m'abandonne. Il ne reste que mon âme et mon visage encore vivants. J'aurais voulu une mort digne de Shakespeare et je végète à la manière d'Ibsen. Mon dernier rôle. Par moments, je m'endors. Je sors de la vie en tombant dans la trappe de l'inconscience. On me réveille. Heureusement. » Hans Hart fixa Samuel. « Vous, vieux aussi, vous souffrez de quoi ? Le plus, le plus fort ?

— De l'absence de confiance des autres, dit Samuel.

— Et moi, répliqua Hart, de l'absence du public. Mon pauvre monsieur, qu'est-ce qu'on a traversé comme tourments ! Que de grandeur, d'horreur, de misère et de courage pour comprendre encore plus que rien n'est plus précieux que la vie. La vie... » répéta Hans Hart, et ses paupières se refermèrent. Sa tête s'inclina vers sa poitrine.

Samuel sortit dans le couloir et interpella une infirmière qui entra dans la pièce et jeta un coup d'œil sur Hart.

« Il s'endort souvent, dit-elle. On ne sait jamais si c'est l'âge, ou si c'est la comédie. Ou qu'il en a assez d'une visite.

— On le laisse ainsi, monsieur Hart ? demanda Samuel.

— Bien sûr ! Dès que vous serez parti, dit l'infirmière, il sonnera. Je le parierais. »

Samuel traversa le parc, frissonnant sous une neige légère comme le duvet. Puzzle, réchauffé dans la loge du gardien, sautilla de joie au retour de Samuel qui demanda au portier d'appeler un taxi. Samuel repartit vers le centre de Munich. Il avait faim ; il trouva un restaurant d'aspect encourageant et y entra. A une table recouverte d'une nappe blanche, les jambes calées contre le chien, l'esprit vagabond, imprégné de l'odeur de bière, absorbé dans ses pensées, il mangea lentement un excellent déjeuner. Puzzle dévorait du hachis. Une mélodie à la mode flottait dans l'air, accompagnée, ici et là, d'un éclat de rire.

Réconforté par la chaleur, encouragé par tout ce qu'il avait entendu, Samuel s'apprêta à rencontrer Joanna. Il demanda l'addition et sortit un peu à regret, dans la rue. L'air avait un goût d'Europe centrale à cause de la neige. Il avait été un enfant « laid et brûlant d'intelligence », selon l'instituteur du village. « Dommage que vous soyez des juifs, le gosse aurait pu devenir prêtre. Ou avocat. » Il avait eu l'habitude de la misère. Il était devenu comptable, capable de remplacer seul toute une équipe grâce à son intelligence et à sa puissance de travail. « Le juif tient toute l'affaire. Sans lui on ne peut plus bouger. Il faut s'en débarrasser », avait-on dit. Auschwitz s'en était chargé.

« Taxi, taxi... »

Affublé de son chien, le gosse de l'Europe centrale grelottait. Avec soixante ans d'écart, c'était le même cœur assoiffé de tendresse qui se contractait dans sa poitrine. « Un juif vulnérable est condamné à mourir », lui avait-on dit dans la famille. Il fallait devenir dur, s'abriter derrière une carapace, cacher ses points fragiles, ses désirs d'amitié, camoufler la rapidité de son intelligence qui effrayait ; il fallait jouer le paumé pour rassurer les autres. L'eau s'infiltrait dans les chaussures d'été de Samuel. « L'an prochain à Jérusalem », se dit-il, nostalgique, dans cette rue de Munich. L'écho du rêve d'une vie.

Il trouva enfin refuge dans un taxi, qui se dirigea

vers une banlieue résidentielle. Ici et là, des enfants se lançaient des boules de neige, une neige blanche comme du sucre en cristal.

« Pour le retour, si vous revenez, vous n'aurez pas de taxi facilement par ici. Je pourrais vous attendre, dit le chauffeur. Vous allez où, après ?

— Au centre de la ville. Vous me gardez le chien ?

— Si vous voulez. »

Puzzle jappait de l'intérieur du taxi. Le chauffeur arrêta le moteur et entama une lecture.

La maison blanche aux fenêtres préservées par des grilles ventrues en fer forgé occupait le juste milieu d'un petit parc. Samuel ouvrit le portail. Il s'engagea sur le chemin qui s'allongeait entre la rue paisible et la chaumière de luxe, à l'allure romantique, dont chaque détail respirait à la fois l'argent et la qualité.

Maladroit sur ses grosses pattes, un jeune berger allemand vint à la rencontre de Samuel. Bondissant dans la blancheur momentanée, il aurait pu faire partie d'une production de Walt Disney.

« Je t'espère sans famille », lui dit Samuel.

Chasser toutes images atroces. C'était son désir. Les chiens dressés pour mordre dans la chair vivante ! Uniformes, bottes brillantes. Les cravaches fouettant le déporté blessé jusqu'à l'os.

« Tu n'y es pour rien ! dit Samuel au chiot ; et il sonna.

— La porte est ouverte ; entrez ! »

Une voix de femme l'invitait à franchir le seuil de cette maison de poupée. Une patte avant levée et la tête légèrement inclinée, le jeune chien resta interloqué. « Il a un bel instinct », constata Samuel.

De l'entrée, aussi large que cossue avec ses boiseries, émanait l'odeur d'un gâteau encore chaud. Une tarte aux pommes peut-être. Samuel se nettoya consciencieusement les chaussures sur le paillasson intérieur. Il accrocha sur un lourd portemanteau en bois son chapeau et son manteau.

Une jeune femme dont la beauté devenait plus

évidente d'un moment à l'autre, l'accueillit dans l'entrée.

« Bonjour, madame, prononça Samuel.

— Bonjour, monsieur. »

Il s'approcha d'elle et lui tendit la main.

« Samuel Stein. Un ami de Thomas Koenig.

— Il lui est arrivé quelque chose, à Thomas ? »

Elle était très pâle.

« Non, madame, du tout. »

Elle fut soulagée.

« Vous venez de sa part ?

— En quelque sorte.

— Entrez donc. »

Le salon tout en cuir et en boiseries assez claires, prolongé par un jardin d'hiver, était séparé du parc par une vitre épaisse.

« Asseyez-vous, monsieur Stein. »

Elle avait l'habitude de recevoir.

« Que voulez-vous boire ?

— Rien. Merci. »

Elle se calfeutra enfin dans un coin du grand canapé et, obéissant à un vieux réflexe, elle prit un coussin en velours qu'elle serra contre elle comme un bouclier. Un tic. Une habitude venue de l'adolescence. De très beaux cheveux noirs, un visage de figurine de porcelaine, le passage du temps légèrement signalé près des yeux, un parfum de drame dans son regard, ainsi était Joanna.

« Je connais Thomas depuis Auschwitz, dit Samuel.

— Il n'est pas juif.

— Notre souffrance était la même.

— Je vous écoute, monsieur Stein. »

Il se trouvait en face d'une ligne à haute tension enrobée dans de la soie.

Il avait aperçu, sur le mur blanc, deux tableaux abstraits, dans les tons gris et bleu. Au fond, une cheminée dont la taille exceptionnelle aurait pu être suffisante pour un théâtre de marionnettes.

Joanna portait un chemisier soyeux dont le col

était retenu par un oiseau en or aux ailes parsemées de rubis.

« Vous avez une belle maison, dit Samuel.

— Vous n'êtes pas venu uniquement pour me dire cela, n'est-ce pas ?

— En effet, madame. »

Samuel dérivait au gré de ses instincts. Il se mit à sourire.

« Voilà. Je devrais m'associer avec M. Koenig. Il est assez hardi de venir ainsi vers vous, mais c'est ainsi. Question d'instinct et de courage.

— Vous associer ? dit Joanna. Me voir ? Pourquoi tout cela ?

— Mon âge m'a rendu prudent, madame. M. Koenig me trouble. M'inquiète.

— Mon ex-mari peut être parfois désorientant, dit-elle. C'est vrai. Mais d'une extrême correction.

— *A priori*, je m'occuperai d'une de ses inventions.

— Il en a fait tellement, d'inventions et de découvertes, dit Joanna. Ses idées, il les donne, ou on les vole. Il y a eu un vrai pillage intellectuel autour de lui.

— Je veux mettre fin à ce pillage, justement », dit Samuel.

Joanna observait.

« Je ne vois pas très bien la raison de votre visite.

— J'ai une petite fortune dans la balance, madame. Thomas m'échappe à chaque seconde. Moralement, je veux dire.

— Il est hongrois.

— Est-ce un argument ?

— Devrais-je vous convaincre ? Votre démarche me déplaît, monsieur. Thomas vit, dans mon esprit, sur un piédestal, dans le passé. Intouchable.

— Je suis venu pour voir de près ce piédestal.

— De quel droit ? Qui vous a parlé de moi ? »

Samuel se hasarda sur un terrain miné.

« Lui. Il m'a parlé de vous.

— Ça m'étonne. Ce n'est pas l'homme à faire des confidences.

— Avec tendresse, il a parlé de vous.
— Il n'est pas tendre.
— Il l'est peut-être avec votre souvenir, dit Samuel.
— Vous agissez comme un détective privé, dit Joanna. Je me sens mal à l'aise. J'aimerais que vous partiez. »

Elle allait se lever.

« Je suis un homme âgé, dit Samuel. Thomas Koenig est la dernière aventure de ma vie.
— Aventure ? Thomas est un grand chimiste. Les industries multinationales sont à ses pieds pour l'avoir. Thomas n'a pas besoin de vous, monsieur. Il fait une carrière extrêmement brillante et discrète. En fuyant toute publicité autour de son nom. Dans une crainte obsessionnelle de créer et de livrer des produits utilisables pour une guerre quelconque. Il aurait pu s'installer aux États-Unis ; au dernier moment, il s'est rétracté. Pacifiste, il haïssait toutes les guerres, par-dessus tout les guerres « coloniales » ou « oppressives ». Parfois, il songeait à donner une invention à la fois à l'Ouest et à l'Est pour être sûr qu'aucun côté ne l'exploiterait contre l'autre. Je ne vois pas, monsieur, votre utilité dans la vie de Thomas. »

Samuel se sentait mal à l'aise. Et s'il lui disait une partie de la vérité ?

« Qui vous a donné mon adresse ?
— Votre père. Pour se venger. Parce que vous ne lui avez pas porté un gâteau. »

Ils se mirent à sourire. L'atmosphère fut plus détendue.

« Vous connaissez mon père ?
— Comme tout le monde. Un acteur si célèbre.
— Il l'a été », dit Joanna.

Elle se leva.

« Voulez-vous un café ? »

Il dit oui pour gagner du temps. Elle en prépara un avec la machine expresso, posée sur le bar dans l'autre coin du salon.

« Du sucre ?

— Non. Merci. »

Il se hasarda dans un coup de poker.

« J'ai vu une de vos photos, chez Thomas. Vous n'avez pas changé.

— Quelle photo ? demanda-t-elle.

— Il me reste le souvenir d'une belle jeune femme. Vous... c'est tout.

— Vous m'avez parlé d'une nouvelle invention de Thomas.

— Un détergent qui absorbe les plaques de mazout sans abîmer la faune marine.

— Toujours la mer, dit Joanna. Ce Hongrois des plaines qu'est mon ex-mari, est un amoureux de la mer. De l'eau. Il éprouve une vénération presque païenne pour les sources. Il m'a parlé des sourciers de la Hongrie, qu'il avait vus étant enfant. Des sourciers sorciers. »

Samuel aurait aimé dire que Thomas Koenig lui inspirait une peur diffuse.

« Votre divorce a dû être à la fois une peine et un soulagement, dit-il. Il ne devait pas être facile à vivre, Thomas Koenig.

— Je me suis libérée de lui, répondit Joanna. Je m'en suis guérie. A l'époque de ma convalescence, chaque seconde qui me le rappelait me faisait mal. J'ai dû m'immuniser. Trembler à l'idée d'une rechute. »

« Elle a dû l'adorer », pensa Samuel.

« Vous l'avez quitté ?

— Nous nous sommes quittés. D'un commun accord. »

Elle se leva, pour mettre fin à la visite.

« Tout cela ne peut pas vous éclairer beaucoup quant à votre association avec Thomas. »

Samuel intervint :

« Vous l'accompagniez lors de ses voyages ?

— Rarement. Plus j'avais peur de la vie, plus je devenais casanière. »

Dans l'entrée, Samuel reprit son chapeau encore mouillé ; il eut des difficultés avec son manteau ; son cache-col avait glissé dans une manche. Il fallait tout enlever, repêcher le cache-col, et boutonner lentement le pardessus. Gagner du temps. Pour rien.

Ils sortirent sur le perron ; l'air était frais, et la vie absente. Samuel se sentit vieux.

« Comment il s'appelle, le beau petit chien ? » demanda-t-il.

L'entrevue filait entre ses doigts.

« Siegfried.

— Quel âge il a ?

— Trois mois. »

Samuel s'écouta dire :

« Ça remplace presque un enfant.

— C'est beaucoup dire. J'ai deux enfants de mon deuxième mariage. »

Elle voulut se dégager vivement de l'entrevue.

« Je ferme la porte ; il fait vraiment froid. »

Samuel lança :

« Il m'a dit que vous n'aviez pas voulu d'enfant. Avec lui. »

Joanna eut le souffle coupé.

« Comment il a osé dire ça ? A n'importe qui ! C'est faux. C'est totalement faux. »

Elle était aussi furieuse qu'émue.

Samuel retrouvait l'espoir de renouer la conversation.

« Ou un malentendu ?

— Tout cela me choque, dit Joanna. Me bouleverse. Vous êtes son homme d'affaires, peut-être. Mais Thomas n'a jamais eu besoin de confident. »

Samuel jouait serré. Il ne fallait pas céder à la tentation de rester pour obtenir juste quelques détails de plus. Il fallait pouvoir revenir. Les deux premiers bluffs avaient réussi : « Votre photo, madame » et « l'enfant refusé »

« Allez, dit-il d'une manière familiale. Je m'en

vais. Au revoir, madame. J'ai été content de vous connaître. »

Il se pencha vers le petit chien.

« Tu es un beau chien, Siegfried. »

Joanna l'observait.

Un petit geste d'adieu esquissé, et Samuel prit de la distance. Il était arrivé presque au portail. Il entendit des pas précipités derrière lui. Il se garda bien de se retourner. Les chaussures fines de Joanna s'enfonçaient dans la neige. Elle le rejoignit, grelottante, à la sortie du jardin.

« Qu'a-t-il dit encore ?

— Des bribes. Parfois une allusion.

— Je suis en partie son passé », dit Joanna.

Quelques flocons de neige s'égaraient sur sa robe.

« Vous allez attraper froid ! »

Elle hésitait. Elle avait un renseignement à demander. Elle prononça :

« Est-ce qu'il est... » Elle souffrait. « Je veux dire : beau. Ça a l'air puéril, mais il était beau, d'une extrême séduction.

— Beau ? »

Samuel reprit le mot avec une maladresse soulignée.

« Un homme ne voit pas un autre homme avec les yeux d'une femme. Je retiens ses yeux. Son regard. L'homme est son regard.

— C'est bête, n'est-ce pas ? Je me conduis comme une lycéenne d'antan. Ne lui dites surtout pas... Et revenez si vous voulez, monsieur...

— Stein.

— Monsieur Stein. »

Le chauffeur de taxi ouvrit la porte arrière. Puzzle se rua sur Samuel.

La présence du ténériffe prêta à Samuel un halo d'innocence.

« Revenez demain, répéta-t-elle. Mon mari quitte la maison après le déjeuner. Il retourne à son bureau vers quinze heures. Venez aussitôt après. Vous pourriez apercevoir mes filles aussi. Elles sont très mignonnes. »

Samuel fit semblant d'hésiter.

« Si j'étais sûr de ne pas vous déranger. »

Il se retira dans le taxi.

« A demain, dit Samuel.

— Au revoir », fit Joanna.

Ils étaient loin, lorsque Samuel demanda au chauffeur de l'aider à trouver un petit hôtel.

« Ma tante a une pension de famille, mais, à cause des moquettes neuves, elle refuse les chiens.

— Une chambre avec douche seulement, ça pourrait aller ?

— Pour une nuit, oui.

— Je crois que j'ai ce qu'il vous faut. Ne vous en faites pas, vous dormirez bien. »

SOUS sa douche tiède, Yolande Cloutier grelottait. La veille, le Son et Lumière de Karnac les avait glacés ; les quelques couvertures à louer avaient été prises d'assaut du vestiaire improvisé, avant que leur groupe arrive.

De retour à l'hôtel, entrée dans la chambre, elle avait aperçu, juste vêtue d'une petite chemise, ses cheveux éparpillés sur l'oreiller, Margot qui dormait. Heureuse de se coucher, Yolande s'engouffra à son tour sous sa couverture.

Le lendemain matin, les clients de l'hôtel se déchaînaient. Yolande s'extirpa du lit, et s'installa devant la coiffeuse. Sans ses lunettes, elle se vit floue, elle se brossa les cheveux longuement. L'obscurité l'incitait à bâiller. Les volets retenaient le soleil. Elle se pencha près du miroir ; elle fit l'inventaire de ses lèvres bien dessinées, de l'ovale de son visage, et de son cou encore impeccable. Elle ressentit l'absence physique de son mari. Il lui manquait. Elle enduisit son visage d'une crème. Elle songeait à l'homme de sa vie, à cette mêlée chaude et avide qu'étaient souvent leurs retrouvailles matinales au lit. Elle énumérait les hommes du groupe. Si elle était célibataire ou infidèle, lequel prendrait-elle comme remède ? Bruno Desjardins ? Le mari ou l'amant de la jolie Suissesse ? Vint ensuite Thomas Koenig : peut-être trop raffiné, elle le classa dans la catégorie des amants imprévisibles. Elle enduisit aussi sa poitrine de la crème soyeuse.

Alex Brown. Coucher avec Alex Brown ? Yolande évoquait l'image classique de l'île déserte. Combien de temps faudrait-il y passer, privée d'homme, pour vouloir coucher avec Alex Brown ? Elle imagina Alex avec une noix de coco dans les mains ; elle, nue, jouait à Ève dans le paradis retrouvé. Elle crut apercevoir Thomas derrière un palmier. Thomas nu était plus tentant qu'Alex. Au bout de dix ans d'abstinence présumée sur l'île déserte, elle choisit Koenig.

Fidèle à un rendez-vous régulier, à ce moment précis, apparut son fantasme familier, délicieux : le gorille. Elle l'avait avoué, ce fantasme, à son mari. Ce matin, dans la surface rose nacrée de la glace, le gorille de Sumatra était apparu ; c'était une entrée solennelle dans la chambre de l'hôtel de la Perle du Nil. Haut de deux mètres, l'immense animal en peluche, le visage empreint d'une tendresse pataude, plongeait Yolande dans un sortilège d'images : une mer limpide, du sable blanc, quelques éclairs argentés qui fendent le bleu du ciel, des oiseaux qui tailladent de leurs coups d'aile la soie de l'univers, et de jeunes requins qui découpent la mer.

Le gorille s'approche. Nue, allongée sur un lit de sable-velours, les yeux fermés, Yolande n'est qu'attente voluptueuse. Le désir s'installe dans le corps de Yolande ; le désir avance, tourneboule l'intérieur des cuisses, empoigne le bas-ventre, engourdit le plexus solaire, accélère le rythme du cœur, fait trembler les bras et prête une envie avide aux mains qui s'apprêtent à se cramponner à la fourrure du gorille. Le gorille traverse dans des bonds voluptueux la forêt vierge ; ses fantastiques bras démesurés saisissent les branches ; il arrive d'un arbre à l'autre, d'une branche à l'autre. C'est un envol nuptial. Le grand corps soyeux, cet amas de coussins en velours et de haute laine, ce doux monstre surgit. Yolande, la gorge sèche, le souffle rapide, va s'anéantir dans une étreinte incomparable.

Voltigeant dans le plaisir à venir, Yolande fut surprise par Margot qui s'assit dans son lit.

« Bonjour. Vous êtes déjà réveillée ? Il n'est que six heures quarante-cinq. »

Le gorille, avec son beau sexe brandi, lisse et noir, s'immobilisa suspendu sur une branche. Frustrée, Yolande répondit :

« Vous auriez pu dormir encore. »

Le gorille acquiesça dans la glace. Ses lèvres dessinaient une demi-lune vivante en dessous des cavernes soyeuses des narines.

Yolande remit ses lunettes.

« Alors, votre Hollandais ? Qu'est-ce que ça donne ?

— J'ai l'impression d'être passée sous un camion chaud et doux. Un poids lourd » dit Margot.

Le gorille hocha la tête. Yolande en fut agacée.

« Contente ?

— Et comment ! J'ai éclaté au bout de deux minutes, dit Margot. Comme un ballon. J'ai éclaté d'abord d'étonnement. J'ai été harponnée. Son sexe est si grand, qu'on restait d'abord immobiles. »

Affichant une superbe érection, le gorille se balançait, suspendu sur une branche.

« Et après ?

— Après ? »

Margot s'étira.

« Après, ça n'avait plus de fin. Il me découvrait, je le découvrais. J'ai ressenti une sorte d'amour-propre. Il avait rêvé d'une « petite Française ». Il ne le regrette pas. J'ai inventé. J'ai improvisé. J'étais parfois comme empalée. »

Le gorille fit un clin d'œil à Yolande.

« Grâce à vous, dit Margot, je n'ai pas laissé passer ce camion. Je crois qu'il veut m'épouser.

— Et vous ?

— Je ne sais pas. J'ai l'habitude de travailler.

D'être indépendante. Je me vois très mal à la maison lavant les couches.

— On ne lave plus les couches, dit Yolande d'une manière sèche. On les jette !

— Vous êtes fâchée ?

— Mais non, dit Yolande. Mais non. J'ai juste envie de mon petit déjeuner. Je vous attends quand même. Le matin, ça m'ennuie de descendre seule.

— J'arrive », dit Margot.

Elle se leva, et alla à la salle de bain. Yolande perçut le bruit de la douche.

« Vous m'entendez ?

— Oui.

— Il a des mains d'ours. Et chaudes comme une bouillotte. Mes seins disparaissaient dans ses mains.

— Ils ne sont pas très gros, vos seins.

— Pas très gros, d'accord. Mais ses mains, c'est quelque chose. Vous m'entendez ?

— Je ne suis pas sourde, s'exclama Yolande.

— J'ai butiné sur son corps, comme une abeille. Je m'introduisais dans les plis et les replis de son être ; ma langue est douloureuse encore. »

Elle parlait en se brossant les dents, la bouche pleine de pâte dentifrice.

Yolande, faible, se tourna vers le gorille. Celui-ci la câlina avec un raffinement rare. Quatre mains pour caresser, quelle aubaine ! Quatre pouces parcouraient les zones érogènes de cette guenon humaine, douce et inerte ; quatre index dessinaient et redessinaient des cercles autour de ses mamelons. Yolande, dans une demi-agonie, allait expirer.

« Une seconde et j'arrive », dit Margot.

Le gorille pénétra Yolande. Le monde bascula. Une noix de coco tomba sur le sable.

« Vous vous êtes recouchée ? demanda Margot, fraîche et bavarde.

— En vous attendant.

— C'est dommage que vous ne vous intéressiez pas à l'autre Hollandais », dit Margot.

Yolande, en se levant, reprit ses lunettes.

« J'aime mon mari. Et j'ai envie de lui. De lui, et pas d'un autre.

— Ça peut arriver ? dit Margot. Avoir une envie physique d'un mari, même au bout de quelques années de mariage !

— La preuve », dit Yolande.

La foule convergeait vers l'ascenseur ; les visages connus apparurent : Roland Van den Ip, douloureusement fripé, éprouvé, et Solange, gaie et bruyante comme un oiseau qui se plonge et se replonge dans l'eau pour se laver les ailes.

« Ce soir, nous allons embarquer sur le *Nefertiti* ; je ferai de mon mieux pour vous laisser la cabine, dit Yolande à Margot.

— Je ferais volontiers de même. Mais vous tenez à votre amour conjugal... Tant mieux. »

La salle à manger bourdonnait. Margot, affamée, aurait dévoré une montagne de croissants, mais il n'y en avait plus.

« On arrive un peu tard, commenta Yolande. « Vous n'avez plus de croissants, mes enfants ? Mangez donc des brioches ! »

— Qui dit ça ?

— Moi, dit Yolande en se servant au buffet.

— Oh ! dit Margot, je suis devenue faible.

— Pourquoi ?

— Il est là-bas. Au bout de la salle à manger. J'ai les jambes coupées d'émotion.

— Bon signe ! dit Yolande. Je vous vois déjà sur un vélo flanquée d'une corbeille, en train de faire vos courses à Rotterdam. »

Margot chavirait :

« Vous croyez vraiment ?

— Mais oui, répondit Yolande, amusée. Et mettez un peu de rimmel ; vos yeux n'en seront que plus bleus. »

Elles trouvèrent des places auprès de Miss Burns et Alex, enferrés dans une discussion concernant les colonies de jadis. Liz les écoutait, distraite ; elle se consacrait à son café ; elle vidait sa tasse ; elle la remplissait, pensive. Elle jaugeait, ébahie, la résistance physique de ces Européens infatigables. Elle enregistrait à la fois avec étonnement et une indifférence à peine déguisée les explications en anglais concernant les temples ; ce qu'elle aimait le plus, c'était les promenades en calèche. Au fur et à mesure que le temps passait, le ressort essentiel de son voyage perdait de son intérêt. Ses relations avec Raphaël prenaient plutôt l'allure d'un jeu de devinettes. Se faire conquérir pour la deuxième fois par le même type, c'était une vraie dérision, sauf si elle arrivait à le faire marcher, à le rendre ridicule.

Un jeune homme, un Sud-Coréen égaré là, qui la suivait du regard depuis la veille, s'arrêta à côté d'elle.

« Bonjour, mademoiselle, lui dit-il en anglais. Cette chaise est libre ?

— Libre, dit-elle.

— Je m'appelle Han, dit le Sud-Coréen, et je suis professeur d'histoire à Séoul.

— Rude tâche... lança Miss Burns. J'espère pour vous que c'est l'histoire ancienne que vous enseignez. »

Han se mit à sourire sans chaleur.

« Un peu de tout, madame. »

Et puis, n'ayant aucune envie de se laisser embarquer dans une discussion politique, il se consacra à Liz.

« N'avez-vous pas attrapé froid hier ? On était frigorifiés à Karnac.

— Non, dit-elle. Je l'ai échappé belle. Et vous ?

— Je me chauffais en vous regardant, dit-il.

— Bien aimable, dit Liz.

— J'ai fait mes études à Bekerley, dit Han. Si vous n'avez pas un choix meilleur que moi, permettrez-vous que je vous accompagne pendant cette journée ?

— Comme vous voulez », dit Liz.

Plongé dans ses réflexions, perplexe, à une autre table, Van den Ip leva la tête et dit à Solange :

« Je trouve le docteur Volker totalement incorrect. Coucher avec une cliente ! Et me faire ça... à moi !

— Je l'ai fortement encouragé, répondit Solange. Je lui ai dit d'oublier nos relations malade-médecin. D'ailleurs, nous nous rencontrions ailleurs, dans une petite auberge. Loin de son cabinet. »

Roland s'indigna :

« Tu expliques tout cela avec une rare impudeur.

— Pas de grands mots, dit Solange. La petite Flamande, toute blonde, tu l'as bien eue. Après, tu t'es rabattu sur Marilyn. Supposons qu'après le docteur Volker, je sois tombée amoureuse de James Dean... Ce serait aussi ridicule...

— Mais alors, demanda-t-il, affaibli, pourquoi tu t'acharnes à me refuser le divorce ?

— Tu as bien refusé ma parfumerie. J'en avais rêvé, de ma parfumerie. Elle aurait été une raison d'exister et de sortir de ma grisaille. J'aurais pu faire des ventes avantageuses ; j'aurais eu des idées pour attirer ma clientèle ; ma parfumerie aurait remplacé l'enfant que nous n'avons pas eu. Mais toi, tu étais borné, têtu comme une mule. Bêtement prétentieux : « Que diraient mes frères, si on te voyait dans un magasin. Ma femme commerçante ! C'est inadmissible. » Et aussi, tu ne me trouvais pas capable de mener une affaire. La vraie raison, c'était mon incapacité présumée. « Tu ne sauras jamais tenir un livre de comptes ! », disais-tu.

— Mesdames, messieurs, vous m'écoutez ! Écoutez-moi ! Réveillons-nous. S'il vous plaît. *Please. Bitte schön.* »

Le bruit de l'ongle de Raphaël sur le micro ressembla à un grognement de fauve.

« Vous m'écoutez, s'il vous plaît ! Le départ est immédiat... Nous traverserons — vous m'écoutez, s'il vous plaît — nous traverserons la chaussée devant l'hôtel, nous rejoindrons le quai ; nous embarquerons sur le petit bateau à moteur qui nous attend pour traverser le Nil. Un peu de silence, s'il vous plaît ! Merci. Sur l'autre rive, nous prendrons l'autocar et, avec un excellent guide, nous visiterons aujourd'hui la vallée des Rois. Nous déjeunerons sur place, et nous consacrerons l'après-midi à la vallée des Reines. Mais, avant de pénétrer dans la première tombe, grâce à un détour, vous verrez le temple de Hatshepsout.

— A vos souhaits », dit Bruno.

Et, pour marquer sa révolte, il prit un petit pain encore chaud, le doubla d'une bonne couche de beurre et le trempa dans son café au lait. Il espérait l'indignation de Marthe. Le trempage à la française et le « à vos souhaits » étalé en parlant de Hatshepsout devaient l'irriter, sa Suissesse distinguée.

Marthe fixait la tasse de Bruno.

« Tu fais des yeux de graisse. Bon appétit !

— Nous pourrions nous détester admirablement au bout d'un an de mariage, dit-il.

— Un an ? répondit-elle avec une douceur redoutable. Un an ? Non, mon chéri. Un mois.

— Quel bonheur d'être libre, n'est-ce pas ? » dit Bruno. Et il laissa le reste de son café dans la tasse. « Va donc, chérie, fouiller les tombes ; moi, je m'installe au bord de la piscine. Je suis un être affreusement inculte ; je ne veux pas m'améliorer ; je suis un irrécupérable. »

Il réarticula « irrécupérable » pour savourer son effet. Et puis, il ajouta dans un grand et sain défoulement :

« Je suis une brute, un Français moyen. Les tombes ? Je m'en fous. »

Il attendait avec joie l'explosion de Marthe. Autant en terminer avec cette corvée : la fille ratée, le voyage pénible et un amour-propre maltraité.

« Cher Bruno... prononça Marthe, comme si c'était le vrai début d'une lettre d'adieu. Cher Bruno, reste là. Si j'étais hypocrite, je te dirais que tu vas me manquer. Je ne suis pas hypocrite. »

Elle ajouta, pour l'achever :

« Repose-toi !

— Je ne suis pas fatigué, s'exclama Bruno. J'en ai marre. Je veux ma piscine, mon matelas au soleil, mes palmiers. Je travaille comme un bagnard depuis treize mois.

— Un bagnard. Secoue donc tes chaînes.

— Je les coupe, ma chérie. Je les scie... Les masques mortuaires, les Sons et Lumières où on attrape la crève, l'admiration des colonnes de toutes sortes, c'est fini !

— Pas la peine de donner tant d'explications, l'interrompit Marthe. Je t'ai compris.

— Mesdames, messieurs... Nous partons dans deux minutes. Veuillez déposer vos clefs à la réception. Vous retrouverez vos bagages dans vos cabines sur le bateau.

— Et votre ami Koenig, où il est ? demanda Miss Burns.

— Ce matin, lorsque je me suis réveillé, son lit était vide », dit Alex.

Comme un maître d'école consciencieux, Raphaël passa parmi les tables en tapant dans ses mains.

« Mesdames, messieurs, dépêchons-nous ! » Il effleura Liz. « On m'est infidèle ? »

Liz imagina que Raphaël l'avait reconnue. Elle désenchanta rapidement. Raphaël prononça la même phrase à une jeune Belge qui bavardait avec un Français à la table voisine. C'était une des phrases clichés du Tarzan en solde.

« J'aime bien les intellectuels », dit Liz à Han, pour se venger de Raphaël. Sa douceur éclaboussait le Sud-Coréen ravi. Le guide parle trop rapidement et son anglais n'est pas très bon. Voulez-vous être mon professeur privé ? »

Han humecta ses lèvres. Il eut chaud, il fut ravi.

« Mon savoir est à vos pieds », dit-il.

Liz se mit à rire. Gentiment. C'était un rire délicat, en porcelaine.

« Vous avez les dents de la chance, dit Han. Écartées devant, et assez petites. »

Son visage était près de celui de Liz.

En se levant de la table du petit déjeuner, Alex fut de nouveau envahi par ses remords. Attiré par la présence de Miss Burns, il se sentait presque heureux, il se sentait rassuré par elle, dont la féminité, les boucles soignées, le maquillage impeccable, camouflaient agréablement une nature solide. Cette femme apparemment frêle avait dû bâtir son nid au sommet d'un rocher.

« J'abuserais de votre patience, dit Alex à Miss Burns, si je vous proposais de m'asseoir à côté de vous dans l'autocar ?

— Au contraire, répliqua Miss Burns. Je vous dirai d'ailleurs quelque chose qui me concerne, qui peut vous intéresser. »

Alex fut pris d'inquiétude.

« Est-ce que je vous ai froissée ? Je suis peut-être un peu encombrant, mais je n'ai aucune mauvaise intention. »

Miss Burns avançait sans répondre.

Ce début de journée devint comme un éventail aux volets décorés de plaisir.

Bruno annonça à la réception qu'il désirait garder sa chambre et qu'il ne rendrait pas la clef. Il fit sensation. On le regardait, réprobateur. « Éviter une journée d'excursion aussi somptueuse... Alors, pourquoi venir jusqu'ici ? »

Les groupes quittaient l'hôtel à un rythme assez lent. A quoi bon se précipiter, le trajet jusqu'à la rive était court. Le mélange humain permettrait à chacun de changer de compagnon, donc de se divertir, de s'amuser. Les pédestres allemands, arrivés dans la nuit, se joignirent à eux. Liz écoutait les explications de Han, qui parlait de la vie amoureuse des pharaons.

« Mais je vous assure que c'est vrai, répéta-t-il à Liz.

Et si je vous disais que leur comportement était... »

Yan Hook leur emboîta le pas, en tenant Margot par le bras. Et elle se laissait guider par son amant tout neuf, dont la main rassurante sur son coude était un bouclier, un nid douillet.

Du haut de leurs chameaux, leurs visages comme gravés sur un médaillon, enveloppés dans leurs burnous d'une blancheur impeccable, quelques Égyptiens passaient, indifférents aux touristes. Le temps chaud et froid, comme une omelette norvégienne, excitait les épidermes. De loin, bleu myosotis, le Nil était de près d'une saleté crémeuse. Le bord ourlé de franges épaisses, les nuages aux reliefs baroques se succédaient au gré des vents.

La tête brûlante, le pied glacé, le cœur prêt à chavirer, le corps épris de vertige, chacun contemplait son rêve. La beauté fugitive les rendait heureux et angoissés. Sombrés dans un mutisme défensif, les mains serrées sur les sacs pour se cramponner ainsi à l'existence palpable, ils traversèrent le Nil, veine jugulaire de l'Égypte.

Ils s'approchaient de l'autre rive. La chaîne de montagnes roses d'en face affichait ses parois abruptes. Arides et brillants dans le soleil, les hauts remparts de calcaire formaient de gigantesques amphithéâtres. Enchevêtré dans des courants violents, le bateau s'immobilisa au milieu du fleuve dont les tentacules naturels, les ventouses sournoises, les surfaces d'un calme feint résistaient au passage. Le bateau, vieille coquille bourrée de chair humaine, se balançait dans l'inextricable labyrinthe des eaux sauvages, impuissant.

Ils se retournèrent pour contempler Louxor et ses ruines ensoleillées.

Immobile, Thomas Koenig regardait le fleuve. Il allait lui rendre sa liberté, au Nil prisonnier du barrage ! Des vagues de dix à quinze mètres de hauteur déferleraient sur l'Égypte. En six, sept heures, l'eau arriverait au Caire !

Raphaël circulait pour leur dire qu'il y avait un petit problème de moteur.

L'équipage égyptien courait, criait, discutait.

Jusqu'ici plongée dans son Guide Bleu, Yolande Cloutier émergea.

« Ça vous intéresse, si je vous dis quelque chose, ou ça vous est égal ? »

Ceux qui l'entouraient, Margot, Yan Hook, les Van den Ip, l'encouragèrent.

— « Les rois de la XVIIIe dynastie avaient fait choix d'une gorge profonde, derrière la montagne, pour leur demeure d'éternité. Ils étaient ainsi séparés des reines qui avaient leur sépulture dans un vallon, formé par le dernier cirque au sud-ouest de la nécropole. »

— Ils ne pensaient qu'à leur mort, constata Margot. Ça n'a pas dû être tous les jours drôle. »

Yolande continua :

« Selon le guide, il faudrait rester au moins quatre jours à Louxor, pour avoir une vraie idée des trésors que représentent les vestiges de toutes sortes. »

Yan Hook intervint pour expliquer avec son français rocailleux, l'impossibilité de tout voir dans un pays qu'on visite.

Silencieux, le bateau dérivait sur le Nil. Le bruit de moteur disparu troublait les passagers qui vacillaient entre la crainte et l'angoisse.

Le visage caché derrière l'appareil de photos qu'elle promenait avec douceur aux frontières de ce paysage bleu et jaune, le long du fleuve peuplé de felouques aux voiles gonflées par la brise matinale, Marthe recevait l'image de Thomas en plein cœur, l'âme imprégnée par l'homme dont elle ne saurait peut-être jamais davantage que le nom et qui ne lui prêtait guère attention. « Jusqu'à la fin de ma vie, je penserai à lui », se dit Marthe enveloppée dans une infinie tendresse. « Quoi que je fasse, où que j'aille, qu'il soit une idée fixe ou un homme en chair et en os, je l'aimerai toujours. » Ses pensées la firent sourire. « Vague de romantisme, soif d'absolu, je ne sais pas ce qui m'arrive. Est-ce l'homme que j'aime ou l'idée que je me fais de l'homme à aimer ? »

Asthmatique, le bateau repartait vers l'autre rive et ses montagnes roses.

« Thèbes, c'est l'ancien nom de la ville de Louxor, expliqua le professeur Han à Liz, et il lui prit la main.

— Pourquoi vos quelques cheveux blancs, professeur Han ? Vous êtes jeune.

— Tare de famille, dit Han. Chez nous, on commence à blanchir à vingt ans.

— Peut-être parce que vous êtes tout le temps en guerre ?

— Jolie plaisanterie, répliqua Han. Que savez-vous du monde, Liz ?

— Au hasard, le superbe ou l'essentiel. Jamais, les deux. »

Bourdon fatigué, Raphaël tournait autour d'eux. Il s'installa auprès de Liz.

« Je t'ai déjà vue dans un autre club.

— Il y a beaucoup de filles de vingt ans qui sont comme moi, dit-elle. Et toi aussi, tu ressembles à tout le monde. »

Irrité par l'intrusion de Raphaël, Han se tourna vers le Nil.

« Tu es homosexuel ? demanda Liz à Raphaël.

— J'en ai l'air ? Non. Je ne suis pas homo.

— Ton numéro de travesti hier ? »

Raphaël s'exclama :

« Je gagne mon bifteck. Ici, il faut tout faire.

— Tout ? Tu pourrais faire autre chose que de te flanquer des faux seins, des faux cils... »

Elle ajouta, cruelle :

« On peut devenir femme... On se fait opérer. Et fini. Ça y est. Avec un sexe de femme greffé, on s'envoie de beaux garçons.

— Tu te fais des idées fausses, dit Raphaël.

— Je ne me déguiserais pas en Marlon Brando, dit-elle. Je préférerais être la marraine, et pas le parrain !
— Si c'est l'humour américain ! »
Liz haussa les épaules.
« Ça vaut toujours l'humour européen. »
Raphaël repartit, maussade.
« Nous allons voir le temple d'Hatshepsout, intervint le professeur Han.
— Je vous écoute, dit Liz. Hatshe quoi ? »
Le bateau accosta. Chargés d'objets, de têtes de Nefertiti en pierre dure, de têtes d'Akhenaton en bois foncé, une nuée d'enfants et d'adolescents les accueillaient. Assaillis par les marchands, les membres du Club avançaient avec difficulté, frôlés, serrés de près, baignés dans la marée humaine, effleurés d'attouchements, assourdis de cris. Il fallait trouver refuge dans l'autocar.
Raphaël les comptait, irrité. Il était persuadé depuis ce matin qu'il avait eu Liz à la Jamaïque. Entre les premières leçons de tennis de la journée et son café matinal. La fille vierge... c'était elle ! Le souvenir de jambes fines et de l'écume des vagues qui les avaient recouverts revint dans l'esprit de l'employé.
« Nous atteindrons bientôt le temple de la reine Hatshepsout, dit-il au micro. Notre guide nous y attend. »
L'autocar avalait les kilomètres de la route jaune repliée comme un serpentin dans le désert montagneux.

Heureux de sa solitude, Bruno arpentait la rue principale du Louxor moderne. Il y découvrit un bureau d'Egyptian Airlines. Il y entra et il demanda à un employé, attentif à chaque mot, un billet pour Le Caire.
« Trouvez-moi une place. N'importe lequel des deux avions qui partent d'Assouan et font escale ici me convient.

— Nous ne disposons pas de place pour les avions Assouan-Le Caire, dit l'employé avec regret. C'est Assouan qui délivre ces billets ou Le Caire.
— A quoi vous servez alors, ici ?
— A prendre des commandes.
— Je commande donc. Une commande urgente !
— Votre nom ?
— Bruno Desjardins.
— Votre adresse ?
— Hôtel de la Perle du Nil.
— Vous restez jusqu'à ?
— Je veux m'en aller tout de suite. Dans une heure, cet après-midi... Tout de suite !
— Asseyez-vous. Je vais téléphoner à notre bureau au Caire.
— Ça prendra combien de temps ?
— Ça dépend de la poste.
— N'avez-vous pas une ligne directe avec votre bureau au Caire ?
— Non. »
L'employé se mit au travail. Il conversa en arabe avec un correspondant invisible. Il raccrocha avec un léger soupir.
« Alors ?
— La ligne est surchargée, monsieur. Tout le monde veut téléphoner.
— N'avez-vous pas de priorité ?
— Si. Mais il y a d'autres prioritaires. Il faut attendre. »
Bruno contemplait les clients qui défilaient. Environ une heure plus tard, l'employé qui s'était occupé de lui disparut.
Bruno s'attaqua à un autre type derrière le comptoir.
« Votre collègue, où il est ?
— Au repos.
— Et ma place pour Le Caire ?
— Vous voulez aller au Caire ? »
Il dut tout recommencer avec un goût de cen-

dre dans la bouche. L'éternité n'était pas loin.

L'employé, intéressé, écouta lui aussi Bruno et promit de se renseigner au Caire.

« Mais l'appel ? le supplia Bruno. Votre collègue a appelé Le Caire.

— Malheureusement, il ne nous a pas laissé le numéro d'enregistrement de son appel. Comment voulez-vous que nous réclamions à la poste ?

— Envoyez un télex...

— L'appareil est en dérangement. Il sera certainement réparé bientôt. »

Épuisé, Bruno renonça.

« Je retourne à l'hôtel, dit-il. Prenez-moi n'importe quelle place et avertissez-moi à l'hôtel.

— Il serait plus facile d'aller au Caire depuis Assouan.

— Mais je suis à Louxor, cria Bruno. Je ne veux pas aller à Assouan pour retourner au Caire.

— Pourtant c'est un beau voyage ! Le temple d'Abou-Simbel est une merveille, monsieur. On vient le voir du monde entier. Pardon... monsieur comment ?

— Desjardins. Appelez-moi et dites au portier que je suis à la piscine. »

Sorti du bureau, il fut ébloui ; la luminosité extrême l'aveugla. Et aussi la fureur. Bouffon charmant, amant pour quinze jours, un homme avec qui on peut tout faire parce que « gentil », « camarade », « compréhensif », il en avait assez de ce rôle ingrat. Il fallait affirmer son indépendance, se réfugier au Hilton, sublime oasis, s'arracher du groupe, redevenir responsable de lui-même, exister en tant qu'individu. Nouer des relations avec un portier de grande classe, qui lui obtiendrait une place d'avion pour Paris. S'organiser une arrivée impromptu à Paris, faire une vraie descente à son bureau. « J'en ai eu assez de ce cirque ! Le Club ? A d'autres. » Appeler Catherine, et reprendre dans ses bras le frêle paquet de soie.

Il se déshabilla dans sa chambre qu'on lui avait

laissée à regret. « D'autres groupes arrivent, monsieur. Si chacun voulait garder sa chambre... Votre présence n'était pas prévue. Chez nous on arrive et on s'en va en groupe. » La bataille gagnée, il rejoignit la piscine et commanda une boisson.

Allongé sur son matelas, avec un grand « ouf », et en se « recyclant », comme il se le dit à lui-même, dans un rythme normal, il aperçut à quelques mètres de lui une fille étonnante. A l'abri de son chapeau parasol, camouflée derrière des lunettes de soleil de taille considérable, elle se tenait immobile, comme oubliée. Elle avait des lèvres charnues, gonflées d'une sève prometteuse, un petit nez éclaboussé de taches de rousseur, le cou allongé, des jambes longues et fines entremêlées dans une position de yoga. Sur sa poitrine plate ponctuée de mamelons, son soutien-gorge glissait. Elle sirotait un jus de citron, reliée par une paille, comme par un pipe-line miniature. Fatale et paumée à la fois, elle aurait servi comme modèle pour la jaquette d'un roman d'été à grand tirage.

« Desjardins, c'est moi, dit-il au garçon qui s'occupait du bar. On va m'appeler au téléphone. Du moins, je l'espère. La fille est seule ?

— Pour le moment... répondit le garçon.

— Mais l'avez-vous vue avec quelqu'un ?

— Elle est arrivée seule... Vous ne risquez pas grand-chose en le lui demandant vous-même. »

Bruno s'approcha de la fille.

« Bonjour ! Si vous êtes française, je pousse un cri de joie.

— Allez-y, dit-elle. Parisienne depuis six générations. Du côté de ma mère. Mon père, c'est la Vendée.

— Je peux ? » dit-il et il s'assit.

Il ajouta :

« Vous voulez boire autre chose que votre jus de...

— Citron, dit-elle. Pas la peine. Je n'ai pas soif. Je bois pour tenir le verre. »

Bruno se fit aimable, à la fois camarade s'il le fallait, petit frère même, homme digne de confiance.

« Vous êtes toute seule ?

— Maintenant oui.

— Comment avez-vous fait ? C'est difficile d'être seule.

— Ça dépend.

— De quoi ?

— Des circonstances. On m'a prise en surnombre.

— En surnombre ?

— C'est moche. Ou je suis la troisième dans une chambre sur un lit pliant que je dois ouvrir après tout le monde et plier avant qu'ils se lèvent, ou bien on me met dans une chambre sans personne, et on m'oublie. Comme aujourd'hui. Tout le monde est parti en excursion. Je ne sais même pas où.

— Dans les tombes, dit-il d'une voix caverneuse pour l'amuser. Voir des sarcophages.

— Ah ! bon, dit-elle. C'est peut-être intéressant. Je ne connais, Dieu merci, que le Père-Lachaise. De l'extérieur. »

A l'entendre, il fut transporté de joie. Elle semblait drôle et naturelle.

« Et vous ? l'interrogea-t-elle.

— Moi ? Je fulmine. De rage.

— Pourquoi ? On vous a volé quelque chose ?

— Ah oui !

— Vos travellers ?

— Ma petite amie.

— Tant mieux pour vous.

— Comment, tant mieux ?

— Les travellers, c'est très compliqué. Et puis on reste sans argent.

— Je regrette la fille. »

Elle le dévisageait.

« Pourtant vous n'êtes pas mal.

— Et si vous saviez comme je suis gentil ! »

Elle fit une moue.

« C'est pas tout.

— Pas tout quoi ?

— La gentillesse. Quel est votre défaut ?

— Je voulais l'épouser...
— Elle ne vous a pas trouvé assez intelligent ? demanda-t-elle.
— Vous liez l'idée de mon mariage à une débilité ?
— Pas tout à fait, dit-elle. Je veux dire, enfin... je ne veux rien dire. Je ne vous connais pas.
— Qu'à cela ne tienne ! Explorez-moi. Et vous ?
— J'ai voulu aller à Tahiti. C'était complet. Alors, « Plaisirs sauvages » m'a proposé Contrexéville ou l'Égypte.
— Vouloir aller à Tahiti et se retrouver à Louxor...
— Je voulais me barrer, dit-elle. J'en ai marre de tout. Ras-le-bol de Paris. J'ai rompu. C'est-à-dire on s'est séparé avec mon ami. »
Elle ôta son chapeau et libéra une soyeuse avalanche rousse.
« Quelle magnifique chevelure !
— Il faut bien avoir quelque chose. Le reste est à discuter », dit-elle.
Bruno prit un air de confesseur délicat.
« Rupture ?
— J'ai gaspillé deux ans de ma vie avec lui. Il voulait m'offrir un petit bijou. J'ai préféré un grand voyage. Le même prix. J'ai échoué ici. Ce n'est pas mal. La piscine est bien, mais on parle beaucoup de la mort.
— Êtes-vous cover-girl ? demanda-t-il.
— Oh ! non. On me croit photogénique. Et quand c'est développé, la pellicule, paf ! c'est laid. Toujours plat.
— On peut ne pas être en relief.
— C'est le destin, dit-elle. Il y a des filles quelconques qui sont superbes sur une photo... Moi, carrosse dans la vie et citrouille sur la photo. L'envers du conte de fées. »
Bruno s'amusait et l'espoir remontait dans ses veines. « Peut-être »...
Elle continua :
« Un copain photographe a essayé des nus. Mais je

n'ai pas de poitrine. Alors, c'est spécial. En majorité, les hommes aiment les nanas dodues. »

Elle ôta ses lunettes. Son verre tenu à deux mains la fit ressembler à un écureuil avec sa noisette.

« Et vous ?

— J'ai une affaire assez importante. Un bureau de publicité. »

L'écureuil rejeta en arrière ses cheveux roux.

« Si vous êtes en manque de secrétaire. Je n'ai plus de boulot non plus. »

Bruno hocha la tête.

« Vous, derrière une machine à écrire ? »

Elle soupira.

« Mon aspect physique me joue des tours... En vérité, je chausse du quarante et un. J'ai de grandes mains. Mes os sont épais. Je suis une maigre qui pèse lourd.

— Vous êtes là depuis ce matin ?

— On m'a pris ma chambre. Je dois attendre les autres ou dehors, ou dans le salon, ou dans la salle à manger de l'hôtel.

— La mienne est disponible, risqua Bruno. Si vous voulez vous reposer un peu.

— Je vous préviens, dit-elle, que je suis une fille terriblement sentimentale. Je ne couche qu'amoureuse. Quand je perds la tête. Les hommes sont à la fois timides et sauvages. Ils sautent sur vous pour un oui, pour un non.

— Je suis fleur bleue aussi, dit Bruno, honteux de son hypocrisie. J'aime faire la cour longtemps à une jeune fille. Quelle est votre prénom ?

— Juliette. Et le vôtre ?

— Bruno.

— Ça fait rustique.

— Quoi ?

— Bruno. Comme si vous disiez « Je m'appelle : armoire normande. »

Il la regardait, inquiet.

« Armoire normande ?

— Bonnetière. Voilà. Bruno évoque : bonnetière.
— Vous êtes normande ?
— Non. Du Kremlin-Bicêtre.
— Enfin, dit Bruno, désorienté. Supposons que je sois « rustique », que je sois aussi un chevalier du Moyen Age, respectueux de la vertu, j'avance vers la Terre sainte en abritant la flamme...
— Quelle flamme ? »
Il faillit s'irriter.
« Mais la flamme. La flamme du chevalier. Vous êtes ma flamme...
— Et vous, un drôle de baratineur ! Ça vous va, la publicité. Vous vendriez n'importe quelle camelote. »
Le portier traversa l'espace qui séparait le hall de la piscine et vint vers lui.
« Monsieur Desjardins ?
— Le téléphone ?
— Non, monsieur. Mais nous aurions besoin de votre chambre. »
Bruno, dans une colère torrentielle, déversa sur le portier son opinion sur les voyages organisés, les clubs, les ruines, le savoir ingurgité, la supercherie qui consistait à loger les gens pour la nuit et, sous prétexte d'excursion, à les chasser de leur abri. L'explosion et le vocabulaire furent brutaux. Le portier battit en retraite. Bruno, la clef en main, fulminait.
« On nous prend pour du bétail à trimbaler, pour des cons. Pour des cons émus ! »
Juliette s'apprêtait à se jeter à l'eau.
« Vous êtes provocante, lui lança-t-il.
— Mon âme ne correspond pas à ma carcasse. Que voulez-vous ? »
Elle se confectionna un chignon et se glissa dans l'eau.
Bruno s'allongea au bord de la piscine ; son visage se trouva ainsi au niveau du visage de Juliette.
« On ne vous a jamais appris les bienfaits de l'amour physique ?
— Je les ai constatés moi-même.

— Si vous étiez une femme libre, égale à l'homme, sans préjugés, nous coucherions ensemble. Ça nous ferait du bien. »

Elle l'écoutait, attentive.

« C'est vrai ?

— Je vous jure. Depuis que la femme est libre, elle n'a plus les scrupules de jadis, la crainte, la pudeur, la timidité... »

Elle se mit à rire.

« Ne vous fatiguez pas. Vous n'êtes pas à la radio.

— Quelle radio ?

— Les émissions pour les femmes, les hommes, pour tout le monde. Vous dites n'importe quoi !

— N'importe quoi ?

— Vous êtes embêté à cause de l'autre. Vous voulez vous venger.

— Non. Vous me plaisez follement. »

Juliette le regardait. Un peu râblé, la peau lisse et bronzée, les dents appétissantes, sans alliance — ce qui ne veut rien dire —, il n'était pas mal.

Il lui fallut une demi-heure de lutte serrée pour se trouver avec Juliette enfin dans la chambre aux volets clos. Juliette, plate et mouillée encore de l'eau de la piscine, se prêtait à ses investigations avec les scrupules d'un élève qui désire passer son examen à la satisfaction générale. Bruno adorait le contact de ce grand corps plat ; il le pénétra avec passion ; sans les cheveux roux qui inondaient l'oreiller, il aurait pu imaginer faire l'amour avec un androgyne, un superbe hermaphrodite. Excité, il s'imaginait homosexuel, débarrassé des femmes pour toujours. D'une étreinte à l'autre, en se roulant avec elle sur le lit, il put avoir Juliette à quatre pattes et, comme un merveilleux animal libre et musclé, la pénétrer. Il jubilait à cause de cette possession improvisée, de cet acte physique sans métaphysique.

« J'aurais pu me fâcher, dit Juliette. Et m'en aller. Je réveille toujours les tendances homo. »

Le visage sur la poitrine de Juliette, Bruno demanda :

« Tu es bonne sténo ?
— Bof », dit Juliette, et elle prit délicatement le sexe tout raide de Bruno dans ses grandes mains.
Bruno ferma les yeux.
« Je téléphone mieux... »
L'avalanche des cheveux roux recouvrit son ventre.
« Tu préfères téléphoner ? » dit-il faiblement.
Soudain son sexe devint orphelin et froid. Juliette le lâcha pour répondre.
« Plus facile qu'écrire. »
La chaleur de sa bouche et sa langue râpeuse comme celle d'un chat.
« Tu fais des fautes d'orthographe ?
— Ça dépend des mots. »
Les mains de Bruno égarées dans les cheveux guidèrent la tête de Juliette.
Bruno souffla :
« J'ai vraiment besoin d'une secrétaire. »
Mince et masculine, elle s'habilla. Elle fit jouer la fermeture Éclair de son blue-jean.
« Je ne serai pas ta petite amie pour le même prix, dit-elle. Aujourd'hui, c'est exceptionnel. On a fait le plein de plaisir ; on peut rouler maintenant. Je te l'ai dit : dans la vie quotidienne normale, je suis une grande romantique. Tu paies quoi à une secrétaire ? »
Il bondit du lit ; il parcourut de ses lèvres la poitrine de Juliette, sanglée dans son pantalon, le tee-shirt à la main.
« Tu bandes encore, dit-elle, admirative. Tu n'es pas un cadre surmené et menacé d'impuissance. Combien ? Combien le salaire ? »
Il défit la fermeture Éclair du blue-jean, et il traîna de nouveau Juliette vers le lit. Bien plantée sur lui, savourant un va-et-vient incessant, elle continuait à l'interroger.
« Combien ?
— Quatre mille...
— En dessous de quatre mille cinq, il n'y a pas vraiment de bon élément », dit-elle, haletante.

Transpercée, traversée, secouée, elle en perdait la parole.

« Quatre mille huit, conclut-il, avec la fille affalée auprès de lui.

— Où c'est ton bureau ?

— Aux Champs-Élysées.

— Oh ! là là ! marmonna Juliette... J'y vais si tu as des doubles fenêtres ; c'est tellement bruyant. »

Elle fit glisser de nouveau sa chevelure sur le corps de Bruno.

« Enfant, je ne m'endormais qu'avec le pouce dans la bouche. »

Avalanche rousse sur le bas-ventre de Bruno.

« Tu paies ma part de Sécurité sociale ? »

Bruno acquiesça en haletant.

« Et les doubles... fenêtres... aussi... »

L'autocar filait dans un nuage de poussière.

Yan Hook posa sa grosse main sur celle de Margot.

« On va bien s'entendre. »

Margot se détourna.

« J'ai trente-six ans, continua le Hollandais.

— Vous devriez être marié depuis longtemps, remarqua Margot.

— Nous parlerons de ça plus tard, dit-il. En tout cas je suis libre.

— Des frères et des sœurs ? l'interrogea Margot.

— Une sœur. Vous allez vous entendre avec elle. »

Yolande bavardait avec Raphaël assis à côté d'elle.

« Il y a quinze ans, dix ans, ce voyage aurait été réservé à des privilégiés. A des Anglais nostalgiques de leur passé. A des Français riches. Et évidemment à des Allemands. Maintenant c'est à tout le monde. »

Raphaël hocha la tête.

« On a la maladie de la vie facile, logés, nourris, transportés, protégés. Il y a un énorme décalage avec la vie extérieure. »

Un Japonais se dirigea vers les toilettes de l'autocar.

« Ils ont mal au ventre ! remarqua Yolande. Pourquoi les gavez-vous de crudités ?

— Ils préfèrent être malades, mais avoir mangé, dévoré, s'être empiffrés. »

Miss Burns se trouva mal. Une douleur tire-bouchon embobina ses intestins en pelote. Elle s'en alla en titubant vers le fond du car.

Raphaël revint près du conducteur. Il annonça au micro :

« Nous arriverons bientôt au temple fondé par la reine Hatshepsout, un des monuments les plus remarquables de l'architecture égyptienne. Vous pouvez laisser vos affaires dans le car. »

Marthe demanda un remède à Yolande.

« Je me sens vraiment mal. »

Yolande fouilla dans son sac et y prit un flacon. Elle déversa plusieurs pastilles dans la paume de Marthe.

« Tenez. Avec un peu de chance, ça stoppe la diarrhée.

— J'aimerais me coucher et ne plus bouger », dit Marthe.

Raphaël revint.

« Ça ne va pas ? »

Marthe expliqua son malaise.

« Vous avez la pharaonite, dit Raphaël. La maladie de l'Égypte. C'est une boutade, ça amuse les gens : la pharaonite.

— J'aimerais rentrer à l'hôtel. »

Raphaël expliqua qu'il fallait rester ; il n'y avait aucun autre moyen de locomotion que le car. Yolande extirpa une autre boîte de son sac. Elle y prit une capsule.

« Tenez. Prenez ça aussi. Un mélange de vitamines. Pour vous remonter. »

Marthe ferma les yeux et somnola. Le bruit de l'autocar, le murmure des autres la berçaient.

Yolande tapotait la main de Marthe.

« Ne vous laissez pas abattre. Prenez sur vous-même. Allons, un peu de courage. Ouvrez les yeux ! »

Dans le creux d'une main divine, baigné de lumière, le temple apparut dans un demi-cercle de montagnes jaunes.

Subissant l'assaut des marchands qui proposaient des colliers de pacotille, le groupe abordait l'allée du temple dans un halo de poussière. Un homme en bras de chemise les rejoignit.

« Je m'appelle Ahmed. Je suis votre guide. Après mes explications, posez des questions. Nous ne sommes pas pressés, et le temple que nous visiterons est exceptionnel. »

Taillé dans le flanc de la montagne, l'arrière du temple était d'un côté bordé de champs cultivés, tandis que de l'autre régnait un paysage lunaire. L'allée principale était bordée de sphinx.

Ébahis, les jambes parfois tremblantes, honorés par la leçon d'histoire à absorber, pris en flagrant délit de grandeur par le temple impérieux et impérial, éloignés de leur existence habituelle, ils avançaient pas à pas. L'environnement particulier leur donnait une impression d'apesanteur.

Une succession de salles hypostyles s'offrait aux regards éblouis et aussi des bas-reliefs peuplés de dieux et de déesses, des fresques et des salles en enfilade aux parois décorées de scènes religieuses.

Miss Burns se détacha du groupe. Elle dévala des marches. Elle traversa en courant les salles délimitées par des colonnes. Dans sa barque sacrée, la reine Hatshepsout navigue ici sur les eaux profondes des ténèbres ; des dieux sobres et dignes s'évertuent à mimer les rites, à les exécuter...

Seule dans la cour brûlée par le soleil, saisie de malaises, Miss Burns cherchait, dans l'univers extensible, le coin intime. Précipitée par une irrésistible envie de se soulager les intestins, elle errait comme une bille perdue, dans la cour déserte. Les marchands affluaient dans sa direction. Paniquée par la foule d'Égyptiens qui la suivaient en lui parlant, en balançant devant son visage les marchandises, elle aurait voulu implorer ces gens souriants et bruyants de lui trouver la place, la seule qui pouvait encore l'intéresser. C'était une vraie chasse à courre. L'Anglaise, les mains nouées sur l'estomac, luttant avec son sac en bandoulière qui dégringolait de son épaule sur l'avant-bras à chaque pas, ressemblait à une vieille biche. Dans la meute de ceux qui la poursuivaient agitant les bras, déployant leurs burnous — ailes bruyantes de gigantesques oiseaux —, elle apercevait les mains ridées chargées de camelote multicolore, qui faisaient virevolter autour d'elle colliers de pacotille et têtes de Nefertiti. « Achète, achète, achète, madame », lui susurraient à l'oreille ces énormes abeilles. « Achète, achète, achète. »

Il semblait à Miss Burns que la fin arrivait. C'en était fini de la belle dignité britannique. Encore quelques minutes, et elle perdrait le contrôle de ses intestins en proie à des spasmes. Elle sentait ses jambes tremblantes. Elle poussa un soupir. Entra alors dans son champ de vision, de l'autre côté du temple, échappée de la visite, Marthe, blême, qui se débattait parmi les colliers et les morceaux de bas-relief.

La chasse à courre s'animait. Deux biches affolées se dirigeaient l'une vers l'autre.

« Vous aussi ? lui cria Miss Burns.

— A en mourir. »

A la fois animée par son esprit de charité et par son flegme britannique, l'Anglaise renversa la situation.

« Je n'achète rien, cria-t-elle. Mais cinq livres pour celui qui me montre les toilettes. »

L'Égyptien le plus proche saisit le billet, chassa les autres et rangea ses colliers. Il prit les deux femmes sous sa protection.

« Suivez-moi », dit-il, majestueux et se mettant, lui aussi, à précipiter le pas.

L'éclatant burnous fut aussitôt le drapeau de

l'espoir. Il fallait encore contourner un morceau de sphinx, des épaves de colonnes sur la terre aride. Apparut enfin, derrière le temple, sur le flanc aride, intermédiaire entre la haute montagne et la cuvette naturelle où le temple était situé, un petit endroit, très petit, un refuge en tôle ondulée, surmontée d'une plaque de métal recourbée par la chaleur et agrémenté d'une porte branlante que les rescapés pouvaient attacher à l'intérieur à l'aide d'une vieille ficelle noircie.

« Après vous », dit Miss Burns.

C'était une vraie apothéose, le sacrifice élégant de l'Angleterre, l'amour-propre de tout un peuple. Après vous.

« Merci », dit Marthe.

Et elle échoua à l'intérieur de la boîte surchauffée.

L'Égyptien faisait ses journées de bénéfice avec la cabane ; d'autres touristes persécutés par leurs intestins dérangés apparaissaient périodiquement, et il les guidait aussitôt vers la colline.

Rose, jaune ou ocre, au gré des lumières, comme une topaze incrustée dans le fond rocheux, le temple s'épanouissait. Les caméras dévidaient des mètres de films, les appareils de photo engloutissaient les colonnes et les angles.

Suivis des autres, les rescapés titubant de la pharaonite étaient les premiers à regagner l'autocar. Le groupe apprécia le véhicule, la sécurité qu'il représentait. Ils connaissaient son odeur de plastique chauffé au soleil; le goût métallique de l'air conditionné les rassurait. Accompagné de la fumée du tabac, l'omniprésent relent d'essence remontait dans les narines. On regardait l'agitation de ceux qui arrivaient les derniers; ils traversaient le car d'un air coupable et ils échouaient sur leur siège. Le conducteur appuya sur un de ses boutons de commande et, aussitôt la porte fermée, une profonde vibration gagna l'autocar; une convulsion mécanique, un tremblement dont les saccades faisaient ressentir à chacun, de la tête aux pieds, une jouissance physique. Bien chez eux sur leur siège, regardant le monde extérieur par les fenêtres hermétiquement fermées, ces enfants heureux d'un siècle qui ne l'avouait pas, goûtaient à l'aventure et savouraient l'inconnu. Leur place dans l'autocar était celle-là même qu'ils avaient gagnée dans la société.

Le micro collé aux lèvres, le guide leur annonçait les tombes à voir.

Alex Brown se tourna vers Miss Burns.

« Ça va mieux ? »

L'Anglaise, troublée par ses malaises, déclara d'un ton assez vif :

« Je ne vous l'ai pas dit encore, mais je n'aime pas les hommes !

— Comment ? demanda Alex, désarmé. Vous dites ?

— Je n'aime pas les hommes », répéta Miss Burns, énervée. Et puis, elle ajouta d'une manière abrupte : « Ne soyez pas aussi effaré. Vous ressemblez à un lapin. Vos yeux sont devenus rouges et votre nez bouge. »

Alex se redressa pour ne pas ressembler à ce rongeur apeuré.

« Je suis toujours agacée, dit Miss Burns, lorsqu'on s'étonne. Oui, je suis lesbienne. On n'est pas obligé d'aimer les hommes. J'ai une amie. Nous vivons ensemble depuis douze ans. Des circonstances de santé l'ont empêchée de venir. » Elle tourna son fin visage vers Alex. « C'est bien navrant si vous êtes déçu.

— Désorienté, dit-il.

— Pourquoi donc ? Vous voyiez les lesbiennes avec les cheveux courts, des abdominaux de fer, en pantalon ? Il faut sortir des clichés. Le monde change. Une grande étude est en train de se faire sur les penchants éventuels de Marilyn Monroe vers l'homosexualité.

— Je vous rassure, répondit Alex. Je suis soulagé. J'ai failli me sentir traître vis-à-vis de mon chagrin. Vous, lesbienne, vous n'êtes plus...

— Une femme ? Mais si, je suis une femme pour une autre femme.

— Parfait ! s'exclama Alex. Tout ceci me permettra de converser avec vous, de rechercher votre compagnie, sans que je m'accuse perpétuellement d'une infidélité posthume. »

Ce monstre fou et doux qu'était l'autocar coupait les tournants ; confiant en sa force, il faisait pencher les enfants accrochés à ses parois en acier ; c'était une sorte d'ivresse que d'avancer ainsi sur les chemins gravés presque dans les plis des montagnes.

« L'infidélité mentale ne serait pas plus grande vis-à-vis de votre femme décédée qu'un acte physique ? Il ne faut pas sortir vos pauvres arguments d'homme à la recherche d'un alibi. Vous manquez de courage, Alex. Vous n'avez presque plus de chagrin. Osez l'avouer !

— Dans chaque femme se cache un tortionnaire ! s'exclama Alex. Avouer, avouer, quel mot ! Je n'avoue rien du tout. J'ai imaginé une belle relation intellectuelle avec vous.

— Dans ce cas-là, vous n'auriez pas eu besoin de me caresser la main.

— Je vous ai caressé la main ?

— Vous l'avez effleurée. » Ses yeux clairs devinrent nacrés lorsqu'elle ajouta : « Les hommes me sont, physiquement, insupportables. Vous ou n'importe quel autre. »

Alex se sentit devenir une araignée à la fois dodue et poilue, une chenille traînant sur une feuille et laissant derrière elle une trace mouillée, une larve nichée dans un amas de feuilles en décomposition.

« Merci !

— En revanche, continua-t-elle, votre présence m'est agréable. Vous n'affichez pas, heureusement, les caractéristiques répugnantes du mâle. Vous n'êtes ni grand, ni musclé, votre visage légèrement poupon pourrait être celui d'une femme. »

Alex se retrouva dans une poubelle. L'âme et le sexe cassés.

« Un homme délicat comme vous, continua Miss Burns, et intelligent, aurait pu être homosexuel. Je vous présenterai à ma compagne, à Muriel. Il n'est pas exclu que vous soyez accepté par elle. Vous êtes suffisamment discret dans votre comportement d'homme. Vous avez une chance d'être admis à la maison. »

Au creux des montagnes, à l'entrée des chemins qui conduisaient vers les tombes, l'autocar s'arrêta sur une place grouillante de véhicules. Les gens arrivaient, partaient, remplissaient et désemplissaient les lieux sur lesquels se trouvait aussi une buvette-restaurant.

« Mesdames et messieurs, interpella le guide, nous allons visiter en premier la tombe de Toutankhamon. Je suis à votre disposition pour toutes explications supplémentaires. »

Au bout de quelques mètres, le groupe se retrouva à la queue leu leu devant les marches qui descendaient vers la tombe.

« Découverte le 4 novembre 1922 par Howard Carter, cette tombe fut inventoriée, et ses trésors se trouvent au musée du Caire... Sauf ce qu'on a volé », ajouta le guide.

En suivant les autres, Marthe avançait à son tour dans l'étroit couloir. Au bout d'une pente raide, elle se retrouva dans un enclos-vestibule. Elle put, de là, apercevoir, un niveau plus bas, la chambre du sarcophage.

« Le sarcophage est en calcaire cristallin. Il contient encore la momie du roi. Regardez les quatre déesses funéraires aux quatre angles », dit le guide.

Sous le double effet du médicament que lui avait fait absorber Yolande et de cette culbute dans le passé, Marthe, troublée, s'appuya contre un mur.

« Que ceux qui ont bien vu le sarcophage laissent la place aux autres », demanda le guide.

Marthe alla, en titubant le long de l'étroit couloir,

vers la sortie. Dehors, elle colla son dos aux pierres chaudes de soleil.

« Achetez, achetez, achetez... » Elle fut aussitôt entourée de mains, étouffée d'haleines, assiégée de visages en gros plans. « Je vais m'évanouir, pensa-t-elle, sereine. Pour la première fois de ma vie. »

Thomas Koenig la prit par le bras.

« Venez. »

Il l'aida à traverser la foule des marchands.

« J'ai cru que j'allais me trouver mal, dit Marthe.

— Je vous amène vers la buvette », dit Thomas.

Son approche, sa manière d'être, le ton de sa voix, à la fois impersonnel et chaleureux s'il le fallait, rassuraient.

Le guide, suivi du groupe, ressorti de la tombe de Toutankhamon, leur fit de larges signes.

« Par ici, par ici, ne vous égarez pas ! »

Et Raphaël surgit aussi :

« Il faut suivre ! Si le rythme est rompu, vous ne pourrez plus récupérer, après, les visites manquées.

— Que désirez-vous ? » demanda Thomas.

Elle fit un effort, elle se redressa.

« J'aimerais continuer. » Elle ajouta simplement : « Si vous restez avec moi. »

Koenig acquiesça.

« Bien sûr. »

Comme la chute d'un fruit mûr qui suit à la fois la loi de la nature et celle de la pesanteur, tout devenait évident ; le moment était arrivé où ils devaient se parler, se rencontrer.

Marthe fut soulagée. Enfin, elle se trouvait avec Thomas. Plus rien n'avait d'importance que lui.

A leur arrivée, Yolande Cloutier glissa dans l'oreille de Margot :

« La Suissesse a liquidé son publiciste. Je vous ai dit qu'ils n'étaient pas mariés.

— Vous avez une belle expérience ! renchérit Margot. Vous échangeriez son Français contre ce Koenig ? Si c'était vous ?

— Tous les goûts sont dans la nature. Pour mon lit, je prendrais certainement le Français. Pour la conversation, je n'en sais rien. Ce Koenig me semble assez compliqué comme homme. Et un peu trop poli. Trop aimable. J'aime bien les types francs. Solides. Carrés. »

Liz, encombrée par l'envahissant M. Han, cherchait du regard Bruno Desjardins. Elle découvrit l'absence du Français et les infidélités de celle qu'elle prenait pour la femme de Bruno. Elle interrompit les explications de M. Han.

« Dites, savez-vous comment on dit en français *son of a bitch* ? »

Han, choqué, refusa de répondre, mais il céda quand même et prononça en chantonnant parce que les mots étaient chargés d'accent :

« Ce serait comme : « Espèce de con. »

— Espèce ? demanda Liz.

— Une variété de con », répondit Han.

Le guide les précédait dans les couloirs naturels des chemins de montagne.

« Mesdames, messieurs, annonça-t-il, nous allons visiter le tombeau de Ramsès Ier. »

Ils y arrivèrent par l'étroite entrée creusée dans le rocher. Ils continuèrent la marche prudente au long d'un corridor à la pente entrecoupée de marches, jusqu'à l'aboutissement où était la chambre du sarcophage.

« Vos flashes me font mal aux yeux, dit Margot à Yan Hook.

— Plus de photos alors, dit Yan Hook. Pour vous faire plaisir. Et pour épargner vos yeux bleus comme le Nil. »

Il fut heureux du compliment trouvé. Ils se regardaient.

Marthe et Thomas échangeaient quelques mots. Ils parlaient de la poussière qu'on respire, des rares bouffées d'oxygène de l'endroit. Elle pensa à la vie future qu'elle voudrait conquérir auprès de cet homme, et lui, il songea à l'échéance de sa mort. De leurs morts.

Presque intact, le sarcophage en granit rose de Ramsès Ier se trouvait au milieu d'une salle ornée de fresques.

« Vous apercevez les douze déesses personnifiant les heures de la nuit, racontait le guide. Et plus loin — vous le voyez tous, n'est-ce pas ? — le roi s'inclinant devant Osiris. En quelques mots, voilà l'histoire de Ramsès Ier... » Et il continuait de parler.

« Les douze déesses de la nuit ! répéta Marthe.

— Mes convives, dit Thomas. Elles sont friandes d'un être humain qui dépérit dans ses nuits blanches. Je pourrais être leur bouffon. »

Elle eût aimé tout savoir de lui, de ce chagrin lisse et gracieux qui émanait de l'homme.

« Pourquoi vous dormez mal ? » demanda-t-elle.

Il la regardait avec gentillesse, et dit :

« Peut-être parce que je n'ai pas connu une compagne pour le sommeil. Une compagne comme vous. Vous êtes apaisante. J'ai l'impression que rien ne pourrait vous perturber.Vous serez un jour un merveilleux bouclier pour un homme engagé dans des duels. »

Marthe allait mourir dans un déferlement d'eau ; elle ne serait le bouclier de personne.

« Vous dites des choses presque tendres, fit-elle, mais vous n'y croyez pas du tout. N'est-ce pas ?

— Avançons, avançons, mesdames et messieurs ; suivez les autres, s'il vous plaît. »

Ils firent demi-tour pour se joindre à leurs compagnons. Deux files d'attente s'étaient formées dehors ; des Allemands et des Japonais qui les regardaient comme à la sortie d'un film où on veut lire, sur le visage des autres, les émotions vécues.

« Par ici, ne me perdez pas, s'il vous plaît ! cria le guide. Nous allons dans l'une des plus extraordinaires tombes découvertes jusqu'à maintenant. »

Il précéda les membres du centre Amusements et Loisirs dans un enchevêtrement de chemins empierrés et à peine praticables vers la tombe du roi Séthi Ier.

Van den Ip suivait le cœur battant de remords. Il imagina Solange les bras croisés sur la poitrine, assise dans un sarcophage.

« Attention aux marches ! » dit le guide.

Surveillant où ils mettaient leurs pieds, ils descendirent un escalier raide aboutissant à un couloir auquel se joignaient comme au confluent d'une rivière, d'autres couloirs, d'autres marches. Ils traversèrent une salle carrée dont le sol n'était qu'un puits profond ; ils longèrent en équilibre, à pas prudents, les planches posées entre les deux parois.

« Ce puits était destiné, dit le guide, à faire échouer toute tentative de violation des tombes. Les intrus arrivés jusqu'ici tombaient dans l'excavation et mouraient de faim et de soif. Un chercheur archéologique, Benzoni, lors de ses fouilles, avait remarqué, mesdames et messieurs, que cette paroi-là... Vous voyez bien ? » — Ils se penchaient consciencieusement, et un Japonais risqua une photo. — « ... avait remarqué une toute petite ouverture, d'environ soixante-cinq centimètres. Il avait donc découvert que, derrière la paroi, se trouvaient des appartements mortuaires royaux, masqués par le mur, dont je vous dessine, dans le vide, l'emplacement. Continuons, s'il vous plaît. ... Séthi Ier n'a pas pu prévoir les agissements de ce ver de terre agile, creusant, fouilleur, voleur et savant qu'est l'Occidental, dit Thomas. Est-ce que vous pourriez mourir tranquillement en sachant que votre cercueil, votre squelette, les lambeaux qui resteront de vos vêtements, seront exposés, et qu'avec un peu de chance, si vous avez été une célébrité quelconque, on montrera vos dépouilles rafistolées en Eurovision ?

— Heureusement, je ne suis pas célèbre. Et je ne le serai jamais, répondit Marthe.

— Corps de femme du XXe siècle, expliquera quelqu'un ; l'ossature est presque intacte, mesdames et messieurs.

— Vous êtes morbide.

— Nous sommes morbides. De quel droit on est là ? »

Ils se retrouvaient maintenant dans une grande pièce.

« Huit mètres de chaque côté, dit le guide.

— Il fallait le faire, remarqua Yolande. Sous la terre, comme ça. Et creusée en secret.

— Quatre colonnes soutiennent cette pièce remarquable. »

Raphaël aborda Liz :

« Si tu voulais qu'on se retrouve ce soir. »

Un « *shit* » éclata au visage de Raphaël, comme un pétard.

« Nous ne sommes qu'au milieu du chemin, dit le guide. J'espère que vous appréciez ce monument architectural sous la terre, destiné à abriter le corps de Séthi Ier. »

Le groupe avançait dans les dédales de ce royaume des ténèbres creusé dans la montagne. Les salles se succédaient. L'air se raréfia.

« Le sarcophage a été découvert ici, mais la momie n'y était plus, dit le guide. Les dépouilles mortelles du roi Séthi Ier ont été découvertes soixante-dix ans après l'ouverture de cette tombe par Benzoni, à Deir-el-Bahari, par Maspéro.

— Et où est le sarcophage ? demanda Liz, soudain enhardie parce que malaxée de savoir grâce à son professeur sud-coréen.

— Le sarcophage, un énorme bloc d'albâtre, se trouve en Angleterre, et fait partie de la collection Sloane.

— Qu'est-ce qu'on était des voleurs ! dit Alex.

— Nous ou les autres ! Il aurait été enlevé par les Italiens, les Français ou les Allemands. Autant l'avoir chez nous, dit Miss Burns. Les nations délicates crèvent, cher Alex. »

Yolande Cloutier se joignit à eux.

« Si l'Égypte était un grand fournisseur de pétrole... »

Les autres s'égaraient dans cette salle creusée dans le ventre de la montagne.

« Alors, quoi ? dit Alex.

— Je sais ce que je ferais à la place du gouvernement égyptien. Un beau blocus. Couper tout !

— A quoi ça servirait ? s'enquit Miss Burns.

— Mais à récupérer les biens égyptiens... Ne pas lever le blocus avant que tous les musées occidentaux qui s'enorgueillissent des trésors égyptiens, rendent leur butin. Vider les musées, comme on a vidé ici les tombes. Rendre ! »

Yolande Cloutier devint presque hostile.

« C'est comme la pierre de Rosette, elle devrait être en France, sinon en Égypte, et vous savez où elle est ? Vous le savez bien. Au British Museum. Une honte !

— Il y a eu quelques exagérations, dit Alex, mais vous savez, chère madame, personnellement, je n'y suis pour rien. »

Yolande Cloutier se mit à sourire.

« Je ne vous en veux pas à vous... J'ai une nature soupe au lait. Je me suis un peu emballée.

— Que de procès historiques et archéologiques seraient à faire ! lança Miss Burns. Hélas ! nous sommes tous des violeurs de tombes.

— Mesdames et messieurs, je vous laisse dix minutes pour admirer aussi bien les fresques que l'extraordinaire plafond de cette salle... Regardez, les étoiles peintes.

— Tout est bleu, dit Marthe. Comme si on était sous un ciel d'eau. Les étoiles... comme des étoiles de mer. »

Le regard rivé sur le plafond bleu profond parsemé d'étoiles dorées, elle rêvait. Les autres exploraient le sol, les coins et les recoins, dans l'espoir de la découverte d'un petit morceau de pierre, ou de caillou. Mais la terre battue rendue lisse par tant de pas et de mains avides, s'étendait sous eux comme nettoyée par une armée de fourmis géantes se nourrissant uniquement de galets historiques, de silex écorchés, de fragments de roches.

« Le fait que vous parliez l'allemand... D'où ma sympathie, peut-être, dit Marthe. Ma mère est de la Suisse allemande.

— Votre pays est très beau, dit Thomas. Un peu abstrait pour moi, dans sa perfection paisible.

— J'imagine que, pour un Allemand... vous avez dû connaître la guerre ; ça a dû être terrible.

— Je suis hongrois, dit-il. De nationalité allemande. »

Elle était compatissante, réclamant pour elle une participation à la catastrophe mondiale qui avait secoué le monde. Autant parler à un tournesol, pensa Thomas.

Le guide amorçait la sortie de la tombe-palais. Il leur expliqua qu'ils déjeuneraient dans le restaurant-buvette.

« Qu'est-ce qu'il doit y avoir comme chaleur en été ! dit Yolande. J'ai bien fait de saisir l'occasion, et de venir maintenant, même sans mon mari. »

Solange Van den Ip se joignit à elle et l'interpella :

« Savez-vous que l'eau minérale doit être décapsulée devant vous ? Autrement, pas de garantie que l'eau soit vraiment minérale. On nous a eus à Djakarta.

— Je connais le truc, dit Yolande. J'ai fait une région du Maroc à dos d'âne ; nous étions six, trois couples. On a appris le maniement des eaux minérales... Si la capsule n'est pas métallique, c'est foutu. La malheureuse petite corolle d'aluminium sur certaines bouteilles, n'est qu'une incitation aux jeux aquatiques. Et les amibes rigolent après.

— J'écris de partout des cartes à mon mari », expliqua Yolande à Margot et à Yan Hook.

Plus tard, ils étaient à la même table dans le restaurant-buvette.

« Ces cartes n'arriveront peut-être jamais, continua Yolande. Ou dans six mois.

— Vous l'aimez bien, votre mari, commenta Margot.

— Je ne l'aime pas bien... Je l'aime. »

Les Van den Ip arrivèrent.

« On peut s'asseoir avec vous ?

— Venez donc ! »

Le lieu du repas, une grande salle genre buffet de gare, était un endroit utilitaire. De grandes fenêtres parcourues d'insectes leur permettaient de voir des montagnes jaunes enceintes de trésors.

Des serveurs déposèrent sur les tables des bouteilles d'eau minérale.

« C'est parfait, dit Solange, nous pouvons les ouvrir nous-mêmes. Il n'y a pas de subterfuge possible. »

Van den Ip, égaré vers le comptoir, revint avec un renseignement : même ici, le Club s'occupait de leurs repas, leur « tout compris » fonctionnait jusqu'au seuil des tombes. « Si le centre Amusements et Loisirs pouvait s'occuper du grand voyage, d'une mort touristique, pensa Van den Ip, leur organiser un parcours confortable dans les dédales d'un purgatoire, les obliger à déposer leurs péchés à un collecteur général de la faiblesse humaine et les conduire avec retour non garanti vers leur destination finale, j'abonnerais ma femme. »

Solange le surveillait. Ce monsieur distingué, un peu pâle, avec sa tête de faux intellectuel parce que le nez chaussé de lunettes aux fines montures dorées, partait visiblement dans son monde secret.

« Roland ? »

Il émergea.

« A quoi penses-tu, Roland ? »

Il eut envie de frapper dur, de saisir l'occasion de l'aveu d'adultère de Solange pour la blesser.

« Tu me persécutes.

— Si nous appliquions une psychanalyse primaire, dit-elle.

— Primaire, voilà ton mot, ma chérie. »

Il se pencha vers elle.

« Ce n'est pas une gloire d'être la consolatrice de ce minable docteur Volker... »

Il obtint l'effet contraire.

« Tu es jaloux ! Enfin ! Le docteur Volker n'est pas un minable et je vais te dire... »

L'arrivée du rizotto baigné dans une sauce tomate à l'italienne interrompit la confession. Emballées dans du papier cellophane décoré de l'emblème du centre Amusements et Loisirs, des rations de pain leur furent distribuées.

Pour retrouver son équilibre, Roland Van den Ip cherchait refuge auprès des autres. Il se racla la gorge ; un tic qui précédait chez lui la parole.

« Hatshepsout est intéressante. Elle a épousé son demi-frère en 1480 avant Jésus-Christ.

— A l'époque, l'inceste était normal, dit Yolande.

— Lorsque j'ai préparé notre voyage, continua Roland, elle m'a particulièrement intéressé.

— Ce voyage mérite d'être pensé et élaboré, mais tout le monde n'a pas le temps de le faire, ni les livres nécessaires, commenta Margot.

— Raconte la reine, l'encouragea Solange, plutôt contente de savoir Roland dans le centre d'intérêt.

— De ce mariage avec son demi-frère, la reine a eu un fils, devenu simultanément son quart de neveu. Mais celui-ci la considérait davantage comme sa tante. Il ne l'aimait pas du tout. Dès qu'elle est morte, il s'est attaqué à son souvenir. Il a fait marteler le visage de la reine sur ses statues et il a fait effacer son nom sur les bas-reliefs, sur les fresques. Il n'a pas osé toucher à ce temple. »

Roland s'arrêta, rose d'émotion.

« Voilà qui est intéressant », répondit Margot.

Yan Hook hocha la tête en guise de remerciement pour les explications.

Roland grignota un peu de riz, satisfait. Yolande prit une cigarette.

« J'espère qu'ils vont nous donner un café. »

Et elle ajouta :

« Quant à moi, je suis passionnée par le barrage.

— Une belle réussite », commenta Van den Ip.

Et il repoussa son assiette à moitié pleine.

« J'ai des amis à Paris qui sont un peu dans le métier, un ingénieur ; ainsi ils m'ont dit qu'il y avait des problèmes avec le barrage. Paraît-il que le demi-cercle qui le forme est fissuré à l'intérieur ; la pression du limon retenu s'exerce sur chaque parcelle.

Les serveurs enlevèrent les assiettes et apportèrent le café.

« Si ça fait crac, l'eau déferle en six heures sur Le Caire. L'Égypte disparaît. Et nous avec.

— Quelle horreur ! » s'exclama Margot.

Solange intervint aussi :

« Il ne faut pas dire ça. Surtout quand on est superstitieux. »

Yan Hook ajouta :

« Il paraît que les riches Égyptiens gardent leurs avions privés toujours prêts à décoller à l'aéroport du Caire. »

Van den Ip les interrompit :

« Pourquoi voulez-vous gâcher votre voyage avec ces insanités ?

— J'ai une nature plutôt gaie, dit Yolande, mais ce barrage...

— Son mari lui manque, dit Margot en souriant.

— Et aussi, dit Solange, c'est un pays où on parle beaucoup de la mort. Tout le monde y pense. C'est contagieux.

— On dirait des enfants qui se font peur pour s'amuser », dit Van den Ip.

Il chassa l'image de Solange dont seules les mains émergeaient des vagues.

« Comme les enfants qui se racontent des histoires à se faire peur...

— Vous avez raison, dit Margot. Allons, évitons les cauchemars ! La vie est belle ! »

Les autres se joignirent à elle, intimidés. « La vie est belle. »

« Vous avez bu beaucoup d'eau et rien mangé, dit Thomas à Marthe.

— Je ne suis pas très bien, dit Marthe. Vous aussi, vous avez à peine grignoté votre pain. »

Dehors les différents groupes se rassemblaient. Chaque guide tentait de tenir ses touristes rassemblés. Dans la salle en partie réservée par le centre Amusements et Loisirs, Raphaël appela, dominant le brouhaha :

« Attention, s'il vous plaît. Je vous demande de vous grouper dans cinq minutes à côté de notre autocar, dont je vous donne le numéro ; si vous ne le retenez pas, vous allez reconnaître, j'imagine, notre chauffeur. »

Il leur répéta deux fois le numéro. La tête recouverte de chapeaux de toutes sortes, d'écharpes, le nez chaussé de lunettes de soleil, bardés d'appareils de photos, de caméras, de sacs de voyage, ils se retrouvèrent à l'extérieur. Thomas Koenig rencontra Alex Brown et ils se perdirent dans une conversation. Avec une attention presque exagérée, Thomas l'écoutait.

Marthe essayait de saisir ce côté fugitif de Thomas ; elle devinait l'indifférence derrière l'apparence aimable ; elle aurait aimé en savoir plus sur lui. Allait-il se dégager d'elle d'une manière lisse et élégante ? En lui adressant un petit signe d'adieu avant de se faire absorber par la foule ? Envahie de trac, elle l'attendait.

Au premier signe de départ, Thomas vint la rejoindre. Elle fut heureuse. Ils prirent place dans l'autocar.

« Mesdames et messieurs, nous visiterons la vallée des Nobles, annonça le guide, les tombes de ceux qui, à la manière des pharaons, auraient voulu, aussi, s'assurer la paix éternelle. »

Accompagné d'un soleil à son apothéose, le car avalait les distances sur les chemins poussiéreux de la montagne. Plus loin, les touristes descendirent, un peu mous, traînant la jambe, enthousiasmés et fatigués, et se retrouvèrent dans le royaume de la mort sacrée. A l'intérieur des tombes, ils purent encore être éblouis par le microcosme créé à l'image de la vie du défunt.

Le guide allait leur expliquer comment, à l'époque, les artistes avaient travaillé sur les fresques multicolores représentant des scènes de la vie du noble, dans une caverne sans lumière aucune.

« Écartez-vous, mesdames et messieurs ! »

Un vieil Égyptien arriva à l'entrée de la tombe où ils se trouvaient. Le vieillard tenait un fragment de miroir. Comme si on avait brisé une gigantesque glace pour en distribuer des éclats aux humains avides de savoir, un autre miroir, tenu par un second Égyptien au milieu du chemin souterrain, allait répondre aux appels du premier. Emmailloté dans son burnous comme un vieux poupon, l'Égyptien dehors capta un rayon de soleil et l'envoya, telle une balle céleste, à l'intérieur. Le fabuleux rayon de soleil, avec son or coulant domestiqué, rebondit sur la surface de l'autre miroir et projeta un éclairage vif sur le mur de la tombe. Ainsi, la lumière volée des dieux, harponnée par les surfaces de tain, éclaira et anima les fresques. Le poisson fraîchement sorti du Nil frétilla ; un esclave de très grande beauté tendit, avec un geste hiératique, son plat d'offrande vers le noble ; les feuilles vertes et les grappes de raisin peintes sur les voûtes intérieures, s'animèrent et les treilles vivantes frissonnèrent dans l'attente des vendangeurs ! Le noble, le visage représenté par son profil allongé, avec l'œil taillé en amande s'étirant vers la tempe, reçut alors le message de la vie. Une gazelle, tachetée de lumière, s'élança et s'immobilisa, atteinte par une flèche et par l'obscurité. Un goût d'éternité.

« Nous allons sortir maintenant », dit le guide après ses explications.

Encouragé par le pourboire d'un amateur de photos,

l'Égyptien de l'extérieur, contrairement à toute attente, renvoya le soleil encore une fois. Un éclat fabuleux, un tir divin en pleine rétine ; la beauté aveuglante qui désempare.

Thomas fut assailli d'images de vendanges en Hongrie. Sous l'hypnose du soleil, la valse des abeilles ivres et des guêpes folles crée une couronne d'insectes vivants autour de la tête du jeune garçon. Avant qu'il arrive à effleurer de son doigt les grappes lourdes de sève, dégoulinantes de soleil liquide, la grappe est ôtée : « Bien servi, humblement servi, fils de notre maître. » Le ciel bleu bascule sur les vignes. Les vendangeurs, ivres de jus et d'odeurs, tendent les bras vers les filles, les empoignent. Ici et là, dans les cabanes humides, les jupes retroussées s'ouvrent comme des corolles de fleurs. Fantastique cavalcade. Cris étouffés, plaisirs décuplés, accouplements où se mêlent jus de raisin et sève humaine. La tête couronnée de guêpes virevoltantes, les visages baignés de sueur, sur les grappes écrasées on pénètre les filles juteuses. Au crépuscule, un chant pâmé d'orgueil, de tristesse et d'amour s'élève. Le monde bascule dans la nuit.

« Nous voilà ! Tous dehors, dit le guide. Au car, mesdames et messieurs. En route, maintenant, vers les Colosses de Memnon. »

Pour monter dans le car, Thomas prit la main de Marthe.

« Ce soir, c'est le bateau, dit Yolande. Et dans trois jours et demi, on arrive à Assouan ! »

Comme des mollusques, les voyageurs s'accrochaient à leur place. Liz venait de se débarrasser du professeur Han ; impatiente, elle lui avait dit qu'elle n'avait aucune ambition de devenir égyptologue.

« Vous êtes bien gentil, lui jeta-t-elle en se retenant à peine, mais un peu trop insistant. Je ne veux plus rien savoir des pharaons, ni de Séoul. Je vais dormir. Je ne veux plus rien apprendre. Rien. Je suis danseuse et pas un fouille-tombe. J'en ai marre. »

Han partit, froissé, vers le fond du car, où il y avait encore des places libres.

Liz en avait largement assez de ces « dingues » européens, de ces vieux aux habitudes bizarres. Elle regrettait Bruno, « le seul type agréable dans ce ramassis de faux savants ». Les autres n'étaient pas de son âge, ni de son milieu, ni de son pays. Au début, elle n'était pas mécontente de la protection de l'Anglaise, mais elle en avait eu assez rapidement de sa compagne dont les soins corporels l'énervaient ; elle ne pouvait plus voir les mises en plis savantes et la manucure interminable. C'était un spectacle harassant que cette dame, en pleine nuit, posant le vernis avec délicatesse sur chacun de ses ongles au préalable bien limés.

« Heureusement que je suis américaine, pensa-t-elle. Et que j'ai vingt ans. Et que je suis « roquette ». Et que j'arriverai un jour à Hollywood. Heureusement que j'ai un pays qui a de l'avenir ; heureusement que chez nous on ne vit pas du passé. » C'était comme une prière.

Elle fit une boule de son pull-over, le cala derrière sa tête, baissa le siège et s'installa pour dormir. A New York, elle retrouverait son boy-friend, elle se débarrasserait pour toujours de ces Européens compliqués, tricheurs, fatigants. « New York, répéta-t-elle. New York. Je veux rentrer ! »

A quatre heures, Bruno revint au bureau de la compagnie d'aviation. Il fut reçu par un employé ignorant tout de sa démarche du matin.

« Une place d'avion de Louxor au Caire ? Mais évidemment, dit-il. Puis-je avoir votre nom et votre adresse ?

— Mais c'est fait, s'exclama Bruno. Ce matin, un de vos collègues a rempli une fiche.

— Je ne la vois pas, la fiche, dit l'employé. Peut-être que ce serait aussi facile de me redonner vos coordonnées.

— Mais je viens pour une réponse, insista Bruno. Je veux m'en aller d'ici. Votre collègue m'a promis de tout faire pour m'envoyer ce soir au Caire. A quelle heure avez-vous le prochain avion ?

— A 18 heures 15 », dit l'employé, navré de le voir énervé.

Et il ajouta :

« C'est Le Caire qui autorise Assouan à donner des places. Nous ne pouvons rien. L'avion va peut-être être plein.

— Mais à quoi vous servez, ici ? répéta Bruno, harassé.

— Surtout pour les réservations, monsieur. Je téléphonerai au Caire, et à Assouan aussi. Lorsque nous aurons l'accord des deux bureaux, nous vous préviendrons.

— Et si j'allais à l'aéroport, pour tenter ma chance ?

— Il est interdit d'aller à l'aéroport sans billet. Je vais essayer d'appeler Le Caire. Prenez place... »

Il obéit et regarda la rue animée. Quelques calèches en attente. Des chameaux, en affichant leur moue de snob, avançaient. Les marchands attendaient le retour des bateaux. Le soleil s'apprêtait à se dégager de l'horizon. Le crépuscule approchait. Le bleu du Nil virait au gris. Ce miroir oblique au tain liquide reflétait les couleurs fugitives du ciel.

Englué dans l'attente, Bruno perdit la notion du temps. Le va-et-vient modéré du bureau le tenait éveillé.

« Est-ce que j'attendrai encore longtemps ? demanda-t-il à l'employé.

— Rentrez à l'hôtel, monsieur. Je vous préviendrai. »

Il était dix-sept heures trente. L'avion allait incessamment arriver d'Assouan, se poser, prendre quelques heureux et repartir vers Le Caire. Il eut un vertige d'envie à l'idée de se retrouver en moins de deux heures, le trajet de l'aéroport au Hilton compris, dans un hôtel international, d'être seul, de nouveau maître de lui-même, d'obtenir une communication avec Paris, de prendre un billet de retour, et de rentrer mi-glorieux parce qu'échappé, mi-désolé parce qu'ayant essuyé le premier vrai échec de sa vie.

« Le train, dit soudain Bruno d'une voix rauque. Donnez-moi une couchette de première classe.

— Nous sommes en haute saison, monsieur. Nos wagons privilégiés sont retenus des mois à l'avance par des agences du monde entier. Par contre, si vous voulez une place assise moins confortable... »

Il sortit du bureau, découragé. La prière du muezzin, enregistrée sur une bande magnétique et amplifiée, sortie du fond des âges, du fond des âmes, remplissait l'air.

Parce qu'une calèche le suivait, et que le cocher ne cessait de lui susurrer ses appels, Bruno s'assit sur le vieux cuir du siège arrière, chaud encore de la journée, et lança :

« Le tour de la ville ! »

Hélas ! il avait des loisirs ; il pouvait s'absenter de son hôtel, personne ne réclamerait sa présence ou condamnerait son absence. Pourtant, il s'était félicité de sa libération d'avec Marthe.

Dans le crépuscule épaissi, la calèche traversa une grande place animée. Peu à peu, les lampes à huile placées dans les vitrines allaient s'allumer.

La calèche s'engageait dans les souks. Des gens rassemblés, bavardant au milieu des ruelles, s'écartaient devant le cheval. Les étalages des boutiques s'offraient à ciel ouvert. Des graines de toutes sortes s'amassaient dans des caisses ; des vêtements d'hommes et de femmes, des tenues de fête brodées, accrochés, se mouvaient. Des odeurs agressives assaillaient. En passant devant les boucheries où la viande était enduite d'un désinfectant couleur carmin, une épaisse odeur douceâtre souleva l'estomac de Bruno. Le cheval patinait sur la crasse gluante du pavé. Un vieux cordonnier se penchait sur une chaussure qui bâillait d'épuisement. Droites comme des chandelles, des femmes voilées portaient sur leur tête divers objets. Les marchands encerclaient la calèche. Ils proposaient tout et rien, des objets hétéroclites, des sacs en crocodile aussi.

Le cocher engourdi était devenu, lui aussi, captif de ce labyrinthe.

Sombré dans sa méditation intime, un âne, les jambes écartées et la tête baissée, le dos chargé d'un buisson de feuilles de menthe, fit obstacle à la calèche. Bruno, trompant son attente, acheta un sac en crocodile pour sa petite amie Caroline, une ravissante sotte satinée, une adorable non-intellectuelle, partenaire idéale pour une plage blonde. Grâce à ce sac, Bruno constata qu'il avait gagné sa bataille. Il avait réussi, au cours de la même journée, à rompre pratiquement avec Marthe, à absorber la puissance séductrice d'une secrétaire vraiment particulière, rousse de surcroît, et à acheter un cadeau à Caroline. Ayant examiné le bilan positif, il n'avait plus qu'à attendre paisiblement le départ de l'âne dont la résistance faisait l'admiration criarde de tout le monde.

Lorsque Bruno arriva devant l'hôtel, il paya la calèche. Les compagnons du Centre, revenus de l'excursion, se joignirent à lui. Il aperçut Marthe en conversation animée avec Thomas Koenig. Liz suivait, maussade, avec les autres qui allaient cahin-caha.

Ils apprirent que leurs bagages étaient déjà transportés sur le *Nefertiti*. La grogne fut étouffée dans ses racines par une abondante boisson que les employés d'Amusements et Loisirs leur servirent : un mélange de champagne et de jus d'orange, à volonté.

« Certains peuvent trouver le programme trop chargé, dit Yolande, mais il faut reconnaître qu'ils ne font pas d'économies sur notre dos. Et ce champagne est bon ; le jus d'orange n'est là que pour donner bonne conscience.

— Tu m'as acheté un sac ? dit Marthe en rencontrant Bruno. Merci.

— Non, dit-il d'un ton ferme. Ce n'est pas pour toi, ma chérie ; c'est un cadeau pour une amie de Paris. » Et il ajouta, poli : « Si j'avais prévu son succès, j'en aurais acheté deux. »

Marthe se sentit rougir. Elle trouva l'erreur assez humiliante.

« Regarde ce que j'ai acheté pour mes parents. » Elle lui montra son butin.

« Une tête de Nefertiti, et un portrait d'Akhenaton. Vraiment pour rien. Pour peu d'argent, quoi !

— Tu es une fille aimante et attentive, dit-il. Il vaut mieux être ton père que ton amant.

— Je suis navrée pour tout, répliqua-t-elle. J'ai tellement cru que je t'aimais ou que j'allais t'aimer. Si on pouvait garder l'amitié !

— Et nous raconter nos conquêtes réciproques... dit-il.

— Mesdames, messieurs, tonna une voix qui leur était inconnue, n'hésitez pas à vous servir de notre cocktail Hatshepsout. Buvez au souvenir de la Reine des Reines. A sa santé, c'est un peu tard ! »

L'homme rit légèrement dans le micro, mais les voyageurs étaient trop fatigués pour pousser un petit rire d'accompagnement.

« Dans quinze minutes, rassemblement dans le hall de l'hôtel ; le *Nefertiti* vous attend.

— Je te signale, intervint Bruno, que j'ai tout fait pour me barrer d'ici. A la première occasion, je fous le camp du piège flottant. »

Elle ressentit une vaste indifférence. Pour elle, la croisière devenait sa vie. Connaître Thomas Koenig. Peut-être.

« J'ai fait des pieds et des mains pour en sortir, dit Bruno. Si leur téléphone plus con que nature marchait, je me serais retrouvé ce soir à l'hôtel Hilton au Caire. Et demain, en route vers Paris !

— Je suis désolée, reste !

— Il y a déjà une famille nombreuse dans ma chambre, dit Bruno. Même plus une baignoire de libre. Je suis obligé de m'en aller avec le bateau.

— Je ne voudrais pas passer ces trois jours dans des récriminations, dit Marthe. J'ai l'impression d'être un homme qui traîne une femme geignarde.

— Tu vas te casser le nez, ma petite, répliqua Bruno. Et tu le mérites.

— Tout cela m'est égal, répondit-elle. Tout. »

Marthe rejoignit Thomas, légèrement incliné à droite sous le poids de son sac.

Yolande lança à Bruno :

« Vous avez manqué des merveilles aujourd'hui. Vous étiez malade ?

— Non, madame. Je n'étais pas malade.

— Dommage, d'avoir manqué tout cela. »

Les Van den Ip arrivèrent et Roland s'enquit aussi de la santé de Bruno.

« Je me porte comme un charme.

— Pourquoi n'être pas venu alors ? demanda Solange.

— Par précaution pour les autres. Parfois, je deviens loup-garou, et je bouffe mes compagnons. C'est mon jour.

— Vous êtes drôle, dit Solange sans conviction. L'humour des Français est souvent particulier. »

Bruno aperçut Liz, ployée sous le poids d'une grosse valise bourrée. Il se précipita pour l'aider.

« Vous êtes gentil, dit Liz. Ils ont oublié ma valise ! C'est bien ma chance. Je rends mon entourage amnésique. Vous êtes resté, continua Liz. J'aurais dû faire la même chose. On devient dingue avec ces tombes. Autant aller camper dans un cimetière.

— Qu'est-ce que vous faites là, vous ? » demanda Bruno en essayant de ne pas la perdre.

Ils allaient traverser la rue pour rejoindre le quai où était amarré le bateau.

« Une bêtise, dit Liz. L'argent jeté par la fenêtre. La déception aussi. Et le cafard.

— Je vais vous consoler, dit Bruno. J'en ai marre aussi. »

Raphaël les pressa :

« Venez ! Attention aux marches. »

Sa canne de pèlerin apparut au-dessus de sa tête.

« Vous voyez ce type, dit Liz, vous le voyez ?

— Oui.

— C'est un con », dit Liz.

Son accent délicieux avait transformé le mot en un pic-vert, en un oiseau exotique, en un colibri agile.

« Je suis tout à fait d'accord, dit-il. On va être furieux ensemble. Vous le voulez ?

— Est-ce que j'ai le choix ? demanda Liz. Au moins vous êtes jeune. »

Bruno se sentit pousser des ailes.

« Quelle fille merveilleuse ! Intelligente. Fine ! »

« Et vous, vous êtes belle.

— Mieux en scène. Je suis « roquette ». Vous connaissez la Radio City Music Hall ?

— Bien sûr, dit-il.

— Je commence à répéter dans quinze jours. fit Liz. Quelle erreur, ce voyage ! »

Et voilà le *Nefertiti*. Un beau grand bateau en effervescence.

Comme un aquarium, le carré turquoise de la piscine était éclairé et entouré d'un buffet en préparation. On y mettait les derniers plats. Les barbecues marchaient à plein feu ; les morceaux de viande grésillaient, et, sur une broche assez démesurée, tournait un mouton. Vêtu de blanc, le personnel du bateau constituait une haie d'honneur. Un type dans un uniforme stylisé, les bottes brillantes, et la veste déboutonnée, accueillait les arrivants. Les gens devaient s'arrêter dans leur progression, tant le ponton tremblant qui reliait le quai au bateau apparaissait fragile.

« Qu'avez-vous fait de votre femme ? demanda Liz à Bruno.

— Je l'ai coupée en morceaux et elle est partie en fumée. Méthode connue de mon oncle Landru.

— Ce n'est pas drôle, dit Liz. Où est-elle ?

— La dame blonde immatriculée à Genève n'est pas ma femme. Notre liaison était un malentendu. Elle est fortement intéressée ailleurs. Je suis libre avant d'avoir été trompé. Elle est impressionnée par ce M. Koenig.

— Ah ! dit Liz songeuse. Ah !...

— Comment « Ah ! », ça veut dire quoi votre « Ah ! » ?

— Ça veut dire : « Ah ! » ! Il n'est pas mal. S'il était plus détendu, il m'intéresserait, moi aussi.

— Il est trop vieux pour vous, lui rétorqua Bruno. Il a au moins quarante ans. Sinon quarante-cinq. »

Liz se mit à sourire.

« Et vous ? Trente ?

— Vingt-neuf, dit-il.

— Menteur !

— Comment menteur ?

— Je parie que vous avez même un peu plus de trente.

— Vous ne voulez plus de moi ?

— Si, dit Liz. Je plaisante aussi...

— Si je trouve deux places d'avion d'Assouan au Caire, je vous emmène ?

— Ça va être de l'argent jeté par la fenêtre, dit Liz. On est avec un billet collectif.

— Tant pis, conclut Bruno. Je vous offre la fuite. Et on rentre ensemble à Paris. Je peux même vous héberger chez moi, si vous voulez visiter Paris ! »

Ils avancèrent sur le pont.

« Si vous n'avez pas d'arrière-pensée. Volontiers. J'ai été eue une fois ; je ne le serai pas une deuxième.

— Ne vous en faites pas. Je ne suis pas King Kong s'acharnant sur la belle blonde. Du tout. »

Le capitaine reçut Thomas Koenig et le retint par le bras.

« Alors, ami, tu trimbales ton sac ? Tu ne fais pas

confiance aux petits Égyptiens ? Tu ne te fais pas servir ? »

Thomas se rétracta.

« Je ne suis pas anglais, ni Dieu, pour que vous me tutoyiez. »

L'homme en uniforme fut désorienté. Il s'attendait à une boutade, à une phrase gaie et bête. Ce voyageur récalcitrant ne jouait pas le jeu.

« Je suis ton maître après Dieu, dit-il, prudent.

— Assez plaisanté, dit Thomas doucement. Lâchez mon bras.

— Je n'aime pas les mauvais coucheurs, dit l'homme en uniforme. Et si je te boude pendant le voyage, si je ne t'adresse pas la parole, je t'assure que tu vas être malheureux. »

Thomas se dégagea.

« Ça suffit maintenant. »

Il eut envie de quitter le bateau, et de se rendre à Assouan, seul. A la recherche de sa cabine, il suivait un jeune Égyptien qui le guidait dans les dédales des couloirs. Sans être couvert par le Club, il n'arriverait jamais avec ses neuf kilos d'explosif sur le barrage. Il fallait se dominer, arriver au but au prix de n'importe quel sacrifice. Dans la cabine, il trouva sur un des lits sa valise. Quelques minutes plus tard, Alex le rejoignit.

« C'est petit, dit Alex. Il vaut mieux bien s'entendre dans une cabine...

— L'individu affublé d'un uniforme d'opérette m'agace, dit Thomas.

— Vous pouvez l'éviter. On est nombreux sur ce grand bateau. Plusieurs clubs participent à cette croisière. »

La fièvre du départ se transmettait depuis les moteurs puissants au bateau qui tremblait. Un remue-ménage de bruits rendait l'atmosphère excitée et chaleureuse. Des flèches blanches fixées sur les parois indiquaient la direction de la piscine. L'air s'emplit d'une musique arabe, signe avant-coureur de la fête.

« Je crois que nous avons l'une des meilleures cabines, constata Solange Van den Ip, installée royalement au pont supérieur.

— C'est un bateau de grand luxe, dit Roland. A ce niveau, il y a une vingtaine de cabines. »

Heureux de l'armistice intervenu, de ne plus être l'éternel belligérant il ajouta :

« On a une belle soirée en perspective. »

Elle l'observait, pensive. Y aurait-il encore un salut et la possibilité de vivre ensemble sans se déchirer à chaque seconde ?

Elle aurait aimé un compliment personnel, un petit encouragement.

« Je vais mettre une jolie robe.

— Ça n'a aucune importance, répliqua-t-il, maladroit. Personne n'y fera attention. Les gens sont beaucoup trop occupés par le buffet.

— Les mains grasses de méchoui, tu rêveras de Marilyn ?

— Cette phrase n'est qu'une vengeance de femme. Freud l'a bien dit : « La femme est une créature mutilée. »

— Pour une créature « mutilée », je ne me débrouille pas mal, dit Solange en ouvrant sa valise. Tu voudrais divorcer ; sans mon accord c'est impossible. Tu as fait une jolie fortune et, sans avoir bougé le petit doigt, j'ai droit à la moitié ; toi, tu te contentes d'un fantasme, moi, j'ai eu une liaison. Qui est mutilé de nous deux ?

— Voilà une cause de divorce !

— Non ; tu n'as aucune preuve. A force d'être considérée par toi comme une débile, je me suis éduquée, pour me défendre. Je connais la loi aussi bien qu'un avocat. Je vais m'habiller joliment. Me maquiller. M'amuser. Je vais m'amuser. Tu verras. »

Bientôt chacun trouvait sa cabine, son compagnon.

A peine le pied mis sur le bateau, chaque membre du groupe s'était vu attribuer un chapeau, brodé de lettres bleu marine : « S.S. Nefertiti ». Marthe et

Bruno, obligés d'être ensemble, firent bonne figure.

Bruno avait planté le chapeau sur sa tête.

« Laurel ou Hardy ? Qui je suis ? »

Marthe se força à dire :

« Tu es gentil. »

Quelques pédestres allemands s'embarquèrent aussi. Ils eurent droit à leur chapeau et à un lambeau d'accueil.

« Notre club a changé de programme, expliqua un des Allemands. Nous ferons le retour d'Assouan à pied. Notre organisation est très souple et assez individualisée. On nous consulte pour les décisions. Il y a eu le départ raté de tout un groupe de Grecs. A cause d'une panne de charters. Nous profitons de leur absence et nous prenons leurs places. Ça arrange tout le monde. »

Les colonnes roses et jaunes du temple de Louxor venaient d'être illuminées.

Marthe et Bruno découvrirent leur petite cabine à moitié occupée par leurs bagages.

« Qu'est-ce qu'on va s'amuser ! dit Bruno. Trois jours de bagne flottant ! Qu'est-ce qu'on va s'emmerder !

— Qu'auriez-vous fait sans Cambronne ? Toute la France serait en panne de langage si elle n'avait pas sacré en injure tricolore, votre merde nationale. »

D'un coup de pied, Bruno envoya sa valise vidée sous son lit étroit.

« Je ne suis pas un Suisse distingué et calme, lança-t-il à Marthe. A bientôt. Amuse-toi bien.

— Ne t'inquiète pas pour moi », répondit Marthe.

Dans un brouhaha gai, on entendit soudain un Français crier :

« Il y a du beaujolais... Venez... Près du mouton. »

Chacun se dirigeait vers le centre de la fourmilière : la piscine. Le bateau vibrait. Quelques Égyptiens en burnous s'affairaient autour des points d'accostage.

Bien chapeautés avec leurs « S.S. Nefertiti », Margot et Yan Hook se promenaient la main dans la main.

Bruno retrouva Liz, ravie.

« J'en ai assez d'être avec une autre femme, dit Liz. Je n'aime que les hommes. Même fâchée, je préfère vivre avec un homme que de supporter une bonne femme.

— Nous sommes des naufragés qui se rencontrent sur une île déserte, dit Bruno. Vous êtes là, je me sens moins furieux.

— Et vous, vous me consolez d'un con... dit-elle.

— Merci, répliqua Bruno. Le compliment est douteux, mais enfin, c'est mieux que le silence. Encore un peu et nous ferons un concours : « Qui sauve qui dans le désastre ? »

— Votre offre pour l'avion tient toujours ? demanda Liz. N'avez-vous pas changé d'avis ?

— Mais non, dit Bruno. Je vais faire tout pour nous sortir d'ici. L'objectif numéro un : la récupération des passeports, de nos billets, et soudoyer quelqu'un pour qu'il nous obtienne des places Assouan-Le Caire.

— Vous êtes formidable ! » dit Liz.

Elle l'embrassa sur la bouche.

Ses lèvres avaient le goût d'un chewing-gum à la chlorophylle et ses cheveux l'odeur d'un shampooing pour bébé.

Elle leva ses yeux d'enfant tendre sur Bruno.

« Vous allez réussir ? Nous sortir de ce cimetière ?

— Je vous le promets », répliqua-t-il, grisé. Et il continua, les lèvres contre les lèvres de Liz : « On s'en fout de leur barrage.

— *What is* « barrage » ?

— *Dam.*

— Qu'est-ce qu'on aurait dû faire avec le barrage ?

— Le regarder, l'admirer...

— Quel est l'intérêt d'un barrage à côté d'un type fort et inteligent ? » chuchota Liz.

Dieu sait que ces Français, en général, embrassaient bien. Une vraie tradition nationale. La légion étrangère et le baiser à la française, avec cette langue mobile qui explore, psychanalyse, ensorcelle et emprisonne si agréablement !

Ils étaient légèrement étourdis de ce baiser.

« De quoi avions-nous parlé ? »

Elle se pelotonna dans les bras du deuxième Français de son inventaire amoureux et prononça :

« De rien. Du barrage. »

Bruno jubilait. Les dieux étaient pour lui. Les satisfactions ne manquaient pas depuis ce matin. Après la Suissesse certainement féministe et la secrétaire dégourdie, la voilà, la plus précieuse, une femme à protéger. Il tomba, les poings liés, dans le plus vieux des pièges.

« Tu vas nous sauver d'ici ?

— Bien sûr », la rassura-t-il, en énumérant ses cartes de crédit, de mémoire.

L'aventure allait coûter cher, mais quelle aubaine de partir avec Liz !

L'Anglais rangeait ses affaires dans l'étroite penderie. Il surveillait Thomas Koenig qui, énervé, tournait en rond dans la cabine exiguë.

« Comme un fauve en cage ! lui dit Alex, gentiment. C'est les vacances ! »

Il éprouvait un sentiment de malaise ; les yeux de Thomas paraissaient noirs, tant il était furieux.

« Insupportable ! Trois jours ici ! »

Thomas aurait voulu parler à l'Anglais.

« Alex, je... »

Celui-ci tenta de le calmer.

« C'est un bateau. Pas une salle de bal. Sur le *Queen Mary*, il y a plus de place, d'accord. Mais c'est d'une autre époque. Vous me taquinez avec le colonialisme, mais vous, vous avez aussi des failles. Vous voudriez pour vous seul le monde. Pourquoi êtes-vous là ? Un voyage en groupe pour Sa Majesté Thomas Koenig !

Parfois vous me regardez comme si j'étais un vilain insecte ! »

La révolte de l'Anglais jovial, l'abandon de son sang-froid concernant Thomas créa entre eux à la fois une diversion et un choc.

« Je ne me savais pas aussi désagréable, répliqua Thomas.

— Vous n'êtes pas désagréable, vous êtes même patient, apparemment gentil aussi, mais quelle colère retenue ! Parfois, comme maintenant, on a l'impression que vous allez exploser.

— Exploser... répéta Thomas. Vous dites exploser ?

— Je dis : exploser. Votre nature refuse la vie collective. Êtes-vous là par erreur ? ou par politesse ? Une invitation acceptée parce que vous n'avez pas eu le courage de dire non ?

— Désolé, dit Thomas. Je suis désolé. Je vous promets de changer. »

Et il ajouta, comme malgré lui :

« Vous m'avez parlé des désagréments que vous ressentez au milieu d'une foule.

— Oui, dit Alex.

— Moi, dès que je suis enfermé, comme ici...

— Enfermé ? C'est une cabine. Voulez-vous que j'ouvre la porte ?

— Non, dit Thomas. Non. Non.

— Si je pouvais vous aider... »

Alex s'approcha de lui.

« Qu'est-ce qui ne va pas ? J'ai flanché dans le train ; vous m'avez aidé ; si je pouvais vous être utile. Parfois une présence amicale est apaisante. Je n'oublie pas votre comportement fraternel.

— C'est un univers clos, dit Thomas avec difficulté. Nous sommes enfermés dans un système où il faut, il faut...

— Continuez...

— Il faut obéir.

— Mais non, dit Alex. C'est faux. Vous êtes libre. Obéir ? quel vilain mot. Vous ne voulez pas voir les autres ? Je vous apporterai un dîner ici. Et vous ne bougerez pas.

— Ce n'est pas ça, expliqua Thomas. L'ensemble est effrayant.

— Pour vous. Et parce que vous êtes au seuil d'une dépression. Les gens sont heureux ici. Je suis heureux. Je commence à revivre.

— Vous n'avez jamais été prisonnier, déporté, condamné ! s'exclama Thomas.

— Non. En revanche, enseveli sous une maison bombardée. Les sauveteurs nous ont dégagés *in extremis*. Pourquoi évoquer l'horreur ? Que cherchez-vous dans la souffrance ? Je vous le répète : nous sommes en vacances, dans un pays fantastique. Une soirée exceptionnelle nous attend. Vivons !

— Mais nous ne sommes plus libres de nos mouvements, s'exclama Thomas. Pas de passeport, pas de billets, nous sommes coupés du monde.

— Mais, justement ! C'est ça le repos, dit Alex. Ne plus avoir de soucis. Quel repos de ne plus penser aux questions matérielles !

— Nous ne nous comprendrons jamais, fit Thomas. Je vous promets, en tout cas, d'être plus agréable.

— Moins angoissé ?

— Je ne suis pas angoissé, dit Thomas. J'étouffe.

— De mieux en mieux ! commenta Alex. Si vous partiez... Vous pouvez encore descendre. Et partir. Il ne faut pas violer sa nature. Vous ne supportez pas ce voyage. Interrompez-le !

— Pas si près du barrage.

— Le haut barrage d'Assouan vous passionne aussi ? demanda Alex. Je vous comprends. Une des plus extraordinaires réussites techniques et humaines du monde. Je comprends que vous soyez fasciné par le barrage, mais pas au prix de souffrir comme ça. Vous auriez pu faire un aller-retour, en avion. Cette croisière est une croisière d'agrément, de luxe, de détente.

— De quatorze à quinze ans, j'ai été dans une usine de mort. Dans une fabrique de cadavres. A Auschwitz.

— Vous êtes donc traumatisé pour le restant de votre vie. Ce voyage n'est pas coupable. Vous l'accusez parce que vous êtes dans une période de dépression. Demain, vous trouverez tout sublime. Je vous le promets.

— Des montagnes de cadavres, fit Thomas. Des collines de cadavres. L'odeur. L'odeur reste.

— Dites... »

Alex le prit par le bras.

« Vous n'avez jamais voulu vous suicider ? Vous trouver, tremblant, face à vous-même avec une poignée de somnifères et un verre d'eau ? Porter la main à vos lèvres ? Le bras se lève avec difficulté, lentement. Le bord du verre est d'une épaisseur effroyable. Comme un cheval qui cherche le sucre dans la paume de son maître, on commence à ramasser les pilules avec la langue, avec toute la bouche, soudain avide. Et voilà, votre cavité buccale — l'expression technique vous vient à l'esprit, parce que vous êtes déjà moribond —, votre cavité buccale bourrée de pilules sèches, l'avoine qui va vous faire crever ! La tentation de recracher. Et l'impression que la mort rigolarde vous défie : « Alors, tu as peur, petit père, tu as peur ? » C'est très curieux, on meurt aussi par vanité. Vous n'allez pas me croire, mais c'est vrai. Comme une vieille cocotte assoiffée de compliments, vous voudriez vous faire croire à votre propre courage. C'est dur à avaler. L'eau semble être absorbée aussitôt ; les somnifères gonflent dans la bouche, deviennent masse, un éléphant dans le gosier. Dans votre cerveau résonnent des phrases souvent entendues : « Il en a pris trop ; on l'a sauvé ! » Saisi par le fol espoir de votre fausse mort, vous en consommeriez alors des boîtes entières. L'overdose serait-elle la survie ? Un engourdissement léger vous fait tituber. Effet psychologique de la panique, ou conséquences du poison ? Vous n'en savez rien. Vos doigts enfoncés dans la gorge, vous voudriez vomir. Blocage. La masse dissoute des comprimés vous bourre. Vous n'avez même plus de salive. Les contours deviennent flous, insolites. Vous avancez, titubant, vers une porte, vers le téléphone. Le ventre du téléphone se met à gonfler comme un ballon monstrueux ; les chiffres qui y sont marqués, éclatent un par un. Vous vous cramponnez à l'idée qu'on vous sauve ; vous décrochez juste le combiné ; ça sonne dans le vide ; vous serrez contre votre visage l'écouteur avec soin et délicatesse. Occupé ! Vous glissez de la vie... C'est comme être au bord d'un précipice. Désespéré, en cherchant l'équilibre, les mottes de terre bougent sous vos pieds. En gesticulant, homme volant amateur, vous résistez à la chute. Près de la terre maintenant, vos mains labourent le sol à la recherche des racines où vous pourriez vous agripper, mais tout est lisse, mou, s'effiloche entre vos doigts. Votre volonté surhumaine vous tient au bord de la falaise. Un grand coup de gong. Vos oreilles résonnent. Il vous reste un interminable couloir noir à parcourir : toujours la vibration métallique de ce gong. Vous sortez de la vie, comme un objet tombe d'une poche. Inerte. »

Thomas l'écoutait, les yeux mi-clos.

« J'ai vécu ma mort, dit Alex. J'ai réussi à me suicider après l'accident de ma femme, et lorsque j'ai su que mon fils était perdu. Quand j'ai rouvert les yeux à l'hôpital, j'ai dû être comme un phénomène de science-fiction, truffé de tuyaux de toutes sortes ; j'attendais la première possibilité pour bouger la tête, pour avoir un mouvement enfin qui m'appartiendrait, j'attendais avec ferveur ma libération de ces tuyaux, de tout ce qui était suspendu autour de moi, et attaché à mes pauvres veines trouées, transpercées.

— Vous attendiez quoi ?

— D'embrasser la main de l'infirmière. Pour lui dire merci. La première promenade dans le couloir de l'hôpital fut un enchantement ! Je n'ai jamais pu imaginer un carrelage d'un dessin aussi extraordinaire ; des visiteurs d'une jovialité, d'un agrément exceptionnels ; les fleurs expulsées à cause de leur parfum, devant les chambres, se surpassaient en beauté ; et le premier repas jambon-endives était préparé par Lucullus. »

Il posa sa main sur celle de Koenig.

« Si vous vouliez m'écouter, vous prendriez un bon pull-over, vous retrouveriez la jeune Suissesse qui vous admire, mais oui... c'est visible. Et, abandonnant vos idées noires, vous vous laisseriez porter par la fête. Vous entendez la musique ? »

Thomas silencieux fit « oui » de la tête pour qu'Alex parte. Celui-ci était déjà à la porte lorsque Thomas lui lança :

« Est-ce que vous quitteriez le bateau à Assouan, pour rentrer au Caire et à Londres ?

— Pourquoi ? dit Alex. De quoi vous parlez ?

— Supposons, dit Thomas, supposons — c'est un jeu — que je vous offre le voyage Londres-New Delhi, pour ramener votre fils, à condition que vous quittiez l'Égypte.

— Mon fils est dans un hôpital. Plutôt dans une maison de santé pour drogués en Angleterre. J'ai mes moyens, modestes mais assurés, pour aller aux Indes. Mais je ne veux pas aller aux Indes. Voilà. Quant à votre gentille plaisanterie, je vous signale que l'intérêt de cette croisière, indépendamment de la beauté du Nil, est aussi la visite du haut barrage d'Assouan. L'auriez-vous oublié ?

— Allô, allô, allô... Je m'appelle Eddy. »

Une voix profonde, venant des ténèbres comme celle d'un muezzin enregistré sur bande, les interpella.

« Allô, allô, allô, je m'adresse à vous, mes chers petits compagnons. Les trompettes qui signaleront le début du repas sonneront bientôt. En attendant, n'hésitez pas à boire ; abreuvez-vous de notre nectar maison ! Notre programme : une soirée de danses folkloriques devrait vous transporter au septième ciel. Rien ne vous interdit de chanter et de danser en suivant l'exemple de nos artistes invités. Nous levons l'ancre vers onze heures. Je souhaite vous trouver, vous tous, sur le pont, alignés, avec vos chapeaux bien plantés sur vos têtes. Ça va être notre au revoir officiel à cette belle ville de Louxor. Ceux qui voudraient dormir et ne pas être présents au départ seront considérés comme de vilains petits rebelles. Les révoltés du *Nefertiti*. Un interprète vous répétera tout ceci en anglais et en allemand. »

La voix d'Eddy pénétra dans les cabines.

« C'est le type qui nous a reçu, dit Alex. Vous venez ?

— Pas tout de suite. »

Alex enfin parti, Thomas but un verre d'eau. L'atmosphère de fête foraine du bateau, l'avide appétit des autres courant vers les plaisirs qu'on leur proposait le rendaient fébrile.

Les phrases d'*Un héros de notre temps* de Lermontov, montaient en lui : « Je n'emporte du tourbillon de la vie que quelques idées et pas un sentiment. Il y a longtemps déjà que je vis non par le cœur, mais par la tête. Je pèse, j'examine mes propres actions et mes sentiments avec une froide curiosité et sans y prendre la moindre part. »

Le nom de Marie Kirilovna, une héroïne de Pouchkine, lui traversa l'esprit. A quatorze ans, il en était amoureux. Une bouffée de souvenirs l'envahit. « Elle ne confondait pas les soies à la manière de l'amante de Conrad qui, dans sa distraction amoureuse, brodait une rose de soie verte. » Le professeur de lettres avait commenté et analysé cette phrase où Pouchkine fait allusion à un poème d'Adam Mickiewicz dont l'héroïne brode une rose en soie verte au feuillage rose. Quel soin extrême quant à leur savoir littéraire. Pouchkine semblait avoir plus d'importance que l'étoile jaune des persécutés. Sous une impulsion assez violente, il avait levé le bras, lui, à l'époque nommé Nemes Hunyadi Tamas, pour demander la permission de quitter sa classe. Une ombre légère avait parcouru le visage du professeur : « Interrompre une analyse de texte de Pouchkine, un vrai sacrilège ! »

Ce matin-là, Thomas avait constaté que son camarade Arpad Goldstein devait dorénavant circuler avec l'étoile jaune sur sa veste. Chagriné, furieux, révulsé, il lui avait exprimé son indignation. Arpad Goldstein, élancé, aux cheveux châtains et aux yeux verts — comme la rose de soie brodée par une amoureuse distraite — avait refusé toute comparaison qu'il avait jugée inutile. Ce matin où Pouchkine était en vedette, la communauté juive de la classe unie dans l'épreuve, se resserrait sur elle-même. Thomas avait voulu avoir un contact avec son ami Arpad, discuter l'atroce événement ; mais l'autre n'avait voulu s'exposer ni aux pitiés ni aux colères.

Dans sa famille de vieille noblesse hongroise, son amitié avec Goldstein avait été acceptée sans commentaires. La Hongrie de l'époque, divisée en secteurs privilégiés ou misérables, délimitée d'une manière aussi primaire que brutale en castes — les riches d'un côté et les pauvres de l'autre —, une variété de noblesse de tout acabit régnant sur une bourgeoisie hypocrite et démunie, se laissait, sans vouloir se défendre vraiment, inonder de sanglants bluffs concernant les commerçants juifs friands de victimes — comme par hasard toujours blondes et vierges — qu'ils auraient fait disparaître dans leur sous-sol. Les Goldstein habitaient dans une grande villa spacieuse remplie de livres et meublée d'acajou située dans un quartier élégant de Buda, sur la colline de la Rose. M. Goldstein père était un avocat d'affaires bien connu. Dans certains milieux hongrois ultra-chrétiens, où, absent de la messe dominicale et de quelques vêpres, le récalcitrant était bon pour le rebut, il était de bon ton de dire : « Goldstein gagne toujours. Évidemment, tous ces juifs se tiennent la main : maçons, sociaux-démocrates et parfois même pro-communistes, ils gagnent les procès. » Dans sa grande peur chrétienne de la gauche, doucement et sûrement, la Hongrie allait vers sa perte. Et puis, que c'était vulgaire, un procès ! Il valait mieux se laisser ruiner délicatement tout en grignotant des petits gâteaux, et se servir de la lourde théière en argent juste avant qu'elle fût saisie par un huissier.

Ce n'est jamais dans sa famille que Thomas avait pu constater cet antisémitisme galopant de ses compatriotes, mais à l'extérieur.

Lorsqu'il s'était rendu chez les Goldstein pour la première fois, Arpad lui avait dit : « Au moins tu n'as pas peur de te voir transformer, dans une maison juive, en chair à saucisse, ni ton sang en boudin noir ! »

Il fallait convaincre Arpad de ses vrais sentiments, de son désir profond d'amitié entre eux deux. Avec Arpad, c'était l'évasion, l'univers s'ouvrait devant Thomas, séduit par l'esprit brillant de son ami, par sa connaissance du monde, ses vues larges et son talent aux études. Arpad évoquait les tourments familiaux qui couvaient chez eux — « Partir ou ne pas partir pour les États-Unis ? » — à l'époque où ils auraient pu encore se sauver. Thomas avait découvert, ému et désorienté, que les Goldstein étaient si hongrois dans leur âme, qu'ils préféraient souffrir de l'antisémitisme plutôt que de quitter le pays.

Donc, ce matin-là, l'étoile jaune avait créé, malgré leur amitié, une barrière entre eux. Peut-être, instinctivement, Arpad avait-il voulu marquer l'abîme qui le séparait, lui, juif, d'un Hongrois chrétien. Il y avait eu en lui, aussi, une poussée d'orgueil désespéré et le refus de tout sentiment de regret ou de pitié que Thomas aurait pu vouloir exprimer. Arpad était resté apparemment et orgueilleusement absorbé par le texte de Pouchkine.

Avec la permission du professeur, Thomas sortit dans le couloir où les vestes de ses camarades étaient accrochées sur les portemanteaux. Il s'en approchait, incertain, énervé et échauffé par le désir de démontrer sa solidarité, sa compassion, son indignation. Il avait reconnu et enfilé la veste d'Arpad Goldstein. Ils étaient de la même taille, de la même carrure.

Thomas avait eu l'impression d'entrer ainsi dans le corps d'Arpad, et de devenir Arpad. Son cœur battait, désordonné. Il baissa la tête et regarda, un peu en biais, l'étoile jaune ; il la toucha, il la palpa avec haine. Le bourdonnement des classes était dompté ici et là par la voix aiguë d'un professeur. Certains demandaient l'attention et d'autres le silence. Il était deux heures et quart. Juste le temps d'aller faire un petit tour. De s'introduire par procuration dans le monde des persécutés, d'affirmer son amitié pour Arpad, puis de revenir avant la fin du cours. Plus tard, il allait pouvoir accuser l'époque en connaissance de cause et demander des explications à son père, conseiller du régent qui s'était plié, après une certaine résistance, aux exigences allemandes.

Il était descendu par le long escalier en marbre. Dans le hall, plein de résonances, il allait s'engager dans un couloir aboutissant à une porte donnant sur la cour, interdite aux élèves. Il traverserait la cour et par une porte de service, évitant ainsi le portier aux aguets, il arriverait dans la rue. Ce fut ainsi, et le contact avec l'extérieur le glaça. Peut-être à cause du regard du premier passant dont les yeux se fixèrent sur l'étoile jaune avant d'effleurer le visage de Thomas.

Il s'était calfeutré dans la veste, son scaphandre provisoire, et il allait à la rencontre des autres avec la curiosité d'un chercheur. Il interprétait, analysait, critiquait. Il dévisageait chacun ; il croyait ainsi manifester pour Arpad. Il demanda l'heure à quelqu'un, uniquement pour dire :

« Avez vous peur de dire l'heure à un juif ? »

Le passant fit « non » de la tête et s'éloigna. Il croisa une jeune femme, la trentaine distinguée, gantée de blanc. Thomas lui lança :

« Je vous accompagne un peu, si vous voulez... Un petit bout de chemin à faire ensemble... Vous n'osez pas me répondre ? Êtes-vous vertueuse ou antisémite ? »

Elle avait précipité le pas, affolée, vers un arrêt d'autobus. L'étoile jaune suscitait des effets divers. Certains détournaient la tête ; d'autres avaient visiblement honte de le voir marqué ainsi. Thomas s'imaginait déguisé, participant à un bal masqué, à une cavalcade humaine. Personne ne savait exactement vers quels camps de travail les juifs déportés étaient envoyés. Ni dans quelles conditions. Cette ignorance rassurait la population ; au fond, c'était plus confortable de ne rien savoir.

Budapest glacé et ensoleillé frissonnait ; de là, le Danube était bleu comme dans une valse vieillotte, bleu, somptueux et chevauché de ponts élégants.

Grisé de son expérience, savourant son œuvre romantique de chevalier courageux qui affronte les dangers, Thomas avançait. La veste de son ami juif lui faisait découvrir une autre ville que la sienne, d'autres aspects, d'autres lumières, peut-être parce qu'il voyait d'autres regards sur lui. Il songeait vaguement au retour. Le professeur allait réclamer sa présence. Quelle importance ! Dans son milieu, l'établissement scolaire ne pouvait pas causer de problème ; il suffisait d'un mot de son père connu et redouté, et les gens pliaient, parfois même ils se cassaient comme des roseaux. Thomas était comme approprié, accaparé par quelques joyeux et hilares démons fiers de leur jouet humain. Il passait des uns aux autres, comme un objet intelligent répondant à la commande de ses maîtres sorciers. Qui craindre et pourquoi ? La veste n'était donc qu'un déguisement, un paravent. Il aurait tenté le diable lors de cet après-midi glacial. Un souvenir à raconter un jour quand il sera vieux. Et peut-être, il y avait l'exagération des périls supposés ; évidemment, l'étoile, c'est humiliant, mais on n'en meurt pas. Arpad allait être agacé, à cause de sa veste empruntée ? Même pas. Thomas rejoindrait bientôt le lycée ; il traverserait juste encore ce quartier ici, inconnu pour lui parce que populaire. Il regarda sa montre. « J'avance encore pendant dix minutes et après, je rebrousse chemin. » C'était un quartier grouillant, animé, bavard aussi ; ceux qui faisaient des courses, s'attardaient avec les commerçants ; chacun semblait connaître la vie de l'autre, des autres. Peu de marchandises, des étalages maigres, une odeur d'épices comme souvent chez les gens pauvres qui relèvent ainsi le goût d'une nourriture fade. Le ciel se voilait et se teintait de rose agressif. Un sifflement aigu avait déchiré l'air ; il s'incrustait déjà comme un souvenir dans les cerveaux. Ce sifflement avait agi comme un coup de fouet invisible ; certains précipitaient le pas, se mettaient presque à courir. Thomas vit quelques passants disparaître dans des immeubles. Il était porté par ceux qui, agglutinés, restaient dehors. Il aperçut un jeune juif, un hassid, au chapeau noir, vêtu de noir, les lèvres étonnamment jeunes au-dessus d'une barbe, un vrai grand-père avec les lèvres d'un adolescent. Il y avait d'autres gens autour de Thomas ; il aperçut d'autres étoiles jaunes ; il se trouvait donc, pensa-t-il, dans un quartier habité par davantage de juifs qu'ailleurs.

D'autres sifflements. « Pardon », dit-il à quelqu'un, poli toujours, distingué de naissance, d'un abord raffiné. « Pardon »... « Ce sifflement, qui siffle ? » Porté par la foule, il devint fétu de paille, bien élevé et docile. Il saisit le bras de quelqu'un, à la fois pour la réponse et pour s'arrêter. « Qui siffle ? » Le visage de l'homme dont il tenait le bras, n'était qu'une pastille blanche ; une pâle terreur lui effaçait les traits. C'étaient les « sans visage » qui se précipitaient maintenant, la poitrine creusée comme pour se défendre contre la bise glacée ou bien pour camoufler l'étoile jaune, la faire entrer dans la cage thoracique et la plaquer, la souder sur le cœur. « Madame... » La femme se retourna ; un masque mortuaire aux cheveux flous. « Monsieur ? » Des orbites vides derrière des lunettes d'intellectuelle. Une ouverture entourée de cercles dorés sur une âme qui s'éteint. Thomas aurait voulu se dégager maintenant. C'en était fini, pour lui, avec ce jeu de courage, de bravoure, d'inconscience et de témérité de luxe. L'avalanche de la masse humaine en rotation le tourneboula, le roula, le catapulta ; devenu noyau d'un magma humain, il aurait fallu traverser et percer d'épaisses couches de la peur pour se dégager. « Je ne suis pas juif, dit-il comme en s'excusant. Si vous vouliez bien me laisser sortir d'ici ? » D'où ? De l'étau de chair humaine de cette foule balayée de terreur. « Laissez-moi », cria-t-il. Mais le mur de corps avançait, et personne n'eut le temps d'y ouvrir une brèche, même pour une seconde.

Et ce fut le passage précipité devant une boulangerie dont l'odeur du levain, de la farine, du pain chaud, rassurait soudain. Il tenta d'entrer chez le boulanger et de se sauver de ce flot, paniqué. Il n'eut aucune possibilité de s'arracher de la foule qui courait maintenant. Il découvrit dans la poche droite de la veste d'Arpad Goldstein, la carte d'identité de celui-ci. Il jeta la carte de Goldstein, aussitôt piétinée. Il courait maintenant avec les autres. « Je ne suis pas juif, s'entendit-il dire à l'avance. C'est la veste d'un camarade. Nemes Hunyadi Tamas est mon nom. Mon père est conseiller du régent. » « Quel imprudent jeune homme ! va-t-on lui dire. On vous reconduit chez vous. » Il avait l'habitude, Thomas, des voitures officielles.

Dans la terreur contagieuse des autres, il décida de se débarrasser de la veste de Goldstein. « Mon père lui en rachètera une autre. » Suivit une pensée dont l'impudence le choqua : « La femme de chambre lui coudra son étoile jaune. » Serré, coulé comme dans un moule mouvant, les bras immobilisés à cause d'autres bras, il ne put ôter la veste, ni la déboutonner. Encore des sifflements. Encore. Encore. « Je suis un spectateur, se dit-il, haletant. Je n'ai rien à voir avec ces gens-là. » Le danger présent, « mes frères juifs » devinrent « ces gens-là ». Il courait et trouva un refuge mental dans une sorte d'attitude dédaigneuse, pour se rassurer. « Je cours, je précipite le pas plutôt. Je ne suis qu'un spectateur. D'ailleurs, ils ont tort d'avoir si peur. Ils sont visiblement, « ces pauvres gens », surexcités et intoxiqués de propagande communiste. Qui leur parle d'horreurs inexistantes ? Le gouvernement d'Hitler avait assuré au régent que rien n'arriverait aux déportés. Alors... Lui-même ne courait aucun risque ; en cas de contrôle, il déclinerait son identité ; il raconterait son aventure à un de ces gardiens du régime féodal hongrois, si fidèle à la classe régnante. La veste, devenue sac à malices, camisole de force, armure rouillée, collait sur lui. Persécution inadmissible, se dit Thomas, tracasseries humiliantes, mais heureusement sans gravité. Comme un liquide épais dans un entonnoir, le flux et le reflux humain tournoyaient. La rue était bloquée.

Une vraie souricière ! pensa Thomas avec l'intention de tenir son père au courant de ces méthodes brusques de la gendarmerie hongroise.

La veste était devenue sa deuxième peau, « comme dans un récit russe, où le ras-de-terre du quotidien frôle souvent un surréalisme de bon aloi, n'est-ce pas ? ». Thomas avait entendu parler ainsi du *Manteau* de Gogol.

L'entonnoir se rétrécissait. Thomas, à l'intérieur du noyau humain, avançait vers le goulot d'étranglement.

Un autre juif religieux était à côté de Thomas, jeune hassid aussi avec le visage d'un Christ blême. Des deux côtés, arrivaient vers eux les gendarmes avec leurs fameux petits chapeaux aux plumes de coq noires. Soulagé, Thomas arriva vers les gendarmes. Enfin, grâce à eux, il sortirait de ce cauchemar.

Le contrôle d'identité s'était déroulé dans les règles. Certains étaient relâchés et d'autres arrêtés et entourés.

« Je ne suis pas juif. Je m'appelle : Nemes Hunyadi Tamas. La veste, je l'ai empruntée à un camarade juif, dit Thomas.

— Tes papiers ! dit le gendarme.

— Je suis pris dans cette rafle par erreur. Mon père... »

Une gifle violente ensanglanta sa bouche.

« Je ne suis pas... »

Une autre gifle et aussitôt il fut rejeté vers ceux qui devaient monter dans un camion arrêté au bout de la rue.

Chaque mot qu'il eût voulu prononcer envoyait du sang sur la veste d'Arpad Goldstein. Entassées dans des voitures de police, les personnes arrêtées devaient se serrer et encore se serrer ; la prise était excellente.

« Un malentendu, s'entendit-il bégayer. Mon père est le conseiller du régent. J'ai pris la veste d'un camarade. »

Le juif religieux se balançait au rythme de sa prière. Les autres, autour de Thomas, s'abandonnaient dans une mélopée religieuse.

En avalant sang et salive, étranger parmi ces juifs, affolé de l'univers inconnu qui l'englobait, Thomas attendait l'arrivée à destination afin d'y réclamer aussitôt une entrevue avec l'autorité compétente, hongroise ou allemande. Il aurait droit à des excuses. Le gendarme brutal allait être puni d'une manière exemplaire. Il imagina jusqu'au bruit de la portière de la voiture qui le ramènerait chez lui. Il attirerait l'attention de son père sur la réalité des persécutions. Son aventure se révèlerait comme une enquête utile. Il regarda sa montre-bracelet ! il était quatre heures et demie. Arpad Goldstein avait déjà dû découvrir la disparition de sa veste et de Thomas. Le proviseur allait prévenir ses parents qui, dans une heure peut-être, sinon immédiatement, entreprendraient aussitôt les démarches pour le libérer. Un seul coup de téléphone de son père alerterait les autorités concernées. Au plus tard dans deux heures, il rentrerait chez lui.

L'opération intervenue au cours de cet après-midi,

à Budapest, était proche de celle du Vel-d'Hiv', à Paris. Au lieu de grouper les juifs pour les « trier », on les expédiait aussitôt — avec une rare dextérité — vers l'Allemagne. Thomas n'eut plus la possibilité de s'adresser à quiconque. Le soir même, entassés dans les bâtiments d'une gare, affamés, ils avaient attendu grelottants jusqu'au moment où, en pleine nuit, ayant traversé des quais aux lumières éteintes, ils étaient montés dans un train composé de wagons à bestiaux. Des sardines humaines dans de grandes boîtes métalliques, baignées dans leurs larmes, leur sang, leur sueur. On en pousse encore d'autres dans le wagon ! Tendre les bras, essayer de se gonfler le corps, d'écarter un peu les jambes, pour tenter de prendre un peu plus de place. Le rêve de s'asseoir. Le contact des parois de fer, le visage collé contre les parois à l'affût d'oxygène. Et la découverte phénoménale qu'on peut ainsi traiter certains, tandis qu'à quelques centaines de mètres de la gare, d'autres dormaient sous leur édredon rempli de duvet, les pieds au chaud, l'estomac plein et l'âme court-circuitée par le sommeil.

« Je ne suis pas juif ! » répétait-il.

Il ne savait plus s'il parlait encore ou s'il entendait l'écho de ses pensées... Plus rien ne servait à rien, ni relations dues à la naissance, ni état privilégié parce que riche et chrétien, et noble. Ses mains étaient chaudes du sang giclé, tellement il tapait sur la porte en fer, pour clamer : « Je ne suis pas juif. »

« Tu mourras, si tu n'as plus de mains pour travailler », lui dit un homme assez frêle.

Thomas se rapprocha de celui qui venait de lui parler.

« J'ai quatorze ans et je m'appelle Tamas. »

Et il lui raconta tout, la veste, la gifle.

L'autre répondit par bribes, recouvertes des chants et des prières des autres.

« Si tu dis la vérité, avec la veste juive, tu as pris une vie juive, un destin juif.

— Comment vous vous appelez ? demanda-t-il à l'homme.

— Samuel... » répondit l'autre.

Arpad Goldstein, incité par ses parents à une prudence extrême dans la vie quotidienne, n'avait pas signalé au surveillant la disparition de sa veste. Rentré chez lui en pull-over, sans étoile jaune et sans papiers d'identité, il avait raconté à son père ses suppositions quant à la veste disparue et la sortie de la classe de Thomas. Après avoir soumis son fils à un interrogatoire serré, maître Goldstein s'était accordé un délai de réflexion. Le lendemain, une juive âgée lui avait demandé une entrevue et lui avait remis la carte d'identité d'Arpad Goldstein trouvée dans la rue après la fameuse rafle. Maître Goldstein et son fils avaient conclu que Thomas avait dû être pris et qu'il avait rejeté les papiers d'identité dans un moment d'affolement. Maître Goldstein avait appelé le père de Thomas, qui s'était rendu une demi-heure plus tard au domicile de l'avocat. M. Hunyadi avait aussitôt alerté les autorités hongroises et allemandes et il avait réclamé le retour immédiat — où qu'il fût — de son fils. Il avait eu des promesses, même au niveau des Allemands. Mais un ordre secret et péremptoire court-circuitait les recherches officielles. Des instructions avaient été données pour recommander une totale inertie. Le temps, l'affaire devenaient délicats. On devait simuler les recherches en raison de la personnalité du père ; mais, en même temps, en raison de la personnalité du père, ces recherches ne devaient jamais aboutir. Libérer quelqu'un d'un camp, quelqu'un qui pourrait dire comment les déportations se passent ? Thomas fut condamné.

« Thomas Koenig ! »

Une voix de femme l'interpella. Il fit un effort

considérable pour dégager l'heure qu'il vivait des images de jadis.

Marthe, hésitante, immobile dans l'embrasure de la porte de la cabine, évoquait dans l'esprit de Thomas Koenig, l'infirmière américaine. La voix de l'infirmière résonnait dans sa mémoire : « Il vit encore. C'est un très jeune homme, je crois. Un adolescent. Un squelette. Il semble être tatoué sur l'os même. Il est décharné. »

« J'ai eu tort de venir, prononça Marthe. Je n'aurais pas dû. »

Dans la pénombre, Thomas, allongé sur le lit, apparaissait vulnérable.

« Venez, dit-il. Si je pouvais vous prendre dans mes bras. Me réchauffer. »

L'appel était limpide. Un être humain avait besoin d'un autre. Elle s'approcha de lui, le regarda comme une mère dont l'enfant souffre d'un mal inconnu. Elle effleura de sa main droite le front de Thomas ; celui-ci prit la main de Marthe et la porta à ses lèvres. Leurs mouvements rappelaient un rite, une cérémonie secrète. Ils se rencontraient dans une grande douceur et pudeur. Elle s'assit d'abord sur le lit et elle s'allongea après à côté de Thomas ; elle respirait la vie de l'autre. Thomas prit Marthe dans ses bras.

« Il faut me pardonner, dit-il, vous méritez tellement mieux que d'être la dernière cigarette du condamné ! »

Elle s'écarta de lui ; elle imagina un instant qu'il était un malade incurable, s'offrant un dernier voyage.

« Non, dit-il. Non. Pas physiquement. Le cancer de l'âme seulement.

— Pourquoi dire une chose aussi affreuse », s'exclama Marthe.

Elle eut envie de le quitter.

« Restez. Je vous le demande. Vous m'avez choisi, n'est-ce pas ? Depuis Orly, vous m'avez choisi.

— C'est vrai, répondit Marthe. D'abord j'étais

curieuse. Ni votre regard absent, ni votre sourire, rien n'allait avec ce voyage. Une présence peu explicable. La vôtre. Je suis tombée un peu amoureuse de vous, du moins, je l'imagine. J'ai toujours été tentée par l'inaccessible, l'impossible.

— Parce que vous êtes très sûre de vous-même, répondit Thomas.

— Moins, depuis notre rencontre. Beaucoup moins. Thomas...

— Oui.

— Dehors, c'est la fête... Venez. »

Sur le pont de la piscine, la fête attendait le signal de départ. La chemise ouverte, la casquette en biais sur la tête, les bottes brillantes, Eddy surveillait les préparatifs.

Marthe et Thomas, sortis de la cabine, se confondirent avec la foule en effervescence autour des méchouis préparés par les employés égyptiens.

Les chaises longues allaient s'effondrer sous les couvertures et les coussins ; chacun se préparait un nid douillet pour la soirée. Alex, légèrement éméché, repéra Marthe et Thomas à la recherche d'un coin abrité.

« Hello ! Venez par là. J'ai pensé à vous. J'ai gardé deux places. Ça va mieux, vous, monsieur Koenig ?

— Ne vous inquiétez pas », dit Thomas.

Alex s'inclina devant Marthe.

« Je vous salue, madame... Si vous voulez du beaujolais, c'est par ici... »

Marthe le suivit. Sur un comptoir, deux tonneaux de taille moyenne, surmontés de robinets, débitaient du vin ; l'odeur du méchoui flattait les narines ; ils avaient tous très faim.

« Le type agaçant... dit Alex, est un amuseur professionnel.

— Mes amis ! — la voix du capitaine retentit dans le haut-parleur — dès que vous entendrez les premières mesures de l'hymne de notre association, le buffet vous sera ouvert. Encore quelques secondes de patience. J'aimerais que ceux qui le veulent bien, les beaux joueurs et les gais compagnons, se déguisent. »

Les burnous furent presque arrachés des mains des Égyptiens. Le soir était frais et l'appétit du pittoresque à son paroxysme. Ainsi transformés en fellahs, leurs visages, à la lumière des lampions, devinrent roses, rouges, jaunes et bleus. Sur les broches, des moutons à la peau croustillante suintaient de graisse, aussitôt recueillie et placée dans des récipients sur des plaques chauffantes. Quatre hommes musclés apportèrent, sur huit plateaux, huit gâteaux de dimensions gigantesques, chacun flanqué d'un bateau en sucre le *Nefertiti*.

« Mes petits amis, continua le capitaine, nous quittons les rives de Louxor. Un petit applaudissement pour Louxor. Voilà. Très bien. Comme vous le devinez, nous nous amuserons pendant notre croisière. Qui me dit : Bravo ? Qui ? Voilà. Merci. Merci mes amis. »

Le bateau fut détaché. Les voyageurs se bousculaient pour mieux voir le départ.

« Vite, vos chapeaux « S.S. Nefertiti », vite, mes agneaux ! cria le capitaine. Vous le mettez et vous l'enlevez après. Voilà. A vous maintenant : les bras levés, criez : Hip, hip, hourra ! Non. Non. Non. Non. Pas n'importe comment. Je compte : Un, deux, trois !

— Hip ! Hip ! Hourra ! » hurla la foule.

Margot sautillait sur ses pieds, et les deux bras levés, elle ajouta en criant :

« Je suis heureuse !

— Un, deux, trois !

— Hip ! Hip ! Hourra !

— Il anime bien, commenta Solange Van den Ip. On ne va pas être abandonnés sur ce bateau. Il nous a pris en charge. Il veut qu'on s'amuse.

— Hip ! Hip ! Hourra ! »

Thomas pâlit.

« T'es pas juif ? Tant mieux pour toi. On va te baptiser, quand même. On va t'appeler : le Roi. »

Au pilori, la culotte baissée. Les squelettes vivants défilaient. Les coups de masse de l'eau glacée sur le ventre. Il était comme scié à la taille, martelé d'eau. « Hip ! Hip ! Hourra ! »

Il regarda Marthe virevolter avec le chapeau « S.S. Nefertiti » à la main et ses gestes d'au revoir.

« Dommage pour elle. Dommage ! Elle était vraiment faite pour vivre. »

« Hé ! cria Marthe, bravo, bravo, Louxor, au revoir Louxor, ah ! j'aime la vie. »

Et elle se retourna vers Thomas.

« Je vous apprendrai le sourire. Je... Je... »

Et soudain, grande et blonde, et adulte, et enfantine, et heureuse, heureuse, elle lui dit :

« Je crois de plus en plus que je suis amoureuse de vous ! Ça va me compliquer l'existence. »

Un violent son de trompette déchira l'air, et aussitôt l'orchestre entama l'hymne au bonheur :

Le bonheur, le bonheur
D'une manière ou d'une autre.
Le bonheur, le bonheur
C'est le vôtre.
Si tu veux le bonheur
Viens avec nous...
Et tu seras heureux !

« A vous le paradis ! tonna Eddy. Allez-y ! »

Un délire délicieusement organisé. Le buffet encercle la piscine. C'est la fête goulue, l'abondance aberrante, le jamais vu, l'« enfin vécu ». Parmi les décors de fruits exotiques, d'immenses poissons vêtus de capes épaisses de sauces multi-goûts s'offraient aux regards avides. Des plats orientaux, qu'aucun sultan raisonnable n'exigerait, des collines de riz, des montagnes de langoustines, de crabes et d'autres crustacés, violacés de leur dernier spasme. Et ce n'était que des hors-d'œuvres, des amuse-touristes, des croque-

siècle à la farce française. Le plat de résistance se préparait à être déchiqueté et dévoré avec une violence voluptueuse. Les mains barbouillées de graisse serrent les verres et les présentent pour les remplir d'un vin fort comme le sang du diable, le vin égyptien.

« Il faudrait peut-être rejeter pour reconsommer ; oh ! ces Romains, ils savaient vivre et mourir ! »

De nombreux plats arrivés tentaient de susciter de nouvelles faims. Quelques moments de répit, de repos, des soupirs, du vin noir et les « au secours, c'est trop ! ». L'abondance les grisait, le trop-plein est le luxe. Le voilà !

Avec l'arrivée des musiciens naissaient de nouvelles sensations. Le dépaysement rendait ivre de bonheur. Trois chanteurs battaient des mains, en balançant leur tête, et poussaient des ya ya ya rythmés. Les étoiles ponctuaient des phrases célestes écrites sur le velour bleu marine du ciel. Le bateau déchirait l'eau et parfois une étoile se suicidait dans le Nil. Gras, heureux, goujats et enfantins, les doigts déshabillaient le mouton du dernier lambeau de chair. L'ivresse montait, et parce que l'homme s'y cognait en voulant trop grandir, le paradis s'effondrait.

Liz en burnous, les cheveux dénoués comme ceux d'une Ophélie au visage dur, Ophélie réaliste, Ophélie loin des nénuphars, Ophélie des drugstores, Liz dansait.

Les Égyptiens entraînaient dans leur rythme les Européens saturés d'exotisme.

Dirigé par les mains habiles des gens du pays, le bateau contourne des bancs d'un sable argenté. Enveloppé de chants, dans un délicat délire, minuté, surveillé, acclamé, attisé, le bateau avance. Quel artiste que celui qui irrite, chatouille, caresse et apaise simultanément les cinq sens de l'être humain à la recherche du bonheur !

« J'imagine que, même maintenant, tu as des nostalgies », dit Solange à son mari.

Roland Van den Ip observait avec un étonnement douloureux sa femme vêtue d'un burnous trop grand. Solange entamait sa troisième assiette où les morceaux de mouton grésillaient encore, et son verre se remplissait grâce aux soins d'un Hollandais voisin.

« Tchin, tchin ! dit Solange. Tchin, tchin ! Je ne sais vraiment pas ce qu'il faut pour que tu t'amuses ? »

Il la vit assise sur une pierre tombale : « Ci-gît Solange Van den Ip »... Il vida son verre.

« Qu'aurais-tu fait avec ce que tu appelles ta liberté ? demanda Solange. Tes vingt ans, c'est fini. Et tu gâches le reste. »

Un passager, vêtu lui aussi d'un burnous, titubait sur le tremplin. Son ombre était gigantesque dans l'eau limpide.

« Tu te souviens en Sicile ; c'était toujours le même type qui se flanquait tout habillé à la piscine, dit Solange.

— Je n'ai pas manqué mes vingt ans, dit Roland. J'ai eu des difficultés avec mes parents, comme à peu près tout le monde de cet âge-là. N'évoque rien ! Moi aussi j'ai à ton service un répertoire désagréable.

— Ça ne me touche plus, répliqua Solange. Je me suis guérie des psychoses... Pas toi.

— Ne t'occupe pas de mon psychisme. »

L'homme du tremplin échoua dans la piscine. Il se laissait flotter en attendant que deux Égyptiens le repêchent.

« Je vais aller chercher du gâteau, dit Solange.

— Je t'en apporte, dit Roland.

— Je préfère choisir, dit Solange. Avant, j'aurais accepté n'importe quoi, maintenant je préfère choisir. »

Elle se leva et se glissa dans la foule mouvante.

« Tchin, tchin ! dit Alex Brown qui passait à côté de leur table. Et votre charmante épouse ?

— Elle est gourmande, vraiment gourmande », dit Roland.

L'odeur âcre de la braise imbibée de graisse irritait les gorges. Un nuage de fumée s'éleva, signe de sacrifice consacré au culte des loisirs.

« Pourtant, dit Solange lorsqu'elle revint avec, sur son assiette, un immense morceau de gâteau couleur pistache noyé dans une crème au chocolat épaissie de noisettes brisées et de raisins secs, je suis une maîtresse appréciée.

— Excellente maîtresse de maison, dit-il. Je le reconnais.

— Je parle de l'acte physique de l'amour », dit-elle. Sur sa fourchette elle tenait en équilibre un morceau du bateau en sucre glacé. « Grâce à mon groupe, j'ai pu me révéler.

— Quel groupe ? Te révéler ? De quoi tu parles ? »

Elle essuya une fine traînée de chocolat sur son menton.

« Est-ce que tu te souviens de M. Barbet ?

— Qui est M. Barbet ?

— Un manipulateur. »

Il fit non de la tête. « M. Barbet, connais pas. »

Solange déposa son assiette, et le Hollandais, se penchant vers elle, remplit encore son verre.

« Après notre randonnée au Sahara à dos de chameau...

— Tu fais des coq-à-l'âne.

— Mais non. Tout cela est logique. La randonnée avec le chameau m'a ébranlé le sacrum et sensibilisé le coccyx.

— C'est vrai », dit-il.

Solange avait été évacuée, coulée dans un corset de plâtre confectionné dans un hôpital du Sud-Marocain.

« J'ai eu affaire à M. Barbet pour ma rééducation. Tu étais à l'hôpital pour ton infection virale.

— Si tu fais l'inventaire de nos maladies, nous serons là encore demain matin. Je vais aller me coucher, dit Roland.

— M. Barbet avait la mission de me manipuler.

— J'ai compris. Mais pourquoi parlons-nous de M. Barbet ?

— Parce que j'ai couché avec M. Barbet.

— Tu as couché avec ce monsieur Barbet ? s'exclama Roland. Pourquoi ?

— Parce que je suis une femme vivante, heureuse de vivre, tandis que toi tu te consacres à un fantôme.

— Barbet, ce n'est pas l'horrible individu avec une barbichette en triangle noire ?

— Mais si.

— Et tu as couché avec lui ?

— Redford n'était pas sous la main, dit Solange, J'ai dû me contenter de M. Barbet. Il m'a intégré dans son groupe : « Les coincés »...

— Les vertèbres coincées ?

— Non. Les coincés sur le plan affectif. Selon la théorie de M. Barbet, l'âme crispée influence l'état des vertèbres. Il nous a guéris.

— Il a dû s'amuser, ton ignoble M. Barbet ! Avec son triangle noir, il a un visage porno, M. Barbet. Voilà. Porno.

— J'étais un de ses meilleurs éléments, dit Solange, imperturbable. Après une thérapie en tête-à-tête, nous nous soignions en groupe. Il était notre banc d'essai. « Je vous apprendrai, disait-il, comment combler vos maris. » Il était notre maître et notre cobaye. Il a fait un stage dans un psycho-erotico Center à Los Angeles.

— Un scandale absolu, dit Roland. Il est à enfermer, ce type.

— Tu ne vis pas dans ton époque, Roland. Tu vas bientôt être le dernier des frustrés. La libération sexuelle est accessible aussi par la parole, par l'expression verbale. J'ai parlé de toi à la radio.

— De moi ? hurla Van den Ip.

— En te baptisant Jacques, et en remplaçant Marilyn par Marlène Dietrich.

— Mais elle n'est pas morte !

— Ah ! dit Solange. Tant mieux ! Enfin, ça n'a pas

d'importance. J'ai expliqué les relations « amoureux timide et bloqué avec une vedette ».

— Mais tu es folle !

— Au contraire. Donne-moi à boire ! »

Emmitouflés dans des burnous, les bras tendus vers le ciel noir, les doigts brillants de méchoui, l'âme enflammée, les autres dansaient au rythme d'une mélopée arabe ; en imitant les chanteurs, ils tapaient eux aussi du pied, se secouaient, se frappaient dans les mains et poussaient des sons proches d'une agonie dans leur bien-être : ya - i - ya - i - ya - ya - ya. Des Japonais vêtus en Arabes, les Allemands déguisés aussi et conditionnés par le son lancinant des crécelles, s'abandonnaient à la fête. Certains Anglais, pourpres et dignes, s'abstenaient de regretter leurs colonies. Même les Français acceptaient la bonne humeur sans grogne. Les grands gâteaux subissaient le siège des couteaux, et les crèmes au chocolat, à la vanille, au Grand Marnier arrivaient par bassines entières. La lune et sa blancheur crémeuse transformaient l'eau de la piscine en une plaque d'argent. Un nouvel amateur de « regardez-moi donc, comme je suis drôle », tomba sur la surface de ce miroir, il la transperça, et effectua ainsi une fantastique plongée dans l'eau irisée par les feux de la nuit. Le maladroit volontaire revenu à la surface du miroir, ressortit de sa propre image et naquit de son reflet.

Le capitaine annonça un numéro de prestidigitateur, une série de petits miracles incroyables de M. Chose, de passage sur ce bateau. « La fête ne fait que commencer, mes agneaux ! Avis aux amateurs ! De nouveaux tonneaux de vins sont arrivés ! Applaudissez le magicien. Applaudissez la magie ! »

Le bateau gravait son sillon sur le ruban liquide du Nil dont le côtes étaient, ici et là, ponctuées de lumières isolées.

Le maigre magicien au sourire d'automate fit sortir des lapins d'un chapeau. Des cris ravis s'élevèrent.

Plus tard, suivant le rite des gestes élégants et mécaniques, quelques colombes éclaboussèrent de leur blancheur le vêtement en soie noire de M. Chose. Avec un sourire béat l'assistante suivait l'office. Qu'elle soit présente dans un cirque de province ou à Louxor sur une scène improvisée entre deux colonnes, au Caire ou dans le casino d'une ville d'eaux, l'essentiel de sa vie n'était autre que le respect du chapeau haut de forme et la manipulation des lapins. Parfois, elle n'était plus qu'une colombe aux yeux rouges d'insomnies attendant les ordres du maître.

Légèrement ivres, sachant que c'était une blague — mais pourquoi ne pas l'essayer ? on ne sait jamais — Margot et Yan Hook demandèrent au capitaine s'ils pouvaient se marier sur le bateau.

« Mes petits gamins chéris, s'écria le capitaine, que vous êtes mignons tous les deux, à croquer ! Hélas ! je ne suis qu'un employé de l'hôtel des Clubs. Je n'ai pas de formation maritime ; je n'ai même pas été militaire ; je suis un réformé né avec les pieds plats et l'âme boursouflée. Je ne suis pas marin. Je n'ai aucun droit légal. Je n'ai qu'un devoir : vous faire rire ! Je crois qu'il faut être domicilié en Égypte pour se marier ici. Il y a peut-être un consulat de France à Assouan, qui sait ? Mais si vous n'avez pas peur de papa et maman, laissez-vous vivre, en attendant. Et allez en paix, mes agneaux ! »

Roland Van den Ip, sombré dans un désespoir agité, à la vue de la nuée de colombes blanches sorties du chapeau, imagina la place Saint-Marc, filant comme une maille dans un tricot de lagunes.

« Tu te souviens de maître Mauser ?

— Du notaire ? Évidemment. Je ne suis pas amnésique... »

Et glacé de peur, il saisit la table.

« Ne me dis pas que, lui aussi...

— Non, dit Solange. Mais son premier clerc. Je suis allée le voir pour savoir si tu pouvais me déshériter. Il était aussi appétissant que compétent. C'était après

M. Barbet. Donc, j'étais déjà en pleine possession de mes moyens.

— Que veux-tu dire par là ?

— Je l'ai séduit, le clerc. Délibérément. C'était juste pour essayer ma nouvelle féminité et avoir les conseils juridiques. Je t'ai dit que j'en sais autant qu'un avocat. Par exemple, je peux tout te dire, n'importe quelle chose qui m'incrimine, tu ne peux rien faire, mon pauvre chéri, parce que tu n'as pas de preuves. Le clerc, M. Fano, d'origine italienne, plein de remords, mais passons, M. Fano m'a enseigné la loi. Quel foutoir, mon trésor, la loi ! La justice... Je t'assure, j'ai eu deux fous rires lors de ces séances d'enseignement ; c'est insensé, presque tout est au service des roublards, des tricheurs de toutes sortes ; il faudrait réformer tout cela ; tu comprends, je peux pratiquement tout faire pour t'embêter. Tout !

— Tu es un monstre, lui dit Roland.

— Oh ! merci, Roland. Tu es gentil. Pour une fois.

— Gentil ? »

Il eut envie de pleurer.

« Parce que tu me dis: monstre! Quel compliment! Quelle évolution ! Avant, j'aurais été une victime que tout le monde aurait plainte et abandonnée ; grâce à notre époque évoluée, j'ai pu devenir un monstre. Et tu le reconnais ! Merci. »

Roland se leva lentement ; légèrement titubant, il se dirigea vers la piscine ; il longea le tremplin ; l'eau semblait loin.

« Bravo, cria quelqu'un. Le troisième, ce soir ! »

Roland tomba lourdement dans l'eau bleu-vert, éclairée. Les Égyptiens étaient déjà allés se coucher ; il fallut qu'il sorte de l'eau tout seul, en grelottant. Solange lui fit des petits signes. Roland retourna à sa cabine.

L'assistante afficha, avec fierté, des colombes agrippées sur ses index. Les passagers applaudirent. Le magicien s'affaira comme dans une cuisine. Il se mit à couper en fines lamelles une grande écharpe de soie.

« Bonjour, dit Bruno à Marthe au bord de la piscine. Vous me reconnaissez ? Je crois que nous nous sommes vus à Genève. Lors d'un cocktail d'affaires. Ou je me trompe.

— Je mérite tout, dit Marthe : ironie, réprimande, reproches.

— Et l'objet de ton admiration, où est-il ? Se serait-il suicidé dans un bon mouvement, salutaire à tout le monde ?

— N'y touche pas... dit Marthe.

— L'objet de tes rêves te prend dans ses couches célestes déjà ce soir ?

— Tu n'y es pas du tout, dit Marthe avec douceur. Il ne s'agit pas de coucher ou de ne pas coucher.

— Pourquoi, il est pédéraste ?

— Des relations humaines ne se terminent pas toujours forcément dans un lit.

— Que c'est beau ? s'exclama Bruno. Un amour platonique ! Une amitié intellectuelle. Heureusement que vous êtes nourris de méchouis et de beaujolais pour pouvoir planer. »

Liz vint les rejoindre.

« Je suis complètement gelée.

— Voulez-vous que je vous prête un gros pull-over ? demanda Marthe.

— Mon ex-amie, prononça Bruno, est suissesse ; elle est aussi prévoyante qu'une compagnie d'assurances. Acceptez son pull-over. Brodé dans le dos d'une croix rouge. »

Liz intervint :

« Les Américains deviennent muets de boisson, les Français agressifs... Je commence à avoir une expérience !

— J'écoute vos accents délicieux, dit Bruno. Entre la Suissesse parfumée d'allemand et l'Américaine de Brooklyn, mon cœur balance. »

Vêtu d'un burnous large, tourmenté, Raphaël,

assis derrière l'estrade improvisée, réfléchissait.

« Bonsoir, lui dit Liz accompagnée de Bruno. Nous voulons récupérer nos passeports. Pour prendre l'avion à Assouan et rentrer au Caire. »

Raphaël dévisageait Liz avec une rare amertume.

« Elles sont tellement émancipées, les bonnes femmes, qu'elles vous pèlent la peau. »

« Il y a le bureau du responsable à côté de l'infirmerie. Allez le voir demain. Entre dix heures et midi. Moi, je ne peux rien. Pour personne. »

Marthe revint avec un pull-over que Liz accepta avec joie.

La fête touchait à sa fin. Les plus tenaces restaient dehors et se nourrissaient des lambeaux de la soirée.

Emmaillotée dans des couvertures, Marthe regardait la nuit. Quelques nocturnes abandonnaient leur burnous, comme d'étranges animaux après une mue, leur peau.

« Vous affrontez la nuit comme une sentinelle. Il vous manque une guérite ! dit Thomas.

— J'aime cette nuit, répondit-elle. Elle est vivante. »

Assis à côté de Marthe, Thomas regardait aussi vivre la nuit et les lumières parsemées au long de la côte.

Miss Burns noua avec délicatesse le filet destiné à protéger ses bigoudis. Elle étala sur ses joues, et avec un mouvement circulaire sur ses tempes, une crème ; elle songea à sa compagne Muriel, seule à Londres.

Liz la regardait de l'autre lit.

« Vous n'êtes jamais fatiguée de vous soigner ?

— Si. Mais c'est une discipline. Dormez !

— Parfois, vous m'énervez, dit Liz, mais ce soir vous me réconfortez.

— Pourquoi ?

— Je ne sais pas très bien. Vous n'avez jamais été mariée ?

— Je suis homosexuelle ; je vis avec une compagne. »

Liz la regardait, étonnée, et elle s'assit sur son lit.

« Vous n'aimez pas les hommes ? Vraiment pas ?

— Bonne nuit, dit Miss Burns. Dormez maintenant. »

Bruno, heureux d'être seul, s'affala sur son lit et s'endormit.

Margot et Yolande rêvaient dans leur cabine aussi douce qu'une coquille. Alex Brown dérivait vers l'inconscience.

Comme une figure de proue, et oublié par les siens, dehors un Japonais scrutait l'horizon ; il allait photographier la nuit, le bateau fantomatique avec ses pâles lumières et la côte qui se déroulait comme un ruban noir.

Eddy, effondré sur son lit, faisait le bilan de la journée. « Rendez-les heureux ! s'entendit-il dire, et soyez décontracté, toujours décontracté. La joie de vivre personnifiée ! » Pour ce voyage, il était affublé de trouble-fête, comme ce type traînant son gros sac de voyage. Un prétentieux, un snob, un pauvre type qui se sentait diminué lorsqu'il était tutoyé. « Demain, ça va être la soirée des jeux. » Il eut l'impression de réfléchir à haute voix, et, comme un disque enregistré, de déclencher chaque fois un chœur de rires et de bravos hurlés. Avant de se plonger dans un sommeil agité, il se vit sur un char d'assaut, les jumelles en mains. Il aurait voulu donner l'ordre : « Feu ! »... Il s'entendit crier « Rire ».

Marthe et Thomas étaient devenus partie intégrante de l'univers. A l'arrivée timide du petit matin, le négatif qu'était leur vie se colorait, tandis que le bateau perle se transformait en bateau écarlate. Le bateau écarlate voguait à l'intérieur d'une huître sur une eau grise et beige.

Surgies des ténèbres apparaissaient maintenant,

ponctuées de palmiers, les rives. La lumière bordeaux de l'aube allumait un feu de Bengale dans le Nil. Une touche jaune égaya le bas du ciel, un jaune clair, gai, insouciant. Ce jaune citron virevoltait et les palmiers, devenus jaunes par contagion, s'arrachaient à leur agonie nocturne. Sur la rive droite, des maisons-cubes en argile ocre s'entassaient. Une petite île souligna l'étendue fabuleuse du Nil. Le soleil se hissait ; il s'était assis, les jambes pendantes encore dans l'autre moitié du monde, en gros pataud, au bord de l'horizon. Farceur, il envoya une lumière rose bonbon, un rose délirant. Le bateau, le fleuve, les maisons-cubes devenaient ainsi roses ; les palmiers roses se contemplaient dans le miroir rose du Nil.

Marthe grelottait.

« Je vais voir si une bonne âme accepte de nous donner un café si tôt.

— Bonne idée », dit Thomas, et il lui tendit les mains.

Elle glissa dans les bras de Thomas. Ils restèrent un instant immobiles comme arrêtés dans le temps.

A l'aide d'un sourire et d'un pourboire, Thomas put s'installer avec Marthe dans un coin de la salle à manger encore vide ; un garçon leur apporta du café, du lait, des petits gâteaux chauds, fraîchement sortis des fours.

« Vous êtes genevoise ?

— Oui, dit-elle.

— Une belle ville.

— J'ai hérité d'une maison en dehors de Genève, et j'habite là-bas. Et vous ?

— A Paris. Dans une banlieue qui me rappelle un peu un quartier de New York.

— Êtes-vous marié ?

— Je l'ai été.

— Et c'est fini ?

— Juridiquement, depuis longtemps.

— Et moralement ?

— Pour mon ex-femme, c'est certainement fini.

— Et pour vous ? demanda-t-elle, étonnée de la vague de jalousie qu'elle avait ressentie.

— Ça dépend des moments.

— Maintenant... Ce matin ? »

Elle eût adoré un compliment, une toute petite banalité : « parce que je suis avec vous, et ceci et cela »... Il fut impitoyablement objectif.

« Nous avions pensé, avec ma femme, mon ex-femme, visiter ensemble l'Égypte... »

Marthe prit sur elle-même, se versa du café, et dit :

« Elle a changé d'avis ?

— Nous ne sommes jamais allés jusqu'au bout d'une idée.

— Vous l'avez quittée.

— Nous nous sommes quittés.

— Et vous faites ce voyage seul, en pensant à elle ?

— En pensant à beaucoup de choses. »

Le garçon vint et déposa sur leur table une autre cafetière remplie et brûlante.

« J'ai cru que j'étais amoureuse de vous, dit-elle. Vous m'avez prise au sérieux ?

— Non. Certainement pas.

— J'étais ravie de voir le lever du soleil », dit-elle tristement.

Elle était belle et souriante. Un arbre puissant qui résiste à la tornade, bien cramponné à sa terre.

Et puis :

« Vous connaissez la Suisse ?

— J'ai une admiration sans limite pour votre pays.

— C'est beaucoup, non ? Une admiration sans limite ?

— J'ai été même heureux en Suisse, dit-il.

— Grâce à une femme ? demanda-t-elle.

— Grâce à une source, répondit Thomas. Et d'autres choses de même nature. J'ai travaillé sur un brevet, sur un produit chimique d'une importance considérable, et j'ai eu une crise d'allergie mentale pour tout ce qui m'entourait. L'argent, l'extrême organisation de ma vie, la vie conjugale tout court, l'ensemble était devenu pesant, presque insupportable. Je suis parti et je me suis arrêté au hasard dans le Valais. J'ai loué un vieux chalet, isolé, bercé par le bruit d'un torrent. Le chalet meublé appartenait à un vieux paysan valaisan trop âgé pour l'habiter seul. Je me suis intégré dans une chambre à coucher étrangère à ma vie, dans un paysage assez abrupt. Le premier soir, je me suis endormi le cœur léger, et j'ai passé la nuit sans rêves. J'aurais eu du talent pour devenir ermite. Je me suis nourri de silence, d'air pur, de pépiements d'oiseaux, de cette paix suisse qui vous conditionne presque pour un état fœtal de bonheur. La paix. »

Il se tut, presque gêné.

« Vous êtes resté combien de temps ?

— Trois semaines. J'allais me baigner, lorsque le jour se levait, dans une source d'eau chaude recueillie dans un bassin naturel. La chaude vapeur de l'eau flottait au-dessus du bassin ; j'entrais à la fois dans l'eau et dans un nuage. Je me laissais flotter, la tête dans l'eau, le visage tourné vers le ciel peuplé d'oiseaux ; curieux, ils venaient explorer cette branche vivante, une branche au visage humain, les bras en croix, le cœur en joie. J'aimais cette nature d'amour.

— Pourquoi ne pas y vivre ? dit-elle.

— Un strapontin au paradis ? répondit-il. C'était trop tard.

— Trop tard ?

— Pour me reconvertir et apprendre à vivre.

— Pourquoi ? »

Elle s'arrêta.

« Pourquoi quoi ?

— Vivre à côté de la vie.

— Vous avez dû apprendre à l'école, dit-il, qu'il y a eu une vilaine guerre qui a éclaté en 1939.

— Une boutade aussi usée que ça n'est pas digne de vous, dit-elle. Votre guerre, vous l'avez vécue très jeune.

— J'ai été déporté à quatorze ans à Auschwitz. Non, je ne suis pas juif. Mais je n'ai pas repris mon nom hongrois ; non, je ne l'ai pas voulu.

— Arrêtez ! s'exclama-t-elle. Que vous soyez juif ou non, je m'en contremoque. Je ne veux pas écouter une explication que vous débitez comme une sorte de pénible plaidoirie.

— Seriez-vous vraiment intelligente ? demanda Thomas d'un ton de plaisanterie. Fuiriez-vous le pittoresque ? Qui êtes-vous ? Psychologue, rééducatrice d'adultes en état de convulsion mentale, femme au foyer qui aurait lu et appris le mode d'emploi à utiliser avec un homme aux abois ?

— J'ai fait une école de commerce, dit-elle. Je vais reprendre la direction de l'usine de mon père. On m'a élevée comme un jeune garçon. J'ai pris, vis-vis de certains côtés de la vie, l'attitude d'un homme.

— Femme d'affaires ! » s'exclama-t-il. Il se mit à rire. « Incroyable race féminine. Capable de tout. Ressembler à un champion de volley-ball, diriger une affaire commerciale. Susurrer des mots d'amour à un type étourdi par tant de perfection. Quel est votre nom ?

— Marthe Muller. Et vous ? C'est bien Thomas Koenig, n'est-ce pas ?

— Si vous voulez, pour votre fichier, ma date de naissance aussi, mes tares, mes rêves...

— Je ne veux rien, répondit-elle. Rien. Qu'un bain chaud.

— Vous êtes attirante, lui dit Thomas. Venue d'une autre planète. Une extra-terrestre. Et que pensez-vous de l'angoisse, savez-vous ce qu'est la peur ?

— Oui, dit-elle. Grâce à vous. Vous pourriez prendre une place gênante dans ma vie.

— J'adore vous écouter, dit-il. Continuez. Pourquoi gênante ?

— Parce que trop importante, fit-elle. J'ai besoin de toute ma force pour me défendre contre vous.

— Mais je ne veux rien !

— Justement. C'est ça qui est grave. Pour moi.

— Marthe Muller, venez ! » Thomas lui tendit la main. « Je sais qu'il y a deux salles de bain sur le bateau, il faut que nous les occupions avant que les autres se réveillent.

— Je vais aller chercher mes affaires dans ma cabine, dit Marthe.

— Alors, à tout à l'heure. Dites... J'aimerais... » Il s'arrêta, doux et souriant, et se pencha légèrement vers Marthe.

« Vous voulez dire quoi ? »

Elle hocha la tête.

« J'ai peur de regretter tout ce que je pourrais dire »

Il lui prit la main, et l'embrassa légèrement. Marthe eut une telle tendresse pour lui qu'elle ferma une seconde les paupières.

« Marthe Muller, dit-il mi-sérieux, mi-gai, je vous confesse avoir eu une immense envie de faire l'amour avec vous.

— Le contraire aurait été inquiétant ! fit-elle.

— Rien ne peut vous atteindre, n'est-ce pas ? conclut Thomas. Une femme forte. Vous êtes une femme forte. Je vous ai résisté dans la cabine. J'aurais eu envie de n'importe quelle femme — jeune et belle — vous, une autre. Ç'aurait été inélégant d'exploiter avec vous ma crise de solitude.

— Inélégant ? répéta-t-elle, un peu pâle. Un robot ne peut pas être inélégant. Et vous êtes un robot. J'ai horreur de la science-fiction, donc je suis étrangère à votre univers. Vous ne me ferez pas de mal ! »

Elle partit d'une manière assez brusque. Elle aurait eu facilement les yeux en larmes d'émotion et de colère aussi.

« Pas de romantisme, ni de brève rencontre pour moi », pensa Thomas. Marthe était un soleil chaud et parfois agressif, c'est-à-dire une source d'éléments inattendus. Il fallait s'en méfier, pensa Thomas.

Dans un des couloirs, il rencontra Eddy qui courait,

affolé. Un Japonais avait eu, cette nuit, une crise douloureuse, l'appendicite peut-être ; on allait l'évacuer à Esna et l'expédier au Caire en hélicoptère. Eddy n'avait pas beaucoup de temps pour s'occuper de ce « mauvais coucheur » qu'était Thomas ; dans sa précipitation, il lui lança tout juste :

« Vous ne m'en voulez plus, je l'espère... Quand on n'aime pas le ton badin, il ne faut pas venir au Club. »

Thomas fit un petit signe de conciliation.

« Ne vous inquiétez pas, tout va bien.

— Je vous promets que je vous dégèlerai ce soir ; ce programme fait rire même les plus durs, les plus récalcitrants... Vous verrez, ce soir. Vous rirez, c'est sûr ! Personne ne résiste à Eddy... »

Le vendredi après-midi, au moment où le groupe visitait la vallée des Nobles et se prêtait à toutes sortes de jeux de miroirs, Samuel revint vers Joanna.

A peine descendu du taxi, il avait été accueilli par elle, frileusement pelotonnée dans une grande écharpe en laine parsemée de fleurs multicolores.

« Renvoyez le taxi ; je vous conduirai à votre hôtel. »

Puzzle s'arracha volontiers à son cabas ; le ténériffe voulait jouer avec le berger allemand.

« Je n'avais personne à qui laisser ce chien dont j'ai hérité », dit Samuel.

Le ténériffe, surpris par la neige, gambadait joyeux, avec Siegfried.

Une mélodie jouée d'une manière enfantine se dégagea de la maison.

« La leçon de piano de mes filles », expliqua Joanna.

L'accueil presque chaleureux de Joanna étonnait Samuel ; il la suivit, attentif.

« Depuis hier, vous avez rempli ma vie, monsieur, dit Joanna en lui servant un café. J'ai raconté votre visite à mon mari. Nous sommes un couple uni.

— Ma visite n'est pas un secret, dit-il.

— Ça aurait pu l'être. Mais mon mari est compréhensif. »

Samuel attendait paisiblement. Joanna le surprit avec une première phrase :

« Posez-moi des questions. »

Il aurait préféré des épanchements sentimentaux et, de la part de Joanna, quelques brins de nostalgie, un monologue en désordre. Il y aurait trouvé des trésors de renseignements.

« Je vous écoute.

— Thomas Koenig se trouve en Égypte. »

Une ombre dans les yeux.

« En Égypte ? Un beau voyage.

— C'est un beau voyage, madame, en effet. Et mystérieux.

— Mystérieux ?

— Thomas Koenig a vendu une Madone, une peinture du XVIIe siècle, pour huit cent mille Deutsche Mark.

— Je ne vois pas le rapport entre cette vente et le voyage.

— Moi non plus, dit Samuel. Il y a des faits troublants.

— Thomas avait deux Madones, dit Joanna. Il les a récupérées en Hongrie grâce à un diplomate étranger. Pourquoi il en a vendu une ?

— Un besoin péremptoire d'argent ?

— Thomas a toujours gagné beaucoup d'argent, dit Joanna, et il dépensait assez peu ; il n'avait pas de besoins. Il fallait qu'il ait ses livres, ses objets, sa pièce pour travailler. A peine avais-je pu trouver une place dans cet univers. Une autre tasse de café ? demanda-t-elle. Votre visite a un autre but que cette vague histoire d'association ?

— C'est vrai. Peu à peu je vous dirai la vérité. Aidez-moi. Pourquoi Thomas Koenig aurait emporté tant d'argent en Égypte ?

— Je ne pourrais absolument pas vous le dire. Il

peut aussi bien vouloir acheter du terrain, un morceau de désert, y bâtir une maison, et s'installer dans la contemplation du barrage.

— De quoi ?

— Du barrage.

— Quel barrage ?

— Le haut barrage d'Assouan.

— Le contempler ? Je ne vous suis pas. Pourquoi contempler un barrage ?

— C'est assez complexe. Notre vie commune était assez tourmentée et il se trouve que le barrage est devenu comme une personne.

— Comme une personne ?

— Nous avions notre « jeu du barrage ». Mais il ne peut pas vous intéresser.

— Qui le sait, madame ? Tout est important dans cette affaire.

— Il a fait, comme on dit une « fixation » sur le barrage. Il considérait qu'entre lui et la vie qu'il aurait voulu vivre, il y avait un barrage. Il a développé toute une théorie sur les barrages moraux, psychiques ; tout ce que les autres auraient désigné comme « blocage », c'était pour lui : le barrage. Le fait même que je n'aie guère eu envie de participer à sa vie antérieure et de me prêter à une fatigante et perpétuelle psychanalyse, il l'a considéré comme un barrage. Entre nous. En tant qu'expert, pendant une période donnée, mon second mari, Heinrich, a travaillé sur le barrage d'Assouan. Il m'écrivait d'Assouan. Lorsque j'ai épousé Thomas, j'ai eu une fâcheuse tendance à lui parler de « l'homme-théorie » et de « l'homme-action ».

— C'est-à-dire ?

— Comme souvent les Hongrois, c'était un théoricien de la politique. Refaire le monde, le réorganiser, c'était son ambition. Je me moquais un peu de lui. J'ai dit : il y a des hommes d'action qui font un barrage, et des théoriciens qui font des théories. Ceci l'énervait. Le haut barrage était devenu comme une sorte de divinité ; on lui sacrifiait des moments. Des phrases.

« La Basse-Nubie engloutie sous les eaux prenait l'aspect politique de la Hongrie de jadis. Celle qu'il avait connue. De ses relations avec la Hongrie actuelle, il ne m'avait pas parlé. Il avait gardé en lui-même une immense rancune pour la Hongrie de l'époque de son adolescence. Une haine sporadique ; parfois, il énumérait les défauts présumés de ses ex-compatriotes avec beaucoup de violence. J'imagine qu'il n'avait jamais pu reprendre le dialogue avec ce pays, qu'il avait rendu responsable de sa déportation. »

Elle continua, paisible :

« Je ne sais rien de vos vraies relations avec Thomas. Mais je ne désire pas me méfier de vous. M'ouvrir à vous me plaît. Me convient. Me soulage. Dans des moments de lucidité, nous tentions de désacraliser ensemble le barrage. D'où les projets de voyage, de s'y rendre ensemble. Comme dans un curieux pèlerinage. Mais nous reculions au dernier moment. Nous n'avions pas la force de l'affronter. Thomas transformait tout en théorie, en doctrines, en hypothèses. Il y avait dans son esprit le barrage politique, le barrage de l'argent, le barrage de la corruption...

— *Mutti, ich bin schon fertig...* »

Une petite fille, brune comme sa mère, se tenait dans l'embrasure de la porte.

D'autres gammes parcouraient l'air encore.

« C'est Hilde qui joue, dit la petite fille, polie, à l'intention du monsieur qui grignotait un gâteau.

— Va goûter, dit Joanna. Louise a fait des crêpes.

— Il y a un autre chien dans le jardin, dit la petite fille.

— C'est le chien de ce monsieur. »

Après son départ, Joanna ajouta :

« Ce ne sont pas des enfants de la guerre. Heureusement. Thomas et moi, nous étions des enfants de la guerre. Les signes avant-coureurs des réhabilitations l'énervaient, l'excitaient. « Le monde fou sacralise les tueurs », disait-il. C'était épuisant de s'indigner avec lui, de se révolter avec lui, de subir ses accès de rage contre le système occidental qu'il considérait comme trop corrompu.

— Et vous ? dit Samuel. Et vous dans tout ça ?

— Moi ? Je voulais le bonheur d'une manière ou d'une autre, dit Joanna. Un bonheur lisse et clair. Chasser les zones d'ombres. Et Thomas vivait avec ses ombres. Il les attirait. Un vrai prince des ténèbres.

— D'où votre rupture ?

— Difficile. Au prix d'un chagrin qui frôlait la douleur, d'un deuil. Méchant et sauvage dans ses colères, il devenait aussi vulnérable, parfois. Tout ce qu'il touchait sur le plan de son métier se soldait par la réussite. Des bribes d'idées qui faisaient la fortune des autres. Il se laissait piller en sachant qu'on le volait. Et toujours l'angoisse qu'une de ses inventions puisse être utilisée contre son gré. Il y a eu, hélas, un précédent qui l'avait rendu amer et révolté à la fois. Comprenez-moi, je l'aimais. Mais quelle est l'étreinte supportable, où, au lieu d'amour, on vous parle des horreurs du passé, et on s'écorche vif parce que le nazisme renaît. Les tourments du monde sans répit ! Notre âme était devenue une immense gare où les trains d'idées hostiles, sans freins, haletants, se croisaient, s'entrechoquaient. J'ai voulu descendre de ce train d'enfer. »

Ployé sous les suppositions, surexcité, fatigué aussi, Samuel se leva pour prendre congé de Joanna.

« Vous m'avez proposé très aimablement de me ramener à Munich.

— Avec plaisir. Vous allez où ? demanda Joanna.

— Juste prendre mon bagage, et à l'aéroport après. »

Elle avait encore envie d'évoquer Thomas. Elle allait être arrachée à Thomas, dès que Samuel serait parti.

Samuel précipita le mouvement et récupéra dans le jardin son chien devenu une loque haletante, mouillée, dégoulinante de neige et de gaieté.

La voiture de Joanna s'arrêta devant la porte du jardin.

Plus tard, en route vers Munich, sortie du silence, elle demanda :

« Quelle est la raison véritable de votre visite ?

— Un pressentiment, une erreur, une idée fixe. Je ne sais pas. Il y a une affaire Thomas Koenig.

— Tenez-moi au courant, dit Joanna. Et n'oubliez pas ses origines déterminantes. Issu d'une des familles les plus en vue de la Hongrie féodale d'avant-guerre, il n'a jamais eu de relations « normales » avec l'argent. Il est né dans l'« Establishment » des héritages, des grandes terres, de l'argent omniprésent, pour sombrer pendant sa déportation dans une totale misère physique et morale. Et surtout dans l'humiliation. Il est imprévisible. »

Arrivé à Paris, Samuel se fit conduire à son hôtel miteux. Il se remémora le programme du voyage du groupe. Ce soir, ils s'embarqueront sur le *Nefertiti* pour la croisière sur le Nil. Ils atteindront Assouan lundi en fin de journée ; mardi matin, ils visiteront Assouan et ses alentours, le mausolée d'Aga Khan et le haut barrage.

Oubliant les embouteillages et le chauffeur qui pestait contre le gouvernement actuel « qui laisse tout faire... L'anarchie, c'est devenu l'anarchie chez nous ; on va crever si on n'a pas un peu de discipline... », Samuel réfléchissait. Il ne retournerait pas le lendemain à Nice ; au contraire, il allait revoir la maison où Thomas habitait. La gardienne devait être aujourd'hui chez sa sœur. S'approcher de la maison où Thomas vivait, la humer, sans être surveillé par Mme Hrazek. C'était le but.

L'hôtel était complet. Ce soir, particulièrement agacé par ses clients au rabais et les prostituées désabusées, l'hôtelier s'exclama :

« Vous êtes revenu ?

— J'ai retenu ma chambre.

— Retenu, retenu... marmonna l'hôtelier. On n'est pas au Ritz ici ; vous avez payé des arrhes ? »

Il venait d'obtenir sa clef, lorsque l'hôtelier aperçut le chien.

« Toujours avec votre cabot ?

— Mais oui.

— Redonnez-moi la clef. A cause de la moquette neuve. Pas de chien sur la moquette neuve. Je vous donne une chambre qui ne craint rien.

— Vous n'avez jamais pensé à vous reconvertir dans un autre métier ? lui dit Samuel.

— Un autre métier ?

— Et la formation permanente ? Vous n'en profitez pas ? Devenez gardien de prison, cher monsieur. Dans une dictature sud-américaine. Vous monterez vite en grade.

— Qu'est-ce qu'on voit comme fous dans ce métier ! s'exclama l'hôtelier. Des fous ! Des étrangers dingues ! »

Frau Louise, l'employée de Joanna, avait servi le dîner, ce soir-là, assez tard. Heinrich, le mari de Joanna, avait eu une réunion prolongée ; les fillettes dormaient déjà lorsque leur père rentra. Frau Louise tenait absolument à rester ; elle viendrait plus tard le lendemain.

Une grande paix régnait dans la salle à manger, laquelle était séparée par trois marches du living-room, une agréable astuce architecturale : prendre les repas comme sur une estrade ; parfois, dans un vertige passager, Joanna s'imaginait sur la scène d'un petit théâtre, ayant un rôle secondaire dans une pièce à succès, à l'affiche depuis des années.

Des lunettes distinguées, à monture dorée, prêtaient à Heinrich un aspect sérieux, même sévère.

« Procédé un peu cavalier, de faire une enquête sur un futur associé auprès d'une ex-femme, dit-il d'un ton calme.

— Un vieux monsieur, brave, remarqua Joanna. Il ne m'a pas gênée. »

Et elle tenta de couper une feuille de salade avec sa fourchette à la ligne aérodynamique.

« Thomas est parti pour l'Égypte », dit Joanna.

Elle resta une seconde essoufflée.

« C'est votre jeu du barrage qui reprend ?

— Le jeu est fini, dit Joanna. Il a décidé enfin ce voyage. C'est normal. »

Heinrich se servit un peu d'eau de la carafe en cristal qui effleura le verre avec un léger tintement. Il souffrait de jalousie. Le souvenir de ce Hongrois ravageur les poursuivait. Il ne fallait pas que Joanna y pense. Amoureux de Joanna depuis toujours, depuis ses débuts sur le haut barrage, il refusait l'idée que Joanna ait été attirée par lui à cause du barrage. Maintes fois, il avait souligné le peu d'importance de son rôle en Égypte ; il n'avait été qu'une de ces fourmis humaines qui y avaient grouillé. Joanna avait besoin d'un héros matérialisé dont elle pouvait faire un élément d'équilibre dans sa vie stéréotypée sur le modèle du « bonheur parfait ». Devenu figure de proue, les yeux fixés sur l'horizon, il la protégeait. C'était un rôle épuisant.

« Un fruit ? demanda Joanna, et elle afficha un sourire de mannequin.

— La moitié d'une pomme. »

Il fallait la choisir, cette pomme, la couper en deux, et l'éplucher. Chacun une moitié.

Sous l'effet d'une lumière indirecte, presque phosphorescents, les tableaux abstraits égayaient la salle à manger. Une lampe aux fibres métalliques frissonnait dans des lumières d'arc-en-ciel. C'était une lampe-fleur, une lampe queue de paon, une lampe aux fins tentacules multicolores. Même l'air semblait irisé de son côté.

Pour se libérer, Joanna inventa :
« Je crois que Hilde appelle.
— Va voir. »
Il aimait Joanna. Heinrich devait se contenter d'un présent frêle. Parfois aussi irréel que le reflet d'un visage dans un miroir de Venise.
Elle s'était enfuie vers l'étage des enfants. Elle s'enferma dans la salle de bain des fillettes ; elle aperçut de petites pantoufles rouges par terre à côté d'une serviette. Elle s'était vue dans le miroir ; elle voulut s'assurer de l'harmonie extérieure de ses traits. Un chagrin, soudain, montait en elle ; elle enfouit sa face décomposée dans un peignoir qui sentait le savon et le corps propre d'un enfant.
« Joanna ? »
La voix tamisée de Heinrich l'atteignit.
« Joanna ?
— Oui.
— Tout va bien ?
— Parfaitement. J'arrive... »
Elle s'improvisa un petit maquillage, et elle modela son âme. Un masque de sérénité recouvrit son visage. Elle aurait dû dire à Heinrich, dès le début, l'échec de leur union parfaite. Thomas, sa drogue, lui manquait. Elle en était malade et elle ne s'en guérirait jamais. La visite de Samuel avait ravivé toutes les blessures qui ne demandaient qu'à saigner.
Elle rejoignit son mari, affolée à l'idée d'un disque à écouter. Heinrich, avec les gestes d'un officiant, essuyait les disques-calices, et s'agenouillait parfois, avec un mouvement délicat et précieux, pour mettre en marche l'installation de stéréophonie posée sur le sol recouvert d'un épais tapis blanc. Il appuyait sur un bouton qui transmettait au petit bras, muni d'un diamant, l'ordre de se poser sur le disque. Et Joanna devenait la proie de Mahler, de Beethoven, ou de Mozart. Elle simulait un plaisir, balançait même la tête au rythme de certains mouvements pour se manifester mélomane. Lors de ces soirées d'élégante

torture, elle se réfugiait auprès de Thomas. Des souvenirs de Thomas.

« Un peu de musique ? interrogea Heinrich.

— Je n'y tiens pas absolument. »

Elle prononça l'« absolument » avec grâce.

« Le visiteur t'a fatiguée, remarqua Heinrich. Mahler t'aiderait.

— Non, merci », fit-elle, et elle pensa qu'on allait l'entendre hurler.

Elle aurait hurlé en effet. Pour se soulager.

Ils avaient une belle chambre, conçue elle aussi par un décorateur d'origine italienne. Derrière les lits jumeaux, le papier peint représentait une plage, la mer bleue, et, au niveau des têtes de lit, un palmier vert cru. Gai en diable. C'était vraiment une très belle chambre à coucher. Heinrich n'aurait jamais insisté pour prendre Joanna ; il attendait une invitation, sinon un large consentement. C'était un homme galant, et parfois légèrement paresseux, lorsqu'il s'agissait de sexe dont l'importance était plutôt atténuée dans leur vie harmonieuse.

« Tu veux dormir tout de suite ?

— Oui, dit-elle.

— Je lis un peu.

— Comme tu veux. »

Désorientée, elle avait compris un peu tard qu'elle aurait dû demander l'adresse de Samuel Stein. Pour garder le contact. Ou si elle avait voulu lui dire quelque chose. Elle ne le reverrait jamais.

Aurait-elle pu, aurait-elle dû, parler à ce visiteur inattendu qu'était Samuel, des exclamations de Thomas selon lesquelles il était un jour censé faire sauter ce barrage, le symbole de toutes les contraintes du monde ?

« Tu ne pourrais même pas y ouvrir une brèche », avait-elle répondu chaque fois, et elle le narguait en répétant : « Épaisseur à la base, neuf cent quatre-vingts mètres ; épaisseur au sommet, quarante mètres ; hauteur, cent onze mètres. Tu te vois contre ça ? »

« Tu es nerveuse, constata Heinrich à mi-voix.

— Non, dit-elle. Le sommeil me fuit. Ça peut arriver, n'est-ce pas ?

— Tu tournes sans cesse dans ton lit. »

Elle essayait de s'immobiliser sur son côté droit ; c'était l'apaisement provisoire ; bientôt en proie à une agitation épidermique, elle luttait contre la fébrilité qui gagnait ses pieds, qui empoignait ses jambes, qui, subrepticement, se transformait en crampe, et qui la raidissait jusqu'à la taille. Tout à l'heure, désordonné par la tachycardie, son cœur allait battre comme un tambour fou.

La douleur, due à sa séparation d'avec Thomas, la surprenait ; elle revenait, traînant avec elle ses ténèbres. Immobile, couverte de sueur, elle espérait ne pas être observée. Heinrich ne dormait pas encore. Il remarquerait l'insomnie de Joanna encore une fois, et il en serait aussi triste qu'agacé. « Thomas était un volcan. Comment se réchauffer auprès d'un volcan sans se brûler ? Ils avaient eu de grands moments de bonheur. Avec son sourire apte à désarmer les plus rancuniers, il avait été parfois comme un morceau de soleil détaché de la braise d'origine, et arrivé directement de l'espace. Gai, il amenait un goût de paradis ; inventeur de génie, il gaspillait son savoir dans un orgueil insensé, promenant un charme irréductible ; amant passionné, doux, cruel et inventif, il se transformait comme par magie en prince des ténèbres. Souvent, elle avait été réveillé par l'absence de Thomas ; ensommeillée, elle partait à sa recherche. Intruse dans la nuit blanche de Thomas que celui-ci considérait comme une propriété privée, elle le découvrait, accompagné du chien Happy, hostile parce que dérangé. Elle balbutiait une vague excuse, faisant remarquer qu'il était deux heures ou trois heures. Il répondait :

« Le monde est et il restera une usine de mort ;

quelle importance de l'heure dans une usine de mort ? Va dormir. »

Elle n'osait pas répondre, mais, au lieu de partir, les pieds nus, les yeux cernés, recroquevillée, elle se mettait à attendre, elle se laissait modeler par une atmosphère d'éternité.

Les rideaux fermés cachaient le lever du jour. Elle s'assoupissait parfois, elle se réveillait, fragile comme une aile d'oiseau, elle se camouflait pour être tolérée dans l'existence de Thomas.

Pour celui-ci, de nouveaux monstres devaient naître de la réhabilitation des anciens. L'Occidental était accablé par le poids de sa liberté. L'Europe n'était qu'un os à moelle que se disputent le chien américain et le chien russe. L'Amérique était en train de découvrir que l'os à moelle était à moitié sucé par les corrompus, par les profiteurs, par les héros à la petite semaine, de pauvres ministres qui passent d'un portefeuille à l'autre, avec la facilité d'une pute, sans la conscience professionnelle de celles-ci car, eux, ils ne se lavent pas entre deux clients.

Et lorsqu'il s'était inscrit au parti socialiste allemand, Thomas avait expliqué à Joanna :

« La droite est une caverne où résonnent d'anciens slogans. Dans son intérêt profond, la droite explique et réhabilite. Les socialistes tiennent la clef de l'avenir. »

« Est-ce qu'on pourrait vivre sans ta révolution perpétuelle ? répondit-elle. Pourquoi vouloir transformer le monde ? »

« Je ne suis pas une combattante, avait-elle dit. J'aurais voulu être une mère de famille. »

Thomas avait répliqué :

« Mère de famille ? Qui veux-tu mettre au monde : de futures victimes ou de futurs tortionnaires ?

« Il n'y a pas que ça », avait-elle protesté.

« Alors tu veux donner la vie à de médiocres esclaves. A ceux qui s'asphyxient avec un sourire béat, à ceux qui acceptent les centrales nucléaires pour se baigner plus tard dans l'eau chauffée et rejetée par l'atome. Tu veux faire des bébés joufflus qui pataugeront, sous l'œil attendri des parents, dans des mers pourries ? Implanter dans ton corps un pauvre type anodin, un robot de mauvaise qualité ! »

« Tu es cruel, avait-elle dit. Que veux-tu de l'être humain ? »

« Qu'il fasse changer le monde ou qu'il disparaisse de ce monde. C'est tout. »

On était à une distance d'années-lumière de la maison à l'atmosphère paisible dont elle rêvait. Elle aimait Thomas avec frayeur, en le craignant, en adorant ses tendresses qui déferlaient parfois sur elle comme les vagues chaudes d'une mer tropicale.

Dans ses tourments, elle avait toujours été rassurée par les signes de vie de Heinrich, par ses cartes postales arrivées avec des retards pharamineux, parfois de quatre ou cinq mois.

« Pourquoi moi ? avait-elle dit un jour à la limite d'une dépression. Pourquoi moi ? Tu devrais vivre avec une révolutionnaire, avec une pasionaria qui te donnerait la réplique. Pas moi.

« Parce que c'est toi que j'aime, avait-il répondu en la serrant dans ses bras. Tu es comme une fleur coupée. Une plante sur un glacier. J'aime tes cheveux noirs en soie. J'aime tes yeux noirs. Tu es ma poupée de chiffon, ma poupée en soie précieuse. »

Changeant d'aspect et d'humeur comme un ciel tropical dans la période des pluies, délirant, merveilleux, fuyant et bouleversant, Thomas l'ensorcelait. Elle avait toujours été à la limite de lui dire merci pour sa présence. Merci parce qu'il existait.

Joanna, épuisée, se retourna lentement, avec les précautions d'une opérée qui redoute la douleur.

« Quitte-moi ! lui dit Heinrich, installé dans l'insomnie lui aussi.

— Pourquoi me dis-tu ça ? » balbutia-t-elle, affolée.

Tout était remis en cause : sa maison blanche, ses petites filles modèles, son chien avec pedigree, ses thés offerts pour ses amies, les pique-niques heureux, les vacances familiales en Sardaigne, où la mer est propre. La forteresse de sécurité que représentait Heinrich.

« Retrouve-le en Égypte. Mais ne continue pas à souffrir comme ça.

— Je ne te quitterai jamais », dit-elle avec une farouche bonne volonté.

Heinrich alluma la lampe de la table de chevet et prit, aussitôt après, une cigarette.

« Me quitter ? Il faudrait que tu sois là, pour me quitter. Tu es pratiquement absente depuis deux jours. Avant, c'était par périodes.

— Moi, souffrir ? s'exclama Joanna, faussement indignée. Du tout. Je suis heureuse. A cause de la visite de ce vieux type, j'ai pensé à Thomas un peu plus.

— Un peu plus, répéta Heinrich. J'aimerais t'aider. Je ne suis ni un héros, ni un inventeur de génie, mais il m'a été distribué par la nature un peu de bon sens. Je préférerais que tu le revoies. Depuis huit ans, tu refais son image tous les jours. En huit ans, ses défauts ont disparu et ses qualités se sont multipliées. Il faudrait que tu le revois bedonnant, je l'espère, vieilli en tout cas, car le temps n'épargne personne. Va donc voir ton chevalier de l'Europe centrale. Je t'offre le voyage, le retour dans le passé en première classe. Ton Dieu se déplace avec un club de vacances... »

Il écrasa sa cigarette, et la fumée bleue et dorée derrière le lit apparut palpable.

« Tu n'étais qu'une ombre lors de notre mariage. Une délicieuse et ravissante ombre, les yeux en larmes pour un rien. Peu à peu, le temps d'installer cette maison, tu t'es désintoxiquée de Thomas Koenig. C'en était fini avec les montagnes de livres accumulés partout dans notre ancien appartement ; c'en était fini avec les cafetières toujours en marche, les réveils qui ne sonnaient jamais, les montres folles,

les piles de journaux vieillis, parfois sans avoir été ouverts ! Je t'ai amenée aux sports d'hiver. Tu as commencé à revivre sur tes skis, sous le soleil de la montagne, épuisée enfin par l'effort physique et plus par des discussions stériles.

— Je te dois tout, dit Joanna. Tout ce que tu dis est vrai. Explique à une droguée que la drogue est néfaste. Elle te croira. Je te crois. Je sais que tout cela est vrai.

— Je préfère me séparer de toi que de te voir végéter ainsi, dit Heinrich. Je ne te fais aucun chantage aux enfants. Mais évidemment, je ne laisserai pas mes filles subir les dérèglements d'une autre vie.

— Je m'en vais un peu », dit Joanna.

Elle prit l'oreiller et sa couverture pour s'installer dans la chambre d'amis, toute rose.

Elle se coucha dans le lit à badalquin, apaisée par l'air frais, mais grelottant ; cette pièce n'était pas chauffée et Joanna dérivait vers une paix glaciale. Elle n'avait pas le courage de fermer les volets ; dans la faible lumière d'un réverbère lointain, le dais tendu de tissu fleuri avait pris l'aspect d'un catafalque rose.

Elle pensait à ses filles, affolée, le cœur serré ; elle imaginait la vie sans elles en leur rendant visite, un dimanche sur deux. Elle effleurait des doigts son visage. C'était vrai. Elle pleurait.

Au petit matin, Joanna alla dans la chambre de ses filles. Elles dormaient encore. L'image était d'une douce banalité : leurs cheveux sur l'oreiller, leur poupée indifférente près de leur visage, une respiration d'enfant paisible. Calme, et infiniment triste, elle contemplait son choix.

Elle prit un bain, puis elle se rendit dans sa cuisine-laboratoire, dans ce chef-d'œuvre de la technique moderne et de la robustesse de l'inimitable qualité allemande. Elle prépara le petit déjeuner, mit la table, disposa les napperons avec un soin méticuleux. Heinrich allait être accueilli comme il le méritait. Ils ne parleraient plus jamais de cette nuit. Le babillage des enfants nettoierait son esprit des mauvaises pensées ; elle irait rendre visite à son père, en lui portant un gâteau qu'elle ferait elle-même.

Elle entendait maintenant les pas d'Heinrich ; l'eau coulait dans une des salles de bain. Heinrich entra avec délicatesse pour ne pas la faire sursauter.

« Le petit déjeuner est prêt », annonça Joanna.

Elle sortit du four des petits gâteaux tout chauds. La pression de la vapeur fit se répandre une délicieuse odeur de café.

« Qu'as-tu décidé ? » demanda Heinrich avec douceur.

Il se versa du café et chercha une seconde le lait, que Joanna vint poser sur la table.

« Comment voudrais-tu que je sois ? demanda-t-elle.

— Libérée de Thomas Koenig. Ne plus être son zombie.

— Je vais faire de mon mieux, fit-elle. Je crois que ce n'était qu'une crise passagère.

— Espérons-le, dit-il. Je ne t'en veux pas. Parce que tout cela est indépendant de ta volonté. »

Les filles allaient bientôt arriver. De vraies petites filles, déjà un peu maniérées, le ruban dans les cheveux et l'astuce dans le sang.

« S'il te plaît, dit Joanna. Parlons maintenant d'autre chose. La nuit est finie. Terminée. »

SAMUEL se rendit à la maison où habitait Thomas Koenig. Il était huit heures du soir. Comme lors de sa première visite dans l'immeuble, il fut frappé par un mélange d'odeurs suffocantes, et des bruits qui résonnaient dans la cage d'escalier. Les postes de télévision émettant les mêmes nouvelles avec un soupçon de décalage dans le son, transperçaient les murs, et les discussions familiales débordaient des logements. Mme Hrazek devait être chez sa sœur, sa loge était obscure. D'un pas rapide, comme si on l'avait invité, Samuel se dirigea vers l'appartement de Thomas Koenig. La porte à doubles battants était munie d'un judas et d'une serrure de sécurité. De ses mains fines et légères, Samuel auscultait les parois blindées de l'intérieur.

« A votre place, je n'y toucherais pas. Ça risque de gueuler. »

Désagréablement surpris, il se retourna, et aperçut une Eurasienne dont l'apparence maussade n'ôtait rien de sa grâce physique.

Pour mieux se défendre, Samuel attaqua :

« Vous connaissez aussi Thomas Koenig ? »

Elle haussa les épaules.

« Le connaître ? C'est beaucoup dire. Je l'ai vu souvent. Sa porte est reliée à une alarme. Encore un peu et les sirènes se mettront à hurler. Toute la maison rappliquera. Ce n'est pas qu'ils veulent empêcher un vol. Ils sont curieux, les gens... Vous vouliez sonner, ou entrer pour faire un petit tour ?

— Les deux. Si j'avais pu le voir, ç'aurait été parfait. J'ai cru comprendre qu'il est en voyage.

— Vous ne ressemblez pas à un cambrioleur, dit la fille.

— Je ne suis pas non plus un cambrioleur. Quel genre de type c'est, M. Koenig ? »

La fille fit une grimace.

« Pas fameux. Grands airs et petits budgets. Entendons-nous, il ne paie que si c'est dans ses intérêts.

— Vous avez eu affaire à lui ?

— Pas moi. Les autres. Koenig est avare. Comme souvent les riches. Il a refusé de m'offrir un billet pour Hong Kong. Pourtant avec le fric qu'il a...

— Pourquoi vous l'aurait-il offert, ce billet ? Vous étiez liée intimement à lui ?

— Vous voulez dire si j'ai couché avec lui ? »

Samuel acquiesça. Ce n'était pas tout à fait son langage.

« Du tout. Je n'en aurais pas voulu. Lui non plus.

— Alors, pourquoi le billet ? »

L'Eurasienne baissa les paupières. Ses yeux, deux fentes brillantes, s'étiraient vers les tempes.

« Je ne dirais plus rien à personne, dit-elle. Avec tout ce fric qui me passe sous le nez. Me promener en peau de lapin et en jean, j'en ai marre. Je devrais être riche comme les autres. On m'a eue souvent. C'est fini.

— Si vous avez des choses intéressantes à me raconter, je payerais...

— Je connais ces promesses, fit-elle. Je ne marche plus. Bonne fille, je déballe des trucs, je me donne un mal fou pour rendre des services, et aussitôt après, on me laisse tomber. Les petits copains foutent le camp.

— Vous parlez un excellent français.

— Je suis française. La gueule chinoise vient de mon père. Ça m'amène chaque fois des compliments. On croit que je débarque à Paris. Salut.

— Où allez-vous ?

— Bouffer.

— Je vous invite à dîner.

— Vous avez de l'argent ?

— Pour payer deux dîners ?

— Plus. Pas la peine d'insister pour le moindre renseignement si vous ne payez pas.

— Je ne suis pas un homme riche.

— C'est ce que j'ai pensé. C'est moche, un vieux pauvre. »

Elle tourna les talons et s'engagea déjà sous la porte cochère.

« Pauvre. Non, pas pauvre. Mais pas aussi riche que M. Koenig. J'ai un peu d'argent. »

La fille le dévisagea.

« Qu'appelez-vous un peu ?

— Disons, plus que vous imaginez.

— J'imagine rien du tout.

— Je vous paierai bien. »

La maison suintait de bruits ; une injure hurlée avait recouvert le son de la télévision.

Samuel précipita le pas et rejoignit l'Eurasienne devant la maison. En passant devant la loge, il jeta un coup d'œil par la vitre et devina, avec soulagement, la Madone au-dessus de la télévision.

« Me voilà, dit Samuel. Vous connaissez un restaurant par ici ?

— Ici ? Vous plaisantez ? Si vous voulez bouffer du cheval avec les clodos... C'est pas pour moi. Il faut aller ailleurs, dans un restaurant chic. »

Samuel héla un taxi et donna l'adresse d'un restaurant réputé pour ses mets et pour ses additions. Il fut gêné en y entrant. L'arrivée de l'Eurasienne et du vieillard, habillés médiocrement, faisait sortie lubrique d'un barbon en vadrouille avec une fille qui voudrait l'être, mais ailleurs.

Un maître d'hôtel les conduisit à une table assez éloignée du centre du restaurant.

« Dites-le tout de suite, si vous voulez nous cacher...

— Mais, madame.

— Mademoiselle... »

Elle choisit une table bien en vue.

« C'est ici... je veux dîner là... C'est la bonne place. »

Le maître d'hôtel envoya le sommelier vers ce couple bizarre.

« Un petit coup de rouge pour nous réchauffer », dit-elle.

Elle accepta, indifférente, un Château ceci ou cela, et en but avant même l'arrivée des tranches de saumon fumé.

« Quel est votre nom, mademoiselle ?

— Seiko.

— Quoi ?

— Je suis d'une exactitude extrême. Ils m'ont baptisé Seiko. Ça a plu à tout le monde. Je n'avais rien contre.

— Tout le monde ?

— Les quatre.

— Les quatre avec Koenig ?

— Lui n'en était pas.

— Vous n'êtes pas claire. Je veux des détails.

— Qu'avez-vous à m'offrir ? »

Samuel prit un billet de cinq cents francs d'une poche de sa veste. Il le lui tendit. La fille le déplia pour le vérifier.

« J'aime pas ce genre de billet. Il y en a tellement de faux.

— Il n'est pas faux.

— Il a des petits frères ?

— Toute une famille nombreuse.

— Posez-moi des questions.

— Qui, les quatre ?

— Des Japonais. Hé ! Vous êtes trop vieux pour être un flic. Pourquoi courez-vous après Koenig et les autres ?

— Il faudrait me payer pour que je vous le dise. Rendez-moi mon billet, et je répondrai. »

Elle se mit à rire.

« Vous êtes marrant.

— Qu'est-ce qu'ils faisaient, les Japonais ?

— Vous ne lisez pas les journaux, vous ?

— Si. Mettez-moi sur la piste.

— Des attentats. Ça ne vous dit rien ?

— Où ?

— La Haye, Bruxelles, le Boeing éclaté, vous n'y êtes toujours pas ? »

Ils se turent parce qu'un garçon commençait à les servir. Samuel maudissait ce ballet, y compris la lente pérégrination des toasts.

« En tout cas, dit-elle, je peux dire ce que je veux ; ils sont partis. Je ne sais même pas leurs noms ; même leur prénom était faux, j'en suis sûre.

— Continuez.

— Vous pourriez me laisser manger quand même. »

Au bout de quelques minutes de silence forcé, elle tendit la main.

« Le petit frère... »

Samuel lui donna un autre billet de cinq cents francs.

« Il y a dix-sept mois, un Japonais m'a accostée aux Champs. Il se disait étudiant. Avant de vouloir coucher avec moi, il a insisté pour savoir si j'avais la nationalité française. Je l'ai rassuré sans comprendre cet intérêt qu'il portait à ma nationalité. Deux jours plus tard — qu'est-ce que j'ai subi comme questions, un vrai examen de passage ! —, il m'a demandé de louer un logement dans un quartier populaire. C'est ce que j'ai fait. »

Elle fit « oui » de la tête lorsque le garçon lui offrit une autre tranche de saumon.

« Non, merci, dit Samuel au serveur.

— Vous n'aurez aucune preuve contre moi, dit-elle entre deux bouchées. Vous m'avez accostée, vous m'avez invitée à dîner, c'est tout. Pas la peine de vous décarcasser.

— Et Thomas Koenig ?

— Vous y tenez, vous !

— J'y tiens.

— J'y arrive. La maison que vous connaissez nous convenait. Il fallait déjouer l'attention de Mme Hrazek. Quelle bonne femme ! Nous l'avons achetée. »

Sous l'œil réprobateur d'un sommelier replet, elle-même se versa du vin.

« Dans cette rue, il n'y a pratiquement que des gens de couleur. On pouvait disparaître dans la foule. »

Le garçon enleva les assiettes et ramassa longuement les miettes ; les toasts étaient un peu trop grillés.

« Mademoiselle...

— Appelez-moi Seiko.

— Vous avez choisi exprès la maison, à cause de la présence de Thomas Koenig ?

— Au contraire. Si on avait su qu'il nous tomberait dans les pattes, on serait allés ailleurs. Au moins c'est ce qu'on m'a dit. Mais vous savez, dans ce milieu, personne ne dit la vérité. Ils ont choisi le quartier. Ils m'ont même recommandé la rue à explorer. »

Elle entama le steak poêlé et dégusta la moelle qui le décorait avec l'avide préciosité d'un chat.

« Koenig et vos amis japonais sont entrés en relation à quel moment ?

— J'en ai assez des profiteurs, dit-elle. Rien ne me reste de cette aventure. A la rigueur un peu de plaisir. Et encore ! C'était plutôt chiche. J'étais utile. Payer le loyer — avec leur argent évidemment, répandre que nous étions des étudiants, et faire le marché et la bouffe.

— Combien voulez-vous ?

— Je voudrais du pain. » Le garçon lui en offrit, délicatement serré entre une fourchette et une cuillère. « Quel cinéma ! dit Seiko. Mon père est cuisinier.

Les petits pains font un drôle de voyage avant d'arriver sur la table.

— Combien pour tous les renseignements ?

— Douze mille, dit-elle, sereine. Seulement douze mille. Je ne suis pas vénale. Les douze mille me feront partir pour Hong Kong ; il me resterait même une marge. Pour les premiers jours là-bas. » Et elle ajouta : « Ça ne vaut pas la peine de perdre votre temps en marchandant. C'est douze mille ou rien.

— Onze mille, parce que je vous ai déjà donné deux billets de cinq cents.

— C'est vrai, dit-elle ! Vous avez sur vous les onze mille ?

— Oui », fit tristement Samuel.

Cette fois, il allait payer. Elle eut un sourire désarmant.

« Montrez-les !

— C'est délicat dans un restaurant. Vous pouvez me croire sur parole.

— Ah ! non, dit-elle. Plus jamais. On m'a toujours roulée. »

Samuel sortit l'enveloppe de sa poche.

« Tout y est.

— Alors, donnez.

— Non. Vous parlez d'abord. »

Seiko gloussa :

« La confiance règne !

— Donnant, donnant, dit Samuel.

— Nous habitions donc cinq dans deux pièces, continua Seiko. J'ai compris rapidement le contexte. J'étais plutôt d'accord avec eux. Le fric, les bourgeois, le capital, la corruption ; c'est chiant et sans fin. Il faut que ça saute.

— Alors pourquoi l'argent ?

— Parce que, si ça ne saute pas, il faut bien vivre. C'est logique.

— Et Thomas Koenig dans tout cela ?... Parlez-moi de lui. »

Le maître d'hôtel les interrompit avec plaisir.

« Et comme dessert ?

— Une belle grande glace, dit-elle. Genre Drugstore. Une vraie montagne avec de la crème vraiment fraîche. Vanille et pistache, arrosé d'une sauce de chocolat chaud. »

Le mot Drugstore incommoda le maître d'hôtel.

« Et pour Monsieur ?

— Un peu de camembert. »

Le maître d'hôtel les trouva d'une vulgarité affligeante.

« Il nous a envoyé Mme Hrazek ; il trouvait qu'on faisait trop de bruit. Qu'est-ce qu'on a pu se marrer. On allait faire péter le monde, alors, un type qui nous trouvait bruyants, c'était drôle... Un soir, il est monté chez nous... On m'a demandé à la cuisine. C'était bizarre. Il venait pour faire des réclamations, pourquoi me le cacher ? Il y avait un truc dans l'affaire. »

Un garçon apporta une glace assez ridicule ; plus qu'une glace, c'était un affront à l'égard d'un client qu'on trouvait indésirable. Une montagne maussade dégoulinante de crème au chocolat.

« C'est ce que vous avez voulu, mademoiselle ? »

Seiko leva la tête, et prononça :

« Appelez-moi le maître d'hôtel... »

Celui-ci arriva, hostile :

« Vous désirez ? »

Elle lui dit avec une impertinence calculée :

« Les petits drapeaux... où sont-ils ?

— Quels petits drapeaux ?

— Les petits drapeaux de toutes les couleurs, le décor qu'on vous offre au Drugstore.

— On n'est pas au Drugstore, dit le maître d'hôtel.

— Hélas ! fit-elle. Je n'aurais rien dit contre votre glace dégoûtante, s'il y avait eu des petits drapeaux... Et ce camembert, que vous servez en même temps, merci pour l'odeur ; ce camembert sort d'une poubelle, comme votre plateau de fromages. »

Samuel l'arrêta :

« Je ne veux pas de scandale... »

Déjà on les regardait des autres tables.

Samuel fit partir le maître d'hôtel.

« Pourquoi cet incident idiot ?

— Parce qu'ils me débectent, ces bourgeois. Ma glace, — regardez ma glace — elle sort de *la Grande Bouffe* ! C'est une provocation. »

Elle poussa un soupir.

« Quel monde ! Où en étions-nous ?

— Koenig est monté un soir...

— Ah ! oui. Tentant. Propre et hautain. Pas exprès. Ce genre de type, il faut s'en méfier. Il s'incruste dans votre âme comme un ver dans un fruit. Il était même d'humeur à plaisanter. « Je ne peux que vous resservir la phrase de de Gaulle : Je vous ai compris. » Plus tard, j'ai su, c'est ce qu'on m'a dit — était-ce vrai ? — qu'il nous avait mis le marché en main. Ou bien on le renseignait sur un explosif très particulier qu'utilisaient les combattants japonais dans leur guerre contre les corrompus, ou bien il nous balançait, il nous dénonçait. Il paraît qu'il était très poli ; il a dit qu'il nous fallait comprendre aussi son désir.

— Quel désir ?

— D'agir. De faire sauter le monde. »

Le monde bascula autour de Samuel. Il vit le maître d'hôtel horizontal, puis un garçon en biais, penché, grandir comme dans un cauchemar.

« Êtes-vous cardiaque ? s'affola Seiko. Un peu d'eau ? C'est l'émotion ou quoi ? Vous allez me payer ?

— Oui, dit-il. Évidemment. Ça va mieux. Ne vous inquiétez pas. L'addition, s'il vous plaît. »

On lui apporta la note sans attente. Il paya, et, accompagné de Seiko, sortit du restaurant. Il appela un taxi.

« Je vous ramène chez vous. Vous me raconterez le reste là-bas. »

Son cerveau marchait comme un ordinateur fou. Il ne fallait pas effaroucher la fille ni avoir une crise cardiaque avant terme. Lorsque le taxi arriva devant la maison, il craignait la présence de Mme Hrazek. La loge était toujours sombre. Il suivit Seiko, il entra dans le logement avec elle, et mit l'enveloppe contenant l'argent sur la table.

« Voilà. Racontez-moi tout.

— D'abord, ils ont essayé de nier l'existence de l'explosif, mais il semblait être très au courant. Il ne savait pas d'où ça venait. De quel endroit. Et puis, il ne voulait pas y aller lui-même. Il avait offert une très belle somme. Même les camarades en étaient chamboulés. Un vrai rêve.

— Beaucoup d'argent ?

— Huit cent mille Deutsche Mark. »

Il répéta le chiffre.

« C'était pour neuf kilos, dit-elle en prenant l'enveloppe. Je peux maintenant ?

— Oui, dit Samuel. Neuf kilos ? Il a dit à quoi l'explosif devait servir.

— Rien.

— D'où vient l'explosif ?

— De Brighton. Des environs de Brighton. J'y suis allée plusieurs fois.

— Vous ?

— Bien sûr. Il faut louer une voiture à Brighton. C'est chiant de conduire à gauche.

— L'adresse ?

— « Green Cottage » près de Fitter Town.

— Fitter Town.

— Un sinistre trou. Lui, s'appelle Norton. Il est presque toujours chez lui. Mais depuis qu'il a eu tout ce fric, il s'est peut-être barré.

— Combien il a eu ?

— Sept cent mille.

— Comment vous le savez ?

— Je l'ai porté.

— Cet argent ?

— Mais oui... Emmailloté, comme si j'avais eu un enfant dans les bras. Une Chinoise paumée avec son gosse merdeux, personne ne la regarde.

— Et l'explosif ?

— Je l'ai ramené. Dans un moïse. Je leur ai secoué un beau hochet à mes neuf kilos d'explosif ! »

Elle avait dessiné le plan du trajet sur une feuille. Un dessin d'enfant, mais précis quant aux détails.

« Vous savez, dit-elle en rangeant l'argent dans son sac, ce Koenig. Un vrai papier tue-mouche. On y reste englué... Je pense à lui. Il ne m'a même pas regardée, ou à peine. Dites, pour qui vous faites vos investigations ? Avec votre accent et votre tête, je dirais que vous êtes un juif intelligent de la C.I.A.

— En tout cas, juif, dit-il. Intelligent ? A voir. La C.I.A., certainement pas. »

Seiko croisa ses longues jambes ; le jean moulait ses hanches d'une finesse de porcelaine.

« Moi, je m'en fous. Je vous ai rien dit. Rien. Et je m'embarque pour Hong Kong dès que je peux.

— Qu'allez-vous faire à Hong Kong ?

— Des affaires. Avoir mon restaurant à moi. Un petit trou. J'en ferai un grand. J'en ai marre d'être paumée. Salut, vieux ! Vous avez dû être bien, il y a cinquante ans... »

A PEINE la chanson du Club : « Le bonheur, le bonheur... » avait-elle retenti, ce fut la ruée vers le petit déjeuner. Tous s'y précipitaient au pas de course ; personne ne voulait perdre son droit au café le plus brûlant, aux petits gâteaux les plus croustillants ; il fallait entamer cette journée en y mordant, comme dans un immense sandwich. Dans un univers doré et bleu, chacun était heureux à sa manière.

Accompagné de Liz, Bruno chercha plus tard le bureau susceptible de leur rendre leurs passeports. Eddy, le capitaine, était dans tous ses états : un Japonais tordu de douleurs, présumé en pleine crise d'appendicite, attendait l'arrivée à Esna pour être ramené au Caire en hélicoptère.

« Je ne peux pas m'occuper de vos passeports maintenant, cria-t-il ; j'ai d'autres chats à fouetter. »

Bruno faillit l'empoigner. Réconforté par la présence de Liz, il l'injuria :

« A quoi vous servez si vous ne savez même pas où sont les passeports ?

— Je les ai là, maugréa Eddy. J'en ai marre des mauvais coucheurs, comme vous, et l'autre.

— Je veux récupérer les passeports. »

Eddy les sortit d'une armoire murale ; il les feuilleta avec des doigts malhabiles, peu habitués aux documents. Ayant trouvé celui de Bruno, il le lui jeta sur la table.

« Et celui de Mademoiselle ?

— A quoi bon ? Vous ne pouvez pas quitter le bateau ! C'est impossible !

— Je ne peux pas quitter le bateau ? s'écria Bruno. On est des prisonniers ?

— Vous êtes des planifiés !

— De quoi ?

— Partout, chaque place est retenue depuis des mois. Chaque chambre, chaque lit, chaque passage. On n'improvise pas en Égypte.

— L'appendicite du Japonais était prévue ?

— Non.

— Je ne veux pas faire la guerre avec vous, ni me plaindre, dit Bruno. Vous nous laissez repartir avec Mademoiselle pour Le Caire et je ne dis rien à Paris.

— Comment voulez-vous repartir ?

— Avec l'hélicoptère.

— Et quoi encore ? Il y a la place juste pour le pilote et le malade.

— En êtes-vous sûr ?

— J'ai beau avoir l'air d'un débile, je sais ce qui vole entre Esna et Le Caire. Une coque de noix.

— Parfait, acquiesça Bruno. Je ne discute pas la taille de l'hélicoptère. Mais est-ce que je peux en louer un autre et me barrer ?

— Le louer ? Les hélicoptères appartiennent à l'État, et servent en cas d'urgence. Avez-vous mal au ventre ? Non. Alors !

— Je sortirai de votre piège flottant !

— Pourquoi êtes-vous venu ?

— La dame que j'ai cru avoir séduite aime les ruines, aime les bateaux, aime le Nil. Aime tout sauf moi. »

Eddy s'épanouit dans un grand sourire.

« Vous êtes furieux parce qu'elle vous a plaqué. Je l'ai vu ce matin avec l'autre mauvais coucheur. Ils s'entendaient comme larrons en foire. »

Il tournait avec plaisir le couteau dans la plaie.

« Combien pour deux places Assouan-Le Caire ? dit Bruno.

— Mon petit père, dit Eddy avec une soudaine dignité, si vous voulez me soudoyer, je vous dénoncerai à la direction du Club pour tentative de corruption de fonctionnaire.

— Et alors ?

— Vous serez rayé de nos listes. Vous ne serez plus membre.

— Une vraie aubaine !

— Pour retourner au Caire, vous devez faire une demande à Assouan à l'Egyptian Airlines ; ils...

— ... téléphoneront au Caire, c'est ça ? Je connais la musique. En tout cas, si je devais rester, je prendrai la place du Japonais évacué.

— Complètement loufoque, dit Eddy.

— Pour dégager la dame blonde de ma présence encombrante.

— Vous n'avez pas le droit de changer, dit Eddy.

— Vous vous croyez sur *le Bounty* ? dit Bruno. Décidément, ces faux galons vous montent à la tête. »

Liz écoutait la discussion avec curiosité. Elle vit son Français fraîchement conquis se battre, les passeports récupérés ; qu'elle reste sur le bateau ou qu'elle parte de façon précipitée, le plaisir planait dans l'air.

Bruno prit Liz par la main ; ils sortirent de la cabine-bureau d'Eddy. Avec Liz, il avait l'impression d'avoir vingt ans. Il décida de ne pas déjeuner pour ne pas être constamment démenti par la ceinture de son jean qui lui serrait la taille.

« Je n'ai pas demandé nos billets à ce con-là ! s'exclama Bruno. Viens. On y retourne. »

Ils trouvèrent Eddy en conversation animée avec un Égyptien.

« Quoi encore ? demanda Eddy.

— Nos billets d'avion. »

Visiblement, il les avait attendus au tournant.

« Ah ! pour ça, mes petits chéris, c'est plus difficile ! On ne sait jamais si c'est un charter qui vous ramène, ou si ce sont des places sur une ligne normale qui vous seront données.

— Seront ?

— Mais oui. Vous resterez toujours en groupe.

— Nous avons payé le retour.

— Vous avez payé pour l'ensemble du voyage. C'est le tout compris. Si vous réussissez à rentrer au Caire, le bureau vous trouvera des places. Tentez votre chance !

— Vous me faites mal au ventre, dit Bruno.

— Pas assez pour vous faire évacuer ! » dit Eddy.

Avant d'arriver à Esna, le bateau fut immobilisé pendant une heure dans une écluse, prolongée par un premier petit barrage peuplé de militaires et de canons.

Yolande haussa les épaules en contemplant les manœuvres et elle dit :

« Mais oui, les armes ! Il faut bien qu'ils se défendent. Mais si on oublie les mitraillettes, quel paradis, l'Égypte ! »

Margot l'écoutait religieusement.

« Je vais revenir avec mon mari, dit Yolande ; il faut qu'il le voie aussi, ce paysage, peut-être le plus beau au monde.

— Le même voyage ? Vous referiez le même ? demanda Margot.

— Mais oui. Pour partager nos émotions. »

Le ciel s'échauffait. Sur le Nil d'un bleu de conte de fées, le soleil répandait son or. Le bateau, dégagé de l'écluse, continuait sa majestueuse progression vers Esna.

« Il n'y a que soixante-cinq kilomètres entre Louxor et Esna », dit Van den Ip à sa femme, tous les deux allongés dans des chaises longues confortables et voyant défiler devant eux ce que Van den Ip appelait ce « Paradis terrestre ».

Il entendit rire. C'était un tout petit rire, un rire d'oiseau, un rire de souris, un rire de cigale.

« Tu me nargues, lança-t-il à sa femme.

— Mais non. »

Elle repartait dans des saccades de rires, comme de minuscules vagues suscitées par une brise capricieuse.

« Tu me nargues, conclut Roland. Tu ris de moi.

— Je ris, mais je ne te nargue pas », dit-elle.

Elle tourna vers Roland son visage de poupée, maquillé, les cils allongés par un rimmel efficace.

« Roland... »

Un appel venu de la nuit des temps. De loin.

« Roland...

— Je t'écoute.

— Tu étais vraiment ivre cette nuit.

— Des reproches ? Est-ce que j'ai une gueule de bois ?

— Tu as couché avec moi cette nuit ! »

L'image de la photo bien connue de Marilyn où elle regarde par la fenêtre avec son peignoir à peine fermé sur la poitrine et avec son sourire au goût de délices, s'effaçait.

« C'est faux.

— C'est vrai.

— Tu mens.

— Non. Je dis la vérité.

— Mais c'est insensé, pourquoi aurais-je couché avec toi ?

— Tu étais ivre.

— C'est vrai, j'étais ivre. Mais je refuse l'idée même. C'est une agression de me dire ça. »

Elle devint triste :

« Tu te souviens du jubilé de la Reine ? »

Il n'y était pas du tout.

« D'Angleterre, voyons.

— Oui. »

Ils avaient fait, avec un Club, le voyage du Jubilé,

qui consistait à suivre la reine et à la photographier, elle et les cérémonies.

« A Belfast, Roland.

— Quoi à Belfast ?

— Le tireur d'élite, chéri...

— Ne me dis pas : chéri.

— Le tireur d'élite de l'I.R.A... ton chapeau... Ce bord emporté par une balle...

— Pourquoi tu en parles ?

— Tu t'es soûlé avec de la bière anglaise. Et tu as couché avec moi dans cet hôtel à Belfast ; juste après notre départ, la chambre a été criblée de balles...

— Criblée trop tard...

— Roland, dès que tu es ivre, tu éprouves le besoin d'avoir ta femme. Pourquoi le nier ? »

Solange avait gardé le chapeau mutilé par une balle dans une vitrine entre une cornemuse et un narguilé.

Une felouque déploya sa voile blanche.

« Regarde ! s'écria-t-elle. Un hélicoptère. »

Le gros insecte métallique tournait au-dessus d'Esna. Le bateau allait accoster ; les Égyptiens s'affairaient sur la rive.

« On nous a dit de laisser les caméras, lui rappela Solange.

— Je désire filmer ! Il paraît que le temps est superbe.

— C'est interdit... On t'a cassé déjà une caméra au Yémen.

— L'interdit m'est égal, dit Roland devenu morne. Et tes conseils aussi. Et ce que tu me dis aussi. Tu peux inventer et raconter n'importe quoi. Je suis indifférent.

— Alors divorçons, répliqua Solange. En rentrant, nous entamons la procédure. Je garde l'appartement d'Uccle, la maison dans les dunes, et tu m'assures une rente confortable. »

Roland se vit en train de voltiger, et de tirailler son équipement pour ouvrir son parachute. La chute libre. Il tombait en tournoyant, tant la phrase était inattendue.

« Le docteur Volker n'attend que ça. La grande pièce du rez-de-chaussée va être coupée en deux. Moitié salle d'attente, moitié consultation.

— Solange, tu es folle ! dit-il. Tu es folle. Tu parles de ma maison ?

— De notre maison. Folle ? Je ne le suis certainement pas. Regarde, l'hélicoptère vient de se poser. »

L'évacuation du Japonais se passait rapidement et dans une grande agitation. Couché sur une civière, il riait comme tous les Japonais bien élevés en cas de problèmes graves ; ses amis japonais riaient aussi de bon cœur, tant ils étaient désespérés de l'incident.

Bruno avait quitté le bateau à peine amarré.

« Je m'en fous de leur temple. Viens, Liz. Si on trouve un taxi, on se barre. Nous sommes seulement à soixante-cinq kilomètres de Louxor.

— Et, de Louxor, il y en a six cents jusqu'au Caire.

— On verra ça après. Viens. »

Thomas ne bougeait pas de sa chaise longue. Détaché, il observait les autres. Marthe, à côté de lui, commentait les événements ; sa compagnie était assez agréable. Comme elle était loin des angoisses et des peurs. Le contraire de Joanna.

« Votre ami français, paraît-il, voudrait quitter le bateau, dit Thomas. A votre place j'irais avec lui.

— Mais je reste, dit Marthe. Je n'ai aucune raison de partir. Je me sens en sécurité à côté de vous.

— Votre sixième sens, s'exclama Thomas, ne vaut pas cher. »

La course de Bruno pour trouver un taxi ressemblait à une fuite. Il enjamba avant tout le monde le ponton, traînant toujours Liz avec lui.

« Hé ! cria Eddy qui surveillait les opérations. Hé, attendez ; nous partirons en groupe.

— Tu sais ce que c'est, un bras d'honneur, dit Bruno à Liz.

— Un bras quoi ? »

L'Américaine, délicieusement blonde, enfantine presque avec son blue-jean, son tee-shirt, et ses cheveux en cascade, sur les épaules, le regardait avec attention.

« Un bras... »

Bruno poussa un gros soupir. Il était évidemment impossible de montrer à Liz le « bras d'honneur » devant tout le groupe, entassé derrière le petit cordon qui les séparait encore du ponton.

« Rien, dit-il. A Paris, je te l'expliquerai, avec un dictionnaire. »

Ils montaient quatre à quatre les étroites marches greffées sur le rempart en béton entre le quai et la rue principale.

« On pourrait peut-être rester quand même, lui cria Liz. Il y aura des jeux, ce soir, et un autre bal... masqué, paraît-il. Et on doit confectionner les costumes avec ce qu'on trouve de plus simple et de plus artisanal. Tu sais ce que je mettrais ?...

— Non, lui dit Bruno.

— Une ceinture de bananes seulement ; j'ai des jambes assez longues pour...

— Parfait ! dit Bruno. Viens ! »

La rue principale grouillait d'une population assez hostile et surprise de voir ces deux Européens, détachés de leur groupe, courir.

« Où va-t-on ? » cria Liz.

Bruno s'arrêta net. Il avait voulu trouver un taxi lorsqu'il avait aperçu que la rue qu'ils longeaient depuis le bateau menait directement vers un temple dont la cour était en dessous du niveau de la ville ; il fallait emprunter des escaliers pour y descendre. Le plafond extrêmement lourd du temple, supporté par des colonnes qui, d'ici, apparaissaient gigantesques, arrivait à peine jusqu'à la rue, envahie d'Égyptiens énervés.

« Savez-vous où je pourrais trouver un taxi ? » demanda Bruno à un vieillard au regard perdu, assis sur le trottoir même.

Soudain, l'homme brandit, à moitié enroulé sur son bras, un serpent de taille impressionnante. Bruno se trouva face à face avec le reptile aux écailles hérissées. La langue fourchue du serpent se mouvait dans un va-et-vient surexcité.

Il recula.

« Il doit avoir l'habitude des touristes, dit Liz, pâle.

— Il suffit qu'il en ait marre une fois », riposta Bruno, les jambes molles de répulsion.

Le vieillard avec le serpent n'était qu'une des attractions de cette rue, destinées aux touristes. Un autre Arabe, en secouant un tamis entouré d'un large bord de vannerie, faisait danser des scorpions. Des enfants d'une beauté stupéfiante venaient se frotter contre eux, essayaient de toucher les cheveux longs et clairs de Liz. D'autres Arabes, plus loin, présentaient diverses bestioles qui, à la fois sautantes et rampantes, emprisonnées dans d'autres tamis ou enclos artisanaux, allaient faire pâmer d'admiration des touristes, comme par exemple Solange Van den Ip, qui ne cessait de comparer cette rue à la fameuse place centrale de Marrakech. Rendu exsangue par la fatigue de la nuit et par la conversation avec sa femme, Roland suivait, la caméra en main. Tout frais, Alex Brown accompagnait Miss Burns, lisse et rose comme une dragée de baptême.

« Roland, dit Solange, Roland, regarde quel charmant vieillard ! Monsieur, vous permettez que mon mari me filme avec votre animal ? »

L'animal était le serpent, les yeux rouges d'énervement.

« Tu m'as recommandé sur le bateau de ne pas toucher à la caméra. Je ne filme rien du tout, dit Roland.

— J'ai demandé l'autorisation à ce monsieur, dit-elle.

— Pressons, pressons ! les interpella Raphaël. Le guide attend au temple. »

Il vit tout juste Bruno et Liz disparaître dans une ruelle transversale.

« Où courons-nous ? demanda Liz.
— Vers la gare. Pour trouver un taxi. »
Une flopée d'enfants couraient avec eux.
« Nos bagages !
— On reviendra les chercher avec le taxi. »
Soudain le monde se figea. Tous les visages ressemblaient à d'étranges fleurs tournées vers les nuages. Dans le ciel bleu, l'hélicoptère, brillant au soleil, s'éloignait vers Le Caire.
« Malin, le Japonais ! dit Bruno.
— Malade...
— Malin ! C'est facile de se plier en deux et de prétendre avoir mal au ventre.
— Il fallait y penser le premier », conclut Liz.
Raphaël rattrapa Bruno et Liz. Il les interpella.
« Faites demi-tour. Il ne faut pas s'éloigner du groupe. Esna est zone militaire. On peut visiter le temple, mais il ne faut pas vadrouiller dans n'importe quelle direction.
— Il me faut un véhicule. N'importe quoi qui roule. Pour retourner au Caire. »
De l'autre côté de la rue apparurent des soldats.
« Revenez ! Je vous le demande, dit Raphaël. Le Club Amusements et Loisirs est le garant de ses adhérents : ne nous embêtez pas avec votre crise d'individualisme.
— Je veux aller jusqu'à la gare, contesta Bruno.
— Débrouillez-vous avec eux ! » fit Raphaël.
Les soldats arrivèrent vers eux. Raphaël se confondit dans une longue explication en arabe. Les soldats firent signe au couple de rebrousser chemin, plutôt ennuyés qu'agacés par le comportement de ce Français agité.
« Qu'ils nous accompagnent jusqu'à un taxi ! » demanda Bruno.
Selon la traduction plus que libre de Raphaël, il était difficile de trouver à cette heure-ci un taxi.
Ils durent accepter le retour vers la rue principale, et s'y retrouver dans la faune humaine.

« Et le temple ? dit Liz.

— Tu as envie de voir un temple de plus ? lui demanda Bruno.

— Non, mais...

— Viens. On va s'installer au bord de la piscine ; viens... »

Raphaël les accompagna jusqu'à l'embarcadère où Eddy surveillait le retour. Bruno et Liz franchirent le ponton et passèrent vite devant Eddy éberlué par ce rythme.

Le groupe, au milieu de la grande cour extérieure du temple, écoutait le guide.

Parallèlement, Yolande expliquait, elle aussi, à ses compagnons ce qu'elle savait sur ce temple. Le guide leur montrait les scènes de captures des bas-reliefs et des fresques où les esclaves traités comme des animaux étaient attrapés dans le même filet que le gibier. Les passagers étaient tous plus énervés que d'habitude. Le guide au débit rapide ne s'inquiétait pas de leurs états d'âmes et n'offrait aucun renseignement supplémentaire. Bientôt, ils remontèrent les marches, pour se retrouver dans une foule dense.

« J'explique ton refus de me filmer avec le serpent, dit Solange. Le serpent étant symbole du sexe, tu éprouves une répulsion malsaine due à ta vie anormale.

— Va donc près de ton serpent, dit Roland. Vas-y... »

Il leva sa caméra pour affronter et agresser la foule. Il aperçut des mosaïques de visages, des regards haineux, des profils fuyants, des gestes de refus, les yeux effarouchés d'un enfant. Bousculade, cri d'effroi. Un Égyptien, un serpent enroulé sur la moitié du bras, brandit le reptile vers Roland. Le ruban vivant, d'un vert jaunâtre, décrivit un mouvement circulaire autour du visage, collé à la caméra, de Roland.

« Ne filmez pas ! » cria Raphaël.

Un crachat, comme une huître juteuse, atterrit sur l'objectif.

Le guide protesta aussi.

« Vous n'aimeriez pas être photographié comme des bêtes curieuses, vous non plus, n'est-ce pas ? Laissez-leur la paix. Nous retournons au bateau. »

A peine arrivés sur le quai, ils furent entourés de femmes chargées de tissus multicolores. C'était l'hallali des souvenirs, la rafle de la bonne affaire supposée. Rouge vif, vert cru, blanc comme la voile des felouques, carmin et doré, les tissus virevoltaient. Taureaux argentés, les touristes changeaient ; c'était à qui en achèterait pour le meilleur prix.

« Revenez, mes anges ! leur cria Eddy du bateau. Nous avons des bancs de sable à franchir...

— Qu'est-ce qu'il veut ? demanda Brown à Miss Burns.

— Je n'en sais rien... Vous voulez acheter du tissu ?

— Pour qui ? demanda Brown. Je vous en offre volontiers à vous ! Choisissez !

— Ce vert, dit Yolande, que pensez-vous de ce tissu vert ?

— Magnifique ! dit Miss Burns. Très beau.

— Et de ce bleu ?

— Superbe. »

Ils regagnèrent le bateau. Le butin disparaissait dans les cabines, et les haut-parleurs annonçaient une distribution de cocktails Esna près de la piscine.

Yan Hook racontait à Margot que le centre Amusements et Loisirs offrait pratiquement à chaque escale exotique un cocktail spécial.

« Ce que j'aime le plus, c'est celui de Tahiti, à l'arrivée...

— Vous en avez déjà fait tellement ?

— De quoi ?

— De clubs ?

— Mais oui. »

Le cœur de Margot se serra.

Était-ce un homme mirage, un aventurier des voyages organisés, un professionnel de la drague, qui inclut dans le « tout compris », chaque fois, une autre femme ? Était-ce un Landru raffiné qui fait envoler en fumée l'espoir de bonheur des dernières romantiques ?

« Ça ne va plus ? » demanda Yan Hook.

Margot le regardait ; elle était pâle et grelottante d'émotion. Elle lui tourna le dos et se dirigea vers sa cabine. Elle y entra, et se jeta sur son lit en pleurant. Yolande qui pliait avec un soin infini son tissu vert cru, s'arrêta net.

« Qu'est-ce qui vous arrive ?

— Ils sont tous des salauds !

— Mais qui donc ?

— Les hommes.

— C'est une vieille banalité, ma petite... Vous vous êtes brouillé avec Yan ?

— J'ai découvert...

— Il est marié ?

— Non. Je n'en sais rien. Mais j'ai découvert...

— Qu'est-ce que vous avez donc découvert ?

— Il a été à Tahiti.

— Et alors ?

— C'est un habitué des clubs.

— Ce n'est pas un crime.

— Mais s'il fait la même « conquête » à chaque voyage ?

— Margot, vous êtes impossible ! dit Yolande. Et d'une ingratitude ! Un type vous abandonne à l'aéroport de Marseille...

— Il n'est même pas venu.

— Bref. On vous abandonne. Le destin vous envoie ce Hollandais...

— Un peu vous aussi, pas seulement le destin.

— Il est bon amant.

— Excellent, pleura Margot dans son mouchoir.

— Au début, nous prévoyions un passe-temps.

— Un amant de replâtrage.

— C'est vrai.

— Il vous a pratiquement demandée en mariage.

— Exact.

— Pourquoi pleurez-vous donc ? »

Elle éclata en sanglots.

« Il a une trop grande expérience, je le crains...

— De quoi ?

— Des voyages.

— Vous auriez voulu un type casanier au sexe endormi ?

— Non, dit Margot. Mais je suis jalouse ! Je m'imaginais déjà dans sa petite maison blanche, près de Rotterdam... Petite... il y a quand même cinq chambres...

— A-t-il rompu avec vous ?

— Du tout ! L'idée de Tahiti m'a rendue dingue. Les vahinés. Et le reste. »

Yolande la regardait.

« Bravo ! Vous allez avoir un gros nez rouge, les paupières gonflées, l'air boudeur ; tout ce que les hommes aiment ! Et vous voulez lui faire une scène avant le mariage ? Une scène de ménage avant d'avoir signé chez M. le maire ? Quelle maladresse ! »

Margot se moucha.

« C'est vrai.

— Dites, continua Yolande, j'ai acheté aussi un tissu bleu.

— Oui.

— Je vous le prête pour la fête de ce soir... J'ai même découvert un salon de coiffure. Faites-vous coiffer et je vous déguiserai en Cléopâtre. Vous devez gagner définitivement ce soir.

— Qu'est-ce que je lui dis ? Pourquoi je me suis enfuie ?

— Un malaise. Passager. Rien à voir avec lui ni avec son cocktail Tahiti. Ne touchez pas à ses souvenirs ! Ne menacez pas sa liberté. Il est resté célibataire jusqu'à l'âge de trente-huit ans. Il s'y connaît dans l'autodéfense. Ne pas le brusquer. Il faut y aller avec beaucoup de délicatesse. Tenez. Poudrez-vous. Et mettez vos grosses lunettes. Allons, allons, je veux

être de ce mariage à Rotterdam! Avez-vous un bikini?
— Pour aller où?
— A la piscine.
— Non. Un maillot d'une pièce.
— Montrez-le.»
Margot prit sa valise, la posa sur le lit et tira d'un superbe fouillis un maillot bleu marine.
«Pas folichon, votre maillot, dit Yolande. Il vous manque une petite collerette blanche et la collecte à l'église.
— Il n'est pas mal, mon maillot!
— Il est ennuyeux, dit Yolande. Déshabillez-vous. Je voudrais voir comment vous êtes faite.
— Comme tout le monde.
— Justement, il n'y en a pas deux pareilles.»
Margot se dévêtit et Yolande s'indigna:
«Vous ne vous épilez pas?
— Quand j'ai le temps, si...».
Yolande prit une franche colère.
«C'est ça, la «petite femme de Paris»? Merci! Avec cette broussaille sous vos aisselles et vos jambes...»
Elle revit son gorille se balançant sur un mât. Elle resta une seconde rêveuse.
«Un go... je veux dire un homme, peut être poilu, mais pas une femme.
— Et que faites-vous de l'égalité?
— Égalité ou non, c'est dégoûtant! Voilà. Je vous prête ma crème.
— A épiler?
— Non, pour faire pousser des poils supplémentaires... Tenez, c'est un de mes bikinis...»
Elle lança à Margot deux petits morceaux de tissu dont les bouts étaient flanqués de sortes de lacets de couleur.
«Avez-vous un grand chapeau?
— Il est grand, mais un peu vieux.»
Margot tira de sa valise un chapeau de paille, plié

en quatre ; elle tenta de le ranimer et le posa sur sa tête.

« Bravo ! dit Yolande. Avec ça il manque le sécateur et le tablier de jardinier. Et la bouteille de gros rouge débouchée, déposée au bout de l'allée. Votre chapeau est mûr pour la poubelle. Dépensez un peu ! Allez à la boutique, au même niveau que le salon de coiffure, et achetez-vous un chapeau qui attire l'attention. Achetez un énorme champignon. »

Margot reprit sa petite robe d'été, la reboutonna.

« Vous avez de la chance, vous.

— Quelle chance ?

— De ne pas être complexée. Ni d'avoir peur des gens. »

Une ombre passagère assombrit le visage de Yolande. Un petit voile de nuage devant le soleil.

« Si je n'avais pas lutté contre mes complexes depuis l'âge de seize ans, je serais mûre, comme votre chapeau, pour la poubelle. Pas très jolie, et myope comme je suis, j'étais condamnée à la solitude. A devenir une vieille fille recroquevillée sur elle-même. J'ai fait mon propre inventaire. J'ai découvert mon corps, comme un explorateur découvre une terre marquée d'un carré blanc sur les cartes. Il m'était inconnu, mon corps. Je l'ai découvert bien fait et désirant l'amour. Nous avons commencé à cohabiter, mon esprit critique et mon corps. Ça a fait bon ménage. Nous rendons heureux mon mari. Mais regardez donc mes pieds. »

Elle rejeta d'un geste rapide ses chaussures d'été. Margot put admirer deux petits pieds soyeux, avec les ongles rouge coquelicot, deux joyaux, deux objets de luxe.

Yolande se rechaussa.

« Je suis comme un petit pays plat qui doit amener les touristes. Tout devient beau pour le montrer. Et le faire visiter. Par ici, mesdames et messieurs, le haut de notre pays est chaussé de lunettes de myope, mais regardez donc ces collines... »

Elle défit son chemisier pour montrer ses seins impeccables. Elle ouvrait lentement sa robe déboutonnée devant.

« ... Ses plages, ses petites plages de débarquement... »

Les hanches fines ressortaient dans la pénombre de la cabine comme si elles étaient en nacre.

« Voulez-vous que je continue ? demanda Yolande. Mais je vous paie cent francs si vous trouvez un poil superflu.

— J'ai compris, dit Margot.

— Bien. Alors, on se retrouve à la piscine. Si je vois le Hollandais, je vais lui dire que vous vous reposez... Un peu d'ombre sur vos paupières... Le même bleu que vos yeux...

— Je n'ai qu'un fard à paupières vert.

— Vert ?

— Il n'y en avait pas de bleu. Il fallait bien que j'achète quelque chose.

— Débrouillez-vous ! dit Yolande impatiente. Débrouillez-vous, moi, je veux des paupières bleues, les ongles rouges, les jambes lisses. Vous ne voulez pas faire l'amour pendant toute votre vie les lumières éteintes ? »

Les bords de la piscine se peuplaient. Le personnel égyptien apportait les chaises longues souhaitées ; d'autres circulaient avec des plateaux chargés d'Esna-cocktail.

« Lorsque j'ai goûté leur cocktail Vesuvio, dit Miss Burns, je suis tombée comme raide morte. Je supporte tout sauf le rhum. Il y avait du rhum dedans avec de la crème fraîche.

— Vous avez été en Italie avec Amusements et Loisirs ?

— En Italie, énonça Miss Burns, Muriel est venue. Muriel est mon amie.

— Je le sais, dit Brown, poli. Je le sais.

— Nous avons donc fait l'Italie. Un morceau de la Tunisie, aussi, une autre année. Et une randonnée à skis, en Norvège. Du ski de fond.

— Le monde voyage, conclut Alex Brown. Je suis arrivé ici, il faut dire, comme un novice. J'ai cru que le monde tournait autour de moi, parce que je venais en Égypte. Et puis, j'ai découvert que les gens voient le monde comme autrefois ils voyaïent leur région.

— Le mot « autrefois » est un mot de vieux, dit Miss Burns. Vous dites « autrefois » et, en une seconde, la navette spatiale vous dépose à l'époque de ce vilain Henry VIII.

— On peut avoir honte d'un vocabulaire comme d'un pantalon troué, dit Alex.

— Vous broyez du noir... Que se passe-t-il ?

— Je pense à ma femme.

— Si vous me parliez d'elle, ça vous soulagerait peut-être...

— Je ne sais pas. Elle était plus grande que moi ; elle faisait de merveilleux petits gâteaux. Après sa mort, j'ai maigri de six kilos. A la fois de chagrin et de l'absence des gâteaux...

— Je me demandais souvent comment un homme plus petit que sa femme se comporte. Je veux dire moralement.

— C'est assez curieux. On est à la fois un conquérant, qui a pris sous sa domination un objet. Un objet démesuré ; on se sent homme fort. Et simultanément, une relation de protection s'établit. Le fait qu'elle soit plus grande vous évoque votre mère. Une mère qui vous protège.

— Encore faut-il avoir eu une mère protectrice. La mienne était, paix à son âme, une sale vache. Passant d'un homme à l'autre. Alors, pour moi, les hommes... »

Miss Burns ferma une seconde les paupières pour dominer sa colère.

« Ma femme, continua Brown, avait aussi de grands pieds et de grandes mains. Il se dégageait d'elle un sentiment de sécurité. J'avais l'impression que, si on nous attaquait, elle nous défendrait.

De profil, parfois, elle ressemblait à la reine.

— Mon cher ami, dit Miss Burns, vous tombez dans le piège du culte de la famille royale. Beaucoup d'Anglaises espèrent ressembler à la reine. Plus elle prend de l'âge, plus les gens l'adorent ; elle est un miroir et ses apparitions ont un goût de passé, un parfum d'autrefois. Délicieusement « rétro », notre reine justifie les rides, les soucis, les problèmes familiaux, notre déchéance matérielle si merveilleusement emballée dans une dignité nationale !

— Vous devez être vraiment à gauche pour parler ainsi, dit Alex, un peu douloureux.

— La définition d'une reine-miroir n'a rien à voir avec la gauche ! Ne le prenez pas mal, mais c'est surtout votre manière d'évoquer votre femme qui m'agace. »

Un Égyptien se pencha vers eux avec son plateau chargé de verres remplis.

« Encore un ! dit Alex. Qu'est-ce que j'ai dit d'agaçant ? » Il goûta la boisson. « Il y a un peu de bourbon dans leur mixture.

— Et des cerises », dit Miss Burns.

Ayant quitté Esna, le bateau reprit lentement son rythme.

Solange Van den Ip se retourna sur son matelas de plage.

« Quand il s'agit du buffet, j'ai les yeux dans le dos. Je sens venir les serveurs. Voilà les tréteaux.

— Tu manges sans grossir, dit Roland rancunier.

— Le docteur Volker a dit que ma glande thyroïde brûlait bien les graisses.

— Toi et ton docteur Volker et vos impudents projets, je les ai dans la gorge. Et vous m'avez rangé dans quel placard ?

— Il te suffirait d'un studio à Bruxelles, dit Solange. Tu vis avec un fantôme. Un fantôme prend peu de place.

— Tu serais contente si j'étais mort ! s'exclama Van den Ip.

— Quelle idée ! Celui qui voit la mort de l'autre, meurt le premier. Toujours. »

Roland, glacé, se débattait contre l'image de Solange dans une chaise longue en forme de cercueil. Il chassa l'image.

« Des sottises ! dit-il, hagard.

— Sottises ? Mais non. L'exploration du subconscient.

— Oh ! fit-il. Jusqu'ici le voyage était une libération. On s'oubliait dans la course. Sur ce bateau...

— On a le temps de parler, répliqua Solange. D'affronter la vérité.

— Je ne veux rien affronter, dit Roland.

— Je dois tout à notre époque évoluée, fit Solange. C'est une époque fabuleuse. Je vis ma libération tous les jours. Je l'apprécie. Je la déguste.

— Et tu en abuses.

— En abuser ? Il y a trente ans encore, je serais devenue la femme abandonnée, exploitée, rejetée comme un vieux gant.

— Tu exagères.

— Mais non. La belle époque des hommes est finie. »

Il prit d'un plateau un autre verre d'Esna-cocktail. Le bord du Nil en face d'eux était parsemé de petits villages, de maisons cubiques. Des felouques aux grandes voiles blanches sillonnaient le fleuve autour du *Nefertiti*.

Elle se tourna vers Roland. Son grand chapeau en dentelle de paille grillageait d'ombre son visage.

« Notre survol de l'Atlas ? Tu t'en souviens ?

— Tu parles, dit-il. Je n'ai jamais eu si peur de ma vie. »

Un voyage organisé les avait envoyés par petits paquets de quatre personnes plus le pilote, dans un coucou flageolant pour survoler en rase-mottes les oasis et y prendre des photos. Mais pour y arriver, il fallait, dans l'appareil non pressurisé, survoler à trois mille cinq cents mètres de hauteur l'Atlas...

Lorsque le pilote avait fait remarquer entre deux nuages qu'il avait eu une crise de foie pendant la nuit et qu'il se sentait tout faible, Roland s'était mis à trembler.

Selon le programme bien défini, ils avaient atterri en plein désert. Les deux autres de l'excursion, un couple d'Italiens et Roland étaient partis à la découverte d'un marché qui se tenait derrière les fortifications roses d'une ville moyenâgeuse, à deux kilomètres de la piste. Le pilote avait décidé de se coucher sous l'avion, tant il se sentait mal, et Solange avait désiré y rester aussi, fatiguée par le trajet.

« Et alors ? dit Roland.

— Sous l'aile, dit-elle, nous avions l'ombre sur mesure. Juste pour deux.

— Tu as dormi sous l'aile... » fit Roland.

Et il tenta de repêcher une cerise au fond de son verre.

« En cinquante minutes, nous avons fait l'amour deux fois. Sous l'aile.

— Tu as couché avec le pilote ?

— Le docteur Volker m'a dit un jour que l'amour est un excellent remède contre la crise de foie. C'était notre intérêt à nous tous, qu'il se porte mieux ; il y avait encore les montagnes à survoler. Il y a trente ans, vous m'auriez traînée au marché, je t'aurais regardé filmer, l'âme en loque, les pieds recouverts de cloques, j'aurais été ce qu'on appelle une femme irréprochable. Bonne à crever. Les temps changent, Roland ! »

Une musique de fond surgit de haut-parleurs cachés, et Thomas se sentit glacé aux premières mesures du *Beau Danube bleu.*

« *Le Beau Danube* vous rappelle votre enfance ? »

Marthe avait dit cette petite phrase.

Thomas se renferma.

« Quelle enfance ?

— Hongroise.

— Je ne sais pas ce qu'est l'enfance, dit Thomas. Et *Le Beau Danube bleu* n'a rien à voir avec la Hongrie. Rien.

— J'ai pensé...

— Le manque de culture des Occidentaux quant à la Hongrie, et quant à la géographie tout court, est assez agaçant. »

Roland Van den Ip bégayait presque :

« Tu n'as pas échangé un mot avec le pilote... pas un regard... »

Solange le regardait avec une certaine pitié.

« L'ondothérapie, tu n'en as évidemment jamais entendu parler.

— L'ondothérapie ?

— La thérapie par les ondes... C'est-à-dire, la communication simultanée ressentie sur l'épiderme comme un tam-tam. Le pilote m'a aidée à descendre. Ma main dans la sienne, c'était tout.

— Et il était adepte aussi ?

— Non. Tout simplement réceptif. L'amour sous l'aile était poétique. Nous étions protégés comme par un grand oiseau... Le docteur Volker...

— Je l'étranglerai, celui-ci... »

Solange hocha la tête.

« Les grands mots... Le docteur Volker m'a dit : « Solange vous avez franchi le pas. Les frustrés volent dans leurs rêves épanouis ; vous, vous faites l'amour sous l'aile d'un avion. Bravo ! » Ça lui a plu au docteur Volker. Où vas-tu Roland ? Où vas-tu ? »

Roland avait ôté son peignoir de bain ; il s'était éloigné, hagard, et avait plongé dans la piscine. Il revint plus tard, pâle et calme.

« Heureusement qu'il y a cette piscine. Pour me remettre en état après tes aveux. Qu'as-tu fait des principes qu'on t'a inculqués ?

— Quels principes ?

— Femme au foyer, fidélité conjugale, l'honneur d'une femme, un passé irréprochable, l'estime qu'on désire vous voir porter.

— Ah ! oui, dit-elle, douce. Cette escroquerie mentale qui fait garder l'être humain en cage, livré aux fantasmes ! Plus de piège pour moi. Je me suis libérée. Complètement. »

Le Beau Danube bleu fantomatique virevolta autour d'eux.

« C'est fou comme ce Belge aime l'eau ! dit Miss Burns. Depuis hier, il ne cesse pas de piquer des têtes.

— Elle vient de la Suisse, la dame qui t'a plaqué ? » demanda Liz en s'enduisant d'une crème solaire couleur chocolat.

Bruno admira la phrase qui avait pris l'allure d'une attaque à main armée.

Marthe avait vingt-quatre ans, Liz à peine vingt. Appeler Marthe « la dame », il fallait le faire !

« Elle en vient, dit-il, et elle y retourne.

— Déjà, on ne sait presque pas chez nous ce qu'est la France, alors la Suisse... continua-t-elle tandis que la moitié de son visage se transformait en chocolat au lait.

— Quelle cochonnerie, ta crème !

— Anti-allergique, expliqua-t-elle. Pourquoi elle ne voulait plus de toi ?

— C'était une erreur de notre part, ce voyage.

— Thomas Koenig n'était pas prévu dans le programme », fit-elle.

Dans son visage chocolat ses yeux n'en étaient que plus bleus. Elle se pencha vers Bruno.

« Tu la regrettes ?

— Regretter... dit-il. Oui et non. L'erreur est humaine. J'étais amoureux de mes fins de semaine à Genève. J'entrais dans la carlingue de Swissair comme dans un lit ouvert, heureux ! Je me sentais un important type amoureux d'une importante jeune femme, tous les deux ayant un important week-end, et se disant des choses importantes. C'était cossu, c'était bien organisé ; il y avait même des touches de romantisme. Un brouillard sur le lac, l'odeur des vignes avant les vendanges. J'étais plus amoureux de Swissair que...

— ... de cette dame! avait-elle prononcé pour la troisième fois.

— Et si on parlait un peu de toi, l'interrompit Bruno.

— Moi ? J'ai cru à moitié aux bobards d'un type. J'avais, moi, dix-huit ans.

— Merci ! dit Bruno. Si c'est une allusion à mes trente ans...

— Tu m'avais dit vingt-neuf, dit-elle. Trente, c'est vieux ! »

Il avait oublié son mensonge.

« En Europe, c'est rien, trente ans...

— L'Europe n'est pas l'Amérique.

— Merci pour le renseignement. Quand tu auras trente ans toi-même...

— Je serai à Hollywood, adulée, la nouvelle Ginger Rogers. On va m'appeler la nouvelle Ginger Rogers.

— Tu n'as pas de crise de modestie, dit Bruno. C'est déjà ça. Ce n'est pas parce que tu danses bien, que tu es la... »

Elle l'interrompit.

« Je danse mieux que bien. Viens me voir à New York.

— Je viendrai peut-être. »

Elle s'assit et lui tendit le tube.

« Tu veux m'en mettre sur le dos ?

— De ta crème caca ?

— Crème caca ? »

Choquée, elle le réprimanda.

« Tu es grossier... Dégoûtant. »

Elle allait presque pleurer.

« Pleure pas, dit-il, attendri ! Pleure pas... »

C'était sa terreur, sa panique, sa faille. Il souffrait le martyre de voir pleurer une femme ; sa faiblesse, il la gardait en secret. Que de filles en auraient abusé ! Une femme en larmes le culpabilisait et, à sa plus grande honte, le faisait bander. Les effets simultanés le désarmaient. N'importe qui aurait pu se faire épouser par lui.

« Ce n'est pas du caca, ne pleure pas », dit-il à Liz d'un ton ferme.

Elle se calma.

« Tu veux m'amener à Paris pour coucher avec toi ? »

Il adorait l'accent.

« Je ne suis pas un brigand.

— Un quoi ?

— Un... attends... gangster, si on veut.

— Je t'évoque un hold-up ?

— Non. L'amitié. Ça existe. Une belle amitié entre un homme et une femme. »

Elle se moucha.

« Je n'y crois pas, dit-elle. Mets un peu de crème sur mon dos, demanda-t-elle à nouveau.

— Ça a une odeur bizarre, dit-il.

— Elle n'est pas parfumée.

— Il y a des grumeaux, dit Bruno.

— Elle n'est pas raffinée par les produits chimiques.

— Voilà, dit-il. Il faut que j'aille me laver les mains. »

Il abandonna Liz et rencontra un tas de gens sur son chemin ; il dut dire à chaque fois : « Je ne peux pas vous donner la main. » Le monde semblait blanc, impeccable, intouchable. Il revit le professeur sud-coréen qui lui fit des reproches aigres-doux. « Chacun son tour, se dit Bruno. On se débrouille comme on peut. » Un groupe de Japonais pépiait dans un coin. Bruno les rejoignit et demanda le renseignement nécessaire pour prendre la place de l'évacué. Oubliant la crème, il serra la main d'une Japonaise stupéfaite à cause de la contagion marron. Il trouva enfin un cabinet de toilette et se lava les mains avec volupté.

A son retour, sûr d'être observé par Liz, et bien en gros plan pour Marthe et Koenig, il décida de plonger dans la piscine d'une manière impeccable. Oh ! le saut périlleux de son adolescence... Ses muscles fringants de jadis. L'image d'une super-brute qui sillonne la piscine à la façon d'un bulldozer, dans un crawl aveugle...

L'eau atteignit son ventre comme un coup de fouet ; recroquevillé et terrorisé par la douleur — sous l'eau, il tâta son slip pour être sûr de l'avoir encore —, il se cogna contre un autre corps ; l'un s'agrippa à l'autre ; l'un voulait sauver ou faire couler l'autre ; il émergea enfin, pour se découvrir dans les bras d'un Japonais qui lui dit :

« Cha fé mal, tombé comme cha...

— Que voulez-vous de moi ? demanda-t-il, suffoqué.

— Ché vous qui voulez partaché ma chambre ?

— Ch'est vrai, dit Bruno, le nez encore plein d'eau. Merchi.

— C'est dangereux ce que tu fais, lui dit Liz. Le ventre troué, tu aurais pu avoir le ventre troué. »

Dans un moment de délire, il vit un gros titre :

« Jeune Américaine trouvée étranglée sur un bateau qui... »

Et puis, dans un moment d'humilité concernant son intelligence, sa forme physique, sa condition psychique, il admit que peut-être il était vraiment temps de se marier. Mais avec qui ?

« Eddy a fait transporter votre sac de voyage dans la salle des bagages. On ne pouvait pas balayer sous votre lit », dit Alex à Koenig de retour de leur cabine.

Thomas se leva aussitôt, promit à Marthe de revenir et prit la direction du pont de l'« administration » afin de récupérer le sac.

« Je vous attendrai au buffet », lui dit Marthe.

Thomas se dirigeait vers le bureau d'Eddy lorsque l'hymne retentit :

Le bonheur, le bonheur
D'une manière ou d'une autre...
Qu'importe le temps

Le trajet à faire,
Le bonheur, le bonheur
C'est le vôtre.

La musique déclencha la ruée habituelle vers le buffet.

« Une soupe de poissons à faire damner n'importe quel Français du Midi », dit Bruno.

Les pédestres avaient réapparu comme par enchantement : « Nous avons repris le bateau à Esna ; on va vous quitter demain à Edfou... On nous a casés dans la salle de gymnastique. »

« Un ragoût de mouton, s'exclama Alex ; c'était le plat-virtuose de Lucy ! »

Tout en tendant son assiette dans la direction de l'immense marmite de ragoût dans laquelle touillaient avec une indifférence élégante les grandes louches des serviteurs égyptiens, Miss Burns dit :

« J'aurais aimé savoir ce que Lucy pensait de vous.

— Pourquoi ? »

Alex devint rose de frayeur.

« Vous ne parlez que des éléments extérieurs de sa nature. Et son âme, qu'en faites-vous ?

— Ame ? Lucy n'était pas une femme compliquée.

— Parce qu'avoir une âme, c'est être compliqué ?

— Ce n'est pas ça que j'ai voulu dire... Du pain ? Vous en voulez ? »

D'immenses miches de pain encore tièdes s'étalaient dans de grandes corbeilles.

« Avec notre ragoût, il y a des légumes, dit Alex, et des montagnes de pommes de terre...

— Je voudrais un verre de vin égyptien », dit Miss Burns.

Alex emporta les assiettes vers leur petite table, posa les assiettes de ragoût et retourna aux tonneaux remplir leurs verres d'un vin presque mauve.

« Lucy buvait très peu de vin... »

Miss Burns reprit :

« Vous parlez d'une femme de ménage, d'une

femme au foyer, d'une cuisinière, d'une compagne de route, d'une camarade de camping, mais pas d'une femme.

— Vous devenez un peu méchante avec moi, dit Alex.

— Je voulais juste entendre : Lucy pensait, Lucy disait, Lucy supposait, Lucy déduisait. »

Brown, très calme, expliqua :

« Lorsque nous avons su notre fils perdu, nous évitions tout ce qui faisait, justement, penser, dire, supposer, déduire... Pour survivre à la douleur. Pour la supporter. »

Alex se mit à pleurer sur le ragoût. Silencieusement. Et sans révolte.

« Il paraît que vous avez fait emporter mon sac de voyage, dit Thomas à Eddy. Je le reprends. »

Eddy jubilait et profitait de son pouvoir.

« Si vous me le demandez gentiment... »

Image du passé. Flash-back violent. Dans la baraque d'un S.S., le chien ronfle. Le chien n'a pas tout mangé. Dans sa gamelle, il reste un peu de nourriture. Le regard de Thomas affamé sur la gamelle.

« T'as faim, Chopin ? dit l'officier. Les autres t'appellent Koenig ; moi, je t'appelle Chopin. Tu joues bien du piano, Chopin. Le piano, un talent de juif ! T'as faim ? »

L'officier n'est pas plus sadique qu'un autre ; ce n'est même pas sûr qu'il soit officier ; il grandit, il rapetisse ; son visage près de celui de Thomas ; les jeux du vertige. « Si tu demandes gentiment, tu pourrais manger la nourriture du chien. » L'évanouissement est là, doux et soyeux, refuge divin. Inconscience, prends-moi. « Titube pas, Chopin ; tous des comédiens, ces juifs... Fais le beau, Chopin, demande cette nourriture, demande, bon chien Chopin, voilà, comme ça... » Il le dirige, avec le bout de la cravache, sans le toucher de ses mains. « On creuse les jambes, derrière ; tu t'accroupis, quoi... Voilà, mais pas encore à quatre pattes, non ; tu fais le beau d'abord, voilà. » La cravache aide. « Tu es moins intelligent que mon chien, Chopin, mais tout est dans tes pattes, toute ta musique, n'est-ce pas ? » La cravache redessine la silhouette de l'adolescent qui doit faire le beau comme un chien de salon. « Tu peux bouffer, maintenant, Chopin ! A quatre pattes, tu t'approches de la gamelle à quatre pattes, et pas si vite ; lentement, lentement. Bouffe pas si vite, Chopin. »

Thomas empoigna Eddy :

« Mon sac de voyage !

— Je vais appeler à l'aide », bégaya Eddy.

Soudain, il n'avait plus d'air.

« Il ne faut pas s'énerver, dit-il, rouge. Venez. »

Thomas le lâcha.

Il conduisit Thomas vers une pièce où les bagages jugés encombrants dans les cabines étaient entassés. Thomas reprit son sac sur le tas et retourna aussitôt dans sa cabine. Il glissa le sac sous son lit et il s'y allongea, le visage contre l'oreiller.

« Encore deux jours, et c'est fini ! »

« Tu portes le poids du monde sur toi », avait dit Joanna.

« Il y est greffé, ma pauvre chérie », lui avait-il répondu.

Il savait, à l'époque, que seules les retrouvailles avec Arpad Goldstein pourraient le rééquilibrer, lui ôter sa haine de la Hongrie, et renouer avec le passé pour supporter le présent.

Il n'était pas très commode de trouver quelqu'un à Budapest. Il avait demandé aux renseignements internationaux le numéro de téléphone de M. Arpad Goldstein et Budapest avait répondu par la voix d'une jeune téléphoniste : « Il y a deux millions d'habitants à Budapest, monsieur ; sans l'adresse, je ne peux rien pour vous. » L'adresse ? Les trente-trois ans d'écart l'avaient effacée. La jeune femme était aimable et pleine d'indulgence pour cet étrange ignare.

Il avait rejeté l'idée du voyage depuis des années. La Hongrie d'antan apparaissait dans son esprit tour à tour enchanteresse, magique, injuste — les riches colonisant les pauvres —, maladroite sur le plan politique, raciste. Ou bien, c'était la Hongrie d'une beauté sidérante : lacs, roseaux, ciel basculant — bleu dans le bleu —, champs de blé ondoyants sous le poids des grains, pays de mirages, de chaleur, de poussière dorée, d'accueil fraternel, de gaieté.

Il avait pris un jour sa valise d'homme d'affaires. Il avait à peine dit au revoir à Joanna. Il avait débarqué à Budapest à neuf heures du soir. Il avait donné l'adresse de l'hôtel prévu par une agence de voyage. Là, on entendait parler l'allemand, l'anglais, le français, d'autres langues aussi comme le suédois. Et sa chambre, en haut d'un building, s'ouvrait sur Budapest illuminé. De cette chambre d'hôtel, Budapest semblait loin de Munich. Il s'était apprêté à passer une nuit de tourments, mais, dans l'univers insonorisé de l'hôtel, dans sa chambre stéréotypée, il s'était endormi, comme un enfant apaisé, le cœur et l'âme légers.

Son petit déjeuner lui avait été apporté par un garçon qui lui avait souhaité le bonjour en trois langues. Toujours par la même fenêtre, il avait découvert alors une ville somptueuse, verdoyante et palpitante de vie. Il s'observait, dédoublé, se raser, prendre un bain et se regarder comme un étranger dans le miroir.

Il avait consulté dans l'annuaire la liste des noms ; il avait trouvé plusieurs Goldstein. Le cinquième de la liste était le bon : A. Goldstein, 8, rue des Arbalètes. Il avait aussitôt reconnu le nom de la rue. Pourquoi ne pas y aller à l'improviste ? Il allait être reçu par Mme Arpad Goldstein. Il ne lui dirait rien de particulier, juste qu'il était un camarade de classe de son mari. Ils déjeuneraient ensemble. Il promettrait d'amener Joanna dans quelques mois, « pour que nos femmes se connaissent ». Il prévoyait, parce qu'il voulait « dédramatiser », une rencontre amicale et anodine.

Toujours en rupture avec l'ancien lui-même, un peu absent de sa propre action, il avait pris un taxi. Savait-il encore le hongrois ? C'était l'autre qui savait le hongrois, l'autre, l'inquiet, le subversif, l'enfant gâté et raté ; c'était l'autre, le vulnérable demi-héros de jadis. Assez calme, il avait d'abord indiqué l'adresse de l'hôtel particulier de ses parents, ensevelis sous cet hôtel que l'État, friand de petits palais baroques tant appréciés par les étrangers, avait dû reconstruire. Les rues vivantes avaient défilé avec leurs étalages comblés de marchandises, leurs passants bavards. L'autre, le Thomas recroquevillé, avait entendu les sifflements qui avaient précédé la rafle.

Le touriste occidental, muni de traveller's checks, regardait par la vitre du taxi. L'autre tremblait. Justement, il fallait arracher de lui-même cet autre, le spectre, celui qui se nourissait de réminiscences. Il fallait le liquider grâce à ce voyage.

« C'est là, avait dit le chauffeur de taxi dans un allemand incertain. Votre première adresse... C'est là...

— Non, avait-il répondu. Vous devez faire erreur. »

En effet, c'était un square délicieux, avec une fontaine, vraie ou artificielle, qui surgissait de la gueule ouverte d'un lion en bronze verdi, tandis qu'à l'arrière-plan se trouvait un mur adorable, recouvert de lierre, de fleurs sauvages et de chèvrefeuille.

« Mais, monsieur, vous cherchez le 24-26, rue des Acacias... C'est là... »

Il était reparti en marche arrière.

« Vous voyez bien que c'est le 22, ici ?... — il avait avancé — et là, le 28. »

Il était descendu du taxi, droit, un peu raide même. « Un square... c'est-à-dire... »

« Il y a trente-trois ans, il y avait ici un hôtel particulier. »

Il avait prononcé en hongrois : « Un petit palais. » C'est l'autre qui avait parlé.

Au lieu de reconstituer le petit palais, on avait transformé l'espace en square. Dans cette rue plutôt austère, parce que grimpant sur une colline et bordée de maisons élégantes, le square égayait, avec ses quatre bancs recouverts d'une mousse verte légère.

Assis sur un de ces bancs, Thomas vit un merle, hardi, qui traversait le petit square. Il y avait aussi sept arbres. En trente-trois ans, les arbres avaient eu le temps, et le loisir, de s'épanouir. Thomas avait cherché vaguement, à la hauteur de quelques branches, ce qui avait été peut-être sa chambre, au premier étage.

Il était hirsute, l'autre Thomas ; il était vieux, il était malade. Le touriste élégant avait constaté qu'à l'adresse indiquée, il y avait un square ; le forcené des souvenirs avait cherché sa chambre, et revu la couleur des rideaux en velours.

La maison des Goldstein était bien à sa place. Plus petite qu'elle ne l'était dans les souvenirs de Thomas. Le prisonnier, la tête appuyée contre les barreaux, surveillait.

Thomas avait sonné. Au bout d'une attente assez longue, une femme d'un certain âge était venue pour ouvrir la porte.

« Vous désirez ?

— Vous parlez l'allemand ?

— Un peu.

— M. Goldstein.

— Il n'est pas là.

— Il revient quand ?

— Qui êtes-vous ?

— Est-ce qu'il est à Budapest ?

— Au Palais. Il plaide. Il devrait être de retour dans une heure peut-être.

— Pourrais-je l'attendre ? Vous êtes Madame ? Mme Goldstein ?

— Non. Sa femme fait une cure. J'aide seulement.

Le matin. Pour répondre au téléphone, je suis là. Entrez si vous voulez. »

L'heure d'attente avait été une lente agonie. Dans son adolescence, Thomas n'avait pas vu cette pièce, ou bien l'avait-il vue ? Il ne le savait vraiment pas.

Arpad avait donc repris le bureau d'avocat de son père. Mort ? Ou non. Pourquoi mort ? Il avait pris sa retraite, à la campagne. Pourquoi à la campagne ? Budapest est une ville merveilleuse. Que dire à Arpad ? Toute cette entrevue se terminerait par une accolade muette, quelques larmes avalées, un déjeuner.

« Vous désirez, monsieur ? »

Un homme assez corpulent, de taille moyenne, légèrement impatient, était apparu dans l'embrasure de la porte.

Thomas s'était levé et lui avait dit :

« Tu ne me reconnais pas ?

— Qui êtes-vous ?

— Thomas.

— Thomas ? Thomas quoi ? »

Le riche étranger, ce Thomas Koenig dont les travaux en chimie révolutionnaient l'industrie internationale de ce secteur s'était senti affaibli. Muet, il regardait.

« Entrez, monsieur, dans mon bureau. Et expliquez-vous... »

Il avait pénétré dans le bureau qu'il avait connu trente-trois ans auparavant, celui du père Goldstein. Le mobilier semblait avoir changé.

Il s'était retourné vers Arpad.

« Arpad, c'est moi, Thomas. Thomas Hunyadi.

— Je m'appelle Aron. Arpad était mon cousin. Mort en déportation. Comme ses parents.

— Morts ?

— Morts. Vous fumez ? »

Goldstein avait tendu vers lui une boîte avec différentes marques de cigarettes assorties.

« Non, merci. Je vous ai dit que je m'appelais Thomas Hunyadi.

— Oui.

— Ça vous dit quelque chose ?

— Non.

— Rien ?

— Rien. »

Le prisonnier, accroupi par terre, pleurait.

« J'étais un ami d'Arpad. Nous étions dans le même lycée. J'ai pris sa veste et on m'a déporté comme juif. »

Aron Goldstein s'était légèrement raidi dans son fauteuil.

« J'ai entendu parler de cette histoire de veste. Avec la veste, je vous situe. Mon oncle est allé voir votre père pour l'alerter. Pour le tenir au courant. Tout ceci était extrêmement désagréable pour la famille Goldstein. Sans le vouloir, évidemment, vous les aviez mis sur la sellette. A cette époque de la persécution, le seul salut était l'anonymat, le silence. Pour essayer de vous sauver, mon oncle avait dû faire une déclaration, et certifier que vous aviez pris la veste de son fils ; on vous a cherché sous le nom de Goldstein... Vous êtes venu à Budapest en visite ? ajouta-t-il pour alléger l'atmosphère.

— J'ai hésité pendant des années, dit Thomas. Je parle mal. Pardonnez-moi. Je suis glacé de tristesse. J'ai donc hésité. On garde certains souvenirs.

— Les amateurs de safaris-souvenirs nous rebutent, dit Goldstein. La Hongrie n'est pas une réserve de réminiscences.

— Je ne suis pas parti, dit Thomas. On m'a pris...

— Parce que vous avez pris la veste de mon cousin. »

Une accusation.

« Vous me semblez hostile, avait dit Thomas.

— Hostile ? Du tout. Qu'est-ce que je peux faire pour votre service ?

— J'aurais voulu retrouver Arpad, avait-il dit. C'était pour moi une question essentielle.
— Je ne vous comprends pas.
— Mais si. J'avais l'impression d'avoir endossé sa vie.
— C'est de la littérature, monsieur. Il y a eu une guerre, des victimes, des fuyards, de vrais et de faux héros, un pays sorti du colonialisme féodal et une renaissance particulière. La Hongrie actuelle n'est pas une terre de pèlerinage pour anciens nostalgiques.
— Vous êtes communiste ? avait demandé Thomas.
— Parce que je ne pleure pas vos anciennes propriétés ? Non, monsieur, je suis juste un Hongrois situé dans son époque.
— Vous me parlez comme si j'étais un ennemi.
— Ennemi ? Étranger !
— Ils sont morts quand ?
— On n'en sait rien. Ils ne sont pas revenus. »
L'autre, le prisonnier, couché sur le sol de la cage, les cheveux devenus tout gris, pleurait dans l'âme de Thomas.
« Je suis navré de vous avoir dérangé, dit Thomas.
— Vous ne m'avez pas dérangé. Au revoir, monsieur Hunyadi.
— Au camp, on m'a appelé : Koenig. J'ai gardé le nom de Koenig. »
Aron Goldstein avait clos la conversation :
« C'est votre affaire. J'ai été content de vous connaître. Au revoir... »

« Bonjour, Thomas. »
Marthe apparut dans la cabine. Sur le seuil. Dans l'embrasure de la porte.
« Je peux entrer ? »
Il tourna son visage grave vers elle, présence soudain indispensable dans son désarroi.
Elle referma la porte doucement et tourna la clef.

La cabine devint un huis clos obscur, environné de musique, de bavardages venus de loin, de bribes de vie qui s'y cognaient comme des cailloux.

Elle vint près du lit ; elle ôta sa robe, le corps zébré d'une lumière extérieure, elle attendait un encouragement.

Le robot attirant, le robot au visage d'adolescent, la contemplait. Elle se glissa à côté de lui. Thomas l'avait prise. Ils restèrent dans le silence.

Plus tard, on avait frappé à la porte de la cabine.

« Thomas ? »

C'était la voix d'Alex.

« Oui, dit-il.

— Je voulais savoir si vous étiez bien... Avez-vous besoin de quelque chose... Je vous apporte à manger ?

— Non, merci », dit-il.

Et Marthe fut persuadée qu'il avait oublié jusqu'à sa présence.

DÉBARQUÉ en Angleterre, muni de documents qui certifiaient qu'il avait bien laissé le ténériffe à l'aéroport en quarantaine, Samuel loua une voiture pour aller à Brighton. Il dut traverser les banlieues interminables de Londres, avant d'y arriver par une pluie torrentielle. Il consultait sans cesse le dessin de l'Eurasienne. « Si elle m'a menti, s'était-il dit, j'aurai fait tout ce voyage pour rien. »

La mer furieuse balayait les plages ; le vent glacé envoyait des giclées de pluie ; les essuie-glaces s'essouflaient. A cause des silhouettes floues, allongées, affublées de franges d'écume et d'eau, ce paysage prenait une allure fantomatique.

Samuel avec son sens d'orientation parfait se dirigeait vers le but. Six ou sept kilomètres après Brighton, il s'engagea sur un chemin de terre recouvert de feuilles mortes. La voiture de location glissait sur l'humus pourri. Samuel avait traversé un petit village, genre décor de théâtre pour festival shakespearien, et s'était retrouvé en pleine campagne, ici et là animée par des groupes d'arbres et des petites fermes recroquevillées sur elles-mêmes. Au bout de deux kilomètres — il allait si lentement que le moteur tournait et menaçait de caler à chaque seconde —, il découvrit à la sortie d'un hameau un autre chemin aboutissant à une maison : « Green Cottage. » A son grand effroi,

Samuel avait soudain découvert aussi un panneau tout frais : « A vendre. Visites sur place. » Il s'était dirigé vers la porte principale ; il avait sonné, et en même temps, il avait découvert un autre écriteau, en rappel : « A vendre. Visite tout à l'heure. »

« Entrez donc... cria quelqu'un du premier. Vous pouvez commencer la visite. J'arrive. »

Le living-room était chauffé par des bûches artificielles fleuries de flammes de gaz. L'air était tiède. Devant une bibliothèque murale, deux caisses ouvertes à moitié remplies de livres attendaient d'être fermées ; un mouvement un peu brusque de Samuel alerta deux perruches dont l'affolement fut aussi bruyant qu'inutile. Délabrée parce que déjà à moitié vidée, la maison avait été l'habitation d'un homme seul ; des piles de journaux ficelés en paquets serrés s'entassaient devant un bahut, et sur un petit plateau, à côté d'une cafetière, plusieurs tasses sales s'accumulaient. Samuel vit par terre un cadre tourné vers le mur. Il le déplaça et regarda : c'était une carte de l'Europe où les îles Britanniques étaient entourées d'un épais trait rouge.

« Cette carte, je la garde. Quelle agence vous envoie ? »

Samuel dévora du regard l'interlocuteur qui venait d'arriver du premier étage. C'était un Anglais de petite taille, agile et visiblement impatient. Un vieux, comme Samuel. Un vieux roublard et désenchanté.

« J'en voudrais, moi aussi, un peu de votre marchandise, avait dit Samuel d'un ton doux. Vous êtes bien M. Norton ?

— Si vous ne venez pas pour la maison, ne perdons pas notre temps, fit l'autre.

— Vous êtes M. Norton ?

— C'est exact. Mais qui êtes-vous ?

— Une âme sœur, dit Samuel.

— Pas le temps de plaisanter, dit l'autre. Je suis en plein déménagement ; je ne sais pas ce que vous voulez...

— Mais si, fit Samuel. Les Japonais m'ont orienté vers vous.

— C'est fini, répliqua l'Anglais. Plus de Japonais. J'ai fermé la boutique. »

Samuel se chauffa les mains près de la cheminée. « Quelle pluie ! La maison est difficile à trouver ! Mais je suis quand même arrivé.

— Et vous partirez aussi vite, dit l'Anglais. Je n'ai plus rien à vous vendre.

— Évidemment, conclut Samuel. Neuf kilos, c'est une masse. Je voudrais ma part de gâteau.

— Pas de chantage possible, fit l'Anglais. Vous n'avez pas de preuves de cette livraison et puis, je n'hésiterais pas à vous tuer. »

Il plongea la main dans la poche de son vieux peignoir. Pris dans la doublure déchirée, le revolver résista. Norton put enfin viser Samuel qui hocha la tête.

« Enfantillage. A votre âge ! Jouer au cow-boy ! Drame de la jalousie. Deux vieillards s'entretuent dans un cottage isolé. Ils se disputaient l'affection de leur chat.

— Que voulez-vous ? demanda l'Anglais. Vous avez de l'humour, mais j'ai le revolver. Nous sommes peut-être vieux, même certainement, mais je vous assure, je n'hésiterais pas à vous tuer.

— Pour me faire disparaître où après ? Creuser un grand trou avec vos vieux bras décharnés ?

— La terre est humide, dit l'autre. Le cottage est isolé. Et j'en ai marre des intrus. Je suis capable de tout, parce que je suis si près de mon but...

— Ne vous emballez pas. Je veux juste des renseignements. Quelle est la puissance approximative de neuf kilos d'explosif ?

— Ça dépend de l'utilisation. De l'endroit où ça explose. Environ une mégatonne. Des circonstances.

— Quelles circonstances ?

— Mon explosif, dit l'Anglais, peut prolonger ses effets à l'infini.

— Qu'appelez-vous « infini » ?

— L'infini. Prenez un dictionnaire et regardez la définition du mot : infini.

— Il n'y a pas d'explosion « à l'infini ».

Norton hocha la tête.

« Toujours la même musique. On ne me croira donc jamais !

— Je ne demande qu'à vous croire, mais parlez ! Si vous aviez une tasse propre, je prendrais volontiers un café.

— Vous voulez m'éloigner d'ici ? C'est un vieux truc ! Allez chercher la tasse vous-même. Allez, allez. A gauche. La porte à gauche. »

Samuel obéit. Il se retrouva dans une cuisine comme la sienne à Nice. De petits restes, l'évier chargé de vaisselle, une armoire murale avec des traces de doigts sur le formica.

« Ouvrez l'armoire. »

Samuel y trouva la dernière tasse propre.

« Du lait ?

— Je n'ai pas de lait.

— Une petite cuillère ? dit Samuel.

— Dans l'évier. »

Samuel fit une grimace.

De retour au salon, suivi toujours par le revolver de Norton, Samuel se versa du café.

« Je ne suis ni maître chanteur, ni policier, dit Samuel. Savez-vous à qui était destiné l'explosif ?

— Ça m'est égal, dit l'Anglais. J'ai tellement souffert d'incompréhension, que ça m'est égal.

— Mais pas à moi, répliqua Samuel. Si ma supposition n'est pas complètement erronée, Israël pourrait être entraîné, lié à une catastrophe... dans un conflit mondial.

— Je suis incapable de m'intéresser à Israël, dit l'Anglais. Même l'Angleterre me fait bâiller. Vous êtes israélien ?

— Je suis juif.

— Mais en quelle relation avec Israël ?

— Vous avez déjà vu un juif qui ne soit pas, d'une manière ou de l'autre, en relation avec Israël ?

— Évidemment que j'en ai vu, dit Norton. Tout le monde n'est pas sioniste. Heureusement.

— Qu'avez-vous contre Israël ?

— Rien. Ni pour, ni contre. Que voulez-vous exactement ?

— Des renseignements précis.

— A quel titre ?

— Je suis un ancien des Services secrets israéliens.

— Très ancien alors. Parce que vous devriez tout savoir de moi. Tout. Chez vous, alors, ils sont aussi bêtes que dans notre *Intelligence Service*. Ne pas me reconnaître ! Je devrais être depuis longtemps une légende, comme Von Braun. Hélas ! je n'ai pas eu la chance de naître Allemand.

— Vous êtes chimiste ?

— Et de taille. Fantastique. Je suis un type fantastique. Jamais reconnu. Sauf par de l'argent, il y a quelques jours. J'arrive maintenant, continua-t-il en se mouchant, j'arrive maintenant, à mon âge, à avoir accès à une existence de millionnaire. Maison ultraluxe, service, mer limpide et chaleur. Vous imaginez que je n'hésiterais pas à vous supprimer... »

Il déposa le revolver et se pencha vers Samuel.

« Si les Israéliens n'ont jamais entendu parler de moi, c'est le comble ! Pas si intelligents que ça ! Réputation surfaite. Si j'avais été dans le brain-trust d'Hitler, j'aurais été l'objet d'une surenchère entre Russes et Américains. Malheureusement je suis né Anglais ! Ce que Von Braun était à l'espace, je le suis au monde chimique des explosifs.

— Qu'avez-vous inventé ?

— L'arme essentielle. Tout est là encore. »

Il toucha son front.

« Tout ! Mais personne n'est prophète dans son pays. Surtout pas ici. Pendant la guerre je suis allé voir le ministre des Armées pour lui dire que je pouvais empêcher un éventuel débarquement allemand en Angleterre. Vous croyez qu'il m'a reçu ? Mais non. L'huissier m'a offert une tasse de thé. Mauvais d'ailleurs.

— Qu'avez-vous inventé ? répéta Samuel.

— Pas si vite, mon ami. C'est trop tard pour me découvrir. Je suis l'incompris absolu. Et une montagne d'amertume. Et vous ?

— Moi ? Eh bien, moi, dit Samuel, j'ai eu ma grande période juste après la guerre.

— Vous étiez dans quelle branche ?

— Criminels de guerre. Poursuite de criminels de guerre.

— J'ai bien compris, dit l'Anglais. Vous en avez connu donc ? »

Le regard de Samuel se fit dur.

« A Auschwitz, en tant que déporté, et après...

— Évidemment, dit l'Anglais, je condamne ceux qui ont persécuté les vôtres ; je n'admire pas les bourreaux, vous m'avez bien compris... Ce que j'admire, c'est leurs savants, leurs *Cerveaux,* avec un grand C. On vous a toujours apprécié à votre juste valeur, vous ?

— J'ai été le roi de la piste, dit Samuel, pendant un certain temps. J'ai un cerveau, moi, — ça devrait vous plaire — qui se souvient de tout. Des visages, des regards, des attitudes ; ni l'âge, ni la chirurgie ne peuvent camoufler quiconque.

— Ce n'est pas mal, dit soudain Norton. Dommage qu'on ne se soit pas connus il y a vingt ou trente ans. Vous auriez pu me présenter comme un ex-nazi. Enfin, on aurait fait attention à moi. Vous m'auriez « livré » aux Américains. Oh ! mon Dieu, enfin, j'aurais pu être entendu par la C.I.A. Mais vous, on vous utilise encore ? A votre âge ?

— Je ne suis pas là « officiellement », dit Samuel.

— Vous avez au moins soixante-dix ans ? dit l'Anglais.

— Soixante-douze. Et vous ?

— Soixante-treize. Mais je tiens le bon bout. Enfin, j'ai de l'argent. Et vous ? »

Samuel fit une moue.

« Pas une fortune.

— Retraite ?

— Une misère. Même pas une aide pour m'installer à Jérusalem. C'est assez ingrat le service parallèle. Ni vu, ni connu. On n'a plus besoin de vous. Au revoir.

— Pourquoi faites-vous du zèle, alors ?

— L'instinct.

— L'instinct, répéta l'Anglais. Pas toujours rentable. Vous vivez de quoi ?

— J'ai environ deux mille francs français par mois.

— Des économies ?

— Des bricoles. Je n'ai jamais été un homme d'argent.

— Idéaliste ?

— Hélas ! Pourtant, en vieillissant, je voudrais de l'argent, juste suffisamment pour aller m'installer à Jérusalem. Pour y vivre. Parlez-moi de votre invention.

— Heureusement, dit l'Anglais, que j'avais mes terroristes. Pas très argentés, mais réguliers. Pourquoi vous en ont-ils parlé ?

— Le grain de sable, dit Samuel. Le hasard. Je connais la somme globale qui a été offerte pour les neuf kilos.

— Moi aussi, dit l'Anglais. Vous pensez bien, je n'aurais pas voulu être floué. Cent mille pour les Japonais et sept cent mille pour moi. Équitable. »

Samuel se pencha vers lui.

« Pas de remords, de tourments, de craintes, de terreurs nocturnes ?

— Ah ! non, dit l'Anglais. Je suis un génie méconnu, frustré, et avide de gloire. Faute de gloire, j'ai de l'argent. Le monde, il peut éclater, le monde ! J'ai été jeté au rebut. Faute de relations aussi.

C'est vrai. Vous comprenez, je n'ai même pas été contacté par les pays de l'Est, c'est tout dire. Je n'aurais quand même pas pu mettre une annonce dans le *Times :* « Savant méconnu par maladroits Occidentaux désire passer à l'Est, argent et gloire souhaités. Conditions à définir. » Pas de pedigree à l'Occident, pas d'offre à l'Est. C'est triste ! Je suis allé en 1967 à Berlin-Est avec un car de touristes. J'ai voulu m'offrir, me vendre ! Rien à faire. Je n'ai même pas pu m'éloigner de mon groupe. Quel monde ! Si j'avais été allemand, j'aurais fait gagné la guerre à Hitler.

— Et je ne serais pas là, dit Samuel.

— J'aurais été navré pour vous, dit Norton. Mais comprenez-moi, c'est atroce de savoir qu'on a tout en main, et que ça n'intéresse personne, sauf mes terroristes ! »

Samuel éternua et prononça avec difficulté :

« Vous vous vantez peut-être, dit-il. Et votre explosif n'est qu'une illusion, un attrape-nigaud. »

L'Anglais devint rose de colère.

« Quel sot ! Quand un juif est sot, il bat les records ! »

Samuel continua à le provoquer :

« S'il était si néfaste, on ne pourrait pas le transporter en avion.

— Mais si. Justement. Il n'est pas possible de le déceler. Sauf par la masse, la quantité. »

A cause d'un geste de colère, le revolver, comme éjecté de sa vieille main, atterrit devant les pieds de Samuel.

« Merci, dit celui-ci en le ramassant. Vous allez parler maintenant.

— Vous voulez mon argent ? demanda l'Anglais, blême.

— Du tout. Des renseignements. Seuil de choc ?

— Non expérimenté à cette quantité-là.

— Détonateur ?

— Électronique. Miniature...

— Pourquoi auriez-vous gagné la guerre avec cet explosif ?

— Parce qu'il a un trait dominant, un trait de génie. C'est l'absolue invention.

— Vous êtes gâteux de vous encenser ainsi ! Parlez donc !

— Il multiplie sa puissance à peu près cinquante fois.

— Pourquoi ? Quand ?

— Au contact de l'eau. »

Samuel resta une seconde suffoqué.

« Répétez, dit-il.

— L'extrême originalité de mon invention, c'est le contact avec l'eau, le comportement du produit qui...

— Le barrage d'Assouan... » chuchota Samuel. Il n'eut plus la force d'élever la voix.

« Vous parlez du barrage d'Assouan ? Le faire éclater serait une démonstration fabuleuse. Le barrage est vulnérable par ses défauts initiaux, mais aucun autre explosif que le mien ne pourrait l'entamer avec succès.

— En êtes-vous sûr ? » Samuel le prit par le bras. « La vie de trente-huit millions d'Égyptiens ; Israël au milieu d'une catastrophe sans précédent ; les pays limitrophes dans la détresse ; vous êtes inconscient ou malade, ou... ou bien ? »

Le visage de l'Anglais se durcit.

« N'agitez pas le revolver, dit-il. Il n'est pas chargé. J'aurais pu entourer l'Angleterre d'une ceinture d'explosifs. Intouchable. Inattaquable. Personne n'a voulu de moi. Supposons le cas du barrage. Imaginez la force d'une bombe atomique d'une mégatonne, qui ferait des ricochets. Comme démonstration, c'est...

— Vous êtes un fou dangereux, dit Samuel.

— Du tout. Je navigue dans un monde malade de lui-même. Vous ne pouvez rien contre moi, dit l'Anglais. On ne m'a pas écouté. On ne vous écouterait point. Je vais disparaître d'ici demain soir. »

D'un regard, Samuel le fit taire. Sans dire un mot, il

regagnait sa voiture, en pataugeant dans la boue et, avant de tourner la clef de contact, il jeta un coup d'œil sur sa montre. Il était seize heures. Samedi. Selon l'emploi du temps du groupe du centre Amusements et Loisirs, la visite du barrage était programmée pour mardi matin. Vers qui aller, qui alerter ? Comment prévenir les Égyptiens ? Comment empêcher l'acte dont l'horreur dépasserait toute imagination sans livrer pour autant l'explosif aux Égyptiens ? Il lui restait deux jours et demi. Il avançait péniblement. Le moteur toussait. Il fallait rejoindre l'aéroport de Londres sous la pluie épaisse.

Dans un des quartiers populaires de Londres il fut bloqué dans une manifestation et vit une vraie bataille rangée entre policiers débordés et manifestants. Aveuglé par une grenade lacrymogène, il essaya de quitter sa voiture pour rejoindre un pub au rideau de fer à moitié baissé. Il put enfin entrer dans le café où régnait un tumultueux désordre. On le prit pour un médecin ; il se dégagea pour se précipiter vers la cabine téléphonique près des toilettes. Le combiné se balançait en répercutant une voix de femme qui répétait un allô, allô, allô prolongé à l'infini.

Il demanda par le centre de renseignements le numéro de l'ambassade d'Égypte à Londres. On lui en avait indiqué trois ; il les appelait les uns après les autres. Le premier resta muet ; le deuxième répondit enfin.

« Allô, dit Samuel. Allô, l'ambassade d'Égypte ?

— C'est fermé, aujourd'hui... appelez lundi.

— Mais c'est bien l'ambassade ?

— L'ambassade est fermée.

— Qui êtes-vous ? demanda Samuel.

— Le standardiste de la permanence. Vous désirez quoi ?

— Parler à l'ambassadeur !

— Venez voir lundi son secrétariat.

— C'est une question de vie ou de mort pour l'Égypte, dit Samuel.

— Votre nom ?
— Samuel, dit-il.
— Samuel quoi ?
— Stein.
— Anglais ?
— Non.
— Vous êtes ?
— J'étais hongrois, je suis devenu allemand, après français. En tout cas, je suis juif... »

L'homme au standard téléphonique poussa un soupir.

« Vous avez oublié que c'est samedi ? Priez au lieu de plaisanter. »

Et il raccrocha.

En sortant du pub, Samuel découvrit sa voiture devenue l'objet de convoitise des deux camps ; tout en s'abritant derrière, les manifestants la poussaient vers les policiers tandis que ceux-ci avançaient leur grenade à la main.

« Hé ! hurla Samuel, la voiture ! Elle n'est pas à moi... »

Il put s'y enfoncer en évitant de justesse le puissant jet d'eau des pompiers appelés au secours pour disperser les manifestants. Son moteur en marche, par la vitre baissée, il brandit son mouchoir à peu près blanc afin de s'assurer le passage. Le mouchoir fut emporté par l'eau des pompiers. Samuel accéléra et s'arracha au quartier. Arrivé enfin à l'aéroport, il rendit la voiture et s'assit, recroquevillé sur lui-même dans la salle d'embarquement, absorbé dans ses pensées. Un appel répété de son nom arriva à son cerveau. Une hôtesse à la voix onctueuse comme une mousse de bain, l'appelait : « Monsieur Samuel Stein est demandé au contrôle.
— C'est moi.
— Vous n'avez pas pris votre chien, monsieur... Allez vous présenter... »

Il avait complètement oublié Puzzle. Un préposé lui avait rendu le ténériffe qui s'épanchait dans des jappements délirants. Puzzle réintégra son cabas. Il s'y habituait presque, mais redoutait le moment où la fermeture pinçait ses poils.

Samuel arriva à huit heures du soir à Orly. Il retourna à son hôtel.

« Il y a un supplément de quinze francs, avait dit l'hôtelier à Samuel. Parce qu'il y a une vraie fenêtre.

— Parfait, dit Samuel. Je voudrais téléphoner. »

Le type avait fait un mouvement de menton en direction de la cabine téléphonique recouverte de graffiti.

« Je voudrais téléphoner en Israël.

— Ce n'est pas la poste ici, merde !

— Fermez votre baraque si les gens vous ennuient, s'exclama Samuel. Vous êtes grossier. Je vais me plaindre. Je vous ferai enlever votre licence.

— Bon, bon, dit l'hôtelier. Il faut pas charrier. Tout le monde est fatigué.

— Je veux téléphoner à Tel-Aviv. Tout de suite. »

Cela n'avait même pas été l'affaire de cinq minutes. Samuel lisait sur le visage de l'hôtelier le nombre de sonneries qu'il fallait à Tel-Aviv, pour que son ami Moshe décroche. Depuis des années, ils ne s'étaient pas parlé, mais qu'importait, Moshe comprendrait tout à la seconde.

« Décrochez, dit l'hôtelier.

— Allô ?

— C'est Samuel à l'appareil.

— Samuel ? »

La voix de femme était incertaine, aimable aussi, mais assez floue.

« Samuel Stein.

— Vous cherchez qui ?

— C'est vous, Sarah ?

— Non, je suis sa sœur, Myriam.

— Il faut que je parle à Moshe. Est-il à la maison ? »

La femme soupira.

« Réveillez-le, s'il dort... »

Encore un gémissement.

« Je vous passe sa sœur...

— Shalom, Sarah ! C'est Samuel Stein. Il faut que je parle à Moshe.

— Il est mort », avait dit la voix de femme et, en éclatant dans un sanglot interminable, elle continuait à égrener : « Il est mort, il est mort, il est mort.

— Quand ?

— Nous l'avons enterré hier... » sanglotait Sarah.

Il bégaya quelques mots de condoléances et raccrocha.

Samuel monta dans sa chambre ; il se déshabilla sans omettre d'expliquer au chien que le jeûne purifie le foie.

Ayant fait une longue toilette et même pris une douche glacée — l'eau chaude devait être en panne —, il se coucha, désespéré de sa solitude. Le chien lui réchauffait les pieds, mais son vieux cœur de juif errant, assoiffé de tendresse, de chaleur, d'amitié, affolé, battait au rythme de son chagrin. Depuis qu'il avait pu imaginer le but de Thomas Koenig, il souffrait le martyre. Il surveillait son cœur usé par tant de souffrances et tant d'émotions pris par une tachycardie. Il fallait survivre à cette nuit, éviter une crise cardiaque, le spasme coronaire. Il fallait arrêter Thomas Koenig dans son action.

Il se leva. Il était trois heures. Il se rhabilla et descendit dans le hall mal éclairé. Il dut chercher le gardien de nuit, sombré dans un profond sommeil sur un lit étroit, recouvert de vieilles couvertures.

« Vous voulez quoi ? dit l'homme réveillé en sursaut, comme surgi d'un tableau de Goya : maigre, barbu, les yeux écarquillés.

— Téléphoner ! » lui avait lancé Samuel.

A cause de l'espagnol débité par le veilleur de nuit et de l'heure insolite, dans un moment d'hallucination il se crut en Amérique du Sud.

« Qué téléphone ?

— A Munich... Allemagne... »

L'homme s'extirpa de ses loques ; il était grand, le visage creusé d'ombres.

La cabine et le système d'appel qui la reliait à la réception, avaient été bloqués par le patron.

« *Vida o muerte !* dit Samuel les yeux humides d'émotion. Encore un peu et il allait pleurer.

— *La vida o la muerte de mucha gente...* » avait-il répété.

L'Espagnol, ragaillardi par l'atmosphère de drame, son élément naturel, débloqua le téléphone, bricola silencieusement et Samuel put former directement le numéro de Joanna à Munich.

Au bout d'une dizaine de sonneries, une voix d'homme répondit un « allô » ensommeillé.

« Je suis bien chez M. et Mme Werner ?

— Oui.

— Pourrais-je parler à Mme Werner ?

— De la part de qui ?

— Samuel Stein. Je suis venu la voir au sujet de son ex-mari. Pardonnez-moi.

— Appeler à cette heure-ci !

— Monsieur, dit Samuel, je vous en supplie, croyez-moi, si je n'étais pas persuadé que votre femme peut intervenir et sauver ainsi un nombre de vies incalculable, je n'aurais pas appelé.

— Allô !

— Madame Joanna...

— Monsieur Stein ? »

Il y avait eu presque une complicité entre eux. Il lui parla sans ménagement.

« Les huit cent mille Deutsche Mark... Madame...

— Je vous écoute.

— Il a acheté neuf kilos d'explosif. Un explosif unique, peu connu. Redoutable. A effet multiplié dans l'eau et par l'eau.

— Le barrage ! » prononça Joanna.

Sa voix à peine perceptible effleura Samuel d'une manière intime, tant la communication était parfaite.

« Le barrage, répéta-t-il. Le barrage. Aidez-moi. Il faut l'empêcher d'agir.

— Que voulez-vous que je fasse, moi ? s'exclama Joanna. Et pourquoi moi ? M'appeler, moi ? Je ne veux pas qu'il lui arrive malheur, je ne veux pas que cette dérision, ce monstrueux projet prenne forme ainsi, je ne veux pas être mêlée à...

— Vous parlez de vous, l'interrompit Samuel. Il y a le peuple égyptien en cause. Israël. La Libye... Cette affaire nous dépasse largement. Il voyage avec un explosif inconnu des spécialistes. Je suis au courant depuis cet après-midi. Il peut ouvrir une brèche, plusieurs brèches dans le barrage qui va craquer comme une meringue.

— Quel jour sommes-nous ? demanda-t-elle, hébétée. Je ne sais plus rien. Ni le jour, ni l'heure.

— Dimanche à l'aube. Il est trois heures et demie. Thomas Koenig doit arriver sur le barrage mardi matin. En tant que citoyenne allemande, alertez l'ambassadeur d'Égypte à Bonn. Qui croirait un juif comme moi ? Je vais faire, de mon côté, tout ce que je peux. Je vais vous appeler, madame, demain ; ce soir — nous sommes dimanche aujourd'hui — je vais prévenir Israël ; je vais faire des tentatives toute la journée pour les prévenir.

— Je ne peux rien vous promettre, dit Joanna. Je vais demander conseil à mon mari.

— C'est vous qui le connaissez, vous, mieux que n'importe qui, vous avez vécu ensemble six ans, n'est-ce pas ? Est-il possible qu'il veuille...

— Certainement, répondit Joanna. Qu'il puisse non. Qu'il veuille faire sauter le barrage, oui.

— Et les vies humaines !...

— Monsieur Stein.

— Oui, madame.

— Vous étiez déportés ensemble...

— C'est ce que je vous ai dit... Ce n'est pas une raison pour provoquer un holocauste par l'eau, cette fois-ci...

— Il ne croyait plus à l'être humain, ni à la vie humaine... « Nous sommes tous des travailleurs dans « une immense usine de mort, avait-il l'habitude de « dire. On tue à la chaîne. On tue à n'importe quel éche-« lon. Ça commence par l'enfant qui arrache les pattes « d'une grenouille et observe ensuite l'agonie du petit « ballon vert palpitant. Une société où on délivre un « permis de chasse est une société condamnée à dispa-« raître. » De l'enfant à l'adulte, selon lui, existe à la fois la pression de l'argent et le goût de tuer et de torturer, et ce, inculqué depuis le plus jeune âge.

— Aidez-moi », fit Samuel ; tremblant, il s'appuyait contre la paroi de la cabine recouverte de graffiti. « Bise, bise, bise, signé Jojo. » A côté, une obscénité avec dessin à l'appui. Samuel détourna la tête.

« Aidez-moi », répétait-il.

Une voix de femme, une téléphoniste quelque part en Allemagne, assez calme, lui dit : « Vous parlez encore ? »

Elle entendrait la radio, cette téléphoniste ; elle l'entendrait mardi dans la soirée : « Une catastrophe sans précédent secoue le monde ; le barrage d'Assouan éclaté — nous n'avons pas de détails — laisse déferler l'eau du lac Nasser sur le pays ; selon les messages envoyés par les pilotes des nations voisines non touchées qui survolent l'inimaginable déferlement d'eau, plus aucune trace ne subsiste de la belle ville d'Assouan ; le soir qui tombe vite en Égypte empêche la vision ; il faudra attendre la matinée de demain pour tenter de donner une idée de l'horreur, mais que verra-t-on de plus qu'une immense étendue d'eau ? Nous interromprons nos émissions toutes les demi-heures ou selon les renseignements reçus.

« Les pays membres de la Ligue arabe tentent de survoler la catastrophe ; les conditions atmosphériques changées par la libération d'une quantité d'eau jusqu'ici enfermée derrière le barrage, rendent difficiles les survols. Une vraie tempête souffle sur le désastre inimaginable. Une seconde... on vient de me glisser une dépêche : le ministre des Affaires étrangères israélien, ce soir porte-parole du président israélien, déclare sa stupéfaction et son immense chagrin ; il se propose de survoler personnellement l'Égypte. »

« Non, merci, c'est fini ! » dit Samuel à la douce téléphoniste.

« Bise, bise, bise. » Signé Jojo.

« Vous avez terminé ? » demanda le veilleur de nuit de Guernica, le visage creusé par la fatigue et flanqué d'une barbe naissante ; il empocha les cent francs de pourboire que Samuel lui tendit.

« Je remonte dans ma chambre pour réfléchir et je redescendrai pour appeler encore. Votre salopard de patron arrive à quelle heure ?

— Neuf heures.

— Alors, j'ai un peu de temps devant moi, lui dit Samuel. Salut amigo ! Pourquoi diable vous vivotez ici ? Vous n'avez plus de Franco.

— C'est difficile de reprendre confiance dans un pays, dit l'homme bleu de fatigue. C'est difficile. »

Heinrich et Joanna, en robe de chambre, une tasse de café à la main, dans de profonds fauteuils d'un incomparable confort, tenaient conseil.

« Ton vieux juif est fou d'angoisse, commenta Heinrich. Il y a de quoi. Pour Israël, une catastrophe égyptienne représente à échéance le déshonneur, l'absolu rejet par d'autres peuples.

— Je ne crois pas que Thomas ait voulu commettre cette horreur dans l'anonymat.

— Ait voulu ? Veuille !

— S'il fait sauter le barrage, c'est qu'il désire laisser ou qu'il a laissé un message, déclara Joanna.

— Voilà le beau mot ! s'exclama Heinrich. Le message ! Nous y voilà... La puissance des impuissants, c'est le message. Le bla-bla-bla céleste. La sueur mentale d'un intellectuel — et encore je suis gentil, intellectuel... Il répéta le mot; et il termina: d'un intellectuel tordu.

— Auschwitz », dit-elle.

Et Heinrich se mit à crier. C'était si inattendu que Joanna resta bouche bée.

« On ne peut pas tout expliquer avec Auschwitz. C'est faux. Je refuse l'idée qu'on puisse tout expliquer par l'usine de la mort. C'est ce qu'il disait, n'est-ce pas ? D'ailleurs, j'ai admiré ta mémoire ; tu répétais mot à mot l'Évangile selon ce fou.

— Pas fou, raisonné, d'un esprit froid, d'un cynisme foudroyant parfois, l'intérieur de l'âme brûlé. »

Et soudain, elle se mit à crier, elle aussi.

« Tu n'as pas le droit de dire qu'Auschwitz n'est pas suffisant, tu n'as pas le droit, tu n'y étais pas. Tu n'as pas le droit, au nom d'une théorie d'oubli, de juger.

— C'est peut-être vrai, fit-il soudain fatigué. Il n'est pas exclu que tu aies raison. »

Il vint auprès de Joanna ; il la prit dans ses bras ; c'était pour la rassurer, pour se rassurer. Unis, comme jamais jusqu'ici, l'un écoutant le battement de cœur de l'autre, frissonnants d'horreur aussi, et, miraculeusement, pour la première fois persuadés qu'ils étaient quand même faits pour vivre ensemble, ils se réchauffaient, ils se réconfortaient.

« Tu veux encore un peu de café ?

— Volontiers.

— Le lait n'est plus chaud.

— Aucune importance. »

Ils se trouvaient, ensemble, dérivant sur l'océan des atrocités à venir, cramponnés à leur radeau conjugal.

« Heureusement, les enfants ne l'ont jamais vu, dit Joanna ; lorsqu'il y aura sa photo à la une des journaux...

— On va être éclaboussés, meurtris... Ils vont découvrir qu'il était ton premier mari.

— Je vais me cacher », dit-elle, et soudain, elle se mit à pleurer, le visage fripé de chagrin, les larmes surgies avec une violence inattendue, la voix presque aiguë.

« Je ne veux pas qu'il meure. Je ne veux pas qu'il meure.

— Tu l'aimes encore, dit-il, morne.

— Non, ce n'est pas ça, cria-t-elle toujours en pleurant comme un enfant. Non, mais je ressens parfois sa respiration. Ce que je dis est idiot, mais je l'entends respirer, je l'entends vivre, parfois ; comme un vieux radiateur électrique, je me branche sur la prise Thomas, et soudain, je vis, je souffle la chaleur, j'existe, je fais tout mieux à la maison, les enfants sont heureux parce que je chantonne, je fais des crêpes, je fais la fête, je, je... Pitié... Je ne sais plus ce que je dis. Pardonne-moi.

— A côté de notre petite affaire sentimentalo-masochiste, il y a l'existence de tout un pays.

— Je sais, je sais, je sais, cria-t-elle. Je sais. Je vais aller à Bonn, chez l'ambassadeur d'Égypte, je vais tout lui dire. Nous sommes dimanche. Quelqu'un à l'ambassade me dira où il est.

— Et il te croirait ?

— J'aurai des arguments pour le convaincre.

— J'ai mieux, dit Heinrich. Je t'ai souvent parlé de M. Saadi ?

— Le vieil Égyptien de Salzbourg ?

— Exactement. L'ancien diplomate. A cause de sa femme autrichienne, il a pris sa retraite à Salzbourg.

— Et alors...

— Nous allons le voir.

— Aujourd'hui ?

— S'il est là.

— Je peux aller seule.

— Tu veux aller seule ? »

De nouveau, ils étaient complices.

« Je préférerais aller seule.

— Bref, la question n'est pas là. En alertant M. Saadi, nous ne dérangerons pas l'Égypte officielle avec ce danger fantasmagorique.

— Ce n'est pas de la fantasmagorie. »

Heinrich perdit patience.

« Tu es presque fière de lui.

— Mais non, fit-elle. Ce n'est pas ce que j'ai voulu dire. Mais Thomas n'a jamais parlé à la légère... S'il veut faire sauter le barrage...

— Pour nettoyer trente-huit millions d'Égyptiens ! Et tu diras : quel homme !

— Je t'en supplie, ne me parle pas comme ça... Je t'en supplie... Je voulais dire juste qu'il est crédible, Thomas, toujours. Comment te dire : il ne raconte pas d'histoires, il ne fabule pas, crois-moi.

— Il est cinq heures, dit Heinrich. Je vais réveiller M. Saadi. Espérons qu'il est à Salzbourg. Va te réchauffer, tu grelottes. »

A neuf heures du matin, ce dimanche pluvieux, Heinrich put avoir au téléphone le gardien de l'immeuble où habitait M. Saadi. L'Autrichien aussi aimable qu'étonné de cet appel venant d'Allemagne, expliqua à Heinrich que M. Saadi revenait d'habitude de sa campagne vers dix-neuf heures le dimanche soir. Parfois seulement le lundi matin. Et que, dans sa maison cachée quelque part dans les environs, il n'y avait pas de téléphone. L'adresse ? Il ne la savait pas. Il avait la clef de l'appartement de M. Saadi en cas de feu ou d'inondation, il pouvait prendre ses dispositions. « En tout cas, il ne restait guère absent davantage que deux ou trois jours par semaine. Le voir dimanche soir, ou lundi matin ? Mais pourquoi pas ? C'est un monsieur solitaire et fort gentil. Lui dire que Mme Heinrich Werner viendra... Mais oui, aucun problème, monsieur. Que la dame arrive. Un hôtel pas loin ? Hôtel non. Pension de famille. Pour une nuit... Il y a peu de monde actuellement. Novembre à Salzbourg... Je peux toujours aller voir et réserver pour une nuit. En tout cas, la dame trouvera ce qu'elle voudra. Ne me remerciez pas... c'est normal. D'accord. Voilà. Au revoir, monsieur. »

Aussitôt après, Heinrich prit contact avec la permanence de la Lufthansa et établit le trajet de Joanna de Munich à Salzbourg.

« Tu changeras de l'argent à l'aéroport. Des shillings. N'oublie pas un gros pourboire pour le gardien de Saadi. Je ne sais pas dans quel hôtel tu iras. Juste vers treize heures tu partiras d'ici. Je t'amène à l'aéroport. Ne me dis pas merci. Surtout ne me dis pas merci. Tu ne veux vraiment pas que je t'accompagne ? Vraiment pas ? Parfait. »

A neuf heures du matin, Joanna était prête pour aller voir son père.

« Pour une visite de politesse, c'est trop tôt, lui dit Hans Hart. Pour m'apprendre que tu es enceinte de nouveau, c'est inutile. Je ne vois jamais mes petites-filles, depuis que vous avez inventé que je leur fais peur.

— Papa...

— Tu me fais frémir avec ta voix d'enfant... » dit-il.

Il fit fonctionner une manette et repartit en arrière. Il s'arrêta à cinq centimètres du mur.

« Tu utilises ta chaise roulante comme un stock-car, dit Joanna. Tu pourrais te faire mal.

— Quel cœur ! s'exclama-t-il. Tu t'inquiètes pour moi. Merveilleux. Au fait !

— Thomas veut faire sauter le barrage d'Assouan.

— Mon Dieu ! Quelle absence de talent, ma petite fille. Ménage tes effets, prépare ta scène, amène l'horreur par paliers, crée un suspense. Et où est le temps d'arrêt avant la phrase clef ?

— Ne joue pas ce matin. J'ai besoin d'aide. Thomas veut commettre un attentat...

— Et tu veux que je lui coure après ?

— Je voudrais que tu me dises un mot humain.

— Humain, humain, répétait le vieillard. C'est quoi l'humain ? Toi, es-tu humaine m'ayant abandonné ici ?

— Abandonner ? Tu n'as jamais voulu vivre avec nous.

— C'est vrai. Vous êtes tous des amateurs. Personne n'a de génie chez vous. Personne. Sauf ton cinglé de Thomas. Parle !

— Le vieux juif à qui tu as donné mon adresse...

— Par vengeance.

— ... est venu me voir...

— Pour t'escroquer ?

— ... pour me parler de Thomas, et d'une vague question d'affaires qu'ils auraient ensemble. C'était plutôt un prétexte. Bref, il m'a appelé ce matin, à l'aube, de Paris pour nous dire que Thomas — selon ses suppositions — voudrait faire sauter le barrage.

— Pourquoi t'appeler ?

— J'ai été la femme de Thomas. Il présumait que je savais des choses sur Thomas.

— Et Heinrich dans tout cela ? » demanda le vieillard en repartant dans une autre direction et en s'arrêtant au ras du mur d'en face. Avec un vrai cri d'Indien. De joie « Je calcule au centimètre près... Il ne faudrait pas te mêler à ça. Ni toi ni l'Allemagne. Ton Hongrois porte la poisse. Je n'ai jamais voulu le voir avant une répétition générale. Il vaut, lui tout seul, un champ d'œillets ; comme porte-malheur on ne fait pas mieux.

— Nous allons alerter les Égyptiens, un ami d'Heinrich. Je pars pour Salzbourg.

— Pourquoi Salzbourg ?

— Il y habite, l'Égyptien.

— J'ai joué là-bas Othello. En plein air. J'étais fabuleux. Elle a eu pendant deux jours des traces de doigts sur le cou.

— Qui donc ?

— Hilda Scrupfner-Desdémone. J'ai failli l'étrangler pour de bon. Enfin... tu connais les aléas du métier. »

Il revint vers Joanna à toute vitesse ; celle-ci recula, effarée.

« Tu fausses mon jeu, cria Hans Hart, je voulais m'arrêter à trois centimètres de toi. Tu recules. Tout est à recommencer.

— Papa, est-ce qu'il est capable ?

— Ma pauvre chérie, nous sommes en plein drame, on nage dans une tragédie à venir », il riait : « on nage » —, « bref, tu ne trouves pas ça bon, d'accord, en tout cas, qu'est-ce que c'est que ce « papa » ? Comment peut-on dire « papa » lorsqu'on annonce une catastrophe ? Dis : « mon père », ou « père » tout court... mais « papa »... ça ne prend pas, « papa »... Tu n'as jamais eu d'oreille : papa, caca, tata, baba, ça fait Boulevard. Père, ça fait Ibsen, et « vieux salaud », ça fait avant-garde.

— Je m'en vais, dit Joanna. Chaque fois, je crois pouvoir te parler. Avoir un contact. Un espoir de dialogue.

— Dire ça à un acteur de ma grandeur. Un espoir de dialogue ! »

Joanna se leva.

« Joue tout seul alors. Je m'en vais. »

Hans Hart roula de nouveau sa chaise jusqu'à elle, mais cette fois-ci lentement.

« Ne te mêle pas de cette affaire. Que ça soit un fantasme, une réalité, un cauchemar, n'importe quoi, ne bouge pas.

— Tu plaisantes encore ?

— Non. L'Allemagne a assez de problèmes. Et le Hongrois est dangereux. Il se mêle à tout. C'est un aventurier de l'Histoire.

— Aventurier ! Voilà le grand mot. Tu dis n'importe quoi. Il a été déporté à quatorze ans.

— C'est bien sa faute. Quelle idée de mettre la veste d'un juif...

– Parce qu'un juif, on peut le déporter ?

— Ce n'est pas ce que je dis, cria Hans Hart. Ne déforme pas mes paroles. Il a toujours provoqué le destin...

— Toujours ! Facile à dire.

— Koenig n'est pas un homme intégré dans le monde.

— Il voyage actuellement avec neuf kilos d'explosif pour faire sauter le barrage d'Assouan. »

Le vieillard resta hébété, parce qu'il avait enfin compris.

« Le barrage d'Assouan ? »

Et puis, il eut un mouvement de recul.

« Je suis trop fatigué et trop vieux pour entendre des horreurs pareilles. Tu es venue me raconter ça un dimanche matin ! Les autres vont à la messe et tu me parles de massacres ! Qu'est-ce qu'ils lui ont fait, les Égyptiens ?

— Rien, dit-elle, épuisée. Rien. Il veut se mesurer au barrage. Lui seul. Je suis venue te parler...

— Merci.

— Parce que je voulais... je voulais un contact, je voulais...

— Je n'y peux rien, fit Hans Hart. Il faut l'arrêter, le faire arrêter, alerter le monde, je ne sais pas quoi... »

Et il continua :

« Tu te souviens bien comme il était enragé à l'époque du début des réhabilitations. Ce n'était pas son affaire non plus ; la nationalité allemande acquise ne donne pas forcément le droit de juger l'Allemagne. Tu imagines les conséquences d'un attentat quelconque ? Nous serons, nous Allemands, salement mêlés à un nouveau cataclysme. Le temps d'expliquer que ce déporté n'était pas juif, que cet Allemand est d'origine hongroise, que cet écologiste à la mode noie l'Égypte parce qu'il trouve qu'il ne faut pas arrêter un fleuve sur son chemin ; tout le monde va trinquer, ma petite fille. Excuse-moi, ce n'est pas un jeu de mots. Qu'est-ce qu'il dit, Heinrich ?

— Nous allons alerter les Égyptiens. »

Le vieillard prit sa tête dans ses mains.

« J'ai le vertige. C'est trop. Quel scandale après !... On découvrira qu'il était ton premier mari.

— Je m'en vais, dit-elle.

— Je vais me trouver mal, fit Hans Hart. Appelle l'infirmière. »

Elle se pencha sur lui.

« Pardonne-moi... Mais il fallait que je te parle.

— Mon médicament, dit Hans Hart. Là. Sur la table. De l'eau. » Il but et un filet d'eau parcourut son menton.

« Toute l'Allemagne va être éclaboussée... Fais quelque chose. C'est trop pour l'Allemagne. C'est trop... Pauvre petite, dit-il d'une voix morne. Pauvre petite fille... »

Il baissa la tête sur sa poitrine.

Joanna le tenait par la main. Elle lâcha lentement les doigts de Hans Hart.

« Je ne dors pas, dit celui-ci. Je ne dors pas... Je suis tout simplement faible. »

SUR le *Nefertiti,* la fête battait son plein. Le maître de jeux, Eddy, échauffait l'atmosphère avec un concours de questions et réponses concernant la vie de Nefertiti. Le perdant devait battre un œuf en neige et retourner le bol sur sa tête. Mal battu, le blanc resté liquide inondait alors sa tête, son visage, dans l'hilarité générale. Ce premier exploit fut suivi par la course aux trésors. Les participants à genoux, les mains attachées derrière le dos, avançaient vers une série de bols alignés, d'où ils devaient extirper, avec leurs dents un objet caché dans la farine.

Un Japonais sur la sellette, s'évertuait à battre un œuf à la neige ; le temps passait ; les spectateurs s'impatientaient ; certains vérifiaient l'heure pour déceler une triche éventuelle.

Sûr de son effet, Eddy claqua des mains.

« C'est fini... Alors, coco, on vérifie ? »

Il répéta sa phrase dans son anglais particulier.

« Allons, allons... »

Les yeux écarquillés, humilié, mais correct, le Japonais leva le bol au-dessus de sa tête et le renversa. Le contenu blanchâtre, le blanc d'œuf à peine mousseux, dégoulina sur ses cheveux et sur son visage.

« Dégueulasse ! » dit Bruno à Liz.

L'Américaine essaya le nouveau mot :

« Dé-gueu ... laaasse ? C'est quoi exactement ?

— Moche, laid, débile, débectant, dégueulasse, quoi !

— Je trouve ça assez drôle », dit-elle, incertaine, plutôt pour le contredire.

Bruno alluma une cigarette. Liz protesta :

« C'est aussi dé-gueu-laaasse...

— Allons faire l'amour, dit-il, au lieu de faire des discours.

— Ah ! non, dit-elle, ça m'amuse. Regarde ! »

Deux Hollandais dont Yan Hook, deux Anglais, un Allemand faisant partie du groupe des pédestres et le professeur d'histoire sud-coréen, se trouvaient alignés, à genoux, les mains attachées dans le dos.

Au point d'arrivée, Eddy passait d'un bol à l'autre, les alignait délicatement avec le bout des pieds. Avant de déclencher son chrono, il laissait largement le temps aux spectateurs de parier sur les concurrents. Il jeta aussi un coup d'œil sur les « mauvais coucheurs ». Le Français impossible accompagné de l'Américaine, fumait ; il semblait furieux. Thomas Koenig, à demi caché dans le fond du salon, contemplait la scène, assis à côté de Marthe Muller. Eddy aurait aimé embarquer l'un ou l'autre dans le jeu. Parfois, les hostiles n'étaient que des timides camouflés. Il se méfia d'instinct d'un accrochage, d'un refus ; il choisit de les ignorer.

Un jeune Égyptien, au visage indéchiffrable, fit résonner un gong, et aussitôt les concurrents démarrèrent aussi maladroits que possible, le torse lourd penché en avant, la tête bringuebalante, la respiration accélérée.

Thomas les regardait, fasciné. A genoux, les mains liées derrière le dos, devant une grille en fil de fer barbelé électrifiée. À dix centimètres. S'incliner en avant c'est mourir. Une nuit à Auschwitz.

Silencieuse, Marthe posa sa main sur celle de Thomas. Celui-ci regarda la main de Marthe sur la sienne. Il vit, au petit matin, quelques corbeaux aux cris stridents qui survolaient le camp. Oiseau. La notion d'oiseau.

Parmi les premiers, Yan Hook prit une certaine avance sur un Allemand. L'autre Hollandais et un Anglais ambitieux, en haletant, se suivaient.

« De la souplesse, mes amis, les encourageait Eddy. Un peu plus vite. »

Il songeait au lendemain. Il fallait amuser, les amuser à n'importe quel prix, les faire rire, les vider de leur soucis, créer la fatigue délicieuse, pour remplacer celle qui use dans la vie quotidienne. « Les faire jouer, avait-on dit à Eddy. Qu'ils retrouvent leur âme d'enfant. Il faut créer des rivalités, réveiller l'amour-propre, susciter des ambitieux. Qui s'amuse le mieux ? Faire l'aristocratie des heureux ; libérer les tristes ; occuper les désorientés. »

Margot, assise au premier rang, déguisée en Cléopâtre grâce au tissu que Yolande lui avait prêté, gloussa :

« Il avance comme un grand crapaud, Yan !

— Surtout, ne dites rien ! s'exclama Yolande, drapée dans un tissu vert et argenté. Si vous riez, c'est foutu. Il ne vous demandera jamais en mariage.

— C'est fait pour rire, non ? Ils vont être tout barbouillés de farine. C'est marrant !

— Vous et la psychologie masculine ! dit Yolande. Vous ne savez donc pas que l'homme ne doit pas être ridicule ? Il préfère crever plutôt que d'être ridicule. »

Une atmosphère de cirque se créait peu à peu. Certains criaient des encouragements ; des supporters déterminés tapaient avec les pieds. L'Anglais perdit son équilibre et se retrouva, comme une tortue géante, immobilisé. Dans une vague de cris, il fit un effort pour se redresser, il se retrouva sur le dos. Yan Hook, le visage rouge du fait de l'effort inhabituel, se vit dépassé par l'Allemand que soutenait le groupe des pédestres. L'Allemand plus sportif que les autres réussit à plonger le premier le nez dans la farine à la recherche de l'objet caché. Yan Hook arriva en seconde position. Le Sud-Coréen en troisième. La course se délimitait maintenant entre ces trois participants enragés de l'envie d'arracher la victoire.

« Il fouille dans la farine ! »

Margot sanglotait de rire.

« Arrêtez de rire, ou je vous abandonne, dit Yolande furieuse. Pour lui, ce n'est plus un jeu. Parce que vous êtes là, il veut gagner. Et devenir un héros. »

Une poussière de farine entourait les têtes plongées dans les bols.

« Écoutez-moi bien, dit Yolande. Lorsqu'il viendra vers vous, vous n'essuierez pas son visage. Vous le regarderez longuement et vous lui direz : « Que j'aime un homme fort ! » Si vous riez, vous êtes archifoutue. Compris ? »

Yan Hook extirpa le premier l'objet caché dans la farine, une petite statuette. Il réussit à se lever et stimulé par des applaudissements à tout rompre, il traversa la piste pour rejoindre Margot. Avec le masque blanc sur le visage, les cils lourds de farine, Yan Hook s'arrêta devant la jeune femme.

« Prendre d'abord la statuette de sa bouche », souffla Yolande dans le brouhaha.

Margot prit l'objet ; elle regardait avec tendresse Yan Hook.

« Comme j'aime un homme fort ! dit-elle, grave.

— Ce n'était pas facile », remarqua Yan, heureux de l'accueil.

Elle délia les mains du Hollandais.

« Je dois être ridicule, dit-il.

— Ridicule ? Au contraire, impressionnant. »

Yan lui embrassa la main, maladroitement ; ce n'était guère dans ses habitudes, les « baisemains » ; d'ailleurs ce n'était pas un baisemain ; il posa ses lèvres sur le poignet de Margot où il laissa une trace blanche.

« Je vais me nettoyer le visage, dit Yan.

— Croyez-vous que ce soit nécessaire ? Aïe ! »

Elle venait de recevoir un immense coup de pied de Yolande.

« Qu'avez-vous, ma chérie ? demanda Yan.

— Rien. J'ai dit « aïe »... comme j'aurais dit « oh ». Aïe ou oh... »

Le Hollandais parti pour se nettoyer le visage, Margot se rebiffa :

« Vous me faites mal ! Pourquoi ce coup de pied ?

— Vous en faites trop ! Il faut de la mesure. Ils ne sont pas bêtes forcément. Mais vaniteux. Il ne peut quand même pas rester enfariné. Écoutez-moi bien. Fiévreux de sa victoire, il vous demandera plus facilement en mariage ce soir. Il ne faut pas qu'il se soûle. J'ai une idée. Regardez dehors s'il y a encore des chaises longues et surtout un peu de clair de lune. Allez-y ! »

Margot, suscitant ici et là les remarques admiratives concernant son déguisement de Cléopâtre, traversa le salon du bateau. Les groupes s'y formaient pour s'abandonner à des jeux de société. Eddy les interpella :

« Comme à chacun de nos voyages avant d'arriver à Edfou, nous élirons, ce soir, Miss Nefertiti, la plus belle fille de notre croisière. Les inscriptions peuvent être faites auprès de Raphaël, et des dames — il amplifia sa voix — qui seront le point de mire, peuvent se faire une beauté... supplémentaire. Je vous signale aussi qu'au fumoir, un de nos employés, aussi gentil que les autres, vous attend pour vous donner des leçons de tours de cartes et de magie. Pour ceux qui préfèrent des efforts intellectuels, un concours d'échecs est organisé. Les parties qui commencent devront être terminées après-demain, avant l'arrivée à Assouan. L'élection de Miss Nefertiti va avoir lieu au bord de la piscine. Et maintenant, mes amis, je vous dévoile la plus grande des surprises : nous avons ce soir les Démons... J'aimerais qu'on applaudisse l'annonce des Démons...

— Un orchestre demi-punk, dit Solange à une Allemande qui ne savait pas très bien pourquoi elle devait applaudir.

— Nous avons les Démons juste pour un soir... Ils commenceront à jouer à onze heures trente. »

Liz s'étira comme pour être sûre de son corps et dit : « Je voudrais être Miss Nefertiti. Je vais m'inscrire. »

Déguisé en pèlerin, Raphaël passait.

« Raphaël...

— Oui... dit-il maussade.

— Je veux m'inscrire pour le concours de Miss Nefertiti.

— Je t'écoute.

— Je m'appelle Liz.

— Et ton nom de famille ?

— Qu'importe. Liz, l'Américaine.

— Tu m'en veux beaucoup, n'est-ce pas ? dit Raphaël.

— T'en vouloir ? Je t'ai oublié. Dès que je t'ai vu en travesti.

— Je t'ai dit que pour moi, c'est une question de bifteck.

— Je ne digère pas ton bifteck », dit Liz.

Il haussa les épaules.

« Tant pis. Tiens. Ton numéro de concours. Le quatre. Si tu changeais d'avis, mon numéro de cabine est le vingt-trois.

— Pour moi, c'est le zéro », dit Liz.

Plus tard, elle revint vers Bruno. Celui-ci constata une fois de plus comme elle était belle.

« Je m'en vais, dit-elle. J'ai une petite idée de déguisement. Je cherche Miss Burns. Il faudrait qu'elle m'aide.

— Et moi, dit Bruno, je ne peux pas t'aider ?

— C'est un peu délicat, fit Liz. On verra après. Surprise ! »

Plus loin, Yolande écoutait le rapport de Margot.

« Il y a une très belle lune. Et quelques nuages.

— Parfait. Vous l'amènerez dehors. Vous vous allongerez côte à côte dans des chaises longues.

— Il fait froid...

— Juste dix minutes. Vous parlerez du bilan de votre vie...

— Ça fait comptable.

— Comptable ! Vous manquez d'imagination. Comptable ! Je veux bien. J'abandonne. Débrouillez-vous !

— Ne vous fâchez pas. Je vous écoute. Donc, le bilan.

— Aussitôt après, vous comparerez votre vie à la lune égyptienne. Lumineuse et glacée.

— Et lui, il ne dira rien ?

— Mais si. Des banalités. Vous enchaînerez, après la lune glacée sur la solitude. Vous parlerez de sa force et de sa tendresse.

— Et notre entente sexuelle ? C'est la seule chose sûre.

— Zut ! Ce soir, c'est l'âme. Les sentiments. De belles choses. Surtout pas de sexe.

— Il arrive, fit-elle. Tout beau, le visage astiqué.

— A vous ! »

Yan Hook les rejoignit. Yolande le félicita encore pour sa victoire et dit :

« Je vais voir un peu les joueurs d'échecs. A tout à l'heure !

— Vous jouez aux échecs ? demanda Margot, sidérée.

— Des velléités, dit Yolande. De tout petits débuts... »

C'est beaucoup plus tard, dans une atmosphère légèrement éméchée et bruyante de gaieté, juste avant l'élection de Miss Nefertiti, que Margot retrouva Yolande. Elle l'attira, furieuse, vers un des coins paisibles du fumoir.

« Vous et votre blablabla ! Des conneries avec la lune, la vie glacée, et l'âme... Zéro. Rien. »

Yolande la calma.

« Restez tranquille et racontez. »
Margot éclata :
« Il est veuf, ce salaud.
— Veuf ?
— Avec deux enfants.
— De quel âge ?
— Toujours terre à terre, de quel âge ? L'important, c'est qu'il en a deux !
— Criez pas, dit Yolande. On a vu pire. Ce n'est pas une catastrophe, deux enfants ! Vous voulez boire quelque chose ?
— Un thé au rhum, dit Margot. Il fait tellement froid dehors. La crève ! »
Yolande interpella un garçon qui passait.
« Deux thés et deux portions de rhum, s'il vous plaît. »
L'Égyptien s'éloigna en direction du bar.
« Donc, je l'ai traîné dehors, raconta Margot. J'ai débité la lune glacée, etc. Je lui ai proposé de nous installer sur les chaises longues ; il m'a déclaré qu'il avait une chose importante à me dire. On s'est allongés, et je lui ai dit que ma vie était sans chaleur. Glacés comme nous étions, c'était d'un comique. Quand je suis arrivée à parler de ma solitude, il s'est mis à éternuer. Pas une fois. Non. Un vrai chapelet d'éternuements. Il ne pouvait plus s'arrêter. C'était épouvantable.
— Alors ?
— Je lui ai dit qu'on allait rentrer pour se réchauffer... Il m'a pris la main...
— Quand même.
— Et il m'a dit : « Je suis veuf, j'ai perdu ma femme il y a quatre ans... » Juste avant, il me parlait de sa petite maison au bord d'une mer sauvage, à un endroit isolé, avec la seule compagnie des mouettes.
— C'est une bonne chose.
— Bonne chose... J'ai fait une association d'idées entre la mer et la mort de cette femme.
— Et alors ?

— Elle est morte en montagne. Elle a fait une chute dans un ravin. Je me suis mise à rire. Un rire nerveux. Silencieux. Je me suis bourré la bouche de ce tissu, pour étrangler mon rire. « Quel cœur délicieux, a-t-il dit. Ne pleurez pas, ma chérie. Je n'ai jamais pensé qu'une petite femme de Paris... — il a dit ça... " petite femme de Paris " — puisse avoir un cœur comme ça. » Et il a ajouté : « Voulez-vous m'épouser ? »

Yolande s'exclama :

« Ça marche donc !

— Ça marche. Mais avec un veuf !

— Un veuf est toujours mieux qu'un homme marié, dit Yolande.

— J'aurais préféré un divorcé.

— La mort est un divorce, dit Yolande. Qu'avez-vous répondu ?

— Que je réfléchirais.

— Où est-il ?

— Avec un whisky, au lit, je crois. Il grelottait.

— D'émotion ?

— On n'éternue pas d'émotion.

— Pas sûr. Au laboratoire, on a eu un polyvalent ; du jour de son arrivée le directeur n'a pas cessé d'éternuer ; pendant des semaines, il a éternué. Qui s'occupe des enfants ?

— Une fille, une sorte de nurse.

— Vous garderez la nurse. »

Le serveur arriva avec les thés ; et aussi avec deux flacons de rhum sur le plateau.

« Il n'est pas avare avec son rhum.

— Buvons ! Je vous donne le mien aussi », dit Yolande.

Elle versa un petit flacon et demi de rhum dans la tasse de Margot.

« Buvez ! Ce n'est pas le moment de tomber malade. On n'a pas envie d'une femme qui se mouche... Du sucre ?

— Deux.

— Je vous en mets trois... Voilà votre breuvage. Et cul sec ! »

Margot vida sa tasse et resta un peu rigide, immobile.

« Ça donne chaud », bégaya-t-elle. Et, hagarde, quelques minutes plus tard elle ajouta : « Je crois que je vais m'évanouir.

— Hé, cria Yolande, pas ici ! »

Yolande appela au secours deux joueurs d'échecs. Tous les trois, ils transportèrent Margot vers la cabine.

« Il me semble... que... je... ne supporte pas le rhum », prononça Margot, comateuse.

A peine allongée sur son lit, elle ferma les yeux et s'endormit.

Yolande remercia les autres pour leur aide et les congédia avec un « tout va bien. Merci ». Elle contemplait Margot, songeuse. Avec les cheveux éparpillés sur l'oreiller, les paupières bleues comme le Nil, le corps fragile, parce que inerte, Margot apparaissait vulnérable et, à la limite, pathétique. Peut-être aussi à cause de son maquillage coulé, elle évoquait la fin d'un carnaval. « Si elle ne se marie pas, tout le monde en profitera, pensa Yolande, et elle se retrouvera usée comme une vieille pile. » Elle prit la main inerte de Margot ; elle avait les ongles rongés à mort ; son portrait moral au bout des doigts. « Il faut que Yan Hook l'épouse, pensa Yolande. Encadrée, enceinte si possible dans la sécurité d'une maison, elle existera. »

Et puis, avec sa tendresse un peu bourrue, elle mouilla une serviette, s'assit à côté du lit, et se mit à frotter délicatement le visage de Margot pour ôter le maquillage ; quand la serviette fut pleine de taches multicolores, le visage de Margot devint celui d'un enfant abandonné qui, tourné vers une grille infranchissable, vit dans l'éternelle attente d'une visite.

Eddy fit mettre en marche le chauffage infrarouge au-dessus de la piscine et de ses alentours. Leurs déguisements abandonnés, les passagers, emmitouflés dans de grosses vestes tricotées et dans des couvertures, s'installaient pour l'élection de Miss Nefertiti.

Bruno rencontra Marthe par hasard devant leur cabine ; il y avait oublié son rasoir et il venait de le reprendre.

« Ça va la romance ? lui demanda-t-il.

— Parfaitement bien », dit-elle. Elle ajouta : « Il ne faut pas m'en vouloir. Je suis heureuse. »

Il vint très près d'elle.

« Pourquoi ?

— Je ne sais pas. Je suis différente depuis que je le connais. C'est tout.

— Tu le lui as dit ?

— Pas de cette manière-là.

— Tu as couché avec lui ?

— Oui.

— Tu étais plus heureuse qu'avec moi ?

— Ce n'est pas comparable.

— Pourquoi ?

— Parce que lui, je l'aime. Toi, tu me plais. »

Bruno la contemplait.

« Tu es franche. Tu me désarmes.

— Je prolongerai ce voyage dans l'éternité, dit-elle ; je n'ai pas envie de rentrer chez moi.

— Et ton travail ?

— Il peut attendre un peu. Je n'ai jamais vraiment pris de vacances, dit-elle. J'ai toujours appris quelque chose. Un métier complémentaire, une langue étrangère. Je ne connais que des voyages d'études.

— C'est justement cela qui m'a plu en toi, dit-il. J'avais l'impression qu'on allait partager la vie à parts égales. A propos, pendant que tu visitais les tombes, je me suis envoyé une rousse fantastique à Louxor...

— Ah oui ? dit-elle, distraite. Ah oui ? »

Un grand « hourra » s'éleva dans le ciel bleu-noir. Une musique déchaînée, furieuse et heureuse, éclata comme le départ d'une avalanche.

« Dis, il n'est pas sûr que nous nous rencontrions encore dans la vie, dit Bruno.

— Le bateau n'est pas si grand, répondit Marthe. Si nous pouvions rester amis, pas seulement ici, mais dans l'avenir...

— L'éternelle phrase féminine lorsqu'on veut se débarrasser d'un amant encombrant, fit Bruno. Amis ! Que sais-tu de moi ? Tu ne m'as jamais vu autrement qu'en délire pour toi, en désarroi à cause de toi, au lit avec toi. Je n'ai existé que par rapport à toi. Je n'aurais pas dû céder et venir en Égypte. Pour la première fois, j'ai accepté tout ce qu'une femme voulait. Tout. Voilà le résultat. Je te dis encore quelque chose, même si tu me prends pour un paon, j'aurais été un mari formidable. Pour toi.

— Je ne crois pas, dit-elle. D'ailleurs parfois, j'imagine que je ne me « rangerai » jamais. Je veux bien vivre avec quelqu'un, mais pas y être ligotée. Sauf par mes sentiments. Au revoir Bruno, dit-elle. A demain. Oublie-moi, et ne m'oublie pas tout à fait. »

Il la prit dans ses bras, mais le visage de Marthe détourné glissa comme un cygne sur un lac noir. Il ne put embrasser que ses cheveux parfumés de soleil.

Les prévoyants, ceux qui étaient toujours les premiers aux buffets, aux autocars, et juste derrière le guide à l'entrée des musées, bien installés au premier rang des chaises longues et emmitouflés jusqu'au menton dans de grosses couvertures, attendaient le spectacle.

« Tu dois te souvenir des Démons, dit Mme Van den Ip à son mari.

— Je m'en fous, des Démons, lui rétorqua Roland. Comme de l'an quarante !

— Ne sois pas grossier, fit Solange. Nous avons une belle soirée ; il faut en profiter, paisiblement.

— Paisiblement ! répéta-t-il, et il découvrit qu'on pouvait parler les dents serrées.

— Ils étaient avec nous dans le Sud marocain, et aussi à Troie, en Turquie, dans l'auberge. Il était marrant, le responsable du Centre là-bas. « La dernière guerre qui reste à faire à Troie c'est contre l'ennui ! » Il a dit ça plusieurs fois. J'ai trouvé que c'était vraiment spirituel. Les Démons étaient avec nous en Polynésie, aussi. Ils s'appelaient les Waoo-Waoo. »

Van den Ip, le visage raidi à cause du froid nocturne, s'exclama :

« Ils font un bruit intolérable. Des hurlements de chats qui auraient des casseroles attachées à la queue.

— Ton âme a vieilli, remarqua Solange. Le fantôme de Marilyn t'entraîne. »

Dans sa rage aussi impuissante que silencieuse, Roland vit sa femme coupée en deux par une gigantesque scie.

Il bégaya :

« C'est comme un bruit de scierie, ce qu'ils font. Oser appeler ça musique. »

Toujours déguisé en pèlerin, Raphaël apparut sur le tremplin. Le porte-voix ajusté à ses lèvres, il s'adressa au public :

« Mesdames, messieurs, vous avez reconnu nos Démons... Un hip, hip, hourra pour nos Démons ! »

Un hip, hip hourra collectif s'éleva dans le ciel. Les trois musiciens-chanteurs saluèrent les gens. Vêtus d'un mélange de haillons ajustés avec des lanières de cuir et agrémentés de clochette, ils tintaient à chaque mouvement.

« Tu vois le plus grand ? continua Solange. L'homme au milieu. Mais oui...

— Il est comme les autres... dit Roland.

— Il n'est pas comme les autres. »

Roland voulut éviter une discussion. Il haussa les épaules.

Raphaël les interpella :

« Je vous annonce, mesdames et messieurs, la première candidate au titre flatteur de Miss Nefertiti... voilà Mlle Winter...

— Je suis navrée de ne pas être dans le jury, dit Solange. Vraiment navrée. Il y a eu un tirage au sort, on ne m'a pas sortie du chapeau. Enfin, ça sera une autre fois. »

En guise d'appréciation enthousiaste, les Américains accueillirent Mlle Winter en sifflant. Brune, timide, au long du tremplin avançant comme sur des œufs, elle grelottait dans une petite robe d'été ; elle repartit vite sur la terre ferme.

Les trois autres jeunes femmes qui la suivirent, remportèrent un succès de politesse ; tout le monde applaudissait de bon cœur. Malgré l'heure tardive, c'était une soirée bon enfant. On s'amusait, insouciant, oubliant parfois même le bateau, le Nil, l'escale suivante, tout.

Yan Hook, désorienté, atttendait le retour de Margot disparue quelque part. Yolande, en compagnie de Miss Burns et d'Alex, le surveillait d'un coin d'œil.

« C'est plus qu'une idylle entre eux, n'est-ce pas ? dit Miss Burns à propos de Margot et de l'autre.

— Je crois, fit Yolande. Tellement plus anodin qu'on ne pourrait le croire, un veuf cherche une deuxième femme, et une future vieille fille un état civil.

— Vous êtes très réaliste », dit Miss Burns.

Yolande ferma les yeux : « Ce soir je voudrais être à Paris. Je ne sais pas pourquoi, mais être à Paris ! » pensa-t-elle.

Bruno attendait l'apparition de Liz. Il aurait aimé qu'elle soit élue, qu'elle ait un titre, même secondaire : Miss Nefertiti honoraire, ou demoiselle d'honneur de Miss Nefertiti, n'importe ! Au sommet d'une gloire éphémère, elle serait peut-être plus conciliante avec lui, moins sur ses gardes.

Il y avait eu une certaine complicité entre Liz et Raphaël ; elle lui avait demandé de lui ménager une

« entrée » éclatante. A la demande de Raphaël, l'orchestre demi-punk annonça l'arrivée de Liz. Un des électriciens du bateau fit éteindre l'éclairage général et ne laissa que les projecteurs dirigés sur le tremplin. Et soudain, Liz apparut, recouverte, du front jusqu'aux doigts de pied, de confettis multicolores ; elle avançait sur le tremplin au rythme d'une musique commandée à l'avance par elle. Nue, sous son camouflage de confettis, avec son numéro sur le tremplin, elle égalait n'importe quelle vedette de music-hall.

Éperdu d'admiration, Bruno dévorait du regard ce corps superbe, ces jambes interminables et chatoyantes de grâce comme une phrase de Proust, les petits seins guerriers armés de confettis. Ses cheveux très clairs ramassés en chignon et recouverts d'un filet doré captaient la lumière ; le masque qu'elle portait était comme un papillon noir posé sur son visage.

Les trois demi-punk déliraient. Dans la nuit noire, Liz dansait comme un pantin merveilleux. Elle se mouvait sur le tremplin sans hésitation et sans vertige. Une immense ovation monta de la foule. Elle était fabuleuse, cette fille couverte de confettis, lisse et douce, vêtue de pastilles multicolores qui semblaient s'incruster dans son épiderme. Le spectacle, devenu professionnel, amenait le vent du grand large. Le goût d'Hollywood et le carnaval de la vie. Bruno la contemplait, fasciné. La merveille dansante, c'était soudain l'Amérique, l'imaginaire au bout des doigts, le grand brassage humain. Debout maintenant, les passagers scandaient des bravos. Liz recula jusqu'au départ du tremplin pour prendre des mains de Raphaël un parapluie multicolore. Les demi-punk avaient entamé : *Singin' in the rain.* Un vrai délire ! Liz sur le tremplin étroit, nue comme l'enfant d'un dieu libéral, avec son parapluie rouge. Le masque noir noyé dans la piscine turquoise, flottait. L'émotion les étranglait tous. *Singin' in the rain* était la jeunesse des jeunes, le romantisme des vieux, la tendresse des durs, le seul souvenir qui reste à un amnésique. Et, dans la lumière blanche des projecteurs, Liz sur le tremplin portée par son champignon-parapluie.

Bruno, avec une couverture dans les mains, s'apprêta à accueillir Liz. Elle termina le numéro dans une immense acclamation. Bruno l'avait accueillie et, quelques minutes plus tard, Raphaël proclama la délibération du jury :

« Notre Miss Nefertiti de ce voyage est Liz... »

Le nom de famille disparut dans des hurlements, des bravos ; les Américains et les Japonais couraient vers elle avec leur appareil de photo muni de flashes. Le président du jury, un architecte allemand, posa la couronne en papier doré sur la tête de Liz. Certains suppliaient qu'elle ôte la couverture ; elle se dénuda pour qu'on puisse la photographier, couronnée, au bout du tremplin, avec son ombre allongée projetée sur l'eau de la piscine.

« Ceux qui veulent danser le peuvent ; nos Démons restent », les prévint Eddy, la voix rauque d'effort. Ceux de ce voyage semblaient insatiables, et d'une endurance à faire frémir n'importe quel amuseur public. « Avoir un jardin ! pensa-t-il. Un pavillon de banlieue. Lire le journal en mangeant ; et n'adresser la parole à personne. Le silence ! » C'était comme une prière.

« Il faut que tu me déshabilles », dit Liz à Bruno. Elle grelottait, heureuse, et se tenait toute droite pour ne pas perdre sa couronne en papier doré.

Il adorait être tutoyé.

« Comment te déshabiller ?

— Il faut ôter les confettis. Un par un. Miss Burns m'a enduit la peau de colle. Tu sais ce qu'elle m'a dit ?

— Non.

— Quel gâchis ! Donner ça à un homme !

— Quoi ?

— Mon corps... Elle est délicate ; son pinceau ressemblait...

— A quoi ? dit-il en l'amenant vers la cabine.

— A une langue électronique. Précise, froide, dénuée de passion. Excitante quand même... J'ai deux flacons de dissolvant...

— Il faudrait être débarrassé de Miss Burns, dit Bruno.

— Plutôt de ton Japonais... »

Voulait-elle enfin coucher avec lui ? C'était le mystère.

« Attends une seconde... »

La reine, couverte de confettis, s'accouda à la rampe et admira l'univers opaque dans lequel le bateau avançait. Parfois, sur la côte d'en face, une lumière. Des nomades ? Qui avait parlé de nomades ?

Bruno saisit le bras d'un Japonais et l'interpella en anglais :

« J'ai un grand service à vous demander. »

Il expliqua qu'il souhaitait être un peu seul dans la cabine. Une petite heure. Une petite heure et demie. Le Japonais l'avait écouté pour lui dire finalement que ce n'était pas lui, son compagnon de cabine. Bruno fut saisi de panique ; il ne reconnaîtrait jamais celui avec qui il devait partager sa cabine et Liz allait partir. Il se retourna vers elle, et lui mentit.

« Tout est arrangé ; tu peux venir chez moi.

— J'apporte les flacons de dissolvant, dit-elle. Quel numéro, ta cabine ?

— Numéro 12 B.

— Vas-y. Je t'y retrouve. »

Au bout de quelques minutes de marche d'un pont à l'autre — que d'escaliers et de couloirs ! — Bruno entra dans sa cabine et, peu après, le Japonais, son Japonais apparut. Bruno après les salutations d'usage, voulut lui expliquer la situation. Ce Japonais-là ne parlait aucune autre langue que la sienne. Une vraie catastrophe.

Bruno lui fit comprendre qu'il allait lui expliquer quelque chose par des gestes. Le Japonais acquiesça.

Bruno mima l'ouverture de la porte, l'arrivée d'une

femme — gestes pour montrer jambes, poitrine et même la couronne. Il ouvrit les bras, et serra l'invisible dans ses bras, la couvrit de baisers, la souleva, la mit sur le lit, et se mit à se déshabiller. Il s'arrêta à temps. Alors, il amena poliment le Japonais vers la porte, montra sur le cadran de sa montre la trajectoire de l'aiguille pendant une heure et demie environ, mima la fermeture de la cabine de l'intérieur. Le Japonais le regardait, songeur et, dans l'incertitude de ce qu'on lui demandait, il partit en faisant des gestes d'apaisement de ses deux mains, en considérant que l'état de Bruno était délicat.

Liz arriva dix minutes après. Elle mit dans les mains de Bruno ses flacons de dissolvant, et elle s'allongea sur un des lits étroits.

Les supplices de Tantale n'étaient que jeux d'enfants comparés aux tourments de Bruno. Il ôta les confettis du superbe corps de Liz un par un. Liz lui disait parfois :

« Tu le fais très bien, je ne dors pas... je suis juste un peu fatigué. »

Il posa ses lèvres sur les hanches de Liz et parcourut de sa langue l'espace libéré des confettis.

« Hé, dit-elle, soudain alerte... Pas d'autres Français. J'ai fait la promesse. Si tu ne veux pas enlever mes confettis sans coucher avec moi, je m'en vais. Miss Burns continuera. »

La beauté de Liz devenait de plus en plus évidente. Sa ligne fantastique se dessinait sur le lit ; parfois, il fallait s'acharner sur un confetti avec l'ongle.

« Tu me grattes, disait-elle.

— Je ne sais pas si tu te rends bien compte de ce que tu demandes, lança-t-il. Tu es superbe. »

Elle haussa les épaules.

« Les Français sont tous des baratineurs. Chez nous, il y a beaucoup de filles comme moi... Tu as déjà été à Radio City Music Hall ?

— Oui », dit-il, défaillant parce qu'il travaillait sur le triangle de confettis du côté sud des hanches ; sans pouvoir résister, il passa sa langue sur un territoire libéré de pastilles multicolores.

« Tu as tort, dit-elle, la colle a un très mauvais goût ; c'est pour ça que j'ai renoncé à mettre des confettis sur mes lèvres aussi. »

Elle s'accouda et regarda Bruno qui accomplissait son travail minutieux.

« Tu sais, à dix-huit ans, j'ai décidé de me débarrasser de ma virginité dans un club. Avec un Français. C'était Raphaël. Une réputation surfaite, ces Français. J'aurais pu aussi bien me défaire de cette tare à Bronx avec un Américain. Si je suis venue, ce n'est pas du tout par amour, mais pour prouver à ce type que j'avais pu le retrouver. C'est tout.

— Et tu ne veux avoir eu qu'un seul amant français dans ta vie ?

— Je crois que vous êtes tous un peu salauds quand il s'agit des femmes, dit-elle gentiment.

— Dès qu'on est pas un peu « salaud », on vous fait la peau, dit Bruno paisiblement. On se défend comme on peut. La guerre, c'est la guerre.

— Tu as vraiment envie de moi ? dit-elle en regardant Bruno avec l'œil d'une laborantine qui doit faire son rapport sur une souris blanche soumise à des effets particuliers.

— Vraiment.

— Tu ne me racontes pas que tu es amoureux de moi ?

— Non. Je ne suis pas amoureux de toi.

— Tu ne veux pas m'épouser ?

— En aucun cas.

— Tu veux m'amener dans ton appartement à Paris, pour te venger de ta Suissesse ?

— C'est exact.

— Tu me sembles sincère, dit-elle. Tu ne me jures pas de fidélité éternelle ?

— Je t'oublierai rapidement.

— Tu me tentes, dit Liz. Moi, je n'ai rien contre la réhabilitation.

— La réhabilitation de qui ?
— Des Français. Parce que, si j'en juge selon Raphaël, il n'y a pas de quoi pavoiser.
— Alors, dit Bruno, si tu couches avec moi, c'est par curiosité ?
— Oui. Pour comparer.
— Tu as envie de moi ?
— J'ai envie d'une douche chaude et du lit. Entre les deux, on peut s'essayer.
— J'espère qu'il y a de l'eau chaude, dit-il. Il te reste encore des confettis.
— Ça ne fait rien, dit-elle. Je reviens. »
Elle s'enferma dans le cabinet de toilette et, presque simultanément, la porte de la cabine s'ouvrit ; c'était le Japonais. Bruno le regarda, paniqué, fit non de la tête. Le Japonais désignait le cadran de son bracelet-montre. Bruno mimait le désarroi ; il se mit à genoux et esquissa le geste fatal du hara-kiri. Le Japonais repartit, triste, et Liz revint chaude de sa douche.
« Quelqu'un est venu ? dit-elle. Parce que, si on est pressé, ça ne vaut pas la peine... Avec Raphaël ça a duré cinq minutes. »
Il la prit dans ses bras ; il était un peu handicapé par le côté « examen » de l'affaire ; il voulut la soulever pour la mettre sur le lit, comme on le fait si facilement dans les films, mais il ne réussit pas à la décoller du sol.
« J'ai l'air légère, dit-elle. Mais c'est trompeur ; je suis un tas de muscles. »
Enfin, il domina ; il la pénétra ; elle gardait les yeux grands ouverts.
« Tu n'as pas de poils sur la poitrine, c'est mieux.
— Tu veux voir l'état de mes dents aussi ? »
Elle se mit à rire ; c'était un peu gênant de faire l'amour avec une fille aussi musclée qui riait ; à n'importe quel moment, il pouvait se retrouver dehors, tant la pression musculaire était puissante. Que ce serait merveilleux de l'épuiser, de la vain-

cre, de l'amener vers une douce demande de grâce !

« J'ai l'impression que tu m'arrives jusqu'au plexus solaire, à l'intérieur, dit-elle. Je suis comme sur une broche », dit-elle d'un ton professoral.

Il se contenta d'étonner. C'était mieux que rien.

« Tu as eu aussi des amants américains ?

— Seulement un. »

Il commençait à avoir un agréable vertige.

« Il était comment, ton Américain ?

— Bien », dit-elle d'une voix légèrement affaiblie.

Dans ce va-et-vient sportif, mentalement chronométré par Liz, Bruno se voyait sur le flanc d'une montagne, avançant pas à pas, crochet par crochet. Sur une autre falaise, un autre groupe avançait, crochet par crochet, pas à pas... Dans le réveil d'un sentiment de patriotisme inattendu, il s'accrocha à l'idée de planter son drapeau français au sommet. De devancer les Américains de l'autre côté.

« Elles commencent toutes si jeunes ? demanda-t-il.

— Qui ? »

Liz avait une toute petite voix.

« Les jeunes filles américaines.

— Ça dépend du collège. »

Le groupe français avait une légère avance. Pour ne pas éclater trop tôt, Bruno s'imaginait courir sur une surface glacée.

« Je n'ai jamais eu encore de vrai plaisir, dit-elle, et elle ajouta : on va voir avec toi...

— Est-ce que tu as déjà été amoureuse ? » demanda Bruno.

Les montagnes enneigées renvoyaient l'écho : « Amoureuse, amoureuse. »

« Non.

— Pourquoi ? »

C'était une vraie damnation de s'exercer ainsi. Le contrôle à tout prix.

« Je ne pourrais être amoureuse que d'un homme romantique. »

C'était un corps formidable, pensa Bruno, entré en

elle d'une manière si profonde et si irrésistible qu'elle semblait être, de son côté, soudée à lui ; ils étaient de la même taille, et la nature s'amusait à imaginer ces siamois unis ensemble par le sexe.

Elle eut une sorte de hoquet... Deux petites secousses respiratoires, et elle se détendit à nouveau ; avec une souplesse qui venait plus de son âme que de sa conscience, elle enveloppa de son corps Bruno qui se trouvait, avec son drapeau, à quelques pas de la cime. Deux autres secousses respiratoires et encore ce brûlant voyage à deux dans un espace entre la conscience et un petit délire. A la dernière seconde, Bruno réussit à planter son drapeau. Liz avait subi le choc simultané.

« Alors ? dit-il plus tard, en songeant au Japonais frigorifié qui devait attendre dehors.

— Tu cherches des compliments ? répondit-elle assez tendre, et puis, elle leva la main droite et montra avec ses doigts le chiffre : trois...

— Quoi, trois ?

— Tu m'as fait jouir trois fois !

— Trois fois ? dit-il.

— Chaque fois que tu as cru que je m'étranglais, c'était le plaisir. »

« Oh ! la petite garce », pensa-t-il avec un contentement infini.

« Mais pourquoi tu n'as rien dit ?

— Je voulais savoir jusqu'où tu peux aller... dit-elle et elle l'embrassa sur le bout du nez. Je vais aller dormir, continua-t-elle. Je crois que je vais bien, très bien dormir. Je peux emporter ton peignoir ?

— Oui, dit-il dans un état comateux. Liz...

— Oui...

— Si tu vois mon compagnon japonais dehors, dis-lui de rentrer. Enfin, explique-toi pour qu'il vienne dormir. Il doit être mort de fatigue et de froid.

— Bah ! dit-elle, joyeuse. Nous avons bien eu Pearl Harbor. A demain... Dis... »

Elle se pencha sur lui.

« Tu m'entends ? »

Il grogna.

« Quoi ?

— Je viens chez toi à Paris. Pour quelques jours. C'est décidé. Salut. »

Thomas se retrouva dans la cabine de Marthe. Alex Brown n'avait pas commenté le départ de son compagnon. Il était plus Anglais et plus discret que jamais.

« Je ne veux pas vous tromper, dit Thomas à Marthe, ni profiter d'une situation, d'une faiblesse ; je suis comblé d'être avec vous, mais ceci ne va pas plus loin. Nous ne vivons que dans la perspective d'une durée de quarante-huit heures.

— J'ai toute la vie devant moi pour vous conquérir », répondit Marthe.

Thomas la regardait, songeur.

« Vous attendez beaucoup de choses de la vie, lui dit-il.

— Comme tout le monde.

— Pas comme tout le monde.

— Si vous me laissez un peu de temps, je vous ferai aimer la vie, dit Marthe.

— Ne soyez pas missionnaire, dit Thomas. Je suis un irréductible du désespoir. »

Et tout cela, il le dit avec un charme à peine mélancolique.

« Est-ce que votre sac de voyage entre sous le lit ? » lui demanda Marthe.

Il était trois heures du matin. Miss Nefertiti devait dormir déjà. Le moment était idéal pour ce déménagement ; plus personne ne faisait attention à personne, tant il était tard, et tant les autres, aussi, étaient enfin fatigués.

« Dans l'autre cabine, il était sous le lit aussi. »

Et délicatement, à genoux, il incrusta l'explosif dans l'étroit espace entre le sommier et le plancher. Marthe s'assit au bord de son lit.

« Je ne me lasserai pas... dit-elle. J'aime être avec vous, même quand vous êtes absent de moi. Lorsque nous avons fait l'amour, vous avez pensé à elle, aussi ? A votre ex-femme ?

— Je n'ai pensé à rien. Mon corps s'est réchauffé de la présence de votre corps. Ne cherchez pas l'âme dans tout cela. L'emballage intellectuel, ou le vernis romantique. Rien. Je ne vous offre rien. Ma seule qualité, c'est de ne pas vouloir tricher. »

Il y eut un moment assez curieux de cohabitation paisible. L'un prenait une douche, l'autre rangeait ; Marthe sortit du cabinet de toilette, Thomas prit possession des lieux.

« Comme si nous vivions ensemble depuis longtemps », remarqua-t-elle.

Elle ajouta :

« Un rythme commun. Nous avons le même rythme d'existence. »

Il la prit dans ses bras, comme un enfant triste sa grande poupée. Il poussa un soupir profond. C'était comme un miracle, ce corps vivant, chaud, tendre, ce cœur qu'il pouvait entendre battre, le visage sur la poitrine de Marthe.

« Pourquoi ce voyage ? lui demanda-t-elle.

— Ne soyez pas curieuse.

— Je suis curieuse parce qu'il s'agit de vous. »

Il se mit à sourire ; Marthe ressentit ce sourire, comme une source de chaleur. Elle promenait ses doigts, délicatement, sur le visage de Thomas. Les doigts comprirent le sourire de Thomas ; elle en fut si heureuse qu'elle en aurait pleuré.

« Vous souriez... »

Dans un bonheur fugitif, elle l'embrassa sur la joue ; il fut ému de ce geste fraternel. Elle continuait à traduire par son épiderme le visage de Thomas.

« Un beau front, beaucoup de cheveux, bien plantés, presque drus. Un nez fin. »

Les doigts redescendaient vers les lèvres de Thomas.

« Intelligentes, parfois sévères, et, lorsque vous les serrez, méchantes.

— C'est pour mieux vous manger, mon enfant.

— Vous ressemblez à un acteur de cinéma.

— Vous aimez le cinéma ?

— J'adore le cinéma, dit Marthe. Je me promène dans les histoires comme dans une autre vie. Je pleure, je ris, je suis folle d'angoisse, je tremble, je jubile...

— Je suis content de ressembler à quelqu'un, répondit Thomas. D'être une reproduction d'un type humain. Je ressemble à votre idole. Vous vous croyez dans un film.

— Du tout, dit Marthe. Au contraire. Je n'ai jamais savouré à ce degré la vie. »

Les ombres et les lumières extérieures s'entrecroisaient sur le plafond.

Dans cette atmosphère tissée de tendresse et de confiance sereine, il aurait pu parler.

« Marthe...

— Oui.

— Je suis bien avec vous. Infiniment bien. Je ne sais pas pourquoi. Ce n'est pas l'amour.

— Ne soyez pas si sûr de ce que vous dites, fit-elle.

— Il y a Joanna, dit-il sur la défensive. Joanna...

— Vous ne vivez pas avec Joanna, fit-elle.

— Entre elle et moi, il n'y a jamais eu cette paix, dit Thomas. Peut-être parce que nous nous aimions trop. Avec trop de passion.

— J'ai une vieille maison dans les vignes, près de Genève, dit-elle à mi-voix. La cave est voûtée, une cathédrale romane miniature, c'est ce que j'ai dit quand je plaisantais avec ma tante qui m'a laissé cette propriété. Depuis mes vingt ans, j'y vis. Seule. Mon père est industriel ; j'ai appris à être son successeur ; en compensation, j'ai pu avoir ma vie libre. En quelque sorte ma vie d'homme. Venez vivre avec moi.

— Vivre avec vous ! répéta-t-il comme quelqu'un qui n'est pas sûr d'avoir bien entendu.

— Il y a une très grande pièce, dont la façade en demi-cerle, avec des portes-fenêtres, s'ouvre sur les vignes. Et on voit de loin le lac.

— Le lac... répéta-t-il.

— On pourrait se retrouver le soir, dit-elle. Je rentre de Genève vers six heures... fin septembre déjà, on fait du feu dans la cheminée du salon. Nous deviendrons des fanatiques du backgammon, comme un couple de vieux Américains. Et nous pourrions acheter un chien. Un grand chien affectueux, avec les yeux douloureux de passion pour nous.

— Vous croyez me dire une chose idyllique, dit-il, vous vous trompez... »

Elle fut effrayée. Qu'est-ce qu'elle avait pu dire de mal ?

« Pourquoi ?

— Vous êtes un monstre d'égoïsme. Comme moi. »

Thomas fut presque gai, tant cette découverte l'amusait.

« C'est pour ça aussi que nous nous entendons bien. Monstre et compagnie.

— C'est un méchant mot. Ça ne m'amuse pas du tout. Mais du tout. »

Thomas lui dit alors d'un ton assez vif — son débit était rapide tant il était à la fois enchanté et agacé :

« Votre histoire de maison, de vignes, de cave voûtée, de chien, je la trouve prodigieuse. Vous m'avez parlé comme un homme parlerait à une femme qu'il voudrait installer dans son cadre. Il vous faut un homme potiche, un homme bibelot, un homme jouet, un homme décor. Mais pas un vrai homme.

— Des mots, dit-elle. Pas la peine de faire un drame. J'aime ma maison, ma vigne, mon futur chien et je vous le raconte. Je ne suis pas une femme à agoniser d'amour et à attendre les bonnes grâces d'un monsieur, même séduisant.

— Je suis votre film pour le voyage, n'est-ce pas ? répliqua Thomas. Pour ne pas vous ennuyer, vous avez décidé que j'étais l'aventure de votre voyage.

— Je n'ai rien décidé du tout », fit-elle à mi-voix, et elle se tut.

Thomas découvrit plus tard qu'elle s'était endormie presque sans transition, comme un enfant.

Eddy et Raphaël, recroquevillés sur eux-mêmes, lourds de fatigue, conversaient ; ils se comprenaient à demi-mot.

« Cette fournée est increvable, dit Eddy à Raphaël. Ils sont durs. Pas moyen de les épuiser. Jamais vu autant de coriaces.

— Comme certains habitués aux antibiotiques, dit Raphaël. Il faut sans cesse augmenter la dose pour les combattre. C'est fini, la belle époque où ils étaient comateux le lendemain de leur arrivée ! Ils supportent tout. Ils bouffent comme jamais. Pas de malades. Rien. »

Raphaël allongea ses jambes.

« Je me sens pousser la barbe, tant je suis crevé, continua-t-il. Demain, on arrive à Edfou. Et après, il faut en baver pendant une nuit pour arriver à Assouan... On s'en débarrasse à quelle heure ?

— Tu parles de leur départ pour l'hôtel ? Vers trois heures. »

Raphaël se mit à chantonner :

« Le bonheur, le bonheur. » Je n'entends que ça. Jour et nuit.

— Tu dois les accompagner sur le barrage mardi. Et le soir même, on embarque les autres... »

Il ajouta avec un soupir :

« Ce n'est plus un métier.

— Que voudrais-tu faire d'autre ? interrogea Raphaël.

— Je ne sais pas. Retrouver la vie normale, répondit Eddy. Avoir une vie normale. Ne plus être gai, jovial, plein d'entrain, de santé robuste, ne plus répandre un rire contagieux.

— Qu'est-ce que tu faisais avant le Centre ?

— Secret. Ici, c'est la Légion étrangère. Tu le sais

bien. Plus de passé, pas de références à la vie antérieure, pas d'allusions. »

Raphaël s'étira :

« C'est un cafard passager. Demain nous serons très contents de nous retrouver ici. De travailler ici. D'être encadrés comme eux. Je me suis habitué à cette sécurité. On a tout simplement sommeil. Dis, Eddy, tu sais ?

— Quoi ?

— L'Américaine... Miss Nefertiti...

— Elle est belle, constata Eddy en sombrant dans un bâillement sans fin.

— Je l'ai eue à la Jamaïque... Elle était vierge. Je suis le premier type de sa vie. Je l'ai eue ! »

Eddy protesta :

« Tu l'as eue ? Toi ? C'est elle qui t'a eu ! Il n'y a plus de femmes qu'on peut « avoir »... Au début de notre Centre, on était les rois de la piste... La belle époque, elle est bien finie !

— Je l'ai eue quand même vierge, répéta Raphaël.

— Parce qu'elle a bien voulu... Détrompe-toi... La femme n'est plus ce qu'elle était. Il n'y a plus de gourdes... Nous les avons dégourdies, les gourdes. Elles se sont découvertes libres.

— C'est la quatrième croisière que tu fais seul, c'est-à-dire sans fille, dit Raphaël. Ça ne te manque pas, une gonzesse ?

— Du tout. Je suis comme un pâtissier qui déteste les gâteaux. Ce travail dingue ne permet pas d'avoir en plus les bonnes femmes. Autrefois, à la belle époque, même un homme fatigué pouvait avoir son petit plaisir rapide... Et le dos tourné, s'endormir aussitôt après. C'est fini ! Elles veulent leur plaisir. Elles l'exigent. C'est du boulot supplémentaire. Je suis devenu un vrai moine. Bateau, dodo, boulot.

— Je n'en suis pas encore à ce stade, dit Raphaël. Dis, pour demain soir, on n'a que le pianiste ?

— Hélas ! C'est la soirée « économique ». Le piano au clair de lune.

— C'est maigre, commenta Raphaël. Ils vont consommer le pianiste en deux bouchées. Il ne va pas tenir le coup avec nos voraces. »

Eddy réfléchit :

« Refaire une course aux trésors ? Mais que chercher ? »

Raphaël résumait :

« Le pianiste pendant une heure. Une course aux trésors après...

— Élire le plus joli couple du bateau ?

— Ça fait des jaloux. Ils se trouvent tous beaux. Et leur gonzesse est la plus belle. Et puis, il y a beaucoup de faux couples. Il faut les laisser tranquilles.

— Un concours de chant, dit Eddy. Ou les faire chanter par groupes.

— Il n'y a que les Allemands qui savent chanter. Ils gagnent toujours.

— Il faudrait une danseuse. Comme la petite Américaine.

— Petite ? Au moins un mètre soixante-douze. Et elle ne le fera pas », fit Raphaël.

Il se leva.

« Je m'en vais... ou je m'endors ici. Avec un peu de chance je vais avoir une idée. Il faut les épuiser. Les gaver d'impressions. »

Eddy dormait les yeux ouverts.

« Heureusement qu'il y a la visite du temple d'Edfou. C'est dur. Surtout s'il fait très chaud.

— Rien ne les entame », fit Raphaël, et il sortit de la cabine d'Eddy en lui lançant un « salut » à peine audible.

Ce même dimanche, à l'heure où Eddy et Raphaël allèrent enfin dormir, Samuel, en proie à toutes sortes de cauchemars, redescendit de sa chambre, réveilla le portier et appela une fois de plus Tel-Aviv.

Ce fut de nouveau une voix de femme qui répondit.

« Est-ce que Ben est là ? demanda-t-il en hébreu.

— Il vient de rentrer, dit la femme. Qui l'appelle ?

— Samuel. Passez-le-moi ! J'appelle de Paris. Ben, shalom, Ben.

— Shalom ! »

Il y avait si peu de décalage horaire qu'ils étaient tous les deux épuisés par la même heure blanche du petit matin.

« Ben... Je ne peux pas te dire trop de détails. Il y a une chose très grave, infiniment grave qui se prépare. As-tu des contacts en Égypte ? Un nommé Thomas Koenig, d'origine hongroise, de nationalité allemande, voyage à bord d'un bateau, le *Nefertiti* en direction d'Assouan avec un groupe encadré par un club de vacances, le centre Amusements et Loisirs. Tu m'entends ?

— J'écoute.

— Il a neuf kilos d'explosif avec lui. Le barrage. Il veut faire sauter le barrage !

— Il ne peut rien avec neuf kilos, ni avec trente. Il n'arrivera même pas sur le barrage.

— Si. Avec le club de vacances, il a une chance. C'est une couverture idéale. L'explosif, jusqu'ici inconnu, est d'une puissance extrême. Il peut exploser, même sans détonateur, au contact de l'eau. Avec un détonateur électronique, les effets sont assurés dans n'importe quelle circonstance. L'homme en question peut arriver sur le barrage, avec son groupe. Rien n'est plus facile que de se jeter du haut du barrage dans le lac Nasser. Une bombe vivante. Kamikaze. Le barrage va être arraché par une série d'explosions sous-marines à sa base. La catastrophe sans mesure qui suivra peut nous mettre en cause. On va nous accuser...

— Où est le bateau ? demanda Ben.

— Il arrive, paraît-il, aujourd'hui, dans la matinée, à Edfou. Et demain après-midi à Assouan. Koenig est chimiste ; il est ingénieur aussi. Il sait ce qu'il manipule. Il a eu l'explosif par une filiale des révolutionnaires japonais.

— Qui l'envoie ?

— Lui-même.

— Quelle raison ?

— Impossible à expliquer ou même à déterminer par téléphone. Il veut, tout en se mesurant au barrage, le rayer de la carte et changer l'aspect moral du monde. C'est un ancien déporté. Un goy arrêté par hasard et déporté à quatorze ans à Auschwitz. En cas d'éclatement du barrage — selon moi, il a dû laisser une preuve qui l'accusera —, on le supposera toujours juif. Tout est donc contre nous. Il faudrait faire voler l'explosif. Si tu dénonces simplement l'affaire aux Égyptiens, même avec l'aide de notre gouvernement, ils auront l'explosif, eux, et ce n'est pas forcément le but non plus. Il ne faudrait pas tuer l'homme. Il faudrait le déposséder de son explosif. S'il se suicide quand même sur le barrage, cela ne nous regarde plus.

— Le bateau s'appelle *Nefertiti* ?

— Oui, dit Samuel. Oui, oui. »

Tel-Aviv avait déjà raccroché, le « oui, oui, oui » de Samuel se prolongea encore, comme un écho dans l'éternité.

A Munich, Heinrich agissait avec rapidité et précision pour organiser le trajet de Joanna. Il ne cédait à aucun affolement parce qu'il ne croyait pas à la possibilité de l'attentat.

« Quelles seraient ses raisons de se lancer dans une tentative si folle ? Si monstrueuse ? » demanda-t-il à mi-voix.

Joanna s'enferma dans le silence. Elle était la seule à vraiment connaître Thomas.

« Je vais appeler M. Saadi ; j'espère pouvoir lui parler avant ton arrivée. Il faudrait que je le prépare à l'entrevue.

— Merci, répétait Joanna. Merci.

— Je te conduirai à l'aéroport.

— Oh ! non » s'exclama-t-elle. Et puis elle ajouta avec douceur « Oh ! non. Je préfère prendre un taxi. »

Elle voulait rester seule et se cloîtrer dans ses pensées.

Heinrich espérait que les relations durables et par trop tenaces de Joanna avec Thomas aboutiraient enfin à une rupture. Mais il aurait mieux valu que Koenig reste vivant. Mort, il grandirait encore dans l'âme de Joanna. Avant le départ, les enfants papillonnèrent de tous les côtés avec des « Où va maman ? Qu'est-ce qu'elle fait ? Quand elle revient ? » Elle les embrassa aussi, hâtive et tendre.

Lorsque la portière du taxi se referma, elle poussa un soupir de soulagement. Enfin, elle allait pouvoir devenir elle-même. Et ne pas jouer.

Elle demanda au chauffeur de fermer le chauffage. Sensibilisée à tout, elle ressentait jusqu'au contact de ses vêtements, de ses bottes élégantes, la caresse même de son manteau de fourrure et le poids, si léger soit-il, de sa toque en vison, noir comme ses cheveux.

Le sang battait la chamade sur ses tympans. Machinalement, elle ouvrit son sac, juste pour s'assurer que ses papiers d'identité y étaient. Joanna eut un moment de panique. Dans l'ombre d'une catastrophe incommensurable à venir, dans cette fuite en avant, dans ce cauchemar qui se prolongeait au-delà de la nuit, elle venait de se découvrir presque heureuse, parce que liée à Thomas. Chez M. Saadi, elle redeviendrait la femme de Thomas Koenig.

Sous la pluie de novembre, Salzbourg subissait une mélancolie passagère. Des portes cochères lourdes de mystères — n'importe laquelle aurait comblé d'aise, pour la durée d'une courte nouvelle, Stefan Zweig — s'ouvraient ici et là sur un jardin intérieur. Des anges joufflus, taillés avec grâce dans de vieilles pierres, tenaient dans leurs mains dodues des écussons de jadis, verdis d'humidité. La rue avait l'odeur des pommes oubliées en haut d'une armoire, et la pluie qui humectait le visage de Joanna, un goût d'anis.

Elle pénétra au 27, Mozartgasse. Il lui fallut un léger effort pour arriver à pousser le battant lourd de l'immense double porte affublée, des deux côtés, de heurtoirs. Le gardien, un vieil Autrichien, avait dû guetter son arrivée ; Joanna fut accueillie avec la gentillesse séculaire de ce pays.

« M. Saadi est chez lui depuis cinq heures, madame. J'ai parlé du coup de téléphone... de votre mari, je crois, n'est-ce pas ? L'appartement de M. Saadi se trouve au deuxième étage. Il n'y a qu'une seule porte. Voulez-vous que je vous accompagne ?

— Non, dit Joanna. Ne vous dérangez pas, et surtout merci pour tout. »

C'était un hôtel particulier divisé en appartements. Joanna gravit l'escalier et laissa courir sa main gauche gantée sur la rampe en cuivre, brillante comme un ruban d'or.

Arrêtée devant la porte de M. Saadi, elle hésita un

peu ; son regard se fixa sur la sonnette, une petite tête de lion avec un anneau dans la gueule. Elle toucha à l'anneau, la tête de lion s'inclina en avant, un carillon discret bouleversa la paix de l'autre côté du mur.

Le temps qu'un monsieur âgé arrive de son bureau vers l'entrée. Un rythme plutôt lent. Pas une question d'âge mais de tempérament.

« Navrée de vous déranger, dit-elle en guise de bonjour.

— Entrez, madame... »

Il s'écarta pour qu'elle puisse avancer et referma la porte.

« Je passe devant vous. Pardonnez-moi. »

Une immense entrée encombrée d'objets d'art et de tapisseries détachées ici et là des tringles affaiblies. Un fouillis somptueux à peine éclairé, selon l'habitude des gens âgés économes et fermés au monde.

« C'est par ici. »

Un couloir qui tourne. Les franges mal nouées d'un tapis où s'accroche le talon fin de la botte droite de Joanna. Retenue par M. Saadi, elle dit : pardon.

« Elles me tueront un jour, ces franges, dit-il. Il faudrait que je les coupe ; ce serait dommage. Le tapis a bien plus de deux cents ans. »

Le grand bureau-salon était encombré de rideaux raidis de poussière. Il y avait partout des livres. Dans la bibliothèque très chargée, et aussi par terre, ou empilés sur des fauteuils. De petites tables chargées de papiers, de documents, de dossiers à classer, témoignaient de la solitude de M. Saadi.

« Prenez place, madame », dit-il.

Et il ajouta :

« Si j'étais pharaon, j'organiserais d'avance ma tombe comme ce bureau ; je voudrais tout emporter avec moi et continuer la vie éternelle dans l'Au-delà, au milieu de mes objets préférés. Vous fumez ?

— Non, merci.

— J'ai des chocolats à la liqueur. »

Il lui tendit une boîte.

« Prenez-en. »

Elle en prit un et le déposa délicatement sur le bord du bureau.

Pour lui faciliter la tâche, M. Saadi commença :

« J'ai connu votre mari à Assouan, à l'époque héroïque du début de la construction du barrage.

— Mon deuxième mari.

— C'est un homme d'une précision et d'une intelligence remarquables. Et d'une grande fidélité d'esprit aux choses nobles, disons. L'exploit humain l'avait passionné à Assouan ; il était très jeune ingénieur.

— Je suis venue vous parler de mon premier mari...

— Je vous écoute. »

Joanna leva le regard sur Saadi dont le visage pratiquement sans rides ne trahissait l'homme âgé que par une certaine raideur de la peau.

« Mon premier mari, un ingénieur chimiste chercheur d'origine hongroise, ayant obtenu la nationalité allemande, voyage actuellement avec neuf kilos d'explosif, pour tenter de faire sauter le haut barrage d'Assouan.

— Vous voulez me répéter tout cela », dit Saadi.

Il ponctuait de hochements de tête les paroles de Joanna.

« Une multitude de questions me viennent aux lèvres, madame. Pourquoi cette tentative ? Pourquoi venir me voir, au lieu d'alerter l'ambassadeur d'Égypte, un homme de grande culture et politiquement plus averti ? Pourquoi ces renseignements vous sont-ils parvenus ? Pourquoi créditer comme possible un acte fou et, heureusement, sans aucun espoir de succès, si j'ose m'exprimer ainsi. Le barrage attire souvent des gens déréglés. Certains veulent s'y suicider ; l'image d'une mort spectaculaire tente aisément les psychopathes sensibilisés sur ce plan-là ; la tour Eiffel et l'Empire State Building exercent la même fascination sur les malades de ce genre.

— Thomas Koenig est un homme aussi sain que lucide, expliqua Joanna. Il est d'une extrême intelligence. Depuis 1962, il rêve de l'anéantissement du barrage. Il a en sa possession un explosif dont la puissance se multiplie au contact de l'eau.

— Comment êtes-vous au courant ?

— Par un ancien déporté. Ils étaient ensemble, mon mari et lui, à Auschwitz.

— Votre premier mari était juif ?

— Non. Déporté en tant que juif, de Budapest. »

Saadi, énervé, alluma une cigarette.

« Soyez plus claire. Est-il un sioniste par affinité ? Croit-il servir avec un acte fou la cause israélienne ? Dans ce cas-là, il se trompe bien.

— Rien de tout cela, monsieur Saadi. Mon ex-mari, Thomas Koenig, a concentré toute la haine qu'il ressent contre le monde sur ce barrage.

— Mais vous ne vous rendez pas compte de ce que vous dites ! s'exclama Saadi. Vous me parlez de l'individu et de ses sentiments lorsqu'il s'agit de la vie de trente-huit millions d'Égyptiens ? Supposons qu'il ait vraiment l'explosif en question, c'est toute l'existence de l'Égypte qui est en cause. » Saadi perdait son sang-froid. « Votre histoire est affolante. Et pourquoi venir chez moi ? Me choisir, moi ?

— Parce que vous êtes supposé pouvoir convaincre l'ambassadeur d'Égypte mieux que nous. Qui peut m'écouter raisonnablement ? Me croire ? Vous, c'est autre chose. Je peux vous donner l'itinéraire de Thomas Koenig. Il navigue vers Edfou. Une croisière sur le Nil. Avec un club de vacances. C'est cet environnement de vacanciers qui lui a permis, probablement, le transport de l'explosif. Le bateau s'appelle le *Nefertiti*. Il arrive demain matin à Edfou et après-demain, vers quinze heures, à Assouan. Selon mes renseignements, le groupe doit visiter le barrage mardi matin.

— Nous avons à peine trente-six heures devant nous, dit Saadi. Trente-six heures pour arrêter le plus monstrueux attentat que quiconque ait pu imaginer.

— Mon ex-mari ne croit plus à la valeur de la vie

humaine. A Auschwitz, pendant qu'on brûlait les autres, c'est son âme à lui qui a été brûlée.

— C'est de la littérature, madame. Vouloir noyer un pays pour se venger ? Pour se venger des juifs ?

— Du tout. Mon ex-mari est très complexe. Il a un sens de la justice très encombrant. Il reconnaît le droit des juifs, mais il les accuse aussi d'incompréhension lorsqu'ils refusent d'accepter l'idée même d'une Palestine appartenant en partie aux Palestiniens. A Auschwitz, il a été rejeté par la communauté juive parce qu'il ne cessait de clamer son état d'aryen. On le prenait pour un renégat. A quatorze ans à Budapest, il a pris la veste d'un camarade juif, il est sorti dans la rue avec l'étoile jaune sur la veste. On l'a arrêté dans une rafle. Il n'a jamais pu se guérir de la découverte des persécutions raciales. Extrêmement doué, il est allé, d'une invention à l'autre, vers les désenchantements. Vous vous souvenez de l'affaire des défoliants au Viêtnam ?

— Qui ne s'en souviendrait ?

— En partie, c'est son invention. Un gouvernement sud-américain lui avait acheté un produit qui permettrait d'« éclaircir » — disaient-ils — la forêt amazonienne. De récupérer des espaces pour l'agriculture. Par divers truchements de contrats revendus, des brevets substitués, l'invention est arrivée jusqu'aux Américains. Il a été malade de l'utilisation qu'on en a faite.

— Opinions politiques ?

— Un antifascisme virulent. Membre du parti socialiste. Très lié à certains milieux écologistes. C'est un esprit rationnel, brillant, intolérant, donc parfois, intolérable. Nourri de la haine d'un monde qui, selon lui, va recommencer, de la même manière, à perpétrer les mêmes horreurs...

— Quel serait son but en faisant cette surenchère d'horreur ?

— Il veut se mesurer au barrage. Le combat de David et de Goliath. Pour lui ce barrage est le symbole de toutes sortes d'oppressions qu'une partie du monde exerce sur l'autre. Rompre le barrage, c'est faire éclater les murs des prisons, rendre le fleuve à son cours normal, c'est redonner une respiration véritable à un monde en convulsion. Et démontrer qu'un seul homme peut aller contre tout un système.

— Vous le connaissez bien.

— J'ai vécu avec lui pendant six ans.

— Je serai indiscret. Pourquoi le divorce ?

— Je voulais transformer un génie révolutionnaire en un fontionnaire qui rêve de week-ends paisibles. Tandis que lui... Lui, il voulait me déraciner, partager avec moi ses angoisses, ses cauchemars, m'engager dans la bataille pour ce qu'il appelait un monde meilleur, sinon pour la démolition de l'actuel. Je n'avais ni la carrure ni l'ambition d'une pasionaria. Je voulais un mari rassurant, des enfants heureux, une maison calme. Il m'aurait déséquilibrée complètement. Je serais devenue une apatride malgré moi. J'aurais dû haïr avec lui le monde malade. Sans qu'il le sache, je suis allée en Hongrie, après notre divorce, pour savoir de quel peuple était issu l'homme explosif que le destin m'avait donné. J'ai trouvé les Hongrois fascinants, en apparence chaleureux et d'une indifférence totale quant à l'Occident.

— Parlez-moi de l'homme qui vous a prévenue.

— Un vieux monsieur. Un ancien déporté. Lui, juif. A vingt-quatre heures d'intervalle, il est venu me voir deux fois. Il m'a raconté une histoire d'association avec Thomas ; je ne l'ai pas cru. Dès le début de sa visite, je présumais une sorte d'enquête sur Thomas. Il m'a plu de parler de Thomas. D'entendre parler de lui. Malgré les inexactitudes flagrantes, Samuel Stein avait indiscutablement connu l'homme que j'ai aimé.

— L'affaire n'est pas logique, s'écria Saadi. Les pensées humanitaires et la noyade d'un peuple ! Il n'arrivera d'ailleurs à rien. Personne ne peut arriver avec un chargement d'explosif sur le barrage.

— Il y pense depuis longtemps, monsieur Saadi.
— Vous l'avez revu, Koenig, depuis votre divorce ?
— Non. Mais il m'arrivait de l'appeler. A Paris.
— Il vit à Paris ?
— Dans une banlieue populaire. Il ne se sentait bien que parmi les gens de couleur, aussi déracinés que lui. C'est ce qu'il m'a dit. Je l'ai appelé pour la dernière fois, il y a trois mois. D'une cabine publique, à la poste centrale. Le dos tourné à la porte vitrée, je me cachais, j'allais pleurer de joie, parce que je l'entendais. C'était devenu une habitude que je l'appelle. Il me reparlait de sa mort et d'une lettre déposée chez maître Donovan, notaire à Paris. Je lui ai dit que, depuis que nous nous connaissions, il me parlait de sa mort, et qu'heureusement, il était toujours là. J'ai essayé de plaisanter. »

Saadi marchait en long et en large.

« Vous connaissez le numéro d'appel de ce notaire ?
— Non.
— Vous l'avez rencontré ?
— Il y a longtemps.
— Est-ce qu'il va se souvenir de vous ?
— En tout cas de mon mari. Je veux dire de mon ex-mari. »

Par les renseignements internationaux, Saadi avait obtenu deux numéros.

« L'un des numéros doit être son bureau, fermé aujourd'hui, et l'autre, le domicile. »

Il essaya le premier ; il n'eut pas de réponse. Le second numéro voulut bien réagir au bout de quelques sonneries.

« Je suis bien au domicile de maître Donovan ?
— Oui, dit une voix de femme.
— Pourrais-je lui parler ?
— C'est dimanche, monsieur...
— Madame Donovan ?
— Oui.
— C'est une question vitale. Dites-lui que c'est de la

part de Mme Thomas Koenig... Dites-lui cela tout simplement. »

Au bout de quelques minutes d'attente, maître Donovan prit l'appareil et Saadi passa le combiné à Joanna.

« Allô. Ici Joanna Koenig. C'est-à-dire je suis l'ex-femme de Thomas Koenig. Nous nous sommes rencontrés à Paris, il y a quelques années. Nous avons dîné au Bois.

— Je me souviens. Que désirez-vous ?

— Une demande difficile, justifiée par une raison péremptoire. Est-ce qu'il y a des instructions de Thomas, déposées chez vous, quelque chose qui me concerne ?

— Je ne peux donner aucun renseignement, madame. »

Joanna se mit à parler très fort ; ce n'était plus la femme frêle, l'éternelle spectatrice d'un monde qui l'effrayait ; elle cria presque :

« Maître Donovan, on peut supposer que Thomas veuille faire sauter le barrage d'Assouan. Un document déposé chez vous peut le confirmer. Il faut que vous alliez à votre bureau, que vous ouvriez la lettre.

— J'ai en ma possession une lettre que je dois ouvrir mercredi matin. Les instructions sont très claires. Dans trois jours, donc, madame. Patientez, si vous êtes concernée, vous le saurez à temps.

— Et tout ceci ne vous semble pas suspect ? dit Joanna. S'il désire l'ouverture de cette lettre mercredi, c'est qu'il sera mort ; il mourra avec et sur le barrage...

— Une lettre déposée et à ouvrir à une date déterminée ne veut pas dire forcément « testament », ni mort, madame. Il y a une multitude de possibilités juridiques que nos clients, qui nous font confiance, peuvent utiliser.

— Mais vous ne comprenez donc pas que c'est une question qui concerne l'existence même d'un pays, des gens, des consciences ?

— Avez-vous une seule preuve, madame ?

— Non.

— Même si vous me disiez qu'il veut faire sauter la tour Eiffel, le Sacré-Cœur et Notre-Dame simultanément, je ne toucherais pas à cette lettre. Je suis navré d'être ou de paraître brutal, mais il y a des règles absolues dans un métier. »

Joanna raccrocha.

« Une lettre à ouvrir mercredi, dit-elle. Encore une fois, selon Samuel Stein, il arrive au barrage mardi dans la matinée.

— Je vais faire tout ce que je peux, dit Saadi. Actuellement, au Moyen-Orient, la tendance semble être à l'apaisement — je veux dire sur le plan de la paix éventuelle et de la reconnaissance des droits de chacun. Cette affaire est catastrophique pour tout le monde, continua-t-il. Pour les Allemands, quoi qu'on veuille, c'est un ressortissant ; pour les Hongrois, c'est un monstre national ; pour les juifs, c'est l'ennemi mortel ; et pour les Égyptiens... »

Il leva les bras au ciel.

« Je ne peux même pas dire... Il n'y a pas de mot...

— En quoi pourrais-je encore être utile ? demanda Joanna. Je ne passerai pas la nuit à Salzbourg. Je voudrais rentrer à Munich, même tard. »

Elle aurait voulu dire encore : « Mon mari n'est pas au courant de mes contacts avec Thomas Koenig. » Mais elle se tut. Saadi ne serait jamais bavard.

Elle ajouta :

« Si vous l'empêchez d'arriver au barrage... »

Elle marqua un temps.

« Je l'empêcherai. Je ne peux pas imaginer autrement.

— Alors, il restera vivant. »

Elle était distinguée même dans sa panique, d'une très grande beauté aussi, diaphane d'émotion, évoquant une fleur exotique dans un nid de vison noir. Il sut d'instinct et d'intelligence, il comprit, amer et désolé, que Joanna attachait peut-être plus d'importance à la vie de Thomas Koenig qu'à l'Égypte même. Saadi la regardait, songeur.

« Vous l'aimez, votre ex-mari, dit Saadi avec tout le mépris d'un Oriental vis-à-vis d'une femme. Vous l'aimez, n'est-ce pas ? »

L'orchidée, vêtue de vison noir, devint très pâle.

« Vous l'aimez », conclut-il.

Elle ne fit ni oui, ni non de la tête. Elle ne put répondre. Aussi immobile qu'un personnage brodé d'une des tapisseries voisines, elle ne se distinguait d'une image morte que par sa seule respiration.

BRUNO entra avec une violence calculée dans le bureau d'Eddy.

« Bonjour. Je vous dérange très tôt. Mais je vous demande expressément de contacter Assouan et de tenter quand même d'obtenir deux places d'avion pour Le Caire.

— Impossible, répondit Eddy, vaillant, parce qu'il avait dormi quelques heures.

— Alors, à Edfou, trouvez-moi une voiture à louer, et j'irai à Assouan par la route.

— Vous n'aurez pas de chambre à Assouan. La vôtre ne se libère que demain. Ceux qui s'y trouvent actuellement s'embarqueront sur ce même bateau. L'hôtel se vide et se remplit. Comme un sablier.

— Vous ne me garderez pas ici ! cria Bruno. Vous verrez, quand j'arriverai à Paris ! Je suis publiciste, j'ai des amis journalistes, beaucoup d'amis journalistes... Je les affranchirai quant à votre club...

— Mon club ? Vous plaisantez ? Mon club ? Je ne suis qu'un employé. Comme aux P.T.T. ou ailleurs. Deuzio, tout le monde s'en moquera de votre opinion, de vos louanges ou de vos injures. Le centre Amusements et Loisirs est depuis toujours en butte aux critiques. Nous sommes le meilleur ou le pire. Selon le vent, les tendances politiques ou l'actualité qui a besoin de parler de nous, faute de mieux. Vous, vous êtes furieux parce que Mlle Chose, Muller je crois, vous a plaqué. Alors vous êtes fâché contre le club. Vous êtes le seul à râler comme ça. Les autres sont heureux. Après la nuit chargée, croyez-vous qu'il y en a un qui soit resté au lit ? Non. Ils sont tous partis pour le temple. Le temple d'Horus. Le grand oiseau un peu con qui vous regarde d'un œil torve. Ça les intéresse, figurez-vous. Ils vont revenir affamés, et ils dévoreront des langoustes fraîches grillées aux herbes de Provence. Après, ils se mettront au soleil pour la sieste. Ils seront plus rouges ce soir que les langoustes, mais pas malades. Il faut le faire !

— Vous les gavez, abrutissez, remplissez, saturez, dit Bruno. Et puis, c'est un univers concentrationnaire. »

Eddy s'exclama :

« Vous avez quel âge ?

— Trente ans.

— Que savez-vous d'un univers concentrationnaire ? Hein ? Rien. Mais vous répétez ça parce que ça fait intellectuel, ça fait homme révolté. Eux, ils aiment ça. Vos déclarations, je n'en ai que faire. Allez à Paris. Et faites vos réclamations. Vous vous sentez coupable ? C'est votre affaire. Je n'amuse pas les millionnaires, moi ! Tous les gens ici, qui font ce voyage, en ont bavé pour payer « leur » Égypte. Nous faisons faire aux « pauvres » un voyage de « riches ». Le social ? C'est justement de les gaver. Le beau buffet... vous le réserverez aux milliardaires en Sardaigne ? C'est grâce au Centre que même les gagne-petit économes peuvent aller dans les mers propres, lointaines. Vous, vous les baigneriez dans les bouches d'égout de certains endroits sur la Côte d'Azur ? Azur ! Merci... »

Étonné, Bruno prit une cigarette et s'assit.

« Vous permettez ? »

Et il ajouta :

« Je ne vous croyais pas capable de dire deux phrases cohérentes.

— Quel compliment ! Et vous ? Seriez-vous moins buté, moins emmerdeur que je l'imaginais ? »

Bruno se pencha vers lui.

« Qu'on s'injurie ou qu'on s'envoie des compliments, moi je veux sortir de ce paradis. Il me rend fou. Tout simplement. Fou.

— Vous avez pas mal de confettis, ici et là, dit Eddy. Et je suis d'une gentillesse ! Je ne rigole même pas. Elle est belle, l'Américaine ! dit-il encore avec la dernière envie qui lui restait. Je vous assure que si j'avais moins de boulot... »

Bruno eût aimé le secouer ; il ne broncha pas ; il dit simplement :

« N'importe quoi, vous comprenez ? Je ferais n'importe quoi pour me sauver d'ici. »

Eddy se fit conciliant.

« Encore une nuit... Et demain, je vous trouverai des places pour Le Caire. Je ne sais pas comment, mais je les trouverai.

— Demain ? S'envoyer encore un temple ? Comme je vous connais, il y aura encore un temple avant d'arriver à Assouan. Vrai ou faux ?

— Vrai, dit Eddy. Un vrai bijou. Kom-Ombo.

— Et ce soir une autre fête.

— Plus belle que jamais !

— Et d'autres bouffes ?

— Mieux que jamais.

— Eh bien, fit Bruno, moi, je veux descendre. Quitter. Me barrer. A propos, je suis avec un Japonais qui ne comprend aucune langue... Qu'est-ce qu'il fout ici ?

— Le groupe des Japonais a un guide-interprète japonais. La traduction est simultanée. Rien ne nous échappe. Nous sommes une organisation qui prévoit tout. Entre nous... »

Ici Eddy se fit confidentiel :

« L'autre, votre rival...

— Ne rigolez pas ! s'exclama Bruno.

— Je suis sérieux comme la mort.

— Quoi, l'autre ?

— Il s'est calmé, lui. Les effets exercés par Mlle Muller sont imprévisibles ; l'un devient fou ; l'autre, d'un calme !

— Nous sommes à combien de kilomètres d'Assouan ?

— Assez près. Mais il faudrait passer sur la rive droite pour y arriver. D'ici, il n'y a pas de route. Louer une voiture, prendre le bac, traverser, vous perdrez un temps considérable.

— Pas plus qu'ici, cria Bruno. Je préfère cent mille fois le mouvement que revoir votre buffet.

— Aujourd'hui, ça va être fabuleux, dit Eddy. On a des poissons comme mon bras, qui sont arrivés cette nuit, encore frétillants, du lac Nasser.

— Vous voulez de l'argent ? demanda Bruno.

— Il faut encore vous répéter qu'on ne peut pas me soudoyer, dit Eddy. Je suis vachement correct. Et vous avez la tête dure. »

On frappa à la porte d'Eddy.

« Entrez ! »

Liz se tenait dans l'embrasure de la porte, toute pâle, emmitouflée dans un pull-over malgré la chaleur de ce début de matinée ; les cheveux ici et là colorés de confettis égarés.

« Bonjour, dit-elle d'une voix rauque. Yolande Cloutier...

— Quoi ?

— La dame myope, elle m'a dit que tu étais là. Elle allait les rejoindre au temple. Je l'ai rencontrée il y a quelques minutes. »

Bruno l'observait avec frayeur et espoir.

« Qu'as-tu Liz ? Serais-tu malade ? Liz, réponds-moi, ma chérie, qu'as-tu ? »

Eddy les regardait d'un œil perplexe.

Liz chuchota :

« J'ai une extinction de voix, et je ne peux rien avaler. Avant de partir, Mme Cloutier m'a pris la température ; j'ai trente-neuf cinq. Elle avait un thermomètre. »

Bruno jubilait ; il entoura Liz avec une extrême attention.

« Assieds-toi, ma chérie. Trente-neuf cinq. C'est énorme !

— Ça arrive souvent chez les enfants, se défendit Eddy à l'avance.

— Enfant ? Elle a dix-neuf ans.

— Ce n'est pas ce que j'ai voulu dire, j'ai parlé d'enfants, juste pour citer des exemples ! »

Bruno haussa les épaules et se tourna vers Liz.

« Tu n'as pas la nuque raide, chérie ?

— La quoi ?

— Nuque.

— Qu'est-ce que c'est ? »

Bruno posa sa main délicatement derrière le cou de Liz.

« Là, mon trésor, c'est la nuque... Essaie donc de pencher la tête en avant. Là, voilà... Tu n'oses pas ? Comme si tu devais dire « oui », de la tête.

— Je ne peux pas, gémit-elle, presque inaudible. Justement, j'ai tellement mal à la tête.

— Mal à la tête, trésor ? Vous l'entendez... Et si elle avait un début de méningite ? Hourra ! Horreur ! Le danger pour elle est énorme, et quelle possibilité de contagion !... Votre fête ce soir tournera à la vinaigrette. Je raconterai à tout le monde qu'elle est susceptible d'avoir une méningite... Je parle trois langues. Avec le français.

— C'est bidon, dit Eddy. La preuve d'une sale époque. Où personne n'est content. Vous avez monté ce numéro.

— Monté ce numéro ! s'exclama Bruno. Vous êtes inconscient ? Mais quel est votre intérêt de vouloir nous garder à tout prix ?

— Aucun, fit Eddy. Mais, sur un coup de tête, vous allez vous priver d'Abou-Simbel sauvé des eaux du lac Nasser par l'Unesco.

— Je m'en fous », hurla Bruno.

Liz, très pâle, mima juste la phrase.

« Je vais me trouver mal... »

Bruno la prit par la taille, et l'aida à s'allonger sur le divan d'Eddy.

« Touchez son front. »

Eddy hocha la tête.

« Elle a dansé nue ; il fait froid ici, la nuit.

— Ce n'est pas une raison pour laisser s'aggraver l'affaire. »

Liz claquait des dents. Tac... Tac... Tac... Tac... comme un petit appareil ménager qui doit hacher du persil. C'était un bruit régulier et rapide.

Tout en maugréant, poussé par les menaces vindicatives de Bruno, incité à la prudence par l'aspect inquiétant de Liz, en une heure, Eddy monta l' « opération-survie ». Les bagages bâclés, avec l'aide du personnel égyptien, ils furent installés dans une grande et vieille voiture branlante qui devait prendre le bac, traverser le Nil et s'engager sur l'autre rive en direction d'Assouan, tandis que les autres admiraient le temple d'Horus à deux kilomètres environ du bateau.

Sur le quai, et dans « la plus stricte intimité », Liz prit congé d'Eddy sans plus pouvoir émettre le moindre son. Eddy referma la portière. La poignée lui resta dans la main. Poliment, il la rendit au chauffeur qui voulut la remettre avec l'aide d'un fil de fer. Bruno protesta et promit de tenir la portière de l'intérieur.

Liz grelottant dans ses bras, ils se tenaient serrés l'un contre l'autre. L'idée d'une contagion parcourut l'esprit de Bruno. Il se vit soudain entre la vie et la mort. Sa mère dans le couloir de l'hôpital, en torturant un mouchoir. « C'est mon fils unique, docteur, c'est mon fils unique, vous allez le sauver ? » Et le médecin qui avait le visage de Woody Allen répondit : « Pourquoi ? Si vous en aviez deux, vous seriez moins inquiète ? » Il se mit à rire. C'était un rire nerveux.

Liz leva sur lui son regard grave. Bruno vit apparaître un tas de points d'interrogation dans les pupilles de l'Américaine.

« J'ai pensé à Woody Allen », dit-il.

Liz referma les paupières ; elle avait des cils fantastiques, de merveilleux petits balais soyeux.

Bruno, honteux, énumérait les avantages que représentait la maladie de Liz. Deux places prioritaires dans l'avion entre Assouan et Le Caire, le retour précipité avec l'aide du Club.

La route cahoteuse s'ouvrait sur des beautés insoupçonnées. L'Égypte était là, proche, d'une douceur incomparable, à caresser, à lui jurer une fidélité éternelle, presque à songer à un retour. Bruno, avec Liz tremblante dans ses bras, contemplait le paysage. Le taxi s'engageait en direction du bac ; ils allaient devoir attendre un peu ; le taxi put enfin trouver sa place sur l'engin encombré de voitures de toutes sortes, et même d'un chameau, maussade et hautain. Ce fut une traversée mémorable. Un peu l'arche de Noé qui dérivait légèrement sur le fleuve somptueux, d'un bleu qui aurait fait oublier l'existence d'autres couleurs. Ce bleu divin allait déteindre sur l'univers entier. Un chameau bleu regardait par la vitre bleutée d'une voiture, crasseuse, mais bleue elle aussi.

Un couple enlacé, bleu. Un type d'une trentaine d'années, bleui, tenait dans ses bras une jeune fille aux longs cheveux bleus.

« Dis-moi quelque chose », s'enquit Bruno.

Un regard vraiment bleu se leva sur lui, et s'il n'avait pas eu peur d'une maladie, il aurait embrassé les lèvres bleues qui s'entrouvraient dans un léger soupir d'un bleu transparent.

Héros bleu d'un conte de fée, Bruno sentit son âme grandir. La vie tournait au drame en technicolor. Ce n'était pas une leucémie, pain bénit des cinéastes, qui emporterait sa belle, mais une méningite. Horrible détail, celui qui faisait glisser le cercueil de Liz dans l'avion, se retourna vers lui, et c'était de nouveau Woody Allen. Une trappe se referma. Monde bleu foncé. Choc. Le bac atteignit l'autre rive. Le monde bleu déménageait. Un puzzle bleu sur la rive. Le chameau, plus bleu que jamais, se retourna. « Il m'a fait un clin d'œil, constata Bruno. Je suis malade aussi, j'ai l'hallucination bleue. » Il vit encore un immense pinceau bleu se tremper dans le Nil et ressortir dégoulinant de liquide bleu. « Au secours ! » dit Bruno, se voyant bleu dans le rétroviseur.

Ils étaient à peine engagés depuis quelques minutes sur la route vers Assouan que Liz se dégagea des bras de Bruno.

« Ouf, c'est fini ? Qu'est-ce que j'ai chaud ! »

Elle se défit de son gros pull-over, devant un Bruno médusé, heureux et dépossédé. Le chauffeur fut si étonné, qu'il alla directement contre un palmier.

« Hé, hurla Bruno... Attention ! »

Et vers Liz :

« C'était pas vrai ?

— Rien n'était vrai... Je t'ai dit que je ferai carrière à Hollywood. Si je t'avais prévenu à l'avance, tu te serais trahi ; les hommes ne savent pas mentir, ni jouer... »

Elle ajouta, gourmande :

« A ce degré !

— Tu n'es pas malade ? »

La voiture zigzaguait d'ahurissement !

Surgi d'un nuage de poussière, un Égyptien conduisant un chameau, effrayé par le taxi pris de vertige, les menaçait du poing.

« Je vais être très célèbre, continua Liz. J'ai déjà un agent. Un petit agent, mais agent quand même. Radio City Music Hall va être un tremplin. Comme sur la piscine. Tremplin, c'est ça, n'est-ce pas ? »

Bruno la regardait à la fois craintif et admiratif.

« Merci, en tout cas...

— Tu voulais en sortir, tu en es sorti. C'est beau par ici.

— Quelle merveille d'être libre ! s'exclama Bruno en prenant enfin conscience de l'absence de drame. Plus de bouffe, plus de visites, plus d'organisation, liberté !

— Et à Assouan, dormir à la belle étoile ! ajouta Liz. C'est comme ça qu'on dit ?

— Ça n'a plus d'importance, dit-il, Mais enfin on est en vacances. J'aurais presque envie de rester. Pas pour les temples. Mais avec toi en face de ces paysages.

— Pourquoi un club, si tu n'aimes pas ça ?

— La femme qui était celle de ma vie, il y a encore une semaine, en raffole. J'ai cédé pour lui faire plaisir. Pour l'avoir. Mais je suis décidément un cavalier seul. J'ai horreur d'être embrigadé.

— Embri... quoi ?

— Embrigadé... Comme des militaires. Être dans une brigade. En faire partie.

— Tu exagères. » Elle soupira : « Je serais restée avec plaisir.

— Alors, reste ; je te ramène sur le bateau. »

Elle fit une gentille grimace.

« Entre le Club et toi, c'est quand même toi que je choisis. »

Bruno s'adressa au chauffeur :

« A Assouan, il faudrait aller tout de suite au bureau d'Egyptian Airlines.

— Ça s'appelle Misrair, dit le chauffeur ; c'est au sud de la ville, sur le quai. »

Bruno reprit Liz dans ses bras.

« Alors, tu n'as vraiment rien.

— Pour être franche, je suis quand même un peu enrhumée.

— Tu aurais dû te mettre des confettis ouatinés, dit-il.

— Ouatinés ?

— Chauds. Comme une doublure.

— Ouatinés... dit-elle maladroitement. Quel mot difficile. »

Bruno fut tout attendri. Encore un peu, et l'accent allait exercer sur lui le même effet que les pleurs.

Une complicité agréable s'établit entre eux ; une joie de vivre éclatait dans leurs regards. L'Égypte, le soleil, la journée qui s'annonçait comme une divine aventure, tout était beau, et assez irréel.

« Tu ne viens jamais à New York ? demanda Liz en se pelotonnant dans les bras de Bruno.

— Comment jamais ? Deux fois par an.

— On pourrait se revoir, dit-elle, songeuse.

— Avec plaisir, répondit-il. Avec joie. Un concert en plein air à Central Park avec toi, la main dans la main. »

Il aurait eu envie d'une histoire d'amour robuste où personne n'éternue, ni ne pleure. Aventurée sur le délicat terrain de la période d'après les vacances, ils savaient leurs promesses fragiles. Que c'était pourtant bienfaisant d'en parler, d'échafauder des programmes, de jurer une amitié éternelle, plus importante parfois que l'amour, n'est-ce pas ?

« Tu viendras me voir à Radio City Music Hall, dit-elle.

— Vous êtes si nombreuses, si belles, si uniformes, comment vais-je te reconnaître ? »

Elle répondit doucement :

« Je te ferai signe. Avec les yeux seulement. Il faudrait aussi que tu sois très près de la scène. Et quand je serai à Hollywood...

— Tu tourneras dans un film au budget énorme.

— Comme *Jaws,* dit-elle. Je serai une immense vedette...

— Et je lancerai ton film à Paris. Je vois déjà ton nom sur les murs parisiens : Liz Harris, le nouveau phénomène.

— C'est laid, phénomène ? Non. Je préfère star.

— C'est usé : star...

— Ça n'est jamais usé. Donc Liz Harris, la nouvelle star... Raconte ! s'il te plaît. Raconte. »

Un vrai bonheur d'être cahoté sur des routes dorées avec sa conquête fugitive, et de parler de choses qui ne prendront peut-être jamais forme. Ou peut-être si. Car elle était vraiment foudroyante, Liz !

« Tu habites où ?

— Brooklyn... Et toi tu vas à quel hôtel ?

— Ça dépend. Toujours dans un hôtel très réputé. A cause de l'adresse. Chez vous, l'Européen est classé selon l'hôtel où il descend. Je veux dire : l'homme d'affaires. On ne peut pas indiquer une adresse médiocre. »

Il la reprit dans ses bras ; elle était un peu son Amérique conquise, son nouveau monde à lui.

Le Nil bordé d'un côté de montagnes ferrugineuses, semblait refléter un vrai incendie, tant il était rouge soudain.

« C'est fini le bleu, dit Bruno, nostalgique. On quitte le monde bleu. »

Ils étaient roses maintenant. L'or du soleil se teintait en glissant sur les flancs des montagnes rouges.

Arrivés à Assouan, une ville délicieuse de gaieté, — « Pourquoi tout le monde y sourit » ? demanda Liz. « Parce que tu arrives », dit Bruno — ils étaient devenus mélancoliques. Le taxi s'arrêta devant le bureau de Misrair.

Liz se recamoufla dans sa « maladie » pour obtenir ainsi plus facilement un passage vers Le Caire.

Il était trois heures. La ville surgissait de sa sieste ; elle était faite d'un curieux et harmonieux mélange d'ancien et de neuf ; et la lumière était si douce que l'île Éléphantine, au milieu du Nil, ressemblait à un mirage.

Un Égyptien attentif les reçut au bureau de Misrair.

« Votre nom, monsieur ?

— Desjardins, Bruno.

— Vous voulez partir quand ?

— Dès qu'on peut.

— Ça va être difficile. »

Bruno ferma les paupières une seconde pour mieux se contrôler.

« Je sais, vous êtes surchargés, surmenés, surencombrés ; mon amie est malade... »

Liz, titubante, fit un petit signe d'acquiescement de la tête.

« Vous dites : quel nom ?

— Desjardins. D... comme Denise... »

L'Égyptien se leva, et disparut dans une pièce voisine ; il revint quelques minutes plus tard avec une enveloppe à la main.

« Vous avez demandé des billets à Louxor. »

Bruno eut comme un vertige de bonheur.

« C'est exact.

— Nous en avons deux à votre nom et à votre disposition.

— Tant mieux, mais je n'avais demandé qu'une seule place.

— Vous avez demandé deux fois une place. Ça fait deux, monsieur. C'est pour M. Desjardins et... Madame ?

— Non. Mlle Harris.

— On peut partir quand ? demanda Bruno.

— Nous avons ces deux places à votre disposition depuis avant-hier. L'hôtel de Louxor où nous avons cherché, nous a signalé votre départ pour Assouan. Nous attendions votre visite pour demain. Nous avons un vol qui part dans cinquante minutes. L'aéroport est à quinze kilomètres... Voulez-vous tenter d'y arriver ? Selon l'ordinateur, il y a encore deux places libres. »

Bruno fit oui avec joie, tendit aussitôt sa carte de crédit ; le paiement fut enregistré avec une extrême rapidité. L'employé aimable proposa de les accompagner.

« Parce que Mademoiselle est souffrante, je pourrai vous faire passer aux contrôles plus vite. Allons-y... »

Ils se précipitèrent vers le taxi ; l'homme de Misrair donna quelques indications au chauffeur en arabe ;

celui-ci démarra dans une énorme secousse et accéléra en pleine ville comme sur une autoroute.

L'employé de Misrair expliqua à Bruno que, normalement, ils auraient eu besoin d'une autorisation spéciale pour traverser le terrain militaire qui entoure l'aéroport, mais sa présence à lui allait leur épargner des formalités et ainsi, ils avaient une petite chance d'avoir ce vol Assouan-Le Caire.

Le taxi, déchaîné par l'objectif à atteindre et par la passion de la course, empruntait sans gêne aucune les trottoirs, dépassait d'autres véhicules à droite. La porte sans poignée depuis Edfou pouvait s'ouvrir; Bruno la retenait de toute sa force.

« On va tous crever à ce train-là, cria-t-il. L'accident est certain ! Ralentissez, il vaut mieux manquer l'avion.

— Ne vous en faites pas, je le connais ; c'est un très bon chauffeur. En Égypte, on conduit vite. Mais on sait où on va... et comment... » Et il ajouta : « C'est dommage que vous n'ayez pas plus de temps, il y a des merveilles à visiter par ici. Je vous donne ma carte ; nous pouvons vous organiser un voyage extraordinaire ; écrivez-nous six mois à l'avance. Vous n'aurez aucun problème. Misrair a remède à tout ! »

Dans sa course folle, le taxi traversa un marché à peine ouvert ; accrochés sur son pare-chocs avant, la voiture emporta deux cageots vides.

Liz se cachait le visage contre l'épaule de Bruno.

« Le mausolée d'Aga Khan, dit le représentant de Misrair. Le haut barrage. Le fabuleux temple d'Abou-Simbel. On peut les atteindre en avion ou avec un hydroglisseur.

— Ce n'est pas à l'aéroport qu'on va arriver, mais dans un hôpital, dit Bruno.

— Ne vous en faites pas. Quand Misrair prend des gens à sa charge, tout marche ! »

La voiture roulait tantôt sur le pavé de la chaussée, tantôt carrément sur le trottoir. Plus étonnés qu'effrayés, hommes, femmes, enfants s'éparpillaient pour laisser la place.

Soudain, ils sortirent de la ville et se trouvèrent dans un somptueux désert rouge, avec un ciel rose et bleu comme le regard d'un ange.

« Un coup d'œil à gauche ! La ligne rose là-bas, vous la voyez ? C'est l'ancien barrage. »

Dans un nuage de poussière jaune et rouge, le taxi galopait.

« On va perdre la porte.

— Tant pis. On la ramassera en revenant. C'est dommage que vous soyez si pressés. »

Le ciel recouvrit de son bleu rose l'univers. Le taxi allait franchir l'écran divin pour entrer dans l'éternité.

La voiture s'arrêta de justesse devant une immense grille gardée par des soldats armés jusqu'aux dents.

« Un terrain militaire, dit l'Égyptien. C'est la même route que vers le haut barrage. »

Par sa portière entrouverte, il expliqua aux militaires le cas de ces touristes qui devraient pouvoir prendre l'avion du Caire. Sa carte professionnelle de Misrair et les passeports brandis de Bruno et de Liz firent accepter le passage rapide ; la grille s'ouvrit et le taxi se relança dans la plus folle des courses. Leur guide n'avait pas pu remonter sa vitre ; le sable rouge envahit l'intérieur de la voiture.

« Le haut barrage, vous pouvez l'apercevoir d'ici », dit le guide.

Ils firent oui, sans rien voir, les lunettes de soleil opaques à cause de la pellicule de sable, les yeux brûlants. Apparemment de loin les bâtiments de l'aéroport. Encore quelques minutes, et ils touchaient au but.

A peine le taxi arrêté, le guide descendit, lança pratiquement les deux bagages à un porteur. Bruno paya le chauffeur de taxi et courut avec leur ange gardien vers le contrôle. Ils aperçurent sur la piste l'avion de Misrair. On éloignait l'échelle. Une hôtesse allait fermer la carlingue. Un coup de téléphone du contrôle la stoppa. Munis de leur carte d'embarquement, suivant leur guide qui faisait un sprint incroyable vers l'avion, ils arrivèrent à monter sur l'échelle réajustée à la porte de la carlingue et à pénétrer dans l'avion. L'hôtesse prit leurs bagages et les casa quelque part devant ; ils firent un signe de reconnaissance à l'employé de Misrair, ravi de son exploit. Aussitôt après, Bruno et Liz s'effondrèrent dans deux sièges, les seuls libres. L'avion était bondé.

« Qu'est-ce qu'ils sont bien organisés ! dit Liz.

— Qu'est-ce que nous avons eu comme chance ! dit Bruno. Ce soir, c'est Le Caire by night. Sans autocar, sans guide, sans...

— Attachez votre ceinture, lui dit l'hôtesse égyptienne, s'il vous plaît. »

Bruno la regardait, fasciné. Il ne pouvait plus détacher d'elle son regard.

« Vous avez les plus beaux yeux au monde, dit-il à l'hôtesse, d'une beauté assez fabuleuse il est vrai. Un lis en uniforme.

— Attachez vos ceintures », dit l'hôtesse.

Bruno s'embrouilla complètement avec la boucle en métal.

« Je vais vous aider. »

Il la retint par le bras.

« On vous a quand même déjà dit que vous avez les plus beaux yeux au monde ? »

L'hôtesse se mit à sourire ; elle haussa les épaules et s'assit à son tour parce que l'avion allait décoller.

« Vous, Français, dit Liz, vous, Français, vous êtes tous épouvantables !... Comment tu peux lui dire, comment tu oses lui dire devant moi, qu'elle a les plus beaux yeux au monde ?

— Parce que c'est vrai, dit Bruno... Sois juste ! Reconnais-le. Sur un blanc laiteux, sur une voie lactée enfermée dans des écrins en forme d'amande, nagent des iris noirs à l'éclat du diamant. Et une douceur... une... une...

— Je le jure, plus jamais un Français dans ma vie ! Jamais. Je le jure !

— En es-tu sûre ? lui dit Bruno en mettant sa main sur la main de Liz.

— J'en suis sûre », répondit Liz.

L'avion était en bout de piste.

Bruno porta une main de Liz à ses lèvres.

« Tout à fait sûre ? »

Son of a bitch, pensa l'Américaine dans une délicieuse colère. Les lèvres de Bruno sur sa main. Elle en devint faible. Quel décollage !

« Vous êtes retourné en Hongrie ? » demanda Marthe à Thomas au bord de la piscine.

Thomas esquissa un petit sourire.

« Je ne suis pas un homme à mettre sur un fichier. Questions-Réponses. Oui. Non. »

Elle s'assombrit.

« Vous ne me découragez pas ; je cherche toujours la porte sur le mur de béton dont vous vous êtes entouré. Il me plaît de penser à un éventuel avenir. A quelque chose qui irait plus loin qu'Assouan.

— Il n'y a rien plus loin qu'Assouan », dit Thomas.

Il regardait défiler le paysage jaune, piqué ici et là de rangées de palmiers vert cru. Il avait monté ce matin le détonateur, une vraie merveille de l'électronique. Il l'avait monté et démonté ; c'était un exercice macabre, une tentative de démystification quant à sa mort proche. Pendant l'accomplissement du travail minutieux, il avait eu des pensées très simples, très claires. Il haïssait le barrage encore davantage à cause des morts que l'éclatement provoquerait. Entre lui et la masse de béton, il y avait trente-huit millions d'Égyptiens de trop. Il avait tenté de vaincre l'affolement qui le gagnait à l'idée de ce massacre...

« Pourquoi la Hongrie vous intéresse-t-elle ? demanda-t-il à Marthe, pour se montrer poli, et aussi pour paraître intéressé.

— On imagine connaître un homme, un être, femme ou homme, par son enfance. Je suis un arbre dont chaque bourgeon est une question ; je ne suis que questions tant vous m'intriguez. »

Il hocha la tête.

« L'enfance, dit-il. L'enfance... le luxe des Occidentaux... Ramener tout à l'enfance, rentrer dans la coquille fœtale pour prouver qu'on est irresponsable, sinon pas responsable de notre caractère, de notre destin... L'enfance est un produit de consommation des gens riches.

— Vous dites l'Occident d'une manière particulière.

— Plus j'avance en âge, plus je me sens de l'Est.

— D'où ma question, répéta Marthe. Quelles sont vos relations avec la Hongrie ? Pourquoi n'y êtes-vous pas retourné ?

— Après ma déportation ?

— Déporté ?

— Oui.

— Juif ?

— Non.

— Quand même déporté ?

— Oui. Le squelette sorti d'Auschwitz aurait dû retourner en Hongrie. »

Elle écoutait admirablement. Son silence éloquent était stimulant.

« Ça va être difficile à admettre, dit-il. Difficile à comprendre.

— Essayons, dit-elle.

— J'avais honte de ma misère physique. Tout simplement honte d'être une loque tatouée d'un chiffre.

— Et plus tard ?

— Un blocage total. Comment affronter les lieux dont je me suis arraché ? Me considérer comme victime d'un cataclysme qui ne m'aurait pas concerné ? Après la mort de mes parents, la Hongrie est devenue un endroit abstrait, un puzzle éclaté. Par quel morceau fallait-il commencer la reconstruction du tableau ? J'y suis allé quand même, mais beaucoup plus tard.

— Résultat ?

— Ce n'est pas une conversation d'affaires, Marthe. Résultat ? Pas de résultat. Résultat négatif. On m'a fait comprendre qu'on n'avait pas besoin d'un revenant de l'Occident. Dix millions de personnes avaient rebâti un pays.

— Vous vous sentez alors Allemand ?

— Non.

— Européen ?

— Impossible de me classer.

— L'Amérique ?

— Trop tard. Pour y vivre, vraiment, il faut devenir Américain.

— Qui êtes-vous alors ?

— Une bombe.

— Sinistre plaisanterie, dit Marthe. Vous rejetez le monde pour mieux le haïr, au lieu d'être...

— D'être quoi ?

— Neutre... Non, s'écria-t-elle, ne vous moquez pas. Ce n'est pas un jeu de mots, ni un lapsus involontaire. Neutre, c'est-à-dire devenir plus souple et moins émotif. La vie est si fabuleuse... Regardez ces Égyptiens, on les dit pauvres, ils sont pauvres, mais comme ils sont beaux ; leurs enfants ont un regard incomparable. J'imagine parfois que Dieu regarde le monde à travers les yeux des gens d'ici !

— Vous n'avez pas le droit d'imaginer avoir une opinion sur le monde. La vigne, le lac, la vieille maison, l'industrie de votre père, l'homme-objet, le chien à acheter...

— Le monde, dit-elle, je l'ai parcouru. Avec peu d'argent. Libre comme un jeune homme. J'ai voulu tout connaître.

— Résultat ? »

Il se moquait d'elle.

« Même à l'endroit le plus déshérité, le plus désespéré, on trouve une source, de l'herbe, un rayon de soleil et un sourire. C'est tout. C'est assez. J'aime la vie. De toutes les manières. »

« A neuf heures commencera notre soirée d'adieu, dit la voix rauque d'Eddy dans le haut-parleur, après le dîner qui sera servi dans le restaurant. »

« Je voudrais quand même savoir. Pourquoi êtes-vous venu avec un club en Égypte ? » dit-elle.

Il resta silencieux.

« J'aurais adoré, dit-elle, une phrase comme : « C'était pour vous rencontrer... »

— Non, dit-il. Ce n'était pas pour vous rencontrer.

— Le soleil est chaud, dit-elle. Le soleil est bienfaisant. Vous le sentez sur votre visage ? Fermez les yeux, tournez votre visage vers le soleil. Là... Oui. Comme ça... Chaud, délicieusement chaud...

— Ne partez pas, lui dit-il d'une manière inattendue. Ne partez pas.

— Je reste », dit-elle.

Et elle glissa sa main dans celle de Thomas.

Ils s'abandonnèrent au soleil. Le rythme lent du bateau, le tremblement du grand corps flottant les rassuraient. Il aurait été bon d'être n'importe qui, pensa Thomas. D'avoir eu une existence sans éclat. Le bavardage des autres n'était qu'un murmure de fond, bouleversé par les plongeons dans la piscine.

« Vous êtes ce qu'on appelle une femme forte... dit Thomas. N'est-ce pas ? Une femme forte. »

Il gardait les yeux bien fermés ; ses paupières, tapissées à l'intérieur d'étoiles filantes, feu allumé et éteint, traversées de larges taches noires, comme des papillons aux ailes paresseuses et refermées sur les globes oculaires, le séparaient du monde, et les phrases à prononcer naissaient comme sur les lèvres de quelqu'un d'autre.

« J'ai un métier d'homme, je me sens bien dans ma peau, la solitude ne m'effraye pas, dit Marthe.

— Se blottir, tremblante, contre un homme », dit-il à mi-voix. Et il ajouta : « Je pense à Joanna. Elle s'appelle Joanna, mon ex-femme. L'absolu contraire de vous.

— Pourquoi avoir divorcé ?

— Mon désir de révolution la tuait. Sa quête de paix me rendait fou. C'est suffisant. Son ombre, une ombre particulière, m'accompagne.

— Est-elle heureuse ?

— J'espère que non, dit-il. C'est monstrueux, mais j'espère que non. Lorsqu'elle me téléphone...

— Elle vous téléphone ?

— Oui. Je ne peux pas l'appeler... Peut-être que je ne veux pas non plus l'appeler. Elle semble gaie, alerte.

— Vous voudriez qu'elle sanglote au téléphone ?

— Vouloir ? Je ne veux rien.

— Quel grand bien ça aurait fait à votre stupide orgueil ! »

Le mot « stupide » le secoua ; il ouvrit les yeux et, aveuglé par le soleil, chercha Marthe. Celle-ci venait de partir pour se plonger dans la piscine ; elle revint ruisselante d'eau et sérieuse.

« Vous aviez disparu, dit-il d'un ton morne.

— Si vous aimez les femmes sanglotantes avec leur mouchoir en boule mouillée dans les mains, ne comptez pas sur moi. Jamais je ne pleurerai pour un homme. Ni à cause de lui.

— Êtes-vous une vraie femme ? dit-il avec son petit sourire assez cruel soudain.

— Parce que pour vous, une vraie femme est une chose faible, nostalgique, et, comme dirait un de mes copains, « chialante en diable ». Alors, je ne suis pas une vraie femme. D'ailleurs, elle a dû vous desservir avec cette admiration sans bornes, avec cette surface de souffrance qu'elle vous a offerte... Vous n'avez pas une image vraie du monde. Vous êtes tourné sur vous-même. Vous êtes un projecteur qui s'éclaire et laisse tout, autour, dans l'obscurité. Mais je ne vous connais pas. Ce sont juste des idées.

— Imaginez un album de photos, dit-il, que vous

auriez amoureusement conçu ; vous l'ouvrez et vous ne voyez que des négatifs, les anti-couleurs, et c'est votre vie... Que diriez-vous ? »

L'hymne du Centre retentit :

Le bonheur, le bonheur
D'une manière ou d'une autre...
Le bonheur... le bonheur...

« Bon appétit ! dit Thomas.

— Je n'ai pas faim.

— Moi non plus.

— Vous êtes furieux !

— Agréablement. C'est stimulant.

— J'évite les masochistes.

— Sauvez-vous alors ! »

Elle se mit à rire.

« Heureusement que vous avez de l'humour... Pas une dose excessive, mais quand même.

— L'humoir noir de Budapest est connu. « Ne me faites pas rire, j'ai un couteau dans le dos. »

— Et si on ôtait le couteau ? dit Marthe.

— Il est bien planté. »

Elle se retourna sur le ventre ; elle détacha son soutien-gorge pour offrir un dos nu au soleil.

« Quel effort de vouloir paraître aussi désabusé, même méchant, et vide de sentiments !

— Pourtant ? » dit-il en se levant.

Il allait se baigner, lui aussi ; la gentille meute était partie déjeuner.

« Pourtant, vous êtes un type très bien. Celui qui n'écraserait même pas un papillon de nuit. Vous préférez éteindre la lumière. »

Le crawl de Thomas était régulier ; il fendait l'eau comme une flèche élégante ; il avait tout appris avec des professeurs qualifiés avant l'âge de quinze ans. L'anglais, le français, l'allemand, le crawl, le golf. Pas de leçons de vie.

Les oreilles bourdonnantes d'eau bleue, il avait entendu comme un écho.

« Hé... vous avez manqué les leçons de vie ! »

Il revint vers le bord. Marthe y était assise.

« Je crois que vous êtes une femme forte, lui dit-il, surgi de l'eau, sans un gramme de graisse, juste quelques cicatrices décentes, et le tatouage d'Auschwitz sur l'avant-bras gauche.

— Venez vivre avec moi, pour me rendre faible. Pour essayer... »

Il se hissa à côté d'elle.

« Vous voudriez « prendre » un homme, comme certains « prennent » une femme, dit-il.

— C'est une tentative comme une autre.

— Et si je vous disais de vivre avec moi, dans une banlieue parisienne, dans un rez-de-chaussée mi-obscur, opaque parfois, comme l'angoisse ?

— Pour faire quoi ?

— Pour être avec moi. »

Elle eut un peu chaud d'émotion, mais elle se garda bien de le manifester d'une façon quelconque.

« Et que faire toute la journée ? dit-elle.

— Être une femme.

— Ça veut dire quoi ?

— M'attendre, me préparer... »

Pensive, elle l'interrompit :

« ... un petit repas...

— Exact !

— Et encore ?

— M'aimer. M'entourer. N'exister que pour moi.

— Mon Dieu, dit-elle. Si beau, assez grand, légèrement musclé, bronzé, et quand même un revenant. Mais c'est l'enfer que vous me proposez... Je veux bien le même lit, mais en tout cas deux professions, deux existences, deux carrières... » Elle ajouta, suave : « Il vaudrait mieux appeler Joanna ; elle aime peut-être ça.

— Parce que vous m'avez pris au sérieux, dit-il. Et l'humour de Budapest, qu'en faites-vous ? »

Elle hocha la tête.

« Je ne jurerais pas que vous ayez plaisanté... Je n'en jurerais pas...

— Abstenez-vous de jurer et je vous apporte des oranges pressées. »

Il sortit de la piscine ; il alla vers le bar ; il se retourna à mi-chemin et fit un petit signe d'amitié à Marthe.

Malgré l'environnement bruyant, dans le brouhaha de la salle à manger, Margot et Yan Hook étaient isolés de la foule.

« Qu'avez-vous décidé ? demanda Yan, inquiet.

— Je veux bien, dit Margot. Je veux bien vous épouser. »

Le Hollandais eut un moment de panique.

« A une condition...

— Je vous écoute, dit-il, le regard capté par le poisson truffé d'arêtes.

— Je voudrais un peu de romantisme, dit-elle. J'en ai toujours été privée.

— Romantisme ? » dit Yan, et une arête plantée horizontalement entre ses dents, écorchait sa langue. Il n'était pas question d'y toucher en parlant de romantisme.

« Je suis très fleur bleue », dit-elle.

Elle, elle mangeait du ragoût de mouton ; elle n'avait aucune difficulté pour s'exprimer.

« Vous connaissez nos champs de tulipes ? demanda Yan, nourri plus par une immense bonne volonté que par son poisson.

— Je ne parle pas de tulipes. Être fleur bleue, cela veut dire, pour les Français, être romantique un peu, sinon sentimentale.

— Soyez-le, ma chérie, dit Yan qui opta pour le bonheur.

— Je voudrais des fiançailles...

— Tant que vous voulez... »

L'arête venait de faire une entaille dans sa langue.

« Être présentée à votre entourage. »

Il fit oui de la tête ; il n'osait plus parler ; l'arête exerçait une pression et une douleur hors du commun.

« Me marier en blanc. » Elle ajouta, rêveuse : « Un tailleur blanc évidemment. »

Yan fit oui, et tâta délicatement de sa langue le bout de l'arête ; c'était comme une minuscule arme indienne, un instrument de torture.

« Vous ne dites rien », commenta Margot.

Elle avait vraiment envie, une envie morale de ce grand type aimable, répandant autour de lui-même l'idée de la sécurité, de la stabilité ; il y avait quelque chose d'immuable chez lui ; il était à la fois mer, montagne, et plaine.

Il hocha la tête avec un bon sourire. C'était peut-être la providence, cette arête qui l'empêchait d'évoquer les problèmes, de se demander comment ses filles s'habitueraient à cette Française aux paroles rapides, aux gestes vifs, aux réactions instantanées.

« Vous devriez apprendre le néerlandais », dit-il avec difficulté.

Margot, tout attendrie, constata qu'il était ému au point de bégayer.

« Je prendrai des leçons, dit-elle. En tout cas, ça va être nécessaire ; je désirerais travailler ; je ne sais pas dans quoi, d'ailleurs, mais je ne peux guère imaginer une vie inactive. Vous êtes veuf depuis combien d'années ?

— Six ans. Mes filles ont sept et huit ans.

— Oh ! les pauvres choux... » dit-elle, compatissante. Et puis, rationnelle : « Vous avez gardé la même chambre à coucher que vous aviez avec votre femme ? »

Il était pratiquement inaudible. L'arête venait de se casser et la moitié s'enfonçait avec une habileté monstrueuse dans sa langue :

« Oui.

— Il faut installer la chambre dans une autre pièce... Les enfants... Leurs souvenirs...

— Un an et deux ans, dit-il. C'est...

— Ce sont des filles, dit Margot. Si vous aviez des garçons, ce serait différent... Mais les filles, être acceptée par des filles !... Même si elles ne s'en souviennent pas, elles savent d'instinct que c'était votre chambre à vous deux. »

Eddy passait d'une table à l'autre, avec l'habitude innée d'un « amuseur » de grande classe. Il avait détecté un parfum de tristesse dans l'air. « Ils sentent la fin du voyage. Ils la sentent... » Et il ajouta pour lui-même : « C'est beaucoup trop tôt... » Vieux beau fringant, aujourd'hui avec une grande chaîne autour du cou, pour se montrer à la fois jeune et dans le vent, il promenait ses yeux noirs sur ses « clients ». La nostalgie guettait. Cette sale bête était tapie sous les nappes, se reflétait dans les verres, les éclaboussait sous forme d'ombres parfois. La nostalgie était là, tache difforme que découvrirait un radiologue soucieux à la fois de sa jeune carrière et de la santé d'un malade. La nostalgie !

Il tapa dans ses mains :

« Mesdames, messieurs, un petit jeu, la petite surprise, chacun prendra son assiette, se lèvera et changera de place. Laissez vos verres, ils seront remplacés par des verres propres ; et que le vin coule à flots ! Allons, allons, debout, mes agneaux, debout et vite, on trouve une autre place ! »

Maugréant un peu, le cœur n'y était pas tout à fait, ils avaient accepté le jeu. Pour Yan Hook, un des premiers à s'élancer, c'était une bénédiction ; caché quelque part, il pourrait se défaire à la fois de son plat de poisson et de l'arête.

« Vous partez déjà ? »

Margot allait le suivre, mais l'œil d'aigle d'Eddy l'en empêcha.

« Avec quelqu'un d'autre, chère madame ; c'est le

jeu... Il ne faut pas s'encroûter avec la même personne.

— S'encroûter ? dit-elle. C'est mon fiancé.

— Tant mieux, mais changez quand même de voisin. »

Dans la salle à manger spacieuse, un vrai ballet se créa. Certains n'hésitaient pas à rendre leur plat, et à recommencer avec un autre mets, à une autre table. Eddy fit verser dans des verres propres un vin meilleur, plus mauve, plus fort. Et les passagers à la fois énervés, donc réveillés, et excités parce que se trouvant à un endroit inhabituel, devenaient sinon plus gais, en tout cas plus alertes.

« Je suis contente d'être débarrassée de mon poisson, dit Miss Burns qui se retrouva à côté de Yolande Cloutier.

— Qu'avez-vous fait de Liz ? demanda Yolande.

— Elle est partie avec ce publiciste français, Bruno quelque chose. Je lui ai appris la sagesse, pour qu'elle ne s'intéresse plus au type pour lequel elle est venue, et ça y est ! elle est tombée dans les bras d'un autre. Terrible, ces femmes qui aiment les hommes !

— Vous ne les aimez pas ? dit Yolande.

— Non. »

Miss Burns mangeait avec délicatesse un gâteau à la crème ; sa main soignée, lisse et rose, manipulait la fourchette avec grâce.

« Je n'aime que les hommes, dit Yolande.

— Tous les goûts sont dans la nature », répliqua Miss Burns.

Yolande pousuivait :

« Alors, vous êtes seule dans votre cabine.

— Depuis une heure et demie. Ça m'est égal. Je crois qu'il y a encore un temple à visiter demain, tôt le matin, et après c'est Assouan.

— Je suis contente que ça soit bientôt fini, dit Yolande.

— Pourquoi ?

— Sans mon mari, c'est un peu triste. Même

très triste. Je le sais dans son bureau, surchargé de travail, et se préparant seul un steak-salade le soir.

— Par contre, lui, dit Miss Burns gentiment, il doit être content de votre plaisir.

— C'est vrai, acquiesça Yolande, c'est vrai !

— Alors, vous n'irez pas à Alexandrie, ou visiter le canal de Suez ?... C'est facultatif.

— Je prendrai ma décision au Caire, dit-elle. Notre charter doit partir mercredi soir du Caire... Je ne sais pas... Je pourrais ajouter les trois jours, je pourrais... »

Monsieur Brown se retrouva à côté de Roland Van den Ip, libéré de Solange.

« On n'a pas eu beaucoup de temps pour parler entre nous, dit M. Brown, il y a un tel rythme... Votre femme est bien charmante...

— Vous trouvez ? dit Roland Van den Ip.

— Elle a un regard de petite fille.

— Vous trouvez... répéta Van den Ip.

— Je suis très sensible à un couple, remarqua Alex en consommant un fromage blanc liquide presque, agrémenté de fruits confits. J'ai perdu ma femme il y a six mois. »

Roland se garda bien de dire un mot. Il se serait exclamé : « Vous avez de la chance ! »

« Il y a six mois... » répéta-t-il, simplement poli. Et il ajouta sans conviction : « C'est triste. »

Alex se pencha vers lui.

« Mon compagnon de chambre, Thomas Koenig... Parti...

— Sans blague ! s'écria Roland, intéressé. Où ?

— Dans la cabine de la jeune femme dont le prénom est Marthe.

— Ce n'est pas elle qui était avec le Français ?

— Exactement.

— C'est vite fait, tout cela, commenta Roland. Il y a des gens qui savent prendre une décision ; je suis de la vieille garde, de la race des prisonniers.

— Elle semble charmante, Mme Van den Ip.

— Trente ans de mariage... c'est long !

— Ça dépend avec qui, dit Alex. Ça peut sembler court quand on aime.

— Quand on aime... répéta Van den Ip... Vous, vous avez trouvé une gentille compagne dans la personne de Miss Burns.

— Gentille, oui. Compagne ? Le mot est un peu audacieux.

— Audacieux ?

— Je suis fidèle au souvenir de ma femme.

— Attendez, dit Van den Ip, tout heureux de penser à autre chose qu'à ses problèmes. Je vais chercher un gâteau. »

Il revint quelques minutes plus tard avec une tranche de gâteau au chocolat.

« Vous avez voulu dire autre chose ?

— Elle est lesbienne.

— Sans blague ! Elle n'en a pas l'air. Elle est si féminine.

— Justement. Vous voyez, on peut vivre dans une idée fausse ; on imagine les lesbiennes masculines. Grande erreur. Certaines sont des femmes, vraiment, délicieusement féminines, et elles aiment d'autres femmes délicieusement féminines.

— Elle vous a lavé le cerveau !

— Cher monsieur Van den Ip, on apprend à chaque instant de sa vie. Elle m'a parlé d'une thèse qu'on est en train d'écrire sur Marilyn Monroe... Vous vous souvenez d'elle, n'est-ce pas ? »

L'assiette de Roland était en équilibre très près du bord de la table ; il planta sa fourchette dans la « Sacher-torte ».

« Ils ne devraient pas mettre de confiture dedans, dit-il d'une voix rauque.

— Donc, Miss Burns dit qu'on pourrait prouver les tendances homosexuelles de ce monument de féminité qu'était Marilyn. »

L'assiette bascula ; la sauce au chocolat dégringola sur le pantalon de Roland.

« Normalement, on ne donne pas de sauce au chocolat avec une Sacher-torte ! »

Roland Van den Ip, blême, s'essuyait le pantalon avec des gestes rageurs.

« Des ragots de lesbiennes... C'est un scandale de parler comme ça de Marilyn... C'est, c'est...

— Vous n'allez pas vous mettre dans cet état-là, à cause d'une théorie !

— Un sacrilège ! dit Van den Ip. C'était, elle était la femme totale, l'essence absolue de la race féminine. »

Alex Brown se fit conciliant :

« Je ne vois pas de contradiction avec la théorie de Miss Burns, je dirais même... »

Mais il n'avait plus personne à côté de lui ; Van den Ip était retourné à sa cabine, l'assiette par terre couvrait à moitié la sauce au chocolat renversée, et le chef des serveurs égyptiens venait de donner l'ordre de ramasser les débris.

Deux Allemandes montraient les photos de leurs enfants à des Anglais devenus amis.

« Les nôtres sont déjà plus grands... les voilà. »

Malgré le changement de places, la nostalgie se redressait sous une autre forme ; elle prenait maintenant au cœur les gens qui avaient des enfants.

« Évidemment, c'est difficile de les quitter à l'époque où ils sont en plein travail scolaire.

— Mais venir ici, en été, ce n'est guère possible... sauf pour les gens très résistants.

— Maintenant, c'est la haute saison.

— Il faut que les parents aient un peu de liberté.

— Mon mari et moi, prenons toujours deux avions... On voyage séparés ; nous nous sommes retrouvés à l'hôtel des Clubs. »

« Ils déballent leurs souvenirs, que faire ? » Pour Eddy, cette atmosphère parlée et sentimentale s'installait trop tôt. Ils avaient encore une nuit sur le bateau ; demain à Assouan, à la sortie du bateau, on allait les embarquer dans l'excursion sur l'île Éléphantine. Que diable arrivait-il à ces enfants gâtés qui avaient envie d'être nostalgiques comme ils s'évertuaient à être gais ! Que faire ?

Le comportement des mauvais coucheurs devait les influencer aussi ; l'un était parti avec l'Américaine, donc on pouvait sortir du rythme de ce voyage et de ses enchantements ; c'était une sorte de révolution ; le Français avait arraché la somptueuse Américaine et leur avait tourné le dos ; l'exemple était aussi mauvais que désorientant. L'autre mauvais coucheur, ce Koenig de malheur qui promène son regard même pas ironique, mais détaché de tout intérêt pour ce qui concerne la communauté, semait aussi le trouble. Qu'est-ce que c'était que ce type, qui ne venait même pas bouffer, qui changeait de cabine sans aucune autorisation ; il osait ne pas avoir faim et se détacher des autres avec impertinence !

Eddy se sentit ému. Il ne fallait pas que ses « enfants ». ses « protégés », ses « clients » soient embarqués dans une détestable atmosphère d'adieu ; c'était aussi prématuré qu'injuste. Il était impossible de les faire plonger tout habillés dans la piscine, après le repas ; ç'aurait été dangereux. Que faire pour qu'ils se détendent, pour qu'ils réintègrent la gaieté, pour qu'ils se rendent à l'amusement ?

Il y avait aussi quelque chose dans l'air, dans la lumière ; le jaune ambulant du soleil devenait presque blanc perlé ; une légère et inhabituelle brume enveloppait le bateau.

« Pourquoi, pourquoi tu m'as dit tant de choses de toi ? dit Van den Ip, plus tard, dans leur cabine, à Solange. Je n'ai pas demandé ces détails ; je n'ai rien voulu savoir.

— Parce que c'est notre première croisière, dit Solange ; jusqu'ici nous nous entassions dans un charter ; nous arrivions au galop dans un pays étranger, à parcourir, et en rentrant chez nous, on se soignait. »

Elle enduisait légèrement, délicatement, son visage d'une crème solaire.

« Je ne veux pas me mettre au soleil, mais ici, même l'ombre bronze... et à cinquante ans !

— Tu te fiches bien de tes cinquante ans, cria-t-il. Tout ce que tu as pu faire pendant ces voyages !... Pourquoi me parler ? De cette manière-là ?

— Parce que, sur ce bateau, dit-elle posément, on a l'impression d'être dans un confessionnal flottant... Il y a toujours quelqu'un pour écouter vos... comme tu dirais : « péchés »... moi je dirais : votre « vie ».

— J'avais gardé une image de toi... » dit-il.

Il venait de tremper son pantalon dans le lavabo.

« Tu n'as rien gardé du tout », dit Solange.

Ses mains étaient encore sur son visage ; les joues recouvertes de ses mains, elle portait comme un masque ; son regard devenait pour Roland celui d'une inconnue.

« Ne me parle pas d'image, conclut-elle. Tu me détestes depuis des années, et parce que tu n'as pas le courage de rompre, ni d'aimer un être en chair et en os... tu as choisi Marilyn. J'aurais dû assister, muette et vulnérable, à la désintégration de ma vie. Non. Je n'ai pas voulu divorcer pour un fantôme. C'est tout... A Tahiti...

— Oui, dit-il, morne.

— A Tahiti... quand tu as attrapé la dingue.

— Oui, dit-il. Vingt-sept jours de température. Presque le coma. Alors...

— On n'a pas pu partir tout de suite, dit-elle.

— Je ne me souviens même plus de l'hôpital, dit-il.

— L'orchestre demi-punk était là-bas... A l'époque, ils s'appelaient les Diables. Ils sont maintenant les Démons. Les mêmes qui ont joué hier.

— Tu veux me parler de musique maintenant ?

— Le grand, au milieu, avec la chaîne large autour de la taille...

— J'en ai une autour du cou, dit-il.

— Mais non, mais non, dit-elle. Je t'ai dit que je divorçais.

— En me ruinant.

— On ne peut pas tout avoir. L'argent et la liberté ! » dit-elle.

Elle posa sur sa tête un grand chapeau de paille. Elle mit aussi des lunettes.

« Comme dirait ma sœur, qui est d'ailleurs une vache rare : « De loin, Solange, tu fais encore illusion... » De près aussi, mon Roland. »

Assis sur le lit, il serra les cuisses comme une vierge timide, tant il était gêné d'être en caleçon.

« A Tahiti, j'avais quarante-huit ans.

— Je connais ton âge.

— J'ai couché avec le demi-punk, le grand... celui qui a la chaîne autour de la taille. Tu étais à l'hôpital... Il a voulu savoir ce qu'était une femme de mon âge au lit ; et moi, éberluée de ses vingt-quatre ans, j'ai été comblée. Voilà... Quant à ton pantalon, il vaudrait mieux le sécher, et le donner pour un nettoyage à sec, parce que tu auras une de ces taches... Ou le mettre à la poubelle... » Elle se retourna : « Parfois, il faut savoir jeter... C'est une forme de plaisir que de se débarrasser d'un vieux truc... Si tu me cherches, je serai au bord de la piscine. »

Elle sortit de la cabine. Van den Ip jeta son pantalon par terre et le piétina dans une rage folle et silencieuse.

A dix-sept heures, Eddy annonça la surprise du crépuscule : le « concours-cocktails ».

« Les participants — et, mes amis, le nombre n'est pas limité — goûteront, les yeux bandés, tous les cocktails qu'on sert à différents endroits du centre Amusements et Loisirs. Vous aurez le Yémen-drink, le Tunis-cola, le Nectar-Katmandou, le Tahiti-jus, etc., mes amis. Nos breuvages, le fait de les reconnaître vous fera attribuer le « grand prix du connaisseur ». Venez, venez... Raphaël va vous bander les yeux. N'hésitez pas, mesdames ; vous devez participer aussi... »

Il n'y avait pas eu foule. La proposition n'attirait guère que les plus entraînés à ce genre d'exercices. Les pédestres allemands, sagement allongés sur des matelas, faisaient « non » avec un signe aimable... Demain, ils reprendraient leur marche, ils visiteraient toute la région d'Assouan à pied ; et celui qui portait avec lui, toujours, son chevalet pliant, se préparait à peindre le coucher de soleil sur le Nil.

L'AVION atterrit assez tôt dans l'après-midi à l'aéroport du Caire.

« Si tu regardes encore l'hôtesse, dit Liz, je t'abandonne. Je m'en irai seule. »

Bruno poussa un soupir.

« Quel destin ? Et si je voulais admirer plusieurs femmes à la fois ? Vous êtes, toutes les deux, superbes.

— Effroyable coureur ! » s'exclama Liz.

En descendant de l'avion ils passèrent devant l'hôtesse sophistiquée comme une déesse qu'on aurait peinte pour être la vedette d'une fresque moderne sur les parois intérieures de la carlingue. Bruno et Liz se retrouvèrent dans la cavalcade folle des arrivants, au milieu d'une foule compacte, où burnous ensoleillés et imperméables encore humides, d'une pluie européenne se mélangeaient. Parce qu'ils les portaient avec eux, Bruno et Liz n'avaient pas à attendre leurs bagages, et, tandis que les autres voyageurs piétinaient pour récupérer les leurs, le couple courait après les taxis. En sifflant, un agent les rappela à l'ordre ; ils devaient patienter : d'autres passagers, débarquant d'autres planètes, les précédaient. Enfin, ce fut leur tour. Les bagages casés dans le coffre que le chauffeur referma à l'aide d'une grosse ficelle, Bruno et Liz s'affaissèrent avec un soupir de soulagement sur le siège arrière.

« A l'hôtel Hilton... » dit Bruno au chauffeur.

L'homme fit oui de la tête et démarra.

« Vingt-quatre kilomètres pour arriver au centre de la ville, dit Bruno.

— Qu'est-ce que tu vas faire pour avoir une chambre ?

— C'est une question de chance et de culot.

— De quoi ?

— Culot.

— Ça vient de cul ?

— Non. De courage. Être hardi.

— Un mot bizarre. Comment tu dis : cule-oh ?

— Non. Tout court. Culot.

— Bref, dit-elle, consciencieuse, avec ton cule-ho...

— Culot !

— Tu vas avoir une chambre ?

— Il faut oser, et s'imposer, dit Bruno. Se diriger d'un pas décidé vers la réception, tenir négligemment un billet de cinquante francs en main, faire présumer aussitôt que c'est la récompense... On peut tout faire dans ce pays avec les pourboires.

— Avec quoi ?

— Bakchich. Un mot arabe, qui désigne des pourboires, petits ou grands. Ça va jusqu'au pot-de-vin.

— On le boit ?

— Ce n'est pas ça ! Un pot-de-vin... c'est... Je comprends pourquoi les enseignants ont besoin de deux mois et demi de vacances. C'est tuant d'expliquer tout. Si on remettait la leçon de français à ce soir. Je te promets que tu comprendras tout dès qu'on sera au lit. On va s'aimer à la folie.

— *To become crazy ?* Je ne serai jamais folle d'amour. Jamais.

— Il ne faut pas tout prendre au pied de la lettre.

— Quel pied ? »

Elle oublia de réclamer la réponse. Le taxi venait de dépasser sur la droite un autobus bondé et se plaçait devant l'énorme véhicule rouge qui collait à ce qui restait du pare-chocs arrière.

« Ça doit coûter cher, une assurance-vie au Caire ! » s'exclama Liz en basculant en arrière.

Bruno regarda par la vitre arrière. Le chauffeur de l'autobus surveillait de haut le taxi insecte qui avait osé le dépasser. Bruno trouva assez troublant le fait de se retrouver de nouveau dans un taxi, en route vers Le Caire, mais avec une femme différente. Il eut l'impression d'avoir entrepris un nouveau voyage dans le même pays, en suivant les mêmes itinéraires. L'embouteillage qui aurait comblé n'importe quel théoricien du futur, les retardait. Enfin arrivés devant l'hôtel Hilton, un portier prévenant les aida à s'extirper du taxi que Bruno paya.

« Tu le laisses partir ? s'enquit Liz. Et si on nous fiche à la porte ? Tu as si confiance dans ton culeho... »

Décidément, le mot lui plaisait.

« Il faut forcer le destin », dit Bruno, et il tenta de garder les valises qu'on voulait leur prendre et mettre déjà sur un chariot.

Ils montèrent quelques marches, et, franchissant une grande porte vitrée, se retrouvèrent enfin dans le hall du Hilton.

Bruno repéra aussitôt la réception ; il prit entre ses doigts bien en évidence, un billet de cinq cents francs.

« Sois nonchalante et belle, vraie femme de luxe, habituée à être gâtée !

— Gâté, c'est pas gâteux ?

— Cesse de me prendre pour un professeur. Ce soir, ma chérie, au lit.

— Un vrai obsédé », dit Liz en promenant autour d'elle un regard de vedette à la recherche de photographes.

Devant la réception, une petite foule leur faisait un barrage ; les employés avaient des problèmes à résoudre ; l'un d'eux, blond et pâle, interpella Bruno qui affichait l'argent dans sa main droite.

« Pour changer, c'est à gauche. A la caisse.

— Ce n'est pas pour changer. »

Bruno tenta de poser sur l'homme un regard plein de sous-entendus. Comme c'est facile de soudoyer quelqu'un en théorie.

« Vous allez le perdre, votre billet, dit l'employé. Vous désirez ? »

Gêné, Bruno froissa le billet et le glissa dans sa poche.

C'était raté. Liz riait derrière son mouchoir ; elle fit semblant de tousser. Ses yeux étaient en larmes.

« Nous venons d'arriver, dit Bruno.

— Quel nom ?

— Le problème, c'est que je n'ai pas réservé. Si vous pouviez me trouver une chambre, pour une nuit... à n'importe quel prix.

— Nos prix sont affichés dans le hall, monsieur, et imprimés dans tous nos prospectus. Une nuit ? Pour quand ?

— Mais pour ce soir... »

L'employé resta délicieusement calme, et se retourna vers le tableau de réservation des chambres qui se trouvait derrière lui.

« La première chambre de libre, dit-il en revenant vers Bruno, je peux vous la donner le 27 avril.

— Dans six mois ?

— Au Caire, il vaut mieux réserver six mois à l'avance. Surtout pour la haute saison, monsieur. Le monde entier se précipite au Caire.

— Vous ne pouvez rien pour moi ?

— Non, monsieur. Je regrette. Revenez chez nous en avril. »

Bruno rejoignit Liz.

« Qu'est-ce qui te fait rire comme ça ?

— Le cul-ho ! »

Bruno trouva l'accent de Liz agaçant. Il lui dit en anglais que la situation n'était pas du tout drôle.

Liz le regardait, interloquée.

« Qu'est-ce que tu dis ? Avec ton accent français, je ne comprends rien. »

Il eut envie de mordre. Ils se dirigèrent vers la sortie. Il fallait, hélas, quitter ce paradis international et aller quémander ailleurs. Ils se retrouvèrent dans une file d'attente de touristes, patients et immobiles, agglutinés derrière un tout-puissant portier, qui appelait les très rares taxis à l'aide de son sifflet. Il était environ six heures, le moment où la circulation éclate au Caire.

Bruno tenta de faire miroiter le même billet de cinq cents francs français.

« Je voudrais un taxi tout de suite.

— Tout le monde attend, monsieur. Votre ticket de sortie ?

— Quelle sortie ?

— Mais de l'hôtel ! Avez-vous réglé votre note ?

— Pas de note à régler. Je n'étais pas à l'hôtel.

— Que faites-vous là avec vos valises ?

— Je veux m'en aller.

— On connaît le coup », dit le portier.

Ceux qui attendaient se mettaient à suivre l'affaire avec une sombre délectation ; l'incident les amusait.

« J'ai voulu juste avoir une chambre. J'arrive d'Assouan.

— Et vous êtes venu à l'hôtel comme ça !

— Oui. Comme ça.

— Sans réserver ?

— Voilà. C'est ça. »

Le portier se détourna d'eux, attribua un taxi, et aussitôt après, désigna un coin, loin de la queue.

« Vous allez attendre ici que j'aie le temps de contrôler.

— Moi, attendre ? Certainement pas.

— Mais si.

— Allons Liz, partons. On trouvera un taxi en route. »

Le portier, avec deux coups de sifflet, alerta un agent qui vint à son secours.

« Je crois que ce sont des resquilleurs. Il faut les ramener à la réception. »

Accompagnés de l'agent et du portier qui avait abandonné la file d'attente, Bruno et Liz se retrouvèrent devant la réception à la recherche de l'employé blond. Il fallut de nouveau expliquer toute l'affaire à l'équipe qui s'installait pour la nuit. Ils réussirent enfin à partir accompagnés d'un directeur aimable qui leur promit une chambre pour l'année prochaine.

« Et merci de votre visite ! leur dit-il.

— A l'hôtel Méridien, lança Bruno au chauffeur. Il soufflait presque, tant sa voix était rauque.

— Le Méridien ? Vous quittez le Hilton pour le Méridien ? demanda le chauffeur dans un français rocailleux.

— Allez-y, je n'explique plus rien à personne. »

Pendant l'exploration du Méridien, Liz resta dans le taxi pour le garder ; à cette heure-ci, ils n'auraient pas pu en trouver un autre.

Bruno revint très vite ; il se jeta sur la banquette. « Ici, c'est complet aussi, pour des mois... Allez d'un hôtel à l'autre, dit-il au chauffeur. Faites le tour des hôtels du Caire. Il faut que nous trouvions un lit.

— Quelle belle ville ! dit Liz pour alléger l'atmosphère. On la visite mieux ainsi qu'en autocar ; au moins nous connaîtrons les hôtels aussi ! Faute de mieux, on pourrait aller camper devant le Musée. Pour être parmi les premiers visiteurs demain matin.

— Tu te paies ma tête ? demanda Bruno, vindicatif.

— Un peu. »

Épuisés, remplis d'espoirs quant à leur hébergement, ils arrivèrent à l'hôtel des Clubs à neuf heures. Le bâtiment baignait dans une musique douce ; une petite foule gaie tournoyait devant l'entrée. Certains montaient dans un car qui s'apprêtait à leur faire visiter Le Caire la nuit.

« Déguise-toi en malade, ordonna Bruno à Liz. Cache ton visage dans ton foulard qu'on ne voie que le bout de ton nez ; les oreillons, c'est l'arme absolue. Je t'en supplie, reste grave, et aie l'air de souffrir. Essaie de gonfler les joues. »

Il paya le taxi et prit les bagages.

Le portier de l'hôtel des Clubs se précipita vers eux avec une extrême jovialité.

« Ne débarquez pas, madame, monsieur. Vous faites erreur. Je vous appelle un autre taxi. Cet hôtel est réservé aux membres de différents clubs.

— Je le sais ! s'exclama Bruno. Je suis avec le centre Amusements et Loisirs, ma femme aussi. »

Liz fit un petit signe douloureux et s'humecta les lèvres comme quelqu'un qui est en proie à une grande température.

« Où est votre groupe ? demanda le portier, désorienté. Vous ne pouvez pas être à deux, si vous êtes en groupe.

— Ils sont encore sur le *Nefertiti*.

— Alors, vous y êtes aussi. Si votre groupe n'est pas là, c'est que vous n'êtes pas là. Retrouvez-les et revenez en groupe.

— On ne vous a jamais fait mal ? demanda Bruno au portier. On ne vous a jamais secoué, menacé, attrapé, à moitié étranglé, non ? Encore un peu, et ça va être votre fête... Alors, laissez-moi entrer...

— En tout cas, on vous mettra dehors, dit le portier. Vous ne resterez pas cinq minutes à l'intérieur. »

Bruno l'écarta assez violemment de son chemin et franchit le seuil de l'hôtel des Clubs. Comme par enchantement, l'*Hymne du Bonheur* retentit au moment même.

Le bonheur, le bonheur
D'une manière ou d'une autre.
Le bonheur, le bonheur
Ici, c'est le vôtre.

Bruno déposa les valises.

« J'ai envie de hurler !

— Chez nous, dit Liz, on hurle en groupe ; c'est une thérapie très connue. Ça soulage. Veux-tu qu'on hurle ? »

Il n'y avait personne derrière le guichet qui recevait d'habitude les arrivants. On n'attendait personne à cette heure-ci.

Le portier, affolé de la présence de ce couple qui avait forcé la porte, cherchait partout un responsable. Un jeune homme, attaché à la direction même de l'hôtel des Clubs, vint, les écouta avec bienveillance, rassura le portier et dit :

« Je comprends. Les oreillons... » Il fit deux pas en arrière, tant il avait peur. « On va pouvoir vous loger une nuit, une petite nuit, parce que notre charter qui vient du Danemark est en retard. A l'aéroport de Copenhague, il y avait un tel brouillard qu'il n'a pas pu décoller. C'est dommage pour eux.

— Donnez-nous deux lits et, demain, je ferai tout pour partir d'ici, dit Bruno. Dans un de vos charters de retour.

— D'habitude, tout est complet, dit l'homme. On arrive complet, on repart complet. Il faut voir auprès des compagnies. Actuellement, au Caire, se tient le congrès de l'Archéologie du futur ; dès qu'il y a un congrès, il y a une surcharge de visiteurs.

— Il faut qu'on se couche maintenant, dit Bruno. Ma femme est malade.

— Si vous voulez un médecin, dit l'employé.

— On verra demain matin. »

Une voix céleste envahit les lieux ; elle était chaude, intime, excitante de promesses : « Aujourd'hui, c'est à la fois une soirée d'adieu et une soirée de bienvenue. Notre rétro-show vous sera présenté dans quelques minutes. »

« Ils recommencent ! s'exclama Liz.

— Ma pauvre chérie, ne force pas ta voix, vociféra Bruno.

— Vraiment pas de médecin ?

— Non. »

Un jeune Égyptien les accompagna au deuxième étage.

La chambre était très petite : les deux lits prenaient

toute la place, et, dans le miroir, leur image était jaunie comme un daguerréotype. Ils découvraient aussi deux chaises destinées peut-être à ceux qui s'installeraient pour entamer un dialogue sur la société des loisirs. On frappa à la porte. C'était l'homme de la réception.

« J'ai oublié de vous dire que si les Danois arrivent en pleine nuit, nous serons obligés de vous réveiller. Tout l'étage est retenu pour ce charter de Copenhague.

— Nous réveiller pour quoi ?

— Vous pourriez vous installer dans des fauteuils profonds au salon ; deux fauteuils font un lit un peu court mais un lit quand même.

— Choisissez deux Danois un peu courts pour vos fauteuils. Nous ne bougerons pas d'ici. Nous ne déménagerons pas avant de pouvoir reprendre l'avion pour Paris. Quitte à transformer les lieux en Fort Chabrol et à nous défendre. Si vous insistez, ma femme va vous embrasser. Vous avez eu les oreillons quand vous étiez petit ? Non ? Vous verrez ce que ça donne ! »

L'employé égyptien recula et les quitta.

« Les oreillons, c'est de petites oreilles ? demanda Liz. La maladie, je la connais ; c'est le mot, non.

— Plus de leçons de français ! Attends demain.

— La valise, dit Liz, mon pyjama... »

L'Américaine dormait debout.

Bruno ouvrit la valise qui, dans un doux hoquet, vomit un fouillis multicolore sur le sol.

« Je n'y trouverai rien... il faudrait trier... »

Liz laissa tomber ses vêtements par terre. Elle restait nue, avec la tête serrée dans les foulards.

« Je vais avoir froid, dit-elle.

— Je serai ton pyjama. »

Elle se glissa en grelottant dans le lit. Ils entendirent au loin, retentir le *Lili Marlène*...

« Raphaël est sur le bateau, dit Liz ensommeillée. Je me demande qui fait le travelo. »

Mit dir, Lili Marlène,
Mit dir, Lili Marlène...

Nu aussi, Bruno entra dans le lit, prit Liz dans ses bras et l'enveloppa de son corps.

« Voilà ton pyjama. »

Elle aimait se caler contre ce Français dont la peau sentait le soleil.

En dessous, dans la salle à manger, un bruit agressif, un mélange de sifflements et de cris, interrompit la chanson.

« Les Allemands en ont marre de Lili Marlène, dit Bruno. C'est vieux, ça fait pansement arraché... Ils ont raison. »

Liz poussa un petit soupir.

« Que fais-tu ? demanda-t-elle.

— Mon devoir de pyjama.

— Je commence à me réchauffer », prononça-t-elle d'une petite voix.

Bruno trouvait que le corps de Liz était sublime, et surtout en la prenant ainsi dans un demi-sommeil, dans un épuisement délicieux, dans l'extrême lenteur ; ça pouvait durer longtemps. Il s'installerait dans le plaisir prolongé ; cette passion au ralenti les enchantait.

En bas, dans la salle à manger, le travesti commença une chanson américaine.

« *This is my song,* prononça Liz. De Ray Conniff. C'est vieux aussi. »

Cette chevauchée aux frontières de l'éclatement était une aventure à vivre, à recommencer ; ce Français, quand même... Quel amant !

« Oh ! dit-elle. Oh !... »

Une voix sublime s'éleva jusqu'à eux.

« La Callas, en play-back, prononça Bruno dans une demi-agonie. Un travelo fait revivre la Callas, en play-back. »

Et Liz répondit, haletante :

« Tu as des oreillons extraordinaires pour la reconnaître. »

Il éclata à la fois de rire et de plaisir.

« *L'amour est enfant de Bohême,*
Qui n'a jamais, jamais connu de loi,
Si tu ne m'aimes pas, je t'aime,
Et si je t'aime, prends garde à toi... »

chantait la Callas, sublime ange guerrier.

« C'est *Carmen*, dit Bruno.

— Carmen ?... Quelle Carmen ? De qui tu parles ? Elle a voyagé avec nous ? »

Culbuté dans l'au-delà d'un monde qui n'avait plus rien de rationnel, Bruno dans un rire réflexe, dans un rire défense, dérivait sur les vagues de la musique. Lancé sur l'orbite d'un itinéraire devenu irréel, enfermé dans un satellite de plaisir, ayant changé de partenaire, il se retrouvait sur sa rampe de lancement. Avait-il un bureau à Paris, des secrétaires inventant des fautes d'orthographe toujours imprévues, une mère intelligente dont les « je te l'avais bien dit » l'accompagnaient depuis l'enfance ?

La salle à manger retentit d'applaudissements. C'était l'heure des immenses gâteaux d'Adieu ou de Bienvenue. Une soudaine panique de déraison le saisit. Quel jour était-on ? Il alluma la lampe de chevet et consulta sa montre-bracelet. Il était minuit, mais le jour était bloqué au 21 novembre. Le 21 novembre ? Ils étaient partis de Paris le 20 novembre, un lundi. Il commença à compter les jours sur ses doigts, comme un enfant de la maternelle. « Le 20, un lundi, détournement raté, l'arrivée au Caire. Le 21, mardi. Qu'avait-on pu faire, le mardi 21, aussi loin qu'une année-lumière ? » Tout se confondait ! Les Pyramides, les Sons et Lumières, Marthe fugitive, Marthe l'échappée, Marthe la seule femme qu'il aimerait jamais, restée dans l'Arche de Noé, sur le Nil. Koenig ?

Qui était donc Thomas Koenig ? Une cavalcade de visages. Yolande Cloutier lui dit : « Il faut être inconscient pour oublier l'échéance des élections ; moi, je vote socialiste depuis toujours. Et vous ? » Alex Brown. Il a vu Alex Brown quand ? C'était le matin. Il courait comme un damné. « On a pris mes somnifères. Je ne vais plus pouvoir dormir. » Le départ du groupe pour le temple d'Edfou. Déchirement. Un gros chagrin s'empare de Bruno. « Je n'aime que Marthe. » « Je te l'ai toujours dit », dira sa mère. Qu'est-ce qu'elle a toujours dit ? Tout et rien. Marthe. Marthe. Marthe.

La Callas chantait dans l'éternité. Sa voix sublime était portée par les anges des ténèbres et se frayait un passage dans l'univers transformé en palais de cristal. La voix humaine, voix lactée, enjambait le ciel noir.

« Un souvenir charmant », chantait la Callas. Sa voix, fusée mirobolante, entraînait Bruno vers des sphères de mystère.

« C'est un rêve, se dit Bruno. Je rêve. Mais je peux me réveiller quand je veux. » Et pour se rattacher à la réalité raisonnable et cartésienne, il reprit Liz ; il lui fit l'amour encore et encore.

« Tu es un drôle de pyjama », dit Liz en se laissant glisser sur la montagne russe du plaisir.

Chutes successives dans des abîmes en argent massif.

On frappa énergiquement à la porte. On essayait même de forcer la poignée. Bruno s'assit hagard.

« Ouvrez ! » cria quelqu'un en anglais.

Il quitta le lit sans songer une seconde au fait qu'il était nu. Sa vieille habitude parisienne de se promener, avant de se coucher, ou au lever, nu et heureux de l'être. C'était une sorte de liberté et de rappel de l'été. La porte allait être enfoncée.

Il l'ouvrit d'un geste énergique.

Un jeune Égyptien, ignorant l'arrangement avec l'homme aimable de la réception, réclamait la chambre. Un couple infiniment distingué se tenait devant la porte ; malgré leur voyage nocturne et l'attente à l'aéroport de Copenhague, ils semblaient tous les deux alertes. La dame fixait les yeux de Bruno et n'osait pas en détourner le regard tant la nudité de Bruno l'effrayait. L'homme montra la clef qu'on lui avait remise à la réception.

« Nous arrivons du Danemark, dit-il, délicat. Et nous sommes fatigués. »

Une immense colère envahit Bruno.

« Merde, hurla-t-il. Je suis aussi danois ! »

Il referma la porte brutalement et la bloqua avec la petite commode. Tout en entendant les palabres devant leur chambre, il se vit, comme au Far-West, avec un fusil, défendre son toit. Il se découvrit nu parce qu'il s'était mis à éternuer ; dans l'obscurité, il ne trouvait plus rien. En titubant d'éternuements, il alla vers le lit. Il se cogna contre une chaise idiote qui lui obstruait le passage. L'éternuement le prenait maintenant par les tripes. Il se glissa dans le lit de Liz. Le beau corps tout chaud de l'Américaine ne demandait pas mieux que de se souder sur le sien. Adam et Ève horizontaux dans un paradis aux ressorts affaiblis par tant de corps, tant de passages, tant de sommeils agités. L'éternuement le guettait ; c'était peut-être le parfum léger de Liz qui agaçait ses narines ; dès qu'il tournait la tête vers Liz l'éternuement le reprenait. Il lui tourna alors carrément le dos. Leurs fesses nues se touchaient ; il avait soudain agréablement chaud aux fesses, et l'air froid incrusté sous la couverture le prenait à la hauteur des omoplates. Il recula légèrement pour coller son dos contre celui de Liz, lorsqu'il entendit murmurer :

« *Jimmy, you are crazy... you're crazy !* »

Elle pensait donc dans son sommeil agité à un quelconque Jimmy. Mû par un sentiment de vengeance, il tira sur la couverture, et il s'y emballa. Quelques minutes plus tard, Liz se mit à éternuer à son tour. Bruno l'écoutait avec remords et satisfaction. Il la quitta, la recouvrit et se réfugia dans l'autre lit, aussi froid qu'impersonnel.

Le lendemain, ils furent réveillés tôt par l'atmosphère de l'hôtel, comme toujours en effervescence.

« Habille-toi vite », dit Bruno à Liz. Il était encore tout mouillé de sa douche. « On mange quelque chose et on part. Il faut trouver des places d'avion. »

Il donna un léger coup de pied à une valise.

« Je ne trouve plus rien... On ne fait qu'emballer, que déballer. On vit dans un fouillis épouvantable.

— C'est qu'on a trop de choses avec nous, dit Liz. Ma valise est bourrée de trucs inutiles. »

Elle bâilla. Bruno aperçut ses dents parfaites et sa petite langue rose. Il fut envahi par une vague de jalousie.

« Qui est Jimmy ? »

Il était plutôt agressif. Il réussit à sortir de ses affaires une chemise de sport aplatie entre deux sandales.

Liz réfléchit avant de répondre. Elle contemplait son Français et jaugeait la résistance de celui-ci. Il fallait y aller doucement. L'objectif numéro un était le retour à Paris. Raphaël était une affaire finie, le club d'Égypte exploré, les tombes passées au peigne fin. Il restait Paris à digérer. Avant de faire carrière à Hollywood, il fallait visiter Paris. Être aimée par Paris. Coucher avec Paris. Faire l'amour avec Paris.

« Qui est Jimmy ? » demanda Bruno.

Ce Français, amant parfait et aussi grave et drôle que la panthère rose, ne ressemblait pas à Gregory Peck ; leurs vacances n'étaient pas « romaines », et elle, elle n'avait rien de la nostalgie romantique d'Audrey Hepburn. Les vacances parisiennes allaient donc se jouer avec un couple inédit, tout neuf, tout beau, inconnu. Bruno et Liz.

« Si tu ne dis pas qui est Jimmy ! » dit-il en enfilant un pantalon de sport qui faisait moins rigolo que des jeans faussement râpés ; dans ce pantalon, il se sentait déjà plus proche de son bureau.

« Jimmy est mon chien », dit-elle.

Dans ses pensées, elle demanda pardon à son copain Jimmy de l'évoquer en tant que chien. Mais c'était pour la bonne cause.

« Tu rêves de ton chien ?

— Mais oui. Il me manque. Il est jeune. Il a des oreilles grandes, très grandes. De vrais oreillons. Il fait encore tout un tas de saletés partout. On a beau lui mettre un papier de journal, il fait à côté. »

« Pardon Jimmy », pensa-t-elle encore.

« Et ton chien est seul à New York ?

— Non. Avec ma copine. Elle le descend souvent. Dès qu'elle peut, quoi ! »

Elle imagina une seconde Jimmy et son mètre quatre-vingt-trois, à quatre pattes, tenu en laisse.

Bruno rangea la chambre ; il remit la commode à sa place.

« Les Danois voulaient prendre notre chambre, cette nuit. »

Liz l'interpella du cabinet de toilette.

« Tu m'entends, chéri ?

— Oui.

— Qu'est-ce que j'ai dit de mon chien ?

— Tu as dit : « Ne fais pas le fou, Jimmy. »

— J'ai dû rêver qu'il sautait sur mon lit, continua-t-elle.

— Je m'en vais, fit Bruno. Si je ne prends pas tout de suite un café, je casse tout.

— Attends-moi, cria Liz. Attends-moi ! On va se perdre si on se sépare. J'arrive. »

Elle vint ruisselante d'eau et de jeunesse.

« Dis, tu m'as fait l'amour combien de fois cette nuit ? »

Elle s'essuya et s'habilla avec grâce : un slip, à peine une feuille de vigne et un jean collant, plaqué sur elle. A genoux devant la valise, en triant son fouillis, Liz chercha un soutien-gorge.

« Alors, combien de fois ? C'est pour mes statistiques, dit-elle.

— Tes statistiques ?

— Ce n'est pas parce que je ne trouve pas mon soutien-gorge et que j'ai un apparent désordre... que je ne compte pas les hommes...

— Cinq fois, je crois.

— Quatre, dit-elle. Quatre, c'est déjà très bien.

— Pourquoi le demandes-tu, si tu le sais ?

— Pour mes statistiques aussi. Les hommes mentent toujours. Tant pis. Pas de soutien-gorge. »

Elle mit un tee-shirt. Un coup de brosse dans le Niagara blond de ses cheveux ruisselants de santé. Elle fut enfin prête, et se laissa passer en revue comme un enfant avant d'aller en classe.

« Là... c'est tout blanc », dit Bruno.

Elle avait un peu de pâte dentifrice au coin des lèvres. Elle s'essuya la bouche avec le dos de la main.

« On ne va pas ranger, dit-il. Ce sera encore plus difficile de nous déloger d'une chambre-champ de bataille. »

Ils longèrent en courant le vaste couloir et s'engouffrèrent dans l'ascenseur. Liz sentait l'eau de toilette ; sur son front, les cheveux étaient encore mouillés de la douche.

« Il est de quelle race, Jimmy ? lui demanda Bruno.

— Cocker », dit-elle, incertaine.

Autour d'eux, des Danois arrivés dans la nuit bavardaient. Ils avaient les traits légèrement tirés par la fatigue, mais, vaillants, ils souriaient. Ils allaient manger les croissants, boire leur thé ou leur café, et partir pour le Musée.

Liz effleura du regard Bruno et répéta :

« Jimmy est un cocker.

— Et il saute sur ton lit ?

— Il ne demande que ça. Pourtant, c'est un grand cocker.

— Et tu rêves de lui ?

— C'est toi qui me le dis... Tu n'as pas de chien, toi ?

— Si. C'est une chienne.

— Une chienne ? Tu l'appelles comment ?

— Caroline. Elle saute aussi sur mon lit. »

Ils se dévisagèrent. L'ascenseur s'arrêta au rez-de-chaussée.

« On va garder notre clef, dit Bruno. Ils n'ont qu'à casser la porte s'ils veulent occuper la chambre. Viens. J'ai faim. »

L'hymne retentit avec une force jubilante :

« *Le bonheur, le bonheur*
D'une manière ou d'une autre
Le bonheur, le bonheur :
C'est le vôtre ! »

« Mesdames, messieurs, dit un animateur au micro, bientôt c'est le départ pour le Musée. »

Dans leur course vers le café brûlant et le petit déjeuner complet à dévorer, ils cherchèrent deux places libres.

« Là, » dit Liz... et elle montra une table un peu morne.

Une dame leva la tête et, en apercevant Bruno, affolée, écarquilla les yeux.

« C'est la Danoise de la nuit, qui m'a vu nu, dit Bruno. Barrons-nous. »

Liz le suivit en courant.

« Qu'est-ce que ça lui fait ?

— Je n'en sais rien. Mais se trouver à la même table ! Plutôt crever de faim ! Viens. On va prendre le petit déjeuner au paradis Hilton. »

Ils quittèrent la salle à manger en courant, franchirent le seuil de l'hôtel des Clubs, prirent un taxi maraudeur et se retrouvèrent vingt minutes plus tard au snack-bar du Hilton.

« Voilà, dit Bruno ; ici, ça va être notre quartier général. On va rayonner d'ici pour trouver des places d'avion. »

Quand les œufs sur le plat arrivèrent, accompagnés de café, Bruno dit à Liz :

« Je me sens un peu comme à New York ici.
— Alors, tu vas venir me voir, si tu aimes New York... dit Liz. Elle aurait aimé que ceci soit vrai.
— Encore du café ? demanda la serveuse.
— Ah ! oui, s'exclama Bruno et il mit sa main sur celle de Liz. D'abord tu vas faire connaissance de Paris. Tu n'es pas pressée de rentrer, tu t'installeras chez moi... Je n'aurais pas de temps à te donner dans la journée, il faut que je reprenne tout au bureau ; j'ai tout à faire... Mais le soir... »
Liz rêvait :
« Je vais me promener ; je vais monter jusqu'en haut de la tour Eiffel. Je vais photographier l'Arc de Triomphe. »
C'était assez attendrissant, Paris vu par Liz.
« Il y a aussi une femme dans un musée qu'il faut aller voir.
— Une femme dans un musée ? » dit-il.
Et le souvenir de Marthe surgit en lui avec violence. Il n'entendait plus Liz, ou à peine. La phrase venait de loin.
« La femme qui sourit et qu'on vole de temps à autre.
— Qu'on vole ? »
On lui a volé Marthe. Entouré de petits pains croustillants, de beurre frais, de superbes petits gâteaux chauds, il avait l'impression qu'il allait pleurer à chaudes larmes comme un gosse.
« La... la... la... dit Liz.
— Pourquoi tu dis : la, la, la...
— Je ne dis pas : la, la, la... mais la femme accrochée s'appelle la « quelque chose ».
— La femme accrochée... » Et il se leva. « Je reviens tout de suite. »
Il fallait quitter la table, faire semblant d'être pressé, d'avoir un but défini, déguiser sa fuite. Il traversa le snack-bar. Il se retrouva dans le hall mouvant où des touristes-rois, heureux de vivre, circulaient, s'entrecroisaient. Il s'appuya contre un mur en

marbre, et se sentit désespéré ; des larmes lui montaient en vagues dans la gorge. Il se dit effaré : « Si j'aime Marthe à ce point, à ce degré, qu'est-ce que je vais devenir ? C'est une infirmité que d'aimer comme ça ! » Lui, coureur, menteur, mercenaire de l'amour sans pitié, fuyant les liens légaux et le romantisme débilitant, lui, l'invulnérable, pouvait donc avoir un chagrin d'amour. On pouvait donc souffrir d'amour. Des bribes de phrases clichés lui traversèrent l'esprit : « Toutes les femmes sont les mêmes, mon vieux ; ce ne sont pas les femmes qui manquent ! Les bonnes femmes ? elles veulent toutes la même chose : le mariage. Une fois le collier autour du cou, c'est fini, ou tu marches au pas ou tu es rançonné jusqu'à la fin de ta vie. Les femmes, les femmes, les femmes. »

C'était assez affolant, cette possibilité de douleur, cet éventail de souffrance. Que faire pour échapper à ce chagrin d'amour et se retrouver libre ?

Il se dirigeait vers la réception, où officiait un portier tout beau, tout frais, tout neuf ; celui-ci ne l'avait pas vu la veille. Il l'interpella très poliment :

« Je ne suis pas à l'hôtel. Hélas ! je n'ai pas réservé à temps. Je ne prends ici que mon petit déjeuner. Je demande votre aide. Je ne peux pas m'en tirer seul. Il me faudrait deux places d'avion du Caire pour Paris, le plus tôt possible. N'importe quelle classe. N'importe quelle compagnie, et à n'importe quel prix. Je vous demande de m'aider à m'en aller. J'ai de gros problèmes. »

Le portier, plus qu'aimable, ne refusa pas son aide. Il demanda en revanche, un peu de temps.

« Dans une heure, une heure et demie, je pourrai vous dire quelque chose. Vous êtes Monsieur ?

— Bruno Desjardins et ma compagne : Liz Harris. Avec H... Oui. H.A.R.R.I.S. »

Encore un peu, se dit-il et je me calerai contre ce portier pour qu'il me console, qu'il me berce, qu'il me dise que je ne vais pas souffrir ainsi toute ma vie.

« Merci, dit-il. Évidemment, j'attends. D'ailleurs, je n'ai pas le choix. Je vous serais très reconnaissant.

— Nous avons actuellement le congrès...

— ... de l'Archéologie du Futur, dit-il, étranglé, je le sais. Il faudrait quand même m'aider à partir d'ici.

— Revenez, monsieur. Dans une heure, si vous voulez. »

Il vit plus loin une affiche, le centre Beaubourg imaginé comme une ruine en photo-dessin stylisé. Il y avait l'explication et la description de la visite dans quatre ou cinq cents ans.

Hagard, il errait dans le hall ; il aperçut Liz qui le cherchait. Liz, évidemment Liz ; il avait oublié Liz, et l'addition, et les petits pains.

« J'ai payé, dit Liz.

— Je te rembourserai.

— Pourquoi es-tu parti comme ça ? »

Il se mit à sourire ; il fallait se montrer fort, solide. « Un vrai homme, mon fils, ne montre jamais ses problèmes de cœur. »

« Je suis parti... pour téléphoner... Les places d'avion, le portier s'en occupe.

— La Joconde ! » dit-elle.

Comme si elle avait parlé chinois, ou japonais... le sens du mot n'arrivait pas au cerveau de Bruno. Elle aurait pu dire : salami, ou spaghetti, ou carotte, n'importe quoi.

« Tu n'entends pas ?

— Si. »

Pour se consoler de l'absence de Marthe, il faudrait peut-être abandonner l'agence, devenir hippie et faire au moins trois fois le tour du monde. Revenir ruiné, oublié, et dormir sous les ponts.

« Je t'ai dit : La Joconde. La femme accrochée qui sourit au musée.

— Ah ! oui, dit-il poli. La Joconde. C'est vrai, c'est vrai. La Joconde est à voir. Il ne faut pas manquer la Joconde. »

Liz l'embrassait sur les deux joues.

« Tu crèves d'amour, toi ! Tu aimes à ce point ta bonne femme ? Ça fait mal à voir.

— Justement, dit-il, elle ne sera jamais ma « bonne femme ». C'est ça le problème.

— On ne peut pas rester à pleurer ici, dit Liz. Viens... J'aimerais acheter le *New York Times*. Je commence à avoir le mal du pays. »

CE dimanche, le jour du départ de Liz et de Bruno du bateau, les passagers ne se rendirent pas compte de l'absence du jeune couple. Ils attendaient tous la soirée.

Vers sept heures, lorsque le soleil bascula définitivement dans le fleuve, laissant derrière lui un Nil tacheté de rouge dilué, ses lampions déjà allumés le *Nefertiti* allait franchir les frontières de la nuit.

Les Japonais fixaient les images ocre et noires sur leurs pellicules ultra-sensibles. Le pédestre allemand avait fini de peindre pour cet après-midi ; il ôta son petit tableau, le mit par terre et plia son chevalet portatif. Aussitôt après, la peinture précieusement sauvegardée, il se dirigea vers sa cabine. Un insecte myope se cogna contre la toile et s'englua dans cette image du crépuscule.

Eddy, effervescent d'énergie, supervisait les cuisines ; les homards allaient être servis découpés en tranches, arrosés d'une sauce mousseline au citron et parfumée au cognac.

Dans l'intimité de la cabine, allongée sur son lit, Marthe lisait. Lorsque Thomas revint du sauna, il la regarda avec une tendresse curieuse. Elle portait des lunettes, très à la mode, larges et grandes ; elle était emmitouflée dans une écharpe en laine ; elle lisait. A l'arrivée de Thomas, elle leva la tête et sourit. Thomas s'assit sur le lit et prit le livre.

« *Meurtre dans la 53e Rue,* prononça-t-il. Ce genre de « littérature » vous intéresse ? »

Sérieuse, elle reflétait l'image de la lycéenne consciencieuse qu'elle avait été.

« Le titre anglais est meilleur : *New York story.* C'est un suspense. J'adore les suspenses.

— Il y a un satyre qui rôde, ou un détective privé qu'on va amocher parce qu'il est enfin sur la bonne piste ? »

Elle haussa les épaules.

« Pas aussi primaire. Mais il y a un peu de ça. »

Il la regarda, attentif.

« J'aime vos lunettes.

— C'est pour mieux vous voir... »

Il prit délicatement les lunettes de Marthe ; il les déposa sur la table de chevet ; il ôta aussi l'écharpe.

« C'est New York qui est la vedette de ce livre, dit-elle. On peut aimer New York comme on aime un homme. D'amour. »

Les corps entremêlés, ils entreprirent un voyage égoïste. Elle, en quête d'avenir ; lui, à la recherche d'un passé. Un voyage organisé aux frontières du plaisir. « Un homme absent m'aime », pensa-t-elle. Le corps joyeux, l'âme en désordre, restée nue, elle remit ses lunettes pour se montrer exempte de vanité inutile. Thomas aperçut ainsi une Marthe anthropologue, une Marthe passionnée et vulnérable, une Marthe studieuse, une Marthe, l'âme tatouée de points d'interrogation.

Elle s'installa dans les bras de Thomas. Elle n'avait plus envie de se lever. Il accepta ce bonheur inerte, la tête de Marthe sur son épaule, le contact de ses cheveux et leur odeur de soleil.

Gagné par l'impatience, quelques minutes plus tard, il se dégagea et quitta le lit. Marthe, bousculée dans sa paix fugitive, s'accouda sur l'oreiller.

« C'est dommage...

— Je supporte mal l'immobilité, dit-il. C'est tout. Je t'attendrai au bar. »

Il partait, mince et grand, avec une petite allure de sportif, peut-être à cause de son puill-over à col roulé.

« Thomas...

— Oui. »

Elle ressentit tellement l'impatience de l'autre qu'elle n'osa plus continuer.

« Je t'écoute...

— Rien, dit-elle. Je n'ai rien voulu dire. J'ai juste prononcé ton prénom. »

Il se pencha pour ramasser *Meurtre dans la 53e Rue.*

« Pardonne-moi d'avoir interrompu ta lecture. »

Il posa le livre sur le lit.

« Thomas...

— Oui. »

Elle réussit à se dominer.

« Commande pour moi aussi un jus d'orange. Et j'arrive. Juste le temps de m'habiller. »

Il sortit de la cabine en esquissant un petit geste d'au revoir.

Raphaël fit irruption dans le bureau d'Eddy.

« Tu sais ce que je viens de découvrir ?

— Aucune idée.

— Chattie Florence est sur le bateau.

— Chattie Florence... la chanteuse ?

— Mais oui.

— Je n'ai pas vu son nom sur la liste des passagers.

— Elle n'a pas signalé son nom de chanteuse. Elle doit s'appeler Dupont — Durand ou dans ce style-là. Comme nous tous. »

Eddy le regardait.

« Qu'est-ce que tu veux en faire ?

— La faire chanter.

— Chanter.

— Mais oui, chanter. Pas jouer aux billes. »

Eddy fit une moue.

« Chattie Florence, c'est bien celle qui chante « Croix de bois, toi et moi, sous la terre, on deviendra fleurs... »

— Exact.

— Elle est sinistre !

— C'est une intellectuelle.

— Plutôt une corne de brume en robe du soir...

— Le voyage ici l'a améliorée, dit Raphaël. Elle a un aspect tout à fait humain. Elle est plutôt bronzée, son nez pèle et elle me semble plutôt rondouillarde... Elle ressemble plus à une ménagère qu'à une corne de brume. Elle chante aussi *Les Enfants du paradis.*

— Je connais la chanson. Les enfants du paradis. Du paradis perdu.

— Perdu ?

— Parce que la chanson, c'est *Les Enfants du paradis perdu.* Avec elle, tout est toujours foutu. Tout est négatif. »

Raphaël se rebiffa :

« Si tu crois que le pianiste seul est plus drôle !

— Un jour, il faudra s'en débarrasser de ce pianiste, dit Eddy. Le refiler au bateau japonais. Et Chattie chanterait pour rien ?

— Les applaudissements, ce n'est pas rien, dit Raphaël. Ces gens-là donnent leur salut pour des applaudissements.

— Si c'est un truc gai, sans cercueil et sans fin du monde, je ne dis pas non.

— J'ai le feu vert ?

— Vas-y... Mais si c'est sinistre, j'arrête le numéro. »

Quelques minutes plus tard, Raphaël frappa à la porte de la cabine de la chanteuse, y entra et s'expliqua, volubile, en l'envahissant de compliments dans le style de « Madame, vous et votre public... c'est toujours une communion. Moi-même, je suis un de vos fans. »

Chattie Florence, ravie d'avoir été reconnue, l'écoutait avec bienveillance.

« C'est rare que je réussisse à terminer un voyage incognito, dit-elle, satisfaite. Que voulez-vous ? Je suis trop connue. La gloire a ses aléas. »

Elle partageait sa cabine avec une journaliste grecque qui travaillait sur une enquête intitulée : « L'individualisme en péril ».

Raphaël observait Chattie avec l'œil d'un marchand de bétail.

« Elle n'a rien d'une corne de brume » ; elle ressemblerait plutôt à la ménagère inconnue qui, fidèle à une poudre de lessive, s'y accroche et ne voudrait pas échanger sa boîte contre deux autres d'une marque différente. Allait-elle pouvoir se transformer pour ce soir, et donner un peu d'illusion ?

« Qu'avez-vous comme accompagnement ? demanda-t-elle.

— Juste un pianiste. Ce soir, nous n'avons qu'un pianiste. Il a du talent.

— Avec moi, il n'en a pas besoin, dit Chattie ; le public ne s'occupe que de moi. Il me faut juste quelqu'un qui gratte les touches.

— Vous seriez bien en vue sur le tremplin, dit Raphaël.

— Sur le tremplin ? s'exclama-t-elle. Avec mon vertige ? Je veux être dans un cercle de lumière à côté du piano.

— Nous pouvons le faire, votre cercle de lumière, dit Raphaël. Nous vous serons très reconnaissants. On ne sait pas comment vous remercier assez.

— J'ai l'habitude de me donner, dit-elle. C'est un grand amour entre la foule et moi. C'est un coït sublimé, et seulement mental. Dans l'infini. »

Raphaël avala sa salive.

« Ah ! oui, fit-il. Ah ! oui. J'en suis ravi. Pour tout le monde. Puis-je me permettre de me renseigner : Que chanterez-vous ce soir ?

— Je commencerai avec *Les Enfants du paradis*.

— Perdu, ajouta Raphaël. Ne croyez-vous pas que c'est un peu triste ?

— Qu'appelez-vous triste ? Chaque seconde passée nous rapproche de notre mort...

— Je sais, dit-il, saisi par le trac. Mais au Club, on fait tout pour l'oublier. Il ne faudrait pas les traumatiser, les gens !

— Traumatiser ? Si vous considérez que mon art est « traumatisant » ? merci ! Où allons-nous, mon petit ? Où allons-nous ? Je n'ai pas de répertoire gai ! A se taper sur les cuisses de rire. Ma chanson la plus « drôle », — elle prononça le mot avec un certain mépris —, c'est *Prends ton pull, Jules.*

— Prends ton pull Jules ?

— C'est ça. Mais je ne vous en dis pas plus. Ou vous me faites confiance ou nous renonçons à l'intermède. Ce n'est pas moi qui ai besoin de vous... »

A moitié couchée sur son lit, écrivant sur un grand bloc appuyé sur ses genoux, la journaliste grecque nota : « Dans le cadre d'un voyage organisé, l'individu arrive à manifester une certaine agressivité ; par exemple en affichant des particularités qui lui sont propres, il voudrait communiquer aux autres jusqu'à ses défauts. Rire plus fort que ceux qui l'entourent ; pleurer pour se soumettre à une sorte de tribunal de charité, se transformer en mythomane, et raconter une histoire où il est la vedette d'une aventure insolite. »

« C'est à prendre ou à laisser, dit Chattie à Raphaël. Vous auriez voulu que je chante combien de chansons ?

— Vous nous comblerez avec deux.

— Il en faudrait trois pour donner une image complète de ma personnalité. Pour ceux qui ne me connaissent pas tout à fait. Peu de gens sont dans ce cas-là. Mais enfin... »

Elle eut un sourire de pitié et ajouta : « Vous connaissez *Mon âme est ton purgatoire ?* »

Raphaël bégaya un non effrayé.

« C'est une chanson choc. L'histoire d'une réincarnation ratée. Le mec se trompe de corps en revenant parmi les vivants. A quelle heure voulez-vous ma présence ?

— Vers vingt-deux heures quinze... dit Raphaël.

— Parfait. Répandez le bruit que j'ai accepté de chanter. Vous verrez l'effet. »

Raphaël parti, Chattie s'adressa à sa compagne grecque :

« Vous m'aviez reconnue ? »

L'autre resta évasive.

« Je ne connais pas très bien les chanteuses françaises. Je serai ravie de vous entendre ce soir. En revanche, je ne vous ai pas dit non plus que j'étais une journaliste connue. Très connue. J'ai même eu des articles publiés dans un journal aussi important que le *Washington Post.* »

Chattie n'aimait pas qu'on parle des États-Unis où elle n'avait jamais pu réussir.

« Nous ne sommes pas là pour énumérer nos succès », dit-elle.

Elles se dévisagèrent.

« J'adore ce club, dit Chattie.

— Je suis en train d'écrire mon enquête justement sur le comportement de l'individu dans un environnement aussi propice à l'épanouissement humain.

— A propos d'épanouissement, demanda Chattie d'une voix douce, j'ai oublié, mais complètement oublié de vous communiquer le message. Votre conquête allemande, l'industriel, n'est-ce pas ? vous a donné rendez-vous au bar... Tiens, à sept heures. Juste maintenant... Heureusement que j'y pense... »

L'étude sur l'individualisme disparut dans une valise et la Grecque retrouva avec joie un Allemand très intéressé, lui aussi, par l'épanouissement de l'individu, favorisé par les tête-à-tête. La Grecque était ardente, combative ; par contre, elle pleurait après chaque orgasme. D'émotion. « Ça me surprend toujours, répétait-elle. Comme dans un tremblement de terre exquis, je suis fissurée de plaisir... »

Avant de dîner, Eddy contrôla chaque détail. Il fit

enlever, justement à cause de la nostalgie menaçante, le décor floral du grand buffet ; il constatait que les fleurs séchées évoquaient la tristesse de l'automne, et faisaient penser à la Toussaint.

Bientôt l'hymne allait retentir. Eddy ne trouvait aucun repos moral. Tourmenté, il s'inquiétait pour le bateau. Se donnant tout entier à l'organisation salvatrice qui l'avait engagé à l'époque où il n'avait, lui, ni amusements ni loisirs, Eddy était devenu un serviteur dévoué à l'extrême. Grâce à ce travail, il avait pu ravauder sa vie, devenir un patron de poche, régner sur un monde fugitif, parce que toujours renouvelé ; il avait pu devenir un petit César, un petit juge, un petit justicier, exister.

Les narines pincées d'attention, il tournait un peu en rond. Il allait, comme un animal nocturne à son aise dans l'obscurité, à la recherche de l'origine du malaise.

Troublé et énervé, il se remémora l'incident. L'approche d'une felouque qui avait abordé le bateau dans l'après-midi même. Avançant lentement à cause des bancs de sable, le bateau était d'accès facile. La fameuse felouque s'était greffée sur eux, au moins deux fois ; les Égyptiens, les bras tendus vers eux, leur offraient des régimes de bananes. Comme cadeau.

Les passagers avaient observé cette felouque, qui s'éloignait, qui revenait, qui les effleurait comme un gros papillon. Pour qu'il puisse monter à bord ses bananes, l'un des matelots égyptiens du *Nefertiti* avait jeté une corde qu'avait attrapée un adolescent agile.

Les passagers, ravis du spectacle inattendu, encourageaient le jeune homme. On lui jetait même de l'argent. Les pièces atterrissaient dans la barque ou partaient en ricochant sur le Nil.

Eddy ne cessait de se déplacer d'un endroit à l'autre. Il précipita le pas pour être dans la salle à manger au moment où l'hymne allait retentir. Il avait décidé de regarder ses passagers de près, de s'installer derrière le buffet et de porter son attention sur leur visage éclairé de gourmandise et d'insouciance.

Il pénétra dans la salle à manger où les responsables du repas fignolaient les derniers détails.

« Je resterai là, dit Eddy. Pour voir. Il y a quelque chose qui me tracasse.

— Ils ne regardent que les plats, dit l'un des chefs de la cuisine. Vous pourriez faire servir un plat par une célébrité mondiale, ils ne s'en rendraient même pas compte.

— Ils ont bien raison, fit Eddy pour clore la conversation. Ils ont bien raison. Dans n'importe quelle vie « normale », les choses désagréables se disent pendant les repas. Scènes de ménage, règlements de compte entre enfants et parents, affaires à conclure, bilans à déposer, tout est à la charge de l'estomac. Ici, au moins, on leur fout la paix.

— Vous voulez voir la pyramide ? » demanda le chef.

C'était le gâteau vedette, un monument construit de meringues et couronné de mousse au chocolat.

« Il lui faut un drapeau au sommet ! prononça Eddy.

— Vous avez toujours dit : pas de drapeau ou tous les drapeaux. Nous sommes une organisation internationale.

— Ce soir, c'est différent », répliqua Eddy, animé par un réveil de patriotisme.

Il se vit en uniforme, la main touchant la visière d'une casquette ; le salut militaire, mes amis ! L'héroïsme n'est pas mort !

Le chef apporta une grande boîte en carton où gisaient de petits drapeaux en papier, attachés à des tiges à peine plus solides qu'une allumette.

« Je veux le drapeau français en haut de la pyramide. »

Le chef obéit en pensant plutôt du bien d'Eddy. Ce n'était pas un mauvais bougre. Il avait des défauts, mais qui n'en a pas ? Une vraie soupe au lait, un râleur à la petite semaine, mais en tout cas un excellent professionnel du voyage.

« Voilà votre dapeau.

— Je voudrais quatre hommes pour porter le plateau ! Et pas la chanson anglaise, mais *Auprès de ma blonde...* » Et il continua presque en chantonnant : ... « Il fait bon dormir, il fait bon dormir. »

Il allait bégayer soudain, la voix enrouée d'émotion. Quelque chose se préparait sur le bateau. Mais quoi ? Il était huit heures trente. L'hymne retentit :

« *Le bonheur, le bonheur*
D'une manière ou d'une autre...
Le bonheur, le bonheur,
C'est le vôtre ! »

Ceux qui se trouvaient, chaque soir, à cette heure-ci, comme par hasard, juste à côté de la salle à manger, pénétrèrent aussitôt les premiers dans le sanctuaire gastronomique. Les homards roses étaient montés en échafaudage artistique et leurs corps débités en tranches épaisses auraient fait saliver les plus récalcitrants aux plaisirs culinaires.

Eddy vit apparaître le groupe des Japonais qui s'approchaient du buffet en bavardant, les yeux fixés sur les plats et entamant les premiers les super-créations des cuisiniers. Les Hollandais suivaient. Une file d'attente venait de se former.

Yan Hook arriva aussi avec Margot, la petite Française aux yeux myosotis. Elle chargea son assiette d'une salade composée de légumes, d'œufs durs, de lamelles de saumon fumé et d'œufs de cabillaud.

« Je resterai toujours une étrangère à Rotterdam, dit-elle en continuant une conversation.

— Ce n'est pas forcé », lui répondit Yan.

Ils allaient partager une table avec deux couples hollandais.

Eddy vit Alex Brown charger deux assiettes de

homard, la sienne et celle de Miss Burns. Les pédestres défilaient à leur tour. « Dieu sait qu'ils sont braves. Aucun problème avec les Allemands ; ils sont aussi polis qu'infatigables », se dit Eddy.

Et voilà ce M. Van den Ip, avec son visage chafouin. Un brave type apparemment, un type sans histoires, soumis à sa femme gaie et vorace. Ils étaient là côte à côte, muets, dans l'esclavage immuable d'une certaine vie commune. Van den Ip tendit son assiette ; on lui servit de la fameuse salade ; il sombra dans un rêve ; il pensait à Marilyn et à une des célèbres photos de celle-ci : vêtue de son peignoir à peine fermé sur la poitrine, elle sourit.

Solange repartit, provocante, enveloppée dans un tissu complice comme dans une deuxième peau. Solange avançait, sûre de l'effet de sa chute de reins ; C'est ce qui était le mieux chez elle, cette descente douce d'une taille gracieuse et l'épanouissement des courbes de son derrière, un vrai chef-d'œuvre de la nature. Elle avançait, Solange, en affichant son incomparable trésor, l'unique phénomène qui réussissait à faire détourner des assiettes quelques regards. Eddy, gamin de jadis, émit un petit sifflement à l'intérieur du carcan de l'Eddy soucieux d'aujourd'hui. Les hanches de Solange chassèrent son indifférence actuelle à l'égard des femmes. « Si j'avais du temps, et de l'énergie », se dit Eddy.

Solange se retourna une seconde vers lui et le regarda.

Sacrée Solange Van den Ip, la robe la moulait devant aussi !

« C'est libre ? » demanda-t-elle à une table où le professeur Han, entouré de quelques Espagnols volubiles, mangeait.

On lui dit dans toutes les langues :

« Prenez place, c'est libre. »

Solange regardait Han avec la convoitise d'une collectionneuse. Pour elle, l'objet était encore derrière une vitre.

« Voilà votre mari. Par contre, pour lui, il n'y a plus de place, dit le professeur Han.

— Ne vous inquiétez pas. C'est un solitaire. Il se trouvera un petit coin quelque part », dit Solange. Et après un court silence, elle ajouta : « Elle n'était pas pour vous, l'Américaine... »

Le professeur Han esquissa un petit sourire gêné. Il souhaitait éviter de parler de Liz. Peu à peu, experte et fine, Solange entama Han, comme un gourmet un fruit exotique. Avec autant de curiosité que d'appétit. Justement, ce qu'elle adorait dans le système du Club, c'est que chaque repas devenait une nouvelle aventure. Il suffisait de changer de place, de table pour découvrir des gens différents, d'autres nationalités, d'autres sujets de conversation.

« Marié ? »

Han piqua sur sa fourchette une tranchette de homard.

« Non.

— J'ai l'impression, dit Solange d'une voix très douce, que vous les Orientaux... »

Un petit pois extra-fin sauta de la salade mixte et se suicida sur la cravate de Han.

« Vous aimez les vraies femmes, n'est-ce pas ? Féminines, je veux dire. Donc soumises. »

Les Espagnols accueillaient avec des bravos les bouteilles de vin blanc et de vin rouge que les serveurs posaient sur les tables.

« J'aime quand ils disent braaavo... avec beaucoup d'a. J'aime le monde, monsieur Han.

— Blanc ou rouge ? demanda le Sud-Coréen, troublé.

— Du rouge », prononça Solange.

Il avait une peau lisse, souple, et un profil délicat, comme taillé dans une olive.

Mauve et fruité, le vin égyptien leur chauffait le sang.

« Vous aimez choisir ? demanda Solange.

— Choisir ? Quoi ?

— Je parle de choix en général. Pays, nourritures, femmes, hommes, amants si on veut, ou maîtresses.

— C'est mon premier voyage avec Amusements et Loisirs », dit Han, pour esquiver la question qu'il jugea trop directe, donc impudique.

Solange se fit savante et évanescente.

« Vous avez dû comprendre que la communication ici jaillit comme d'une source. »

Han sentit, contre sa jambe gauche, la jambe communicative de Solange.

« J'ai étudié certaines philosophies orientales, dit-elle. Tout ce qui touche par exemple à la lévitation. Aidés par une concentration exceptionnelle, nous pourrions flotter dans l'espace. Vous êtes au courant de ce phénomène ? »

La jambe gauche de Han devenait peu à peu la plaque tournante des sensations. Il constata le réveil incontestable de son désir physique émanant de sa jambe, devenue un être à part, une personne. Grâce à la jambe intelligente de Solange, la sienne prenait aussi une forme humaine. Elle avait une tête, une taille, un sexe. Leurs jambes devinrent deux corps éperdus de désir. Han fut bouleversé dans tout son corps ; il n'entendait plus les babillages métaphysiques de Solange. Éperdu d'envie, il imaginait sa jambe partir avec la jambe de Solange vers une partouze fabuleuse, sous les yeux d'un conseil de Sages constitué uniquement de genoux.

Les Espagnols criaient de nouveau « Braaaavo, Braaavo ! »

« Avec le départ de l'Américaine et du Français, le coefficient de l'occupation des cabines est diminué », dit Solange.

Sur les lèvres de Solange, le mot « Coefficient » prit une allure indécente.

« On mange de plus en plus de viande au Japon, dit Solange. Le riz est détrôné ; donc, le niveau de vie qui augmente doit vous entraîner dans l'inflation. »

Le genou de Han flambait. Les flammes commençaient à dévorer l'intérieur des cuisses.

« Les affaires japonaises, dit-il faiblement, ne nous... regardent... guère...

— Pourtant, vous n'êtes pas loin du Japon, n'est-ce pas ? gazouilla savamment Solange. Après avoir fait le Japon, nous avons voulu faire Séoul... On nous baratinait avec des histoires politiques, avec la tension. C'était compliqué ! »

Han allait être le premier Oriental dans sa vie. Ça le changerait, lui aussi, des geishas aussi enfarinées que hiératiques, importées à Séoul probablement du Japon.

« Mon mari est tellement distrait qu'il ne se rend même pas compte de mon absence, dit Solange. Nous avons une très jolie cabine. »

Deux pansements de feu enveloppaient les cuisses du professeur Han, jusqu'à l'aine.

« Je n'ai jamais rencontré une femme qui parle comme vous », dit Han.

Le pied nu de Solange, sa plante de pied souple, chaude et agile, caressait avec une lenteur savante la cambrure du pied gauche de Han.

« On imagine certainement que les Orientales sont plus expertes en amour que les Européennes. Je ne crois pas à cette ségrégation idéologique. »

« Je vais éclater », pensa Han.

« Pas la peine d'imaginer des bêtises. Je ne suis pas nymphomane... Je suis même très difficile quand je choisis un homme. J'adore l'amour. Il y a toujours des incidents sur votre *no man's land* ? Il paraît qu'on avait massacré des gens... »

La glotte de Han, sèche comme une racine oubliée dans le désert, ne fonctionnait plus. Il n'avait même plus de salive à avaler.

« Vous êtes très particulière...

— Un jour, toutes les femmes seront aussi libres que moi », dit Solange.

« Ça va être le Hiroshima des hommes », pensa Han.

« J'étais une opprimée en état fœtal, dit Solange. Je suis enfin libérée des idées paralysantes. J'ai découvert l'homme. C'est un formidable jouet, monsieur Han. J'ai même pensé vaguement à une nouvelle religion où Dieu serait une déesse. Le monde créé par une puissance féminine. Les hommes seraient des joujoux à notre disposition, monsieur Han ! »

Le Sud-Coréen devint sa propre jambe. Son mollet en folie épousait dans les noces les plus sauvages le mollet de Solange. Il connaissait aussi, après la partouze compliquée des chevilles et des genoux, les attouchements des cuisses.

« Braaaavo... » criaient les Espagnols parce qu'une fanfare signalait l'arrivée du gâteau gigantesque.

Eddy comptait son personnel.

« Nous sommes exactement combien sur le bateau ? demanda-t-il au chef de rang de la salle à manger.

— J'en ai douze pour le restaurant, sept à la cuisine.

— Dix-neuf, conclut Eddy. En tout, j'imagine que nous sommes quarante-trois.

— Quarante-deux ou quarante-trois.

— Ce n'est pas la même chose. »

Ce dîner admirable chassait la nostalgie. Les yeux d'Eddy s'arrêtèrent sur Thomas Koenig. Il le tâta, il le palpa du regard. Le « mauvais coucheur » était serein, et la Suissesse, d'une beauté remarquable. « Toutes ces gonzesses amoureuses s'éclairent comme des phares. » Sa robe était un chiffon bleu électrique suspendu sur deux fines bretelles menacées légèrement par le poids des seins ravissants. Peau bronzée et soyeuse, ligne superbe.

Accueilli par des cris d'admiration, apparut, dans la salle à manger soudain obscure un jeune Égyptien portant, sur un plateau, une couronne de bougies. Dans la lumière dansante des flammes jaunes arrivait la pyramide en meringue.

« Pourquoi es-tu venu ici ? » demanda Marthe.

Et parce que personne ne s'occupait d'eux, elle amena la main de Thomas vers son visage. Marthe embrassa la paume de Thomas.

« Je t'aime.

— Je suis venu pour faire sauter le barrage d'Assouan, dit Thomas.

— J'ai vu mieux que l'humour hongrois ! Tu ne cesses de plaisanter. D'une manière noire. » Et puis, elle ajouta :

« J'aimerais entendre des choses tendres. »

Thomas continua :

« Une partie du monde est engloutie dans la misère. Une partie de l'humanité vit à genoux.

— L'endroit pour le dire est mal choisi. Imagine Robespierre en croisière de luxe. Je crois parfois que tu es venu pour mieux t'indigner. Ton langage...

— Langage ?... Ce serait bien dommage de vouloir réduire toute une conception du monde au simple niveau du langage ! Et si je te disais que, toute blonde, toute belle, toute fantastique que tu sois...

— Merci ! Enfin des choses tendres.

— ... Tu seras morte après-demain !

— Je suis fataliste. Et peu impressionnée par des oracles.

— Voilà le ton mondain de la maîtresse de maison qui veut sauver sa soirée.

— J'aimerais juste un peu d'humanité, prononça-t-elle. Et moins de poids sur moi. »

Derrière la tête blonde de Marthe apparut le profil de Joanna, et le rire de Hans Hart emplit l'univers.

Eddy fit un signe rapide à Raphaël. Ils quittèrent la salle à manger et se retrouvèrent au bord de la piscine.

« Je vais éclater de nervosité, dit Eddy. Je n'en peux plus. Il y a quelque chose.

— Tu es fatigué, tout simplement.

— Pas davantage qu'hier. Non. Suppose que, pendant le faux accostage de la felouque, un type soit monté, mais de l'autre côté ! Pour s'introduire sur le bateau ou Dieu sait quoi... Porter un message...

— Un message à qui ?

— En tout cas pas à moi. On ne me dit rien. On me contourne.

— Qui ?

— Je ne sais pas. Il y a un truc maléfique dans l'air.

— Un truc maléfique ? répéta Raphaël. Tu réfléchis. Tu fais du zèle.

— Viens ! »

Ils s'enfoncèrent dans le couloir mal éclairé des cabines. En avançant, Eddy ouvrait ici et là, au hasard, une porte. Pratiquement, personne ne les fermait à clef ; à quoi bon ?

« Que cherches-tu ? s'enquit Raphaël.

— Justement. Je ne sais pas. »

Eddy agissait comme un douanier qui désigne au hasard une valise plutôt qu'une autre. Les cabines entrevues, des tranches de vie aperçues, dévoilaient une intimité gênante. Ici, un parfum agressif les attaquait, là, un désordre très charnel les surprenait. Un peignoir gisait à terre. La femme qui s'était muée en papillon était loin !

Soudain Eddy bondit, et saisit une ombre, un type ; il le plaqua contre la paroi du couloir.

« Qui es-tu ? Que fais-tu là ? Réponds. »

L'Égyptien, un adolescent, hocha la tête dans des « non » énergiques. Eddy répéta en arabe :

« Que fais-tu là ? D'où viens-tu ? Est-ce que je te connais ? »

L'Égyptien serra les lèvres.

« Ramène-le à la cuisine pour l'identifier, dit Raphaël à Eddy. S'il est à la plonge, ou...

— Personne ne dira rien... Ils le couvriront...

— Au moins alors, essaie de savoir ce qu'il cherchait ici. Grouille ! »

Raphaël s'en alla en traînant le gosse, et Eddy buta

contre une porte fermée. La première. Il eut un moment de jubilation. C'était la cabine de la Suissesse où Koenig avait emménagé.

Il fit demi-tour ; il devait aller jusqu'à son bureau en courant, pour prendre le double de la clef ; il fallait visiter la cabine fermée. Il perçut les premières mesures d'une musique. Le pianiste égrenait ses états d'âme au clair de lune.

« Ce crétin de pianiste va les attirer trop tôt à la piscine ! » Aussitôt arrivé à son bureau, il ouvrit le placard des clefs ; il prit le double de celle qui avait été donnée à Marthe Muller. Il le saisit et se mit à galoper vers la cabine fermée où il entra, haletant. L'apparence ordonnée le désorienta. Il se traitait d'idiot. Il n'y avait vraiment rien de suspect. Il respira profondément et s'apprêtait à sortir de la cabine, lorsqu'il fut happé par Thomas Koenig, revenu à l'improviste.

« Que faites-vous là ? »

Eddy avait peu de place pour reculer ; la cabine étroite ne se prêtait guère à une lutte quelconque.

« Veuillez m'excuser, dit-il, la gorge sèche. C'est une vérification des robinets. On m'a parlé d'une fuite. »

Pour mieux le tenir, Thomas serra la chemise autour du cou d'Eddy.

« Quel robinet ?

— Si vous m'étranglez, je ne pourrais plus vous donner de détails. »

Thomas regardait de près le visage inquiet d'Eddy, et aperçut autour de son cou une chaîne affublée d'une sirène aux yeux en émail vert.

« Je suis responsable du... » dit Eddy.

Sa tête cognait contre la paroi. C'était assez bête d'être coincé ainsi, et de périr sur le champ de bataille du plaisir. Du plaisir des autres. « Il est fort comme Hercule, ce con-là », pensa Eddy. Fasciné, il vit le visage de Thomas se transformer.

« Il ne me voit plus », pensa-t-il, affolé.

Le S.S. était venu ce soir-là jusqu'à leur baraque. Lui, Thomas, avait encore l'estomac heureux et endolori de la nourriture pour chien qu'il avait pu dévorer, à genoux, à même la gamelle. Le S.S. était accompagné d'autres militaires. Il aurait peut-être eu peur de pénétrer seul dans la baraque.

« Je cherche le chien. Chien Chopin, avance. »

Thomas descendit de sa cage horizontale. De sa couchette.

« Chopin, tu as bouffé le repas du chien. Et tu as volé du pain. »

La cravache redessina le contour de la gorge de Thomas.

« Apporte le pain caché, Chopin. Qu'as-tu caché d'autre Chopin ? »

« Je suis sûr que vous cachez quelque chose », articula Eddy.

Il se retrouva aussitôt projeté sur un des lits de la cabine.

Thomas Koenig avait dû se tenir debout sans flancher, sans tituber, sans s'asseoir, dans un cercle tracé sur le sol. C'était un tout petit cercle blanc. Un soldat dans un mirador, à la lisière des barbelés, devait l'abattre s'il quittait ce cercle blanc, la plus petite prison au monde. Le soldat, un homme d'une cinquantaine d'années, avait vu le jeune garçon tituber, se redresser ; il avait un fils de l'âge de Thomas et se trouvait dans ce mirador parce qu'il avait reçu l'ordre d'y être. Il somnolait parfois ou faisait semblant. L'air glacé coupait comme de la poudre de verre. A l'aube, il aperçut l'adolescent recroquevillé par terre, sa main droite dépassait du cercle blanc, sa jambe allongée aussi et son visage était plaqué contre la terre glacée. Le repos des morts. Pour réveiller Thomas Koenig, il avait tiré une rafale. Le spectre de quatorze ans s'était redressé dans son cercle.

Eddy cria :

« Vous ne seriez pas aussi violent si vous n'aviez rien à cacher.

— Asseyez-vous, dit Thomas.

— M'asseoir ?

— Oui. »

Eddy se frottait le cou.

« Vous avez une poigne !

— Que cherchez-vous ? demanda Thomas doucement.

— Si je le savais... »

Eddy tâtait son cou et s'écria :

« Vous me l'avez arrachée, la sirène... »

Il se mit à quatre pattes, tâtonna et la trouva.

« Ma sirène de Bali. »

Là où il cherchait la sirène, il se trouvait à un mètre du sac bourré d'explosif.

« Nous souffrons d'une antipathie réciproque, dit Thomas.

— Quelle poisse, ce type ! ai-je dit lorsque vous êtes monté sur le bateau, fit Eddy. Il ne faut pas m'en vouloir ; j'ai pensé : « Quelle poisse ! » Voilà. Nous côtoyons beaucoup de monde. Les affinités et les antipathies sont immédiates.

— Je vous comprends, dit Thomas. Et je ne vous en veux pas. Mais d'ici à venir fouiller la cabine...

— Je n'ai pas voulu fouiller. J'ai pensé, tout simplement, qu'en ouvrant chez vous, je trouverais...

— Vous trouveriez ?

— Je ne sais pas quoi. Peut-être même un étranger au bateau caché dans votre cabinet de toilette. Ça a l'air idiot, mais... » Il saisit l'occasion. Il se leva. « D'ailleurs, pourquoi ne pas jeter un coup d'œil ? »

Il ouvrit la porte de la petite salle d'eau et écarta le rideau de la douche.

« Ça fuit un peu, dit-il. Vous voyez, il y a quand même une fuite.

— Quel est votre problème ? »

Eddy fit une grimace.

« Comment vous l'expliquer ? Certaines choses sont difficiles à définir. J'ai un certain flair, mais je dois me tromper. Tant mieux. Pardonnez-moi. Pourtant, j'aurais aimé savoir la vérité.

— Quelle vérité ?

— La raison de votre présence ici, monsieur Koenig...

— Parbleu ! s'exclama Thomas. Je m'amuse. Je m'amuse même bien. »

Eddy l'observait. C'était peut-être vrai. Il poussa un soupir.

« Je vous laisse. »

De loin, il perçut le bruit des pas, le déferlement des passagers vers la piscine. Raphaël le rejoignit dans le couloir.

« Je n'ai rien pu savoir sur le jeune Égyptien. Il a pu aussi bien monter sur le bateau qu'être avec nous depuis Louxor. »

La voix de Chattie Florence s'éleva dans la nuit noire. Elle entamait sa première chanson : *Le Voyage des mal-aimés.*

« *Les mal-aimés cherchent l'espoir*
De voir
Un jour
Leur solitude bouleversée
Par un... »

Eddy s'exclama :

« Je t'ai dit qu'elle va foutre le cafard partout !

— Chut, dit Raphaël, ce n'est pas si grave. »

La voix de Chattie fendit l'air.

« *... Leur solitude bouleversée*
Par un grand amour... »

« C'est bon », fit Raphaël.

« *... un grand amour*
Déchirant... »

« Merde, dit Eddy, "déchirant"... »

« *... Apparu, puissant...* »

« Un grand amour puissant... plaida Raphaël. Ce n'est pas une mauvaise chanson ! »

« ... *Dans leur vie de misère...*
De misère humaine... »

« Chiante gonzesse, gémit Eddy. La misère humaine des mal-aimés, chanter ça chez nous, c'est un vrai scandale !

— Ça plaît, répliqua Raphaël. Je t'assure qu'elle a un public considérable. »

La chanson finie, Chattie fut applaudie.

« Je vais vous chanter maintenant : *L'Ambulance* », prononça-t-elle.

Maigre applaudissement.

« *Le suicidé de l'amour perdu*
Gît dans l'ambulance
Qui fonce
Sur les Grands Boulevards... »

Une vocalisation artistique devait donner l'impression des sirènes.

« ... *Il râle, l'homme,*
Le jeune homme,
Il râle et
L'ambulance à un feu
Rouge
Passe de l'autre côté de la rue...
De la vie... »

Eddy, hors de lui, se faufila entre les chaises longues ; il arriva enfin jusqu'au pianiste, ce miteux rancunier qui ne cessait d'évoquer son premier prix de conservatoire ; c'était même marqué sur sa carte de visite. Eddy se pencha à l'oreille du pianiste dont les cheveux sentaient la brillantine.

« Combien elle veut en chanter... ?

— Deux... Peut-être trois, souffla le pianiste.

— Vous coupez après l'ambulance. Vous enchaînerez aussitôt avec une polka endiablée. Ou un french-cancan. Que ça saute, que ça bouge. Du gai ! Il faut faire gai ! »

L'Ambulance fut accueillie d'une manière assez froide.

Chattie s'approcha d'Eddy et lui dit d'un ton douloureux :

« J'ai pensé à une troisième...

— C'est superbe, dit Eddy. Merci. C'est fini. Ils vont attraper froid.

— Je voulais leur chanter : *Jules, met ton pull...*

— Continuez...

— *Ton âme glacée...*

— Non ! s'écria Eddy, non merci, merci infiniment ! Merci, Chattie. »

Et avant que Chattie pût protester, il empoigna le micro :

« Mesdames, messieurs, mesdemoiselles, remercions Chattie Florence... Applaudissons... »

Ce fut fait.

« A nous maintenant. La leçon de polka...

— Polka ? » bégaya le pianiste.

Eddy avait envie de le secouer.

« Jouez une polka ou vous vous retrouvez dans l'eau.

— Vous êtes un dictateur.

— Jouez ! »

De main de maître, Eddy réanima la soirée. Raphaël ouvrit la danse avec la jolie Anglaise. « *What is polka ?* » « Liz n'est pas la seule fille au monde », pensa Raphaël, et il s'envola avec l'Anglaise sur la piste.

La sonorisation emplit les oreilles. Le piano : piano mécanique, piano-orchestre, piano-tambour, piano-grosse caisse, piano sauveteur animait la soirée.

Grand prix du conservatoire, le pianiste à la vie ratée et à la tonsure réussie, martelait le clavier, superbe dentition d'un monstre qui vocalise.

« Un.. deux... trois... à gauche, dictait Raphaël. Un... deux... trois... à droite. »

L'Anglaise, léger oiseau des îles Britanniques, oubliait la loi de la pesanteur, et elle avoua à Raphaël le numéro de sa cabine.

« La polka... la polka... Un... deux... trois... »

« J'aurais aussi mon amant français, pensa l'Anglaise. Mon amant, un, deux, trois. »

Miss Burns dansait avec Alex Brown. Un... deux... trois...

« Je ne sais même pas votre prénom, cria Alex en dansant. — Un, deux, trois... » un peu lourd, un peu maladroit, un peu bébé-éléphant.

Une idée de génie traversa Eddy : il faut leur donner du vin brûlant à la cannelle. Il en donna aussitôt l'ordre.

Eddy les regardait attendri. Ses petits s'amusaient bien. Polka et vin chaud, qui pouvait dire mieux ! Soudain, il fut repris par l'angoisse, et décida de voir la soute aux bagages. De nouveau une question de flair. Il aurait aimé prendre Raphaël avec lui, mais celui-ci galopait comme un poney sauvage sur l'herbe fraîche de la musique.

« Ils vont manquer de souffle », pensa Eddy. Il dit au pianiste à l'oreille :

« Faudrait ralentir. Je veux une valse.

— Je ne suis pas à vos ordres, se rebiffa le petit homme dont l'âme pleurait les salles de concert, les salles cathédrales.

— Je veux une valse ! »

Pour mieux protester, le pianiste freinait son rythme et comme sur la pellicule jaunie d'un film de cinémathèque, les mouvements se décomposèrent dans un ralenti surréaliste.

« Ne les arrêtez pas comme ça... dit Eddy. Au contraire, terminez dans le rythme et le bruit !

— Vous osez appeler ça bruit ! répéta le pianiste. Un ignare, vous êtes un ignare ! »

Il fallait aller à la soute aux bagages, pensa Eddy. Mais il était dangereux d'abandonner ce pianiste frustré de gloire.

« Enchaînez avec *Le Beau Danube bleu...*

— On m'a engagé pour jouer Bach au clair de lune... rouspétait le petit homme, et sa tonsure rosit d'émotion.

— Une valse ou je ne réponds plus de moi-même ! »

Délicieusement écrasée sous le corps lisse et autoritaire du professeur Han, Solange s'abandonnait. La valse perlait sur eux ; comme de minuscules chevaux de course, les notes parcouraient l'espace, la valse courait et haletait, comme Solange dans cette cabine, loin encore de son plaisir. Un... deux... trois... quatre... elle comptait ses amants qui surgissaient de sa mémoire. Cinq... six... Il n'est pas exact que les Orientaux sont plus raffinés que virils. Sept... Qui était le septième ? Solange s'enfonçait dans la course à la recherche de l'éclatement. Le septième... La valse déchaînée tambourinait à la porte de la cabine. Provisoirement foudroyé, Han s'arrêta. Solange restait placide et heureuse : voilà, elle avait trouvé le septième ; c'était un archéologue bulgare, rencontré en Mésopotamie. Han recommençait, et Solange, attachée poings et pieds liés sur un balancier, sur un gigantesque pénis en bronze, tournait, virevoltait. Elle put se cacher le visage sous l'oreiller à la dernière seconde. Il ne fallait pas faire trop de bruit ; les murs étaient en papier. En papier à musique.

« Comme tout le monde, il est comme tout le monde, il danse comme tout le monde », pensa Marthe, heureuse. Elle dansait elle aussi dans l'éternité. Comme tout le monde, Thomas dansait.

En levant le regard, elle aperçut, au clair de lune, le visage grave de Thomas.

« Vous continuerez avec *La Vie en rose*. De plus en plus lentement. Comme un escargot. Il faut qu'ils s'arrêtent sans s'en rendre compte.

— *La Vie en rose*... répéta le pianiste tout en martelant le clavier. Moi, je suis un numéro artistique ! Je dirais culturel.

— Vous avez beaucoup de talent, dit Eddy. C'est vrai. Là... Vous attaquez pour une dernière fois le pam... pam pam pam. Mais je m'en fous de votre art. Ils doivent être heureux. Compris ? »

Pour Thomas, Marthe représentait la vie. Quelle valse, mes amis, je valse avec la vie ! Le soldat dans le mirador, le soldat qui l'avait épargné, avait été exécuté une demi-heure plus tard. On avait supposé qu'il avait averti ou réveillé Thomas, condamné à rester debout dans son cercle... Pa... pa... pa... pa... pa pa pa pa pa...

Un immense cri accueillit *La Vie en rose*. On pouvait ralentir, respirer.

« Nous avons tenu bon, dit Alex. C'est encourageant...

— Vous n'êtes pas vieux ! le rassura Miss Burns. Pas vieux du tout... Vous êtes ce qu'on appelle : un homme agréable. »

Alex rougit de plaisir.

« Venant de vous, c'est un double compliment, dit-il.

— Mon amie Muriel sera ravie de vous connaître », dit Miss Burns.

Aussitôt, elle avait oublié Alex ; elle était avec Muriel. Muriel, sublime amante, compagne de vie, défense contre les hommes souvent d'une médiocrité affligeante. Muriel avait un corps fantastique. Parcourir des lèvres les seins de Muriel, recouvrir son corps fluide, ses hanches étroites !

« Soûlez-les de sentiments, dit Eddy au pianiste. C'est aussi un art. Vous ne pouvez pas écouter ce que je dis et jouer à la fois ? J'ouvre la bouche et vous ralentissez. »

Margot s'interrogeait quant à l'utilité de son mariage avec Yan Hook. Se lier à vingt-six ans à ce Hollandais bien brave apparaissait comme une réclusion volontaire.

« Tu penses à qui ? » demanda Yan Hook.

Margot, les yeux bleus embués d'émotion — attentive, émue par elle-même, par sa soudaine force — était en train de choisir des lendemains chargés de promesses, de possibilités.

« Je crois qu'il ne faut pas trop nous précipiter », dit-elle avec douceur.

Parce qu'elle aurait voulu s'échapper, Yan Hook la serrait contre lui. Il y tenait, et plus fort. Ils se regardaient déjà, le cœur serré, réduits à l'état de souvenir.
« Lors d'une croisière en Égypte, j'ai connu une petite Française. Elle s'appelait... elle s'appelait... »

Eddy se dirigeait enfin vers la soute aux bagages. Dans leur cabine exiguë, les passagers ne gardaient que les objets indispensables à leur vie quotidienne sur le bateau. Selon les habitudes acquises, le chef de l'équipage avait le double de la clef de cette réserve. Et l'originale, Eddy la gardait presque toujours dans sa poche. Sans savoir exactement ce qu'il cherchait, il avançait dans des couloirs sombres ; il se trouvait dans la proximité de la salle des machines ; l'air vibrait du ronronnement des moteurs. Tout en constatant l'heure — il était minuit et demi —, il éprouvait l'impression désagréable d'être surveillé. Il ne se sentait plus tout à fait le maître de ce bateau. Il avançait comme sous le regard jaune de chouettes insomniaques. Le dortoir de l'équipage semblait silencieux.

Bientôt, il arriva devant la soute aux bagages ; il ne fut presque pas étonné de la lumière qui s'en échappait. Il appuya sur la poignée ; la porte ne céda pas ; il tenta d'introduire sa clef dans la serrure ; celle-ci était bloquée par une autre, de l'intérieur.

« Ne bouge pas, ne crie pas ! » lui dit une voix en arabe.

Eddy s'arrêta net dans son mouvement et se retourna. Dans l'obscurité à peine zébrée de lumière, il reconnut le chef de l'équipage.

« J'aimerais comprendre.

— Nous vérifions le contenu des bagages, dit l'Égyptien. Tu peux nous faire confiance ; rien ne disparaîtra.

— Explique !

— On nous a prévenus.

— Où, qui ? Le gosse que j'ai attrapé dans le couloir ?

— Parmi d'autres.

— Parmi d'autres ? Ce n'est même plus un bateau, mais une passoire. De quoi ?

— Quelqu'un est susceptible de transporter quelque chose d'interdit. D'où la fouille.

— De la drogue ?

— On en sait rien. Mais en grande quantité.

— Pourquoi ne pas m'avoir prévenu ?

— Ce sont tes vacanciers qui sont en cause. On préfère régler cette affaire sur le plan égyptien.

— Tout cela est très beau et très patriotique, mais pas très intelligent. C'est moi qui connais à peu près les passagers ; c'est moi qui les vois. Pourquoi diable chercher à l'aveuglette, sans rien me dire ? »

L'Égyptien hocha la tête.

« Parce que tu es européen. Tu aurais fait des complications. Tu aurais dit : pas le droit de fouiller ; qu'ils montrent leurs valises eux-mêmes. Tu aurais dit ça.

— C'est vrai, dit Eddy. Je veux entrer maintenant.

— Tu y tiens ?

— Plus que tu crois. Ce que vous faites est illégal. Furieusement illégal. »

Le chef frappa deux petits coups à la porte ouverte, aussitôt, et Eddy découvrit une vision étrange, un cauchemar raffiné. Les montagnes de bagages étaient truffées d'Égyptiens ; dans un ordre défini, les valises passaient tour à tour dans les mains de celui qui les ouvrait, de l'autre qui les fouillait, du troisième qui les rangeait et du quatrième qui les refermait.

Eddy émit un petit sifflement.

« Du beau travail, de vrais petits militaires que vous êtes, mes amis ! C'est le débarquement au milieu des objets intimes.

— Intimes ? »

Ahmed qui fouillait, brandit une carte d'Égypte. Il la déploya pour mieux la regarder.

« Une carte d'Égypte ? s'exclama Eddy. Rien n'est plus normal. Ils veulent savoir où ils se trouvent.

— L'étiquette, dit quelqu'un. Le nom. »

La valise appartenait à un Allemand : à un Schmidt, de Frankfurt, ou des environs.

Dans la valise suivante, le fouilleur trouva un petit appareil de photo, soigneusement emballé dans un morceau de tissu brodé.

« Le nom ?

— Ijiri Akawa. Un Japonais. Tous les Japonais voyagent avec des appareils ultra-perfectionnés. »

Le minuscule miracle de la technique japonaise passait d'une main à l'autre.

« Avec ça il peut photographier même le barrage. L'appareil est facile à cacher, dit le chef.

— Le barrage ! s'exclama Eddy. Pour le reproduire chez eux ? Si c'était un espion, il aurait gardé l'appareil avec lui ; c'est un gadget, rien d'autre ; remettez-le dans son étui et fermez la valise. Par contre — il se retourna vers le chef d'équipage — le gosse, votre messager, je voudrais le voir...

— Il est déjà reparti avec une barque... Le *Nefertiti* va si lentement, dit le chef. Tout est possible. »

Dans un ballet virevoltant les bagages étaient passés au peigne fin. Eddy assistait à la scène, Eddy, harcelé, désespéré comme une mère poule qui, les ailes déployées, en caquetant, tente de défendre ses poussins contre l'agression nocturne d'un renard. Il soulevait des objections, il discutait : « Cacher de la drogue dans une tête de Nefertiti ? », « photographier à travers les murs de la soute ? » Il s'agitait, tout en reconnaissant l'extrême précision des Égyptiens, leur ordre, et le soin méticuleux avec lequel ils remettaient en place chaque élément déjà vérifié.

« S'il y a un danger, répéta Eddy, ce danger concerne aussi mes passagers. J'ai le droit de savoir.

— Tu es responsable du bateau, lui dit le chef d'équipage ; moi, de mon pays. Vous êtes des vacanciers ; nous, des combattants. Va dormir, capitaine. »

Les Égyptiens, dans leurs travaux quotidiens si souriants et si serviables, avaient changé. Les loisirs semblaient loin ; ces hommes ressemblaient en effet plus à des soldats qu'à d'aimables serviteurs.

Consterné, Eddy tentait de les convaincre.

« Je peux aider. Que cherchez-vous ? Une arme ? Des armes ? De qui et contre qui ? »

Il ressentait aussi, assez désespéré, l'absence de confiance des autres. Lui, il était européen.

Pendant que sur le pont de la piscine, les gens se dispersaient, Thomas brûlait d'impatience. L'incident dans la cabine avec Eddy l'avait mis en garde. Il n'était plus dans un état d'immunité.

« J'ai quelqu'un à voir. Je te retrouve au bar. La nuit est si belle, pourquoi se coucher déjà ? »

Ainsi débarrassé d'une Marthe ravie de la prolongation de la soirée, Thomas dévala les escaliers, et longea presque en courant le couloir des cabines... Là, il se heurta à Yolande, sortie de chez elle en peignoir. C'était odieux de tomber juste sur cette femme.

« Bonsoir, dit Yolande, avec son peignoir resserré sur sa poitrine. J'ai entendu la musique ! Qu'est-ce que vous avez dû vous amuser ce soir ! Je suis souffrante !

— Qu'avez-vous ? lui demanda Thomas.

— Un problème de foie. J'allais juste à la recherche d'une bouillotte. C'est radical, la bouillotte. Tiède, évidemment ; il ne faut jamais agresser le foie. J'imagine qu'aux cuisines, je trouverais encore quelqu'un. Et vous, vous allez déjà dormir ? »

Elle souligna le « vous » et elle ajouta :

« Mlle Muller est déjà couchée ?

— Pas encore, dit Thomas. Je viens juste pour chercher un lainage pour elle. Nous resterons encore sur le pont. »

Et il ajouta au prix d'un effort : « Je vous souhaite une rapide guérison.

— Vous êtes aimable, dit Yolande, sans vouloir bouger et elle leva sur Thomas son regard dramatisé par les verres épais.

— Si je vous demandais d'aller me chercher une bouillotte ?

— Mlle Muller est pressée d'avoir son écharpe.

— Voilà, c'est ça un homme amoureux », dit Yolande.

Elle vit encore Thomas pénétrer chez lui. Elle aurait aimé attendre un peu, Dieu sait quoi. S'immobiliser, tapie contre la paroi du couloir.

« Du calme, ma fille, se dit-elle, refrène ta curiosité. » Et elle s'enfonça dans les entrailles du bateau.

A genoux devant son lit, Thomas tira délicatement son sac, résistant parce que trop volumineux. « Tu n'arriveras jamais, lui avait dit Joanna. Abandonne tes fantasmes. Arrache-toi de ton passé, prends une autre cible que le barrage. »

Il se lova autour de son sac. Il se vit éclater. La cabine n'était plus qu'une fleur sanguinaire épanouie, aux pétales formés de fragments de chair. Pour en terminer avec lui-même, il aurait suffi d'ôter une infime partie des pains d'explosif, de l'envelopper, de l'isoler provisoirement de l'humidité et de l'avaler. Il disparaîtrait ainsi, lui, l'homme révolté, l'homme qui aurait voulu changer le monde. Au camp de concentration, il était devenu le jouet humain. Pourquoi le gazer ? Il était tellement plus amusant de le regarder dans son combat contre la mort.

Le barrage aurait dû se trouver au milieu d'un désert pour une confrontation limitée à eux deux. Ainsi il se serait attaqué au barrage sans autre victime à prévoir que lui-même. Il découvrit avec désespoir qu'il allait devoir lutter contre sa tendresse pour cette humanité qu'il méprisait et aimait. Il fallait tout d'abord assurer la sécurité du sac. Il le prit et sortit dans le couloir ; il se précipita jusqu'à la cabine d'Alex ; il y entra et camoufla le sac sous le lit d'Alex. L'Anglais à l'âme tendre, l'Anglais sentimental, hébergerait l'explosif jusqu'à l'arrivée à Assouan.

Thomas quitta rapidement la cabine d'Alex Brown. Il allait remonter vers le pont de la piscine lorsqu'il fut mêlé à la foule joyeuse de ceux qui en descendaient. Fatigués et satisfaits de leur journée, ils riaient, ils discutaient des événements. En prononçant des « pardon » polis, Thomas se fraya un passage. Il devait retrouver Marthe qui l'attendait au bar.

Raphaël avait quitté la jeune Anglaise, et, à peine à sa cabine, s'était jeté sur le lit, pour s'endormir aussitôt. Eddy eut beaucoup de mal à le tirer de ce premier sommeil.

« Tu cours les filles et tu dors comme une masse. Tu t'envoies l'Anglaise et tu te moques des problèmes du bateau.

— Elle y tenait vraiment, dit Raphaël. Elle aurait été déçue. Je suis une victime du devoir ! »

Eddy l'interrompit :

« Pas de sottises. Il y a plus grave. Les Égyptiens ont fouillé les bagages.

— Fouillé les bagages ? Pour quoi faire ?

— Ils cherchent quelque chose.

— Une histoire de drogue, ou quoi ? demanda Raphaël.

— Aucune idée.

— D'armes ?

— Pour quoi faire ? Venant d'où ? Pour tirer sur qui ? »

Raphaël réfléchissait.

« Ils cherchent quelqu'un ?

— Dans les valises ? »

Eddy continua :

« J'ai pensé même à un vacancier clandestin.

— Clandestin ?

— Un juif, dit Eddy, qu'ils supposeraient être espion israélien. »

Raphaël hocha la tête.

« Ça ne tient pas debout. Justement les Égyptiens détiennent les passeports.

— Il y a de faux passeports, réfléchit Eddy à haute voix.

— La situation est beaucoup moins tendue entre l'Égypte et Israël, dit Raphaël, les yeux rouges d'insomnie.

— Merci pour le renseignement, fit Eddy. Heureusement que tu es là pour m'informer. Ne te décroche pas la mâchoire !

— Je voudrais dormir, dit Raphaël.

— Moi, la fatigue m'excite... Plus je suis épuisé, moins je dors... dit Eddy.

— Une chance pour l'entreprise, dit Raphaël, dont les yeux se collaient.

— Normalement, réfléchit Eddy à haute voix, c'est toujours le plus innocent d'apparence qui est le coupable.

— Coupable de quoi ?

— Si je le savais... » Et Eddy continua : « Sur ce bateau, qui a l'air innocent, blanc comme neige, ange paisible, à qui on offrirait le Bon Dieu sans confession ? Qui ?

— Tout le monde.

— Mais encore ?

— Les pédestres ?

— J'ai mieux... »

Raphaël hocha la tête.

« Je dors. »
Eddy mouilla une serviette et la lança à Raphaël.
« Lave-toi le visage. J'ai besoin d'un type réveillé. »
Raphaël s'exécuta :
« Qui a l'air vulnérable comme une mouche sur un papier collant ?
— Je ne sais pas, dit Raphaël.
— Le Belge !
— Van den Ip ?
— Van den Ip. »
Raphaël riait en bâillant.
« Pauvre Van den Ip !
— Justement ! Tu dis : pauvre Van den Ip... Et si ce Van den Ip était un agent israélien... »
Raphaël ressemblait à une marionnette sans ficelles. Dans un geste d'impuissance ses bras retombaient, inertes.
« Van den Ip, agent ? Pour quoi faire ?
— Photographier le barrage !
— Les Israéliens n'ont pas besoin de Van den Ip pour connaître le barrage.
— Au contraire, dit Eddy. Le barrage est l'exploit technique le plus secret qui existe. As-tu déjà vu une photo du barrage depuis qu'il est bâti ? Jamais. On ne le montre qu'à l'époque de sa construction. Le chantier gigantesque. Lors des visites, les appareils de photos sont interdits. J'ai du flair. Nous sommes responsables de nos touristes vis-à-vis de l'Égypte. Je vais signaler le Belge aux Égyptiens.
— On peut choisir quelqu'un comme coupable ?... Au hasard ? Van den Ip ! Un type complètement paumé !
— Je cherche où je peux, chuchota Eddy. Écoute-moi... »
Raphaël s'était endormi sans transition et lorsque Eddy se mit à le secouer, il répondit avec un grondement sauvage. Eddy l'abandonna et se retira dans sa cabine ; il s'allongea sur son lit, tout habillé et s'endormit à son tour.

L'ARRIVÉE à Kom-Ombo enchanta les lève-tôt. Les ruines du temple plantées encore sur la colline régnaient sur le paysage tel un décor hollywoodien.

« Mesdames et messieurs, la ville de Kom-Ombo est devenue, grâce à l'irrigation, le centre d'une région prospère...

— Prospère en quoi ? demanda un pédestre.

— Douze mille hectares récupérés pour l'agriculture. La canne à sucre, mesdames et messieurs...

— Thoutmosis III était un type très entreprenant », déclara Miss Burns.

Alex la regardait.

« Entreprenant ? répéta-t-il.

— Mais oui. C'est lui qui a fait bâtir ce temple, aussi. »

Sur le pont, les pédestres en rang d'oignons se préparaient à quitter le bateau. Ces nouveaux pionniers allaient explorer les alentours du temple pour se diriger aussitôt après vers Assouan.

« Avez-vous vu leurs mollets ? »

Solange Van den Ip avait envie de bavarder avec Yolande.

« C'est leurs bas épais qui donnent cette impression de mastodontes, dit Yolande. Vous n'allez pas faire Kom-Ombo, madame Van den Ip, ce matin ?

— Pour rien au monde. J'ai un cafard monstre. Je

vais m'installer dans une chaise longue et regarder. Sans bouger.

— Je viendrai à côté de vous, si je ne vous dérange pas. J'apporterai même ma bouillote. Hier, j'ai eu une crise de foie terrible, dit Yolande.

— Venez donc, vous me consolerez...

— Qu'est-ce qui vous arrive ?

— Un chagrin à en crever.

— Un chagrin ? Ce matin ? » l'interrogea Yolande.

Solange épongea deux larmes.

« Le nom de Kom-Ombo me donne froid dans le dos.

— Vous ne pleurez quand même pas la Basse-Nubie inondée ? Et la population de ces terres regroupée par ici ?

— Ah ! non, dit Solange. C'est beaucoup plus personnel.

— Personnel ? »

Solange fit oui de la tête.

« Je suis navrée pour vous, dit Yolande. Où est M. Van den Ip ?

— Chez Eddy.

— Pourquoi ?

— Je n'en sais rien.

— C'est un homme bien tranquille, votre mari.

— Ça, c'est vrai. Vous pouvez le dire.

— A tout de suite, dit Yolande. Ne pleurez pas. Je reviens. »

Le bateau accosta doucement et des bravos amicaux accompagnèrent les pédestres qui s'engageaient sur le ponton.

Le peintre portait son chevalet pliant sur le dos ; le jeune père de famille, son enfant dans une petite chaise attachée par des courroies aux épaules. Sa femme suivait et les autres aussi, paisibles, en harmonie avec eux-mêmes. Il y en avait plus de trente qui allaient débarquer.

Yolande, un peu hagarde encore de ses malaises nocturnes, sa bouillote tiède sur l'estomac, s'installa à côté de Solange.

« J'ai lu dans le Guide Bleu que c'est un temple double, expliqua Yolande.

— Double ?

— Double. Il y a deux entrées, deux séries de portes, deux enchevêtrements de couloirs..

— Double », répéta Solange. Et elle se mit à pleurer.

« Le temple vous fait pleurer ? »

Yolande la vit, désolée, s'étrangler derrière son mouchoir.

Les pédestres s'éloignaient en respectant leur rythme lent. Certains levaient la main dans un geste d'adieu. Les autres passagers marchaient beaucoup plus vite, conduits par Raphaël.

« Il est vraiment dommage de manquer les ruines coptes, dit Yolande. Les dernières ruines coptes, je les ai vues en Turquie... Les coptes, vous savez... »

Incapable de s'intéresser aux ruines coptes, Solange sanglotait. Van den Ip passa juste à côté des deux femmes. Yolande voulut attirer son attention : « Votre femme pleure » ; mais Roland détourna la tête. Il n'avait aucune envie de consoler quiconque. Une sournoise colère montait en lui en pensant à son entrevue avec Eddy. « Me demander si je suis sioniste, à moi ! » Il se mettait en colère avec retard. « Il est fou, ce type ! Complètement fou ! Moi, sioniste ! »

Dès que le groupe de passagers fut revenu de la visite du temple de Kom-Ombo, Eddy hâta le départ. Il voulait être à Assouan et se renseigner enfin auprès du centre Amusements et Loisirs sur les nouvelles éventuelles qui concernaient cette croisière. Il était primordial d'apaiser les Égyptiens et de les rassurer quant au Centre qui n'avait jamais été et ne serait jamais une couverture pour une organisation d'espionnage ou de trafic quelconque. Il trouvait le Belge de plus en plus suspect. Celui-ci avait osé dire à Eddy qu'Israël était le cadet de ses soucis, et qu'il se moquait du sionisme comme de l'an quarante. Qui, à notre époque, oserait répondre ainsi à des questions d'actualité aussi brûlantes ? Qui ? A voir...

Ils allaient arriver à Assouan vers trois heures. Le *Nefertiti* croisa le *Moshi-Moshi,* un bateau japonais fréquenté uniquement par des touristes japonais. Avec ses aller-retour entre Assouan et Louxor, Eddy rencontrait souvent le bateau asiatique et son drapeau nippon. Ils se saluaient chaque fois par trois petits coups de sirène, et les Japonais agitaient dans leur direction leurs mouchoirs blancs.

Ce lundi matin, Samuel avait retéléphoné à Ben Simon, appelé au secours dans la nuit de samedi à dimanche. Celui-ci le rassura : il avait déclenché l'alerte.

Certains secteurs des Services secrets ou d'autres éléments susceptibles d'intervenir avaient pris la nouvelle du danger qui menaçait le barrage à peine au sérieux.

« Fais quelque chose, supplia Samuel. L'homme en route vers le barrage est dangereux.

— Je comprends bien, répliqua Ben Simon. J'ai fait de mon mieux. Je ne peux travailler que d'une manière artisanale.

— Mais, hurla presque Samuel au téléphone, le danger est suffisamment énorme pour qu'on l'arrête !

— Arrêter un ressortissant allemand, sur un bateau de plaisance ? En pleine croisière ? Nous mettre l'Allemagne sur le dos ? Les Allemands sont actuellement hypersensibles à ce genre de suspicion... Et comment veux-tu que nous agissions, nous, en Égypte, vis-à-vis d'un Allemand ?

— Un Hongrois de nationalité allemande.

— Ce n'est qu'un détail ; il a un passeport allemand et nous n'avons aucune preuve de ce que tu avances.

— Ma parole n'est plus rien ? demanda Samuel, fatigué. Plus rien ?

— As-tu vu l'explosif ? »

Samuel raccrocha le combiné. Les pouvoirs de Ben Simon étaient bien limités. En Égypte, il n'y avait que peu de juifs, de petites gens sans importance, coupés d'Israël. Méfiant et tentant d'éviter toutes collisions éventuelles avec l'Égypte, Ben Simon avait agi indirectement sans mettre en cause le citoyen allemand Thomas Koenig, mais en attirant l'attention sur le bateau qui transportait — avait-il dit —, une arme quelconque. Les recherches à l'aveuglette sur le *Nefertiti* étaient dues aux messages multipliés de Ben transmis aux Égyptiens.

L'intervention de M. Saadi avait été, de son côté, énergique. Il avait réfléchi pendant toute une heure avant d'alerter l'ambassade. Il avait écouté Joanna avec réticence. Quelle était donc cette femme aussi amoureuse que jalouse, qui osait mettre en cause le nom de Thomas Koenig, une sommité allemande de la chimie, dans une affaire aussi incroyable que révoltante d'aspect ? Comment imaginer que Thomas Koenig, connu pour ses tendances aussi pacifistes qu'écologistes, pouvait vouloir faire sauter le haut barrage d'Assouan ? Quel était le rôle vrai de cette femme ? Saadi avait été très nuancé lorsqu'il avait parlé avec l'ambassade...

« J'ai reçu une curieuse visite ; on me parle d'un explosif très particulier qui serait transporté par un ressortissant allemand dans le but présumé de faire sauter le haut barrage d'Assouan. J'ai répondu qu'un homme seul n'y arriverait jamais. L'homme en question est un grand chimiste... Il m'est difficile de livrer son nom. Il faut que j'aie la garantie absolue du silence. Voilà : c'est Thomas Koenig. Ce serait Thomas Koenig. Mais oui. Je sais que ceci paraît invraisemblable. L'explosif aurait des qualités, si j'ose dire ainsi, particulières ; il multiplierait sa puissance au contact de l'eau... L'explosif serait d'origine anglaise. Il aurait neuf kilos avec lui. La source du renseignement est des plus douteuses. C'est l'ex-femme. Mais oui. J'ai connu le mari actuel de cette dame, justement, au barrage. Il y a vingt ans au moins. Mais oui. Rien n'est exclu dans notre monde déréglé. Voyez donc ce qu'on peut prendre comme précautions. L'ex-Mme Koenig, elle, a été prévenue par un juif, mais oui. Non, du tout. Thomas Koenig n'est pas juif ; il a été déporté comme tel. Non. Mais imaginez... Si l'explosif existe, cette masse dans les mains des Israéliens... Mais oui, c'est aussi un des aspects... Ils sont forcément au courant. C'est évident. Non, non, non. C'est loin d'être leur intérêt. Ils sont capables de tout, mais ce n'est pas leur intérêt. Par contre, mettre la main sur l'explosif... Si l'explosif existe, s'il a les particularités qu'on lui prête, celui qui l'aura dictera pratiquement sa loi au Moyen-Orient. Voyez, mon cher ami, voyez ce que vous pouvez faire. Ce que vous voulez faire... Évidemment, il y a d'extrêmes précautions à prendre. Ne fût-ce qu'avec le centre Amusements et Loisirs. Voilà, cette femme, *a priori,* je ne la crois pas. Pourtant. Pourtant... Justement, si c'est vrai, nous sommes déjà en course avec les Israéliens... Mais oui. Plus qu'embêtant. J'imagine que vous avez une gamme de possibilités... Oui. Je reste chez moi. Non, non. Je ne bouge pas. Appelez-moi quand vous voudrez... J'aimerais être tenu au courant. Le bateau, le *Nefertiti* arrive demain vers quinze heures à Assouan. Merci. Appelez-moi dès que possible. »

Le *Nefertiti* avançait dans la brume nacrée d'une chaleur inhabituelle à cette époque. Parfois, à cause des montagnes rouges qui apparaissaient et des jeux de lumière, le bateau prenait une couleur écarlate.

« Tu vas passer au peigne fin la cabine de la Suissesse, dit Eddy à Raphaël. Et après, tu me ratisses tout chez Van den Ip.

— Ça ne va pas, non ? Fouiller deux cabines ?

— Mais oui. Le Koenig transportait un gros bazar de sac, que j'ai fait porter, le premier jour, dans la soute ; il l'a repris, furibard. Je veux savoir ce qu'il y a dans ce sac. Par contre, chez Van den Ip, il faut chercher Dieu sait quoi. Mais chercher. Un minuscule appareil de photo...

— Caché dans un suppositoire, non ?

— Ce n'est pas drôle, dit Eddy. Du tout.

— Et ils se mettront dans un fauteuil pour le spectacle ? Pour voir comment Raphaël fouille ?

— Tu n'es pas très doué, mon vieux. Tu fouilles quand ils bouffent. »

Il lut le menu.

« Salade mixte pour commencer ; après, agneau rôti et flageolets ; et pour terminer : sorbets et fruits... Ils passent un temps fou avec leurs sorbets ; on pourrait fouiller le *Queen Mary.* »

Raphaël se rebiffa. Il avait rendez-vous avec Mary, l'Anglaise. Ils comptaient justement, eux aussi, sur la trêve du déjeuner.

L'Anglaise n'arrivait pas à la cheville de Liz Harris, mais elle était la consolation, le baume pour l'amour-propre de Raphaël. Il n'allait certainement pas manquer l'Anglaise pour la fouille d'un sac.

Eddy réfléchissait à haute voix.

« Une autre directive. Tu ne prends jamais de notes, toi ? Il faut fleurir Chattie Florence à Assouan.

— La fleurir ?

— Des fleurs dans sa chambre.

— Des fleurs à Assouan ?

— Fais faire un arrangement de cailloux, de cactus, je m'en moque. Mais elle doit avoir quelque chose, un cadeau. Elle a chanté, notre corne de brume. »

Raphaël acquiesça. Depuis un an il faisait l'aller-retour sur ce bateau ; il connaissait chaque pli et repli du Nil sur cette distance. C'était mieux que de travailler dans une usine, mais il y avait des limites dans le sacrifice. Le travail, oui, mais pas de zèle !

Yolande avait obtenu un thermos rempli de thé brûlant. Elle savourait, installée à côté de Solange, son breuvage presque noir et bien sucré. Elle passa le thermos à Solange.

« Servez-vous. »

Solange se versa du thé.

Yolande s'épanouissait. Le soleil fondait sur ses cheveux. Elle se détendait sous l'effet de la bouillotte. Elle se sentait généreuse, ouverte au monde.

« Le gros chagrin passe ? » demanda-t-elle.

Solange se recroquevilla.

« Kom-Ombo me rappelle : Komodo.

— Komodo ? C'est quoi ? Komodo ?

— Une île.

— Où ?

— Loin. Très loin.

— Dans quel coin ?

— Pas loin de l'océan Indien.

— Je ne l'ai pas fait, l'océan Indien.

— Vous avez fait Bali ?

— Pas encore. Mon mari a les intestins fragiles. Où est Komodo ?

— Entre la mer de Chine, l'océan Indien et le Pacifique. »

Solange recommença à pleurer ; ses larmes cristallines, ses larmes-bulles parcouraient ses joues ; ses larmes, comme de grosses perles, enfermaient la lumière rose et son chagrin mauve.

« Parlez-moi de Komodo...

— C'est une île à l'est de Java...

— Java ?

— Juste en dessous de Bornéo. Le même coin.

— Je vois.

— J'y ai connu un zoologue. On a dîné ensemble. Un garçon blond, beau comme un dieu. Le jeune homme nous racontait qu'il allait à Komodo. Il venait d'obtenir une autorisation spéciale qu'on ne donne d'ailleurs qu'aux spécialistes. Il était tout heureux. Nous avons survolé ensemble, dans le même avion — mon mari, moi et le zoologue — la mer de Java ; nous avons atterri sur une grande île à côté de Komodo.

— J'ai faim, dit Yolande. Je suis guérie. J'ai entendu ma faim. Je ne l'ai pas ressentie, mais entendue.

— Entendu votre faim ?

— « Le bonheur, le bonheur », a résonné en moi. J'attends le repas. Donc, je suis guérie. »

Solange sanglotait.

« Comment pouvez-vous penser à un repas lorsque je vous raconte une tragédie.

— Tragédie ?

— Le zoologue...

— Qu'est-ce qu'il a fait ?

— Il a été dévoré.

— Quelle horreur ! Des anthropophages ?

— Non. Des lézards.

— Des lézards ?

— Géants. Ils n'ont laissé que ses lunettes et son appareil de photo. Il n'avait pas d'alliance. D'ailleurs l'alliance aurait été consommée avec les doigts. »

Ahurie, Yolande répétait :

« Ils ont mangé le zoologue... »

Solange expliquait :

« Les habitants des environs appellent ces lézards, des dragons. Les varans. Il allait faire une thèse sur cet animal presque pré-...

— Pré quoi ?

— Préhistorique. Il était blond comme les blés. Un soleil d'un mètre quatre-vingts. Ils l'ont mangé.

— Ça s'est passé il y a combien de temps ?

— Quand on fait l'archipel asiatique.

— Je n'étais pas avec vous...

— C'est vrai... Attendez, que je compte. Il y a trois ans.

— Et, demanda Yolande avec précaution, avez-vous une raison particulière de le pleurer à ce point ? Était-ce un ami cher, très cher ? »

Solange surgit de son carcan de chair et devint une âme brûlante.

« Les monstres ont dévoré la beauté humaine. Tout ce que Dieu a pu créer de sublime, d'intelligent, de raffiné et d'enthousiaste, je dirais même : de transcendant... Les dragons ont dévoré l'homme. »

La musique de Tchaïkovski s'éteignit, et retentit aussitôt : « Le bonheur, le bonheur ! »

Ils allèrent tous déjeuner. Qu'ils rient ou qu'ils pleurent, ils n'auraient pas manqué leur déjeuner.

Marthe déposa sa cuillère. Elle venait de terminer le sorbet aux framboises.

« Si nous allions visiter ensemble Abou-Simbel, dit-elle à Thomas. Un explorateur suisse l'a découvert en 1813, Jean-Louis Burckhardt. Il avait aperçu les épaules et le sommet de la tête d'un des colosses. Il a présumé l'existence d'un temple géant... »

Sur un immense écran d'eau, Thomas vit Marthe tournoyer et tomber en chute libre. Au bord d'une vague-falaise d'innombrable êtres basculaient.

« As-tu entendu ? demanda Marthe... Perdu comme tu es dans tes pensées.

— J'ai tout entendu, dit-il, poli. J'imagine qu'il vaut mieux improviser. Tout dépend du barrage.

— Le barrage ne prend qu'une heure et demie de notre vie, continua Marthe. C'est peu de chose. Nous pourrions, aussitôt après, nous rendre à Abou-Simbel. »

Elle n'osa plus insister. Thomas, souriant et absent, n'avait pas dit non. C'était l'essentiel.

Eddy attendait, avec impatience, le retour de Raphaël.

« Alors, cette fouille ? »

Raphaël pensa avec allégresse à Mary dont le corps n'avait plus de secrets pour lui.

« Je n'ai rien trouvé.

— Rien ? Tu as tout regardé ? Y compris les trousses de toilette ?

— Tout. »

Il se remuait un peu trop, Eddy, pensa Raphaël. Ils n'étaient pas assez bien payés pour n'avoir aucun moment de répit. Fouiller à l'œil ? Qu'il le fasse lui-même.

Eddy trépignait de nervosité et de déception.

« Tu as ouvert le grand sac de Thomas Koenig ?

— Mais oui.

— Et alors ?

— C'est un sac de voyage comme un autre, avec la camelote habituelle d'un célibataire.

— Pourquoi son sac est-il si volumineux ?

— Il a des chemises et des pulls, une trousse de toilette. En désordre. Alors, ça fait gros. J'ai envie de bouffer maintenant. Tout va être tiède.

— Et les Belges ? »

Eddy le talonnait. Raphaël en avait assez d'inventer.

« Les trucs habituels, produits de beauté de la bonne femme, médicaments. Rien, quoi. Je peux m'en aller ? »

Eddy poussa un soupir.

« Goinfre. Vas-y ! Il y a quand même un problème, ou un supposé problème, je suis sûr. »

Raphaël partit déjeuner. Le flair tellement vanté d'Eddy ne l'intéressait pas du tout.

L'ARRIVÉE à Assouan s'annonçait triomphale. D'un bleu fabuleux avec des traînées écarlates près des rives, le Nil, comme un métal échauffé, fondait sous le bateau. Miroir mirobolant, il renvoyait et multipliait les images ; il les créait aussi, inspiré par des montagnes rouge carmin reflétées par des vagues surexcitées de tant de beauté.

Eddy fit un appel au micro :

« Vos valises qui se trouvent dans la soute à bagages, vous les trouverez dans vos chambres à l'auberge Toutankhamon. Prenez soin juste de vos bagages à main. Vous avez une demi-heure, mes amis, pour rassembler vos affûtiaux ! »

Le mot agit comme un coup de fouet sur Van den Ip, qui se trouvait près de Solange.

« Affûtiaux ? Il a dit : affûtiaux ? »

Il éprouvait les signes avant-coureurs d'une crise de colère.

« Il a dit : affûtiaux, conclut Solange, les yeux encore rouges de pleurs. Tu n'es pas sourd... »

Le petit homme, irrigué d'une force herculéenne, poussa un hurlement aigu ; il saisit Solange pour l'extirper de sa chaise longue. Solange, muette de surprise, laissa dégringoler le thermos ; les yeux écarquillés, la bouche ouverte, elle s'agrippa à sa chaise.

« Tu es devenu fou ? Fou ? »

Pour Van den Ip, il fallait arracher cette bonne femme de ses couvertures et la flanquer dans le Nil. Comme ils trichent au cinéma où ils soulèvent les femmes si facilement ! Tous des tricheurs !

Le hurlement de Van den Ip créa aussitôt un petit cercle de curieux autour d'eux.

A moitié traînée, à moitié portée, Solange fut amenée vers la rambarde du pont supérieur. Un Japonais, serviable comme ses compatriotes, aurait voulu donner un coup de main au Belge.

« Sauvez-moi ! cria Solange. Au secours ! »

Van den Ip, les lèvres couvertes d'écume, s'efforçait de rapprocher Solange du bord et y réussissait peu à peu.

« Il va me tuer ! Aidez-moi ! »

Le petit homme se sentait grandir, c'était assez fabuleux d'avoir soudain une cage thoracique plus large, les jambes plus longues, des biceps puissants. Le chétif de naissance devenait un colosse.

Le cercle se resserrait autour d'eux. Les gens s'amusaient plutôt ; était-ce un jeu ? un concours ? un numéro monté pour les amuser ? Van den Ip réussit à hisser Solange sur la rambarde ; comme une grosse moule à sa coquille, elle y resta accrochée.

Appelé d'urgence, Eddy arriva au pas de course ; il saisit Van den Ip par les épaules.

« Arrêtez donc !

— Lâchez-moi, dit le Belge. Ou je vous tue. »

Eddy aurait voulu se moquer de lui, pour mieux le désarmer, mais il s'en garda bien. Une grosse veine battait sur la tempe de Van den Ip, et la vapeur de sa sueur recouvrait ses lunettes. Il risquait à chaque instant une crise cardiaque ou une hémorragie cérébrale.

« Minable ! lui dit Van den Ip. Vous, vous avez osé prétendre que je suis juif ?

— Tu es juif ? bégayait Solange. Depuis quand ?

— Ta gueule !

— Vous avez entendu ? Il m'a dit : « Ta gueule ! » Il m'a dit ça.

— Faut pas être raciste, dit Eddy. Qu'est-ce que ça peut vous faire, d'être ou ne pas être juif ?

— Je ne suis pas raciste ! Mais pourquoi me demander à moi si je suis sioniste ? A moi ! »

Il désignait un par un ceux qui les entouraient, de sa main tremblante.

« Ni lui, ni lui, ni celui-ci. Mais on tombe sur le petit Belge, n'est-ce pas ? Sur l'homme gentil, sur l'homme qui encaisse tout. Un brave type.

— Il n'est jamais comme ça, dit Solange assise par terre, les yeux agrandis de terreur. Je vous assure, il n'est jamais comme ça. Je ne l'aurais pas épousé.

— Tais-toi ou je t'écrase », vociféra Van den Ip, et il lança aussitôt à Eddy : « Vous aviez besoin d'un bouc émissaire ? C'est Van den Ip ! »

Il attrapa Solange et la souleva à moitié.

« Depuis une semaine tu me fais savoir que je suis cocu. Cocu à mort. Mais qui a peur de Van den Ip ? Personne. On peut tout faire à Van den Ip... »

Eddy eut très peur que le Belge meurt de colère.

« Je vous assure, cher monsieur... »

Eddy se méfiait d'un accident de santé sur le bateau. Il pensa à la poussée d'adrénaline provoquée par la colère du Belge. Encore un peu et il allait éclater comme un ballon.

Van den Ip se tourna vers Eddy :

« Vous m'avez dit : « mon petit ».

— Il a toujours refusé l'affection, intervint Solange.

— Être traité de « mon petit », ce n'est pas de l'affection. Tu es d'une sottise monstre. »

Il empoigna la couverture de Solange, l'arracha de la chaise longue et la flanqua dans l'eau. Les Hollandais voulurent le retenir, le maîtriser. Eddy les arrêta d'un geste. Il fallait que Van den Ip s'apaise seul et que sa colère se mue en fatigue. La couverture flottait sur le Nil et s'enfonçait peu à peu. Le sac de Solange à son tour y tomba comme un gros caillou ; puis, ses lunettes de soleil disparurent dans l'eau. Son grand chapeau dérivait avec lenteur. Van den Ip prit la chaise longue aussi, la souleva et la jeta dans le Nil. Une partie de l'équipage assistait à la scène et encourageait Van den Ip en claquant des mains, en criant des mots de combat en arabe.

Van den Ip s'acharnait sur une table vissée au plancher du pont ; il avait peine à la bouger, penché sur la table et la secouant. Il lança à Eddy :

« Moi sioniste, pauvre con !

— Ce n'est pas gênant d'être sioniste, au contraire, proclama Eddy. Peut-être justement en Égypte, c'est délicat, mais ça ne vaut pas la peine de vous mettre dans cet état !

— Je ne suis ni pro ni antisémite, hurla Van den Ip. Vous me suspectez de quelque chose, justement moi. Parce que tout le monde tombe sur moi, depuis toujours. Depuis les fléchettes en papier qu'on envoie en classe derrière le dos du professeur. « C'est certainement vous, Van den Ip », disait celui-ci quand j'étais gosse. »

Un des pieds de la table cédait ; encouragé, Van den Ip s'acharnait sur l'autre tout en vociférant :

« Vous avez demandé si j'avais fait un voyage récemment en Israël ?

— Question normale concernant un pays voisin, dit Eddy, blême. Autour de nous, il y a aussi la Libye, la Syrie, la... Il y a de tout. »

Le deuxième pied cédait.

« Un vrai interrogatoire : « Allez-vous sur le barrage ? » Pourquoi n'irais-je pas, moi, sur le barrage. Je vous le demande ! Hein, pourquoi ? Parce que ma femme me traîne dans la boue ? »

Thomas assistait à la scène ; il en déduisit aussitôt qu'il y avait une suspicion quelconque, dirigée au hasard contre le Belge. Il repartit en se faufilant dans la foule. Que cherchait donc Eddy ? Qui aurait transmis un message, refilé un renseignement sur l'explosif ? Thomas avait la conviction que les Japonais gardaient le silence, et normalement, l'Anglais, le père de l'explosif qui pouvait changer la face du monde, l'Anglais ne connaissait que l'acheteur japonais, qui, lui-même, en fournissant l'explosif à Thomas, ne savait pas à quoi la matière meurtrière servirait. Dès l'origine, l'affaire était cloisonnée. Thomas aperçut devant sa cabine quelques Égyptiens qui allaient y pénétrer sous prétexte de remonter les valises à main sur le pont. Il laissa entrer les Égyptiens. Cette cabine était celle de Marthe ; il fonça en revanche vers la cabine d'Alex. Pour l'administration du centre Amusements et Loisirs, il cohabitait avec l'Anglais. Il avait juste eu le temps d'arriver lorsqu'il vit un Égyptien sortir de chez l'Anglais avec, précisément, son sac à main à lui. Thomas l'arracha presque des mains de l'Égyptien.

« Merci, dit-il. Je continue à le porter. J'allais le prendre. »

L'Égyptien eût aimé protester ; son compagnon avançait déjà avec le bagage à main d'Alex.

« Merci, leur dit Thomas en allemand, puis en anglais. Merci. Mais n'y touchez plus. »

Il leur donna un copieux pourboire et retourna dans la cabine avec son sac sauvé de justesse.

La lutte était donc engagée; il fallait se battre. C'en était fini de la méditation philosophique. Une superbe poussée de haine le revigora. Il aperçut une image qui parcourait son esprit depuis sa sortie des camps de concentration. Un petit garçon courait tenant un pot de peinture rouge. Le petit garçon s'arrêtait devant la façade presque blanche d'un immeuble, et, à l'aide de son pinceau, il se mettait à calligraphier sur le mur d'une écriture aussi enfantine que démesurée: «N'est pas monstre qui voudrait l'être.» La peinture rouge dégoulinait ; les lettres se prolongeaient par une sanguinolente coulée de carmin.

Sans avoir été réduit à un néant moral et physique à Auschwitz, il n'aurait jamais songé à arrêter les futurs massacres à venir en provoquant un cataclysme comme l'éclatement du barrage. Au camp, on l'avait attelé, ce récalcitrant à la mort, devant une charrette chargée de cadavres. Harnaché comme un cheval, il devait faire avancer son chargement. Hercule squelettique, il s'efforçait de tirer ; les roues étaient enfoncées dans la boue ou immobilisées dans la terre gelée. D'autres spectres en haillons avaient dû venir et pousser pour que le cheval humain tatoué puisse prendre son élan. Les cadavres gelés, les yeux encore ouverts, glissaient ; ils tombaient par terre, rigides comme des quilles ; il fallait les ramasser et les remettre sur le tas, les attacher parfois. — « Avance, Chopin ! »

Thomas ressentit encore sur sa poitrine les meurtrissures des courroies.

Avec un hurlement de joie, Van den Ip arracha du sol le quatrième pied de la table, qu'il souleva, et il se mit à avancer comme un garçon de café dont le fantasme serait un gigantesque plateau. Titubant, il se dirigea vers le bord et balança la table dans le Nil.

« Amen, se dit Eddy. Il vit encore. S'il s'apaise, on évite la catastrophe. »

Van den Ip, épuisé, sorti d'un état de transe, s'approcha d'Eddy. Il s'y accrocha et leva vers lui son visage humide de sueur.

« Comprenez-moi. Je me moque d'être pris pour un juif. Ce qui m'a tué c'est l'idée qu'on tombe toujours sur moi. Toujours. Avec des soupçons, avec des problèmes. Avec tout. Je suis celui à qui on a envie de faire une crasse. C'est le destin...

— Je suis navré, dit Eddy. Il arrive dans la vie que, malgré soi, on devient la goutte qui fait déborder... C'est tout. Une simple coïncidence. »

L'équipage s'apprêtait à aborder les rives accueillantes d'Assouan. La ville jaune et rose parfois s'étendait au long des quais, sereine.

Van den Ip allait pleurer.

« Je dois m'occuper maintenant de l'accostage, dit

Eddy. Reposez-vous. Buvez un grand verre d'eau... Je vous envoie l'infirmière. »

Van den Ip céda. Il accepta le conseil. Il s'éloigna vers la cabine. Les autres oubliaient déjà cette crise spectaculaire. Le but du voyage était là : Assouan la Somptueuse.

« Mais c'est une ville moderne !

— Il y a une ville moderne et une ville ancienne.

— Il me manque encore deux têtes de Nefertiti pour les cadeaux, raconta une femme. Je dois en offrir une à une amie qui m'a rapporté du Mexique une divinité maya. En plastique. »

Ils s'éparpillaient dans une sublime effervescence. Il y avait encore et encore des programmes à vivre. Tout était devant eux, les excursions à ajouter, les soirées pour s'amuser, l'existence à savourer. « Ne plus jamais rentrer, pensa un Allemand. Tourner autour de la terre dans la joie ! Ne plus voir des journaux, ne pas écouter la radio, ne pas être angoissé, ne pas s'indigner, ne pas critiquer, ne pas avoir une opinion à défendre ou d'autres à combattre. Vivre paisible. »

Léger choc, adorable caresse, attouchement sensuel, le bateau s'immobilisa contre le quai.

« Je n'ai jamais vu autant de monde à l'accostage, se dit Eddy. Qu'est-ce qui se passe ? »

Des Égyptiens de tous âges s'agglutinaient sur le quai, d'innombrables mains s'apprêtaient à saisir les cordes jetées par l'équipage, et, à peine le ponton de passage établi, c'était l'envahissement d'une horde aimable. Polis, délicats, volubiles et efficaces, hommes et adolescents saisissaient les valises. Est-ce qu'il y avait parmi eux aussi les employés de l'auberge Toutankhamon ? L'invasion chaleureuse les submergeait. Comme sous les vagues puissantes d'une mer chaude, tout était frange d'eau, frange d'écume, halètement précipité, faussement précipité, bousculade savante, heurts aimables, un chaleureux courant humain qui dépouillait les voyageurs de tous objets à porter. Thomas résistait au cyclone humain. Le manteau en tricot de Marthe camouflait son sac ; il avait attaché celui-ci à son poignet avec sa ceinture en cuir. Pour prendre le sac, il aurait fallu lui arracher le bras. Thomas fut persuadé que l'accueil délirant était organisé de main de maître. Eddy le présumait aussi, d'instinct.

Assouan, jaune et bleu, ici et là écarlate, offrait ses flancs, comme un fauve voluptueux au soleil. Thomas, tiré, harcelé, poussait maintenant devant lui Marthe, bouclier vivant, Marthe avançait assez bouleversée par la crise de Van den Ip, et chagrinée parce que c'était la fin du voyage.

Avec Marthe à côté de lui, Thomas franchit la passerelle.

« Tu achètes ? tu achètes ? tu achètes ? » Les marchands offraient leur pacotille ensoleillée.

« Ils nous poussent presque ! » s'exclama Marthe.

Raphaël courait ; il essayait de canaliser les tourbillons humains qui se créaient.

« Par là, les taxis sont par ici... Venez... »

Le courant humain arriva vers les taxis au service du centre Amusements et Loisirs. Que de chauffeurs aimables, que de portières ouvertes, que de mains pour les aider !

« Ils voudraient tout porter », dit Yolande.

Enfin en sécurité dans le vieux taxi, Thomas tentait d'analyser l'origine de cette effervescence.

Marthe réfléchissait. La course déchaînée de l'arrivée l'avait désorientée. Soudain fatiguée, elle aurait presque abandonné cette lutte inégale avec Thomas.

« N'allez pas trop vite, dit Solange au chauffeur de taxi. Mon mari est souffrant. »

Le conducteur ralentit. Ils traversèrent la ville émergeant de sa sieste.

Faible, Van den Ip se confessait :

« Depuis toujours, j'espère un accident... » Il ajouta : « Te voir mourir.

— Me voir mourir ? »

Solange était sidérée.
« Même maintenant ?
— Non, dit-il. Je suis très fatigué. Notre guerre est finie. Terminée.
— Si tu es si malheureux, dit-elle.
— Encore plus que tu peux imaginer.
— On a raté notre vie, on peut encore en sortir. A cinquante ans. »
Feu rouge. Un enfant leur offrait des oranges par la vitre baissée.
Des oranges jaunes dans de petites mains d'enfant.
« Considère que tu es libre, déclara Solange.
— Achetez mes oranges », dit l'enfant égyptien.
Le taxi redémarra.
« Tu dis libre ? répéta Van den Ip. Trop tard.
— Tes problèmes ne datent pas du début de notre mariage, continua Solange, paisible. Tu m'en veux, à moi, à la place des autres, de ton milieu, de tes parents. Et si tu crois aimer un fantôme, c'est que lui, le fantôme de Marilyn, ne te répond pas. Ne discute pas. Nous avons vécu la vie tourmentée d'un couple ; continue seul ; je ne veux plus être un bouc émissaire. Je t'ai aimé, il me reste un peu de tendresse, peut-être plus pour ma jeunesse passée avec toi, que pour toi. Quittons-nous avec le goût de cette tendresse. »
Van den Ip se laissait bercer par le trajet. Le taxi allait quitter la ville pour s'enfoncer dans le désert rouge. Plus tard, ils aperçurent une sorte de forteresse aux créneaux découpés sur le bleu du ciel. L'auberge Toutankhamon s'élevait devant eux. La somptueuse bâtisse appartenait aussi à un groupement de clubs différents ; elle ressemblait, insolite, à un temple, à une masse de pierre ciselée.
« J'aimerais bien le filmer, d'ici », dit Van den Ip.
Solange s'attendrit. Roland émergeait. Le fait qu'il voulait filmer en était le signe.
Elle toucha légèrement l'épaule du chauffeur :
« S'il vous plaît, arrêtez-vous... juste deux minutes... Mon mari voudrait filmer l'hôtel. »

Van den Ip s'extirpa du taxi ; petit homme dans ce désert rouge, une silhouette. Il filma l'hôtel. Et l'arrivée des autres taxis.

Il reprit place dans le taxi ; il souffla sur l'objectif pour le nettoyer ainsi du sable, et puis, il mit une seconde sa main sur celle de Solange, en guise de merci.

Lorsque Thomas et Marthe pénétrèrent dans le hall de l'auberge Toutankhamon, ils furent aussitôt happés par un marchand qui, ouvrant une petite valise plate, leur offrit un choix de pierres précieuses.

Il fallait une adresse considérable pour valser avec ces pierres au milieu des cahots de la foule, et attirer toujours le regard de Marthe. Koenig écarta le marchand. D'autres passagers se penchaient sur ses trésors.

« Laisse-moi une seconde, dit Marthe, j'ai vu des merveilles. »

Il ne fallait pas que Marthe s'éloignât, que le sac devienne vulnérable ; contre vents et marées, il devait maintenir l'image d'un couple qui avance.

Il y avait quelque chose d'irrésistible dans la progression de Thomas. Marthe n'avait eu aucune possibilité de se dégager ; le marchand qui semblait avoir repéré cette Européenne intéressée par les pierres ne les lâchait pas non plus. Avec l'employé de l'auberge à côté de lui, Raphaël distribuait les clefs.

« M. Koenig, le 23, et Madame... »

Le marchand était maintenant séparé d'eux ; il leva la main et, comme un sorcier bienveillant dans un conte de fées, il fit miroiter entre ses doigts une magnifique topaze qui capta un rayon de soleil égaré, et éclata dans le hall opaque en mille scintillements.

« Pas cher, madame, pas cher ; il faut l'acheter ; pas cher, madame... »

Marthe ne comprenait pas pourquoi il fallait se dégager de la réception avec cette brutalité. Koenig tenait par la taille la jeune femme, mais le geste n'avait rien de tendre, c'était un mouvement de commandement.

« Ma veste », dit-elle.

Elle avait voulu reprendre son gros pull-over placé sur le sac, pour soulager Thomas de ce poids supplémentaire : elle n'eut pas même une réponse ; il fallait avancer et se séparer du marchand.

« Mesdames, messieurs, dans une demi-heure, départ pour l'île Éléphantine. Ce soir, à neuf heures, nous avons une soirée tyrolienne en l'honneur d'un groupe d'Autrichiens ; ils s'embarqueront demain sur le *Nefertiti.* »

Marthe fit un signe de désespoir au marchand qui tentait de les suivre ; l'homme se faufilait parmi ceux qui se précipitaient vers les étages.

« On dirait une vraie forteresse, dit Yolande catapultée sur eux. Quel luxe ! Avez-vous vu les tapis ? »

Du grand hall de style mauresque, ouaté et opaque, parsemé de fauteuils profonds et de tapis d'Orient, départagé en zones d'ombres et en secteurs de lumière, partait un large escalier à la rampe en chêne massif sculpté.

Agacée par cette précipitation inutile, Marthe se retourna et fit subrepticement un signe au marchand immobilisé au pied de l'escalier. Elle leva la main comme si elle avait voulu imiter le signe V, de Victoire, et fit comprendre au marchand que leur chambre était au deuxième étage. Le marchand fit « oui » de la tête.

Quant à Thomas, il aurait volontiers couru, mais il ne devait pas attirer l'attention sur lui.

Parce qu'ils étaient arrêtés sur une des marches, Van den Ip l'aborda :

« Monsieur Koenig ! »

Il se retourna vers le Belge.

« Oui.

— Vous étiez le témoin de ma colère...

— Ça n'intéresse pas M. Koenig, dit Solange. Viens. Ne dérange pas ce monsieur.

— Fiche-moi la paix », s'écria Van den Ip.

Et parce que la foule s'était immobilisée, le marchand put arriver jusqu'à Marthe, en montrant la topaze encore une fois ; le geste était à la fois quémandeur et impératif.

Van den Ip saisit Koenig par le bras.

« Ne partez pas, s'il vous plaît. Quand je pense à vous, j'ai honte... »

Marthe put s'éloigner un peu de Thomas accaparé par le Belge.

« Vous, monsieur, dit Roland Van den Ip. Vous, vous attachez encore de l'importance à la dignité humaine.

— Mais, viens, dit Solange, effarée. Tu ne vas pas faire un discours ?

— Quelle topaze ! dit Margot arrivée vers eux, comme portée par une marée...

— Pour vous, monsieur Koenig, visiblement l'être humain est sacré !

— Voulez-vous avancer ! cria quelqu'un en bas. Vous restez groupés sur les marches ; il faut se préparer...

— ... à l'excursion », dit une Allemande.

Parce que le marchand était extrêmement agile, il put, en se glissant dans la masse humaine, arriver jusqu'à Marthe.

« Si vous ne la prenez pas, j'achète la topaze, dit Margot.

— Je vous l'offre, intervint Yan Hook, mais d'abord, installons-nous. »

Pour cette dernière nuit à Assouan, ils allaient prendre, avec la complicité des autres Hollandais, la même chambre.

« J'ai honte, dit Van den Ip, rose d'émotion. Vous devez avoir une piètre opinion de moi.

— Mais non, dit Thomas.

— Mon mari s'appelle Koenig. Thomas Koenig, dit Marthe au marchand. Nous sommes dans la chambre vingt-trois. Je vais descendre dans dix minutes ;

attendez-moi, je prendrai votre topaze. S'il vous plaît, gardez-la pour moi.

— Dégageons ! cria quelqu'un... Dégageons !

— L'être humain devrait rester digne », cria presque Van den Ip, les yeux rouges d'émotion.

Alex et Miss Burns passèrent à côté d'eux.

« On tient un petit conseil ? demanda Alex. Vous serez en retard, c'est tout de suite le départ pour l'île Éléphantine. »

Le marchand se dégagea. Marthe était heureuse ; la topaze n'allait pas lui échapper. Le regard du marchand s'attarda sur le visage de Thomas Koenig. L'Européen semblait pressé ; il était comme prisonnier au milieu de la foule ; c'était un homme d'allure étonnamment jeune, mais dans ces minutes-là, il semblait éprouvé par l'insistance de Van den Ip.

« Vous me surestimez, dit Thomas gêné.

— Mon mari est fatigué ; on va se reposer un peu », intervint Solange.

Koenig s'arracha aux Van den Ip.

« Merci d'attacher une telle importance à mon opinion, mais détrompez-vous. Je suis comme tout le monde.

— Ma colère était déshonorante.

— Tranquillisez-vous, monsieur. Vous n'êtes pas le seul à vouloir faire sauter le monde ! »

Arrivé avec Marthe en haut des marches, la voix de Van den Ip l'atteignit encore :

« En êtes-vous sûr ?

— Tout à fait. »

Thomas entraîna Marthe. Ils arrivèrent enfin devant la chambre vingt-trois. Il glissa la clef dans la serrure, il ouvrit la porte. Ils découvrirent une pièce dont les fenêtres s'ouvraient sur le désert coiffé du ciel bleu. Deux lits en bois foncé, une immense armoire presque noire, une table et deux chaises complétaient l'aspect monacal. Les murs blanchis à la chaux dégageaient de la fraîcheur.

Marthe découvrit une spacieuse salle de bain. Thomas posa le sac dans l'armoire à doubles battants munie d'une serrure.

Transmis par de nombreux micros, un appel retentit :

« Les cars viennent d'arriver devant l'auberge ; veuillez les rejoindre ; nous retournerons à l'embarcadère où les felouques nous attendent pour nous amener à l'île Éléphantine. Au retour, nous apercevrons le temple d'Isis. Aussitôt après, vous vous reposerez dans vos chambres jusqu'au dîner. Ce soir, l'auberge Toutankhamon vous offre une soirée typiquement tyrolienne. »

Marthe, attirée par la topaze, se pressait ; de peur d'agacer Thomas, elle n'aurait pas osé faire venir le marchand dans leur chambre. Il fallait qu'elle le retrouve dans le hall, quitte à manquer l'excursion. Elle perçut l'impatience de Thomas ; elle avait la certitude d'être de trop.

« Voilà, dit-elle. Je vais les rejoindre. Acheter aussi une autre paire de lunettes de soleil. Tu n'as vraiment pas envie de voir l'île Éléphantine ?

— Non, dit Thomas, non. »

Un autre appel retentit :

« Pour l'excursion facultative à Abou-Simbel, il faut s'inscrire chez notre ami Raphaël... Mesdames et messieurs, les cars vous attendent, et l'île aussi... »

« Je t'inscris pour Abou-Simbel ? demanda Marthe.

— Bonne idée, dit Thomas. Bonne idée. J'ai une envie irrésistible de voir un temple sauvé des eaux...

— C'est vrai ? demanda Marthe. C'est vrai ? »

Il devait faire un effort considérable pour se dominer.

« C'est évident, dit-il. C'est tout à fait évident. »

Elle eut presque peur de la violence retenue de Thomas. « Peut-être il n'y aura rien entre nous après ce voyage », pensa-t-elle. Assouan pouvait être la fin d'une liaison.

« Au revoir », prononça-t-elle.

Elle aurait aimé dire « adieu ». Mais elle craignait

ce mot, qui aurait eu une résonance de chagrin définitif, de chagrin irrémédiable.

Elle sortit de la chambre et referma derrière elle la porte avec douceur.

Thomas s'y précipita pour en tourner la clef. Il se trouvait enfin seul. De l'extérieur, aucune intrusion ne menaçait. A perte de vue, ce désert rouge flambait au soleil.

Il retira le sac de l'armoire et le posa sur le lit pour l'ouvrir avec la solennité d'un officiant. Il prit les livres, intacts, sublimes, surgis du fond des temps ou comme des pierres précieuse de leur écrin. Il allait être enfin confronté au barrage. Mais comment y arriver? Le premier projet qui consistait à amener sur le barrage le sac à main ayant échappé encore au contrôle, à sortir du car et à se jeter dans l'eau avec son chargement, ne semblait plus possible. A cause d'éventuels bavardages, ou de suspicions, ou tout simplement d'un contrôle accru, il ne pouvait pas affronter son obstacle de la manière prévue. Il ouvrit le beau volume où le nom de Stendhal s'inscrivait en lettres d'or sur la reliure. *Le Rouge et le Noir.* Son travail effectué à Paris semblait, même ici, exceptionnel. Les premières pages intactes camouflaient le pain d'explosif qui reposait dans le creux du livre. « Un berceau intellectuel », pensa Thomas. Il fallait arriver sur le barrage sans le sac. Il allait donc modeler les pains d'explosif pratiquement sur son corps et les porter ainsi sous ses vêtements. Il réfléchit et décida de découper plusieurs chemises en morceaux et de coudre des sacs de tissu dans lesquels il camouflerait les pains d'explosif. Il allait créer autour de son buste une armure molle, comme un gilet de sauvetage en pâte à modeler, la pâte à modeler la plus meurtrière de l'histoire des hommes. Il était peu vraisemblable que la police égyptienne pousse ses investigations jusqu'à une fouille corporelle. La bataille du haut barrage pouvait se gagner encore. Devait se gagner. Kamikaze européen, il se jetterait dans le lac Nasser et, à peine l'eau touchée, une série d'explosions s'attaquerait à la base du barrage et ferait trembler aussitôt après le monde entier.

En traversant le hall, Marthe fut de nouveau accostée par le marchand qui la suivit jusqu'à l'autocar.

« J'en ai d'autres des topazes, répétait-il. Je serai là à votre retour ; j'en apporterai plusieurs. Je vous ferai un prix.

— J'aimerais, dit-elle, en effleurant la plus belle, cette pierre-là en pendentif, et en avoir une aussi grande, celle-ci, pour une bague. J'adorerais une grande bague.

— Et les boucles d'oreilles ? N'oubliez pas les boucles d'oreilles ! reprit le marchand. J'en ai encore du même feu, du même éclat. Je vous retrouve à l'hôtel à sept heures... Je monte directement à la chambre 23.

— Ah ! non. Surtout pas ! Attendez-moi ici, dans le hall. Mon mari n'aime pas être dérangé. Il trouve assez puéril mon désir d'acheter des pierres.

— Votre mari ne fait pas l'excursion avec vous ?

— Il viendra peut-être nous rejoindre. Il avait autre chose à faire. Surtout, ne montez pas à la chambre. »

Elle parlait du haut de la dernière marche de l'autocar. La portière automatique allait se refermer.

« Allons, allons, mesdames et messieurs, L'île Éléphantine nous attend... appela Raphaël. Vous ferez vos petits achats après. D'abord, la beauté naturelle, mesdames et messieurs... »

« Seule ? » demanda Yolande — A côté d'elle une place était libre.

« Pour le moment, oui.

— Vous allez acheter des topazes ?

— Peut-être.

— Pourtant, chez vous, en Suisse, il doit y avoir de belles pierres. Mieux qu'ici.

— Je n'en sais rien, dit Marthe. J'ai envie de ces

topazes. J'ai envie d'être futile et aussi d'avoir un beau souvenir de ce voyage.

— Il y a une variété de pierres jaunes, des citrines, ou quelque chose comme ça, dit Yolande. On m'a appris ça en Turquie. Méfiez-vous ! C'est du toc qu'on vous offre ! »

Marthe n'avait aucune envie de discuter la qualité de ses topazes ; elle s'enferma dans un mutisme aimable ; bientôt le groupe se retrouva de nouveau au bord du Nil, et ils allèrent, chacun son tour, d'un pas prudent, prendre place dans des felouques. Les bateaux, voiles déployées, se mirent alors en route, les uns après les autres, pour franchir la distance entre les quais d'Assouan et l'île Éléphantine.

« J'espère que demain nous visiterons aussi les jardins tropicaux de l'île Kitchener », dit quelqu'un.

Les felouques naviguaient dans leur propre image écarlate. N'importe quelle âme sensible aurait pu s'imaginer sur le Styx.

Thomas avait deux heures et demie à peu près devant lui pour confectionner les sacs. Il sortit de la chambre, trouva un employé, se fit donner du fil et des aiguilles. De retour chez lui, il se mit au travail. Il fallait se méfier de sa transpiration ; l'humidité, au contact des pains d'explosif, pouvait déclencher une première explosion ; trop tôt intervenue, celle-ci risquerait de faire voler en éclats l'autocar et d'épargner le barrage. Ici, dans la chambre, il n'y avait pas de problème, l'air conditionné maintenait les lieux dans une fraîcheur extrême. C'est en transportant sur lui-même l'explosif qu'il pourrait transpirer de peur, de panique, être en proie à des soubresauts de terreur, à des spasmes.

Après le départ du car, le marchand de pierres précieuses revint à l'hôtel. Personne ne s'occupait de lui. Il aurait pu être un client qui déambulait, un touriste qu'on aurait oublié ; il passait inaperçu ; il circulait à son aise. Il s'engagea dans la cage d'escalier ; il laissait glisser sa main sur la rampe en bois lourd ; il montait lentement, en curieux aussi, comme quelqu'un qui regarde l'auberge en visiteur. Il put atteindre le premier étage. Que de portes dans ces longs couloirs ! Il fallait maintenant approcher de la chambre 23, au deuxième étage. La jeune femme s'intéressait vraiment aux topazes. Il y avait une affaire en vue. Et quelle affaire ! A chaque étage, dans une niche en marbre, se trouvait un téléphone à l'usage du personnel et aussi à la disposition des clients qui auraient voulu appeler une chambre sans passer par le standard. Il suffisait de composer sur le cadran le chiffre qui désignait l'étage et le numéro de la chambre. Le marchand s'approcha du téléphone du deuxième étage ; il allait décrocher ; il attendait un peu, presque pour son plaisir, pour écouter le silence qui montait du somptueux hall aux vitraux multicolores qui retraçaient l'histoire de la Nubie disparue.

Il composa le numéro. Il écoutait retentir chez Thomas Koenig une sonnerie discrète. Le marchand était patient comme, parfois, le destin lui-même.

Thomas déposa délicatement sur le lit un des livres chargés d'explosif pour répondre au téléphone.

« Allô... allô... »

Le marchand écouta un « allô » ; il hocha la tête et raccrocha.

« Allô, dit encore une fois Thomas. Allô... »

Il regarda le combiné. Était-ce une erreur, ou un avertissement ? Pourtant, plus rien ne pouvait l'arrêter. Il travaillait avec minutie. L'itinéraire de son existence revenait dans son esprit. Le long trajet parcouru depuis le château hongrois jusqu'à cette chambre d'hôtel à Assouan.

Vers six heures de l'après-midi, lorsque les sacs furent cousus et l'explosif préparé, Thomas devint impatient. L'interminable soirée allait le faire souffrir ; il aurait aimé éviter les gens, leurs bavardages, tout simplement les contacts avec la vie des autres.

Parfois, il crut ses mains devenues des robots et ses doigts habiles des outils de précision au service d'une mécanique humaine. Il constatait que l'humanité se défendait aussi mal en 1978 qu'en 1938 contre les cataclysmes à venir. Qu'une alerte fût donnée ou non, lui, il se trouvait quand même à quinze kilomètres du barrage ! Des images de terreur furent remplacées par d'autres images à la fois douces et inquiétantes. Le soleil s'abandonnait au bout de l'horizon. L'hôtel calquait son ombre en zig-zag sur le soleil jaune ; l'auberge Toutankhamon devenait une silhouette découpée dans du papier noir.

Le parc du château, où il avait passé son enfance, était peuplé de marronniers centenaires. Nourris de la sève hongroise, ayant survécu aux tempêtes, ces marronniers, et aussi les chênes et les hêtres, vivaient, campaient presque, dans ce parc, pareils aux guerriers réincarnés. Dans une des allées, au sol recouvert de feuilles dorées de l'automne, l'enfant Thomas Koenig court vers sa mère. C'est elle, là-bas, vêtue de beige clair, ou de blanc peut-être ; elle est fluide dans le jeu de lumière à peine plus consistante qu'un reflet.

Thomas allait donc être une machine humaine à exploser. Suspendus sur les lanières de toile, reliés entre eux avec les fils du détonateur, les sacs plaqués contre son buste le rendront légèrement plus corpulent. Dans sa chute vers le lac Nasser, il fera fonctionner le détonateur juste avant de s'écraser sur la surface bleue de l'eau.

L'enfant Thomas qui a franchi enfin la distance entre lui et sa mère éclate en sanglots. Au lieu de se caler dans les bras chauds de sa mère, il ne se cogne que contre la statue de celle-ci. La statue de sa mère, grandeur nature, une vraie merveille. Était-ce l'œuvre d'un sculpteur de génie ou d'un jeu macabre de la mort ?

De loin, arrive un cavalier vêtu de noir. Le cheval est somptueusement harnaché, et effrayant aussi lorsque, dans un moment de stupeur animale, il se cabre et se dresse sur ses pieds arrière.

Le cavalier qui se penche vers l'enfant, n'est qu'un squelette recouvert d'une cape noire brodée d'or comme le harnachement...

Fuyant ces images, la respiration saccadée, Thomas ferma les yeux. Il désirait impérieusement l'arrivée de Marthe.

On frappait à la porte. Thomas Koenig adolescent tapait avec ses poings sur la lourde porte de fer du wagon à bestiaux, en hurlant : « Je ne suis pas juif, laissez-moi sortir d'ici. »

« Thomas, dit quelqu'un à l'extérieur — Thomas... Ouvre, s'il te plaît. Thomas, m'entends-tu ? »

« Ouvrez », hurlait-il. Et un juif, à côté de lui, quel était donc son nom... Samuel ? un juif lui dit : « Si tu démolis tes mains, ils vont te tuer ; ils ne garderont en vie que ceux qui peuvent travailler. »

« Thomas... Ouvre... »

« Ouvrez »...

« Il n'est peut-être pas là, dit quelqu'un dans un français rocailleux.

— La clef n'est pas en bas. »

C'était la voix de Marthe.

Le wagon s'ébranle !

Thomas ouvrit enfin la porte de la chambre.

Marthe le regarda. Thomas était pâle. Il referma la porte à clef. Dans un immense élan, il prit Marthe dans ses bras.

« C'était beau, l'île ! » prononça-t-elle.

Le cyclone l'embrassait, l'étouffait ; le tourbillon l'emportait, la déshabillait. Objets achetés à la sauvette, feuilles cueillies avec la permission de leur guide sur l'île Éléphantine, tout volait en éclats ; quelques petits cailloux multicolores s'éparpillaient et dégringolaient sur le sol. Qui était cette femme qui flambait comme un feu de joie dans les bras d'un arc-en-ciel incarné dans le corps d'un homme ? Un titan déchaîné, un cavalier sauvage qui l'arrachait de la terre, l'empoignait, la hissait sur son cheval et se mettait à galoper dans l'infini ocre avec sa captive. Les vêtements ôtés, arrachés sans violence pourtant, voltigeaient. Deux corps se rencontraient dans un choc.

« Cyclone Thomas, je suis éparpillée, je suis en lambeaux, cyclone Thomas, je t'aime », dit Marthe.

Et puis, dans ce fantastique silence de complicité que ne connaissent que des couples dont la respiration est au même rythme, ils se préparèrent à la soirée. Pendant que Marthe se prélassait dans son bain, Thomas arrangeait le lit. Ce champ fabuleux où ils avaient poussé de la terre comme des tournesols ivres de plaisir devait être camouflé.

Marthe s'habilla ; elle avait choisi une robe imprimée. De grandes fleurs éparpillées sur la jupe virevoltante resserrée à la taille par une large ceinture. Une corolle de fleurs renversée, dira Thomas plus tard. Un goût de vendanges. Un corsage collé au buste, et des manches larges, retenues juste au-dessus des poignets ; leur bouffant, leurs retombées évoquaient une musique d'Europe centrale.

« Le discobole de Florence, tu le connais ? demanda Marthe.

— Il fait froid à Florence », dit Thomas.

Il serra Marthe contre lui.

« Le discobole nu de Florence, descendu de son socle, serra contre lui la touriste amoureuse, dit Marthe. Je sais maintenant que tu vas venir voir ma maison, ma coquille, ma forteresse à moi, près de Genève. »

La robe fleurie de Marthe tournoyait.

Il avait attiré contre lui, il avait attiré sur lui, sur son corps nu, ce champ fleuri. Des fleurs partout. Courir vers la vie sur un champ fleuri. Plus loin, c'était la rivière blonde faufilée de courants dorés. Le ciel hongrois. Bleu, bleu, bleu. Les yeux de Marthe. Le ciel hongrois.

« Tu es un immense bouquet de fleurs. Je suis enseveli sous des fleurs », dit Thomas.

Un catafalque enseveli sous les fleurs.

Marthe regardait son Hongrois s'habiller. Un fauve élancé qui, avant d'entrer dans la cage, se couvrait.

Pourquoi fermait-il tout à clef, avec le soin impressionnant d'un banquier saisi par la psychose des serrures défaillantes ? Oui, la porte de l'armoire était fermée ; à quoi bon la vérifier encore et encore ? La clef. Tu la gardes dans ta poche ? Parfait. Heureusement, la chambre se fermait aussi à clef. Heureusement. C'était bientôt la possibilité pour Marthe d'avouer l'achat de la topaze, et aussi son rendez-vous dans le hall avec le marchand qui viendrait juste avant ou juste après le dîner.

L'auberge fourmillait de monde. Des serviteurs égyptiens, déguisés en garçons de café occidentaux, traversaient le hall en courant. Deux Égyptiens allaient attacher au-dessus de la porte de la salle à manger le mot « bienvenue » en allemand. Les haut-parleurs commençaient à diffuser un chant tyrolien.

« J'ai envie de danser, dit Marthe. Mon côté Suisse allemande se réveille.

— Danser ! dit Thomas. Tu veux danser... »

Il regarda Marthe dont les épaules suivaient le rythme.

« Tu vas me faire danser ? demanda-t-elle.

— Je te ferai danser. »

Les membres du groupe arrivaient. Les visages connus, joyeux, souriants. Le rythme contagieux les faisait avancer presque en dansant.

« Quelle merveilleuse idée, une soirée autrichienne à Assouan ! leur lança Miss Burns.

— Vous m'avez promis une danse, dit Alex.

— Que vous êtes beau, lui dit Miss Burns, la nostalgie des colonies, n'est-ce pas ? Votre veste blanche ?

— Mais non... se défendit Alex. Et pour cette danse, c'est bien d'accord ?

— Mais oui, mais oui, mais oui... »

La salle à manger était disposée autour d'une piste de danse.

« Je m'envole, s'exclama Solange. Quelle musique ! »

Bientôt, à la manière autrichienne, retentit « Le bonheur, le bonheur ».

C'était formidable. « Le bonheur, le bonheur, le bonheur » chanté par le chœur des Tyroliens installés sur l'estrade. Ces chanteurs portaient des petites culottes en cuir ; les larges bretelles étaient brodées d'edelweiss, comme leurs chapeaux tout ronds et leurs gilets, brodés eux aussi. C'était formidable d'être à vingt minutes de trajet du plus grand barrage du monde, de la plus grande masse d'eau jusqu'ici jamais retenue artificiellement et de s'imaginer au Tyrol.

« Il n'y a plus de limon, mes enfants, plus de limon... hé, hé, hé ! Qu'importe, l'edelweiss fleurit ! »

Les chanteurs se tapaient sur les cuisses, pour mieux battre le rythme, et une chanteuse, en costume national, elle aussi, chantait : « Le bon... heur... » en jodlant. « Le bon... heur... » montait dans la gorge de la chanteuse ; la cavité nasale était une immense caisse de résonance. « Le bon... heeee... ur... », narines pincées, veines gonflées, les yeux brillants, vingt-cinq oiseaux fous de musique dans la gorge. « Le bon... heee... ur... » faisait son trajet musical tout tyrolien ; les notes se balançaient, guillerettes, sur la glotte vibrante. C'était fabuleux. Vivre, être gai ! Demain ? Quoi demain ? Il n'y avait pas de demain...

Le chef de l'établissement donna le signal pour la distribution de la bière. Les énormes plateaux voltigeaient, chacun attrapait sa chope pleine, noyé dans la mousse qui débordait.

Alex, heureux comme il ne l'avait pas été depuis de longues années, buvait ; une moustache de mousse le transforma en père Noël.

« Dansons ! demanda Solange à Van den Ip. Pour montrer aux autres que ça va quand même entre nous. Depuis ta scène de colère, on nous regarde d'un drôle d'air.

— Viens donc ! »

Van den Ip lui tendit la main ; c'était presque un geste de défi, un geste de guerrier et ils se retrouvèrent le premier couple, celui qui ose être le premier, sur la piste.

Des pharaons placides, et de profil, les contemplaient du haut des murs.

Van den Ip se mit à danser. Ce n'était pas particulièrement commode de s'attaquer à une danse tyrolienne, mais au moins, pensa-t-il, il ne devait pas serrer Solange contre lui. Van den Ip l'attrapait parfois, la tournait, la lâchait, la récupérait.

« Tu danses bien », dit Solange admirative.

D'autres dansaient à côté d'eux, mais sans trop de conviction ; ils portaient leur intérêt sur les plats qui allaient apparaître. A l'arrivée des garçons chargés de plateaux, l'orchestre changea de musique et les couples se dispersèrent, retrouvant leurs places, leurs bières. Épanouies comme des paresseuses sur la plage, à la fois minces et frémissantes, panées, encerclées de lamelles de pommes de terre rôties, ratatinées, succulentes, couchées sur des assiettes chaudes au fond fleuri, les belles de la gastronomie autrichienne, les escalopes viennoises les comblaient.

Marthe regarda le mets et toucha la couronne de pommes de terre avec sa fourchette comme quelqu'un qui n'en croit pas ses yeux.

« Le rösti, s'exclama-t-elle. Je m'imagine chez nous en Suisse ! Le rösti ! Tu connais le rösti ?

— Bien sûr, dit Thomas. Bien sûr. Et en Autriche aussi. Je ne te savais pas gourmande.

— Gourmande ? dit Marthe. Je ne crois pas que ce soit de la gourmandise. Plutôt l'air du pays, de mon pays. On est absent depuis une dizaine de jours. Ce n'est rien, je le sais. Mais quand on aime son chez-soi.

— Casanière ! » lui dit Thomas.

La vie semblait s'ouvrir devant Marthe.

« Tu viendras quand voir mon chez-moi ? » dit-elle. Et elle ajouta : « Je te retrouverai quand tu veux à Paris. On pourrait s'aimer sans renoncer à soi-même tout à fait, non ?

— Un peu gourmande, dit Thomas, prévoyante, précise, organisée, une fleur qui doit recompter chaque jour ses pétales, n'est-ce pas ?

— M'aimerais-tu bohémienne, folle de désordre, dit-elle, m'aimerais-tu ? »

Thomas enfant s'était échappé du parc du château ; il se retrouva sur une route de terre environnée de champs de blés. Une caravane passait. L'enfant regardait les tziganes. Il aurait pu avoir peur, tant on lui avait raconté d'histoires atroces sur les tziganes, mais à sept ans, déjà, il était révolutionnaire dans ses fibres. La révolution est une affaire de génétique. Il avait levé la main et fait un signe de bonjour et d'adieu. Sur l'ordre d'un vieux tzigane en tête du convoi, les chevaux maigres et dévorés de mouches s'étaient arrêtés. Comme un coquelicot arraché et cassé en deux, une femme s'était détachée d'une des charrettes recouvertes d'une bâche. La jeune tzigane s'était approchée du petit garçon blond. « Tu n'as pas peur de nous ? » « Peur ? avait répété Thomas. Peur ? » La femme-coquelicot lui avait saisi la main droite. Peau de blond, main aristocratique, on lui avait toujours dit que ses mains le destinaient à être pianiste, violoniste ou philosophe.

Il avait laissé sa main de jeune Hongrois blond dans la main basanée de cette belle femme-coquelicot, de cette gitane brûlante qui s'était penchée sur les lignes très fines de sa paume d'enfant. « Tu vas mourir d'une mort violente, lui avait dit avec regret la femme-coquelicot dont les yeux noirs en forme d'amande s'étaient remplis de tristesse. C'est dommage, petit garçon, beau comme tu es, tu aurais dû avoir une belle vie ! » Et elle avait embrassé cette main d'enfant avec le chagrin d'une amoureuse. La femme-coquelicot avait retrouvé sa place obscure dans la caravane, et Thomas portait dorénavant sa mort dans sa main. Dans sa paume. Soleil, chaleur, poussière dorée, fleuves blonds, ciel en or. Hongrie.

Les cheveux blonds de Marthe éclatèrent de lumière.

« Tu n'es pas bohémienne », dit Thomas, très doux.

A quelques tables de la leur, Solange tenta d'avoir une explication :

« Dis, Roland, quand tu as abordé ce M. Koenig, qu'est-ce que tu lui as raconté ? Je n'ai entendu que des bribes. Qu'est-ce que c'est que cette salade ? Tes discours sur la dignité humaine ? Depuis quand tu t'en occupes, de la dignité humaine ? »

Van den Ip jeta un regard glacé sur Solange. Il la voyait sur un bûcher. Veuve indienne à sacrifier.

« Salade ? Tu oses dire : salade ? Tout ce qui est philosophie, grandes pensées de l'âme, se réduit pour toi au mot : salade ? Pauvre fille ! Salade ! Elle ose dire salade. Tu n'as aucune culture. Même pas le minimum décent.

— Tu as mis du temps à t'en rendre compte ! J'ai fait mes études chez Mlle Garant, dans un institut privé... »

Van den Ip fut repris par la colère :

« Tu oses dire salade ! Évidemment, lorsqu'on n'est qu'un sexe sur deux pattes, l'âme n'est qu'une illusion. Dorénavant, je t'interdis de me parler ainsi. Et si jamais ça arrivait encore une fois, où qu'on soit, dans l'océan Indien, au bord du Gange, ou de retour au Nil, je te flanquerai à l'eau, et je te regarderai te noyer. Sans broncher. Tu m'as rendu méchant. »

Sur une surface d'eau limpide, il ne restait d'elle qu'une bulle. Une ceinture de sauvetage flottait, inutile.

« Sexe sur deux pattes, as-tu dit ? répéta Solange. Tu me provoques ! J'ai cru à un armistice et on s'engage dans des guérillas... A qui se venge le mieux ? Chiche alors, je vais me surpasser ! »

Van den Ip fit non de la tête.
« Tes menaces, ça ne porte plus. Fini. C'en est fini de ton règne, Solange. Tu vas être domptée.
— Des paroles d'un autre âge, commenta Solange. Me dompter ! Deviens alors dompteur. Et on en reparlera ! »
Depuis leur arrivée dans la salle à manger, elle avait repéré un des Tyroliens, l'accordéoniste, en lutte délicieuse avec son instrument. Il manifestait à la fois passion et habileté dans le maniement de l'instrument à volets, lequel, pareil à une fleur carnivore à l'approche d'une proie, vorace, goulue et insatiable, s'ouvrait et se refermait. Organe génital d'une géante, l'instrument s'offrait, sans rien cacher de ses plis et replis. Qui aurait pu nier, accompagnés de musique tyrolienne, ces préparatifs d'un accouchement ? L'enfant monumental, bambin démesuré, sanguinolent, hurlant de plaisir, coiffé donc chanceux, arraché du fœtus de la société des loisirs, héritier de la nouvelle civilisation, le touriste, au rythme du jodl, allait naître, en mondovision.
Van den Ip leva sa chope :
« Buvons à la nouvelle discipline conjugale.
— Et aussi à l'orchestre », dit Solange.
Elle leva à son tour sa chope de bière. Assise près de l'estrade, elle put attirer le regard du Tyrolien soudé à son accordéon en convulsions.
« *Prosit !* »
Pour l'accordéoniste, l'appel surgit des ténèbres, venant de la femme. Femme unique, femme monstre, femme tendre, femme attentive, femme gaie, femme piège, femme destin, femme pierre tombale, femme berceau. Selon la chance de l'homme.
L'accordéoniste poussa un grand cri, entraînant les chanteurs dans un rythme plus rapide.
Les fourchettes et les couteaux étaient manipulés dans un cliquetis de valse galopante. Quelle jouissance que ce dîner et l'ivresse qu'amène la bière familière et sournoise ! Une ivresse joviale...

« C'est le moment ou jamais, s'écria Alex Brown, et il tendit la main à Miss Burns. La piste est à nous, venez. »

Et les voilà, dansant, tournant, tapant du pied, tandis que quelques autres abandonnaient fourchettes et couteaux pour battre le rythme. Des bravos fusèrent. C'était la joie. Margot apparut aussi dans les bras de Yan Hook. « Bravo, bravo, bravo »... Eddy, pour se montrer coopérant, attrapa par la taille une Japonaise ; d'autres Japonais photographiaient les danseurs. Flashes, crépitements de jets de lumière. Raphaël s'engagea avec l'Anglaise, heureuse à son tour ; son Français, Raphaël, lui avait parlé vaguement de mariage. En tout cas, il l'avait assurée de son amour pour la vie. Les pharaons, étourdis de musique, contemplaient la faune grisée. Les touristes tyroliens s'engageaient sur la piste pour faire une démonstration vraie de leur danse nationale. Quelle fantastique ronde ! La vie qui tournait, tournait, manège béni ! Parfois, on devait taper avec les pieds et le sol tremblait ; tantôt, on pliait les genoux et on s'accroupissait une seconde, pour se lever aussitôt en frappant des mains. C'était formidable : un... deux... trois... quatre, les genoux pliés, tous des nains ! Et maintenant, vous vous relevez, un... deux... trois... quatre. Battez le rythme avec les pieds sur le sol... Bravo ! Tapez dans les mains... un... deux... Prenez votre compagne par la taille et tournez donc, enfants-touristes, voyageurs intrépides, le vertige est plaisir. Un vrai délire. Les assiettes étaient vidées, la piste surencombrée. Yolande exécutait les mouvements de la danse tyrolienne avec le professeur Han, en face d'elle. A bas la pudeur paralysante qui empêche de danser en rond ! A bas la solitude ! Parce que, vu de profil sous l'œil de plus en plus étiré des pharaons, l'Occident dansait, et de l'accordéon, de cet immense vagin, sortait, encore et encore, en poussant le jodl, d'autres bambins hurlant de joie, d'autres touristes heureux.

« Si vous ne détestiez pas les hommes... un, deux, trois, quatre... »

Alex se trouva en face de Miss Burns, au ras du sol, tous d'eux s'étant accroupis une seconde.

« Je ne les déteste pas. »

Un... deux... trois... quatre.

Des paumes endolories surgit un vrai tremblement de terre.

« J'aurais pu... »

Ai - ho - ho - ho - ho... le jodl délire.

Ai - ho - ho - ho - ho - ho...

Le dernier « ho... » se casse en deux, en quatre, se décompose et sort, victorieux, rocailleux, brillant et sonore à la fois, des narines et de la glotte de la chanteuse.

« Vous auriez pu ? »

Ai - ho - i - ho...

« Tomber amoureux de vous... »

Ai - ho - ooo - ho... ho... ho...

« Infidèle, dit Miss Burns.

— Renaissant », expliqua Alex.

Un... deux... trois... quatre...

Il saisit Miss Burns par la taille. Celle-ci se raidit.

« Je pense à Muriel », dit-elle.

Alex la lâcha.

Ce fut le moment où Thomas s'engagea enfin sur la piste, tant Marthe était désolée de ne pas participer à la fête.

La chanteuse les aperçut ; fine psychologue des foules se baignant dans la bière et le plaisir, la chanteuse eut un moment d'admiration pour le nouveau couple. L'orchestre changea de musique. Thomas et Marthe restèrent incertains sur la piste, pendant que les autres repartaient, épuisés, vers de nouvelles assiettes, cette fois-ci chargées de salades mélangées. Un délice, mes amis.

Les chanteurs debout maintenant, groupés en demi-cercle derrière leur vedette, entamèrent un chant surgi du fond des âges. D'abord, dans un silence devenu religieux tant il était solennel, les voix d'hommes graves imitèrent le bang des cloches. Bang... bang... bang... bang bang bang... et après : *Alle die Bergen sind Heimat.*

« Qu'est-ce que c'est « *Heimat* » ? demanda Yolande à Margot.

— De quoi ?

— *Heimat...*

— Je n'en sais rien. Vous savez, moi et les langues étrangères... »

Un Allemand parlant français les renseigna : « *Heimat,* ça veut dire : patrie. »

Les chanteurs continuaient :

Im Morgenrot vergnügt...

« C'est plutôt joli, commenta Yolande. *Heimat.* Patrie. Me voilà avec des sentiments patriotiques à Assouan. Notre Heimat, c'est la France, un fier pays ! »

L'Allemand acquiesça poliment. Son opinion, depuis longtemps arrêtée quant à la France, ne demandait pas à être divulguée. Ni ici, ni ailleurs.

.... *Und die Sonnestrahlen...*

Thomas se trouva seul avec Marthe sur la piste de danse. Au rythme assez lent de ce chant, il fit quelques pas en direction de Marthe ; celle-ci ressemblait, à ce moment-là, à une gravure hongroise représentant une jeune fille pudique, rougissante, les paupières baissées pour fuir d'innombrables regards d'hommes, et s'apprêtant à entrer dans la danse.

« C'est quoi : *Und die Sonnestrahlen... ?* demanda Yolande.

— Les rayons du soleil...

— Nous sommes justement dans le pays du soleil.

— Chez nous, c'est le soleil levant, dit un Japonais

qui, grâce à sa firme, avait appris le français. Il se trouve que c'était à Perpignan. Le Japonais parlait le français avec un accent méridional.

Alle die Bergen sind Heimat...

— Ces montagnes sont le pays, répéta l'Allemand en français.

— Nous resterons quand même de bons amis, dit Alex à Miss Burns, je le sens.

— Mais évidemment, dit celle-ci avec pitié. Pauvres hommes toujours avides d'être réconfortés ! »

Comme dans le jeu optique d'un mirage, Marthe croit voir grandir Thomas. Sur la piste brillante, un somptueux Hongrois vient vers elle, accomplissant les mouvements lents et dignes des traditions populaires d'un pays millénaire. Le regard de la chanteuse s'attarde avec une folle tendresse sur cet homme, surgi des légendes d'antan.

Alle die Bergen sind Heimat

Le mot : *Heimat* revenait amoureusement sur ses lèvres.

Sie sind mir so vertraut...

« Elles me sont familières, dit l'Allemand. Les montagnes, n'est-ce pas... »

Il faillit avoir les yeux en larmes à cause d'une émotion démodée.

Guerrier auréolé de soleil, habillé de tempête, nourri de la sève d'une terre millénaire, un Hongrois tend la main à Marthe. Avec une inspiration venant des dieux cléments, elle devine les mouvements ; elle les imite pour accomplir le plus parfait des jeux de miroir.

« Ça se voit qu'il n'est pas allemand, ce M. Koenig, dit Yolande.

— J'ai entendu dire qu'il était hongrois d'origine.

— D'origine ? Qu'est-ce que ça veut dire : origine ? On reste ce qu'on est à la naissance. Quand vous aurez la nationalité hollandaise, vous ne serez plus française ?

— Je ne sais pas, dit Margot. Ça me semble un peu raciste, votre définition. Ce M. Koenig est visiblement hongrois, continua-t-elle. Aucun Allemand ni un Français ne danserait comme ça. Quel feu, quel rythme, quelle allure !

— Je vais être jaloux, dit Yan Hook.

— J'ai au bureau un collègue, né de parents hongrois. C'est quelqu'un. Insaisissable d'ailleurs. Comme un vent puissant. Il vous emporte ou il vous néglige selon les jours. »

Yan Hook l'écouta avec une certaine inquiétude.

Enveloppé de dignité et de douceur, Thomas préparait le sacrifice de sa mort et de celle des autres. Les dîneurs cessèrent de manger et l'accordéoniste fit un signe à la chanteuse pour l'inciter à continuer l'hymne champêtre jusqu'à l'épuisement du couple. L'épiderme imprégné de musique, l'âme dans un feu dévastateur, le pas suicidaire, Marthe et Thomas dansaient ; au-delà de l'amour qui émanait d'elle, au-delà de l'idée de sacrifice que l'autre portait en lui, chacun dansait son pays. Occidentale, soudain remplie de la sève de l'Est, Marthe abandonnait ses conventions, ses craintes, les idées paralysantes de ce qu' « on fait » ou « on ne fait pas » devant les autres. Il n'y avait pas d'autres. Elle dansait comme jamais plus elle ne danserait.

Un Écossais un peu éméché se pencha vers sa voisine de Southampton :

« On dirait un coq de bruyère, cet homme ! Savez-vous que le coq de bruyère, lorsqu'il est amoureux, oublie sa prudence et se met sur une branche à chanter sa passion ? C'est le meilleur moment pour le tuer ; pour un chasseur comme moi, c'est un régal ! » Il poussa un grand cri. « Vous êtes folle ? »

L'Anglaise venait de planter sa fourchette dans la cuisse de l'Écossais.

« Je hais les chasseurs !

— Ça alors ! dit l'Écossais hors de lui, vous m'avez fait très mal. Si on ne peut plus parler... »

Il allait se lever pour courir à l'infirmerie.

« Parler on peut, mais pas chasser. Pas tuer, dit la dame de Southampton. Encore un mot de la chasse, et vous aurez la fourchette dans l'autre cuisse. »

L'Écossais partit, affolé.

La chanteuse prononçait « *Heimat* » comme une prière. Et le Hongrois, lui, dansait sur une musique autrichienne, dans une ville égyptienne, la danse de sa mort hongroise.

Neuf siècles d'ancêtres dans ses mouvements. Marthe, reflet dans le miroir, le suivait ; Marthe dansait sa vie qu'elle aurait vécue le temps de ce voyage. Feu de camp. Brasiers dans la nuit noire. Cavaliers qui dévalent sur une terre à défricher, une terre à occuper, une terre à conquérir. Il y a mille ans.

Thomas et Marthe avançaient l'un vers l'autre.

Dort in dem Wald...
Da ist die Welt so schön.

« C'est maintenant qu'il faudrait mourir », lui dit Marthe dans une extrême émotion.

Elle répéta, pour être sûre d'elle-même et de son bonheur absolu :

« C'est maintenant qu'il faudrait mourir.

— Là-bas le monde est beau », chantait la femme sur l'estrade.

Thomas était près de Marthe. Ils dansaient sans se tenir, liés par leur seul regard. Thomas prit Marthe dans ses bras.

« Ils vont s'envoler, dit quelqu'un. On dirait un couple d'oiseaux. »

Il était grisant, ce vertige, la tentation de ne plus se détacher de Thomas, d'abandonner raison et raison sociale, ordre et désordre, principes, thèses et antithèses, de le suivre dorénavant partout, si c'était le prix pour ne plus jamais être séparée de lui.

Comme dans un souffle, l'hymne champêtre s'éteignit.

Thomas embrassa Marthe sur les lèvres, baiser symbole, à peine un coup d'aile sur une surface d'eau. Il lui embrassa la main aussi et il la raccompagna vers leur table comme s'ils avaient participé aux feux d'une noce hongroise.

Le matin décolorait l'indigo de la nuit ; le soleil sur son retour baignait de rose l'aube. Marthe se réveilla. Les yeux ouverts, elle resta immobile. Elle revit la soirée de la veille, cette fête de la tendresse et de la nostalgie. Subjuguée par Thomas, elle se sentit transformée, prisonnière d'un amour. Un rayon de soleil batifolait sur les murs blancs. Elle se tourna vers Thomas. Il dormait. Marthe effleura le front de Thomas.

« Tu as un beau front, mon amour, dit-elle, et elle fit descendre ses doigts sur les paupières. Tu as de beaux yeux », continua-t-elle.

Elle entendit son cœur s'accélérer et son sang battre à ses tympans. Elle toucha les lèvres de Thomas. Aussitôt après, elle regarda sa main, comme on guette un homme qui va transmettre un message capital dans une langue inconnue. Elle examina sa main, affolée, cette main hostile. Avaient-ils raison ses doigts qui tentaient de lui faire comprendre que le visage de Thomas était froid ? Elle eut une soudaine difficulté à respirer. Elle toucha encore une fois le visage de Thomas. Tremblante, elle se leva. Elle contourna le lit ; parce qu'elle s'était butée contre une chaise, elle faillit tomber ; elle retrouva son équilibre. Elle vint près de Thomas ; elle le regarda. Elle embrassa les lèvres de Thomas.

« Le discobole de Florence », pensa-t-elle. Embrasser une statue. L'homme en marbre. Les lèvres en marbre. Bien dessinées, glacées. Thomas était mort.

Elle entendait de loin un petit bruit bizarre ; c'était sa respiration saccadée. Elle libéra une partie du drap, juste suffisamment pour recouvrir le visage de Thomas. Au bout d'un certain temps, elle sortit de la pièce et partit dans le couloir. Elle marchait d'abord ; puis elle se mit à courir. La veille au soir, Eddy leur avait signalé le numéro de sa chambre : « On ne sait jamais. Vous pouvez avoir besoin de quelque chose. Je suis toujours disponible. » Marthe trouva la chambre numéro 14. Elle dut frapper longuement, et assez brutalement, pour tirer enfin Eddy de son sommeil. Celui-ci vint ouvrir et il reçut Marthe, comme un projectile, en pleine poitrine. Elle se dégagea aussitôt et s'appuya contre le mur.

Eddy était hagard et les yeux injectés de sang.

« Qu'est-ce qui vous arrive ?

— Thomas Koenig est mort. »

Il était sûr que c'était vrai, Surénervé et taciturne, il enfila son blue-jean et termina de boutonner sa chemise alors qu'il était déjà en route vers la chambre 23. Depuis le début du voyage, il redoutait une catastrophe. Il avait vécu dans la crainte et la méfiance. L'annonce de la mort de Thomas Koenig était le point final d'une période de tourments et le début d'énormes difficultés à franchir.

« Mort comment ? demanda-t-il, au pas de course.

— Je ne sais pas. »

Parce qu'il avait jeté un coup d'œil à Marthe, il faillit s'allonger à cause du tapis mal cloué. Il étouffa un juron.

Heureusement, le destin lui avait épargné la présence d'une femme qui aurait crié ou pleuré. Mlle Muller se comportait avec dignité. Eddy espérait qu'elle n'allait pas craquer comme font souvent les femmes présumées fortes. Marthe ouvrait la porte de leur chambre ; ils y entrèrent tous les deux. Eddy, prudemment, tourna la clef et se dirigea vers le lit.

« N'y touchez pas », dit Marthe.

Elle s'approcha du lit, hésita et souleva lentement le drap. Le visage doux de Thomas Koenig semblait être modelé dans une matière céleste, lisse et opaque.

Eddy se détourna. Marthe Muller recouvrit le visage de Thomas.

Eddy cherchait du regard. Sur la table, il y avait, bien préparées et en évidence, quelques enveloppes. Il fit un signe à Marthe qui voulait dire : « Les avez-vous lues ?

— Non », fit-elle.

Eddy saisit la plus épaisse et la déchira brutalement. Il en sortit une épaisse liasse de Deutsche Mark et une lettre, qu'il parcourut pour la donner aussitôt à Marthe.

« Je demande à l'organisation responsable de ce voyage de me faire incinérer à Assouan même, ou à l'endroit le plus proche de cette ville. Celle que je considérerai pour toujours comme ma femme, Joanna Hart, actuellement épouse de M. Heinrich Werner, doit être prévenue de ma mort et de la demande que je lui fais d'accepter mes cendres. Tout ce que je possède, dorénavant, lui appartient. L'argent ci-joint devrait couvrir ces modalités : l'incinération, le transport et autres frais. Merci. »

Marthe lut la lettre et la relut.

Eddy tendit la seconde lettre fermée à Marthe :

« C'est à vous ! »

Elle l'ouvrit.

« Pardonne-moi, Marthe. Je n'ai pas pu faire autrement. Si j'avais choisi la vie, tu aurais été une compagne exceptionnelle. Je te demande expressément d'appeler sans perdre une seconde et par une ligne prioritaire, l'ambassade de Suisse au Caire. Je désire que mon sac de voyage contenant neuf kilos d'explosif soit remis à la Suisse. La nature de l'explosif est telle, que le posséder représente un pouvoir de pression considérable. Je ne fais confiance qu'à la Suisse quant à la non-utilisation à jamais de cette matière meurtrière au plus haut degré. Marthe, je te demande d'aller sur le barrage ce matin. Peut-être tu me comprendras. J'ai voulu faire sauter le barrage d'Assouan, mais je me suis découvert un être humain faible, donc seulement un théoricien de la révolte. J'ai été vaincu par la pitié pour les autres. »

Marthe passa la lettre à Eddy. Celui-ci s'exclama :

« Le barrage ! Faire exploser le barrage ! » Il saisit Marthe. « Où est le sac ?

— Dans l'armoire, fermée à clef, dit Marthe. On ne doit pas y toucher. Il faut d'abord prévenir la police et demander leur aide pour que je puisse entrer en contact avec mon ambassade.

— Je vais prendre l'explosif sous ma responsabilité », dit Eddy en allant vers l'armoire.

Marthe s'interposa entre l'homme et l'armoire.

« En aucun cas. On va exécuter l'ordre.

— L'ordre ? cria Eddy.

— Le désir, si vous voulez, de Thomas Koenig.

— Ce fou meurtrier ?

— Ni fou, ni meurtrier, rectifia Marthe, glaciale. Je veux quelqu'un de la police.

— Parce que vous croyez que l'Égypte va laisser sortir neuf kilos d'explosif comme un paquet de bonbons ? Qui devrait respecter, et pourquoi, la dernière volonté d'un... d'un... ?

— Inutile de crier, dit Marthe. Il vaut mieux agir. En silence.

— Tout cela est inconcevable, continua Eddy. Faire ça à mes vacanciers. A mes petits touristes heureux. A des gens qui veulent échapper justement aux drames. Vous ne devez rien dire à personne. Il faut que Koenig disparaisse d'ici avant que l'hôtel se réveille. Je vais alerter les autorités pour qu'on embarque ce cadavre. On verra après, les dernières volontés.

— Vous ne dicterez pas votre loi, répliqua Marthe. En aucun cas. Il y a mort d'homme. J'exige le respect absolu de l'homme. De l'homme et de sa mort. Il faut trouver un pasteur protestant.

— Un quoi ? s'exclama Eddy. Vous déraillez, ma petite dame !

— Un pasteur protestant, répéta Marthe. Je veux que vous trouviez un pasteur et que vous l'ameniez ici.

— Mais vous n'êtes pas à Genève, s'écria Eddy. Vous n'assistez pas à une mort bourgeoise dans une vieille maison bourgeoise. Vous vous trompez de lieux et de circonstances. Vous êtes habituée aux deuils bien organisés, aux fleurs et aux condoléances. » Il désigna la masse blanche sur le lit. « C'est un terroriste, c'est un je ne sais pas quoi... c'est...

— C'est l'homme que j'aime, dit Marthe. Sa mort m'appartient. Je vais suivre à la lettre ses souhaits. Je ne l'abandonnerai que lorsque, devenu cendres, il sera envoyé vers... » Elle s'arrêta une seconde... « Vers sa femme. Le corps de Thomas Koenig ne quittera pas l'hôtel sans être accompagné par un pasteur. J'ai vu hier dans le Guide, ou ailleurs, je ne sais plus, qu'il y a la chapelle d'une église réformée près du Grand Hôtel. Allez-y. Trouvez-moi le pasteur, le chef de la police et une compagnie de pompes funèbres. Thomas Koenig ne partira d'ici que dans l'extrême dignité qui fut celle de sa vie. Sinon... » Ses yeux étaient pour la première fois en larmes. « Sinon, je vais sortir d'ici, et je réveillerai tout le monde, en hurlant mon chagrin ; je dirai à chacun qu'il est mort.

— Une belle chose, le chantage, madame ! dit Eddy. Une belle chose.

— Vous m'y forcez bien, à ce chantage.

— Mais, cria Eddy, vous ne vous rendez pas compte ce que c'est, un mort dans un hôtel ? C'est l'extrême poisse. Ça fout un cafard noir à tout le monde. Et encore plus aux membres de notre Club qui trouvent chez nous la joie de vivre, le bonheur des vacances, l'insouciance.

— Vous perdez votre temps, un temps précieux, dit Marthe. Votre beau discours sur la joie de vivre est déplacé.

— Il faut aussi un médecin légiste, dit Eddy. Il faut faire constater officiellement la mort. Il faut un certificat de décès, un permis d'inhumer, que sais-je ? Ce n'est pas simple, la mort. »

Marthe regarda son bracelet-montre.

« Il est cinq heures et quart. Vous pouvez encore organiser la mort de Thomas Koenig d'une manière aussi décente que discrète. Je ne bougerai pas d'ici. Je ne le quitte pas. »

Eddy sortit de la pièce en maugréant, et Marthe referma la porte à clef. Elle alla vers la fenêtre pour bien ajuster les rideaux et chasser toute lumière de la pièce mortuaire. D'un geste machinal, en tournant un bouton, elle augmenta le froid pulsé par l'appareil d'air conditionné. Parfois, elle devait s'arrêter et s'appuyer à la table, à un mur, tant le vertige l'attaquait. Dans la lumière jaune des ampoules électriques et vibrantes du bruit de l'air réfrigéré, la chambre devint un satellite sorti de son orbite, condamné à tourner éternellement. Tout était plausible, paisible, glacé et glaçant. Marthe s'arrêta à côté de Thomas ; à travers le drap, elle devinait son visage. Elle considéra son suicide comme une preuve d'amour. Il s'était abandonné à Marthe. Elle pénétra dans la salle de bain et sur le seuil même, elle eut un mouvement de recul ; elle avait aperçu sur le miroir une inscription tracée avec un rouge à lèvres. Elle n'oublierait jamais ces lettres rouges, gluantes et épaisses comme le sang : elle se mit à lire à haute voix comme un enfant : *N'est... pas... mons...tre qui vo... vou... voudrait l'... l'être.*

« N'est pas monstre qui voudrait l'être », répéta Marthe.

Elle s'approcha du miroir ; elle s'aperçut derrière le quadrillage des mots rouges ; elle se découvrait éprouvée et comme vieillie. Elle regardait cette femme inconnue dans le miroir. Elle porterait le deuil de Thomas Koenig pendant le reste de sa vie. Elle prit une serviette, la mouilla et se mit à frotter, à nettoyer le miroir. L'inscription résistait. Il était difficile de l'entamer ; chaque lettre s'étendait d'abord comme du sang ; il fallait s'y acharner, revenir plusieurs fois au même endroit, le mouiller, le relaver. Elle réussit enfin à effacer l'écriture ; la glace resta rose et opaque.

Marthe eût aimé se réchauffer dans un bain accueillant ; elle fit couler l'eau et l'arrêta aussitôt ; elle aurait gêné Thomas avec ce bruit agressif.

Elle s'habilla lentement. Elle s'assit à côté du lit, jusqu'au moment où on frappa à la porte.

Elle se leva et alla ouvrir. Il y avait plusieurs hommes dans le couloir ; elle les dévisagea, puis elle leur dit d'entrer dans la pièce.

Un Égyptien, le représentant du chef de la police, prit Marthe aussitôt à part.

« J'ai des questions à vous poser, madame. »

Marthe intervint pour qu'on ne touche pas à Thomas, mais on lui dit :

« Laissez travailler le médecin légiste. »

Alors, elle fut prise par une nausée violente ; elle dut s'absenter et se réfugier dans la salle de bain. Elle avait l'impression que par des hoquets successifs, l'intérieur de son corps et son cœur s'arrachaient. Elle revint dans la pièce et tourna le dos au lit ; elle s'assit sur une chaise.

L'Égyptien en face d'elle était courtois et impassible.

« Votre nom, madame ?
— Marthe Muller.
— Nationalité ?
— Suisse.
— Née à ?
— Genève. En 1954.
— Profession ?
— Directrice d'une affaire commerciale.

— Votre départ de Genève ou de Paris ?
— Le 20 novembre.
— Pouvez-vous préciser la nature de vos liens avec le défunt ?
— Une liaison.
— Une liaison ? Qu'appelez-vous une liaison, madame ?
— J'ai vécu avec lui.
— Pendant combien de temps ? »
Elle dut réfléchir.
« Huit jours, je crois.
— Le connaissiez-vous depuis longtemps ?
— Non.
— Depuis quand ?
— Le 20 novembre.
— Une aventure de vacances, donc... »
Elle resta silencieuse.
« Saviez-vous, c'est-à-dire, auriez-vous pu supposer ce qu'il transportait ?
— Non.
— De quelle manière a-t-il parlé de l'Égypte ?
— Il n'en a pas parlé.
— Et de lui-même ?
— Encore moins.
— Que savez-vous de lui ?
— Rien. Son nom. Et peu de choses.
— Comment peut-on avoir une liaison avec quelqu'un dont on ne sait rien ? » Marthe regarda l'Égyptien agacé. « Pourquoi vous aurait-il confié l'explosif ?
— Une question de confiance.
— De confiance.
— Oui.
— Voulez-vous me donner le sac, madame ?
— Seulement à un représentant diplomatique suisse.
— Nous ne vous donnons évidemment aucune possibilité de garder avec vous l'explosif. Nous nous arrangerons avec l'ambassade suisse. L'homme

n'étant pas ressortissant suisse, il y a peu de chance d'aboutir à une transaction de ce genre. D'ailleurs, votre magnifique pays serait très désagréablement encombré par ce « cadeau ».

— Je n'y peux rien, dit Marthe infiniment fatiguée. J'essaie de me conformer à une dernière volonté.

— D'un inconnu... ou presque... dit l'Égyptien.

— Le sac se trouve dans l'armoire, continua Marthe. Il faut dire que j'ai besoin d'aide, moralement. Tout est si compliqué. Et aussi incompréhensible. Faites ce que vous voulez, comme vous voulez. Vous êtes, et je vous en remercie, très patient et très... très...

— Très ?

— Humain, monsieur. Merci. »

Le médecin légiste vint les rejoindre.

« Sans autopsie, je n'ai aucune certitude, ni même de supposition quant à la nature du produit qui a provoqué la mort de cet homme.

— Pas d'autopsie, dit Marthe. En aucun cas. Thomas Koenig était un chimiste d'une renommée mondiale. Il pouvait avoir sur lui quelque chose... il a dû avoir sur lui un poison...

— Qui n'est pas inventé pour le commun des mortels ! s'exclama Eddy. Messieurs, il faut que vous nous aidiez, l'occasion est trop belle pour nos adversaires, pour nos détracteurs. Vous voyez ça d'ici, dans les journaux ! Les gros titres. Parlant de chimiste, d'explosif, de barrage, de suicide.

— D'ailleurs, intervint le médecin légiste, il n'y a que les lettres laissées par l'homme en question qui prouvent que c'est un suicide. Il aurait pu être tué aussi.

— Tué ? s'exclama Eddy. Mais vous êtes fou ? Il s'est bien supprimé lui-même. A temps.

— Tué ? répéta Marthe.

— C'est une idée qui m'effleure, dit le médecin. Il me semble qu'il y a une trace de piqûre à l'intérieur du bras gauche, sur la veine même. On pourrait imaginer que quelqu'un ait voulu tuer un homme déjà mort.

— Vous brodez, docteur ! cria Eddy. Vous faites du zèle. N'inventez rien. Ce qui nous arrive est déjà suffisamment horrible.

— Il n'y a que l'autopsie qui pourrait définir si cette trace est celle d'une piqûre intraveineuse qu'il aurait eue avant le voyage. Il y a des systèmes veineux plus ou moins délicats.

— Ah ! non, dit Eddy, vous ne pouvez pas faire ça à notre Club, nous mêler à une histoire où un homme serait mort deux fois... Je vous en prie, délivrez le permis d'inhumer, et n'en parlons plus. »

Les Égyptiens commencèrent à discuter en arabe. Marthe les interrompit.

« Est-ce qu'il a souffert ? demanda-t-elle au médecin.

— Comment voulez-vous une réponse à ça, madame ? En tout cas, moins ou différemment qu'avec un somnifère absorbé. Son visage est paisible. Nous allons ouvrir notre enquête médicale.

— Vous ne ferez, je vous le demande, aucune « enquête médicale », dit Marthe. Je ne fais aucun obstacle quant à l'explosif, mais Thomas Koenig doit être incinéré dans le plus bref délai. Voyez ces lettres : le suicide ne fait aucun doute. Vous n'avez pas le droit d'y toucher.

— Nous avons tous les droits, madame. Nous sommes en face d'une énigme. D'une prétendue tentative d'attentat, d'une mort, violente — même s'il l'a provoquée lui-même. Des traces troublantes à l'intérieur du bras.

— Je vous en prie, dit Marthe. Je vous en supplie, dans l'intérêt de tout le monde, abandonnez vos soupçons. »

Eddy lui fut soudain reconnaissant et se proposa de la soutenir dans sa bataille.

« Vous n'avez aucun droit sur le défunt, madame », dit l'un des Égyptiens.

Marthe se redressa :

« D'abord cette lettre me donne des droits, et le chef du groupe touristique — elle désigna d'un geste Eddy — peut prendre lui aussi des dispositions dans l'intérêt de son établissement. »

On frappa à la porte. Un jeune homme barbu se présenta :

« Je suis un remplaçant du pasteur qui s'occupe de l'Église réformée...

— Entrez donc... dit Eddy, et il se tourna vers Marthe : Voyez, j'ai tout fait. Tout ce que vous m'avez demandé.

— Merci », dit Marthe. Elle s'approcha du pasteur. « Je voudrais que vous bénissiez la dépouille mortelle de Thomas Koenig, s'il vous plaît. »

Le jeune pasteur timide, mal à l'aise — il y avait trop de monde dans la pièce —, téléguidé par les yeux de Marthe, n'allait guère entrer dans les détails du pourquoi de cette mort. Il avait choisi Dieu par idéalisme ; il était proche encore de ce Dieu qu'on lui avait appris. Un Dieu de pitié et de miséricorde. Il n'avait même pas voulu interroger Marthe quant à la religion de l'homme dont l'âme était déjà ailleurs. Il ne pouvait être que protestant ; sa femme en témoignait. Et puis, ça n'avait en définitive aucune importance.

Un murmure, le dialogue intime entre Thomas Koenig et le jeune pasteur, remplit la pièce. C'est seulement quelques années plus tard que Marthe se demanderait pourquoi l'Égyptien n'avait pas voulu prendre, avant tout, tout de suite, l'explosif. Avant même de parler, d'interroger, de discuter.

Pendant que le pasteur priait, il y avait eu une précipitation confuse autour de l'armoire. Marthe entendit parler Eddy qui répétait sans cesse : « Ça ne nous est jamais arrivé, une chose pareille, jamais. Mais comment voulez-vous que j'aie eu l'idée d'une monstruosité pareille ? Jamais. Nous sommes une entreprise d'amusements et loisirs. »

> « ... et Dieu tout-puissant, aie pitié de nos âmes... »

murmurait le jeune pasteur.

Le représentant du chef de la police posa sa main sur l'épaule de Marthe. Absorbée dans sa prière, elle en ressentait le poids, mais n'avait même pas la force de se redresser.

« Il n'y a que vos robes dans l'armoire, et quelques vêtements d'homme. Qu'avez-vous fait du sac ?

> « ... aie pitié de nos vies égarées, de nos faiblesses, de notre orgueil. »

— Je ne sais pas de quoi vous parlez, dit-elle. Je n'en sais rien. Hier soir, il y avait encore un sac de voyage dans cette armoire. J'ai pris ma robe, le sac y était ; et au retour de la soirée, j'ai accroché ma robe, le robe fleurie, dans l'armoire. La ceinture est tombée, je l'ai reprise. J'ai touché le sac.

> « ... aie pitié de ceux dont l'agonie est longue et douloureuse, de ceux dont la souffrance est multipliée par la peur de la mort... »

La chambre spatiale, glacée par l'air conditionné, tournait dans l'espace.

« Qu'avez-vous fait du sac ?

— Mais vous ne comprenez donc pas ? dit Marthe. Rien. Quelqu'un a dû le voler. Le prendre. Hier soir, nous sommes descendus dîner vers... »

Eddy l'aida.

« Huit heures trente... Vers huit heures trente.

— Et après, madame ?

— Mais je vous l'ai dit : la ceinture tombée, je l'ai touché, ce sac.

— Et après ?

— Je ne sais pas. J'étais heureuse. »

Les Égyptiens se turent. La femme interrogée semblait absente ; son âme accompagnait l'âme du mort. Elle était docile, calme, inerte même. Mais à peine existante.

Avec l'autorisation du représentant de la police, Eddy appela la réception et leur donna l'ordre de faire monter les ambulanciers.

En les attendant, Eddy tenta de les convaincre.

« Je vais parler d'un malaise cardiaque. Le cœur est imprévisible. Il ne faut pas parler de mort... ni de la mort. Pas aujourd'hui. Ils sont comblés, mes petits touristes ; ils sont si heureux... C'est leur dernier jour avec moi... Ce serait un vrai crime d'abîmer leurs vacances. Et surtout, ils n'y peuvent rien. Certains en rêvent depuis des années, de ce voyage en Égypte. Il ne faut pas les affubler d'un drame. Ils ont vu tant de tombes, ils ne peuvent pas partir avec le souvenir d'un mort. »

Le brancard prenait beaucoup de place. Il y eut des difficultés pour fermer la porte. Et aussi, il fallait que Marthe freine les mouvements un peu brusques des brancardiers. Elle les calma. Ils prirent Thomas lentement. Marthe allait l'accompagner.

« Où allez-vous, madame ?

— Je ne le quitte pas, dit-elle. Je ne le laisserai pas tout seul, là-bas. Il n'aimait pas la solitude, Thomas. Il prétendait que cela lui était égal, mais il n'aimait pas la solitude. C'est la vérité.

— Vous ne pouvez pas passer le journée à la morgue.

— A la morgue ? »

Elle tremblait.

« Je vous promets, dit le représentant de la police, je vous promets que tout se passera dans la dignité et dans le respect, malgré l'absolu, monstrueux et dément crime que l'homme voulait commettre.

— Il n'aurait jamais touché à la vie de quiconque, dit Marthe. C'est impossible. C'était un homme extraordinaire. En tout cas, il a renoncé. Il a renoncé. »

Eddy les pressa :

« Allons-y, allons-y, avant que l'hôtel se réveille ; il est six heures trente-cinq... Mon père, ou monsieur le pasteur, monsieur, c'est fini ? n'est-ce pas ? Il faut bouger maintenant. Vous avez assez prié.

— Tout l'hôtel va être fouillé, dit le représentant de la police. Nous sommes en face d'un problème extrêmement grave. Vous ne pouvez pas quitter Assouan avant que vous y soyez autorisée.

— Il faut prévenir mon ambassade », dit Marthe machinalement.

Ils partirent tous. Dans la pièce vide, elle se croyait sous les décombres d'un monde devenu glacé comme un paysage lunaire.

DANS la salle à manger, l'atmosphère était tamisée. Un goût d'adieu planait dans l'air. Les habitués du Club ne doutaient pas de la courte durée des relations nées de ce voyage ; forts de leurs expériences précédentes, ils n'auraient guère attaché d'importance à des promesses hâtives, ou à la survie d'une liaison. Le Club était sacré « cathédrale de l'éphémère ». Ceux qui en étaient conscients, se laissaient emporter par un grisant sentiment de liberté. Personne, au Club, ne devenait prisonnier. Le système attirait et rejetait à la fois. Abandonnés par l'immense chatte qu'était l'Entreprise, pareils aux petits chatons repoussés par elle, titubants, à moitié sonnés par tant de plaisir, les yeux collés de beauté et d'émotions de toutes sortes, il fallait réintégrer un monde de travail et d'obligations. Retrouver des patrons et des employés, des horaires stricts, les traites à payer et la note du garagiste. En revanche, l'espoir d'autres voyages se dessinait dans leur cerveau. « Cette fois-ci, c'était culturel, mais, vous savez, quand on veut se reposer, rien ne remplace une plage ! Rien. Des palmiers, du sable fin, la mer chaude. Mon Dieu, que c'est dur de reprendre la vie quotidienne ! » Ici le soleil brille, mais en Europe, de Paris à Berlin, de Londres à Bruxelles, c'est l'hiver. Quelle merveille d'imaginer un autre départ, une autre aventure, de se cacher sous les mamelons de la grande femelle toujours disponible qu'est l'entreprise de loisirs, inlassable nourricière, et de se mettre à téter le plaisir jusqu'à n'en plus pouvoir !

Les serveurs déposaient des cruches remplies de café brûlant sur les tables ; la chasse aux petits gâteaux chauds démarrait. Miss Burns promit à Alex de l'appeler quelques jours après leur arrivée à Londres. Pourtant, elle savait qu'elle allait attendre paisiblement avant de contacter ce charmant compagnon du voyage d'Égypte. D'abord, elle raconterait tout à Muriel, à Muriel retrouvée, douce chaude, soyeuse, sûre d'elle-même comme une divinité de jadis parce que source de joies physiques et morales qu'aucun homme ne peut susciter.

A peine rasssuré par Miss Burns, Alex grignotait ses croissants en cachant mal son angoisse, cette angoisse qui se mettait à gonfler comme un vilain ballon, en prenant une place presque matérielle au fond de lui-même. L'épreuve de la vie de tous les jours allait recommencer ; il aurait des lettres à ouvrir. Beaucoup de lettres.

« Vous êtes-vous rendu compte que le courrier qui vous attend après un voyage est presque toujours désagréable ? demanda Alex à Miss Burns. Des factures oubliées par vous et amplement justifiées par ceux qui les envoient ; on vous fait même des reproches pour des incidents dont on n'a plus le souvenir... »

Miss Burns saisit l'occasion pour parler d'une manière plus ample de Muriel. Pour l'afficher presque, s'en vanter, proclamer sa joie de l'avoir comme compagne, se manifester aussi fidèle qu'enthousiaste à son égard. Qu'importait la table encombrée de miettes, les désarrois de ce brave Alex Brown, l'Égypte allait s'évaporer, leurs petites confidences occasionnelles tomber dans les oubliettes.

« Nous constituons un couple parfaitement équilibré avec mon amie Muriel, dit Miss Burns. Deux femmes se complètent, se connaissent et se reconnaissent — en tant qu'alliées —, mieux que les hommes. Un couple : femme et homme liés ensemble, se font la guerre pendant toute une vie. Ils sont sur le sentier des bagarres *ad vitam aeternam.*

— Je n'ai jamais été mal avec ma femme, dit Alex. Nous avons été brisés par des drames extérieurs à notre volonté.

— Elle était l'esclave, et vous le maître !

— Maître ? Moi ? Que d'honneur et surtout que d'humour ! s'exclama Alex. Nous étions d'humbles marionnettes. Nous étions malades, nous-mêmes, par une sorte de transmission, de la drogue que notre fils absorbait. Si vous pouviez avoir des enfants, vous auriez les mêmes fluctuations de malheur-bonheur qu'un couple...

— Normal ?

— C'est ça, dit Alex.

— Nous nous considérons comme « normales », même sans enfant », dit Miss Burns.

Une image précise lui présenta Muriel, nue, sortie de sa douche, Muriel longiligne, perlée d'eau, sans vouloir même être provocante, tout simplement sûre de sa beauté. Miss Burns se vit aussi, tendant un peignoir à Muriel. Un peignoir chauffé sur un radiateur. Et parfumé.

Au micro retentit un « mesdames et messieurs » péremptoire. Raphaël avait peur. Il allait peut-être perdre sa place au Club. Eddy était tombé sur lui, furieux ; il l'avait secoué violemment, tout en l'injuriant. « Alors, tu as vu le sac de Thomas Koenig, n'est-ce pas ? Tu l'as vu, ce sac ? Tu l'as fouillé ? — Évidemment, avait-il bredouillé. — Pauvre con ! » Eddy n'avait pas pu crier à cause des voisins. « Tu sais ce qu'il y avait dans le sac que tu n'as pas ouvert, ni regardé ? Neuf kilos d'explosif, pauvre débile ! Neuf kilos. Ce n'est même pas un pauvre débile que tu es, mais un criminel. Un criminel en puissance. — Quoi ? Quoi ? avait-il répété. — Tu veux que je te fasse un dessin ? Pourquoi pas une peinture à l'huile ? Encadrée ! Tu comprends le français, non ? Neuf kilos d'explosif ! On allait tous crever. Y compris l'Égypte. Le barrage qui saute, l'eau qui déferle, ça te dit quelque chose ? Pauvre con mal lavé, tu as même peur d'une douche, comment pourrais-tu imaginer le barrage rompu ! »

« Mesdames et messieurs, mesdemoiselles... les cars vous attendent : nous allons visiter ce matin le haut barrage d'Assouan. Si vous vouliez bien rejoindre les cars, ça arrangerait tout le monde. Selon votre langue maternelle vous pouvez choisir le car parlant français, anglais ou allemand... Pour nos amis Japonais, le car nippon — il avait failli buter sur le mot — est là, envoyé par le ravissant bateau que nous avons croisé : le *Moshi-Moshi.* Aucune photo ne doit être prise du barrage. Je vous souhaite une bonne journée. »

En terminant son petit discours, il se racla la gorge. La moitié de la salle était déjà en mouvement.

Roland dépouilla de son papier jaune une cassette de pellicule.

« Il a dit de ne pas filmer, intervint Solange.

— Je ne suis ni sourd, ni gâteux. Pas encore. Vu ta présence à côté de moi depuis vingt ans, c'est étonnant. Je le sais. Inutile de vouloir tout m'expliquer. Ou bien je devrais t'expliquer, dans une surenchère, pourquoi il ne faut pas m'expliquer à moi...

— Ça devient pénible de se chamailler du matin au soir, remarqua Solange, assez lymphatique.

— Fantastique découverte ! s'exclama Roland. Si tu pouvais en souffrir aussi...

— La plupart des couples nous ressemblent, dit Solange ; tout cela n'est pas grave surtout qu'après ce voyage on ne sera même pas malades.

— Tu en es triste ? Des occasions manquées de voir le docteur Volker.

— Oh ! non, dit-elle. Oh ! non. Mais on était bien ensemble, convalescents. Ce sont parmi les meilleurs moments de notre vie. A qui je ferais mes bons petits plats de riz ? A qui ? »

Muet, il glissa la cassette du film dans la caméra.

« Dis, Roland ?

— Oui.

— As-tu pensé au projet australien ? Leur offre était plus qu'avantageuse. Un voyage pratiquement en solde. Trois semaines à payer, la quatrième : en cadeau. Avec le goûter gratuit. Je me demande comment est le goûter australien... Du thé et du mouton ? Ce qui m'a attirée le plus c'était le petit kangourou, l'emblème, sur leur papier à lettres.

— Tu babilles, dit Roland.

— Je fais quoi ?

— Tu utilises le verbe : babiller à la première du présent.

— Ah ! dit Solange, ce n'est pas un crime.

— En rentrant à Bruxelles, on va souffler un peu. Pour une fois, je voudrais monter moi-même mes films. Et les classer. Et mettre les étiquettes. Et puis aussi, rendre visite à des agents immobiliers.

— Pourquoi ?

— Pour chercher un fonds de commerce.

— Je ne te suis pas du tout », dit Solange, désemparée.

Roland ménageait son effet.

« Pour trouver un local.

— Quel local ?

— Une parfumerie à vendre ! »

Elle s'arrêta. Lui aussi. Les autres les bousculaient légèrement, plutôt gentiment.

« Tu as dit : parfumerie ?

— J'ai dit : parfumerie. »

Ils allaient traverser le hall de l'auberge Toutankhamon, être éblouis de soleil, avant de monter dans leur car où le guide parlait français. Le véhicule tremblait déjà, vibrait ; son puissant moteur en marche transmettait ainsi un message d'encouragement ; ils allaient partir bientôt vers de futures délices.

Bien calés, au fond du car, Yan Hook expliqua à Margot :

« Il y a un projet hollandais pour sauver l'île de Philae. Le temple qui s'y trouve aux trois quarts dans l'eau est une pure merveille.

— L'Égypte est un pays sec, un vrai désert, parfois, et cependant ses monuments disparaissent dans l'eau. C'est étrange », dit Margot.

Yan Hook aimait bien ce genre de femme à la fois bête et intelligente, sensuelle et calculatrice, démodée et d'avant-garde, hétaïre le soir et ménagère dans la journée. Quel était l'intérêt d'un homme d'avoir une femme vraiment intelligente ? Aucun. Celle qui raconte des bêtises, gobe, aussi, avec allégresse, les mensonges qu'on lui raconte.

« Tu ne crois pas qu'ils devraient déplacer les monuments avant que l'eau arrive ? Au lieu de les repêcher pierre par pierre après ?

— Mais si.

— Tu ne sembles pas m'écouter. »

Heureusement qu'elle ne parlait pas le néerlandais, pensa Yan Hook. Le temps qu'elle l'apprenne, que de gaffes disparaîtront dans les crevasses de l'incommunicabilité.

Il se mit à siffloter.

« Pourquoi siffles-tu ?

— Parce que ça me plaît. »

Il sifflait maintenant la mélodie du *Pont de la Rivière Kwaï*. Il allait bientôt faire sauter sa liaison.

« Tu viendras nous voir à Rotterdam, dit-il, pour se donner bonne conscience. Mes filles seront ravies de te connaître. »

Qu'est-ce qu'il imaginait, ce Hollandais, qu'elle, Française, et du Midi, par surcroît, allait se prêter à une sorte d'examen de passage à Rotterdam ! Ah ! non, alors. « Il devrait se traîner à mes pieds ; d'abord, je suis beaucoup plus jeune que lui ; je n'ai que vingt-six ans, et lui, presque quarante ; et je suis française, ce n'est pas rien. »

Les cars s'ébranlèrent. Yolande, assise à côté du professeur Han, trouva enfin l'interlocuteur souhaité pour discuter de la vieille ville d'Assouan et découvrir ses quartiers modernes.

« Nous allons passer à côté des vestiges de la muraille qui entourait jadis Assouan, à l'époque de la conquête de l'Égypte. Nous sommes à quinze kilomètres du haut barrage. Vous verrez en passant un petit fort construit pendant l'occupation française », expliqua le guide.

Margot, fière, se tourna vers Yan Hook.

« On était là, nous, les Français... On a même construit un fort.

— Tant mieux », dit Yan.

La petite Française était une vraie pétroleuse. Saisie par une crise de chauvinisme parce que le retour était proche.

« ... L'Allemagne fédérale a installé non loin d'ici, continuait le guide, une immense usine d'engrais.

— C'est fou, ce qu'ils boulonnent, ces Allemands ! dit un Français à un autre.

— Ils savent travailler, que voulez-vous, c'est dans leur nature. On ne se refait pas... Ni eux, ni nous. Personne.

— Ils ont moins de jours de fête que chez nous.

— Il fallait y penser, dit un troisième, à l'engrais, à faire une usine d'engrais, là où rien ne pousse.

— Mais au contraire, c'est exprès ! »

Les cars traversèrent un plateau désert, jaune et rouge ce matin.

Marthe était assise au premier rang du car. Personne n'avait voulu occuper le siège à côté d'elle. Le hasard, ou la fuite. Elle n'était pas très encourageante, si pâle, le visage masqué à moitié par des lunettes de soleil. Marthe se laissant porter par les événements, obéissait à la dernière volonté de Thomas. Elle allait donc visiter le barrage. Dans une illusion d'optique l'horizon était devenu une ligne rouge qui soulignait le bleu violent du ciel. Le chauffeur du car augmenta le froid de l'air conditionné. Marthe essuyait parfois des larmes qui réussissaient à franchir la monture lourde des lunettes.

De loin, ils aperçurent déjà un attroupement de militaires égyptiens.

« Ils sont nombreux aujourd'hui », dit le chauffeur.

Il freina pour arrêter le lourd véhicule. Les deux autres cars ralentirent et se rangèrent derrière. Le chauffeur ouvrit la porte automatique et tendit le laissez-passer au chef de patrouille, que le guide avait salué avec un « *inch Allah* ». Un militaire, accompagné de trois soldats, monta dans le car. La petite troupe fouilla le car. L'un d'eux compta et recompta les passagers et il signala aussitôt à son chef que le nombre trouvé ne correspondait pas au chiffre qui figurait sur le permis de circuler dans cette zone. Il manquait une personne. Avec l'aide du guide, ils recomptèrent les participants, et conclurent qu'un manquant gênait moins un contrôle qu'une personne supplémentaire.

« M. Koenig est resté à l'hôtel ? demanda Yolande en rejoignant Marthe. J'imagine que c'est lui qu'on cherche.

— Je ne sais pas », dit Marthe.

« Ils ont dû se disputer, pensa Yolande en regagnant sa place. Il est peut-être même reparti. Il en a marre. Les hommes, toujours les mêmes. »

Marthe observait les opérations militaires avec une extrême attention. Elle constata que Thomas n'aurait pas pu franchir le contrôle avec le sac. Peu à peu, elle se mettait à imaginer le déroulement théorique de l'attentat projeté. Qui était donc Thomas qu'elle avait aimé sans le comprendre, sans avoir eu le temps de le connaître ?

Le guide parlait, à propos de la Nubie, de la reine Hatshepsout. Et puis, il expliqua aussi la tristesse que provoqua l'immersion de quelques villages de la Nubie sous l'eau du barrage.

« Qu'est-ce que je t'ai dit ? s'exclama Margot. De l'eau partout ! J'avais raison. »

« Il y a des gens comme ça. Futés un jour, stupides l'autre », pensa Yan Hook.

« Sous l'eau comme l'Atlantide », commenta Solange.

Roland fut agacé.

« Je me demande à quoi on comparerait les endroits inondés sans la légende de l'Atlantide.

— Tu deviens difficile, répondit Solange. Tu prends mal tout ce que je dis... En revanche, ton histoire de parfumerie m'épate... M'enchante. Hélas ! c'est un peu tard.

— Mieux vaut tard que jamais », dit Roland.

Et Solange s'exclama :

« Ça vaut l'Atlantide, ton « mieux vaut tard que jamais ». Tu m'as fait trop languir.

— Alors, tu n'en veux pas ?

— Si, dit Solange. Si. Avec moi, on s'arrange toujours.

— Le canal de dérivation a été creusé dans le granit rose d'Assouan, dit le guide. C'est dans ce même granit que les pharaons avaient taillé les obélisques. »

Marthe luttait contre la douleur. Parfois, elle était secouée par des spasmes de chagrin.

« La centrale hydroélectrique avec ses douze turbines est de fabrication française. »

Marthe allait vomir. Elle put se retenir grâce à sa volonté. En respirant profondément. Elle garda un mouchoir devant sa bouche.

Le guide s'assit une seconde à côté d'elle.

« Vous ne vous sentez pas bien ?

— Un malaise, dit Marthe. Merci. Ce n'est rien. »

Le guide reprit son micro.

« Nous arrivons maintenant sur le barrage ; vous l'apercevez déjà d'ici. »

Un soleil fou tambourinait sur les vitres de l'autocar.

« Quelle réverbération ! » s'exclama une femme assise au fond.

A première vue, le haut barrage ressemblait à une autoroute posée sur un immense rocher artificiel.

« Épaisseur à la base, neuf cent quatre-vingts mètres ; épaisseur au sommet, quarante mètres ; largeur au sommet, trois mille six cents mètres ; et hauteur, cent onze mètres, répéta plusieurs fois le guide. Nous traverserons le haut barrage, mesdames et messieurs, en autocar, mais auparavant, si vous voulez bien descendre ici, maintenant, pour mieux voir les deux côtés. Côté lac Nasser, et côté Nil avec la centrale électrique. Fabuleuse réussite humaine, le barrage... »

Ils étaient en train de descendre du car quand ils furent encadrés, comme pour une réception d'honneur, par un cordon de soldats.

Le guide expliquait :

« L'immensité bleue de ce côté-là, c'est le lac Nasser, mesdames et messieurs ; on dirait le ciel, n'est-ce pas ? cent cinquante-sept milliards de mètres cubes, telle est la capacité d'emmagasinement d'eau retenue par le barrage. C'est un des barrages les plus extraordinaires aussi bien sur le plan technique que sur le... »

Le parapet arrivait au-dessus de la taille de Marthe. Elle s'y appuya. En haut, avec une bordure en béton, le parapet était assez large pour permettre à un homme de se mettre debout.

Marthe était environnée de paroles. Chacun savait quelque chose sur ce barrage.

« Le nom arabe est : *Sadd al-' Ali,* dit le guide. N'oubliez pas, mesdames et messieurs, le volume fantastique : quarante-deux millions de mètres cubes, six ou sept fois celui de la Grande Pyramide...

— La centrale hydroélectrique est de fabrication française, répéta Yolande ; il ne faut quand même pas dénigrer ce que nous faisons dans le monde... Attention... la jeune femme, la Suissesse, est un peu fatiguée. Non, ce n'est rien. J'ai cru qu'elle allait s'évanouir. J'ai toujours une tendance à m'occuper des autres... Un peu trop même, dit mon mari.

— Vous croyez que ce M. Koenig l'aurait abandonnée ? papotait Margot.

— En tout cas, il n'est pas là. Être à Assouan et manquer le barrage, il faut le faire !

— Regardez, s'exclama Solange, le car des Japonais revient déjà. C'est fou. Ils ont fait l'aller-retour. Toujours pressés.

— Il y a de quoi. Ils prennent très peu de vacances.

— C'est mieux que rien », dit Margot.

Devant les yeux de Marthe, le ciel et le lac se confondaient. L'univers était devenu un gigantesque écrin ouaté de bleu. Sur l'écran de son imagination, elle assistait au suicide de Thomas Koenig. Comme dans un film en couleur, en chair et en os, en larmes et en âme déchiquetée, légèrement au ralenti. L'effet savant y était utilisé avec mesure.

Le car venait de s'arrêter. Avec de beaux mouvements élégants Thomas quittait le car. Il portait dans sa main droite le gros sac de voyage, qui, malgré son poids, semblait léger. Élancé, beau, blond ou châtain, les yeux verts — verts ou marron ? — Thomas avançait.

Dieu miséricordieux, pourvu que je puisse garder le souvenir de son visage ! Par bonheur, je l'ai photographié sur le bateau ; païenne moderne, adoratrice d'images, je ne suis pas démunie d'armes sentimentales : le drame entrera dans un album.

Thomas franchissait la distance entre le car et le parapet. « Comme il est pressé, dit un naïf, comme il est pressé ! » Le Hongrois se hissait sur le parapet. « Il plaisante ? » s'interrogeait une femme. Elle ne reconnaissait pas le Prince de la mort. L'homme s'attardait une seconde sur le parapet ; il se retournait vers la foule amassée. Toujours ce sublime ralenti ; bravo, mon ami, vous avez du talent ! Il apercevait les soldats qui se précipitaient vers lui. Et parce qu'il était hongrois, il se mettait à rire. Que c'était peu de chose, un soldat, des soldats ! Avec grâce et gravité, il s'inclinait en direction du lac Nasser et s'y élançait. Plus proche d'un vol d'oiseau que d'une mort humaine, sa chute devenait plus lente ; ce n'était plus seulement un homme mais la théorie de la liberté qui se disloquait. Le visage de Thomas en gros plan.

Cinéaste avide, laisse mourir le héros avec pudeur !

« Comment ne pas le filmer ! hurlait le technicien du XXe siècle. Quel visage, quelle expression, quel acteur, quelle mort ! »

Surgi du fond des siècles, le Hongrois retournait vers son bercail mortuaire. Il emporterait avec lui le barrage, et, avec ce barrage, tous les barrages du monde. Disparaîtront dans le nouveau déluge toutes contraintes infligées à l'être humain, disparaîtront les camps de concentration, les barbelés, les tortures, les oppressions de toutes sortes ! Le barrage de l'argent ne domptera plus personne, la corruption éclatera, les corrompus demanderont grâce et rendront la monnaie.

En virevoltant, en traçant des signes sur le fond bleu, Thomas Koenig concevait le dictionnaire de la liberté. Un nouveau dictionnaire de la liberté. Un nouveau dictionnaire, un dictionnaire céleste où les vieux mots se rhabilleraient, tandis que de nouveaux mots entreraient dans les âmes. A la lettre P : Patriote veut dire terroriste pour certains. A la lettre T : Terroriste devient patriote pour d'autres. A : Argent : Véhicule commercial d'une économie bouffie de profit et pourrie de pertes camouflées. A : Argent : Maladie contagieuse véhiculée à l'aide des billets. R : Révolution ? Le plus beau mot du nouveau vocabulaire. Révolution. Et une feuille volante dans ce bleu ; avec une écriture simple, quelqu'un a marqué : *Paix*.

L'univers strié d'éclats de lumière se déchirait à la suite de la chute de Thomas Koenig.

« La dignité humaine, avait-il dit à Marthe, c'est l'essentiel. La dignité de l'être humain. Le tsarisme occidental appuyé sur l'argent brise l'homme. »

Thomas Koenig touchait l'eau. Un caillou ayant forme humaine disparaissait. Peu après, éclatait la colère des Dieux. Une série de jaillissements d'eau dévoraient les distances. Le lac Nasser, immense miroir bleu, volait en éclats. Thomas Koenig déchiqueté, l'explosif giclait avec les fragments de sa chair. De gigantesques éclaboussures d'eau naissaient. Le barrage s'ébranlait sous les pieds des visiteurs. Ce n'était encore qu'un avertissement. Un jeu macabre de l'imagination. Qui croirait au mouvement de cette masse inébranlable ? Mirage ou vérité, catastrophe ou illusion d'optique ? Le déluge moderne remontait vers le barrage. Un Niagara à l'envers, l'eau éjectée d'elle-même comme une fusée liquide. Un mur d'eau couvrait l'univers. « L'argent ne sert plus à rien, hurlait quelqu'un. On ne peut plus acheter la vie ; on ne peut plus rien acheter ; l'homme, l'homme, l'homme grandit. Les opprimés, les opprimés, oui, j'ai dit : opprimés secouent le monde et rompent les barrages ! »

« Hé ! aidez-moi, cria quelqu'un, la Suissesse vient de s'évanouir.

— Un étourdissement, ça peut arriver à tout le monde », dit Yolande à Van den Ip.

Après l'incident, ils retrouvèrent tous leur place. L'autocar, merveilleuse boîte en fer, traversa le barrage. De l'autre côté, il y eut encore une visite guidée. Marthe ne bougea plus de son siège et attendit le retour à l'hôtel.

« Vous avez eu un peu chaud, n'est-ce pas ? lui dit le professeur Han en s'asseyant à côté d'elle. Je ne sais pas si vous avez pu voir suffisamment, mais ce barrage est un des plus extraordinaires exploits dans l'histoire de l'homme. Imaginez le travail de trente mille ouvriers par une chaleur d'un minimum de quarante degrés à l'ombre. Vous comprenez... »

Il allait continuer...

« S'il vous plaît, lui dit Marthe, je vous le demande, restez avec moi et aidez-moi à rentrer à l'hôtel. Je ne sais pas comment, ni quand. Je ne veux pas vous déranger trop non plus, mais je n'en peux plus. »

Oriental, Han fut presque gêné d'être le témoin de cette faiblesse. Il n'y avait aucune possibilité de ramener Marthe à l'hôtel plus tôt qu'à l'heure prévue. Un groupe, c'est un groupe. Et puis, qui aurait voulu manquer la visite de l'île de Philae partiellement envahie par les eaux, parfois presque tout à fait submergée ?

Plus tard, dans de petits bateaux à rames, les touristes contournèrent les sublimes restes du temple. Aussi irréel dans son agonie qu'est la nostalgie de Dieu lorsqu'il cherche l'homme qu'il a créé à son image.

« Je ne parle plus d'Atlantide, dit Solange ; tu vois que je suis perfectible. N'empêche, quel dommage pour ce temple d'être trempé comme ça... tout le temps !

— Déjà inondé lors de la construction du premier barrage en 1922, dit Roland.

— Tu trouves que c'est une consolation ? »

Roland se mit à sourire. Il imagina Solange, plate comme un hiéroglyphe, attachée à une des colonnes ; c'était bientôt la montée des eaux.

« Enfin, dit Solange, au moins tu es de meilleure humeur. C'est déjà ça ! »

Ils contournaient avec délicatesse et en les effleurant à peine les colonnes qui surplombaient encore la surface bleue de l'eau.

« Dis, fit Solange...

— Quoi ?

— Ma parfumerie...

— Oui.

— Je l'appellerai : *Au bleu du Nil.* En souvenir. En souvenir de ce voyage. »

N'AYANT pu obtenir aucune réponse de Tel-Aviv, Samuel avait renoncé à poursuivre, par téléphone, ses interlocuteurs. Il apprit la mort de Thomas Koenig le jeudi après-midi.

« Thomas Koenig, chimiste de renommée internationale, est décédé à Assouan, à la suite d'un malaise cardiaque. Le monde scientifique est en deuil, particulièrement l'Allemagne dont il était le ressortissant. Né à Budapest en 1930, Thomas Koenig avait été déporté à Auschwitz au début de 1944 ; ayant survécu au camp de la mort, il avait fait ses études à New York et en Allemagne. Installé en Allemagne, ses recherches et ses inventions le classèrent bientôt parmi l'élite de sa génération. Membre du parti socialiste, bien connu pour ses affinités avec les milieux écologistes, humaniste, Thomas Koenig était un combattant antifasciste et farouchement antiraciste. Aussi bien ses travaux que sa personnalité le classaient parmi les grandes figures de notre époque. »

Samuel avait soigneusement plié le journal pour le glisser dans la poche de son pardessus. Voûté du fait de l'âge et sous le poids du sac qui abritait le chien, il voyageait comme une ombre dans ce compartiment de métro. Il réfléchissait. La vie de Thomas Koenig avait donc été interrompue et l'explosif devait se trouver... se trouver dans les mains de qui ? Le barrage était sauvé. Angoissé, il regardait les gens blêmes comme ce matin de novembre. Sa mémoire fabuleuse en avait pris un coup ; la nouvelle concernant la mort de Thomas Koenig lui avait donné un choc. Le vieux renard, soudain vidé de sa réserve de souvenirs, de sa source d'images, donc de sa substance, regardait défiler les murs noirs du tunnel. Il cherchait à reconstituer le visage de Thomas. A la station suivante, Samuel sortit du métro ; il trouva péniblement un bureau de poste et appela Joanna à Munich. Il eut beaucoup de mal à l'avoir au téléphone, mais il put lui parler enfin. Il s'étonna de la sûreté de la voix de Joanna. Cette femme, vulnérable encore il y a trois jours, était devenue comme une autre. Solide, presque combative.

« Je suis au courant de la mort de mon mari. Je veux dire : mon ex-mari. Je me rendrai à Paris après-demain à la demande de son notaire. J'exécuterai chaque mot, chaque désir de mon mari... de mon ex-mari.

— Il vaut mieux que vous veniez dès demain, la persuada Samuel. Si la gardienne n'est pas au courant du décès, l'appartement restera intact. Mais, dans le cas contraire, je n'en sais rien. Je suis à l'hôtel, donc je ne sais pas si la télévision a parlé ou non de la mort de... de...

— ... de Thomas, dit Joanna. Vous me conseillez donc d'arriver plus tôt ?

— A votre place, j'arriverais ce soir ou demain matin. J'imagine que Thomas aurait supporté difficilement l'idée même qu'on touche à ses affaires.

— J'ai votre adresse à Nice, dit Joanna. Vous y retournez ?

— Certainement. Très vite. Je suis profondément...

— Je ne crois pas, monsieur Stein, que les mots usuels servent à quelque chose... Merci pour tout ce que vous voudriez dire. »

Samuel reprit le métro pour se rendre ce soir même au domicile de Thomas. L'approche en fut assez pénible. Il respirait avec un certain malaise. La rue lui apparut moins large, l'immeuble plus petit ; le regard même de Thomas s'échappait peu à peu de sa mémoire. Arrivé devant le porche, pour gagner du temps et se rassurer un peu, il libéra le chien et celui-ci fut ravi de quitter le sac.

Samuel venait pour acheter la Madone, propriété incontestée de Mme Hrazek, — il avait vu le certificat donné par Thomas. Si ce n'était pas lui, Samuel, qui l'achetait, quelqu'un d'autre la prendrait. Sur le plan moral, Samuel n'avait aucune critique à se faire quant à cette acquisition.

L'idée de la rencontre des deux femmes le fit frissonner. L'une était en état de deuil, presque agressive, l'autre dans une crise d'avidité à jamais inassouvie, furieuse ; il valait mieux ne pas être présent.

Il s'approcha de la porte vitrée de la loge. Il fut saisi de chagrin : la Madone n'était plus accrochée au-dessus de la télévision. Si la Madone était vendue à quelqu'un d'autre, il n'en guérirait jamais. Avec le bouquet de fleurs dans sa main gauche et la boîte de chocolats sous le bras — il les avait achetés après son coup de téléphone à Joanna —, il se sentait ridicule, comme un gosse hypocrite qui vient rendre visite à une tante ogresse. Il frappa à la porte vitrée ; il appuya sur la poignée ; elle résistait. Tout allait mal. Il n'y avait donc plus rien, ni Mme Hrazek, ni Madone. Jérusalem, comme tu es loin !

Soudain, d'un pas violent, Mme Hrazek pénétra dans la loge. Elle aperçut Samuel par la porte vitrée ; elle fit une moue ; elle hocha la tête comme si elle avait dit : « A cette heure-ci ? quand même ! Ces gens-là se permettent tout. » Samuel fit un grand sourire et brandit son bouquet de fleurs. Encore un peu et il montrerait la boîte de chocolats. Son laissez-passer sucré. Mme Hrazek se prêta à un sourire grinçant et elle ouvrit la porte.

« Pardonnez-moi de venir si tard. Mais je reprends un train demain matin, aux aurores, pour Nice...

— Allez, entrez, dit-elle. Veinard ! Se barrer, et aller au soleil. Faut avoir de la chance...

— Une longue vie de travail mérite bien ça.

— Pour d'autres qui crèvent de travail, le soleil n'est pas toujours au bout du chemin. Au contraire. Ils arrivent au cimetière. »

Sylvie Hrazek était d'une humeur massacrante.

« Je vous ai apporté des fleurs.

— C'est gentil.

— Et des chocolats.

— Il ne fallait pas. Asseyez-vous donc une seconde. Sauf si vous êtes pressé. »

Samuel s'assit prudemment. Effacé et doux, il naviguait comme il pouvait.

Sylvie défit l'emballage des fleurs. Elle luttait avec une ficelle, serrée comme un garrot sur les tiges.

« Oh ! s'exclama-t-elle. Les hommes. Ces pauvres hommes ! Des maladroits. On peut tout vendre à un homme. Même un chat mort. On vous a refilé des chrysanthèmes. »

L'odeur pénétrante de ces fleurs jaunes et cuivrées s'installa dans la pièce.

« Je n'ai pas tellement fait attention, c'est vrai, dit Samuel. Des fleurs, vous savez... Mettez-les à la poubelle.

— Bon conseil », dit Sylvie.

Elle sortit de la loge et, d'un geste rageur, elle envoya le bouquet dans une des poubelles de l'immeuble. Elle revint d'un pas militaire.

« Voilà, c'est fait ! Je regrette pour vous. Une dépense inutile. Je ne mets pas en doute votre bonne volonté.

— Il ne manquerait plus que ça, chère madame !...

— Sylvie.

— Chère Sylvie... J'espère que j'aurai plus de chance avec mes chocolats ! »

Elle lutta avec la cellophane collée de tous côtés. Enfin, la boîte fut ouverte.

« Vous avez fait des folies, dit-elle. Vous en prenez ?

— Non, merci. Je suis venu juste vous dire au revoir.

— Vous n'étiez pas obligé. » Elle croqua un chocolat à la liqueur. « Et l'argent de M. Koenig, vous l'avez apporté ?

— Je lui enverrai un chèque.

— Alors, à quoi bon avoir fait tout ce voyage ?

— Peut-être le destin a voulu que je vous connaisse.

— Flatteur !

— Homme timide, plutôt. Je n'ai jamais été un flatteur.

— Alors pourquoi me dire des gentillesses ?

— Je suis touché par votre charme.

— A votre âge ?

— L'âme vieillit moins vite que le corps. J'ai le cœur et le budget nécessaires pour donner du crédit, s'il le faut, à mes compliments.

— Vous, vous savez parler aux femmes. Et la Madone ? Vous la voulez toujours ? »

Le cœur de Samuel fit un bond.

« Ah ! oui, la Madone ! J'allais l'oublier. Je ne la vois plus.

— Je l'ai mise au cagibi. Encore un peu et je me serais accrochée à côté d'elle sur le mur, tant elle m'agaçait. Elle ne cessait de me suivre du regard. Même dans mon sommeil, elle m'observait.

— Vous pourriez la rendre à M. Koenig à son retour. Et lui expliquer que vous ne l'aimez pas.

— Vous croyez que c'est facile ? Il tenait à ce que je la garde, et bien en évidence. Dans cette pièce. Un caprice d'homme riche.

— S'il la réclamait ?

— C'est un cadeau. Ce n'est pas un type à reprendre un cadeau. Il est lunatique, mais il sait ce qu'il fait.

— Il pourrait vous reprocher de ne pas l'avoir ici.

— Je ne suis pas son esclave, quoi ! Il n'a pas d'ordre à me donner. Je lui dirai que j'ai porté la Madone dans le pavillon de ma sœur. N'importe. Si vous n'en voulez pas, le brocanteur, ramasseur de saloperies, passe demain, vendredi. Je la lui refile. Si je la gardais, je n'aurais qu'à mettre votre bouquet de chrysanthèmes devant !

— Mais je l'achète, chère Sylvie.

— Combien ?

— Mais ce que vous m'avez dit : le prix de votre poêle à mazout.

— Ça va faire mille six cents francs.

— D'occasion ? C'est cher.

— Neuf. Un poêle neuf.

— Vous m'avez parlé d'occasion.

— Qu'est-ce que c'est que ces juifs qui marchandent tout le temps ! Je veux un poêle neuf. Toute ma vie, j'ai vécu d'occasions. Y en a marre ! C'est à prendre ou à laisser.

— Le brocanteur ne vous paierait pas ce prix-là.

— Ça c'est une autre affaire. Pour vous, la Madone coûte mille six cents francs.

— Affaire conclue », dit-il.

Il fallait en terminer avec le jeu.

« Je ne veux pas de chèque.

— J'ai des espèces. »

Il sortit l'enveloppe marron de la poche intérieure de son pardessus, et il y prit la dernière liasse de billets qui lui restait. Il compta mille six cents francs, en billets de cent francs, et les posa sur la toile cirée. Sylvie tendit la main. Samuel retint la somme.

« Le tableau d'abord. »

Ils se mirent à sourire tous les deux.

« La confiance règne », dit-elle.

Elle se leva, sortit de la pièce et y revint aussitôt.

« La voilà, votre Madone ! »

Samuel jeta un rapide coup d'œil sur l'admirable

peinture. Il manifesta juste assez d'intérêt pour être plausible en tant qu'acheteur. La merveille dorée, la petite Sainte Mère, le bouleversait de bonheur. Il prit le tableau délicatement. Sylvie ramassa l'argent et se mit à le recompter.

S'il n'avait pas appris depuis son enfance à se dominer, Samuel se serait levé et serait parti sans plus dire un mot, en s'absorbant dans une prière profonde et joyeuse.

« On arrose ça ! dit Sylvie. Vous devez avoir maintenant des habitudes françaises. Depuis le temps que vous êtes chez nous. Dans notre pays. »

Elle allait préparer un café.

« On va le noyer avec du calva.

— Bonne idée ! » dit-il en réprimant son dégoût. Et il ajouta : « Quelle cafetière !

— Un cadeau de M. Koenig.

— Qu'est-ce qu'il est généreux avec vous, Sylvie ! Vraiment il est gentil.

— Il n'y a pas de quoi fouetter un chat, s'exclama Mme Hrazek. Entre nous, il a un fric fou, ce type. Vous avez tort de vouloir lui rendre l'argent. Il y a mieux à faire. Gardez-le, et je viendrai passer mes vacances chez vous à Nice. Pour faire la tournée des grands-ducs sur la côte. Dès qu'on a de l'argent, même vieux, comme vous, on peut sortir avec une femme plus jeune. Vous payerez et je serai le décor. Moi, maquillée et habillée, c'est quelque chose. J'ai des pommettes saillantes comme les Slaves — ironie du destin —, et ça plaît. Je vous le garantis. Lui ? Qu'est-ce qu'il fera, lui, avec votre argent ? Il le gaspillera. Il fera planter des arbres. Mais oui, des arbres. Ou le donnera à une communauté agricole. Pas à de vrais paysans, non, si c'était ça... mais à ces affreux types barbus, ces hippies à rebours... Au nom de l'écologie. Vous comprenez, votre ami, M. Koenig, avec tout le fric qu'il amasse, il ose se dire et même être à gauche. Oui, monsieur, vous m'entendez bien, même très à gauche !

— Que vous êtes fâchée contre lui ! Qu'est-ce qui se passe ? Vous l'aimiez bien il y a quelques jours...

— C'est vrai, dit Sylvie. C'est vrai, mais les choses changent. Tenez, je vous verse votre calva. Pas d'économie, il faut que ça chauffe !

— Merci, c'est trop. Vous me gâtez.

— Il fait glacial dehors. Sans blague... il a cru me rendre heureuse avec sa cafetière, et sa Madone ! Vous comprenez ? Heureuse. Encore un peu et il m'aurait offert en prime un arbre à planter dans la cour des poubelles. Il ne faut pas se moquer du monde...

— Qu'est-ce qui se passe, chère madame ? Expliquez-vous...

— Je me sens blousée, dit-elle. Trompée. J'ai cru savoir pas mal de choses sur ce cher, très cher Thomas Koenig. Je l'admirais, je l'adulais, oui monsieur, j'ai dit le mot exprès : aduler... Je le prenais pour un original qui travaille énormément, et avec profit. Je ne suis pas contre le profit, surtout quand j'en profite... »

Elle s'arrêta essoufflée, tant elle était hors d'elle.

« Il y a quatre jours tout allait encore bien, dit Samuel.

— Bien, je ne le renie pas, on peut dire : bien. Mais alors... »

Elle se versa une rasade de calvados.

« Vous, vous êtes un innocent, vous voulez rendre l'argent à ce type, qui vous a peut-être oublié, déjà... Qu'est-ce que c'est l'argent pour lui ? Des chiquenaudes... Et j'ai marché dès le début comme un enfant de chœur. Écoutez-moi bien...

— Je ne fais que ça », répondit Samuel mal à l'aise.

Mme Hrazek déversait sa colère, avec une violence verbale gênante sur quelqu'un qui n'existait plus.

« Je vous écoute », répéta-t-il.

Elle se pencha vers Samuel qui fut frappé par une bouffée d'haleine chargée d'alcool.

« Il y eu des transactions dans la maison, dit-elle tout en cherchant son paquet de cigarettes. On me donne une cafetière, une Madone paumée, et, pendant que je me promène avec un sourire béat, un fric fou passe sous mon nez. Il a eu tort de ne pas flanquer le billet d'avion dans la figure de cette métèque.

— De qui parlez-vous ?

— Une fille moitié chinoise, moitié française, habitait avec les Japonais. C'est elle qui est venue en éclaireur pour l'appartement. Comment elle aurait su que c'était à louer, je vous le demande ! Comment ? Si quelqu'un n'avait pas refilé le tuyau de l'intérieur même de la maison.

— Sérions les problèmes, dit Samuel, de qui parlez-vous ?

— Si vous êtes lent à comprendre, mon pauvre monsieur, c'est que vous n'êtes plus fait pour ce monde. »

Samuel, glacé de dégoût par Mme Hrazek, prit l'expression d'un petit vieux qui fait de son mieux pour survivre dans le rythme d'aujourd'hui.

« Je vous suis, mais enfin...

— Je suis pratiquement sûre qu'il était de mèche avec les Japonais, M. Koenig. Mais qu'il ne leur a pas tout dit non plus. L'Arabe qui est venu...

— Quel Arabe ?

— Un Arabe. Ils sont tous les mêmes. Il ne m'a pas raconté l'histoire de sa vie.

— Il a dit qu'il était arabe ? »

Mme Hrazek haussa les épaules.

« Parce qu'il faut le dire ? Vous, vous n'avez pas besoin de proclamer que vous êtes juif, ça se voit. » Et elle ajouta : « Ça se sent, quoi ! »

Il fallait vaincre le dégoût suscité par cette femme ; il fallait vaincre l'envie de lui envoyer la cafetière rutilante de chrome dans la figure ; il fallait encore et encore se dominer, apprendre des choses, écouter.

« Qu'a-t-il voulu, l'Arabe ?

— Il est venu avec un des Japonais. Je ne sais pas avec lequel de tous ceux qui ont habité ici. Pour moi, ils ont tous la même tête. » Sylvie Hrazek se pencha vers Samuel. « Je crois que c'était, ici, un vrai repaire de terroristes.

— C'est un bien grand mot, dit Samuel. Terroriste... C'est sur toutes les lèvres... On n'entend que ça à la télévision et à la radio... Ne vous emballez pas trop !

— M. Koenig va entendre mes quatre vérités ; j'attends qu'il rentre. Je vais lui poser la question, franchement... Il paraît qu'il y a eu des transactions dans la maison. Des tractations.

— Des tractations ?

— C'est en français, non, ce que je dis ? Tractations.

— Avec qui ?

— Avec les Japonais. »

Samuel se racla la gorge.

« Il est fort, votre alcool !

— Pour être gentil, M. Koenig est bien gentil, vociféra Sylvie. Mais lorsqu'on manipule de très grosses sommes,il faut payer l'entourage, et royalement.

— Je ne crois pas que vous ayez eu à vous plaindre.

— Pas avant que j'aie les yeux ouverts... Qu'est-ce qui dit que ces Japonais n'étaient pas venus dans la maison, parce que M. Koenig s'y trouvait déjà ? On voudrait me faire croire que c'est le hasard. L'Eurasienne m'a raconté que les Japonais lui avaient dit d'entrer dans chaque maison du côté impair de la rue des Briques... Pourquoi cette rue et pourquoi côté impair ? Et on tombe juste sur le logement vide de cette maison... Vide depuis une semaine. Pas plus. Au bout de trois ans de procès d'expulsion. Drôle de hasard ! Et je marchais dans la combine. Parfois, ça arrive dans la vie, qu'on sait tout autour de vous, tout le monde sait tout, sauf vous. On a bonne mine après ! « Chère madame Hrazek, m'a dit M. Koenig, avec sa voix distinguée. (Tellement distinguée !) Si vous pouviez me mettre en contact avec les nouveaux locataires, des étudiants, semble-t-il... Il y a trop de chahut la nuit. Il faudrait qu'ils fassent un peu attention. » Je suis allée les voir ; je leur ai demandé de gueuler moins fort et de ne pas faire hurler leur radio. M. Koenig m'a remerciée, et il a dit que, dorénavant, s'il y avait un problème, il le règlerait lui-même avec eux. Donc, je n'étais pas étonnée quand je l'ai vu, par hasard d'ailleurs, monter chez eux. Pour entrer dans la maison et y habiter, il fallait passer par moi. Ils m'avaient donné une grosse somme. J'avais donc convaincu le propriétaire de leur louer le logement. Il était assez réticent ; il avait peur de tomber encore sur des mauvais payeurs. J'ai tout arrangé. Ils avaient pas mal de visites, ces Japonais. Surtout des Arabes. En balayant un jour devant leur porte — il y a partout des mégots dans cette maison, une vraie porcherie —, j'ai entendu discuter, pour une fois en français, de la Palestine.

— De la Palestine ? répéta Samuel. Pourrais-je avoir un verre d'eau ?

— La Palestine vous donne soif ?

— Vous avez de l'humour », dit Samuel. Et il but avidement l'eau tiède du robinet. « Vous savez, à notre époque, il y a un tel brassage humain !

— Je veux bien être brassée, dit-elle, mais qu'on me paye en conséquence !

— Vous parliez de tractations ?

— C'est que les Japonais ont vendu quelque chose à M. Koenig. Je ne sais pas quoi. Mais ce qui est le plus ahurissant, c'est que les Japonais devenaient inquiets, paraît-il, selon l'Eurasienne. En tout cas, une somme énorme a passé d'une main à l'autre.

— Peut-être un objet d'art, dit Samuel.

— Ce n'est pas exclu, avec tout ce qu'il y a chez lui, comme trésors. Il a peut-être acheté un objet volé par les Japonais. Mais dans ce cas-là, pourquoi l'Arabe qui est venu, a voulu entrer coûte que coûte dans l'appartement de Thomas Koenig ?

— Quelle étrange idée ! s'exclama Samuel. Heureusement que vous ne vous êtes pas laissé faire.

— Mais si, répondit Sylvie en allumant une cigarette. Je n'avais pas à discuter. L'Arabe ne plaisantait pas. Je suis sûre qu'il était armé. Il m'a parlé d'une manière courtoise, mais sévère. Dans un français parfait.

— Ça se passait quand ?

— Attendez, nous sommes jeudi... Oui, c'était dimanche. Je rentrais de chez ma sœur.

— Alors ?

— J'ai dit que je devais les accompagner.

— Vous les avez accompagnés ?

— J'ai ouvert la porte d'entrée de M. Koenig.

— Continuez !

— Il m'avait demandé de ne toucher à rien en son absence. Il y avait déjà une couche de poussière sur les objets. Il n'a pas seulement un bureau, M. Koenig, mais aussi une table de travail à part. Son bureau est tellement encombré d'objets qu'il ne peut rien y mettre ; alors, il utilise la table.

— Qu'a-t-il fait l'Arabe ?

— Il regardait partout. Sans toucher à rien, il faut le reconnaître. Pour lui et le Japonais, la table de travail, c'était du gâteau...

— Pourquoi ?

— On aurait dit que M. Koenig avait fait l'exposition de son voyage. C'est pour ça que je sais où il est. En Égypte !

— Qu'est-ce qu'il y avait sur la table ?

— Tout. Une carte de l'Égypte où il a dessiné son trajet à l'avance, avec un gros feutre rouge. Une flèche sur Le Caire, et après, des petites flèches rouges qu'il a dessinées, juste à côté du Nil. Et puis, une grande flèche épaisse sur une ville dont ils ont dit le nom, mais que j'ai oublié. Vous comprenez, je trouve que la France est un très beau pays, à quoi bon faire du tourisme ailleurs ? L'année passée, je suis allée voir les gorges du Tarn ; ça vaut bien un pays étranger !

— Qu'est-ce qu'ils ont fait après ?

— Ils baragouinaient. En japonais ou en arabe...

Avec tous ces étrangers, on perd un peu le nord. Il a même laissé sur la table un prospectus. Je vais vous dire une chose...

— Quoi ?

— Vous n'allez pas me croire. M. Koenig, aussi snob qu'il est, aussi solitaire qu'il est... solitaire ? Eh bien, il est parti, comme tout le monde, avec un club de vacances... Ma sœur qui...

— Abrégez. »

Sylvie s'arrêta net.

« Comment ?

— Quel club ?

— Mais c'était sur la table, une affiche même. Pour les souvenirs, il aime les souvenirs ; il prépare à l'avance. Ça s'appelle « Amusements et Loisirs »... Où allez-vous ? »

Samuel était debout. Un fauve prêt à bondir.

« Qu'est-ce qui vous arrive ? Sauter comme ça !... Pour un vieux, vous êtes souple... Vous faites une drôle de tête ! Il ne faut surtout pas dire à votre ami que j'ai laissé entrer les gens chez lui. Ils n'ont touché à rien. Ils m'ont donné deux mille francs. Des nouveaux francs... Vous partez déjà ? »

L'atmosphère avait changé soudain. Samuel se tenait très droit ; ses yeux gris acier fixaient Sylvie.

« J'ai un conseil à vous donner ! »

Désorientée, elle répliqua :

« Je n'ai que faire de vos conseils.

— Vous allez vous taire. La boucler. C'est du bon français, vous le comprenez. Vous taire. »

C'était un ordre. Sylvie avala une bouffée de fumée, d'où son léger vertige. De quel droit lui parlait-on comme ça ? Qui étaient donc ces gens ? Elle se leva et se cramponna au dossier de sa chaise.

« Je suis chez moi. Il ne faut pas me parler comme ça.

— Dans votre intérêt, répéta Samuel, je la bouclerais pour la vie. Et surtout pour votre vie...

— Une menace ?

— Un conseil !

— Vous dites ça comme une menace.

— Alors, prenez-le comme tel.

— Qu'est-ce qui se passe ?

— L'affaire Thomas Koenig.

— Quelle affaire ?

— Justement. Vous allez tout oublier. Tout. Ce qui vous arrive vous dépasse. Heureusement pour vous. Le silence est d'or. Et surtout le silence est vie. Vous y tenez, chère madame ?

— Qu'est-ce qui me tombe sur la tête ? dit-elle, très pâle. Je ne suis pour rien en rien.

— C'est parfait. N'être rien en rien est une garantie de longévité à notre époque. Vous n'avez rien vu, rien entendu, rien su.

— Mais je rêve ou quoi ? s'exclama-t-elle. La France est devenue un foutoir avec tous les étrangers qui font sur notre compte leur révolution à eux ! Monsieur Stein, vous vivez ici depuis assez longtemps pour savoir que nous, les Français, on est des braves gens. Avez-vous entendu parler déjà d'un Dupont ou d'un Durand qui aurait semé la panique quelque part ?

— Avez-vous oublié 1789 ?

— 1789... ça me dit quelque chose...

— Votre Révolution française, madame. La révolution des Français de souche, si j'ose dire ainsi.

— C'est parce que Marie-Antoinette était autrichienne ! C'est la vraie cause ! Ce pauvre crétin de roi aurait pu épouser une princesse française, l'Histoire aurait été différente.

— Chère madame, dit Samuel avec la main sur la poignée de la porte et dans l'autre la Madone, savez-vous tricoter ?

— Tricoter ?

— Je vous aurais bien imaginée tricotant à côté de la guillotine. Une maille à l'endroit, une maille à l'envers.

— Vous vous trompez, dit-elle dans une rage

extrême. J'aurais été de ceux dont la tête était tranchée. C'est eux qui avaient le fric.

— C'est dangereux, madame, vous auriez perdu la tête sans rien avoir dans la poche. »

Sylvie vint près de lui.

« Bon, bon, ne nous emballons pas. On ne va pas se quitter fâchés quand même ? Et la tournée des grands-ducs ? Et tout ce que vous m'avez promis ?

— Moi ? J'ai promis quelque chose ? Mais vous rêvez !

— Vous m'avez bien parlé d'un petit séjour chez vous ?

— Chez moi ?

— Mais oui, à Nice

— Mon chez-moi n'est plus à Nice. N'a jamais été vraiment à Nice.

— Mais où alors ?

— A Jérusalem, madame.. A Jérusalem. Et parce que je suis un juif, je vous dis « bonjour » en hébreu : Shalom !

— Comment dites-vous ?

— Shalom ! »

Il referma la porte derrière lui ; il sortit dans la rue et s'éloigna de la maison presque en courant. Le chien fatigué se laissait traîner dans les flaques d'eau, mais, bientôt ragaillardi, il prit le rythme de son maître. Il espérait que c'était presque la fin du voyage.

QUELQUES mois plus tard — était-ce presque une année, ou juste quelques semaines ? On aurait pu le savoir facilement en jetant un coup d'œil dans un agenda, mais à quoi bon ?... Lors des grandes collisions d'émotions humaines, la notion des jours et des heures s'efface —, donc, quelque temps après la mort de Thomas Koenig, Samuel se trouva, comme il l'avait toujours espéré, à Jérusalem.

Samuel habitait dans sa maison, non loin de l'ancienne ligne de démarcation datant de l'époque où Jérusalem était coupée en deux. La maison était petite d'apparence et cependant spacieuse à l'intérieur. L'entrée donnait sur une rue étroite embaumée d'odeurs d'épices. Il suffisait de monter de la pièce centrale quatre marches pour arriver à la chambre de Samuel, qu'entourait une terrasse d'où il pouvait embrasser du regard la ville éternelle. Quatre pièces en tout, et sur chaque montant de porte, une mezuzah.

Puzzle avait maugréé au début ; il oubliait les marches et dégringolait sur l'escalier intérieur, tant il courait, en aboyant, lorsqu'on sonnait. Pourtant, il avait peu de visiteurs. Samuel avait abandonné sa vie de tempête et avait choisi le recueillement et la prière. Il se rendait deux fois par semaine devant le Mur, un livre de textes hébraïques à la main, et l'âme enflammée de bonheur. Parfois, lorsqu'il touchait de ses deux mains le Mur — il ne voyait plus les papiers roulés en minuscules messages et glissés dans les fentes, les vœux exprimés et les requêtes de toutes sortes —, il y posait aussi ses lèvres, comme s'il avait embrassé Dieu même. C'était ici, devant le Mur, que la notion du temps l'avait abandonné, enfant meurtri de son siècle. La paix retrouvée, il n'était plus pressé, ni aux aguets. Parfois, le soleil couchant, avec son jeu d'ombres et de lumières, projetait sur le Mur la silhouette, grandissant avec le crépuscule, de la menorah, de ce candélabre à sept branches qu'on utilisait comme motif décoratif, et qui était aussi devenu l'emblème d'Israël.

Aujourd'hui, le temps était limpide ; l'air à la fois frais et doux trahissait un armistice passager entre la chaleur et le froid à venir. La ville était rose et nacrée, silencieuse et bruyante ; c'était une ville qui, tout en naissant chaque jour, vénérait son passé. Pendant que de nouveaux quartiers s'élevaient, l'antiquité sortie des entrailles de la terre faisait de l'éternité son pain quotidien. Samuel s'était rendu, après sa prière, dans le square dont il avait fait don à la ville de Jérusalem. Il avait fait transformer un terrain vague en jardin d'agrément. En se dirigeant vers ce square, il admirait sa ville, qui rajeunissait et vieillissait simultanément.

Ignace, se contentant d'un bénéfice modéré, avait vendu la deuxième Madone au même collectionneur allemand, lequel, à son tour, avait fait don des deux chefs-d'œuvre à la cathédrale de sa ville. Tout rentrait dans l'ordre. Les pensées avaient retrouvé leur noblesse, les prières leur profondeur et les objets, dépassant leur valeur marchande, avaient acquis un destin immatériel.

D'habitude, Samuel s'asseyait sur un de ses bancs et contemplait son square où il aurait volontiers épousseté chaque feuille, s'il n'avait pas eu honte de se distinguer ainsi des autres. Du prix astronomique obtenu pour la deuxième Madone, il n'avait gardé que le prix d'achat de sa maison et avait réussi à placer à l'abri de l'inflation un petit capital qui pouvait lui assurer une vie confortable. Il avait donné tout le reste à la Ville, et son seul héritier était Jérusalem. Il pouvait donc venir ici, comme ce jour-là, sans souci quotidien, et contempler le monde.

Il y a peu de temps, il s'évertuait encore à savoir quelque chose sur l'explosif ; même auprès de ses amis, ceux qu'il avait prévenus lui-même, il s'était heurté à un refus de tout renseignement ; pratiquement, on lui avait conseillé de rentrer dans sa vieillesse comme au couvent.

La mort de Thomas Koenig, le sauvetage de l'Égypte, — était-il pour quelque chose dans ceci ou dans cela ? — l'avaient tellement éprouvé qu'il avait cédé et qu'il était entré dans une coquille de paix.

Ici, sur son banc préféré, à la fois absent et pourtant resté proche de l'Histoire, il méditait sur les problèmes essentiels du monde. Dans quelle mesure les neuf kilos d'explosif — et en possession de qui ? — jouaient-ils un rôle dans les imprévisibles hauts et bas de la situation au Moyen-Orient ? Il avait interprété chaque fois différemment les contacts en zigzag entre Israéliens et Égyptiens. Lorsque l'un d'eux faisait un pas en avant vers la paix, Samuel supposait aussitôt l'explosif dans la possession de l'autre. Mais il y avait peut-être en troisième position une troisième puissance ! Et si l'arme, atout majeur dans une discussion, était dans les mains des Palestiniens, à qui nul — pour peu qu'il soit raisonnable et juste — ne pouvait contester le droit d'avoir un pays et une vie normale. Pourquoi la délégation palestinienne n'aurait-elle eu enfin sa place à la prochaine conférence internationale ? Et s'ils tenaient, eux, l'explosif ?

Samuel était heureux d'avoir choisi la vieillesse et le confort d'une existence en dehors des chocs du monde. Il songeait aux historiens qui allaient broder leurs thèses sur le Moyen-Orient, à ces pauvres historiens dépassés par l'Histoire. Les discours politiques et les grandes théories savantes ne tarderaient pas à se disloquer comme un radeau mal ajusté dans la tempête, en haute mer.

Comme il était agréable d'être vieux, de se chauffer le visage au soleil ! D'avoir enfin du temps devant soi, une matinée, une journée ou l'éternité, qu'importe ! De ne plus être pressé. Le temps s'étirait devant Samuel comme un superbe pont aboutissant à une autre rive perdue dans la brume. Il était heureux, assis sur son banc. Doré comme le soleil, le regard de la Madone le suivait aussi. La petite Sainte Mère des chrétiens ne le quittait pas des yeux. Sa bienveillance maternelle descendait vers ce vieux juif, enfant malmené par un siècle aussi brutal qu'éblouissant. Samuel ressentait la présence de celle qui tendait ses mains ouvertes et épanouies dans un geste de bénédiction.

Samuel observait maintenant un oiseau ami. Ils se connaissaient de vue, un oiseau intrépide et bien nourri, dont les ailes s'enorgueillissaient de quelques plumes claires. Il était heureux de vivre, lui aussi. Il avança comme un jouet mécanique et soudain s'arrêta devant Samuel ; il regarda ce petit vieux qui se réchauffait dans le pâle soleil d'hiver. Samuel ne broncha pas. L'homme et l'oiseau s'observaient, sans être troublés. En paix.

L'ARRIVÉE de Joanna rue des Briques était comme la dernière répétition d'un superbe film, style rétro, tourné en couleur et en cinémascope. Deux Mercedes à la carrosserie noire et chargées de chromes brillants s'arrêtèrent devant l'immeuble. Les poubelles ventrues de pourritures étaient encore sur le trottoir où jouaient quelques gosses désœuvrés manquant la maternelle à cause de l'inattention de parents surmenés ou flemmards, c'est selon. Les enfants entourèrent aussitôt les voitures dont la propreté impeccable coupait toute envie d'y vouloir dessiner des bonshommes, ou de les égratigner tout simplement. De la première voiture sortit une dame vêtue d'un manteau de fourrure noire ; son chapeau était aussi en fourrure noire ; même ses cheveux qui en dépassaient étaient noirs. Deux hommes munis de lourdes serviettes la suivirent, et aussi un gros monsieur qui ne portait rien. Le chauffeur était triste parce qu'il n'avait même pas le temps d'ouvrir et de refermer les portières, selon les habitudes de cette maison de location de voitures pour gens riches — surtout étrangers — qui l'employait. La dame portait également des bottes noires ; on aurait dit des gants qui emboîtaient les pieds et les mollets, tant le cuir était fin. Gracieuse, elle évitait les flaques d'eau. Dans l'autre voiture, il y avait deux hommes. Ils y étaient restés, comme s'ils avaient décidé d'attendre qu'on les appelle. Si les enfants avaient su que c'était le commissaire de police du quartier et son adjoint, ils seraient vite partis, apeurés. L'idée même de la police leur flanquait la frousse, une sacrée trouille ; pauvres, ils se sentaient coupables. De n'importe quoi.

L'arrivée avait été parfaite, les mouvements admirablement coordonnés ; si cela avait été un tournage de film, une seule prise de vue aurait suffi. Les deux hommes, sobrement vêtus, accompagnèrent Joanna ; l'un était le notaire ; l'autre un huissier, et le petit gros, sous-directeur dans une maison de déménagements internationaux, laquelle s'occupait d'étrangers aisés plutôt que de Français de souche s'apprêtant à partir s'installer dans un autre pays.

« Je préfère parler moi-même à la gardienne, dit Joanna. Pour ce que je veux lui dire, mon français est suffisant.

Le chauffeur craignait trop une remarque qu'il aurait provoquée avec sa curiosité, pour oser bouger. Il se planta près de sa voiture. Pourtant, il aurait bien aimé savoir ce que ces gens cherchaient ici, dans ce quartier, dans cette maison, et il s'était mis à distribuer des bonbons à la menthe aux gosses morveux. Il avait évité ainsi qu'ils se moquent de son uniforme, vestige d'un ancien standing qui l'avait fait vivre tout en le remplissant d'une forme de mépris, pour lui-même et pour ceux qu'il côtoyait.

Lorsque Joanna eut franchi le seuil de l'immeuble, elle se heurta aux odeurs qui allaient s'incruster dans ses vêtements, dans sa mémoire. Elle resta impassible ; elle se contrôlait parfaitement. Elle était venue ici pour rencontrer — c'était un rendez-vous fixé dans l'éternité — le seul homme qu'elle eût jamais vraiment aimé. Si Thomas avait choisi cette maison pour y vivre, il avait dû avoir ses raisons. C'était parfait. Ni à discuter, ni à juger.

Pour attirer l'attention sur lui enfin, le déménageur attrapa la manche soyeuse du manteau de vison.

« Madame, j'essaie de vous parler, madame. Vous ne m'entendez pas... Vous ne m'écoutez pas... »

Joanna s'arrêta une seconde et se retourna vers lui. Elle l'avait tout simplement oublié.

« Que voulez-vous ?

— Mais madame, vous m'avez convoqué ; c'est d'ici qu'on va emporter des choses ? D'ici ? »

L'homme avait l'habitude des ambassades, des Américains riches, des Anglais faussement pauvres, des Allemands cossus ; il se sentait dépaysé et surtout inutile dans ce taudis.

D'un geste sec, Joanna libéra son bras.

« Patience, monsieur...

— Bonhomme.

— Patience, monsieur Bonhomme. Je vous demande un peu de patience. Vous ne perdez pas votre temps. Je vous le garantis. »

Elle arriva devant la porte vitrée du logement de Sylvie Hrazek et y frappa plusieurs petits coups au bruit atténué par ses gants.

C'était un jour de nettoyage. Sylvie Hrazek portait un tablier et des gants de caoutchouc bien trop grands pour elle. Elle vint vers la porte, surprise par ces gens.

Elle libéra ses mains et les essuya avant d'ouvrir la porte.

Elle sentit le parfum de Joanna, cette odeur discrète et persistante, devenue un deuxième épiderme. La rencontre brutale avec ce parfum, certainement très cher, la rendit jalouse de l'existence de l'inconnue.

« Vous désirez ? dit-elle.

— Bonjour, articula la visiteuse ; nous sommes navrés de vous déranger. »

Le somptueux vison noir avait parfois l'aspect du velours.

« Habillée comme ça, le matin, ça ne pouvait être qu'une étrangère », conclut Mme Hrazek.

« C'est vrai, vous me dérangez. Mais je suis à votre

disposition. Pour vous renseigner. A n'importe quelle heure.

— Veuillez me remettre les clefs de l'appartement de M. Thomas Koenig. »

En entendant cette phrase, Sylvie Hrazek était restée muette. C'était donc ce genre de bonne femme que le snob de gauche fréquentait ? Une étrangère de luxe, avec un accent gros comme un éléphant, et certainement beaucoup d'argent. Elle eut un moment de félicité ; elle profitait d'un tout petit pouvoir, mais pouvoir quand même. Une petite supériorité. Elle avait les clefs. Et elle en disposait.

« M. Koenig est en voyage, dit-elle. Évidemment personne ne peut rentrer chez lui. Personne. Revenez dans quelques jours. Il sera de retour vers le 5 décembre. C'est ce que je crois. Il est parti le 20 novembre... Je ne comprends pas du tout, d'ailleurs, sous quel prétexte vous voulez avoir sa clef.

— Je suis sa veuve », fit Joanna.

Elle était pâle comme un rêve en noir et blanc.

Sylvie Hrazek fit deux pas en arrière. C'était trop. Il y avait soudain trop de choses à absorber. Thomas Koenig avait donc été marié ; il vivait séparé de sa femme. Ou bien, il allait la retrouver. Une vie conjugale fantaisiste est possible pour les gens riches. Il n'était pas seulement marié, mais mort. Elle était donc devenue veuve, et elle rappliquait.

« Je ne comprends pas, prononça Sylvie Hrazek. Koenig est parti en vacances. Personne ne m'a prévenue de rien. Moi, je ne connais que lui. Alors, revenez... Je ne dis pas : quand il sera de nouveau vivant, mais quand... »

Joanna fit signe au notaire qui, avec un « vous permettez, madame ? », entra dans la loge de Sylvie. Celle-ci n'eut même pas la possibilité de protester.

« Je suis maître Donovan, exécuteur testamentaire de M. Thomas Koenig, décédé il y a deux jours en Égypte.

— Vous êtes notaire ? Il est décédé ? Alors c'est vrai ?

— C'est vrai, madame. Ces scrupules vous honorent, mais M. Thomas Koenig est bel et bien mort.

— Je n'ai même pas entendu parler d'une catastrophe aérienne.

— Il n'y en a pas eu.

— Alors, de quoi ?

— D'un arrêt du cœur.

— D'un arrêt du cœur ? Il était constitué comme un sportif. Il montait les marches quatre à quatre quand il allait voir les Japonais. Ce n'était pas un cardiaque.

— Le cœur, madame, est un organe imprévisible. Mais nous ne sommes pas médecins. A quoi bon discuter. »

Joanna s'impatientait ; elle supportait mal ce bavardage. D'un regard, elle incita le notaire à aller plus vite.

« Voilà maître Dubois, huissier de justice, dit maître Donovan. C'est lui qui s'occupera des formalités.

— Vous n'avez pas besoin de tant de falbalas, dit soudain Sylvie, profondément dégoûtée à la fois de la vie et de la mort. Pas besoin de tant de cinéma... De cinéma pour gens riches... »

Elle prit le trousseau de clefs dans une armoire et le jeta sur la table recouverte de toile cirée.

« Allez-y... »

Maître Donovan prit les clefs.

« Vous auriez l'amabilité de nous montrer où se trouve l'appartement ?

— Il n'y a qu'une porte au rez-de-chaussée. A gauche. Pas besoin de guide ! »

Suivie des trois hommes, Joanna sortit de la loge.

Recroquevillée sur une chaise, furieuse, parce que doublée de nouveau, Mme Hrazek attendait son moment de réjouissance. Pour une visite discrète, ça allait être une visite discrète !

En effet, quelque temps après, le système d'alarme de l'appartement de Thomas se déclencha. C'était un hurlement surnaturel, un délire de muezzin fou, un concert organisé par des hyènes dotées de cordes vocales puissantes. Aussitôt, ce fut la ruée fantastique des habitants de la maison vers le rez-de-chaussée. C'était une sorte de cour des Miracles reconstituée autour de Joanna. M. Bonhomme, au bout de trois ou quatre minutes de lutte, et pendant que les autres attendaient en protégeant leurs oreilles avec leurs mains, réussit à arrêter les sirènes..

Bonhomme jeta un petit coup d'œil à l'intérieur de l'appartement. Il en fut ébloui. Il avait de l'expérience, cet homme. Déjà, les deux gravures dans l'entrée, si elles étaient d'époque, valaient une fortune. Il aurait mieux aimé les regarder pour son plaisir. A force de déménager des trésors, il était devenu esthète. Sur la première gravure on voyait un homme entouré de loups prêts à le dévorer. Il les combattait à mains nues. Et sur l'autre gravure, le même personnage se mesurait à un loup solitaire, dans un corps-à-corps avec le fauve dressé sur ses pattes arrière. Et le loup avait une couronne, une couronne stylisée qui glissait sur son crâne. Où qu'on regarde, il y avait des trésors, des peintures de maître, des meubles en marquetterie, un foisonnement de tapis d'Orient.

« Je vous demande de me laisser seule, intervint Joanna. S'il vous plaît.

— Évidemment, madame, évidemment. »

Il sortit à regret de ce musée.

Lorsque Joanna referma la porte, elle eut l'impression qu'avec une douceur infinie Thomas la prenait dans ses bras, à la fois pour la guider et pour la soutenir. Ainsi appuyée sur lui, elle avançait. Elle découvrit, juste en face de la porte d'entrée, sur le grand mur du salon, son propre portrait d'il y a vingt ans. Rejetée dans sa jeunesse, elle regarda, fascinée, la femme qui n'avait pas compris à temps Thomas Koenig.

Et il était là, lui aussi. Thomas, jeune et beau, et même farceur, debout au bord d'une rivière blonde. Elle aurait voulu... Qu'avait-elle voulu ? Le chien Happy sur la photo... Des arbres, partout des arbres.

Elle regardait, étonnée, ce couple de jadis. Ce couple jeune, gai, avec des visages si juvéniles qu'on les aurait pris facilement pour des adolescents. Pourtant... Elle promenait son regard prudemment, d'un endroit à l'autre, d'un objet à l'autre. Elle croyait une seconde que quelqu'un allait lui dire quelque chose. L'appartement semblait consacré à une idée, à elle peut-être, à la vie qu'ils avaient manquée.

Elle s'assit près d'une table. Elle effleura d'un geste une carte d'Égypte qui y était mise en évidence. A côté, elle avait aperçu un petit livre, un simple livre d'images reconstituant l'histoire des débuts du barrage. Elle ouvrit ce livre ; elle y vit ici et là des mots ajoutés de la main de Thomas. Elle y vit aussi la reproduction d'une Égyptienne de l'époque des pharaons et lut le texte d'accompagnement :

> « *Noire est sa chevelure,*
> *Plus que le noir de la nuit,*
> *Plus que les baies du prunellier...* »

Et comme un post-scriptum, une remarque manuscrite de Thomas : « Pourrait être un début de description du portrait physique de Joanna. »

Elle referma le livre sans aucune hâte. Sa vie était dédoublée. D'un côté, un homme vivant et deux enfants. De l'autre, une vie posthume, parallèle, prenant une place infinie.

Elle se leva et s'approcha de leur photo de mariage. Le vent s'était engouffrée dans son voile de mariée. Un vent léger. Un vent capricieux. Un vent irrespectueux.

Elle ressentit si fort la présence de Thomas qu'elle se retourna presque pour lui dire un mot.

On sonnait. Elle alla ouvrir. Le déménageur voulait entrer encore.

« Madame, je respecte votre douleur, mais il faut que je calcule le nombre de caisses à apporter ici. »

Joanna le regardait, pensive.

« Le nombre de caisses ?

— Mais oui, madame.

— Je ne crois pas, monsieur Bonhomme. Pas tout de suite. On ne transportera que les tableaux qui sont légués au Musée national de Budapest. Nous ne toucherons à rien d'autre.

— Mais madame...

— Je suis navrée, monsieur Bonhomme, mais ma décision est prise. Rien ne bougera d'ici. J'ai besoin d'un peu de temps devant moi. »

Elle sortit de l'appartement et elle referma la porte soigneusement. Elle interpella l'huissier.

« Monsieur Dubois, veuillez poser les scellés, s'il vous plaît. » Elle se tourna vers maître Donovan. « J'ai besoin de réfléchir. De revenir ici sans que je me sente pressée. Ni avec l'impression que je fais attendre quelqu'un. Il faut que je trouve un cadre pour l'héritage de Thomas. Actuellement, j'ai une seule certitude : rien ne doit être déplacé. Plus tard. Ça ne se fera pas d'un jour à l'autre... Il faut attendre, maître. Me laisser le temps de m'organiser. Dorénavant, j'aurai deux vies à vivre. »

DEPUIS ce matin, la maison sur la colline était enveloppée de brume. Une belle maison, recouverte de vigne vierge, portant en abondance ses feuilles rouges qui se cramponnaient, à peine entamées par les premiers froids, sur les vieux murs. La maison était trapue, cossue, bâtie pour résister avec allégresse aux intempéries, et elle était entourée d'un petit parc clos dont les arbres frissonnaient. Un vent assez brusque arriva du lac. Cachée dans le creux d'un doux vallonnement, cette propriété était difficile à découvrir. Pour y arriver sans hésitation, il fallait en connaître le chemin.

Une grosse écharpe en laine traînait sur les pieds de Marthe. L'écharpe l'avait accompagnée en Égypte, et de ses fibres s'élevait encore, parfois, le bleu du Nil, léger fantôme. Le fantôme d'une couleur qui ne s'effacerait jamais. Marthe tenait un livre à la main. Elle avait commencé à le lire sur le *Nefertiti : Meurtre dans la 53e Rue.* « Il vaut mieux que son titre français, avait-elle dit à Thomas. Le titre original est *New York story.* » « Il y a certainement un détective privé paumé qui erre à la recherche d'un satyre, avait dit Thomas. C'est presque toujours la même chose, dans ce genre de livre. »

Marthe grelottait. Elle allait entendre jusqu'à la fin de sa vie des lambeaux de dialogues et elle continuerait à revivre ces moments passés. Elle imaginerait une voix qu'elle n'entendra plus jamais.

On avait sonné. Il y avait eu d'abord le message sonore du carillon du portail du petit parc ; parfois même le vent s'amusait à le faire tinter. Aussitôt après, Marthe avait entendu la sonnette de la porte de la maison.

Elle se leva. Elle n'attendait rien et personne. Aucune nouvelle par porteur spécial, télégramme ou lettre urgente. Non. Quelqu'un venait par erreur. Mais fallait-il être vraiment égaré pour sonner chez elle un vendredi, à dix heures du soir !

Elle traversa le salon obscur. Elle alla dans l'entrée ; elle ne songea même pas à tourner un commutateur et à allumer.

« Qui est là ? » demanda-t-elle par habitude.

L'identité de l'inconnu derrière la porte n'avait pas d'importance. Elle n'avait pas peur, et elle ne ressentait aucune curiosité. Elle fit deux pas en arrière d'étonnement et d'instinct, pour se défendre contre l'intrus.

Bruno ne lui laissa pas placer un mot :

« N'aie pas peur. Je ne viens pas en quête de *happy end.* Du tout. »

Il entra et referma la porte.

« Je n'ai pas osé dire à ma secrétaire, à celle que j'ai depuis le début, que nous avons rompu. J'aurais perdu la face. J'étais fier de ma liaison avec toi. Ça me classait vis-à-vis de mon bureau, les départs pour Genève. Ça faisait sérieux, tu comprends ?

— Enlève ton manteau. Elle rectifia : ton imperméable.

— Merci. Tu comprends, dit-il en s'affairant autour d'un portemanteau. Déjà, la semaine passée, j'ai trouvé sur mon bureau le billet aller-retour Paris-Genève. J'ai dû me faire rembourser clandestinement sans que ma secrétaire le sache. Aujourd'hui, à midi, j'ai retrouvé, dans le même dossier, les mêmes billets... C'était presque plus facile de venir que de... Me voilà...

— Sois le bienvenu, dit Marthe.
— Tu ne me mets pas à la porte ?
— Je ne suis pas un monstre mal élevé.
— Non ? dit Bruno. Je suis donc un veinard. »
Ils se regardèrent. Il avait une envie folle d'ouvrir les bras, de la serrer contre lui, de la bercer, de l'apaiser. Elle avait mauvaise mine. Sa beauté sportive s'était transformée en rayonnement d'objet précieux. Mais privé de lumière. Dans une vitrine mal placée. Il ne broncha pas. Il ajouta :
« Le taxi qui m'a amené ici de l'aéroport m'a laissé son numéro d'appel. Si tu veux que je passe la nuit dans un hôtel, c'est facile. Mon taxi rapplique. Mais si je restais là, tu n'as rien à craindre, je ne forcerais pas ta porte pour sauter sur toi avec le cri sauvage d'un... d'un... Je ne sais pas. D'habitude qui saute sur qui avec un cri sauvage ? Bref, ça va quand même ?
— Ça va, merci, dit-elle. Demain, je déjeune avec mes parents. »
Ils entrèrent au salon.
« Tu te défends déjà contre moi, dit Bruno.
— Du tout. Je voulais te donner juste les nouvelles. Déjeuner avec mes parents, c'est une nouvelle.
— Pourtant, dit Bruno, je t'aurais amenée dans ton restaurant chinois... J'ai horreur de la cuisine chinoise, mais je t'y aurais amenée quand même. Je suis l'homme des grands sacrifices... »
Il bougeait sans cesse ; il allait et venait ; il allumait les lampadaires, les petits et les grands ; il y en avait plusieurs dans le grand salon, mais tous éteints.
« Tu économises l'énergie à ce point ? demanda-t-il... C'est trop... — il voulait dire : triste. Il évita le mot. — C'est assez démoralisant.
— J'ai oublié d'allumer, dit-elle. Je n'y ai pas pensé. C'est tout. Il est vrai que c'est plus agréable ainsi. »
Elle regarda autour d'elle. Le salon semblait plus petit et plus amical.

« Ta mère va bien ? demanda-t-elle, polie.
— Très bien, merci. Elle se consacre à ses œuvres de bienfaisance. Mais surtout elle s'occupe d'elle-même.
— Ta mère sait vivre.
— Mais toi, tu ne sais pas faire un feu ! » Il s'approcha de la cheminée. « Il y a des gens qui préfèrent la braise accompagnée d'une petite odeur de fumée ; on dirait qu'ils se contentent de l'odeur du bois. Quant à moi je préfère les flammes. »
Marthe s'assit sur le canapé et le regarda, distraite et gentille.
« Fais comme tu veux. Comme chez toi. »
Bruno s'agenouilla devant la cheminée.
« Tu vas voir. Où est le petit bois ? Bouge pas. Ça y est. Je l'ai. »
Il saisit un petit panier rempli de déchets de bois.
« Il y a des journaux, aussi, à côté... si tu en veux !
— Je les vois. A propos de journaux... »
Il fit une grande boule de papier journal froissé ; il la plaça sur la braise somnolente, et il s'évertua à construire un bûcher sur la boule avant que les flammes se réveillent.
« Tu voulais dire quoi ?
— J'ai vu dans l'avion... »
Elle attendait paisiblement. Bruno se retourna.
« Tu m'écoutes ?
— Oui, je t'écoute.
— J'ai pris la *Tribune de Genève,* dit-il. Je l'ai lu, et j'y ai aperçu une annonce... »
De petites flammes naissaient. En mordillant le papier.
« Tu lis les annonces de la *Tribune ?*
— Animaux.
— Quoi ? Animaux ?
— La colonne animaux. Il y a une colonne : animaux.
— Que veux-tu des animaux ? demanda Marthe. Pourquoi ?
— Mais j'ai découvert, dit-il, qu'il y avait dans un

élevage privé, des chiots doberman à vendre. A peine à trente kilomètres d'ici... Trois mois, les oreilles coupées, mâles... Je te vois mal avec une femelle...

— Ton humour n'a pas changé, dit Marthe. Ton humour particulier me fait du bien.

— Particulier? Est-ce une injure ou un compliment?

— Prends-le pour un compliment.

— Donc, fit Bruno, donc... Tiens, tu vois, les flammes, ça marche ton feu ; c'est du tonnerre... Il n'y a rien à la télévision ?

— Tu veux regarder la télévision ?

— Non, dit-il en se levant. Ça n'est pas ça. Je voudrais cette pièce vivante. »

Elle eut comme un petit choc. Il vint près d'elle. « Tu permets ? » Il s'assit sur le canapé. « Je continue, tu veux ? L'idée des chiots, ce n'est pas mal, n'est-ce pas ? Le doberman devient grand ; il est fidèle ; parfois son regard est émouvant de tendresse. Il doit être ainsi. Si je te l'achète, j'exigerai qu'il soit ainsi. Tu voulais un chien, je crois... »

Elle ferma les yeux.

« Si tu pleures, dit-il, alors, je m'en vais. Si tu veux me faire partir, tu pleures. Une femme qui pleure, ôte mes moyens. Me rend faible et dingue à la fois. Je peux devenir trop bon ou trop méchant. Parce que c'est imprévisible. Je préfère partir avant. » Il la regarda : « Dis, demain on pourrait bouffer chez tes Chinois. Depuis quelque temps, je me suis découvert une passion dévorante pour les potages aux nids d'hirondelles. Et on ira voir les chiots après. Un chenil, c'est comme une agence matrimoniale. On peut y chercher l'autre moitié de sa vie, mais sortir indemne. C'est-à-dire libre.

— A mes parents...

— Tu diras la vérité. Ton copain français est venu, t'enlève, te promène. Un programme de dimanche.

— Et Liz ? »

Bruno fut heureux qu'elle s'intéresse à leur passé. Au voyage.

« Liz ? Elle est repartie pour les États-Unis au bout de quatre jours passés à Paris. Elle a dû rentrer au bercail. Elle a traversé mon ciel, et plouf, elle a disparu. Étoile filante. Dis-moi, ta pendule m'épluche le système nerveux. Comment peux-tu écouter toute la journée ce « bang, bang, bang » ?

— Pas toute la journée.

— Alors, toute la nuit. Ce « bang, bang, bang » traverse la maison, les murs. Si je l'arrêtais... Provisoirement. Je peux ?

— Il suffit de tirer sur le poids, dit Marthe. Et il n'y aura plus de bruit. »

Bruno immobilisa le balancier. Il parla de l'autre bout du salon :

« Eddy est venu me voir. Eddy m'a tout raconté. C'est un chic type. Rien ne l'obligeait à me tenir au courant. Sauf sa conscience à la fois professionnelle et humaine. Rendons à César ce qui est à César. »

Il revint vers la jeune femme. Marthe leva la tête vers lui.

« Tu as raison. J'écoutais la pendule. Je comptais les « bang, bang »... Tu le savais...

— Il m'arrive de savoir les choses, dit Bruno. Tu as beaucoup maigri. Est-ce que tu as dîné ce soir ?

— Je ne sais pas.

— Mais si, tu le sais. Tu n'as donc rien mangé. Je te fais des œufs sur le plat, tu veux ? Avec un thé... ou du vin. La Dôle... Comme ça, tu ne seras pas dépaysée.

— Non, merci », dit-elle. Pour ajouter plus tard : « Tu es très gentil.

— Ça c'est vrai, dit Bruno. Ma mère me parle toujours de ma gentillesse. J'ai pensé qu'elle exagérait... mais non... tu le confirmes... Je te fais une tisane... Tes mains sont froides. » Il se mit à frotter dans ses paumes chaudes les mains de Marthe. « C'est ce qu'on fait aux enfants lorsqu'ils reviennent d'une bataille de boules de neige. » Il continua : « Je t'offre le doberman. A trois mois, il sera déjà assez

grand. Le chenil est ouvert demain après-midi. On peut y aller.
— Un dimanche ?
— Mais oui. Je leur ai téléphoné de l'aéroport. Parce que j'avais de la monnaie dans la poche. Si leurs chiens sont aussi aimables qu'eux, c'est le Pérou. La femme de l'éleveur a dit qu'il y a un des chiots qui est particulièrement affectueux. Comme moi. »
Marthe posa la tête sur l'épaule de Bruno. Sans broncher, celui-ci continuait à raconter.
« Ça devient grand, un doberman, très grand. Et si tu as peur qu'un chien t'embête pour tes séances de ski, à Noël, et pour les week-ends, je viendrai de Paris pour le garder. Le promener. Je suis libre, sauf imprévus, du vendredi soir au lundi matin. Nous t'attendrons, lui et moi, au remonte-pente. » Il sentait le parfum de Marthe. Il ne put s'empêcher de dire : « Quand j'ai retrouvé mon Suissair, j'ai failli embrasser l'hôtesse. Tant j'étais heureux. Heureux de retrouver une habitude... N'aie pas peur de moi. Je t'offre l'amitié. Comme si on était entre hommes. »
Elle entendait le cœur de Bruno s'accélérer. Pendule humaine, le cœur de Bruno apprivoisait le temps.
« Il faudrait ouvrir le radiateur dans la chambre d'ami, dit-elle. Cette chambre n'est pas chauffée.
— Je vais l'ouvrir en m'y installant, dit-il. Ne t'en fais pas. J'aimerais bien boire quelque chose. »
Elle se dégagea.
« Tu veux un whisky ?
— Non, ton thé rouge, ton breuvage suisse-allemand, le... hagen... je ne sais quoi... »
Elle hocha la tête :
« Tu n'as jamais aimé ça.
— Les goûts changent. »
Elle alla à la cuisine et revint quelques minutes plus tard avec une théière et deux tasses.
Confortablement installé dans un fauteuil profond, Bruno contemplait, posée dans un écrin assez rudimentaire, une superbe topaze.

« L'écrin était ouvert. J'ai aperçu cette belle pièce. D'où vient-elle ?

— D'Assouan », dit-elle.

Elle déposa son plateau parce qu'elle n'avait plus de force.

« D'Assouan ?

— Un marchand... Il y avait un marchand... Il m'a promis d'autres topazes ; j'en aurais acheté, mais il n'est jamais plus revenu... »

Bruno déposa l'écrin. Marthe l'interrogea plus tard :

« As-tu obtenu ton contrat pour le lancement du film américain ?

— Oui, dit Bruno qui, en dégustant le thé rouge, s'était interdit toute grimace. C'est bon, fit-il ; dès qu'on s'y habitue, c'est bon.

— Tout va alors comme tu veux ? demanda Marthe.

— Comme je veux, c'est beaucoup dire. Mais je suis moins pressé. En tout. J'ai acquis, je ne sais pas quand ni pourquoi, de la patience. Une immense patience. Je suis riche, parce que j'ai un capital de patience. C'est assez agréable. Ne plus courir. Ni vouloir forcer.

— Forcer...

— Forcer la vie, les gens, les événements... Sauf sur le plan des affaires.

— Évidemment », dit-elle.

Blonde, fine et transparente, elle ressemblait à un portrait gravé sur un camée. Elle échappait à Bruno ; elle était ailleurs. Il lui courait après. Des années de patience en perspective.

« Le barrage, dit-il, je ne l'ai même pas aperçu. Comment est le haut barrage ? »

Elle eut froid.

« Chauffe-moi encore les mains », dit-elle comme un enfant.

Et elle ajouta plus tard :

« Je ne sais pas comment il est le barrage. J'étais éblouie. Il y avait trop de lumière. »

ŒUVRES DE CHRISTINE ARNOTHY

Autobiographie

J'AI QUINZE ANS ET JE NE VEUX PAS MOURIR (Grand Prix Vérité 1954).
IL N'EST PAS SI FACILE DE VIVRE.

Romans

DIEU EST EN RETARD.
LE CARDINAL PRISONNIER.
LA SAISON DES AMÉRICAINS.
LE JARDIN NOIR, *Prix des Quatre Jurys.*
JOUER A L'ÉTÉ.
AVIVA.
CHICHE!
UN TYPE MERVEILLEUX.
J'AIME LA VIE.

Nouvelles

LE CAVALIER MONGOL (Grand Prix de la Nouvelle de l'Académie française).

Lettre ouverte

LETTRE OUVERTE AUX ROIS NUS.

Composition réalisée par COMPOFAC - PARIS

IMPRIMÉ EN FRANCE PAR BRODARD ET TAUPIN
7, bd Romain-Rolland - Montrouge - Usine de La Flèche.
LIBRAIRIE GÉNÉRALE FRANÇAISE - 14, rue de l'Ancienne-Comédie - Paris.

ISBN : 2 - 253 - 02286 - 01

30/5295/8